HEYNE BÜCHER

SCIENCE FICTION

Herausgegeben von Wolfgang Jeschke

Von **Nancy Kress** erschien in der Reihe
HEYNE SCIENCE FICTION & FANTASY:

Schädelrose · 06/5154
Fremdes Licht · 06/5328
Verico Targets · 06/5930 (in Vorb.)

BETTLER-ZYKLUS:

Bettler in Spanien · 06/5881
Bettler und Sucher · 06/5882
Bettlers Ritt · 06/5883 (in Vorb.)

Nancy Kress

Bettler und Sucher

Zweiter Roman
des
BETTLER-ZYKLUS

Aus dem Amerikanischen von
BIGGY WINTER

Deutsche Erstausgabe

WILHELM HEYNE VERLAG
MÜNCHEN

HEYNE SCIENCE FICTION & FANTASY
Band 0605882

Titel der amerikanischen Originalausgabe
BEGGARS AND CHOOSERS
Deutsche Übersetzung von Biggy Winter
Das Umschlagbild ist von doMANSKI

Umwelthinweis:
Diese Buch wurde auf
chlor- und säurefreiem Papier gedruckt.

Redaktion: Wolfgang Jeschke

Erstausgabe 1994 by TOR Books,
published by Tom Doherty Associates, Inc., New York
Mit freundlicher Genehmigung der Autorin
und Thomas Schlück, Literarische Agentur, Garbsen
(# 51689)

Printed in Germany August 1997
Umschlaggestaltung: Atelier Ingrid Schütz, München
Technische Betreuung: M. Spinola
Satz: Schaber Satz- und Datentechnik, Wels
Druck und Bindung: Ebner Ulm

ISBN 3-453-12656-4

Inhalt

Für
Miriam Grace Monfredo
und
Mary Stanton

ohne deren Freundschaft in schwerer Zeit
ich dieses Buch
nicht hätte vollenden können

Prolog

2106

Der schrille Alarmton, mit dem sich ein Anruf höchster Dringlichkeitsstufe ankündigte, zerriß die Stille in der höhlenartigen Künstlergarderobe hinter der Bühne. Drew Arlen, im Augenblick der einzige Benutzer, richtete den Blick auf das Holoterminal neben dem Schminktisch. Das Gerät registrierte sein Netzhautbild, und Leisha Camdens Gesicht erschien auf dem Holoschirm.

»Drew! Hast du es schon gehört?«

Der Mann im Rollstuhl mit dem muskulösen Oberkörper und den gelähmten Beinen wandte sich wieder seinem Augen-Make-up zu und beugte sich dicht an den Schminkspiegel. »Was gehört?«

»Hast du *Times* um achtzehn Uhr gesehen?«

»Leisha, ich habe in einer Viertelstunde meinen Auftritt! Ich hatte überhaupt nichts laufen.« Er hörte selbst, wie belegt seine Stimme klang, und hoffte, es würde ihr entgehen. Immer noch, nach all der langen Zeit. Und schon, wenn er bloß ihr Holo zu Gesicht bekam.

»Miranda und die SuperS ... Miranda ... Drew, sie haben eine ganze *Insel* gebaut! Vor der mexikanischen Küste! Mit Hilfe von Nanotechnik und diversen Atomen aus dem Meerwasser – und beinahe über Nacht!«

»Eine Insel«, wiederholte Drew. Er blickte sein Spiegelbild mit gerunzelter Stirn an, rubbelte an seinem Make-up herum und trug mehr davon auf.

»Keine schwimmende Konstruktion! Eine echte Insel, die hinunterreicht bis auf den Festlandsockel! Hast du davon gewußt?«

»Leisha, ich habe in fünfzehn Minuten ein Konzert ...«

»Ja, du hast davon gewußt, nicht wahr? Du wußtest, was Miranda vorhatte. Weshalb hast du mir denn nichts davon gesagt?«

Drew drehte seinen Rollstuhl so, daß er den Blick frei hatte auf Leishas goldenes Haar, ihre grünen Augen und die GenMod-perfekte Haut. Sie sah aus wie fünfunddreißig; sie war achtundneunzig Jahre alt.

Er fragte: »Weshalb hat Miranda dir nichts davon gesagt?«

Leishas Züge glätteten sich wieder. »Du hast recht. Es hätte an Miranda gelegen, es mir zu sagen. Aber sie hat es nicht getan. Es gibt eine Menge Dinge, von denen sie mir nichts sagt – habe ich recht, Drew?«

Ein Moment des Schweigens, der sich in die Länge zog, ehe Drew behutsam sagte: »Es ist nicht leicht zu verkraften, zur Abwechslung einmal zu den Ausgeschlossenen zu gehören, nicht wahr, Leisha?«

»Du hast lange gebraucht, bis du dich aufgerafft hast, mir das zu sagen, stimmt's, Drew?« fragte sie ebenso behutsam zurück.

Er wandte sich wieder ab. In einem Winkel des riesigen Raumes raschelte etwas. Eine Maus? Ein defekter Robot?

»Übersiedeln sie auf diese Insel?« fragte Leisha weiter. »Alle siebenundzwanzig SuperS?«

»Ja.«

»Niemand in der Welt der Wissenschaft hat geahnt, daß die Nanotechnik bereits eine solche Leistungsfähigkeit erreicht hat!«

»Anderswo hat sie es auch nicht.«

»Sie werden mich keinen Fuß auf diese Insel setzen lassen, nicht wahr? Nicht mal einen!«

Er lauschte den komplexen Untertönen in ihrer Stimme. Leishas Generation von Schlaflosen, die erste Generation, konnte ihre Gefühle noch nicht völlig verbergen. Im Gegensatz zu Mirandas Generation, die alles verbergen konnte.

»Nein«, antwortete Drew, »werden sie nicht.«

»Sie werden die Insel mit irgend etwas abschirmen,

was Terry Mwakambe erfindet, und du wirst der einzige Nicht-Super sein, dem sie Einblick gewähren in das, was sie dort tun.«

Er antwortete nicht.

Ein Bühnentechniker steckte schüchtern den Kopf zur Tür herein: »Zehn Minuten, Mister Arlen, Sir.«

»Ja, ich komme gleich.«

»Übervolles Haus heute, Sir. Alle schon ganz aufgeregt.«

»Schön. Ich komme sofort.« Der Kopf des Technikers verschwand.

»Drew«, sagte Leisha mit brüchiger Stimme, »sie ist für mich genauso Tochter, wie du Sohn warst… Was plant Miranda da draußen auf dieser Insel?«

»Ich weiß es nicht«, antwortete Drew, und es war sowohl Lüge als auch Wahrheit – auf eine Art und Weise, die Leisha nie verstehen würde. »Leisha, ich muß in neun Minuten auf die Bühne!«

»Ja«, sagte Leisha resignierend. »Ich weiß. Du bist der Lichte Träumer.«

Drew starrte wieder die Holoerscheinung an: den hübschen Schwung der Wangen, die alterslose Schlaflosenhaut, den Anflug von Feuchtigkeit in den grünen Augen. Sie war der wichtigste Mensch in seiner Welt gewesen – und der wichtigste auch in einer größeren, öffentlicheren Welt. Und nun war sie, ohne es selbst zu wissen, passé.

»Ja«, sagte er, »ganz richtig. Ich bin der Lichte Träumer.«

Die Holobühne war wieder leer; er kehrte zurück zu seinem Make-up für den Auftritt.

Buch I

JULI 2114

»Bei allem Vorwärtsstreben auf technischem Gebiet muß stets die Sorge um den Menschen und seine Geschicke im Zentrum des Interesses stehen, die Sorge um die großen ungelösten Probleme bei der Organisation der Arbeit und der Verteilung der Güter – damit die Werke unseres Verstandes der Menschheit zum Segen gereichen und nicht zum Fluch.«

Albert Einstein,
Vortrag am California Institute
of Technology, 1931

Diana Covington:
San Francisco

1

Natürlich ist für manche von uns nichts genug.

Diese Feststellung kann man auf zwei Arten auslegen, nicht wahr? Aber ich will damit nicht sagen, daß es uns je zufriedenstellen würde, nichts zu haben. Es stellt nicht einmal die Nutzer zufrieden, und wenn sie noch so rührend verbissen ihren ›noblen Lebensstil des Müßiggangs‹ betonen. Ja. Schon gut. Es gibt keinen unter uns, der es nicht besser wüßte. Wir Macher konnten gärende Unzufriedenheit immer schon mit geschlossenen Augen wahrnehmen. Wir sehen sie ja täglich im Spiegel.

Mein IQ wurde nicht so hoch angehoben wie der von Paul.

Meine Eltern konnten es sich nicht leisten, mir all die Genmodifikationen mitzugeben, die Aaron bekam.

Meine Firma ist nicht so groß im Geschäft wie die von Karen.

Meine Haut ist nicht so kleinporig wie die von Gina.

Mein Wahlkreis stellt viel höhere Ansprüche als der von Luke. Glauben denn diese Blutsauger, ich bin ein Goldesel?

Mein Hund ist nicht so hart an der Grenze genmodifiziert wie der von Stephanie.

So gesehen war es genau dieser Hund von Stephanie, der in mir dem Entschluß weckte, mein Leben zu ändern. Ich weiß, wie das klingt. Aber alles, was den Beginn meiner Laufbahn bei der Aufsichtsbehörde für die Einhaltung genetischer Standards umrankt, klingt lächerlich. Warum also nicht mit Stephanies Hund anfangen? Er verleiht der Geschichte einen gewissen satirischen Beigeschmack. Soviel, daß es reichen würde für Monate eleganter Abendessen im Restaurant.

Wenn nicht elegante Abendessen im Restaurant für immer Vergangenheit wären.

Und Beigeschmack ist eine so flüchtige Sache.

An einem Sonntagvormittag im Juli brachte Stephanie ihren Hund in mein Apartment in der Sicherheitsenklave von Bayview. Am Tag zuvor hatte ich von BioForms in Oakland töpfeweise neue Blumen gekauft, die sich jetzt in einer Orgie von Blautönen über die Balkonbrüstung ergossen – Blautöne, die weitaus vielfältiger waren als jene der San Francisco Bay, sechs Stockwerke tiefer. Kobalt, Stahlblau, Aquamarin, Azur, Zyanblau, Türkis, Indigo. Ich räkelte mich auf meiner Balkonliege, knabberte Aniskekse und betrachtete meine Blumen. Die Genkünstler hatten jede Blüte zu einer weichen, flatternden Röhre mit einem abgerundeten Ende geformt; die Blüten waren ziemlich groß. Im wesentlichen war mein Balkon übersät mit schlaffen blauen Gemüsepenissen. David war einen Monat zuvor ausgezogen.

»Diana!« sagte Stephanie durch das Y-Feld hindurch, das sich zwischen den offenen Glastüren spannte. »Klopf, klopf!«

»Wie bist du in die Wohnung gekommen?« fragte ich leicht ärgerlich. Stephanie besaß meinen Sicherheitscode nicht. Dazu war sie mir zu wenig sympathisch.

»Dein Code ist geknackt. Er scheint im Polizeinetz auf. Dachte, das würde dich interessieren.« Stephanie war ein Bulle. Nicht von der Distriktspolizei – das war harte, schmutzige Arbeit, so mitten unter den Nutzern. Nichts für unsere Stephanie. Ihr gehörte vielmehr eine Firma, die Roboter für den Streifendienst der Enklavewachdienste lieferte. Die Robs entwarf sie selbst. Ihre imponierend erfolgreiche Firma hatte Verträge mit einer beachtlichen Anzahl von Enklaven in San Francisco, mit der meinen aber nicht. Mir zu sagen, daß mein Code im Rob-Netz aufschien, war ihre plumpe Art zu sticheln, weil meine Enklave eine andere Polizeitruppe einsetzte.

Ich legte mich wieder bequem hin und griff nach meinem Drink. Die blauen Blüten dicht neben mir streckten sich nach meiner Hand aus.

»Deinetwegen kriegen sie eine Erektion«, stellte Stephanie fest und trat zwischen den offenen Glastüren auf den Balkon. »Oh, Anisplätzchen! Darf ich Katous eins geben?«

Der Hund war ihr aus dem kühlen Halbdunkel meines Apartments gefolgt und stand nun blinzelnd und schnüffelnd im strahlend hellen Sonnenschein. Er war provozierend auffällig und absolut illegal genmodifiziert. Die Aufsichtsbehörde für die Einhaltung genetischer Standards mochte zwar das phantasievolle Herumbasteln mit Blumen gestatten, aber nicht mit Tierstämmen, die höher standen als Fische. Die Vorschriften sind da ganz unmißverständlich, und sie werden von Gerichtsurteilen bekräftigt, deren harte Geldstrafen ihre Unmißverständlichkeit unterstreichen: keine GenMods, die Schmerz verursachen; keine GenMods zur Erzeugung von Waffen im weitesten Sinn; keine GenMods, die »das äußere Erscheinungsbild oder die elementaren Körperfunktionen eines Lebewesens in einer Weise verändern, daß es wesentlich von anderen Exemplaren nicht nur seiner Spezies sondern auch seiner Rasse abweicht«. Mit einem Wort, ein Collie darf im Paßgang gehen oder auf zwei Beinen, aber er täte gut daran, auszusehen wie Lassie.

Und nie, nie, niemals irgendwelche GenMods, die erblich sind. Niemand braucht noch mal ein Fiasko wie die Schlaflosen! Selbst meine Penisblumen waren steril. Auch genmodifizierte Menschen – wir Macher – waren alle individuell komponiert: kostbare handgefertigte In-vitro-Unikate, echte Sammlerstücke. So wird für Ordnung gesorgt in unserer geordneten Welt. Also sprach der Vorsitzende des Obersten Bundesgerichtes der Vereinigten Staaten, Richard J. Milano, in seiner Urteilsbegründung im Fall *Linbecker gegen die Aufsichtsbehörde für die Einhaltung genetischer Standards:* »Der Mensch darf nicht bis zur Unkenntlichkeit verändert werden, damit wir nicht Gefahr laufen, das zu verlieren, was Menschsein ausmacht.« Zwei Hände, ein Kopf, zwei Augen, zwei Beine, ein funktionierendes Herz, die Notwendigkeit, zu atmen und zu essen und zu scheißen, das ist Menschsein für alle Ewigkeit. Wir sind *die* Menschen.

Oder, in diesem Fall, *die* Hunde. Und doch stand hier Stephanie, theoretisch eine Angehörige der Exekutive, auf meinem Balkon, flankiert von einem rosafelligen Beweisstück für einen Gesetzesbruch, auf den Gefängnis stand. Katous hatte vier reizende rosa Ohren, alle identisch aufgestellt, ein süßes rosa Hasenschwänzchen und dazu riesige braune Augen – dreimal so groß wie Richter Milano sie gerade noch durchgehen ließe –, die Katous einen seelenvollen, besorgten Blick verliehen. Katous war so entzückend und zerbrechlich, daß ich den unwiderstehlichen Drang verspürte, ihm einen Tritt zu versetzen.

Vielleicht lag gerade das im Sinn des Erfinders. Obwohl es sich in diesem Fall um einen weiteren strafbaren Tatbestand gehandelt hätte: keine Modifikationen, die Schmerz hervorrufen.

»Hab gehört, daß David ausgezogen ist«, sagte Stephanie, als sie sich vor das schlotternde rosa Fell hinhockte, um ihm ein Anisplätzchen zu verfüttern. Ach, wie unbefangen und beiläufig – ein Mädel mit seinem Hund, mein illegales GenMod-Schmusetier, ach weißt du, mein ganzes Leben bewegt sich immer am Rand des Extremen … Ich fragte mich, ob Stephanie wußte, daß ›Katous‹ Arabisch war und ›Katze‹ bedeutete. Klarerweise wußte sie es.

»David ist ausgezogen«, sagte ich und nickte. »Wir waren an einer Stelle angelangt, wo sich unsere Wege trennten.«

»Und wer ist der nächste auf deinem Weg?«

»Niemand.« Ich nippte an meinem Drink, ohne Stephanie ein Glas anzubieten. »Ich dachte, ich würde ein Weilchen allein leben.«

»Ehrlich!« Sie berührte eine meiner Blüten, die ihr sofort den weichen wasserblauen Schlauch um den Finger wickelte. Stephanie grinste. »*Quel dommage.* Was ist mit diesem deutschen Softwarehändler, mit dem du auf Pauls Party so lang geredet hast?«

»Was ist mit deinem Hund?« fragte ich zurück. »Ist er als Schoßhündchen für einen Bullen nicht ein bißchen zu vorschriftswidrig?«

»Aber so süß! Katous, sag Diana guten Tag!«

»Tag«, sagte Katous.

Langsam stellte ich das Glas hin.

Hunde konnten nicht sprechen. Es fehlten ihnen die körperlichen Voraussetzungen dafür, es fehlten die rechtlichen Voraussetzungen, es fehlte die Voraussetzung eines entsprechenden Hunde-IQ. Und doch war Katous' leicht knarrendes ›Tag‹ klar und deutlich zu verstehen. Katous konnte sprechen.

Stephanie lehnte an der Glastür und genoß die Wirkung ihrer Bombe. Ich hätte alles darum gegeben, sie ignorieren zu können, mit unbeteiligter, desinteressierter Stimme darüber hinweggehen zu können. Ich schaffte es nicht.

»Katous«, sagte ich, »wie alt bist du?«

Der Hund sah mich aus riesigen melancholischen Augen an.

»Wo wohnst du, Katous?«

Keine Antwort.

»Bist du ein GenMod-Hund?«

Keine Antwort.

»Ist Katous überhaupt ein Hund?«

Bemerkte ich da einen Hauch von trübseliger Verwirrung in den braunen Augen?

»Katous, bist du glücklich?«

Stephanie sagte: »Sein Vokabular besteht nur aus zweiundzwanzig Wörtern. Verstehen kann er aber mehr.«

»Katous, möchtest du ein Plätzchen? Einen Keks, Katous?«

Er wedelte mit seinem lächerlichen Schwänzchen und trapste auf der Stelle. Er hatte keine Krallen an den Pfoten. »Keks! Bitte!«

Ich hielt ihm ein Plätzchen hin. Sie stammten aus der hiesigen Niederlassung von Prousts Madelines, waren herrlich knusprig und dufteten nach Butter und Anis. Katous nahm das Plätzchen zwischen seine zahnlosen Kiefer. »Danke, Dame!«

Ich sah Stephanie an. »Er kann sich nicht wehren. Und er ist ein geistiger Krüppel: klug genug, um zu reden, aber nicht klug genug, um seine Welt zu begreifen. Was soll das für einen Sinn haben?«

»Wo liegt der Sinn bei deinen erotischen Blumen? Mein Gott, sind die obszön! Hat David sie dir mitgebracht? Sie sind einfach umwerfend.«

»Nein, David hat sie mir nicht mitgebracht.«

»Du hast sie selbst gekauft? Nachdem er abgehauen war, nehme ich an. Ein Ersatz?«

»Ein Mahnmal für die männliche Fehlbarkeit.«

Stephanie lachte. Sie wußte natürlich, daß ich log. In dieser Hinsicht war David nie fehlbar gewesen. Oder in irgendeiner anderen. Daß er mich verlassen hatte, war mein Fehler. Das Zusammenleben ist nicht einfach mit mir. Ich stichle, streite, stecke meine Nase in alles und stochere zwanghaft nach Schwachpunkten, um meine eigenen damit zu kompensieren. Und was das schlimmste ist, ich gebe das alles erst hinterher zu. Ich wandte den Blick von Stephanie ab und starrte durch einen Spalt zwischen den Blüten hinaus auf die San Francisco Bay, den eiskalten Drink in der Hand.

Es ist vermutlich eine meiner häßlichsten Charakterschwächen, daß ich es nicht aushalte, mit Leuten wie Stephanie länger als zehn Minuten in einem Raum zu sein. Sie ist intelligent, erfolgreich, lustig, frech. Die Männer prügeln sich um sie, und nicht bloß ihres Gen-Mod-Äußeren wegen, ihrer roten Haare, violetten Augen und endlos langen Beine wegen. Nicht einmal ihrer gentechnisch gesteigerten Intelligenz wegen. Nein, sie verfügt über den höchsten Reiz für übersättigte Männer: kein Herz. Sie ist eine einzige Herausforderung, eine unendliche Vielfalt, die durch die Macht der Gewohnheit nicht schal wird, weil alles an ihr einem steten Wandel unterliegt. Man kann sie nicht wirklich lieben und ihr nicht wirklich weh tun, weil es sie einfach nicht kümmert. Gleichgültigkeit in Kombination mit diesen Beinen wirkt unwiderstehlich. Jeder Mann glaubt, bei ihm würde es etwas anderes für sie sein, und keines ist es dann. Bei ihrem Gesicht fallen die Männer reihenweise um? Kein Problem, die nächste Armee steht schon stramm. Wenn Pheromon-Gen-Mods nicht verboten wären, würde ich schwören, daß Stephanie sie hat.

Eifersucht, sagte David immer, zersetzt die Seele.

Ich hatte immer geantwortet, daß Stephanie keine Seele besitzt. Sie war achtundzwanzig, sieben Jahre jünger als ich, was sieben Jahre Vorsprung an zulässiger technologischer Evolution des *Homo sapiens* bedeutete. Und es waren fruchtbare Jahre gewesen. Ihr Vater war Harve Brunell – ›der‹ Brunell von Brunell Power. Für seine einzige Tochter hatte er jede Genmodifizierung eingekauft, die am Markt war, und einiges davon hatte sich nicht ganz legaler Wege bedient, um dorthin zu gelangen. Stephanie Brunell repräsentierte die zweitneuesten Errungenschaften amerikanischer Wissenschaft, amerikanischen Willens und amerikanischer Wertvorstellung.

Sie kam gleich hinter Katous.

Stephanie pflückte einen blauen Penis und drehte ihn versonnen in ihren Händen. Sie ließ mich ersticken an meiner Neugier, was Katous betraf. »Also ist es wirklich vorbei zwischen dir und David. Apropos, ich habe ihn gestern abend bei Annas Wasserfest gesehen. Aus der Ferne. Er war draußen auf den Seerosenblättern.«

»Ach ja?« sagte ich salopp. »Mit wem?«

»Ganz allein. Sah aber sehr gut aus. Ich glaube, er hat sich das Haar wieder ersetzen lassen. Es ist jetzt blond und lockig.«

Ich streckte mich und gähnte. Die Muskeln in meinem Nacken fühlten sich so hart an wie Duragemketten. »Stephanie, wenn du David haben willst – nur zu! *Mir* ist es egal.«

»Ach, wirklich? Sag, macht es dir was aus, wenn ich deinen ziemlich primitiven HausRob um einen frischen Krug schicke? Sieht so aus, als hättest du den letzten ganz allein ausgetrunken. Na, er funktioniert wenigstens, dein Rob; bei den BullenRobs ist die Ausfallsrate schon wieder in die Höhe geklettert. Ich würde die Inhaber der Ersatzteildepots ausnahmslos für echte Gauner halten, wenn ich nicht wüßte, daß sie alle zu meinen engsten Freunden gehören. Wie heißt dein Rob?«

»Hudson!« sagte ich, »noch einen Krug.«

Er schwebte davon. Katous sah ihm furchtsam nach und verzog sich in eine Ecke des Balkons. Sein absurdes Schwänzchen streifte eine der herabhängenden Blüten, die sich augenblicklich um das Schwänzchen wand, und Katous japste, machte einen Satz vorwärts und zitterte.

»Ein GenMod-Hund, der zwar einen Ansatz von

Ich-Bewußtsein, aber Angst vor einer Blume hat?« fragte ich. »Ist das nicht ein bißchen grausam?«

»Er ist als gehätscheltes Schoßtierchen gedacht. An sich ist Katous ein Beta-Test-Prototyp für den internationalen Markt. Zugelassen laut Sondergenehmigungsgesetz zur Ankurbelung der Wirtschaft, Abschnitt 14-C: zum Export bestimmte nicht landwirtschaftlich genutzte Haustiere.«

»Ich dachte, der Präsident hätte das Sondergenehmigungsgesetz noch nicht unterzeichnet.« Der Kongreß stritt seit Wochen deswegen herum: Wirtschaftskrise, Handelsbilanzdefizit, strenge AEGS-Vorschriften, Gefahr für das Leben, wie wir es kennen. Das Übliche eben.

»Er wird es nächste Woche unterzeichnen«, sagte Stephanie. Ich fragte mich, welcher ihrer Liebhaber wohl über soviel Einfluß an wichtiger Stelle verfügte. »Etwas anderes kann er sich einfach nicht leisten. Die GenMod-Lobby wird mit jedem Tag mächtiger. Und denk an all die reichen alten Weiber in China, Südamerika und der Europäischen Gemeinschaft, die ganz begeistert sein werden von so einem zum Kotzen süßen, harmlosen, hilflosen, empfindlichen, kurzlebigen, extrem teuren Schoßhündchen ohne Zähne?«

»Kurzlebig? Ohne Zähne? Aber nach den Zuchtvorschriften der AEGS ...«

»Die kommen bei Exporttieren nicht zur Anwendung. Und inzwischen erledige ich die Beta-Testerei für einen Freund. Ah, da kommt Hudson.«

Der Rob schwebte mit einem frischen Krug Wodka-Tonic aus der offenen Glastür. Ängstlich und mit vier zitternden Ohren zuckte Katous zurück, wobei er gegen eine Reihe herabhängender Blüten anrannte, die sich sofort um ihn ranken wollten. Eine lange, schlaffe Blüte legte sich weich über seine Augen, und Katous jaulte auf, riß sich los und schoß ans andere Ende des Balkons.

»Hilfe!« schrie er. »Hilf Katous!«

An diesem Ende des Balkons hatte ich zwischen den Geländerstangen in niedrigen Kästen Mondstaub gepflanzt, um mir die Sicht auf die Bay nicht völlig zu verstellen. Seine kopflose Flucht beförderte Katous in das Sensorfeld des Mondstaubs, der eine Wolke süßduftender blauer Fasern, fein wie Seide, ausstieß. Der Hund atmete sie ein und japste. Einen Moment lang hing die Mondstaubwolke durchscheinend wie ein zarter Nebel um diese riesigen, zu Tode erschrockenen Augen, dann rannte Katous einmal im Kreis und machte einen blinden Satz, der ihn glatt zwischen den Geländerstangen hindurch und über den Rand des Balkons trug.

Bei dem Geräusch, das sein Körper verursachte, als er unten auf dem Gehweg aufschlug, drehte Hudson seine Sensoren.

Stephanie rannte zum Geländer, und ich hinterdrein. Zu unseren Füßen stieß der Mondstaub eine weitere Wolke feinster Fasern aus. Katous lag sechs Stockwerke weiter unten zerschmettert auf dem Gehweg.

»Verdammt!« rief Stephanie. »Dieser Prototyp hat an Forschung und Entwicklung allein eine Viertelmillion verschlungen!«

Hudson sagte: »Ein nichtregistriertes Geräusch beim unteren Eingang. Soll ich den Sicherheitsdienst alarmieren?«

»Was soll ich nur Norman sagen! Ich habe versprochen, den Babysitter für das Ding zu spielen und darauf aufzupassen!«

»Wiederholung. Ein nichtregistriertes Geräusch beim unteren Eingang. Soll ich den Sicherheitsdienst alarmieren?«

»Nein, Hudson«, sagte ich. »Keine Maßnahmen.« Ich starrte hinab auf das blutige rosa Fell und war plötzlich erfüllt von Mitleid und Abscheu: Mitleid mit dem verängstigten Hund und Abscheu gegen Stephanie und mich selbst.

»Na ja«, sagte Stephanie. Ihre perfekten Lippen zuckten. »Vielleicht benötigte der IQ tatsächlich ein wenig Anhebung. Ich sehe schon die Käseblätter der Nutzer vor mir: FURCHT VOR PHALLISCHEN PHAZELIEN: HYSTERISCHER HUND HÜPFT VON HOCHHAUS!« Sie warf den Kopf zurück und lachte; ihr rotes Haar flatterte im Wind.

Quecksilbrig, hatte David Stephanie einst genannt. *Manchmal hat sie verblüffend quecksilbrige Momente.*

Ich persönlich finde Nutzer-Schlagzeilen nicht so lustig wie anscheinend jedermann sonst. Und ich würde wetten, daß weder ›phallisch‹ noch ›Phazelien‹ im Nutzer-Vokabular vorkommt.

Stephanie zuckte die Achseln und wandte sich vom Geländer ab. »Da wird Norman eben nichts anderes übrigbleiben, als einen neuen zu machen. Forschung und Entwicklung hat er ja schon, also wird seine Firma wohl nicht bankrott gehen deswegen. Vielleicht können sie die Sache sogar von der Steuer absetzen. Hast du schon gehört, daß Jean-Claude die Abschreibung für die Embryos durchgeboxt hat, die er und Lisa jetzt doch nicht austragen lassen wollen? Nachdem er sie vernichten ließ, hat er die siebenjährige Lagerung der Embryos als Geschäftsspesen abgesetzt, mit der Begründung, daß ein künftiger Erbe Teil der langfristigen innerbetrieblichen Vorausplanung war, und der Revisionsbeamte vom Finanzamt hat das tatsächlich anerkannt! Neun befruchtete Embryos, alle mit kostspieligen GenMods. Und dann finden er und Lisa, daß sie eigentlich doch keine Kinder wollen.«

Ich starrte hinab auf das armselige Bündel rosa Fell auf dem Gehweg und dann hinaus über die weite blaue Bucht, und da traf ich meinen Entschluß. In diesem Moment, und so rasch und irrational.

Wie fast alle Entschlüsse in meinem Leben.

»Kennt du Colin Kowalski?« fragte ich Stephanie.

Sie dachte kurz nach; sie hat ein eidetisches Gedächtnis. »Ja, ich glaube schon. Sarah Goldman hat uns vor ein paar Jahren in irgendeinem Theater bekannt gemacht. Groß, gewelltes braunes Haar? Minimale GenMods, richtig? Ist mir nicht als besonders attraktiv in Erinnerung. Warum? Hast du ihn als Ersatz für David ins Auge gefaßt?«

»Nein.«

»Warte mal – ist er nicht bei der AEGS?«

»Ja.«

»Ich glaube, ich habe doch erwähnt«, sagte Stephanie etwas steif, »daß Normans Firma eine spezielle Beta-Test-Genehmigung für Katous besitzt?«

»Nein, hast du nicht erwähnt.«

Stephanie biß auf ihrer makellosen Unterlippe herum. »Also, eigentlich wird die Genehmigung gerade eingeholt. Diana …«

»Keine Sorge, Stephanie. Ich habe nicht vor, deine heimgegangene Gesetzwidrigkeit anzuzeigen. Ich dachte nur, möglicherweise kennst du Colin. Er plant eine extravagante Party für den Vierten Juli. Ich könnte dir eine Einladung verschaffen.« Ich genoß ihr plötzliches Unbehagen richtiggehend.

»Ich glaube nicht, daß mich eine Party interessiert, die einer von den Paragraphenwächtern schmeißt. Sind alle so verknöchert und verstaubt. Hängen ihren genetischen Vorschriften ein Mäntelchen aus falschem Patriotismus um und sehen nicht, daß das Resultat aussieht wie ein Gartenzwerg. Trampeln auf jeder innovativen Regung herum, bis nichts mehr davon übrig ist. Nein, danke.«

»Du glaubst also, der Idealismus dieser Leute ist nur geheuchelt?«

»Das ist fast jeder Patriotismus. Entweder ist er geheuchelt oder nichts als Nutzer-Sentimentalität. O

Gott, alles, was an diesem Land noch erträglich ist, kommt von der GenMod-Technik. Die meisten Nutzer sehen doch aus wie Scheiße und benehmen sich entsprechend – du hast selbst gesagt, daß du es nicht aushältst in ihrer Gegenwart.«

Das hatte ich gesagt, jawohl. Aber es gibt eine Menge Leute, deren Gegenwart ich nicht aushalte.

Stephanie stand auf einer politischen Liste – von der Sorte, die es im Wahlkampf nie bis zu Holovideos schafft. »Ohne die GenMod-Hirne in den Sicherheitsenklaven wäre das hier eine Nation wandelnder Idioten, die unfähig wären, selbst den simpelsten Überlebenskampf zu bestehen. Ich persönlich bin der Meinung, es wäre die glorreichste patriotische Großtat, ein tödliches Virus zu versprühen, das alles Menschliche vernichtet und nur die Macher am Leben läßt. Nutzer leisten keinerlei Beitrag zur Gesellschaft und entziehen ihr alles, was sie hervorbringt.«

»Habe ich dir eigentlich je erzählt«, sagte ich vorsichtig, »daß meine Mutter eine Nutzerin war? Die ums Leben kam, als sie im China-Konflikt auf der Seite der Vereinigten Staaten kämpfte? Sie war Stabsfeldwebel.«

Meine Mutter war gestorben, als ich zwei Jahre alt war; um ehrlich zu sein, ich erinnerte mich kaum an sie.

Stephanie hatte den Anstand, verlegen dreinzusehen. »Nein, hast du mir nicht erzählt«, sagte sie. »Hättest du aber tun sollen, statt mich Reden halten zu lassen! Jedenfalls ändert das gar nichts. Du bist eine Macherin. Du bist eine GenMod. Du verrichtest nützliche Arbeit.«

Das letztere war entweder großzügig oder gemein. In meinem Leben habe ich eine reiche Auswahl von Arbeiten verrichtet – keine davon nachhaltig nützlich. Ich habe so eine Theorie über Leute, die sich immerzu mit kurzlebigen beruflichen Laufbahnen konfrontiert sehen. Nebenbei bemerkt, ist es dieselbe Theorie, die auch auf Leute anzuwenden ist, die sich immerzu mit kurzlebigen Liebschaften konfrontiert sehen. Bei beidem kommt man früher oder später an einem Tiefpunkt an – nicht nur in der neuen Karriere oder der sogenannten ›Liebes‹-Geschichte, sondern in sich selbst. Das kommt daher, weil jeder neue Job/Liebhaber neue eigene Unzulänglichkeiten aufdeckt. Mit einem entdecken wir unsere Fähigkeit, faul dahinzudämmern; mit einem anderen unser zänkisches Wesen; mit dem nächsten lernen wir, uns von manischem Ehrgeiz packen zu lassen, der einen mit seiner jämmerlichen Leere ängstigt. Das Resultat allzuvieler Jobs und allzuvieler Liebhaber ist also immer das gleiche: eine Ansammlung von persönlichen Tiefpunkten, ein Streuungsdiagramm unserer Leistungswerte, das unabwendbar zur rechten unteren Ecke absinkt. Alle unsere Schwachpunkte stehen nackt und bloß da. Was ein Job oder ein Liebhaber übersah, wird unweigerlich der nächste ans Tageslicht bringen.

Während der letzten zehn Jahre habe ich im Sicherheitsdienst gearbeitet, in der Holovideo-Unterhaltungsbranche, in der Politik auf Gemeindeebene, in mehreren Vertriebsstellen von Möbelfabriken, im Roboter-Recht, in der Lebensmittelversorgung, im Schulwesen, in angewandter Synkographie, im Gesundheitswesen. Nichts gewagt, nichts gewonnen. Und doch nannte David, der nach Russel kam, der nach Anthony kam, der nach Paul kam, der nach Rex kam, der nach Eugene kam, der nach Claude kam, *mich* nie ›quecksilbrig‹. Was sicherlich gewisse Rückschlüsse zuläßt.

Ich hatte auf Stephanies Seitenhieb nicht reagiert, also wiederholte sie ihn mit einem begierigen kleinen Lächeln: »Du bist eine Macherin, Diana. Du verrichtest nützliche Arbeit.«

»Bin kurz davor«, sagte ich.

Sie goß sich noch ein Glas ein. »Wird David zu Party bei diesem Colin Kowalski kommen?«

»Nein. Sicher nicht. Aber am Samstag wird er bei der Spendenaktion für Sarahs Wahlkampagne sein. Wir haben beide vor Wochen zugesagt.«

»Und? Wirst du hingehen?«

»Ich glaube nicht.«

»Verstehe. Aber wenn ihr, David und du, wirklich miteinander fertig seid …«

»Nichts wie ran, Stephanie.« Ich sah sie nicht an. Seit David ausgezogen war, hatte ich sieben Pfund und drei Freunde verloren.

Also sagen wir, ich bin zur AEGS gegangen, weil ich sitzengelassen wurde. Sagen wir, ich war eifersüchtig. Sagen wir, Stephanie und alles, was sie verkörperte, kotzte mich an. Sagen wir, ich war in einem Moment von meinem Leben gelangweilt, der ganz besonders langweilig war. Sagen wir, ich hielt Ausschau nach einem neuen Nervenkitzel. Sagen wir, ich war impulsiv.

»Ich werde ein Weilchen weggehen aus der Stadt«, sagte ich.

»Ach? Und wohin?«

»Weiß ich noch nicht. Hängt davon ab.« Ich warf einen letzten Blick über das Geländer auf den zerschmetterten, rührend komischen, kostbaren Hund, das Neueste an amerikanischer Technik und amerikanischen Werten.

Sagen wir, ich war eine Patriotin.

Am nächsten Morgen flog ich hinüber zu Colin Kowalskis Büro in einem Regierungskomplex westlich der Stadt. Aus der Luft gesehen bildeten die Gebäude und großzügig angelegten Landeplätze ein geometrisches Muster, umgeben von natürlich geformten Baumbeständen. Die Bäume waren sehr hellgrün und trugen gelbe Blüten; vermutlich hatte man sie durch Genmanipulation dazu gebracht, das ganze Jahr über zu blühen. Der Rand des kuppelförmigen Y-Sicherheitsfeldes bildete eine abrupte Grenze für Bäume und Rasen; außerhalb dieses geschützten Kreises bestand die Vegetation hauptsächlich aus Gestrüpp. Dort hielten ein paar Nutzer ein Rollerrennen ab.

Von meinem Luftwagen aus konnte ich die ganze Rennbahn überblicken, eine gelblich leuchtende Linie aus Y-Energie, etwa einen Meter breit und sieben, acht kurvenreiche Kilometer lang. Aus der Startkapsel schoß ein Plattformroller, gelenkt von einer rotgekleideten Gestalt, die aus meiner Höhe und bei ihrer Geschwindigkeit nichts als ein verwischter Klecks war. Ich hatte schon einige Male bei Rollerrennen zugesehen. Die Gravs des Rollers waren dabei so programmiert, daß sie eine Entfernung von genau fünfzehn Zentimetern über der Bahn einhielten. Y-Kegel an der Unterseite der Plattform bestimmten die Geschwindigkeit; je steiler der Kippwinkel weg von der Energiebahn, desto schneller und desto unkontrollierbarer wurde das Ding. Der Lenker hatte nur einen einzigen Haltegriff zur Verfügung und dazu eine Art Knauf, an dem er ein Knie einhaken konnte. Das Ganze muß so sein, als würde man mit hundert Stundenkilometern im Damensitz reiten – nicht, daß irgendein Nutzer je von einem Damensitz gehört hätte. Nutzer lesen keine geschichtlichen Werke. Oder irgend etwas sonst.

Die Zuschauer hockten brüllend und johlend auf primitiven Bänken entlang der Rennbahn. Der Fahrer in Rot befand sich auf halber Strecke, als ein zweiter Roller aus der Startkapsel schoß. Mein Luftwagen hatte gerade die Einflugerlaubnis ins Sicherheitsfeld des Regierungskomplexes erhalten, das sogleich die Steuerung übernahm und mich ins Innere geleitete. Ich drehte mich in meinem Sitz um, soweit ich konnte, um die Rollerbahn im Auge zu behalten. Jetzt, aus geringerer Höhe, konnte ich den ersten Lenker deutlicher sehen. Er steigerte die Schrägstellung des Rollers immer mehr, obwohl er an einem Stück der Bahn angelangt war, das sich über Felsen und durch Senken und zwischen Haufen aus abgeschnittenem Geäst hindurch wand. Ich fragte mich, wieso er wußte, daß der nächste Roller hinter ihm aufholte.

Der Lenker in Rot raste auf einen halb von Gras überwachsenen Felsen zu, über den sich die gelbe Linie der Rennbahn hinwegschlängelte, und warf sich mit dem ganzen Gewicht nach vorn, um das Tempo zu verringern. Doch er hatte zu lang gewartet. Der Roller fing an zu rucken und zu schlingern, verlor die Führung durch die Bahn und überschlug sich. Der Fahrer wurde zu Boden geschleudert und prallte mit neunzig Stundenkilometern mit dem Kopf auf dem Stein auf.

Kurz darauf raste der nächste Roller über den Toten; seine Energiekegel hielten einen perfekten Abstand von fünfzehn Zentimetern über dem eingeschlagenen Schädel ein.

Mein Wagen senkte sich zwischen die Baumkronen hinab und landete zwischen zwei Beeten mit leuchtenden GenMod-Blumen.

Colin Kowalski kam mir in der Halle entgegen, einem Atrium in neo-Wright'schem Stil und deprimierendem Grau. »Meine Güte, Diana, du siehst aber blaß aus. Was ist denn los?«

»Nichts«, sagte ich. Rollerunfälle passierten immerzu und überall. Niemand macht mehr den Versuch, Rollerrennen gewissen Vorschriften zu unterwerfen, am wenigsten die Politiker, die sie finanzieren, um Wählerstimmen zu erhalten. Außerdem – was hätte es für einen Sinn? Nutzer setzen sich diese dumme Art von Tod nun einmal in den Kopf, genauso wie sie sich in den Kopf setzen, in die Sonne zu gehen und sich bis zur Besinnungslosigkeit zu besaufen oder ihr armseliges Leben damit zu verbringen, die Landschaft geringfügig rascher zu ruinieren, als die Robs sie wieder in Ordnung bringen können. UmweltRobs wurden in der Regel damit fertig, als noch genügend Geld zur Verfügung stand. Aber Stephanie hatte recht: es war mir egal, was die Nutzer taten. Warum auch nicht? Was meine Mutter auch immer vor vierzig Jahren getan haben mochte, heute jedenfalls sind Nutzer in politischer und wirtschaftlicher Hinsicht ohne Bedeutung. Allgegenwärtig, aber ohne Bedeutung. Es war nur, daß ich noch nie zuvor einen toten Rollerrennfahrer aus nächster Nähe gesehen hatte. Der zerschmetterte Schädel hatte nicht substantieller gewirkt als eine Blume.

»Du brauchst frische Luft«, stellte Colin fest. »Machen wir einen Spaziergang?«

»Einen was?« fragte ich entgeistert. Ich hatte gerade ausreichend frische Luft gehabt; was ich jetzt brauchte, war ein Platz zum Hinsetzen.

»Hat dir der Arzt nicht langsame Spaziergänge verordnet? In deinem Zustand?« Colin packte mich am Arm, und diesmal hatte ich mehr Verstand, als zu fragen: *mein was!?* Man kommt rasch wieder in Übung. Colin fürchtete, das Gebäude wäre nicht sicher.

Wie konnte ein Regierungskomplex unter einem Hochsicherheits-Y-Feld nicht sicher sein? Der Laden mußte mehrfach abgeschirmt sein, abhörsichere Datenleitungen haben und praktisch ununterbrochen nach Lauschern an der Wand abgeklopft werden. Es gab bloß eine einzige Gruppe von Personen, die man auch nur annähernd im Verdacht haben konnte, Monitoren entwickeln zu können, die so extrem unaufspürbar waren …

Ich überraschte mich selbst. Mein Herz tat doch tatsächlich einen Satz. Anscheinend gab es doch noch

Dinge außer meiner eigenen Person, für die ich Interesse aufbringen konnte.

Colin geleitete mich an einem hübschen Meditationsgarten vorbei hinaus auf ein offenes Stück Rasen. Wir gingen langsam, wie es sich für jemanden in meinem wie immer gearteten Zustand gehörte.

»Colin, mein Herzblatt, bin ich schwanger?«

»Du leidest am Gravison-Syndrom, diagnostiziert vor zwei Wochen an der John-C.-Frémont-Enklave für Medizin als Ursache für deine wiederholten Schwindelanfälle.«

»Die scheinen aber in meinen Krankenblättern nirgendwo auf.«

»Jetzt schon. Drei Anfälle in den letzten vier Monaten. Daraufhin eine falsche Diagnose, lautend auf Multiple Sklerose. Deine Gesundheitsprobleme sind einer der Gründe, weshalb David Madison dich verlassen hat.«

Unwillkürlich zuckte ich bei der Erwähnung von Davids Namen zusammen.

An manchen Orten drängen sich funkelnde Wolkenkratzer, die alle auf unsicherem, trügerisch instabilem Untergrund errichtet wurden. In Japan zum Beispiel. Und dann gibt es Orte wie den Garten Eden – warm, üppig, leuchtend in allen Farben –, wo nur Bitterkeit erwächst. Wessen Schuld ist das? Die der Bewohner des Gartens, klarerweise. Denn sie können sich wohl kaum auf eine triste Kindheit hinausreden.

Nichts ist bitterer, als zu wissen, daß man Eden hätte haben können, wenn man es nicht in Hiroshima verwandelt hätte. Ganz allein, nur mit Hilfe seiner beiden Ichs.

Colin und ich gingen noch ein wenig weiter. Die Luft unter der Kuppel war mild und windstill und duftete frisch. Colins Hand auf meinem Arm fühlte sich angenehm an. Stephanie hatte unrecht; er sah gut aus, auch wenn sein Äußeres nicht genmodifiziert war. Er hatte dichtes braunes Haar, hohe Bakkenknochen und einen kräftigen Körper. Zu schade, daß er so ein selbstgefälliger Pedant war. Diese andächtige Ehrfurcht vor dem eigenen Job – selbst wenn der Job es wert ist, getan zu werden – erstickt jede aufkeimende Erotik im Keim. Ich konnte mir lebhaft vorstellen, wie Colin seine nackten Geliebten nach Übertretungen der AEGS-Standards inspizierte. Und sie dann verpfiff.

Ich sagte: »Süßer, meinst du nicht, daß du die Sache ein wenig überstürzt? Wozu die Änderungen in meinen Krankenblättern? Ich habe noch nicht einmal gesagt, daß ich mitspielen will.«

»Wir brauchen dich, Diana. Du hättest mich zu keiner besseren Zeit kontaktieren können. Washington hat unsere Geldmittel wiederum gekürzt, um zehn Prozent seit ...«

»Erspar mir die politischen Vorträge, Col. Wozu brauchst du mich?«

Er sah beleidigt drein. Ein dünkelhafter Besserwisser. Aber klarerweise hatte man seine Finanzen gekürzt – genauso wie die jedes anderen. Washington ist ein Zweiwegsystem: das Geld kann entweder hinausgehen oder hereinkommen. Momentan ging mehr hinaus als hereinkam. Viel mehr. Eine Nation von Nutzern zu erhalten war kostspielig, jetzt, da die USA nicht mehr über das Weltpatent für die billige Y-Energie verfügten, die das überhaupt erst ermöglicht hatte. Dazu kam, daß die industriellen Maschinenparks, die man die längste Zeit nur mangelhaft gewartet hatte, in immer schnellerem Tempo zu Bruch gingen. Selbst Stephanie mit all ihrem Geld hatte sich schon beklagt. Zweifellos bekam es der öffentliche Sektor noch stärker zu spüren. Und die Finanzierung öffentlicher Subventionen durch den Zugriff auf spätere Budgetmittel war seit fast einem

Jahrhundert nicht mehr erlaubt. Dachte Colin denn, daß ich das nicht alles wüßte?

»Ich wollte dir keinen Vortrag halten«, erklärte er steif. »Ich brauche dich für einen Überwachungsjob. Du bist geschult, du bist sauber, niemand wird deine Schritte elektronisch verfolgen. Und wenn wirklich jemand auf dich aufmerksam wird, ist dein Gravison-Syndrom die beste Tarnung.«

Das stimmte soweit. Ich war ›geschult‹, weil ich fünfzehn Jahre zuvor an einem offiziell nicht stattgefundenen Schulungsprogramm teilgenommen hatte, das so geheim gewesen war, daß die fertigen Agenten hinterher nie eingesetzt wurden. Zumindest *ich* wurde nie eingesetzt, wobei jedoch zu berücksichtigen wäre, daß ich vor dem Abschluß der Ausbildung ausstieg. Claude war in mein Leben getreten. Möglicherweise handelte es sich aber auch um jemand anderen. Auch Colin Kowalski hatte das Schulungsprogramm absolviert, was den Startschuß für seine Beamtenkarriere bedeutete. Ich war sauber, weil nicht das Geringste über das Programm in irgendwelchen Datenbänken aufschien. Nirgendwo.

Aber da war noch etwas, das Colin mir unterschlug, etwas an seinem Verhalten, das mir nicht gefallen wollte. »Und wer im speziellen soll nicht auf mich aufmerksam werden?« fragte ich, aber ich denke, ich wußte es bereits.

»Die Schlaflosen. Weder die von *Sanctuary,* noch diese Gruppe auf Huevos Verdes. La Isla, meine ich.«

Huevos Verdes. Grüne Eier. Ich bückte mich und tat so, als würde ich meine Sandale richten, um mein Grinsen zu verbergen. Nie hätte ich gedacht, daß Schlaflose einen Sinn für Humor haben.

»Und warum ist dabei das Gravison-Syndrom die perfekte Tarnung?« fragte ich. Mein Interesse war geweckt. »Was *ist* das Gravison-Syndrom überhaupt?«

»Eine Erkrankung des Gehirns. Ruft extreme Rastlosigkeit und Erregungszustände hervor.«

»Und du dachtest augenblicklich an mich. Heißen Dank, Schätzchen.«

Er sah mich ärgerlich an. »Der Krankheitsverlauf führt in der Folge häufig zu ziellosem Herumreisen der Betroffenen. Diana, diese Angelegenheit ist nichts, worüber man Witze macht. Du bist der letzte der Untergrund-Agenten, von dem wir sicher wissen, daß er in keiner elektronischen Datenbank aufscheint, die noch aus der Zeit stammt, bevor *Sanctuary* auf der unzugänglichen Orbitalstation diese sogenannten SuperSchlaflosen gezüchtet hat. Nun, sie ist nicht mehr unzugänglich. Wir haben jede Menge AEGS-Personal da oben. Die Labors wurden alle demontiert; *Sanctuary* wird uns nie mehr irgendeinen gefährlichen GenMod-Streich spielen. Und diese Hochverräterin Jennifer Sharifi und ihre revolutionäre Zelle werden nie mehr aus dem Gefängnis kommen.«

Colins Worte waren die Untertreibung des Jahres – eine eigenartig graugetönte, beamtenhafte Art von Untertreibung. Was er Jennifer Sharifis ›gefährlichen GenMod-Streich‹ genannt hatte, war die Androhung eines Terroranschlages in Form eines tödlichen genmodifizierten Virus gewesen, wobei fünf Städte als Geiseln dienten. Dieser unglaubliche, dreiste, wahnsinnige Einschüchterungsversuch sollte die Vereinigten Staaten zwingen, *Sanctuary* die Abspaltung zu erlauben. Und der einzige Grund für die letztendliche Erfolglosigkeit des Unternehmens war der Umstand, daß Jennifer Sharifis Enkelin Miranda – aus weiß Gott welcher verdrehten Familienpolitik heraus – die Terroristen an die Bundesbehörden verriet. Das alles war vor dreizehn Jahren geschehen, als Miranda Sharifi sechzehn Jahre alt war. Sie und weitere sechsundzwanzig junge Leute, die sich ihr angeschlossen hatten, waren angeblich genetisch bereits so verändert, daß sie nicht einmal mehr auf dieselbe Art und Weise dachten wie normale Menschen. Sie stellten eine neue Spezies dar.

Genau das, was die AEGS verhindern sollte.

Und dennoch, hier waren sie, diese siebenundzwanzig SuperSchlaflosen, sehr lebendig – wandelnde vollendete Tatsachen. Aber ›hier‹ stimmte auch nicht ganz, denn vor einigen Jahren hatten sich die SuperS alle auf eine Insel verzogen, die sie sich vor der Küste von Yucatán selbst gebaut hatten – das war das richtige Wort, ›gebaut‹: Heute noch nichts als internationale Gewässer, und einen Monat später gab es dort diese Insel. Und es war keine schwimmende Konstruktion wie die Künstlichen Inseln, sondern massiver Stein, der bis hinunter auf den Kontinentalsockel reichte; noch dazu war das Meer an dieser Stelle ziemlich tief. Niemand weiß, wie die Schlaflosen die Nanotechnik entwickelt haben, die Voraussetzung für ein solches Unternehmen ist, doch eine Menge Leute würden es für ihr Leben gern wissen. Die Nanotechnik steckt nämlich immer noch in den Kinderschuhen. Grob gesagt, Nanowissenschaftler könnten die Dinger zwar auseinandernehmen, aber nicht bauen. Auf La Isla verhielt sich die Sache offenbar völlig anders.

Eine Insel, sagt das internationale Recht, das älter ist als die Leute, die eine erschaffen können, ist ein natürlicher Bestandteil der Landschaft. Im Unterschied zu einem Schiff oder einer Raumstation fällt sie nicht unter das Steuerberichtigungsgesetz für künstliche Konstruktionen aus dem Jahr 2050 und sie muß auch nicht unter einer bestimmten Landesflagge zugelassen werden. Sie kann von einem existierenden Staat beansprucht werden oder sich ihm anschließen, sie kann ihm aber auch von den Vereinten Nationen als Protektorat unterstellt werden. Die siebenundzwanzig SuperS ließen sich zusammen mit ihren Anhängseln auf ihrer Insel nieder, die etwa die Form zweier ineinandergreifender Ovale hatte. Sofort erhoben die Vereinigten Staaten Anspruch auf La Isla; die potentiellen Steuereinnahmen von den Geschäftsunternehmen der SuperSchlaflosen wären enorm gewesen. Doch die UNO teilte die Insel Mexiko zu, das nur dreißig Kilometer entfernt lag; die Vereinten Nationen waren zu diesem Zeitpunkt gerade ausnahmslos unzufrieden mit den Amerikanern, die im Auf und Ab der internationalen öffentlichen Meinung wieder einmal eine Talsohle erreicht hatten. Und Mexiko, das seit Jahrhunderten mit schöner Regelmäßigkeit von den Vereinigten Staaten reingelegt und ausgetrickst wurde, zeigte sich glücklich über jede Summe, die La Isla zahlen wollte, um in Ruhe gelassen zu werden.

Die SuperS bauten ihre Insel im Schutz der raffiniertesten Energiefelder, die existieren. Absolut undurchdringlich. Offenbar waren die SuperS mit ihrem unvorstellbar hoch entwickelten Intellekt nicht nur Genies auf dem Gebiet der Genmodifikation, sondern sie hatten in ihrer Gruppe Spezialisten für alles: Y-Energie, Elektronik, Grav-Tech. Von ihrer Insel aus, die offiziell, aber nichtsdestoweniger phantasielos La Isla heißt, haben sie eine Unzahl von Patenten auf den Weltmarkt gebracht, auf dem die USA immer wieder nur die gleichen müden wiederaufbereiteten Produkte zu überhöhten Preisen anbieten können. Die USA haben 120 Millionen unproduktive Nutzer zu erhalten; La Isla keinen einzigen. Nie zuvor hatte ich gehört, daß jemand die Insel Huevos Verdes nannte, was als ›grüne Eier‹ zu übersetzen wäre und im spanischen Slang selbstverständlich auch ›grüne Hoden‹ bedeutet. Fruchtbare und machtvolle Eier. Wußte Colin das?

Ich bückte mich, um einen Halm des sehr grünen

GenMod-Grases zu pflücken. »Colin, glaubst du nicht auch, daß es kein Problem für die SuperS darstellen würde, Jennifer Sharifi und ihr Gefolge aus dem Gefängnis zu holen, wenn ihnen daran gelegen wäre? Aber offenbar wollen die erfolgreichen Konterrevolutionäre ihre Altvorderen genau dort haben, wo sie sind!«

Colin sah noch ärgerlicher drein als bisher. »Diana, die SuperSchlaflosen sind keine Götter! Sie können nicht überall die Fäden ziehen. Es sind auch bloß Menschen!«

»Ich dachte, die AEGS behauptet, das sind sie nicht.«

Er ignorierte das. Oder vielleicht auch nicht. »Du sagtest mir gestern, du wärst der Meinung, daß den illegalen GenModExperimenten Einhalt geboten werden muß. Experimenten, die die Menschheit, so wie wir sie kennen, unwiderruflich verändern könnten.«

Ich hatte Katous vor Augen, wie er zerschmettert auf dem Gehweg lag, während Stephanie oben auf dem Balkon lachte. *Keks! Bitte!* Ich hatte Colin tatsächlich gesagt, daß ich der Meinung war, illegale GenMod-Experimente gehörten gestoppt, aber nicht aus so simplen Gründen wie den seinen. Ich war keineswegs gegen unwiderrufliche Veränderungen an der Menschheit; ganz im Gegenteil, ich hätte das für eine hervorragende Idee gehalten. Die Menschheit erschien mir nicht als etwas so Perfektes, daß sie für alle Zeiten so bleiben sollte, wie sie war. Meine Vorbehalte galten der Art von Veränderungen, die man für sie aussuchen würde. Ich hatte meine Zweifel, was die Wählenden betraf; ich hatte keinen Einwand gegen die Möglichkeit der Auswahl. Wir waren schon weit genug in die Richtung von Stephanie gegangen, die fühlende Lebewesen in dieselbe Kategorie von Wegwerfprodukten einordnete wie Toilettenpapier. Ein Hund heute, kostspielige, unproduktive

Nutzer morgen – und wer dann? Ich hatte den Verdacht, daß Stephanie auch zum Völkermord fähig war, falls es ihren Zielen nutzte. Und dasselbe glaubte ich von vielen Machern. Es war schon vorgekommen, daß ich selbst daran gedacht hatte – jedoch nicht in Form effektiver Denkprozesse. Das Nichtdenken erschreckte mich dabei besonders. Aber ich bezweifelte, daß Colin das alles verstanden hätte.

»Ganz richtig«, sagte ich. »Ich möchte mithelfen, den illegalen GenMod-Experimenten Einhalt zu gebieten.«

»Und ich möchte, daß du weißt, daß ich weiß, daß sich unter dieser leichtfertigen Art, die du zur Schau stellst, eine ernsthafte und aufrechte amerikanische Staatsbürgerin verbirgt.«

O Colin! Nicht einmal sein angehobener IQ ließ ihn die Welt anders als zweiwertig erkennen: annehmbar/nicht annehmbar. Gut/schlecht. Ein/aus. Die Realität war soviel komplizierter! Und zu allem Überdruß log er mich noch an.

Ich bin gut im Aufspüren von Lügen. Weitaus besser als Colin bei ihrer Einflechtung. Er hatte nicht vor, mich bei dieser Sache mit irgend etwas Wichtigem zu betrauen. Ich war zu hastig herangezogen worden, galt als zu leichtfertig, zu unverläßlich. Daß ich meine Ausbildung vorzeitig abgebrochen hatte, war Beweis genug für meine Unzuverlässigkeit, meine mangelnde Loyalität, meine Untragbarkeit für irgend etwas Wichtiges. Das ist die Art und Weise, wie diese Beamtentypen denken. Vielleicht zurecht.

Der Überwachungsjob, den Colin für mich vorgesehen hatte, würde sich darauf beschränken, mich als Verstärkung einzusetzen für eine ohnehin bereits dreifach besetzte Aufgabe. Dafür gab es eine Theorie bei Überwachungseinsätzen: billig, begrenzt selbständig. Es hatte als Theorie bei der Robotertechnik begonnen, fand aber bald Eingang in den Polizeidienst:

Wenn man zahlreiche Detektive mit eng begrenzten Aufgaben einsetzte, würden sie nicht zu einer einzigen übereinstimmenden voreiligen Ansicht kommen, wonach sie suchen mußten. Auf diese Weise mochte etwas völlig Unerwartetes zutage treten. Colin wollte mich als Äquivalent für den Jolly Joker.

Das machte mir nichts aus. Ich würde aus San Francisco rauskommen, das reichte mir.

»Seit zwei Jahren reisen die SuperS in die Vereinigten Staaten ein«, fuhr Colin fort. »Einzeln oder zu zweit, sorgfältig getarnt natürlich, sowohl kosmetisch als auch elektronisch. Sie besuchen verschiedene Nutzer-Städte oder Macher-Enklaven und kehren wieder nach Hause auf La Isla zurück. Wir möchten gern wissen, zu welchem Zweck sie kommen.«

»Vielleicht leiden sie am Gravison-Syndrom«, murmelte ich.

»Entschuldige, was sagtest du?«

»Ich sagte, ist es euch schon gelungen, in Huevos Verdes einzudringen?«

»Nein«, antwortete er. Aber er hätte es mir wohl in keinem Fall verraten. Die sexuelle Anspielung entging ihm vollends.

»Und wen genau soll ich beschatten?« Die Erregung steckte mir bereits wie eine kleine Blase in der Kehle, was mich überraschte. Es war lange her, daß mich irgend etwas erregt hatte. Außer David, natürlich, der seine sexy Schultern und seinen wortreichen Charme und sein Überlegenheitsgefühl zusammengepackt hatte und bereit hielt, um sich damit bis auf Widerruf ins Leben irgendeiner anderen Frau zu werfen.

»Du wirst Miranda Sharifi verfolgen«, sagte er.

»Ah.«

»Deine Ausstattung und alle notwendigen Dokumente für dich befinden sich abholbereit in einem Schließfach in der Gravbahn-Station. Dort kannst du als Nutzerin auftreten.«

Das war eine subtile Beleidigung. Colin gab mir damit zu verstehen, daß meine Attraktivität nicht aufsehenerregend genug war, um keinen Zweifel an der GenMod-Herkunft zu lassen. Aber ich ließ es durchgehen.

»Sie selbst hat erst einmal die Insel verlassen«, fuhr Colin fort. »Glauben wir. Und beim nächstenmal setzt du dich auf ihre Fährte.«

»Wie willst du denn so sicher sein, daß sie es dann auch wirklich ist? Wenn sie sowohl kosmetische als auch elektronische Tarnungen benutzen, könnte sie veränderte Gesichtszüge haben, eine andere Frisur und sogar eine Gehirnwellenprojektion, die ihre eigene überlagert.«

»Stimmt. Aber die Köpfe der SuperS sind alle ein wenig mißgestaltet und etwas zu groß. Das ist schwer zu kaschieren.«

Das wußte ich natürlich. Alle wußten das. Vor dreizehn Jahren, als die SuperS von *Sanctuary* heruntergekommen waren, hatten ihre großen Köpfe zu reichlich geschmacklosen Witzen Anlaß gegeben. Tatsache war, daß ihr stets auf Hochtouren laufender Metabolismus und die veränderte Gehirnchemie auch andere Anomalien hervorgerufen hatten; die Manipulation menschlicher Gene ist eine äußerst komplexe Sache. SuperS sind, wenn ich mich recht erinnere, kein besonders lieblich anzusehendes Völkchen.

»Also, *so* groß sind ihre Köpfe nun auch wieder nicht, Colin! Bei schlechter Beleuchtung fallen sie kaum auf.«

»Außerdem haben wir die Infrarotaufnahmen ihrer Körper gespeichert. Noch vom Prozeß her. Niemand kann die Lage seiner Leber verändern oder das Tempo der Verdauungsvorgänge im Zwölffingerdarm korrigieren.«

Was beides nicht besonders aussagekräftig ist. Infrarotaufnahmen sind nicht einmal zur Identitätsbestimmung bei Gericht zugelassen. Zu unzuverlässig. Immerhin, besser als nichts.

Alles davon war besser als das Nichts mit David. Das Nichts von Stephanie. Das Etwas von Katous. *Danke, Dame!*

Colin sagte: »Die Reisetätigkeit von Huevos Verdes intensiviert sich graduell. Sie planen etwas. Wir müssen herausfinden, was.«

»Si, Señor«, sagte ich. Er fand es nicht lustig.

Wir waren fast an der Außengrenze der Sicherheitskuppel angelangt. Durch ihren schwachen Schimmer hindurch sah ich, daß weit draußen eine Leichenkapsel für den toten Rollerrennfahrer angekommen war. Am äußersten Limit meiner GenMod-gesteigerten Sehkraft konnte ich verfolgen, wie ein paar Nutzer ihn in die Kapsel schoben. Die Nutzer weinten. Als der Tote eingeladen war, setzte sich die Kapsel auf der Bahn in Bewegung, doch nach fünf Metern ließ sie ein ohrenbetäubend knirschendes Geräusch vernehmen und blieb stehen. Die Nutzer schoben an, aber die Kapsel bewegte sich nicht von der Stelle. Die Bestattungsgeräte waren anscheinend zu Bruch gegangen – wie so vieles andere auch.

Die Nutzer standen da und starrten die Kapsel an, bestürzt und hilflos.

Ich kehrte mit Colin wieder ins Gebäude G-14 zurück und sah ein wenig benommen drein, wie es einem Opfer des Gravison-Syndroms zukam.

Billy Washington:
East Oleanta, New York

2

Gleich wie ich draufkam auf die Sache mit den tollwütigen Waschbären, rannte ich erstmal runter zur Cafeteria, um es Annie Francy zu sagen. Rannte den ganzen Weg. Is' nich' mehr so einfach, für mich nämlich. Hatte bloß 'nen einzigen Gedanken: daß Lizzie hoffentlich bei Annie in der Küche war un' nich' im Wald. Hoffentlich.

»Renn, Alter! Nich' nachlassen, alter Furz!« brüllte ein Junge aus dem Gäßchen zwischen Hotel un' Lagerhaus. Dort lungern sie immer rum, die Rangen von der Straßengang, wenn gutes Wetter ist. Es war gut, das Wetter. Hatte ganz vergessen, daß die Horde dort sein mußte. Hätte sonst 'nen Umweg gemacht, den Fluß lang. Aber heute waren sie zu faul, die Jungs, oder auf'm Kriegsfuß miteinander, um mir nachzusetzen. Denen sagte ich kein Wort nich' von den Waschbären.

Am Hintereingang der Cafeteria, dem, wo bloß die Robs benutzen dürfen, hämmerte ich gegen das Türchen, so laut es ging, un' zur Hölle mit allen, die es hören konnten. »Annie Francy! Laß mich rein!«

Im Gebüsch rechts von der Tür raschelte es, un' ich kippte fast um; die Waschbären holen sich immer das Zeug, wo die LieferRobs fallenlassen. Aber 's war bloß 'ne Schlange. »Annie! Ich bin's – Billy! Laß mich rein!«

Die niedrige Tür klappte auf. Ich kroch auf allen vieren durch. Es war Lizzie gewesen, wo rausgefunden hatte, wie man den Liefereingang ohne Robotsignal aufkriegte. Annie, die wär' nie draufgekommen, die schaffte so was nie im Leben.

Sie waren beide da. Annie schälte Äpfel, un' Lizzie bastelte an dem Rob rum, der zum Äpfelschälen da war. Der seit 'nem Monat nich' mehr funktionierte. Nich' etwa, daß Lizzie ihn hätte richten können; hatte zwar 'n helles Köppchen, Lizzie, aber sie war ja doch erst elf.

»Billy Washington!« sagte Annie. »Du zitterst ja! Was is'n passiert?«

»Tollwütige Waschbären!« japste ich. Mein Herz ging wie 'n Preßlufthammer. »Vier Stück. Meldet der Gebietsmonitor. Beim Fluß, wo Lizzie ... Lizzie immer spielt ...«

»Schhhhh«, sagte Annie. »Schschhhh, Schätzchen. Lizzie is' ja hier. Kann ihr nichts passieren.«

Ich hockte auf'm Boden un' keuchte wie 'n angeschossener Bär, un' Annie legte die Arme um mich. Lizzie, die sah uns an, uns beide nämlich, un' riß ihre großen schwarzen Augen auf. Dachte wahrscheinlich, daß 'n tollwütiger Waschbär was Interessantes wäre. Hat noch nie so was gesehen, Lizzie. Ich schon.

Annie war dick un' weich, 'n schokoladefarbenes Frauenzimmer mit Brüsten, groß wie Kissen. Wollte mir nie sagen, Annie, wie alt sie war, aber ich brauchte ja bloß die Terminals in der Cafeteria oder im Hotel zu fragen, un' dann wußte ich's. Fünfunddreißig war sie. Aber Lizzie, die kam gar nich' nach ihrer Mutter. Die hatte helle Haut un' war ganz dürr, Lizzie nämlich, und hatte rötliche Haare, die zu festen Zöpfen geflochten waren. Hatte noch keine Hüften un' keinen Busen. Was sie hatte, war 'n helles Köpfchen. Un' das machte Annie jede Menge Sorgen. Konnte sich nich' mehr dran erinnern, Annie nämlich, daß es mal 'ne Zeit gab, wie wir alle bloß Leute waren, keine Nutzer. Ich erinnere mich dran, ja, tu ich. Ich erinnere mich an 'ne Zeit, da wär' Annie stolz gewesen auf Lizzies helles Köpfchen.

Un' außerdem konnte mich an 'ne Zeit erinnern, da

wär' ich nich' bloß wegen meinem schwachen Herzen ins Keuchen gekommen, wenn 'n Prachtstück wie Annie mich an sich gedrückt hätte.

Annie fragte: »Geht's wieder, Schätzchen?« fragte sie. Sie nahm die Arme weg, un' sogleich gingen sie mir ab. Bin 'n alter Esel, ich. »Und jetzt sag's noch mal. Ganz langsam.«

War wieder zu Atem gekommen, war ich. »Vier tollwütige Waschbären. Der Gebietsmonitor heulte wie verrückt. Müssen runtergekommen sein von den Bergen, die Waschbären. Der Monitor sagte, sie sin' am Fluß, unterwegs Richtung Stadt. Biowarnung blinkte dunkelrot. Aber dann fiel der Monitor wieder mal aus, un' diesmal war er nich' wieder in Schwung zu bringen. Jack Sawicki trat dagegen un' ich auch. Diese Viecher können jetz' schon überall sein!«

»Hat der Monitor den AufseherRob losgeschickt, ehe er kaputtging?«

»AufseherRob is' auch kaputt.«

»Scheiße.« Annie verzog das Gesicht. »Also nächstes Mal, da werd' ich nich' mehr für Samuelson stimmen.«

»Denkst du, davon wird was anders? Is' doch einer wie der andere. Aber du läßt Lizzie nich' raus, hörst du, bis irgendwer irgendwas unternimmt gegen die Waschbären. Lizzie, du bleibst im Haus, hörst du?«

Lizzie nickte. Doch dann, weil sie doch Lizzie war, mußte sie wieder mal weiterdenken. »Aber wer, Billy?«

»Wer – was?«

»Wer wird was unternehmen gegen die Waschbären? Wenn doch der AufseherRob auch kaputt is'?«

Keiner sagte was drauf. Annie packte ihr Messer un' machte sich wieder ans Äpfelschälen. Ich rückte an die Wand ran un' machte mir's bequem auf dem Fußboden. Gibt klarerweise keine Stühle in der Küche; sollte sich ja niemand da aufhalten, bloß Robs.

Letzten September brach Annie zum erstenmal ein, dort. Die Robs stießen sich nich' dran, die richteten das Essen für die Förderbänder nach draußen. Annie nahm 'n bißchen Zucker hier, 'n bißchen SojSynth da, 'n bißchen frisches Obst aus den Zustellkisten un' kochte selber was. Mächtig schmackhafte Sachen – keiner kann so kochen wie Annie. Fruchtpasteten, wo einem schon vom Hinsehen 's Wasser im Mund zusammenläuft. Hackbraten, heiß un' scharf un' würzig. Weiche Brötchen, leicht wie Luft.

Aber sie, sie tat das alles einfach zu den anderen Behältern aufs Förderband, das hinauslief in die Cafeteria, wo's die Leute entnehmen konnten, wenn sie nur ihre Chipkarten einsteckten. Merkten wahrscheinlich gar nich', um wieviel besser Annies Leckerbissen schmeckten als der übliche Fraß, wo Tag un' Nacht auf'm Band rundumgeht. Un' wo doch das Holoterminal auf voller Lautstärke lief, hörte natürlich keiner was von Annie un' Lizzie hinten in der Küche; hätten die ganze verdammte Bude hochgehen lassen können, die beiden, un' keiner hätte was gemerkt.

Annie kocht für ihr Leben gern, sagt sie. Kann einfach nich' stillsitzen. Manchmal denk' ich bei mir, für jemanden, der so dahinter is', daß aus Lizzie 'n guter Nutzer wird, hat Annie ganz ordentlich was von 'nem Macher. Sagte das klarerweise nich' laut. Zu Annie, meine ich. Will ja meinen Kopf noch länger behalten.

Annie fing an zu summen beim Äpfelschälen. Aber Lizzie läßt ja nich' so schnell locker. Sie fragte: »*Wer* wird was gegen die Waschbären unternehmen?« fragte sie.

Annie sah finster drein. »Vielleicht kommt wer un' repariert den AufseherRob.«

Lizzies schwarze Augen blieben weit aufgerissen. Is' unheimlich, wie sie manchmal starren kann, ohne zu blinzeln. »Kam keiner nich', um den SchälerRob zu reparieren. Keiner kam, den PutzRob in der Cafeteria draußen zu reparieren. Du, du hast gestern selber gesagt, die Macher würden nich' mal wen schikken, wenn der große SojSynthRob kaputtgeht, sagtest du!«

»Also, das hab ich nich' so gemeint«, sagte Annie un' schälte schneller. »Wenn *der* kaputtgeht, gibt's in der ganzen Stadt kein Futter nich'!«

»Die Leute könnten dann ja untereinander teilen. Das Essen, was sie vorher vom Fließband runterholten, ehe der HauptRob kaputtging.«

Annie un' ich, wir sahen einander an. Ich war mal in 'ner Stadt, war ich, wo 'ne Cafeteria 'ne Panne hatte un' ausfiel. Da gab's sechs Tote. Un' das war zu 'ner Zeit, als die Gravbahn noch regelmäßig verkehrte un' die Leute in 'ne andere Stadt im Wahlkreis fahren konnten.

»Ja, Schätzchen«, sagte Annie. »Die Leute könnten untereinander teilen.«

»Aber du un' Billy, ihr denkt nich', daß sie's tun würden, wie?«

Annie antwortete nich' darauf. Sie mag Lizzie einfach nich' anlügen. Un' so sagte ich: »Ne, Lizzie. Die meisten Leute würden mit niemandem teilen. Würden sie nich'.«

Lizzie fixierte mich mit ihren funkelnden schwarzen Augen. »Un' warum nich'?«

»Weil die Leute nich' mehr dran gewöhnt sin', anderen was abzugeben«, sagte ich. »Verlangen, daß sie das Zeug kriegen. Haben 'n Anrecht auf alles. Deswegen wählen sie ja die Politiker. Die Macher-Politiker zahlen Steuern, un' die Steuern, das sin' die Cafeterias un' Lagerhäuser un' Bäder un' Ambulanzen, damit alle Nutzer auch gehörig was zum Nutzen haben.«

»Un' wie du jung warst, Billy«, fragte Lizzie, »da

gaben die Leute den anderen eher was ab? Billy? Da teilten sie lieber mit den anderen?«

»Schon, ja. Aber in erster Linie schufteten sie, um das zu kriegen, was sie haben wollten, ja, so war das.«

»Jetz' reicht's aber!« fuhr Annie dazwischen. »Blas ihr nich' die Ohren voll mit dem, was aus is' und vorbei, Billy Washington! Sie is' 'ne Nutzerin! Fang nich' ewig an zu reden wie 'n Macher, du! Un' du, Lizzie, laß es jetz' gut sein, hörst du?«

Aber keiner kann Lizzie aufhalten, wenn sie mal in Fahrt is'. Die nich'. Die is' wie 'ne Gravbahn. Wie 'ne Gravbahn *gewesen* is', vor dem letzten Jahr nämlich. »In der Schule hören wir andauernd, was für'n Glück wir haben, weil wir Nutzer sin'. Weil wir 'n Leben führen wie Aristos, wir nämlich, un' die Macher haben die ganze Arbeit am Hals. Die Macher dienen den Nutzern, un' die Nutzer üben ihre Macht in Form von Wählerstimmen aus. Genauso haben sie's uns in der Schule erzählt. Aber wenn wir die Macht haben in Form von Wählerstimmen, warum schaffen wir's dann nich', den PutzRob un' den SchälerRob un' den AufseherRob richten zu lassen?«

»Seit wann gehst'n du zur Schule?« zog ich Lizzie auf. Wollte, daß sie den Faden verliert, damit Annie sich nich' noch mehr aufregt. »Dachte, du würdest bloß immer spielen, du, mit Susie Mastro und Carlena Terrell, unten am Fluß. Bist doch 'n Aggresso-Nutzer, du!«

Lizzie, die sah mich an, als wär' ich plötzlich auch 'n kaputter Rob.

»Du *hast* auch 'n Glück, daß du 'n Nutzer bist«, sagte Annie kurzangebunden. »Un' wenn dich wer fragt, dann sagst du das. Verstanden, du?«

»Un' wer?«

»*Egal, wer!* Solltest sowieso nich' soviel zur Schule gehen, du. Kommst sonst nie mit den anderen Kindern zusammen. Willst wohl unbedingt, daß die anderen denken, du bist 'n komischer Vogel!« Sie machte 'n finsteres Gesicht.

Lizzie sah mich an. »Billy, wer unternimmt dann was gegen die tollwütigen Waschbären, wenn keiner den AufseherRob in Ordnung bringt?«

Nach 'nem Seitenblick auf Annie rappelte ich mich schnaufend hoch. »Was weiß ich, Lizzie. Bleib bloß im Haus, okay?«

»Aber was is', wenn so 'n Waschbär jemanden beißt?« fragte sie.

Ich hatte genug Verstand, das Maul zu halten. Un' da sagte Annie: »Der MedRob funktioniert noch.«

»Un' wenn der auch kaputtgeht?«

»Wird er nich'.«

»Aber was is', wenn doch?«

»Wird er nich'!«

»Wie willst du das *wissen?*« Sie ließ nich' locker. Da merkte ich, das hier war 'n privates Rollerrennen zwischen Mutter un' Tochter. Hab's zwar nich' ganz kapiert, aber man konnte deutlich sehen, daß Lizzie vorn lag. Sie sagte noch mal: »Wie willst du wissen, daß der MedRob nich' auch kaputtgeht?«

»Wenn der kaputtgeht, schickt die Kongreßabgeordnete Land sofort 'n Tech, wo ihn wieder in Ordnung bringt. Die Ambulanz is 'n Teil ihrer Steuern.«

»Sie hat auch keinen geschickt, wo den PutzRob in Ordnung bringt. Oder den SchälerRob. Oder den ...«

»Die Ambulanz is' was anderes!« fuhr Annie ihr über'n Mund. Sie hackte so fest auf 'nem Apfel rum, daß der Matsch vom Tisch in die Gegend spritzte. Den Tisch hatte ich ihr mal aus der Cafeteria draußen organisiert.

»Wieso soll die Ambulanz was anderes sein?« erkundigte sich Lizzie.

»Weil es eben so is'! Wenn der AmbulanzRob kaputtgeht, könnten Leute sterben, könnten sie. Kein

Politiker läßt 'n Nutzer sterben. Würd' ihn doch keiner nich' mehr wählen.«

Lizzie kaute 'n Weilchen daran herum. Ich dachte bei mir, daß das Rollerrennen jetz' wohl vorbei war, un' da kriegte ich gleich wieder besser Luft. In letzter Zeit kommt's mir vor, als würden sich die beiden andauernd in den Haaren liegen. Lizzie, die wurde langsam erwachsen, un' mir war das gar nich' recht. Wurde immer schwieriger, auf sie aufzupassen.

»Aber die Leute könnten auch von den tollwütigen Waschbären sterben«, sagte Lizzie. »Wie kommt's dann, daß du sagst, Distriktsleiter Samuelson wird keinen nich' schicken, wo den AufseherRob repariert, aber die Abgeordnete Land wird bestimmt wen schicken, wo den AmbulanzRob repariert?«

Ich lachte. Konnte mir nich' helfen, sie war so 'n helles Gör. Annie, die starrte mich böse an, un' da tat's mir gleich leid, daß ich gelacht hatte. »Na, dann hab ich mich vielleicht geirrt«, schnauzte sie Lizzie an. »Vielleicht kommt doch wer un' bringt den AufseherRob wieder in Ordnung! Vielleicht hab ich auch überhaupt keine Ahnung von irgendwas, klar?«

»Aber Billy meint auch«, sagte Lizzie friedlich, »daß keiner ihn in Ordnung bringen wird. Billy, wieso ...«

Ich sagte: »Weil auch die Macher nich' mehr das Geld haben, mit dem sie früher locker alle Steuern zahlten. Geht einfach zuviel zu Bruch, heutzutage. Un' dann müssen sie sich eben entscheiden, was in Ordnung gebracht wird un' was nich'.«

»Aber wieso haben die Macher-Politiker jetz' weniger Geld für die Steuern, wieso?« fragte Lizzie. »Un' wieso geht immer mehr Zeug zu Bruch?«

Annie kippte ihre geschälten Äpfel in 'ne Schüssel am Transportband und schmiß den Teig drauf, als wär's Straßendreck.

»Weil jetz' auch die anderen Länder billige Y-Energie machen können. Is' zwanzig Jahre her, da waren wir die einzigen, wir nämlich, wo sie machen konnten, un' jetz' eben nich' mehr. Aber das Zeug, was zu Bruch geht …«

»Schluckst wohl alles, was die verlogenen Politiker im InfoNetz loslassen, wie?« platzte Annie drein. »Die Land un' der Samuelson un' der Drinkwater? Ha – Pißwater! Alles Lügen, jedesmal wenn einer von denen 's Maul aufmacht! Wollen sich bloß drücken vorm rechtmäßigen Steuerzahlen, das isses! Steuern, die wo wir uns redlich verdient haben mit unseren Wählerstimmen! Un' ich sag' dir noch mal, Billy Washington, blas dem Kind nich' das Hirn voll mit all den ausgelutschten Macher-Lügen, ich sag's dir!«

»Sin' keine Lügen nich'«, sagte ich, aber mir tat's noch mehr weh, wenn Annie auf mich böse war, als auf Lizzie. Tat mir im Herzen weh. Alter Trottel.

Lizzie merkte es. So war sie, Lizzie: in einer Minute, da drängelte un' piesackte sie, un' in der nächsten war sie die Sanftmut in Person. Legte die Arme um mich, Lizzie, un' sagte: »Is' ja gut, Billy. Sie is' doch nich' böse auf dich. Auf *dich* is' keiner böse! Wir haben dich doch lieb, wir beide!«

Ich hielt sie fest. War, als würd' man 'n Vögelchen halten – dünne Knöchelchen und'n flatterndes Herz. Sie roch nach Äpfeln.

Meine arme Frau, Gott hab sie selig, un' ich, wir wollten nie keine Kinder nich' haben. Hab keine Ahnung, was wir uns dabei dachten.

Aber was ich laut sagte, war: »Du gehst mir nich' nach draußen, hörst du, eh' diese tollwütigen Viecher nich' beiseite geschafft sind.«

Annie schoß mir 'n Blick zu, un' ich brauchte 'n Moment, bis mir dämmerte, daß sie Angst hatte, Lizzie würd' wieder von vorne anfangen: *beiseite geschafft von wem, Billy?* Aber Lizzie fing nich' wieder an. Sagte, Lizzie, süß wie schwarze Kirschen: »Is' klar, Billy. Ich bleib schön drinnen.«

Aber jetz' wiederum konnte Annie nich' Ruhe geben. Werd' nie kapieren, was in so 'ner Mutter vorgeht. Annie sagte: »Un' von der Schule bleibst du auch 'n Weilchen weg, Lizzie«, sagte sie. »Bist doch keine Macherin, du.«

Lizzie sagte nichts drauf.

Annie, die wollte bloß das Beste für Lizzie, das wußte ich doch. Lizzie mußte hier in East Oleanta leben, mußte später mal der Ortsgruppe beitreten, zu Rollerrennen gehen, in der Cafeteria rumhocken, mußte sich hier ihre Liebhaber suchen un' hier ihre Kinder kriegen. Annie wollte einfach, daß Lizzie dazugehörte. Wie 'n richtiger Aggresso-Nutzer, nich' wie irgend so 'ne halbe Macher-Type, wo keiner haben will. Jede Mutter würde das wollen. Annie, die schlich sich zwar in die Küche von der Kongreßabgeordnete-Janet-Carol-Land-Cafeteria, um dort 'n bißchen zu kochen, aber deswegen war sie trotzdem 'ne Nutzerin, durch un' durch.

Und Lizzie nich'.

Vor langer Zeit, als ich selber noch zur Schule ging un' alles ganz anders war als heutzutage, da hab ich was gelernt. Jetz' isses schon 'n klein wenig verschwommen, is' ja lange her, aber es geht mir immer noch im Kopf rum. Is' aus der Zeit vor den Machern un' den Nutzern. Vor den Cafeterias un' den Lagerhäusern. Bevor die Politiker uns Steuern zahlten, statt umgekehrt. Is' aus 'ner Zeit, als noch Schlaflose gemacht wurden un' man in den Zeitungen über sie lesen konnte. Als es noch Zeitungen *gab.* Es war 'n Wort, das mit GenMod zusammenhing, aber es bedeutete was, was eben *nich'* GenMod war. Sondern 'ne natürliche Sache. Lizzie, die lernt in der Schule, daß die Macher minderwertig sind. Erst durch die GenMods bringt man sie soweit, daß sie die Arbeit erledigen können, die nötig is', damit alles herbeigeschafft wird, was wir Nutzer brauchen. Aber dieses Wort hatte nichts mit dem Natürlichen zu tun, was uns Nutzer zu was Besserem macht als die Macher. War 'ne andere Art von natürlich, 'ne Art, die von ganz allein vorkommt, die einem aber zu was anderm macht als die übrigen Nutzer rundum. Das Wort erklärte, warum Lizzie so viele Macher-Fragen stellt, wo sie doch keine Macherin nich' is' und keine Macher-GenMods hat, obwohl das Wort in ihren Genen drinnensitzt. Wie kann das sein? Na, ich sagte ja, die Sache mit dem Wort, die is' schon 'n bißchen verschwommen. Aber ich erinnere mich daran.

Das Wort war *Mutation*.

Ich sah Lizzie an, die ihre Mutter ansah, wie die den Apfelkuchen in die Boxen auf'm Transportband tat. Der Kuchen wanderte unter den Blitzofen un' durch die Wand hinaus in die Cafeteria. Irgendwer würde sich mit seinem Senator-Mark-Todd-Ingall-Essenchip was nehmen davon. Annie schickte sich an, was Neues zu kochen. Lizzie saß auf'm Boden, zusammen mit den Trümmern des kaputten Schäler-Robs. Immer wenn ihre Mutter nich' hinsah, starrte sie auf die Teile un' überlegte, wie sie wohl zusammengehörten. Un' wenn sie mich ansah und grinste, dann funkelten un' blitzten ihre schwarzen Augen wie die Sterne am Himmel.

An dem Abend hatten wir 'ne Versammlung in der Cafeteria. Wollten über die tollwütigen Waschbären reden. Vierzig Leute, ohne die Kinder. Paulie Cenverno hatte schon eins von den Viechern gesehen, drüben, überm Fluß, am andern Ende der Stadt, bei der Senator-James-Richard-Langton-Rollerbahn. Paulie sagte, es hatte Schaum vorm Maul un' seine Hinterbeine zuckten wie verrückt, sagte Paulie. Irgendwer meinte, wir sollten die Stühle im Kreis aufstellen, um 'ne richtige Versammlung zu machen, aber keinen kümmerte so was. Auf der andern Seite der Cafeteria lief das Holoterminal, un' die Tanzmusik dröhnte. Keiner tanzte, bloß die Holos, lebensgroße lachende Puppen aus Licht, so hübsch, wie's bloß Macher sein können. Ich mag sie nich', ne, ich nich'. Haben mir nie gefallen. Man kann durch sie hindurchsehen, am Rand.

»He, macht die Musik leiser, man versteht ja sein eigenes Wort nich'!« brüllte Paulie. Aber die Typen an den Tischen beim Fließband rührten sich nich' mal. Waren wohl alle bis an die Augen voll mit Sonnenschein. Paulie marschierte rüber un' drehte den Krach leiser.

»Also«, sagte Jack Sawicki, »was wollen wir jetz' unternehmen wegen der kranken Waschbären?«

Nur 'n paar Leute kicherten, un' die waren von der dümmsten Sorte. Wie Annie immer sagt, irgendwer muß amtieren, wenn 'ne Versammlung beisammensitzt, auch wenn Amtieren Macher-Arbeit is'. Jack is' nun mal Bürgermeister, das is' er. Kann er gar nich' dagegen an. East Oleanta is' nich' groß genug für 'n richtigen Macher-Bürgermeister – hier bei uns, da leben keine Macher, un' so soll's auch bleiben. Also haben wir Jack gewählt, un' er erledigt alles, was zu tun is'.

»Ruf Verwaltungsbezirksrat Drinkwater übers offizielle Terminal an!« schlug wer vor.

»He, ja, ruf Pißwater an!«

»Aber Distriktsleiter Samuelson hat die Lizenz für die Waldaufsicht!«

»Dann ruf Samuelson an!«

»He, und wenn du ihn schon dranhast, dann mach ihm noch mal Feuer unterm Arsch, weil das Lagerhaus, das verdammte, bloß noch einmal die Woche was ausgibt!« Das war Celia Kane. Noch nie hab ich gesehen, daß die nich' fuchsteufelswild gewesen wäre.

»Ja! In Rutger's Corners, dort wird immer noch zweimal die Woche ausgegeben!«

»Konnte nich' mal die Kluft wechseln, mußte zwei Tage lang denselben Overall anhaben!«

»Wie ich krank war, konnte ich nich' zur Ausgabe, un' da ging uns das Klopapier aus!«

Bei der nächsten Wahl wird Distriktsleiter Aaron Simon Samuelson so flachliegen wie 'ne zerquetschte Spinne. Aber Jack Sawicki, der wußte, wie man bei 'ner Versammlung amtiert.

»Okay, Leute«, rief er, »haltet jetz' das Maul, alle. Hier geht's erstmal um die kranken Viecher und nich' um die Ausgabe beim Lagerhaus. Ich werd' jetz' alle unsere Macher anrufen, das werd' ich.«

Er sperrte das offizielle Terminal auf. Das steht drüben in 'ner Ecke der Cafeteria. Jack zog sich 'n Stuhl dicht ran un' hockte sich drauf. Der Bauch hing ihm beinah bis über die Knie. Ein paar Jungs von der Horde draußen wankten zur Tür rein un' schwenkten ihre Holzprügel. Trollten sich geradewegs zum Fließband, feixten un' klatschten einander auf'n Rücken, hatten wohl auch zuviel Sonnenschein intus, die Kerle. Keiner sagte, sie sollten 's Maul halten. Keiner traute sich.

»Terminal aktivieren«, sagte Jack. Störte ihn nich', vor uns allen zu reden wie 'n Macher. Von dem hörte man nie was von all dem geschwollenen Mist, wie: *Ich, ich führ' keine Befehle nich' aus, ich geb' sie! Bin nämlich 'n Aggresso-Nutzer, das bin ich!* Ne, ne, Jack war 'n guter Bürgermeister.

Aber ich würd' mich schwer hüten, ihm das zu flüstern.

»Terminal aktiviert«, sagte das Terminal. Zum erstenmal fragte ich mich, was wir wohl täten, wenn das Ding so kaputt wäre wie Annies ApfelschälRob.

Jack sagte: »Nachricht für Distriktsleiter Aaron Simon Samuelson. Kopie an Verwaltungsbezirksrat

Thomas Scott Drinkwater, Kopie an Senator James Richard Langton, Kopie an Staatsrepräsentantin Claire Amelia Forrester, Kopie an Kongreßabgeordnete Janet Carol Land.« Jack fuhr sich mit der Zunge über die Lippen. »Priorität zwei.«

»Eins!« schrie Celie Kane. »Mach's zu 'ner Eins, du Mistkerl!«

»Kann ich nich', Celie«, sagte Jack. Hatte 'ne Eselsgeduld, der. »Eins is' bloß für Katastrophen, wie'n Angriff oder 'n Feuer oder 'n Wassereinbruch in der Y-Anlage.« Das sollte uns zum Lachen bringen. 'ne Y-Anlage kann nich' Feuer fangen, die kann auch nich' sonstwie draufgehen. Dort kann keiner rein, un' bloß Energie kann raus. Die hat 'ne Menge von diesen Macher-Schutzschilden. Aber Celie Kane, die weiß gar nich', wie man lacht. Ihr Papa, der alte Doug Kane, is' mein bester Freund, aber der kann auch nichts anfangen mit ihr. Konnte er nie, nich' mal, als sie noch 'n kleines Gör war.

»Das *is'* 'ne Katastrophe, du Arsch! Wenn so 'n verdammtes Vieh eins von meinen Kindern umbringt, dann reiß ich dich in Stücke, Jack Sawicki! Das tu ich, mit meinen eigenen Händen!«

»He, mach halblang, Celie«, sagte Paulie Cenverno. Irgendwer murmelte: »Luder.« Die Tür ging auf, un' Annie kam rein, Lizzie an der Hand. Die Jungs am Fließband lärmten und schubsten sich immer noch.

Das Terminal sagte: »Bitte warten Sie. Verbindung mit Distriktsleiter Samuelsons Mobilgerät wird hergestellt.« Eine Minute später war das Holo da, nich' lebensgroß wie am Holoterminal, sondern 'n winziger, handgroßer Samuelson in 'ner blauen Uniform am Schreibtisch. Sah aus wie vierzig, aber bei diesen Macher-GenMods kann man das einfach nich' sagen. Hatte dichte graue Haare und mächtige Schultern un' 'n paar Fältchen um die blauen Augen. Sah gut aus, wie alle von denen. 'n paar von den Leuten scharrten mit den Füßen. Wenn wer nich' die Macher-Kanäle einschaltet, dann sieht er nie irgendwen, der was andres anhätte als 'n Overall. Wenn man Samuelsons Personal bei der Lagerhaus-Ausgabe zweimal die Woche nich' rechnete. Oder, wie's jetz' aussah, einmal die Woche.

Plötzlich, da kam mir der Gedanke, ob das hier überhaupt Samuelson *war.* Konnte ja sein, daß das Holo bloß 'ne Aufnahme zeigte. Vielleicht zog sich der echte Samuelson grade irgendwo für 'ne Party an oder er lief im Overall herum – aber bei denen weiß man nich', ob sie überhaupt mal 'n Overall anhaben. Oder vielleicht hatte er grade gar nichts an und hockte am Scheißhaus. War irgendwie 'n unheimlicher Gedanke, das.

»Ja, Bürgermeister Sawicki?« fragte Samuelson. »Womit kann ich dienen, Sir?«

»Wir haben mindestens vier tollwütige Waschbären hier in East Oleanta, Distriktsleiter. Vielleicht sin's auch mehr. Der Gebietsmonitor hat sie aufgespürt, ehe er kaputtging. Un' wir haben sie auch gesehen, direkt hier in der Stadt. Sin' gefährlich. Un' ich, ich hab Ihnen schon vor zwei Wochen gesagt, daß der WaldaufseherRob kaputt is'.«

»Die Waldaufseher-Lizenz ist an die Sellica Corporation übergegangen«, sagte Samuelson. »Ich habe dort Meldung gemacht, Sir, sofort nachdem Sie mich benachrichtigt hatten.«

Aber Jack, den konnte der nich' hinhalten mit so 'nem Mist. Wie ich schon sagte, der is' 'n guter Bürgermeister. »Is' uns ganz egal, wer dafür zuständig is', Distriktsleiter! Sie sin' dafür verantwortlich, daß der Job erledigt wird! Dafür haben wir Sie ja gewählt.«

Samuelson sah drein wie zuvor. Da war ich sicher, er kam vom Band. »Ich bitte um Verzeihung, Bürgermeister, Sie haben ganz recht. Es fällt unter meine

Verantwortung. Ich werde mich sofort darum kümmern, Sir.«

»Das sagten Sie auch schon vor zwei Wochen. Als der AufseherRob einging.«

»Ja, Sir. Die vorgesehenen Geldmittel wurden ... Ja, Sie haben völlig recht, Sir. Es tut mir wirklich leid. Es wird keine Versäumnisse mehr geben, Sir.«

Die Leute sahen sich an un' nickten: *wird auch verdammt noch mal Zeit!* Hinter mir murmelte Paulie Cenverno: »Hart anfassen, die Macher-Typen, so isses richtig. Denen mußt du immer unter die Nase reiben, wer für die Wählerstimmen zu blechen hat, ja, das mußt du!«

»Vielen Dank, Distriktsleiter«, sagte Jack. »Un' da wär' noch was ...«

»He!« brüllte einer von den Kerlen am anderen Ende des Cafeteria, »he! Das Fließband is' stehengeblieben!«

Totenstille im ganzen Laden.

Das Holo von Samuelson fragte mit scharfer Stimme: »Was geht da vor? Wo liegt das Problem?« Für 'n Moment klang er fast wie 'n Mensch.

Der Junge drüben brüllte noch mal: »Scheißding blieb einfach stehen! Schluckte meinen Chip un' blieb stehen! Boxen gehen nich' auf!« Er riß an den Türchen der PlastiKlar-Würfel rum, und keins davon rührte sich, aber die rühren sich klarerweise nie, wenn man nich' 'nen Chip in den Schlitz tut. Der Kerl fing an, mit seinem Prügel drauf herumzutrommeln, aber 's half nichts. PlastiKlar is' unzerbrechlich.

Da rannte Jack selber rüber, so flott, daß sein Wanst unter dem roten Overall auf un' ab hüpfte. Er steckte einen von seinen eigenen Essenchips in den Schlitz un' drückte auf'n Knopf. Der Chip verschwand, un' das Türchen der Box ging immer noch nich' auf. Jack rannte zurück zum Terminal.

»Es is' draufgegangen, Distriktsleiter, das beschissene Essenband is' draufgegangen! Schluckt die Chips un' gibt kein Futter nich' her! Sie müssen was tun, aber echt schnell! Das hier kann keine zwei Wochen so bleiben!«

»Selbstverständlich nicht, Bürgermeister. Wie Ihnen bekannt ist, fällt die Cafeteria nicht in mein Steueraufkommen – es wird von Kongreßabgeordneter Land finanziert und instandgehalten. Aber ich werde sie persönlich und umgehend von dem Defekt unterrichten, und in längstens einer Stunde wird ein Techniker aus Albany kommen und die Sache in Ordnung bringen. Niemand sollte innerhalb einer Stunde verhungern, Bürgermeister Sawicki. Bitte beruhigen Sie die Wählerschaft.«

»So wie er den AufseherRob in Ordnung gebracht hat, wie?« kreischte Celie Kane. »Wenn meine Kleinen nur 'nen einzigen Tag hungrig sin', du Macher-Schwein, dann ...«

»Halt's Maul!« knurrte Paulie Cenverno bedrohlich leise. Paulie kann's nich' leiden, wenn man 'nem Macher mit'm Hintern ins Gesicht fährt. Der sagt, Paulie nämlich, die haben auch so ihre Gefühle, die Macher.

»Nich' länger als 'ne Stunde also«, sagte Jack. »Danke für Ihre Hilfe, Distriktsleiter. Gespräch zu Ende.«

»Gespräch zu Ende«, sagte Samuelson. Er lächelte uns noch mal zu, war das gleiche Lächeln wie in den Wahlholos, Kinn hoch un' Knitterfältchen um seine hellblauen Augen. Dann drückte er 'nen Knopf am Schreibtisch, un' das Bild verschwand. Da haute aber irgendwas nich' hin, denn die Stimme verschwand nich', die blieb. Klang bloß ganz anders als zuvor. War immer noch Samuelsons Stimme, hörte sich aber gar nich' so an wie beim Wahlkampf: »Herr im Himmel – was kommt als *nächstes!* Diese Halbidioten, diese Schwachköpfe ... am liebsten würde ich sie alle einfach … Oh!« Un' jetz' jaulte das Terminal kurz auf un' schaltete sich ab.

Eine Frau, die an 'nem Tisch weiter weg saß, ließ 'nen Schrei los. Der Kerl mit dem größten Holzknüppel hatte ihr das Essen geklaut un' stopfte es sich rein. Jack un' Paulie un' Norm Frazier stürmten rüber un' nahmen sich den Jungen vor. Seine Kumpel nahmen sich Jack un' Paulie und Norm vor, un' als nächstes fingen die Tische an, zu Bruch zu gehen, un' die Leute an abzuhauen. Irgendwer hatte grade auf 'n anderen Holokanal umgeschaltet, un' 'n Rollerrennen in Alabama dröhnte in Lebensgröße durchs Lokal. Ich packte Annie un' Lizzie un' schob sie zur Tür. »Raus hier! Nix wie raus!«

Draußen machten die Y-Lampen die Hauptstraße taghell. Ich spürte, wie die alte Pumpe in der Brust hämmerte, aber ich, ich ließ nich' nach. Wenn die Leute rabiat werden, verlieren sie ihr bißchen Verstand. Un' da konnte alles mögliche passieren. So japste ich neben Annie her un' schielte bloß dann un' wann mal auf ihren Vorbau, weil der so auf un' ab wogte. Lizzie lief flink un' leise wie 'n Reh voraus.

In Annies Wohnung in der Jay Street fiel ich aufs Sofa. War nich' allzu bequem, das Sofa, nich' so wie die Sofas damals, wie ich noch jung war, die von der weichen Sorte, wo man so lange im Haus hatte, daß man richtiggehend Maß nehmen konnte, wie groß der Arsch war von de' Bewohner.

Auf der anderen Seite kriegt PlastiSynth kein Ungeziefer nich'.

Lizzie fragte mit funkelnden Augen: »Glaubt ihr, daß ehrlich 'n Macher kommt un' das Fließband in weniger als 'ner Stunde wieder hinkriegt?«

»Lizzie …«, keuchte ich, »ruhig jetz'. Schsch!«

»Aber was is', wenn in 'ner Stunde kein Macher kommt …«

»Du, du schweigst jetz' still, Lizzie«, sagte Annie,

»oder die Macher können sehen, wie sie *dich* wieder hinkriegen! Billy, du bleibst heut nacht besser hier. Wer weiß, was die Spinner in der Cafeteria noch aufführen!«

Sie brachte mir 'ne Decke, eine von denen, wo sie bestickt hatte, mit buntem Garn aus'm Lagerhaus. An den Wänden hatte sie, Annie nämlich, noch mehr Schmuckbilder hängen, die waren mit Stückchen von Limodosen verziert, mit Stoffstreifen von alten Overalls un' mit allen bunten Sachen, wo Annie in die Hände kamen. Die Jay-Street-Wohnungen sahen alle gleich aus. Wurden alle zugleich vor zehn Jahren gebaut, als so 'n Senator aus der letzten Reihe hochkam un' 'ne kräftige Zugnummer für seinen Wahlkampf brauchte. Kleine Zimmer, SchaumStein-Wände und PlastiSynth-Möbel aus 'nem Lagerhaus. Aber Annies Wohnung is' eine von den wenigen, wo wirklich aussehen wie 'n Zuhause.

Annie schickte Lizzie ins Bett. Un' dann kam sie noch, Annie nämlich, un' setzte sich auf 'n Stuhl beim Sofa, auf dem ich lag.

»Du, Billy, hast du diese Frau in der Cafeteria gesehen?«

»Was für 'ne Frau?« War nett, sie so dicht bei mir sitzen zu haben.

»Die, die an der Rückwand stand, allein. Hatte 'n grünen Overall an. Die is' nich' von hier, von East Oleanta, is' sie nich'.«

»Na und?« Ich kuschelte mich unter Annies hübsche Decke. Wir haben gelegentlich mal Reisende hier, obwohl's früher mehr waren, zu der Zeit, als die Gravbahn noch regelmäßig fuhr. Essenchips gelten im ganzen Bundesstaat, die kommen ja von den Senatoren der Vereinigten Staaten. Außerdem war's früher mal nich' schwer, Austauschchips für 'n anderen Bundesstaat zu kriegen. Vielleicht is' es immer noch nich' schwer. Ich geh' nich' viel auf Reisen.

»Die sah komisch aus.«

»Komisch wie?«

Annie preßte die Lippen aufeinander un' dachte nach. Sie hat Lippen, so schwarz un' glänzend wie Brombeeren, un' die untere is' so voll, daß sie noch saftiger aussieht, wenn Annie sie so zusammenpreßt. Mußte wegschauen, das mußte ich.

Langsam sagte sie: »Komisch wie'n Macher.«

Ich setzte mich auf. Die Decke fiel runter. »Du meinst GenMod? Also ich, ich hab keine gesehen, die wo so aussah.«

»Na ja, das war keine von der GenMod-hübschen Sorte. War sie nich'. Die war klein un' hatte so 'n verkniffenes Gesicht un' dicke Augenbrauen. Un' 'nen großen Kopf. Aber die war 'ne Macherin, sag' ich dir, ich kenn' das. Billy, denkst du, die war 'n Spion vom FBI?«

»In East Oleanta? Wir haben doch keine Untergrundorganisationen hier, haben wir nich'. Alles, was wir haben, sin' diese Mistkerle von der Straßenbande, was uns das Leben schwer machen.«

Aber Annie preßte weiter die Lippen aufeinander. Verwaltungsbezirksrat Thomas Scott Drinkwater hat die Polizeilizenz bei uns hier. Der hat dafür 'n Verein unter Vertrag, bei dem's Robs un' Macher-Polizisten gibt. Aber wir sehen nich' viel von denen. Sorgen nich' für Ruhe auf den Straßen, un' wenn was gestohlen wird, scheren die sich auch nich' drum, weil es im Lagerhaus von allem immer noch was gibt. Aber wenn wir 'n Überfall haben oder 'n Mord oder 'ne Vergewaltigung, dann sin' sie da. Erst letztes Jahr, da holten sie sich Ed Jensen für 'n Genabdruck. Hatte das älteste Flagg-Mädel umgebracht, Ed, bei 'nem Ortsgruppenfest, wo's zu hoch herging. Schickten Ed dann rüber nach Albany in den Bau, dort sitzt er für fünfundzwanzig Jahre. Oder lebenslänglich, kommt drauf an, wie er sich aufführt. Auf der anderen Seite wieder kam keiner nich' vor Gericht, als vor zwei Jahren Sam Taggart draußen im Wald mit Pfeil un' Bogen erschossen wurde. Aber kann sein, daß damals wer andrer die Lizenz bei uns hatte.

FBI is' ganz was anderes. Wie die bundesweiten Vereine allesamt. Die kommen nich' zu uns Nutzern, wenn nich' irgend so 'n Macher in Gefahr is'. Un' wenn sie mal kommen, dann lassen sie nich' mehr los.

»Also«, sagte Annie dickköpfig, »ich weiß bloß, daß sie 'ne Macherin war. Ich kann das riechen, ja, das kann ich.«

Ich wollte nich' streiten mit ihr. Aber ich wollte auch nich', daß sie sich Sorgen machte deswegen. »Annie, gibt doch überhaupt keinen Grund fürs FBI, in East Oleanta aufzutauchen. Un' Macher haben keine großen Köpfe un' verkniffene Gesichter, die nich'. Die lassen gar nich' zu, daß ihre Kinder so auf die Welt kommen.«

»Na, hoffentlich hast du recht. Wir brauchen keine Macher nich', wo hier in East Oleanta hereinschneien. Die sollen bleiben, wo sie sin', un' wir bleiben, wo wir sin'.«

Ich konnte einfach nich' anders, un' so fragte ich sie ganz leise: »Annie – hast du schon mal von Eden gehört?«

Sie wußte genau, daß ich nich' von der Bibel sprach. Nich' mit dieser Stimme. »Ne. Hab ich nie von gehört«, schnauzte sie mich an.

»Doch, hast du. Das kenn' ich dir an. Du hast schon mal von Eden gehört.«

»Und wenn? Is' doch alles Quatsch.«

Konnte einfach nich' die Finger lassen davon. »Warum is' das Quatsch?«

»*Warum?* Billy, denk mal nach, du! Wie könnte es irgendwo 'n Platz geben, von dem die Macher nichts wissen? Auch 'n Platz irgendwo in den Bergen? Die

Macher sin' für alles zuständig, auch für die Berge. Haben Luftwagen un' Flugzeuge un' sehen alles. Außerdem, wie sollte so 'n Plätzchen wohl überhaupt zustandekommen, ohne Macher? Wer würde denn die Arbeit tun?«

»Robs«, sagte ich.

»Un' wer macht die Robs?«

»Vielleicht wir?«

»Nutzer, wo arbeiten? Aber *warum*, in Gottes Namen? Wir, wir brauchen nich' arbeiten, dafür haben wir Macher! Is' unser Recht, von den Dienern des Volkes un' ihren Robs versorgt zu werden, wir wählen sie doch! Warum bloß sollten wir irgendwohin gehen, wo's keine Diener des Volkes gibt?«

Annie, die war einfach zu jung. Die erinnert sich nich' so wie ich an 'ne Zeit, bevor die Wahlen übers Holoterminal aufkamen un' bevor die Zulieferer billige Robs machten un' bevor die Mission für heiligmäßiges Leben das ganze Land überzog; die spendeten den Kirchen 'nen Haufen Geld un' redeten von den Lilien auf dem Felde un' über die Heiligkeit der Freude un' darüber, daß Gott Maria lieber hatte als Martha. Annie, die erinnert sich auch nich' an die vielen Gruppen für alle möglichen Arten von Demokratie, un' die zeigten uns dann, wie in 'ner richtigen Demokratie die gewöhnlichen Leute die echten Aristos sin' un' damit die Herren der Diener des Volkes. Schulen für Demokratie! Irisch-Amerikaner für Demokratie! Schwarze für Demokratie! Bauerntrotteln für Demokratie! Un' was weiß ich noch alles. Die Robs übernahmen dann die schwere Arbeit, un' wir, wir waren ganz froh, sie ihnen zu überlassen. Die Politiker fingen an, über Brot un' Spiele zu reden, un' die Wähler ›Sir‹ un' ›Madam‹ zu nennen. Bauten die Cafeterias un' die Lagerhäuser un' die Rennbahnen un' die Ortsgruppenhäuser. Annie, die weiß das nich' mehr. Die isses zufrieden, wenn sie kochen un' nähen kann. Verbringt nich' ihr ganzes Leben bei den Rollerrennen oder Brainie-Parties oder bei den Ortsgruppenfesten oder im Bett mit ihrem Liebhaber wie die andern, hat aber trotzdem noch nie 'ne Axt in der Hand gehabt oder 'ne Hacke oder 'n Beil oder 'nen Hammer. Die erinnert sich nich' an das alles.

Un' dann kam's mir plötzlich, was für'n alter Narr ich doch war un' wie falsch ich lag. Weil *ich* nämlich einer von denen war, wo die schweren Dinger schwangen, damals, beim Straßenbau in Georgia, als ich bloß 'n paar Jährchen älter war als Lizzie heute. Un' wenn ich mir nich' in die eigene Tasche log, dann erinnerte ich mich auch dran, wie mir der Rücken schmerzte, als würd' er gleich brechen, un' wie mir die Haut aufsprang von der Sonne, un' die Kriebelmücken bissen in die offenen Stellen, wo sie zuvor schon gebissen hatten, un' in der Nacht war ich so müde, un' alles tat mir so weh, daß ich nach meiner Ma ins Kissen heulte, damit die älteren Männer mich nich' hören konnten. Das is' die Arbeit, wo wir damals taten, kein ruhiges sauberes Zusammenbauen von Macher-Robs nich'. Un' ich erinnere mich auch noch dran, wie ich Angst hatte, den lausigen Job zu verlieren, damals, als wir noch keine Kongreßabgeordnete-Janet-Carol-Land-Cafeteria hatten, keine Senator-Mark-Todd-Ingalls-Essenchips, keinen Senator-Calvin-Guy-Winthop-Jay-Street-Wohnblock. Die Angst damals, die war wie 'n Messer hinter deinen Augen, wenn der Vorarbeiter am Freitag auf dich zustapfte un' sagte: »Das wär's, Washington. Du bist draußen«, un' du hättest am liebsten das Messer hinter deinen Augen vorgeholt un' es ihm gradewegs ins Herz gestoßen, weil du jetz' nich' mehr wußtest, wie du essen solltest, die Miete zahlen, am Leben bleiben solltest. Ich erinnerte mich noch dran, ich schon, wie das damals war, un' ich erinnerte mich dran in der Sekunde, als ich mein großes Maul aufreißen mußte.

»Hast ja recht«, sagte ich un' sah sie nich' an. »Für uns gibt's kein Eden. Un' ich, ich sollte jetz' heimgehen.«

»Bleib lieber«, sagte Annie ganz lieb. »Bitte, Billy. Für den Fall, daß es 'n Krawall gibt bei der Cafeteria.«

Als ob irgendwer in 'ne SchaumStein-Wohnung einbrechen könnte! Oder als ob 'n gebrechlicher alter Mann ihr un' Lizzie 'ne wirkliche Hilfe hätte sein können. Aber ich blieb.

In der Finsternis hörte ich, wie Annie un' Lizzie in ihren Zimmern rumwanderten. Un' sich dann hinlegten un' sich von einer Seite zur andern drehten un' einschliefen. Irgendwann in der Nacht muß die Temperatur runtergegangen sein, denn ich hörte, wie die Y-Heizung ansprang. Ich horchte noch auf das Atmen von 'ner Frau un' 'nem Kind nebenan un' schlief dann auch bald ein.

Aber ich träumte von gefährlichen Waschbären, die krank waren un' den Tod in sich hatten.

Drew Arlen:
Huevos Verdes

3

Ich werde mich nie daran gewöhnen, daß andere Leute keine Farben und Formen wahrnehmen.

Nein, das ist nicht richtig. Sie nehmen sie wahr. Nur – sie *sehen* sie nicht, nicht vor ihrem geistigen Auge, dort, wo es wichtig wäre. Andere Leute spüren weder Farben noch Formen. Können nicht zu Farben und Formen *werden.* Können nicht durch die Farben und Formen die Wahrhaftigkeit der Welt erkennen, so wie ich mit Hilfe der Formen in meinem Kopf.

Das ist es auch nicht.

Ich tu' mich schwer mit Worten.

Aber ich denke, ich tat mich schon schwer mit Worten, bevor mich diese Operation zum Lichten Träumer machte.

Doch die Bilder sind klar.

Ich sehe mich als dreckigen, dummen, halb verhungerten Zehnjährigen, der allein durchs halbe Land marschierte, um zu Leisha Camden zu kommen, der berühmtesten Schlaflosen der Welt. Ich sehe immer noch ihr Gesicht vor mir, als ich von ihr verlangte, sie solle ›was machen aus mir‹. Und ich sehe ihr Gesicht vor mir, als ich großmäulig sagte: »Ich will, daß *Sanctuary* mir gehört!«

Sanctuary, die Orbitalstation, die sich alle Schlaflosen mit Ausnahme von Leisha Camden und Kevin Baker als freiwilliges Exil erwählt hatten. Mein Großvater, ein ungebildeter Arbeiter, war beim Bau von *Sanctuary* ums Leben gekommen. Und ich dachte damals in meiner rührenden zehn Jahre alten Überheblichkeit, daß es einmal mir gehören würde. Ich dachte, wenn ich lernte zu reden wie die Macher und die Schlaflosen, lernte, mich zu benehmen wie sie, lernte, wie sie zu denken, dann könnte ich auch haben, was sie hatten: Geld, Macht, Möglichkeiten.

Wenn ich mir dieses Kind heute vor mein geistiges Auge hole, dann sind die Formen in meinem Kopf scharf umrissen und klein, als würde ich sie durch das falsche Ende eines Fernrohres betrachten. Die Formen haben die blaßgoldene Farbe der Erinnerung an verlorene Sommerabende.

Miranda Sharifi wird eine maßgebliche Beteiligung am Aktienkapital von *Sanctuary* erben. Wenn ihre Eltern, beides Schlaflose, sterben. Falls sie je sterben. »Was mir gehört, gehört auch dir, Drew«, sagt Miranda. Sie hat es schon etliche Male gesagt. Miranda, eine SuperSchlaflose, erklärt mir oft etwas mehrere Male. Sie ist sehr geduldig.

Aber selbst mit all ihren Erklärungen ist mir nicht klar, was Miri und die SuperS eigentlich in Huevos Verdes tun. Ich dachte, ich wüßte es, damals, vor acht Jahren, als die Insel geschaffen wurde. Aber seither sind eine Menge neuer Wörter aufgetaucht. Ich kann die Wörter wiederholen, aber ich habe kein Gefühl für ihre Formen. Es sind Wörter ohne konkrete Gestalt: Auxotrophen. Allosterische Wechselwirkungen. Nanotechnik. Photophosphorylierung. Lawson-Reduktionsformeln. Neomarxistisch unterstützte Evolution. Die meiste Zeit nicke und lächle ich bloß.

Aber ich bin der Lichte Träumer. Wenn ich auf die Bühne schwebe und ein grölendes Nutzer-Publikum in die Trance des Lichten Träumens versetze, wenn Musik, Worte und Formenkombinationen von meinem Unterbewußtsein durch die von Schlaflosen entworfenen Geräte fließen, dann berühre ich es an Stellen, von denen die Leute vorher nicht einmal wußten, daß sie die hatten. Sie fühlen intensiver, leben glücklicher, werden zu einem geschlosseneren Ganzen.

Zumindest solange mein Auftritt dauert.

Und danach ist mein Publikum auf feine Weise verändert. Auch wenn es das selbst nicht merkt. Auch wenn es die Macher nicht merken, die für meine Vorstellungen zahlen, weil sie sie als Brot-und-Spiele-Zirkusnummer, als okkulten Mist für die Massen betrachten. Und Leisha merkt es auch nicht. Aber ich weiß, ich habe mein Publikum in der Hand gehabt, ich habe es verändert – und ich bin der einzige auf der Welt, dem diese Macht gegeben ist. Der einzige.

Ich bemühe mich stets, daran zu denken, wenn ich mit Miranda zusammen bin.

Leisha saß mir gegenüber am Tisch und sagte: »Drew, was machen sie dort auf Huevos Verdes?«

Ich nahm ein Schlückchen Kaffee. Auf einem Teller lagen frische GenMod-Trauben und Beeren, und auf einem anderen kleine buttrige Kuchen, die nach Zitronen und Ingwer dufteten. Es gab frische Sahne zum Kaffee. Die Bibliothek in Leishas Landgut in New Mexico war hoch und luftig, und in den hellen, warmen Erdfarben darin klang die Wüste draußen vor den großen Fenstern nach. Zwischen den Monitoren und Bücherregalen standen Skulpturen nackter, anmutiger Gestalten, deren Schöpfer ich nicht kannte. Zarte, altmodische Musik spielte leise.

»Was ist das für eine Musik?« fragte ich.

»Claude de Courcy.«

»Noch nie gehört von ihm.«

»Von ihr. Eine Komponistin von Lautenmusik aus dem sechzehnten Jahrhundert«, sagte Leisha ungeduldig, was nur unterstrich, wie nervös sie war. Für gewöhnlich rief sie in meinem Kopf saubere, klar umrissene Figuren hervor, die von innen leuchteten und schimmerten.

»Drew, du antwortest mir nicht. Was machen Miri und die anderen SuperS auf Huevos Verdes?«

»Ich antworte dir seit acht Jahren. Ich weiß es nicht!«

»Das glaube ich nicht.«

Ich sah sie an. Irgendwann letztes Jahr hatte sie sich das Haar kurz geschnitten; vielleicht wurde es eine Frau nach einhundertsechs Jahren müde, sich um ihre Frisur zu kümmern. Aber sie sah immer noch aus wie fünfunddreißig. Schlaflose altern nicht, und bislang sterben sie auch nicht, es sei denn durch Unfälle oder Mord. Ihre Körper regenerieren sich laufend – ein unerwarteter Nebeneffekt der bizarren gentechnischen Veränderungen, die ihnen auf den Lebensweg mitgegeben wurden. Und die erste Generation von Schlaflosen hatte man – im Gegensatz zu Mirandas Generation – nicht so von Grund auf verändert, daß die Kontrolle über das äußere Erscheinungsbild verlorenging. Leisha würde schön sein bis zu ihrem Tod.

Sie hatte mich erzogen. Sie hatte mich unterrichtet, soweit es meine Intelligenz zuließ, die einst vielleicht als normal gegolten haben mochte, sich aber nicht im entferntesten mit dem durch Genmanipulation hochgeschraubten IQ von Machern messen konnte, geschweige denn mit jenem von Schlaflosen. Als ich durch einen verrückten Unfall mit zehn Jahren den Gebrauch meiner Beine verlor, kaufte Leisha mir meinen ersten Rollstuhl. Leisha hatte mich als Kind geliebt und sich geweigert, mich zu lieben, als ich zum Mann wurde; sie hatte mich Miranda übergeben. Oder Miranda mir.

Sie stützte sich mit den Handflächen auf den Tisch und beugte sich vor. Mir wurde klar, was kommen mußte. Leisha war Rechtsanwältin. »Drew, du hast meinen Vater nie kennengelernt. Er starb, als ich Jura studierte. Ich habe ihn angebetet. Er war der starrsinnigste Mensch, der mir je unterkam. Bis ich Miri kennenlernte, jedenfalls.«

Da waren sie wieder, die stachligen Schmerz-Formen. Als Miri vor dreizehn Jahren von *Sanctuary* herunterkam, da kam sie zu Leisha Camden, der einzigen Schlaflosen, die weder finanzielle noch moralische Bindungen zu Miris Horror-Großmutter hatte. Miri suchte Hilfe bei Leisha, um ein neues Leben beginnen zu können. So wie ich einst, vor langer Zeit.

»Mein Vater war starrsinnig, großzügig und davon überzeugt, daß er immer recht hatte«, fuhr Leisha fort. »Die Energie, die in ihm steckte, schien grenzenlos zu sein. Er verfügte über unglaubliche Selbstdisziplin, ein geradezu manisches Vertrauen auf die Kraft seines Willens und er verfolgte seine Ziele mit zwanghafter Unbeirrbarkeit. Er war bereit, jede Regel zu brechen, die ihm im Weg stand, aber er war kein Tyrann. Er war einfach nur unerbittlich. Klingt das vielleicht nach irgend jemandem, den du kennst? Klingt das etwa nach Miri?«

»Allerdings«, sagte ich. Wo sie nur immer all diese Wörter herkriegen, Leisha und Miri und die anderen! Aber die Wörter paßten. »Ja, es klingt nach Miranda.«

»Und noch etwas über meinen Vater«, sagte Leisha und sah mir in die Augen. »Er nutzte seine Umgebung ab. Sein Verschleiß umfaßte zwei Ehefrauen, eine Tochter, vier Geschäftspartner und schließlich sein eigenes Herz. Es waren simple Abnutzungsvorgänge. Er war imstande, das zu zerstören, was er leidenschaftlich liebte, indem er seine eigenen unmöglichen Standards anlegte, um es zu vervollkommnen.«

Ich stellte die Tasse hin.

Leisha stützte sich wiederum auf den Tisch und beugte sich vor. »Drew, ich frage dich zum letztenmal: Was macht Miri in Huevos Verdes? Du mußt mich verstehen, ich habe Angst um sie. Denn in einer maßgeblichen Eigenschaft ist Miri nicht wie mein Vater: sie ist keine Einzelgängerin. So wie sie aufgewachsen ist, auf *Sanctuary* und mit Jennifer Sharifi als Großmutter, braucht sie die Gemeinschaft wie die Luft zum Atmen. Aber vielleicht ist es gar nicht das… Jedenfalls sehnt sie sich so innig nach Zugehörigkeit, wie es nur ein Außenseiter imstande ist. Und sie gehört nirgendwo dazu, das weiß sie. Sie hat ihre Großmutter und den Kreis, den Jennifer um sich geschart hatte, ins Gefängnis gebracht, und so haben die Schlaflosen sie ausgegrenzt. Die Macher können Miri aus Prinzip nicht akzeptieren; sie ist ihnen so turmhoch überlegen, daß sie sie als Bedrohung empfinden. Und die Vorstellung, sie könnte versuchen, mit Nutzern gesellschaftlichen Umgang zu pflegen, ist absurd. Da gibt es keine gemeinsame Sprache, keine gemeinsame Basis.«

Ich blickte angestrengt zum Fenster hinaus auf die Wüste. Dieses kristallklare Licht sieht man nirgendwo sonst. Wie die Luft ist auch das Licht fast greifbar und zugleich völlig transparent.

»Alles, was Miri außer dir hat, sind sechsundzwanzig andere SuperSchlaflose. Und damit hat es sich. Weißt du, wie ein Revolutionär entsteht, Drew? Wenn ein Außenseiter nach drinnen blickt und den idealistischen Wunsch hegt, die eine wahre, echte Gemeinschaft zu schaffen und daran glaubt, daß er es kann. Idealisten, die sich drinnen befinden, werden keine Revolutionäre, sondern Reformer. Wie ich. Reformer finden, daß gewisse Dinge verbessert werden müßten, daß aber die grundlegende Konstruktion in Ordnung ist. Revolutionäre finden, es müßte alles niedergerissen werden, um einen echten Neubeginn herbeizuführen. Miri ist eine Revolutionärin. Eine Revolutionärin mit superintelligentem Gefolge, unvorstellbaren Techniken, unerschöpflichen Geldquellen und leidenschaftlich verfolgten Idealen. Wunderst du dich, wenn ich Angst um sie habe? Also: was tun diese Leute dort auf Huevos Verdes?«

Ich konnte Leisha nicht in die Augen sehen. So viele Worte strömten aus ihr heraus, so viele Ausführungen, so viele komplizierte Definitionen. Die Formen in meinem Kopf waren dunkel, verworren und wütend und zogen Seile hinter sich her, so hart wie Stahl. Aber es waren nicht Leishas Formen. Es waren meine.

»Drew«, sagte Leisha sanft und leise – die Außenseiterin, die mich flehentlich um etwas bat, »bitte sag mir, was sie dort macht.«

»Ich weiß es nicht«, log ich.

Zwei Tage später saß ich in einem Gleitboot, das über das offene Meer auf Huevos Verdes zuraste. Blendender Sonnenschein legte sich über den Golf von Mexiko. Mein Fahrer, ein sommersprossiger Junge von etwa vierzehn Jahren, den ich noch nie gesehen hatte, war noch jung genug, um das Flitzen über das Wasser zu genießen. Er drückte die Nase des Gravbootes gerade so weit nach unten, daß sie die Wellen berührte; blauweißer Sprühregen spritzte nach links und rechts, und der Junge grinste. Als er es zum zweitenmal machte, drehte er plötzlich den Kopf nach hinten, um nachzusehen, ob ich nicht naß wurde in meinem Rollstuhl hinten im Boot. Er hatte meine Anwesenheit sichtlich völlig vergessen. Der schuldbewußte Ausdruck und ein veränderter Sichtwinkel … – plötzlich erkannte ich ihn wieder: einer von Kevin Bakers Urenkeln.

»Kein Tropfen«, sagte ich, und der Junge grinste wieder.

Ein Schlafloser, klarerweise. Das merkte ich jetzt an den Formen, die er in meinem Kopf bildete: kompakt und lebhaft gefärbt und präzise in den Bewegungen. Geboren, um die Welt zu besitzen. Und natürlich stellte er keinerlei Sicherheitsrisiko für Huevos Verdes dar.

Aber mit diesen Schutzmaßnahmen gäbe es für Huevos Verdes nicht einmal dann ein Sicherheitsrisiko, wenn der Direktor der Aufsichtsbehörde für die Einhaltung genetischer Standards höchstpersönlich am Steuer des Gleitbootes säße. Ich hatte mich sehr anstrengen müssen, um die Funktion des dreifachen Sicherheitsschildes rund um Huevos Verdes zu begreifen.

Der erste Schild, ein durchscheinendes Schimmern, erhob sich in einer Entfernung von vierhundert Metern aus dem Meer. Als perfekte Kugelform konstruiert setzte sich der Schild unter Wasser fort und durchdrang selbst das Steinfundament, auf dem die Insel errichtet war; er bildete ein alles umhüllendes Ei. Terry Mwakambe, das merkwürdigste Genie aller SuperS, hatte den Schild erdacht. Auf der ganzen Welt gab es nichts annähernd Ähnliches. Der Schild prüfte die DNA, und nichts, was nicht in den Datenbanken gespeichert war, kam durch. Keine Delphine, keine Froschmänner der Marine, keine Möwen, keine treibenden Algen. Nada.

Der zweite Schild, hundert Meter weiter innen, stoppte jede tote Materie, die nicht von in den Datenbanken gespeicherter DNA begleitet wurde. Kein unbemanntes Roboterschiff – das möglicherweise Sensoren, Bomben oder Sporen transportierte – passierte diesen Schild. Wie klein es auch immer sein mochte. Wenn es nicht zusammen mit gespeicherter DNA auftauchte, gab es kein Durchkommen. Wir glitten durch den schwach bläulich schimmernden Schild wie ins Innere einer Seifenblase.

Der dritte Schild vor den Hafenanlagen wurde manuell betrieben und visuell überwacht. Die registrierte DNA mußte lebendig sein und reden. Ich weiß nicht, wie die Sache bei betäubten oder berauschten Personen ablief. Ich verspürte keinerlei Berührung. Der Entwurf für den Schild stammte auch hier von Terry Mwakambe, und in die Überwachungsschichten teilten sich alle Bewohner der Insel. Die Paranoia stammte von Miri ganz allein. Im Gegensatz zu ihrer Großmutter wollte sie nicht, daß die Schlaflosen alle Verbindungen zu den Vereinigten Staaten durchtrennten; doch genau wie ihre Großmutter hatte sie eine gesicherte Zufluchtsstätte geschaffen, an die kein Staatsbeamter herankonnte. Ein neues *Sanctuary.* Sie hatte es nur besser gemacht als Jennifer Sharifi.

»Bitte um Erlaubnis, anlegen zu dürfen!« sagte der sommersprossige Junge ernsthaft. Er salutierte im Scherz und grinste. Das alles bedeutete immer noch Abenteuer für ihn.

»Hallo, Jason!« sagte Christy Demetrios. »Hallo, Drew! Kommt rein!«

Jason Reynolds. Das war der Name des Jungen. Jetzt fiel es mir wieder ein. Der Sohn von Kevins Enkelin Alexandra. Irgend etwas über ihn zupfte an den Ausläufern meiner Erinnerung und formte sich zu einem raschen, nervösen Bild wie eine Perlenkette. Ich konnte mich nicht erinnern.

Jason legte fachmännisch an – diese Leute taten alles fachmännisch –, und wir gingen an Land. Jason mit langen Sprüngen und ich in meinem Rollstuhl.

Ein dreißig Meter breiter bepflanzter Streifen – Blumen, Sträucher und Bäume, alles davon GenMod und Teil des Projekts. Die Pflanzen wuchsen bis ans Wasser, und wenn ihnen vom Wellengang her Gefahr drohte, bewahrte sie ein Y-Schild vor dem Meerwasser, der in der Lage war, auch die zarteste GenMod-Rose vor einem Hurrikan zu schützen. Auf der anderen Seite dieses Gartens erhoben sich die Mauern der Gebäude, so dünn wie Papier und härter als Diamanten. Miri erklärte mir, die Mauern wären nur ein Dutzend Moleküle dick, erbaut von Nanomaschinen zweiter Generation, die ihrerseits von ihren Vorgängern konstruiert worden waren. Vor meinem inneren Auge sah ich das glatte Weiß der Wände, an denen kein Schmutz haften blieb, als glühende, dunkelrote Bewegung, so dickflüssig und unaufhaltsam wie Lava.

Auch hier war alles unaufhaltsam.

»Drew!« Miri rannte mir entgegen. Sie trug weiße Shorts und ein loses Hemd und hatte ihre Unmengen dunkler Haare mit einem roten Band zusammengefaßt. Außerdem hatte sie roten Lippenstift aufgetragen. Sie sah immer noch mehr nach sechzehn aus als nach neunundzwanzig. Sie beugte sich zu mir herab und warf die Arme um mich, und ich spürte ihren raschen Herzschlag an meiner Wange. Der Metabolismus der Supers läuft immer auf Hochtouren, zum Unterschied von unserem. Ich küßte sie.

»Diesmal war es zu lang«, murmelte sie in mein Haar. »Vier Monate!«

»Es war eine erfolgreiche Tournee, Miri.«

»Ich weiß. Ich habe mir sechzehn Auftritte über das Netz angesehen, und die Statistiken sehen gut aus.« Sie kuschelte sich auf meinen Schoß.

Jason und Christy waren diskret verschwunden, und wir waren allein in dem bunten neuen Garten. Ich strich über Miris Haar; jetzt wollte ich noch nichts hören von Auftrittsstatistiken.

Miri sagte: »Ich liebe dich.«

»Ich liebe dich auch.«

Ich küßte sie wieder, diesmal, um ihr nicht ins Gesicht sehen zu müssen, denn es würde mich blenden, weißglühend wie immer vor Liebe. So war es jedesmal, wenn sie mich erblickte. Immer. Seit dreizehn Jahren. *Er verfolgte seine Ziele mit zwanghafter Unbeirrbarkeit,* hatte Leisha über ihren Vater gesagt. *Er nutzte seine Umgebung ab.*

»Du fehlst mir so, wenn du nicht da bist, Drew.«

»Du fehlst mir auch.« Das war die Wahrheit.

»Ich wünschte, du könntest länger als eine Woche hierbleiben.«

»Ich auch.« Das war nicht die Wahrheit. Aber es gab keine Worte dafür.

Sie sah mich an, eine Minute lang, und etwas hinter ihren Augen verlagerte sich. Vorsichtig, um nicht an meinen gelähmten Beinen hängenzubleiben, kletterte sie von meinem Schoß, streckte mir die Arme entgegen und lächelte. »Komm, sieh dir die Arbeit im Labor an.«

Mir war ganz klar, was das bedeutete: Miri bot mir das Beste an, was sie anzubieten hatte. Das wertvollste Geschenk der Welt. Das, woran ich so unendlich gern teilgenommen hätte, obwohl es mir unverständlich geblieben wäre, denn nicht daran teilzunehmen hieß, unwichtig zu sein. Bedeutungslos. Sie bot mir das an, was ich am meisten brauchte.

Da mußte ich wohl mitziehen.

Ich zog sie zurück auf meinen Schoß und zwang meine Hände dazu, über ihren Busen zu streichen. »Später. Können wir zuerst miteinander allein sein...?«

Ihr Gesicht formte sich zu purer Freude, viel zu strahlend, um irgendeine Farbe zu zeigen.

Miris Zimmer war wie alle anderen auf La Isla spartanisch eingerichtet. Bett, Kommode, Terminal, ein ovaler grüner Teppich aus einem weichen Material, das Sara Cerelli erfunden hatte. Auf der Kommode stand eine grüne Keramikvase mit duftenden GenMod-Blumen, die ich noch nicht kannte. Diese Leute, die über jeden Luxus der Welt hätten verfügen können, leisteten sich kaum je einen. Der einzige Schmuck, den Miri trug, war der Ring, den ich ihr geschenkt hatte, ein schmaler Goldreif, besetzt mit Rubinen. An den anderen Schlaflosen hatte ich überhaupt noch nie irgendeine Art von Schmuck gesehen. All ihre Extravaganzen, hatte Miri mir einst gesagt, trugen sie und ihre Kameraden im Kopf. Selbst das Licht im Zimmer war alltäglich: matt und ohne Schatten.

Ich dachte an die Bibliothek in Leishas Haus in New Mexico.

Miri knöpfte sich die Bluse auf. Ihre Brüste sahen aus wie damals, als sie sechzehn war: voll, milchweiß und gekrönt von hellbraunen Aureolen. Ihre Hüften waren voll, die Taille breit. Sie hatte Schamhaar, das so schwarz und drahtig war wie das Haar auf ihrem Kopf, das von einer roten Schleife gebändigt wurde. Ich zog an einem Ende der Schleife.

»O Drew, du hast mir so gefehlt ...«

Ich stemmte mich aus dem Rollstuhl auf ihr schmales Bett und zog sie auf mich herab. Ihre Brüste preßten sich auf meine Brust: weich auf hart. Auf Tournee oder nicht, ich trainierte meinen Oberkörper eifrig, um die nutzlosen Beine auszugleichen. Miri liebte das. Es gefiel ihr, wenn meine Arme sie umfingen und hart an mich drückten. Und sie liebte es, wenn ich hart und bestimmt zustieß. Ich bemühte mich sehr, doch diesmal blieb ich weich.

Sie sah mich fragend an und fegte sich das wilde schwarze Haar aus dem Gesicht. Ich wich ihren Augen aus. Sie griff hinab und begann mich sanft zu massieren.

Das war erst ein paarmal passiert, und erst in letzter Zeit. Miri massierte fester.

»Drew ...«

»Laß mir eine Minute Zeit, Liebes.«

Sie lächelte unsicher. Ich versuchte, mich zu konzentrieren; ich versuchte, mich *nicht* zu konzentrieren.

»Drew ...«

»Schsch ... eine Minute nur.«

In meinem Kopf fletschten die grauen Formen des Versagens die Zähne.

Ich schloß die Augen, zog Miri enger an mich und dachte an Leisha. Leisha in der Abenddämmerung in New Mexico, ein mattgoldener Schatten gegen den Sonnenuntergang. Leisha, die mich in den Schlaf sang, als ich zehn Jahre alt war. Leisha, die schlank und schnell über den Wüstenboden lief, im Bau einer Känguruhratte hängenblieb und sich den Knöchel verstauchte. Ich hatte sie zum Anwesen zurückgebracht; ihr Körper lag leicht und süß in meinen achtzehn Jahre alten Armen. Leisha beim Begräbnis ihrer Schwester; die Tränen hatten alles Licht aus ihren Augen gewaschen, hatten sie schutzlos der Trauer preisgegeben. Leisha nackt, wie ich sie nie gesehen hatte …

»Ah, ahhhhh«, sang Miri triumphierend.

Ich rollte uns beide herum, so daß ich oben zu liegen kam. Miri hatte es lieber so. Ich stieß hart zu und immer härter. Sie mochte es richtig wild. Schließlich spürte ich, wie sie unter mir erschauerte, und ließ mich fallen.

Hinterher schloß ich die Augen und blieb still liegen. Miri drückte sich an mich, den Kopf auf meiner Schulter. Einen kurzen, schmerzhaften Moment lang dachte ich daran, wie wir uns vor zehn Jahren geliebt hatten, am Anfang, als schon die Berührung ihrer Hand mich zum Beben und Glühen gebracht hatte. Ich bemühte mich, nicht daran zu denken, keine Formen zu fühlen.

Aber eine Leere im Kopf herzustellen ist einfach nicht möglich. Plötzlich fiel mir ein, welche Erinnerung es war, die ich vorhin nicht zu fassen bekommen hatte: Jason Reynolds, Kevin Bakers Urenkel, war letztes Jahr beinahe ertrunken. Er war mit dem Gleitboot hinaus in den Golf gefahren und mitten im Hurrikan Julio gelandet. Huevos Verdes konnte ihn nur deshalb finden, weil Terry Mwakambe irgendwelche geheimnisvollen Peilgeräte entwickelt hatte, und Jason war dem Tod entgangen, weil man sich einer Methode bedient hatte, die die Schlaflosen zuvor noch nicht einmal getestet hatten.

Als er wieder aufwachte, gab Jason zu, daß er von dem herannahenden Hurrikan gewußt hatte. Er wollte nicht Selbstmord begehen, erklärte er ernsthaft, und alle glaubten ihm. Schlaflose begingen nicht Selbstmord; sie waren zu verliebt in den eigenen Verstand, um ihn auszulöschen. Während alle über seinem Bett hingen, seine Eltern und Kevin und Miri und Christy und Terry, hatte Jason mit zaghafter Stimme erklärt, er hätte nicht gewußt, daß das Meer so schnell so unruhig werden konnte. Er wollte nur, daß das Boot richtig ins Schaukeln kam. Er wollte nur den bedrohlich schwarzen Himmel sehen und spüren, wie der Regen auf ihn herabpeitschte. Er, der Schlaflose, hatte den Wunsch verspürt, sich verwundbar zu fühlen.

Miranda flüsterte: »Niemand schenkt mir solche Gefühle wie du, Drew. Niemand.«

Ich hielt die Augen geschlossen und tat so, als wäre ich eingeschlafen.

Später am Nachmittag gingen wir in die Labors. Sara Cerelli und Jonathan Markowitz waren dort, in Shorts und barfuß. Eine der Voraussetzungen des Projekts war, daß in keinem Stadium irgend etwas steril sein mußte.

»Hallo, Drew!« sagte Jon. Sara nickte nur. Ihre Konzentration auf die Arbeit bildete geschlossene, matte Formen in meinem Kopf.

Ein Klumpen lebendes Gewebe lag in einer flachen, offenen Schüssel auf einem Labortisch; dünne Röhren und noch viel dünnere Kabel verbanden es mit zahlreichen Geräten. Dutzende Sichtschirme drängten sich ringförmig aneinander und umschlossen den ganzen Raum. Nichts, was darauf zu sehen war, sagte mir etwas. Das Gewebe in der Schale war bräunlich fleischfarben und hatte keine bestimmte Form. Es sah aus, als könnte es seine Gestalt verändern, zerrinnen und zu etwas anderem werden. Bei meinem letzten Besuch hatte Miri erklärt, daß es dazu nicht imstande war. Die Schlaflosen sind nicht zimperlich, und ich bin es auch nicht, aber die Formen, die mir durch den Kopf zogen, wenn ich das Ding ansah, waren bleich und fleckig und rochen nach Feuchtigkeit; doch ihre Ränder waren glatt und präzise gezogen wie die von Nanomaschinen gebauten Mauern von Huevos Verdes.

»Es lebt!« stellte ich dümmlich fest.

Jon lächelte. »O ja. Aber es hat keine Gefühle. Zumindest nicht...« Er verstummte, und ich wußte, er konnte nicht die richtigen Worte finden. Das hätte uns eigentlich verbinden sollen, tat es aber nicht. Jon fand nicht die rechten Worte, weil jedes Wort, das er verwenden hätte können, zu simpel, zu unvollständig für seine Ideen sein mußte – und immer noch zu schwierig für mich. Miri hatte mir erzählt, daß Jon mit Ausnahme von Terry Mwakambe derjenige war, dessen Denkprozesse mathematischer abliefen als die aller anderen. Aber auch die anderen dachten mathematisch, selbst Miri; ihre Sprechweise war einen Vierteltakt zu langsam. Ich hatte mich erst vor einem Monat selbst dabei ertappt, daß ich so sprach. Zu Kevin Bakers vierjährigem Urenkel.

Miri machte einen Versuch. »Das Gewebe ist ein organischer Computer auf Mikroebene, Drew, mit begrenzter organsimulierender Programmierung, einschließlich der Nerven-, kardiovaskulären und gastrointestinalen Systeme. Wir haben Strethers selbstregulierende Feedback-Schlingen und submolekulare selbstreproduzierende Nano-Monteure hinzugefügt. Es kann... es kann programmierte biologische Vorgänge erkennen und darüber detailliert berichten.

Aber es hat keine Gefühle und keinen eigenen Willen.«

»Aha«, sagte ich.

Das Ding bewegte sich ein wenig in seiner Schale. Ich wandte mich ab. Miri sah es natürlich. Sie sieht alles.

»Wir kommen der Sache schon näher«, sagte sie mit ruhiger Stimme. »Das ist es, kurz gesagt. Seit dem Durchbruch mit dem Bakteriorhodopsin kommen wir der Sache schon weitaus näher.«

Ich zwang mich, das Ding noch mal anzusehen. Unter der Oberfläche waren schwach pulsierende Kapillargefäße zu erkennen. Die bleichen, feuchten Formen in meinem Kopf krochen wie Maden über Steine.

»Wenn wir eine Nährlösung in die Schale gießen, Drew«, fuhr Miri fort, »dann kann es davon wählen und absorbieren, was es braucht, um es in Energie umzuwandeln.«

»Was für eine Nährlösung?« Bei meinem letzten Besuch hatte ich genug mitbekommen, um diese Frage stellen zu können.

Miri verzog das Gesicht. »In erster Linie Glukoseprotein. Aber da haben wir noch einen weiten Weg.«

»Habt ihr schon das Problem gelöst, wie man Stickstoff direkt aus der Luft entnehmen kann?« Die Frage hatte ich auswendig gelernt. Sie nahm in meinem Kopf eine hohle, blecherne Gestalt an.

Aber Miri lächelte ihr strahlendes Lächeln. »Ja und nein. Wir haben bei den Mikroorganismen zwar mit einigen Tricks gearbeitet, aber die Aufnahmefähigkeit des Gewebes bewegt sich immer noch um den Tollers-Hilbert-Faktor, besonders in den Fibrillen der Zellwände. Und bei dem Problem mit der von der Stickstoffaufnahme verursachten Endozytose – auch kein Fortschritt.«

»Aha.«

»Wir werden es schaffen«, sagte Miri um einen Vierteltakt zu langsam. »Es hängt eben alles davon ab, die richtigen Enzyme zu entwerfen.«

»Wir nennen das Ding Galwat«, sagte Sara. Sie und Jon lachten.

»Es kommt von Galatee, weißt du«, beeilte Miri sich zu erklären. »Und von Erin Galway. Und von John Galt, dieser fiktiven Gestalt, die den Motor der Welt abstellen wollte. Und natürlich von Worthingtons Transferenzgleichungen …«

»Natürlich«, sagte ich. Ich hatte weder von Galatee noch von Erin Galway oder John Galt oder Worthington je gehört.

»Galatee ist eine Figur aus der griechischen Mythologie. Ein Bildhauer …«

»Laß mich jetzt mal die Auftrittsstatistiken sehen«, sagte ich. Sara und Jon warfen einander einen Blick zu. Ich lächelte und streckte Miri die Hand entgegen. Sie drückte sie fest, und ich spürte, wie die ihre zitterte.

(Papierdünne Formen flatterten durch meinen Kopf. Ein Dutzend Molekülschichten dick. Sie ließen sich auf einem Stein nieder, so rauh und hart und alt wie die Erde. Das Flattern wurde immer rascher, das feine, leichte Papier begann rot zu glühen, und der Stein barst. In seinem Innern befand sich ein milchweißes Herz, unter dessen Oberfläche dünne Adern schwach pulsierten.)

Miri sagte: »Möchtest du nicht sehen, wie weit Nikos und Allen mit ihrer Arbeit an dem Zellreiniger sind? Sie kommen damit viel schneller voran als wir hier. Und Christy und Toshio konnten einen echten Durchbruch bei der automatischen Fehlerkorrektur der Proteinsynthese-Programmierung verzeichnen …«

»Ich möchte jetzt gern die Auftrittsstatistiken sehen«, sagte ich.

Sie nickte – einmal, zweimal, viermal. »Die Statistiken sehen gut aus, Drew. Aber bei den Daten für den zweiten Teil deines Auftritts haben wir eine komische Kerbe festgestellt. Terry sagt, dort mußt du die Richtung ändern. Es ist ziemlich kompliziert.«

»Dann wirst du es mir erklären«, stellte ich sachlich fest.

Ihr Lächeln war hinreißend. Wieder sahen Sara und Jon einander wortlos an.

Als Miri mir zum erstenmal zeigte, wie die SuperS sich miteinander unterhielten, konnte ich es nicht glauben. Das war vor dreizehn Jahren, gleich nachdem sie von *Sanctuary* heruntergekommen waren. Sie führte mich in einen Raum mit siebenundzwanzig Holobühnen auf siebenundzwanzig Terminaltischen. Jede davon war für eine andere Sprache programmiert, die zwar auf der englischen basierte, aber so weit modifiziert war, daß sie die Gedankenketten ihres Verwenders berücksichtigte. Miri, damals sechzehn, hatte mir eine ihrer eigenen Gedankenketten erklärt.

»Sag mir einen Satz. Irgendeinen Satz.«

»Du hast wunderschöne Brüste.«

Sie errötete, was bräunliche Flecken auf ihrer Haut hervorrief. Sie hatte wirklich wunderschöne Brüste und wunderschönes Haar. Was den großen Kopf, das Knubbelkinn und die unbeholfenen Bewegungen wettmachte. Sie war nicht hübsch, und sie war zu intelligent, um es nicht zu wissen. Ich wollte, daß sie sich hübsch fühlte.

Sie sagte: »Such dir einen anderen Satz aus.«

»Nein. Nimm diesen.«

Also nahm sie ihn. Sie sprach ihn in den Computer, und die Holobühne begann ein dreidimensionales Gebilde aus Worten, Symbolen und Bildern zu formen, die durch leuchtende grüne Linien miteinander verbunden wurden.

»Siehst du, es bringt die Assoziationen zum Vorschein, die mein Geist, basierend auf früheren Gedankenketten und auf Algorithmen für meine Denkweise, dazu bildet. Von ein paar Worten ausgehend extrapoliert es, sagt es vorher und spiegelt das Gedachte wider. Und das sagt auch der Name des Programms: ›Gedankenspiegel‹. Es erfaßt siebenundneunzig Prozent meiner Gedanken in etwa zweiundneunzig Prozent der Zeit, die ich davor verbringe, und dann kann ich das Fehlende ergänzen. Und das beste daran ist ...«

»Du denkst auf diese Weise bei jedem Satz? Bei *jedem einzelnen Satz?*« Einige der Assoziationen lagen auf der Hand: ›Brüste‹ etwa führten zu einem trinkenden Baby. Aber warum war das Baby mit etwas verbunden, das ›Hubble-Konstante‹ hieß, und was hatte die Sixtinische Kapelle in diesem Fadengebilde verloren? Und ein Name, den ich nicht kannte: Chidiock Tichbourne?

»Ja«, sagte Miri. »Aber das beste daran ist ...«

»Ihr denkt alle auf diese Weise? Alle SuperS?«

»Ja«, antwortete sie mit ruhiger Stimme. »Obwohl Terry, Jon und Ludie hauptsächlich in mathematischen Elementen denken. Sie sind jünger als die anderen, weißt du – sie repräsentieren die nächste Ära des IQ-Aufbaues.«

Ich betrachtete die komplizierten Wege von Miris Gedanken und Reaktionen. *»Du hast wunderschöne Brüste.«*

Ich würde nie wissen, welche Bedeutung meine Worte in allen ihren Vielschichtigkeiten für Miri tatsächlich hatten. Alle meine Worte. Nie.

»Erschreckt dich das, Drew?«

Sie sah mich nüchtern an. Ich spürte ihre Angst und ihre Entschlossenheit; der Augenblick war wichtig. Er wuchs in meinem Innern, eine hochaufragende weiße Wand, an der nichts haftenblieb, bis ich die richtige Antwort fand.

»Ich denke in Formen für jeden Satz.«

Ihr Lächeln veränderte ihr ganzes Gesicht, es machte es offen und hell. Ich hatte das Richtige gesagt. Ich warf noch einen Blick auf das grün leuchtende komplexe Gebilde auf der Holobühne, dieses sich langsam drehende dreidimensionale Rund, das angefüllt war mit winzigen Bildern und Formeln und Wörtern. Mit so vielen komplizierten Wörtern …

»Dann sind wir also gleich!« rief Miri froh. Und ich korrigierte sie nicht.

»Und das beste daran ist«, plapperte Miri glücklich und wieder völlig unbefangen weiter, »daß nach beendeter Konstruktion und entsprechender Abstimmung des extrapolierten Gedankengebildes das Hauptprogram dieses in die Gedankenmuster aller anderen überträgt; in dieser Form erscheint es auf ihren Holobühnen. Auf allen siebenundzwanzig Terminals gleichzeitig. So können wir die Sprache vermeiden und den anderen unsere Ideen in vollem Umfang und weitaus wirksamer vermitteln. Also nicht ganz in vollem Umfang. Durch die Umsetzung geht immer etwas verloren, besonders zu Terry und Jon und Ludie. Aber es ist um so vieles besser als nur Sprache, Drew. Ungefähr soviel besser als deine Vorstellungen im Vergleich zu nicht unterstützten Tagträumen.«

Tagträume. Die einzige Art von Träumen, die SuperSchlaflose gekannt hatten. Bis ich kam.

Wenn ein Schlafloser in die Trance der Lichten Träume fiel, dann war das Resultat etwas anderes als bei einem Nutzer. Und selbst anders als bei einem Macher. Nutzer und Macher können nachts träumen. Sie verfügen über diese Verbindung mit ihrem Unterbewußtsein, und ich führe und intensiviere es auf eine Art, die sie als angenehm empfinden: sowohl friedvoll als auch stimulierend. Während des Lichten Träumens fühlen sie sich – manchmal zum erstenmal in ihrem Leben – als Ganzes. Ich bin ihr Führer auf der Straße in ihr wahres Ich, weit hinter die Schleier des Wachseins. Und ich leite die Träume zu den süßesten der vielen Dinge, die dort warten.

Aber Schlaflose haben keine nächtlichen Träume. Ihre Straße ins Unterbewußtsein wurde genetisch gesperrt. Wenn Schlaflose in die Trance der Lichten Träume fallen, habe ich von Miri erfahren, kommen sie zu ›Einsichten‹, über die sie vorher nicht verfügten. Sie klettern durch ihren endlosen Dschungel aus Wörtern und erwachen aus der Trance mit intuitiven Lösungen intellektueller Fragenstellungen. Geniale Menschen haben das immer schon im Schlaf erlebt, sagte Miri. Sie nannte mir Beispiele großer Wissenschafter. Ich habe die Namen vergessen.

Als ich so das komplexe Gebilde auf ihrer Holobühne betrachtete, konnte ich es in meinem Innern spüren; es hatte die Gestalt eines formlosen hellen Steins, den Bedauern erkalten ließ. Miri würde nie die Formen in meinem Kopf sehen – schlimmer noch, sie würde nie wissen, daß sie sie nicht sah. Sie dachte, weil wir beide die Welt anders wahrnehmen als die Macher, wären wir gleich.

Ich hatte den Wunsch gehabt, ein Teil dessen zu werden, was auf Huevos Verdes geschah. Denn schon damals konnte ich erkennen, daß dieses Projekt die Welt verändern würde. Doch jeder, der an dem Projekt nicht als Akteur teilnahm, würde für ewig passiv bleiben.

»Ja, Miri«, sagte ich und lächelte ihr zu, »wir sind gleich.«

Auf dem Arbeitstisch eines anderen Labors breitete Miri die Auftrittsstatistiken meiner Konzerttournee vor mir aus. Der Computerausdruck war für mich; die SuperS analysierten stets direkt vom Bildschirm oder von Hologrammen. Ich fragte mich kurz, wieviel sie wohl ausgelassen oder vereinfacht hatten, um mir das Verständnis leichter zu machen. Terry Mwakambe, ein kleiner, dunkelhäutiger Mann mit langem, wildem Haar, hockte reglos auf dem Fensterbrett. Hinter ihm, im schwindenden Tageslicht, glitzerten Reflexe auf dem dunkelblauen Meer.

»Siehst du, hier«, sagte Miri, »bei ›Der Adler‹, da stiegen die Werte des Aufmerksamkeitsgrades nach der ersten Hälfte des Stückes, und nach dem Ende waren die Verhaltensänderungen Richtung Risikobereitschaft ziemlich dramatisch. Doch die Werte der Nachuntersuchung eine Woche später zeigten, daß die Veränderungen im Verhalten der Testpersonen hier stärker als bei deinen anderen Stücken zurückgegangen sind. Und einen Monat später waren fast alle Veränderungen Richtung Risikobereitschaft verschwunden.«

Wenn ich ein Konzert gebe, werden Freiwillige aus meiner Fangemeinschaft an Apparate gehängt, um die Veränderungen bei ihren Gehirnwellen zu messen, bei der Atmung, der Pupillentätigkeit – und eine ganze Menge mehr. Vor und nach dem Konzert unterwerfen sich die Freiwilligen Virtual-reality-Tests, bei denen ihr persönliches Verhalten geprüft wird. Die Testpersonen werden bezahlt. Sie wissen nicht, wozu die Tests dienen oder wer daran interessiert ist. Und das trifft auch für die Leute zu, die die Tests vornehmen. Es handelt sich stets um Blindtests, durchgeführt von einer von Kevin Bakers zahlreichen Software-Tochterfirmen, die ein undurchdringliches juristisches Gewirr bilden. Die Ergebnisse werden an den Hauptcomputer auf Huevos Verdes übertragen. Wenn die Statistiken es sagen, dann ändere ich, was und wie ich vortrage.

Ich habe aufgehört, mich ›Künstler‹ zu nennen.

»›Der Adler‹ funktioniert einfach nicht«, sagte Miri. »Terry möchte wissen, ob du ein anderes Stück komponieren kannst, das unbewußte Vorstellungen von Risikobereitschaft herbeiführt. Er braucht es für deine Sendung Sonntag in einer Woche.«

»Vielleicht sollte Terry es für mich schreiben.«

»Du weißt, daß keiner von uns das kann.« Ihre Augen richteten sich unverwandt auf mich, und ihr Mund wurde weich. *»Du bist der Lichte Träumer, Drew!* Keiner von uns kann das, was du tust. Und wenn wir dich zu sehr ... lenken, dann nur deshalb, weil es das Projekt so verlangt. Die ganze Sache wäre nicht möglich ohne dich.«

Ich lächelte. Sie sah so betriebsam aus, so erfüllt von Leidenschaft für ihre Arbeit. So entschlossen. *Unbeirrbar,* hatte Leisha ihren Vater genannt. *Bereit, jede Regel zu brechen, die ihm im Weg stand.*

Miri sagte: »Glaubst du nicht, daß wir wissen, wie wichtig du bist, Drew? Drew?«

»O doch, ich weiß es, Miri.«

Ihr Gesicht barst zu tausend Lichtsplittern, die mir wie Schwerter ins Herz fuhren. »Dann wirst du das neue Stück komponieren?«

»Risikobereitschaft«, sagte ich. »Dargestellt als wünschenswert, attraktiv, wichtig. In Ordnung. Sonntag in einer Woche.«

»Es ist wirklich notwendig, Drew. Wir sind immer noch Monate von einem Labor-Prototyp entfernt, aber das Land ...« Sie griff nach einem weiteren Stapel von Ausdrucken. »Schau her. Anstieg der Betriebsstörungen bei der Gravbahn um acht Prozent im letzten Monat. Meldungen über Ausfälle bei den Kommunikationsnetzen – wiederum ein Anstieg, hier um drei Prozent. Pleiten: ein Anstieg von fünf Prozent. Das Funktionieren der Nahrungsversorgung – und da wird es kritisch – um sechzehn Prozent weniger reibungslos. Die Industrieindikatoren fallen im gleichen erschreckenden Tempo. Das Vertrauen der Wählerschaft ist im Keller. Und die Duragem-Situation ...« Mit einemmal war die langsame, einen Vierteltakt hinterherhinkende Sprechweise dahin. »Schau dir diese Graphiken an, Drew! Wir können nicht einmal den Ursprung der Duragem-Pannen lokalisieren – es gibt kein Epizentrum! Und wenn man die Daten in die Lawson-Reduktionsformeln eingibt…«

»Ja«, sagte ich, um den Lawson-Reduktionsformeln zu entgehen, »ich glaube dir. Es ist schlimm da draußen und es wird immer schlimmer.«

»Nicht nur schlimmer – apokalyptisch!«

Mein Inneres erfüllte sich mit blutrotem Feuer und dem Donner von Geschützen; umgeben von alldem war eine gläserne Rose hinter einem undurchdringlichen Schild. Miri ist auf *Sanctuary* aufgewachsen. Die Bedürfnisse und Annehmlichkeiten des Lebens waren gegebene Dinge. Immer und für alle, ohne Frage, ohne Einschränkung, ohne darüber einen Gedanken zu verlieren. Im Gegensatz zu mir sah Miranda nie ein Baby an Vernachlässigung sterben, nie einen betrunkenen, nicht mehr aus noch ein wissenden Mann seine Frau verprügeln, nie eine Familie ausschließlich von ungewürztem SojSynth leben und nie eine Toilette, die tagelang nicht funktionierte. Sie wußte nicht, daß man all diese Dinge überleben konnte. Wie wollte sie wissen, was eine Apokalypse ist?

Aber so etwas sage ich nicht laut.

Terry Mwakambe sprang vom Fensterbrett. Seit wir den Raum betreten hatten, hatte er kein einziges Wort gesagt. Seine Gedankenfäden bestehen fast nur aus Gleichungen, sagt Miri. Aber nun war es soweit: »Abendessen?« fragte er.

Ich lachte. Ich konnte es einfach nicht unterdrükken. Abendessen! Die einzige Gemeinsamkeit zwischen Terry Mwakambe und Drew Arlen: Essen! Gewiß mußten auch Terry und Miri das Komische daran sehen – hier in diesem Raum, in diesem Gebäude, mitten in diesem Projekt… Abendessen!

Keiner von beiden lachte. Ich verspürte die Formen ihrer Befremdung. Es war ein Regen aus winzigen Tropfen, die wie Tränen auf alles fielen, auf die Apokalypse vor meinem geistigen Auge und auf mich selbst – hell und kalt und alles unter sich erstickend wie Schnee.

Diana Covington: Kansas

4

Eines Abends in einem anderen Leben fragte mich Eugene, der vor Rex und nach Claude kam, welche Assoziation die Vereinigten Staaten in mir weckten. Das war die Art von Fragen, die Gene gern stellte: sie forderten metaphorische Großspurigkeit geradezu heraus, was wiederum Gene zu Spott und Hohn herausforderte. Ich antwortete, daß die Vereinigten Staaten mich immerzu an ein kraftvolles, naives Tier erinnerten, das zwar von perfekter Schönheit war, jedoch die Gehirnkapazität eines beschränkten Rehs hatte. Wie herrlich es seine schlanken Muskeln in der Sonne streckt! Wie herrlich hoch es springt! Wie herrlich anmutig es direkt in den Weg des herannahenden Zuges läuft! Diese Antwort hatte den Vorteil, von so gewollt bombastischer Schwülstigkeit zu sein, daß es sich erübrigte, aus diesem Grund Einwände dagegen zu finden. Es stand gar nicht zur Debatte, daß die Antwort selbstverständlich auch die Wahrheit enthielt.

Von *meinem* Zug aus konnte ich jedenfalls genug von dem herrlich schönen, verstümmelten Kadaver sehen. Die Gravbahn war mit einem Viertel ihrer normalen Reisegeschwindigkeit über die Rocky Mountains gekrochen, damit die Nutzer-Passagiere die spektakulären Ausblicke genießen konnten. Die purpurne Majestät der Berge und so. Niemand warf auch nur einen kurzen Blick aus dem Fenster. Ich hingegen klebte mit der Nase daran und kostete in aller Überheblichkeit meine ehrlich gefühlte heilige Ehrfurcht aus.

In Garden City, Kansas, stieg ich in eine Lokalbahn um, die mit vierhundert Stundenkilometern durch die grandiose Landschaft zischte und mit praktisch null durch die Drecknester der Nutzer schlich. »Warum *fliegst* du nicht einfach nach Washington?« hatte Colin Kowalski ungläubig gefragt. »Du mußt dich doch wegen des Auftrags nicht gleich als Nutzerin aufspielen!« Ich hatte geantwortet, daß ich die Nutzer-Orte wenigstens zu Gesicht bekommen wollte, deren genetische Reinheit ich gegen eine potentielle, künstlich herbeigeführte Entartung zu verteidigen plante. Meine Antwort gefiel ihm ebensowenig, wie sie Gene gefallen hätte.

Nun, jetzt bekam ich sie zu Gesicht. Den verstümmelten Kadaver.

Jeder Ort sah aus wie der andere. Straßen, die strahlenförmig von der Gravbahn-Station wegführten; Häuser und Wohnblocks, teils ganz aus SchaumStein, teils noch aus Ziegeln und sogar Holz mit SchaumStein-Anbauten. Beim SchaumStein überwogen schreiende Farben – Pink, Orangerot, Kobaltblau und ein äußerst beliebtes Grün in der Farbe von Hühnergalle. Aristokratischer Nutzer-Müßiggang verlieh nicht automatisch aristokratischen Geschmack.

Jeder Ort wies eine Gemeindecafeteria in der Größe eines Flugzeughangars auf, ein Lagerhaus für die Waren, verschiedene Ortsgruppenhäuser, eine öffentliche Badeanstalt, ein Hotel, Sportplätze und eine verlassen wirkende Schule. Alles und jedes war mit Holotafeln zugepflastert: Distriktsleiter- S.R.- Wähl-Mich-Lagerhaus. Senator-Frances-Fay-FamilienGeld-Café. Und außerhalb der Stadt, kaum von der Gravbahn aus zu sehen, das Y-Energie-Werk und die mit Schutzschilden versehenen RoboFabriken, die alles in Gang hielten. Und natürlich die Rollerrennbahn, so unvermeidlich wie der Tod.

Irgendwo in Kansas kletterte eine Familie in den

Zug und ließ sich lautstark auf den Sitzen mir gegenüber nieder. Papa, Mama und drei kleine Nutzer, zwei davon mit rinnenden Nasen, alle fünf mit dringendem Bedarf an Diät und Gymnastik. Fettwülste wälzten sich unter Mama Nutzers leuchtendgelbem Overall hin und her, als ihr Blick mich streifte, weiterwanderte und wieder zurückkehrte. Wie Radar.

»Hallo!« sagte ich.

Sie machte ein finsteres Gesicht und stieß ihren Liebsten in die Rippen. Er sah mich an und machte keineswegs ein finsteres Gesicht. Die Brut starrte mich schweigend an, der Älteste – er war etwa zwölf – mit einem Blick wie der seines Vaters.

Colin hatte mich später davor gewarnt, auch nur den Versuch zu machen, bei meinem Job als Nutzerin aufzutreten; er sagte, es gäbe keine Möglichkeit, Schlaflose zu täuschen. Ich hatte gesagt, es läge mir fern, Schlaflose täuschen zu wollen, ich wollte mich nur in die örtliche Fauna einfügen. Er sagte, das wäre nicht möglich. Offenbar hatte er recht. Mama Nutzer warf einen Blick auf meine GenMod-langen Beine, das sorgfältig entworfene Gesicht und den Anne-Boleyn-Hals, der meinen Vater ein kleines Vermögen gekostet hatte, und sie wußte alles. Mein giftgrüner Overall, der Limodosen-Schmuck (allerorten beliebt; man bastelte ihn selbst) und die kackebraunen Kontaktlinsen machten nicht den geringsten Unterschied für sie aus. Papa & Sohn waren sich nicht so sicher, aber schließlich war es ihnen auch völlig egal. Sie hatten Brustumfang im Sinn, nicht Genbestimmung.

»Name is' Darla Jones«, sagte ich grinsend. Die verschließbare Innentasche meines Overalls war bis obenhin voll mit verschiedenen Chips unter verschiedenen Namen; einige davon hatte die AEGS bereitgestellt, und vom Rest wußte sie nichts. Es ist ein Fehler, wenn man die Behörde für alle unsere Tarnungen sorgen läßt, denn eines Tages konnte der Zeitpunkt kommen, daß man eine Tarnung vor der Behörde benötigt. Alle meine Identitäten waren in staatlichen Datenbanken dokumentiert und sahen so aus, als ob sie sich langer Vergangenheiten erfreuten – dank eines talentierten Freundes, von dem die AEGS auch nichts wußte. »Geht nach Washington, bei mir.«

»Arnie Shaw«, beeilte sich der Mann mir kundzutun. »Der Zug, hat er schon 'ne Panne gehabt?«

»Nee«, sagte ich. »Wird aber noch, todsicher.«

»Was soll man schon tun dagegen?«

»Gar nichts.«

»Macht die Sache spannend.«

»Arnie«, fuhr Mama Nutzer dazwischen und unterbrach so unsere leichte Konversation, »hier hinten. Is' mehr Platz da.« Sie bedachte mich mit einem Blick, der PlastiSynth verschmort hätte.

»Is' doch auch hier genug Platz, Dee.«

»Arnie!«

»Wiedersehn«, sagte ich. Die Frau murmelte etwas vor sich hin, als sie alle nach hinten gingen. Blöde Kuh. Ich spielte mit dem Gedanken, ihre Nachkommenschaft von den SuperSchlaflosen in vierarmige schwanzlose Wachhunde verwandeln zu lassen. Oder wonach ihnen sonst der Sinn stand. Ich lehnte den Kopf zurück und schloß die Augen. Im Schneckentempo fuhren wir in das nächste Nutzer-Nest ein.

Als wir es gerade wieder verließen, tauchte der jüngste Shaw-Sprößling bei mir auf. Ein kleines Mädchen, etwa fünf, kam durch den Mittelgang gekrabbelt wie ein Kätzchen. Sie hatte ein keckes kleines Gesichtchen und langes, schmutziges braunes Haar.

»He du, du hast 'n schönes Armband.« Verlangend blickte sie auf die Limodosen-Scheußlichkeit an meinem Handgelenk, einen Kranz geringelter Anhängsel aus einer Leichtmetallegierung, die so biegsam war wie warmes Wachs. Ein ihm besonders ergebener Wähler hatte das Armband und die dazupassenden

Ohrgehänge an David geschickt, als er für den kalifornischen Senat kandidierte. Wir hatten es zum Spaß behalten.

Ich streifte das Armband ab. »Willst es haben, du?«

»Ehrlich?« Ihr Gesicht strahlte. Sie riß mir das Armband aus den hingestreckten Fingern und krabbelte den Mittelgang zurück nach hinten. Ein Zipfel ihrer blauen Bluse hing ihr aus dem Overall. Ich grinste. Ein Jammer, daß aus Kätzchen unausbleiblich Katzen werden.

Eine Minute später tauchte Mama Nutzer neben mir auf. »Können Ihr Armband behalten, Sie! Desdemona, die hat ihren eigenen Schmuck!«

Desdemona. Wo sie wohl alle diese Namen herhaben? Es gibt keine Shakespeare-Aufführungen auf den Rennbahnen.

Die Frau sah aus stahlharten Augen auf mich herab. »Hören Sie, Sie bleiben bei Ihren Leuten, un' wir, wir bleiben bei den unsren. Is' besser für alle. Klar?«

»Ja, Madam«, sagte ich und ließ die Kontaktlinsen von den Augen fallen. Meine Augen sind violett, ein intensives GenMod-Violett. Ich faltete die Hände auf dem Schoß und starrte ihr schweigend ins Gesicht.

Sie watschelte in sich hineinmurmelnd davon. Ich hörte etwas heraus, das klang wie: »Diese Sippschaft...«

»Wenn sich herausstellt, daß ich nicht als Nutzerin durchgehen kann«, hatte ich Colin erklärt, »dann versuch' ich es als bekloppter Macher, der als Nutzer auftreten möchte. Ich wäre nicht der erste Macher, der sich unter die Eingeborenen mischt. Du verstehst, der schwielige Angehörige der Arbeiterklasse, der sich rührende Mühe gibt, für einen Aristo gehalten zu werden. Der sich in der Masse versteckt.«

Colin hatte die Schultern gehoben. Erst dachte ich, er würde es bereits bereuen, mich angeheuert zu haben, aber dann wurde mir klar, daß er hoffte, mein Herumgealber würde die Aufmerksamkeit von den echten AEGS-Agenten ablenken, die zweifellos auch auf dem Weg nach Washington waren: Das Bundesforum für Wissenschaft und Technik, gemeinhin als Wissenschaftsgericht bekannt, hatte Ansuchen Nr. 1892-A auf der Tagesordnung. Was dieses Ansuchen grundlegend von Nummer 1 bis Nummer 1891 unterschied, war der Umstand, daß es von der Huevos Verdes Corporation eingebracht worden war. Zum erstenmal seit zehn Jahren suchten die SuperSchlaflosen um staatliche Genehmigung für die wirtschaftliche Nutzung einer patentierten gentechnischen Erfindung in den Vereinigten Staaten an. Sie hatten natürlich ebenso viele Chancen wie ein Fisch auf dem Mond, aber es war doch ziemlich interessant. Warum jetzt? Was bezweckten sie? Und würde einer der siebenundzwanzig bei der Sitzung des Wissenschaftsgerichts persönlich anwesend sein?

Und wenn er da war, würde ich in der Lage sein, ihn zu beschatten?

Ich starrte zum Fenster hinaus, auf die robobestellten Felder. Weizen oder vielleicht auch Soja – ich hatte keine Ahnung wie beides aussah, wenn es im Wachsen war. Nach zehn Minuten war Desdemona wieder da. Ihr Gesichtchen tauchte langsam zwischen meinen ausgestreckten Beinen auf; sie war unter den Sitzen hindurchgekrabbelt, durch all den Dreck und die verstreuten Essensreste und den übrigen Müll. Desdemona stemmte ihren kleinen Körper zwischen meinen Knien hoch und hielt sich mit einer schmierigen Hand am Sitz fest. Die andere Hand schoß auf mein Armband zu und packte es.

Ich streifte es ab und gab es ihr wieder. Die ganze Vorderseite ihres Overalls war schmutzig. »Gibt's keinen PutzRob auf diesem Zug?« fragte ich.

Sie drückte das Armband an sich und grinste. »Is' hinüber.«

Ich lachte. Im nächsten Moment ging die Gravbahn kaputt.

Ich wurde zu Boden geschleudert, wo ich auf Händen und Knien landete, hin und her schwankte und auf den Tod wartete. Unter mir kreischten Maschinen. Der Zug kam zuckend und ruckend zum Stehen, kippte aber nicht um.

»Verdammt!« schrie Desdemonas Vater. »Nich' schon wieder!«

»Können wir jetz' Eis kriegen?« quengelte eines der Kinder. »Is' sowieso stehengeblieben, der Zug!«

»Das dritte Mal, diese Woche! Scheiß-Macher-Zug!«

»Nie kriegen wir kein Eis nich'!«

Anscheinend kippten diese Züge nicht. Anscheinend würde ich nicht sterben. Anscheinend waren diese höllisch kreischenden Maschinen da unten normal. Ich trottete hinter allen anderen aus dem Zug.

In eine andere Welt.

Ein fiebriger Wind wehte über die Weite der Prärie: warm, wispernd, berauschend. Die Größe des Himmels überwältigte mich. Ein endloser strahlend blauer Himmel oben, endlose strahlend goldene Felder unten. Und all das gestreichelt von diesem körperwarmen Wind, durchflutet von Sonnenlicht, duftgeschwängert. Ich, eine Stadtliebhaberin, die es darin mit Sir Christopher Wren hätte aufnehmen können, hatte keine Ahnung gehabt; kein Holo hatte mich darauf vorbereitet. Ich mußte dem verrückten Impuls widerstehen, mir die Schuhe von den Füßen zu schleudern und die Zehen in die dunkle Erde zu bohren.

Statt dessen folgte ich den murrenden Nutzern die Bahnstrecke entlang zum vorderen Ende des Zuges. Dort versammelten sich alle um die Holoprojektion eines Zugführers, obwohl ich hörte, daß seine aufgezeichnete Ansprache in jedem Abteil aus den Lautsprechern kam. Die Hologestalt ›stand‹ formatfüllend auf dem Gras und verströmte Autorität. Der Lizenzinhaber war ein Freund von mir; er glaubte an zwei Meter große dunkelhäutige Kleiderschränke als Idealverkörperung von Ordnungshütern.

»Es gibt keinen Grund zur Beunruhigung. Dies ist ein geringfügiges technisches Gebrechen. Bitte kehren Sie in die Bequemlichkeit und den Schutz Ihres Abteils zurück, wo Ihnen in einigen Minuten Gratisspeisen und -getränke serviert werden. Ein Wartungstechniker zur Behebung des Schadens ist bereits unterwegs. Es gibt keinen Grund zur Beunruhigung …«

Desdemona gab dem Holo einen Tritt. Ihr Fuß ging glatt durch die Gestalt hindurch, und sie zog die Mundwinkel höhnisch nach unten zu einem sinnlosen, unverschämten Grinsen des Triumphs. Die Hologestalt blickte hinab. »Mach das nich' noch mal, du, hörst du?« Desdemonas Augen wurden ganz groß, und sie verzog sich hinter die Beine ihrer Mutter.

»Brauchst dich nich' zu fürchten, du. Is' doch bloß interaktiv«, zischte Mama Nutzer. »He, laß meine Beine los!«

Ich zwinkerte Desdemona zu, die mich eine Sekunde lang mürrisch anstarrte, ehe sie grinste und mit dem Armband rasselte.

»… in die Bequemlichkeit und den Schutz Ihres Abteils zurück, wo Ihnen in einigen Minuten Gratisspeisen und …«

Immer mehr Leute kamen nach vorn, und alle bis auf zwei schimpften lautstark; eine der beiden war eine ältere Frau – hochgewachsen, unscheinbar und kantig wie ein Stahlgerüst. Sie trug keinen Overall, sondern ein langes glattes Kleid, gestrickt aus dünnem Garn in zarten, gedämpften Grüntönen; die Verarbeitung war zu ungleichmäßig, um von einer Maschine zu stammen. Ihre Ohrgehänge bestanden aus einfachen glänzendgrünen Steinen. Noch nie zuvor war mir ein Nutzer begegnet, der Geschmack hatte.

Die zweite Person, die aus der Reihe tanzte, war ein kleiner junger Mann mit seidigem roten Haar, heller Haut und einem Kopf, der etwas zu groß schien für seinen Körper.

In meinem Nacken kribbelte es.

Im Innern der Waggons tauchten die ServierRobs aus ihren Depots auf und reichten Tabletts mit Snacks aus frisch hergestelltem SojSynth, verschiedenen Getränken und Sonnenschein in milder Dosierung. »Mit besten Empfehlungen von Senatorin Cecilia Elizabeth Dawes«, wiederholte der Rob immer wieder. »Sie dankt für Ihr Vertrauen.« Diese Ablenkung war gut für eine halbe Stunde, dann stiegen alle wieder aus und begannen erneut zu schimpfen.

»Der Dienst am Wähler heutzutage ...«

»... wähl' ich, nächstes Mal, 'n andern. Egal wen, bloß irgendwen andern ...«

»... ein geringfügiges technisches Gebrechen. Bitte kehren Sie in die Bequemlichkeit und den Schutz Ihres ...«

Ich spazierte über das harte Gras zum Rand des nächsten Feldes. Der Schlaflose in unzureichender Verkleidung stand abseits; er beobachtete die Menge ebenso beiläufig und gleichgültig wie ich. Bisher schien er noch keine Notiz von mir genommen zu haben. Das Feld, zu dem ich ging, war von einem niedrigen Energiezaun umgeben, vermutlich, um die AgroRobs zusammenzuhalten. Sie wanderten gemächlich zwischen den Reihen goldgelben Getreides und taten ihre Arbeit, von der ich nichts verstand. Ich trat über den Zaun und hob einen auf. Er summte leise; an der Unterseite der dunklen Kugel mit flexiblen Tentakeln war ein Schildchen befestigt: CANCO ROBOTS: LOS ANGELES. CanCo war eine Woche zuvor durch die Schlagzeilen des *Wall Street Journal Online* gegangen; die Firma war in Schwierigkeiten, ihre AgroRobs überall im Land wiesen plötzlich zunehmend Pannen auf und gingen kaputt. Das Lizenzunternehmen war kurz vor dem Zusammenbruch.

Verführerisch wiegte sich der Wind in den süßduftenden Halmen.

Ich saß mit gekreuzten Beinen auf dem Boden, den Rücken dem Energiezaun zugewandt. Rundum ließen sich die Erwachsenen zu Karten- oder Würfelspielen nieder, und die Kinder rannten brüllend durch die Gegend. Ein junges Pärchen kam an mir vorbei und verschwand im Feld, Sex in den Augen. Die ältere Frau in Grün saß allein da und las in einem Buch – in einem aktuellen Buch. Ich konnte mir nicht vorstellen, wo sie es herbekommen hatte. Und der großköpfige Schlaflose – wenn meine Vermutung stimmte – streckte sich auf der Erde aus, schloß die Augen und tat so, als würde er schlafen. Unwillkürlich verzog ich das Gesicht. Ironie um ihrer selbst willen war mir immer schon suspekt gewesen – zumindest bei anderen.

Nach zwei Stunden brachten die ServierRobs wiederum Essen und Getränke aus dem Zug. »Mit besten Empfehlungen von Senatorin Cecilia Elizabeth Dawes. Sie dankt für Ihr Vertrauen.« Wieviel Soj-Synth wohl eine Nutzer-Gravbahn mitführte? Ich hatte keine Ahnung.

Als die Sonne lange Schatten warf, schlenderte ich hinüber zu der lesenden Frau. »Gutes Buch?«

Sie blickte hoch und musterte mich. Wenn Colin mich zu dem Wissenschaftsgericht in Washington schickte, so schickte er wahrscheinlich auch richtige Agenten. Und wenn Großkopf ein Schlafloser war, könnte er sogar seinen eigenen persönlichen Schatten haben. Dennoch, irgend etwas im Gesicht der lesenden Frau sagte mir klipp und klar, daß sie es nicht war. Sie hatte keine Genmodifikationen, aber daran lag es nicht. Man findet viele Macher-Familien, die sich standhaft weigern, ihren Kindern GenMods – selbst zulässige – ins Leben mitzugeben; der Zusammenhalt dieser Familien ist für gewöhnlich sehr groß, doch ansonsten existieren sie am Rand der Gesellschaft. Aber zu denen gehörte sie auch nicht. Sie war etwas anderes.

»Es ist ein Roman«, sagte die Frau in indifferentem Tonfall. »Jane Austen. Überrascht es Sie, daß es immer noch Nutzer gibt, die lesen können? Oder wollen?«

»Ja.« Ich lächelte verschwörerisch, aber sie bedachte mich nur mit einem kühlen Blick und kehrte zurück zu ihrem Buch. Eine abtrünnige Macherin entlockte ihr weder Entrüstung noch Verachtung noch Schmeicheleien. Ich interessierte sie einfach nicht. Unwillkürlich verspürte ich Respekt vor ihr.

Offenbar wußte ich doch nicht soviel über die Verschiedenartigkeiten von Nutzern, wie ich gedacht hatte.

Der Sonnenuntergang überwältigte mich. Der Himmel wurde hell und verwundbar, und dann zogen sanfte Farben in Streifen auf. Die Farben wurden immer aggressiver, um schließlich von fahlen Pastelltönen abgelöst zu werden. Dann wurde es kalt und dunkel. Eine ganze himmlische Liebesaffäre in dreißig Minuten. Claude-Eugene-Rex-Paul-Anthony-Russell-David.

Kein Wartungstechniker erschien. Die Prärie kühlte rasch ab, und wir kletterten alle zurück in den Zug, in dem sich sogleich Licht und Heizung einschalteten. Ich fragte mich, was wohl geschehen wäre, wenn auch diese Systeme – oder die ServierRobs – zusammengebrochen wären.

Jemand sagte, nicht laut und zu niemand Bestimmtem: »Meine Essenchips, die kamen letztes Quartal zu spät aus der Hauptstadt.«

Pause. Ich setzte mich auf; das war ein neuer Ton. Kein Genörgel, kein Gemaule, etwas anderes.

»Bei uns in der Stadt gibt's keine Overalls mehr. Lagerhaus-Macher sagt, es gibt 'ne landesweite Knappheit, sagt er.«

Pause.

»Wir sin' unterwegs zu meiner alten Mutter in Missouri. Holen sie zu uns, die Mama. Heizgebläse in ihrem Wohnhaus is' ausgefallen, un' keiner hat sie zu sich genommen. Un' jetz' hat sie keine Heizung nich'.«

Pause.

Jemand sagte: »Hat irgendwer 'ne Ahnung, wie weit es is' zur nächsten Stadt? Vielleicht könnten wir zu Fuß gehen.«

»Wir müssen nich' zu Fuß gehen! Die müssen unseren beschissenen Zug richten!« Mami Nutzer, in einer Eruption aus biblischem Zorn und Spucke.

Mit dem ruhigen Tonfall war es vorbei. »Ganz recht! Wir sin' doch Wähler, oder etwa nich'?«

»Meine Kinder können nich' bis in die nächste Stadt laufen!«

»He, was sin' Sie eigentlich? 'n bescheuerter Macher?«

Ich sah, wie der großköpfige Mann seinen Blick von Gesicht zu Gesicht wandern ließ.

Das Holo des großen dunkelhäutigen Zugführers erschien plötzlich im Innern des Wagens im Mittelgang. »Meine Damen und Herren, Morrison-Gravbahnen bittet Sie, die Verzögerung der Reparaturarbeiten zu entschuldigen. Um Ihnen die Wartezeit so angenehm wie möglich zu machen, dürfen wir Ihnen ein neues Unterhaltungsprogramm vorstellen, eine Produktion, die noch nie gesendet wurde. Mit besten Empfehlungen von Kongreßabgeordnetem Wade Keith Finley – Drew Arlen, der Lichte Träumer in seiner neuesten Komposition ›Der Krieger‹. Bitte begeben Sie sich an die Fenster auf der linken Seite der Gravbahn.«

Die Nutzer sahen einander an, und augenblicklich wurde die allgemeine Wut von freudigem Geplapper abgelöst. Offenbar war dies eine Neueinführung auf dem weiten Gebiet der Pannenüberbrückung. Automatisch kalkulierte ich im Geist die Kosten eines transportablen Projektors, der in der Lage war, so große Holos zu liefern, daß sie von den Fenstern eines ganzen Zuges aus gesehen werden konnten – und dazu die Kosten eines noch jungfräulichen Videos vom heißesten Nutzer-Unterhalter des ganzen Landes. Und dann verglich ich diese Kosten mit denen eines kompetenten Wartungstrupps. Irgend etwas stimmte hier ganz und gar nicht. Ich verstand nichts von Hollywood, aber eine noch unveröffentlichte Produktion von Drew Arlen mußte Millionen kosten. Warum schleppte eine Gravbahn so etwas als Zeitvertreib für den Notfall mit, nur um die Eingeborenen ruhigzustellen?

Der großköpfige Mann beobachtete unauffällig die anderen Mitreisenden, wie sie die Nasen an die linksseitigen Fensterscheiben drückten.

Ein langer Stab schob sich aus dem Dach des Waggons hinter dem unseren, der sich in der Mitte des Zuges befand. Die Spitze des Stabes streckte sich in einem flachen Winkel bis fast zu dem Getreidefeld hin, und dann senkten sich von seinem Ende aus Lichtstrahlen pyramidenförmig nach unten. Alle machten »Oooooohhh!« Transportable Projektoren erreichten zwar nie die Schärfe und das klare Bild eines guten fixmontierten Apparates, aber ich nahm nicht an, daß sich das Publikum daran stoßen würde. Das Holo von Drew Arlen erschien in der Mitte der Pyramide, und wiederum machten alle: »Oooooohhh!«

Ich stahl mich aus dem Zug ins Freie.

In der Dunkelheit und aus der Nähe betrachtet, sah

das Holo noch merkwürdiger aus: ein fünf Meter hoher Mann mit verschwommenen Konturen in einem Rollstuhl vor dem Hintergrund endloser finsterer Prärie. Oben, in unermeßlicher Höhe, glitzerten kalte Sterne. Ich holte meine PlastiTuch-Jacke aus der Tasche des Overalls.

Das Holo sagte: »Ich bin Drew Arlen. Der Lichte Träumer. Lassen Sie Ihre Träume Wirklichkeit werden.«

Ich hatte bereits einen Auftritt von Arlen gesehen, in San Francisco, als ich mich mit Freunden zum Spaß in den Slums herumtrieb. Ich war die einzige Person in der ganzen Kongreßabgeordneter-Paul-Jennings-Messura-Konzerthalle, auf die Arlen keine Wirkung hatte. Natürliche Resistenz gegen Hypnose, sagte mein Doktor hinterher; Ihr Gehirn verfügt einfach nicht über die dazu notwendige feinabgestimmte Biochemie. Haben Sie nachts Träume?

Ich konnte mich noch nie auch nur an einen einzigen Traum erinnern.

Die Pyramide aus Lichtstrahlen rund um Arlen veränderte sich ein wenig, begann sonderbar zu flackern. Unterschwellige Muster in den Lichtstrahlen. Die Muster wanderten langsam ineinander und bildeten komplizierte Formen; leise und vertraulich begann Drew Arlens Stimme mit der Geschichte.

»Es war einmal ein Mann mit großen Hoffnungen, doch ohne Macht. Als er jung war, wollte er alles haben. Er wollte Stärke, damit die anderen Männer ihn respektierten. Er wollte Frauen besitzen und schmelzen vor Befriedigung. Er wollte Liebe. Er wollte Aufregung. Er wollte seine Tage mit Herausforderungen erfüllen, die nur er bewältigen konnte. Er wollte ...«

O bitte! Was war das anderes als Einklinken in primitivste Wünsche und Begierden? Und da gab es sogar *Macher,* die diesen Kerl einen Künstler nannten!

Doch irgendwie fand ich die Formen unwiderstehlich. Sie glitten an Arlens Rollstuhl vorbei, falteten und entfalteten sich, teils deutlich sichtbar, teils hart am Rand bewußter Wahrnehmung. Ich spürte das Blut in meinen Adern fließen, spürte dieses plötzliche Aufwallen von Lebendigkeit, das einen manchmal im Frühling, beim Sex oder angesichts einer besonders verlockenden Aufgabe überkommt. Ich war also nicht immun gegen unterschwellige Reize. Diese hier mußten von einer ganz schlimmen Sorte sein.

Ich sah in den Waggon der Gravbahn; die Nutzer standen dicht gedrängt und reglos hinter den Fensterscheiben. Desdemona starrte mit offenem Mund heraus. Selbst Mama Nutzers Gesicht ließ mit einemmal einen Anflug des jungen Mädchens erkennen, das sie einst vor Jahrzehnten an einem längst vergessenen Nutzer-Sommerabend gewesen sein mußte.

Ich wandte mich wieder Arlen zu, der immer noch sein simples Garn spann. Er hatte eine musikalische Stimme. Die Geschichte war eine Art Pseudovolksmärchen ohne Feinheiten, ohne Resonanz, ohne Details, ohne Ironie – eine kunstlose Geschichte. Die Worte waren nichts als ein kahles Gerippe, über dem die bildlichen Darstellungen schimmerten, und die ihre wahre Bedeutung erst durch das bekamen, was sie in den hypnotisierten Persönlichkeiten der Zuhörer auslösten. Ich hatte gehört, daß jeder Mensch eine Drew-Arlen-Vorstellung anders empfand, je nachdem, welche Kindheitserlebnisse unterschiedlichen Symbolcharakters und unterschiedlicher Intensität im Gedächtnis gespeichert waren und freigesetzt wurden. Ich hatte es gehört, aber nicht geglaubt.

Und so schlenderte ich nun in der Dunkelheit langsam den Zug entlang und ließ meine Blicke über die Nutzer-Gesichter hinter den Fenstern wandern. Manche waren tränennaß. Was immer sie gerade erlebten, es sah weitaus aufwühlender aus als alles, was ich in der Sixtinischen Kapelle verspürt hatte oder bei Lewis Darrells *König Lear* oder während des Beethoven-Festivals der Philharmoniker von San Francisco. Aufwühlender als Sonnenschein oder sogar NerveX. So aufwühlend wie ein Orgasmus.

Lichtes Träumen unterlag keinen Regelungen. Arlen hatte zu allen Zeiten einen Haufen schwachbrüstiger Imitatoren gehabt, aber die hielten sich nie lange. Für das, was Drew Arlen zustande brachte, war er offenbar der einzige Mensch auf der ganzen Welt, der wußte, *wie* man es zustande brachte. Die meisten Macher ignorierten ihn: ein manipulativer Schwindler, der mit wahrer Kunst ebensoviel zu tun hatte wie diese Holos der Jungfrau Maria, die bei religiösen Festlichkeiten plötzlich und regelmäßig ›erschienen‹.

»... verließ das Heim, das er liebte«, sagte Arlens tiefe, musikalische Stimme, »und ging allein davon, tief hinein in einen dunklen Wald ...«

Lichtes Träumen unterlag keinen Regelungen. Und Drew Arlen war, wie alle Welt wußte, Miranda Sharifis Liebhaber. Er war der einzige Schläfer, der nach eigenem Gutdünken in Huevos Verdes ein- und ausgehen durfte. Zusammen mit einer Meute von Reportern, die eine kleine Stadt gefüllt hätten, klebte ihm die AEGS natürlich dauernd an den Fersen; denn es waren nur seine Vorträge, die sie nicht ernst nahm.

Ich spazierte die Gravbahn entlang zurück und kletterte in meinen Waggon. Der großköpfige Mann war der einzige, der nicht am Fenster hing. Er lag auf einer der verlassenen Sitzbänke und schlief. Oder tat so, als würde er schlafen. Um einer Hypnose zu entgehen? Um die Wirksamkeit von Arlens Auftritt zu verfolgen?

Der Vortrag ging weiter. Der Krieger bestand die üblichen Gefahren, errang die üblichen Siege, genoß die üblichen Triumphe. Schlichte, stark simplifizierte halluzinative Vorstellungen. Als es aus war, umarmten die Leute einander gerührt, lachten und weinten und stürzten dann aus dem Zug auf das Holo von Drew Arlen zu. Es blieb unverändert, fünf Meter hoch – ein gutaussehender gelähmter Mann in einem schwebenden, mit allen technischen Raffinessen ausgestatteten Rollstuhl, der freundlich auf seine Jünger hinablächelte. Die ihn umgebenden Formen waren verschwunden – es sei denn, sie blitzten nur so kurz auf, daß sie unter der bewußten Wahrnehmungsschwelle lagen, was eine Möglichkeit darstellte. Ein paar Nutzer streckten die Hände in das Holo und versuchten, etwas zu berühren, was substanzlos war. Desdemona tanzte im Innern der Pyramide und legte den Kopf auf die Decke über Arlens Knien.

Unvermutet meinte Papa Nutzer: »Jede Wette, wir würden's schaffen, zu Fuß in die nächste Stadt.«

»Na ja …«, sagte ein anderer. Ein paar Stimmen fielen ein.

»Wenn wir der Schiene folgen un' alle schön beisammen bleiben …«

»Seht mal nach, ob man die Lampen vom Dach holen kann …«

»'n paar von uns sollten dableiben, bei den alten Leuten.«

Der Mann mit dem großen Kopf verfolgte das alles genau. In diesem Moment war ich mir sicher: Die ganze Gravbahn-Panne in diesem von aller guten Technik verlassenen Winkel des Landes war eine abgekartete Sache gewesen, um den Effekt von Arlens Darbietung abzuschätzen.

Wie genau? Und von wem?

Nein. Das waren nicht die richtigen Fragen. Die richtige Frage lautete: Was *war* der Effekt von Arlens Darbietung?

»Du bleibst da, Eddie, mit den Alten. Du, Cassie, du sagst es den Leuten in den anderen Waggons. Hör dich um, wer von denen mit uns kommen will. Tasha…«

Sie stritten zehn Minuten lang, nur um die Sache zu organisieren. Dann holten sie die Lampen, von denen sich herausgestellt hatte, daß es welche von der tragbaren Art waren, von den Waggondächern. Die Leute, die zurückblieben, gaben den anderen ihre Reservejacken mit. Die erste Gruppe machte sich gerade auf den Weg die Schiene entlang, als am Himmel ein Lichtstrahl erschien. Eine Sekunde später konnte ich das Flugzeug hören.

Die Nutzer verstummten.

Im Flugzeug saß ein einzelner Gravbahn-Techniker, flankiert von zwei SicherheitsRobs jener Sorte, die keinen Spaß verstand. Sie trugen Waffen, projizierten einen persönlichen Sicherheitsschild für den Techniker und fackelten nicht lange. Die Reisenden sahen schweigend zu, wie die drei aus dem Flugzeug stiegen. Das ebenmäßige GenMod-Gesicht des Techs sah gestresst aus. Aber Techniker sind bekanntermaßen ein gestresster Haufen: Genmodifizierungen für das Aussehen, aber ohne Steigerungen von IQ und Leistungsfähigkeit, welche die künftigen Eltern weitaus teurer zu stehen kämen. Diese Leute reparieren Maschinenparks, leiten Lagerhäuser und Ausgabestellen und beaufsichtigen Krankenpflege- oder KindergartenRobs. Techs sind keineswegs Nutzer, aber obwohl sie in den Enklaven leben, gehören sie auch nicht ganz zu den Machern. Und das wissen sie genau.

»Meine Damen und Herren«, sagte der Tech; es klang nicht besonders glücklich. »Morrison-Gravbahnen und Senatorin Cecilia Elizabeth Dawes bitten Sie, die Verzögerung zu entschuldigen, mit der die Wiederinstandsetzung Ihres Zuges in Angriff genommen wird. Widrige Umstände, auf die wir keinen Einfluß hatten…«

»Jajaja!« schrie ein Erbitterter, »un' ich bin der Kaiser von China!«

»Was wählen wir euch eigentlich, ihr Lumpengesindel!«

»Kannst der Senatorin bestellen, da sin' ihr 'n paar Stimmen abhanden gekommen, hier auf'm Zug!«

»Die Dienstleistungen, wo uns zustehen…«

Der Techniker marschierte zielstrebig zur Spitze des Zuges, die Augen gesenkt, die Robs an seiner Seite. Ich konnte flüchtig das Y-Energie-Feld schimmern sehen, als er an mir vorbeiging. Doch ein paar Nutzer – sechs oder sieben – starrten die Bahntrasse entlang, die sich in der windigen Finsternis verlor; ich hätte geschworen, daß in ihren Augen so etwas wie Bedauern glitzerte.

Der Tech brauchte genau dreizehn Minuten, um den Schaden zu reparieren. Niemand belästigte ihn. Er ging zu seinem Flugzeug zurück, und die Gravbahn setzte sich in Bewegung. Die Nutzer griffen wieder zu den Würfelbechern, murrten vor sich hin, schliefen oder beschäftigten sich mit ihren quengeligen Kindern. Ich ging den ganzen Zug ab auf der Suche nach dem großköpfigen Mann; er war verschwunden, während ich die Reaktion der Nutzer auf den Macher-Tech verfolgte. Wir mußten ihn wohl in der schützenden Dunkelheit zurückgelassen haben auf der windigen Prärie.

Billy Washington:
East Oleanta

5

Alle heiligen Zeiten mal muß ich mich einfach aufmachen in den Wald. Früher hab ich für gewöhnlich keinem was gesagt davon, aber jetz', wenn ich jetz' geh', dann sag ich's Annie, un' sie richtet mir 'n bißchen was Frisches aus der Küche, Äpfel un' Kartoffeln un' SojSynth, wo noch nich' zu fertigen Mahlzeiten zubereitet is'. Ich bleib sechs oder sieben Tage weg, ganz allein, bloß ich. Weg von allem: von den Holotänzern in der Cafeteria, von dem Musikgeplärre, von der Lagerhausausgabe, von den üblen Kerlen mit den Holzkeulen un' auch von der ganzen Y-Energie. Da mach' ich mir lieber 'n Lagerfeuer. Gibt Leute in East Oleanta, die sin' seit zwanzig Jahren nich' rausgekommen aus der Stadt, außer mal mit der Gravbahn in den nächsten Ort. Der tiefe Wald könnte für die genausogut am Mond liegen. Ich für mein Teil denke, die fürchten sich wohl da draußen, vor sich selber.

Hatte meinen Aufbruch für den Morgen vorgehabt, nachdem die Küche in der Cafeteria ausfiel un' wir mit Distriktsleiter Samuelson übers offizielle Terminal redeten. Aber so, wie's jetz' stand, konnte ich Annie un' Lizzie nich' ohne Essen alleinlassen, un' außerdem wollte ich ganz gewiß nich' irgendwohin gehen, wo tollwütige Waschbären rumrennen un' der AufseherRob nich' funktioniert.

Lizzie stand im Nachthemd neben meinem Sofa, 'n hellrosa Fleck nach'm Aufwachen. »He, Billy, denkst du, die haben die Küche schon repariert?«

Annie kam aus ihrem Schlafzimmer un' gähnte;

hatte immer noch ihr PlastiTuch-Nachthemd an. »Laß Billy in Ruh', du. Hast du Hunger?«

Lizzie nickte.

Ich setzte mich auf un' hielt mir 'n Arm über die Augen, weil die Sonne beim Fenster reinschien. »Hör mal, Annie. Ich hab mir was überlegt. Wenn die die Küche repariert haben, dann wär's gut, wir würden soviel Essen nehmen, wie wir können, un' es hier einlagern. Für 'n Fall, daß wieder mal 'n Schaden auftritt. Wir können doch jeden Tag soviel mitnehmen, wie wir für die Essenchips kriegen – Lizzie un' du, ihr nutzt die Chips sowieso nie bis zum Limit aus un' ich auch nich' immer. Un' dann noch rohe Sachen aus der Küche, Kartoffel un' Äpfel un' so was.«

Annie preßte die Lippen aufeinander. Is' kein Morgenmensch, die Annie. Aber hier bei ihr aufzuwachen, das war so schön, daß ich glatt drauf vergessen hatte. Sie sagte: »In zwei, drei Tagen wären die Sachen alle faulig. Un' ich, ich will nich' 'n Haufen halbverfaultes Zeug hier rumliegen haben. Is' nich' reinlich.«

»Na, dann schmeißen wir's weg un' holen neues!« Redete ganz sanft un' freundlich mit ihr, weil Annie, die hat's nich' so gern, wenn die Dinge plötzlich nich' mehr genauso laufen sollen wie immer schon.

»Billy, denkst du, die haben die Küche schon repariert?« fragte Lizzie dazwischen.

Ich sagte: »Kann ich nich' sagen, Schätzchen. Wollen mal nachsehen. Zieh dir was an.«

»Die muß erstmal ins Bad gehen. Sie stinkt. Un' ich auch. Gehst du mit uns hin, Billy?« sagte Annie.

»Klar.« Was dachte sie wohl, wofür so 'n alter klappriger Gaul wie ich noch gut is' gegen tollwütige Waschbären? Aber Annie, die hätt' ich auch mitten durch die bösen Geister geführt, an die sie glaubt.

Lizzie sagte: »Billy, denkst du, die haben die Küche schon repariert?«

Waren keine Waschbären weit un' breit bei den Bädern. Das Männerbad war leer bis auf Mister Keller. Der is' so alt, der weiß wohl selber nich' mal mehr, ob er auch 'nen Vornamen hat. Un' zwei kleine Jungs waren auch noch da, die hätten allein gar nich' da sein dürfen, aber so waren sie nun mal da un' spritzten und platschten, was das Zeug hielt. Denen zusehen, das machte den Morgen gleich viel fröhlicher.

Mister Keller sagte mir, daß die Cafeteriaküche schon repariert war. Annie un' Lizzie waren sauber un' rochen wie frische Beeren im Tau, als sie rauskamen, un' wir gingen zusammen rüber, um zu frühstücken. Aber die Cafeteria war voll, nich' bloß mit futternden Nutzern, nee, sondern mit Machern, die 'n Holo von der Kongreßabgeordneten Janet Carol Land drehten.

Sie war es wirklich selber. Keine Aufnahme. Stand vorm Fließband, auf dem's wie immer Eier, Speck, Frühstücksflocken und Brot aus SojSynth gab, außerdem frische GenMod-Erdbeeren. Ich für mein Teil mag keine GenMod-Erdbeeren nich'. Die halten sich vielleicht wochenlang frisch, schmecken aber nie wie die kleinen wilden süßen, die wo im Juni an den Südhängen wachsen.

»... steht den Ihren tatkräftig und umsichtig auch in jedem Notfall zu Diensten, allezeit und worum immer es sich handelt«, sagte ein gutaussehender Macher zum KameraRob. »Janet Carol Land, im Einsatz in East Oleanta, im Einsatz, um *Ihnen* zu dienen. Eine Politikerin, der die denkwürdigen Worte aus der Bibel gebühren: ›Vortrefflich getan, du guter, treuer Diener‹!«

Land lächelte. Is' 'n Klasseweib, die, un' so wie eben diese Macher-Weiber aussehen, wenn sie nich' mehr jung sin': glatte, weiche Haut un' rosa Lippen un' das Haar in niedlichen silbrigen Wellen. Aber eben viel zu dürr. Nich' wie Annie. Die grade ihre dunklen Beerenlippen zusammenpreßte, als wollte sie damit Äpfel zu Süßmost quetschen.

Land sagte zu dem gutaussehenden Mannsbild: »Vielen Dank, Royce. Wie Sie wissen, ist die Cafeteria das Herz eines jeden Aristo-Städtchens. Und das ist der Grund, weshalb ich Himmel und Hölle in Bewegung setze, um die Cafeteria wieder voll funktionsfähig zu machen, falls es tatsächlich einmal eine Panne gibt. Wie mir diese braven Bürger von East Oleanta gern bestätigen werden.«

»Wollen wir doch mit einigen von ihnen plaudern«, sagte Royce un' bleckte alle seine Zähne. Er und Land gingen zu dem Tisch, wo Jack Sawicki saß, un' der sah nun drein, als säße er in der Falle. »Bürgermeister Sawicki, was sagen Sie zu der prompten Betreuung Ihrer Stadt, für die Kongreßabgeordnete Land heute gesorgt hat?«

Paulie Cenverno guckte von seinem Essen am Nachbartisch hoch. Celie Kane saß neben ihm. Annies Unterlippe verzog sich zögernd zu 'nem halben Grinsen.

»Also wir, wir sin' hier furch'bar froh, daß das Fließband wieder läuft un' wir ...«

»Wann kümmert ihr Lahmärsche euch endlich drum, daß diese tollwütigen Waschbären alle gemacht werden?« erkundigte sich Celie.

Das Gesicht von Royce, das wurde ganz starr. »Ich denke nicht, daß ...«

»Dann denk besser, du, un' denk an die Waschbären, sonst könnt ihr beide an neue Jobs denken, du un' die Kongreßbraut dort!«

»Schnitt«, sagte Royce. »Keine Sorge, Janet, wir schneiden das noch.« Sein Lächeln sah aus, als wär's aufgesprüht, aber als ich 'nen Blick in seine Augen warf, da sah ich lieber wieder weg. Mit meinen kämpferischen Tagen is' es aus un' vorbei; wenn ich mich noch mal prügeln muß, dann nur mehr für Annie oder Lizzie.

Royce nahm die Kongreßabgeordnete am Ellbogen und schob sie zur Tür. Mit schriller Stimme schrie Celie: »Hör mal, du, das is' kein Spaß nich'! Das geht jetz' schon tagelang so, un' ihr Arschgeigen rührt keinen Finger! ›Im Dienst der Öffentlichkeit!‹ Ha! Ihr seid alle bloß ...«

»Celie!« riefen Jack und Paulie einstimmig.

Land riß sich von Royce los un' drehte sich um zu ihr, zu Celie. »Ihre Sorge um die Sicherheit Ihrer Stadt ist nur natürlich, Madam. Der Robot, dem die Waldaufsicht untersteht, und erkrankte Wildtiere fallen nicht in meine Zuständigkeit – sie fallen vielmehr in die von Distriktsleiter Samuelson –, aber wenn ich nach Albany zurückkehre, werde ich alles in meiner Macht Stehende tun, um dafür zu sorgen, daß dieses Problem aus der Welt geschafft wird.« Sie sah Celie grade in die Augen, 'ne ganze Weile, un' es war Celie, wo zuerst wegsah.

Celie, die sagte kein Wort. Die Land lächelte noch mal, un' dann drehte sie sich wieder zu ihrem Filmteam um. »Ich denke, wir sind hier fertig, Royce. Ich sehe dich dann draußen.« Sie marschierte zur Tür, hielt den Rücken gerade un' den Kopf hoch. Un' der einzige Grund, wieso ich noch was sah, war, weil ich dicht an der Tür stand, zwischen Annie un' irgendwelchem Zoff. Bis zur Tür hatte die Kongreßabgeordnete Land ihre krampfhaft selbstsichere Politikermiene aufgesetzt, un' dann war sie zur Tür draußen un' bloß mehr 'n Frauchen mit müden, todmüden Augen.

Ich sah Annie an, ob sie's wohl gemerkt hatte, aber die starrte auf Celie und schnalzte mißbilligend mit der Zunge. Hätte ja auch grinsen können, Annie, weil Celie soviel Mumm aufgebracht hatte, aber tief drinnen is' es Annie nich' recht, wenn wer den Dienern der Öffentlichkeit 'n freches Maul anhängt. *Können doch nichts dafür, die Leute, daß sie Macher sin'!* Konnte sie fast hören, wie sie es sagte.

Mit ihrer klaren jungen Stimme sagte Lizzie: »In Wirklichkeit kann diese Kongreßfrau in Albany gar nichts machen, damit der AufseherRob repariert wird, stimmt's? Die tat bloß so, stimmt's?«

»Schsch, jetz'!« fauchte Annie. »Du, du wirst nie draufkommen, wann du den Mund halten sollst und wann nich'!«

Zwei Tage später, nachdem zwei Tage lang alle in den Häusern gehockt waren und kein Tech aus Albany auftauchte, gingen wir auf Jagd. Dauerte zwar Stunden, bis sich das rumsprach, un' dann ging das Gerede noch 'n paarmal im Kreis, aber am Ende war's soweit. Nutzer wie wir dürfen keine Schußwaffen haben. Keine Ausgabestelle hat ein Distriktsleiterin-Tara-Eleanor-Schmidt-22er-Gewehr auf Lager. Bei keiner Wahlversammlung gibt's als Werbegeschenk 'ne Senator-Jason-Howard-Adams-Schrotflinte oder 'ne Verwaltungsbezirksrat-Terry-William-Monaghan-Pistole. Aber wir, wir haben welche.

Paulie Cenverno buddelte die Schrotflinte seines Opas aus, die er in einer PlastiSynth-Kiste hinter der Schule vergraben hatte. PlastiSynth hält so ziemlich alles ab: Dreck, Feuchtigkeit, Rost, Ungeziefer. Eddie Rollins un' Jim Swikehardt un' der alte Doug Kane, die hatten alle noch die Gewehre von ihren Papas. Sue Rollins un' ihre Schwester Krystal Mandor sagten, sie würden sich zu zweit das Familien-Matlin teilen, obwohl ich für mich nich' kapierte, wie das funktionieren sollte. Zwei Männer, wo ich nich' kannte, hatten Schrotflinten. Al Rauber hatte 'ne Pistole. Zwei Schläger von der Straßenbande tauchten auf, ohne Waffen, aber grinsend. Hatten uns grade noch gefehlt, die beiden. Alles in allem waren wir zwanzig.

»Wir sollten uns paarweise zusammentun«, meinte Jack Sawicki, »un' von der Cafeteria aus in zehn Teams ausschwärmen.«

»Klingst wie 'n gottverdammter Macher«, stellte Eddie Rollins angewidert fest. Die beiden Schläger grinsten.

»Un' du, hast du 'ne bess're Idee?« fragte Jack. Hielt sein Gewehr fest an seinen Bauch unter dem ausgebeulten grünen Overall gepreßt.

»Wir, wir sin' Nutzer!« sagte Krystal Mandor. »Wir können überallhin gehen, wohin wir wollen!«

»Un' was is', wenn wer angeschossen wird?« fragte Jack. »Willst du unbedingt die Polizei am Hals haben?«

Eddie sagte: »Ich will Waschbären jagen, wie 'n echter Aristo. Un' du, Jack, du kommandierst mich nich' rum.«

»Is' mir recht«, sagte Jack. »Nur zu, mach, was du willst. Ich sag kein einziges Wort nich' mehr.«

Nach zehn Minuten Hin- un' Hergezanke gingen wir los. Paarweise, in zehn geraden Linien.

Ich ging mit Doug Kane, Celies Vater. Zwei alte Knacker, wir beide, langsam und fußlahm. Aber Doug, der wußte immer noch, wie man im Wald geräuschlos vorankommt. Rechts von mir hörte ich wen brüllen un' lachen. War einer von den beiden Kerlen aus der Straßenbande. Nach 'ner Weile wurde der Lärm leiser un' hörte dann ganz auf.

Im Wald war's kühl un' es roch gut. Es war 'n dichter Wald, un' so gab's nich' viel Unterholz. Wir marschierten zumeist auf trockenen Kiefernnadeln, wo uns ihren würzigen Duft in die Nase steigen ließen. Un' dazwischen raschelte dann un' wann 'ne Birke, so schlank wie Lizzie. Unter den Bäumen wuchs dunkelgrünes Moos, un' wo die Sonne hinkam, gab's Löwenzahn un' Butterblumen un' Margariten. Von oben kam der Ruf von 'ner Trauertaube, un' das war der sanfteste Laut von der ganzen Welt.

»Schön da«, sagte Doug, so leise, daß 'n Häschen, das gegen den Wind im Gras hockte, nich' mal mit den Ohren wackelte.

Auf Mittag zu wurden die Bäume schütterer un' das Unterholz dichter. Von irgendwoher kam der Geruch nach Brombeeren, un' da mußte ich wieder an Annie denken. Schätzte bei mir, daß wir mindestens zehn Kilometer von East Oleanta raufgewackelt waren, aber wir hatten Karnickel gesehen, eine Rehgeiß un' 'ne Menge harmloser Schlangen. Bloß keine Waschbären. Un' hier heraußen 'n tollwütigen Waschbären umzubringen würde der Stadt auch nichts nützen. Höchste Zeit zum Umkehren.

»Muß ... mich mal hinsetzen«, sagte Doug.

Sah ihn an, ich, un' da lief's mir kalt übern Buckel. Der Mann war so weiß wie Birkenrinde, un' die Augenlider, die flatterten wie zwei Vögelchen. Das Gewehr fiel ihm aus der Hand un' ging los – der alte Narr, der! Hatte es nich' gesichert! Die Kugel schlug in 'nem Baumstamm ein, un' Doug faßte sich an die Brust un' kippte vornüber. Ich war so beschäftigt gewesen mit der guten Waldluft un' den hübschen Blumen, daß ich nich' bemerkt hatte, daß er 'n Herzanfall kriegte!

»Setz dich hin! Setz dich hin!« Fing ihn auf und ließ ihn vorsichtig runter auf den Erdboden, wo 'n Fleckchen Erde mit glänzenden grünen Blättern bedeckt war. Doug, der lag auf der Seite und atmete schwer: *chuuuu, chuuuu ...* Seine rechte Hand fuhr durch die Luft, aber ich merkte, daß er nichts sehen konnte. Seine Augen rollten wie wild.

»Bleib ruhig liegen, Doug! Nich' bewegen, hörst du? Ich hol Hilfe, verstehst du, ich hol den MedRob ...«

Chuuuu, chuuuu, chuuuu… Un' dann hörte das Schnaufen auf.

Ich dachte: *Jetz' is' er hinüber.* Aber seine knochige alte Brust hob un' senkte sich immer noch, bloß flacher und stiller. Seine Augen, die wurden ganz glasig.

»Ich hol den MedRob!« keuchte ich, drehte mich um un' fiel fast über meine eigenen Füße. Keine zehn Schritt entfernt stand 'n tollwütiger Waschbär un' starrte zu mir herüber.

Wenn du schon mal 'n tollwütiges Vieh gesehen hast, dann vergißt du das nie mehr. Konnte deutlich die Schaumflöckchen erkennen, die wo der Waschbär an der Schnauze hatte. Die Sonne schien darauf, un' sie glitzerten wie Glas. Er zeigte mir die Zähne un' gab 'nen zischenden Pfiff von sich, un' das war 'n Ton, den machte kein normaler Waschbär nich'. Sein ganzes Hinterteil zitterte. Der war kurz vorm Eingehen.

Ich packte Dougs Gewehr, aber mir war klar, daß ich nich' schnell genug sein würde, wenn das Vieh wirklich auf mich losging.

Der Waschbär zuckte und machte 'nen Satz. Ich riß die Flinte hoch, aber ich kriegte sie nich' mal in Schulterhöhe, da schoß 'n Lichtstrahl von hinten an mir vorbei, bloß war's nich' Licht, sondern irgendwas anderes, so was ähnliches wie Licht. Un' da machte der Waschbär mitten im Sprung 'nen Salto rückwärts durch die Luft un' klatschte tot auf'm Boden auf.

Ich drehte mich um, ganz langsam. Un' wenn ich einen von Annies Engeln gesehen hätte, wär' ich nich' verblüffter gewesen.

Ein Mädchen stand da, 'n kleines Mädel mit 'nem großen Kopf un' schwarzen Haaren mit'm roten Band. War närrisch angezogen für'n Wald: weiße Shorts, 'ne dünne weiße Bluse, offene Sandalen – als hätten wir hier keine Zecken oder Kriebelmücken oder Schlangen. Das Mädchen guckte mich ernst an, un' nach 'ner Minute sagte sie: »Es ist Ihnen doch nichts geschehen?« sagte sie.

»N-nein, Madam. Aber Doug Kane hier, der … ich denke, es is' wohl sein Herz …«

Sie trat hinüber zu Doug, kniete sich hin un' fühlte ihm den Puls. Dann sah sie hoch zu mir. »Ich möchte, daß Sie etwas tun. Bitte legen Sie das hier auf den toten Waschbären, einfach auf seinen Körper.« Sie hielt mir 'n glattes graues Scheibchen hin, so groß wie 'ne Münze. Kann mich noch genau an Münzen erinnern, ich.

Sie fuhr fort mich anzugucken, also machte ich, was sie mir aufgetragen hatte. Wandte ihr un' Doug den Rücken zu un' tat, wie geheißen. Warum? Das fragte Annie mich später, un' ich wußte keine Antwort nich'. Vielleicht waren's die Augen von dem Mädel. Macher un' auch wieder nich'. Jedenfalls keine Janet Carol Land nich', die wo in die Kamera schaut, mit ihrem ›*Vortrefflich getan, du guter, treuer Diener!*‹

Das graue Scheibchen fiel auf das dampfende Fell des Waschbären un' blieb daran hängen. Es schimmerte ein wenig, un' 'ne Sekunde später war das Vieh von 'ner durchsichtigen Hülle umschlossen, die wo bis zum Boden reichte un' noch 'n Fingerbreit ins Erdreich rein. Stellte sich später heraus. Vielleicht Y-Energie, vielleicht auch nich'. 'n Blatt wurde gegen die Hülle geweht un' fiel runter. Ich tippte die Hülle an – weiß ehrlich nich', wo ich den Mumm hernahm. Die Hülle war so hart wie SchaumStein.

Gemacht aus gar nichts.

Als ich mich wieder umdrehte, steckte das Mädchen grade was ein, in die Tasche ihrer Shorts steckte sie was, un' Dougs Augen wurden wieder klarer. Schnappte hart nach Luft, Doug.

»Er muß ruhig liegenbleiben«, sagte das Mädchen un' lächelte immer noch nich'. Sah ohnedies nich' aus, als würde sie oft lächeln. »Holen Sie Hilfe. Er wird durchhalten, bis Sie wiederkommen.«

»Wer sin' Sie, Madam?« fragte ich, aber es wurde nur 'n Quäken draus. »Was haben Sie mit ihm gemacht?«

»Ich habe ihm eine Spritze verabreicht. Die gleiche Injektion, die ihm auch der MedRob gegeben hätte. Aber er muß auf einer Trage in den Ort zurückgebracht werden. Gehen Sie jetzt und holen Sie Hilfe, Mister Washington.«

Ich machte 'nen Schritt auf sie zu, direkt auf sie zu, un' sie, sie stand auf. Schien sich nich' zu fürchten, das Mädel, schaute mich bloß an, ohne zu lächeln. Nachdem ich den Waschbären gesehen hatte, dämmerte es mir, daß sie auch 'ne Hülle hatte. Nich' so hart wie die über dem Waschbären un' vielleicht auch nich' so weit weg vom Körper, eher wie 'n durchsichtiger Handschuh. Deswegen konnte sie mit kurzen Hosen un' dünnen Sandalen in den Wald gehen, und deswegen war sie nich' zerbissen von Griebelmücken un' deswegen hatte sie auch keine Angst vor mir.

Ich sagte: »Sie … Sie sin' gewiß aus Eden, nich' wahr? Is' es wirklich da irgendwo, in diesem Wald, is' es wirklich hier wo …?«

Da kriegte sie so 'n komischen Ausdruck im Gesicht. Hatte keine Ahnung, ich, was er zu bedeuten hatte, un' da fiel mir auf, daß ich wohl eher draufkommen würde, was 'n tollwütiger Waschbär denkt als dieses Mädchen.

»Gehen Sie jetzt, Mister Washington. Ihr Freund braucht dringend Hilfe.« Ich spürte, da kam noch was. »Und bitte erzählen Sie den Menschen in der Stadt … so wenig wie nur irgendwie möglich.«

»Aber, Madam …«

»Chuuuchuuuuu«, stöhnte Doug, aber es klang nich' so, als hätte er Schmerzen, klang eher nach 'nem Traum.

Ich stolperte zurück nach East Oleanta, so schnell es nur ging, un' bald dachte ich, hat eben der MedRob zwei Herzanfälle zu versorgen statt einen. Gleich hinter der Rollerrennbahn traf ich auf Jack Sawicki und Krystal Mandor, die alle beide völlig verschwitzt un' abgekämpft in die Stadt zurücklatschten. Erzählte ihnen, daß der alte Kane schlappgemacht hatte. Mußte zweimal anfangen, weil ich so keuchte, daß sie kein Wort nich' verstanden. Jack machte sich gleich auf die Beine, wollte sich nach der Sonne richten – is' vielleicht der einzige gute Waldläufer außer mir in ganz East Oleanta. Krystal, die rannte um den MedRob un' mehr Helfer. Un' ich, ich hockte mich hin un' sah zu, daß ich wieder zu Atem kam. Die Sonne schien heiß auf das offene Feld un' blendete mich. Un' ich konnte einfach keine Gemütsruhe nich' finden.

Un' später vielleicht auch nich' mehr. Mir kam vor, als wär' nach diesem Tag nichts mehr beim alten.

Der MedRob fand Doug Kane ganz leicht; der streicht ja auf seinen Gravsensoren übers Unterholz dahin, un' er konnte Dougs un' meine Spur in der Luft riechen. Vier Mann liefen dem MedRob hinterher, un' die trugen dann Doug heim. Da atmete er schon leichter. Am Abend versammelte sich der ganze Ort in der Cafeteria. Alle tanzten un' brüllten un' stritten un' machten 'ne große Party. Keiner hatte auf 'n Waschbären geschossen, aber Eddie Rollins schoß auf 'n Reh, un' Ben Radisson schoß auf Paulie Cenverno. Paulie hat's nich' schlimm erwischt, hatte bloß 'n Kratzer auf'm Arm, un' der MedRob kümmerte sich gleich drum. Ich, ich ging lieber Doug Kane besuchen.

Doug, der erinnerte sich an kein Mädchen im

Wald nich'. Er lag auf seinem PlastiSynth-Schlafpodest mitten in 'nem Haufen Extrakissen zur Stütze, un' seine Decke sah verziert aus wie die, wo Annie für ihr Sofa bestickt hat. Das ganze Aufhebens, was um ihn gemacht wurde, das gefiel ihm richtiggehend. Ich fragte ihn nach dem Mädel – ganz sachte, klarerweise; redete nich' mal direkt davon, daß 'n Mädchen im Wald gewesen war, sondern klopfte vorsichtig bei ihm an, um zu sehen, ob ihm was im Gedächtnis hängengeblieben war. Aber Doug, der erinnerte sich an rein gar nichts, nachdem er weggetreten war, un' keiner von denen, die ihn heimschleppten, erwähnte was von 'nem toten Waschbären in 'ner harten Hülle.

Die schwarzhaarige Kleine mußte das Vieh wohl mit der ganzen Hülle mitgenommen haben.

Der einzige Mensch, dem ich was davon erzählte, war Annie, un' da paßte ich genau auf, daß Lizzie nirgendwo in der Nähe war. Annie, die glaubte mir nich'. Am Anfang. Dann glaubte sie's, aber bloß deshalb, weil sie sich an das großköpfige Mädchen in dem grünen Overall erinnerte, wo zwei Abende zuvor in der Cafeteria herumgestanden hatte. Das Mädchen im Wald hatte auch 'n großen Kopf, un' irgendwie hieß das für Annie, daß auch der Rest von meiner Geschichte stimmen mußte. Ich trug ihr auf, zu keinem was davon zu sagen. Un' sie hielt sich dran, sagte auch zu mir nie mehr was davon, sagte, sie kriegte Gänsehaut, wenn sie sich vorstellte, daß 'n Haufen Macher zusammen mit GenMod-Apparaturen dort draußen im Wald hausten un' es Eden nannten. Direkt gotteslästerlich, sagte sie, weil Eden bloß in der Bibel war un' nirgendwo sonst. Annie, die wollte gar nich' dran denken.

Aber ich dachte dran. Oft. So oft, daß ich 'ne Weile an gar nichts sonst denken konnte. Aber dann riß ich mich zusammen un' fügte mich wieder ins normale

Leben. Aber das Mädchen mit dem großen Kopf wollte mir nich' aus'm Sinn gehen.

Den ganzen Sommer un' Herbst gab es keine Probleme mehr mit tollwütigen Waschbären. Verflüchtigten sich einfach, die Viecher, un' tauchten nich' mehr auf.

Aber die technischen Pannen, die gingen weiter.

Buch II

AUGUST 2114

»Wer keine neuen Arzneien anwenden will, muß sich auf neue Krankheiten gefaßt machen; denn die Zeit ist der größte Erneuerer.«

Francis Bacon: ›Erneuerungen‹

6

Diana Covington:
Washington

Die erste Person, die ich beim Wissenschaftsgericht erblickte, als sie gerade die flache, breite weiße Steintreppe, die den Geist Sokrates' und Aristoteles' beschwören sollte, hinaufstieg, war Leisha Camden.

Paul – der vor Anthony und nach Rex kam – und ich hatten großen Spaß an intellektuellen Streitgesprächen gehabt. Er hatte Spaß daran gehabt, weil er stets gewann; ich hatte Spaß daran gehabt, weil er stets gewann. Das spielte sich natürlich vor dem Zeitpunkt ab, zu dem ich erkannte, wie krebsartig tief verwurzelt mein Wunsch zu verlieren bereits war. Damals jedenfalls empfand ich diese Diskussionen als amüsant, ja sogar als verwegen, denn die Leute, die Paul und ich frequentierten, betrachteten es als geschmacklos, abstrakte Themen zu debattieren. Wir Macher mit unserer GenMod-Intelligenz waren einfach zu gut darin – es war etwa so, als wollte man damit angeben, daß man gehen konnte. Keiner machte sich damit lächerlich. Weitaus schicker, sich in der Öffentlichkeit am Surfen zu erfreuen. Oder am Gärtnern. Oder sogar, Gott steh' uns allen bei, an sensorischen Entzugstanks. Weitaus schicker.

Eines Abends diskutierten Paul und ich, kühne Nonkonformisten bis zu unserem banalen Ende, die Frage, wer das Recht haben sollte, fundamental neue Techniken zu kontrollieren. Die Regierung? Die Technokraten, in erster Linie Wissenschafter und Fachleute, die ohnedies die einzigen waren, die etwas davon verstanden? Der freie Markt? Das Volk? Es war kein übermäßig guter Abend. Paul wollte heftiger gewinnen als sonst. Ich hingegen war – aus Gründen, die mit einer goldäugigen Schlampe auf der Party die Nacht zuvor zusammenhingen – nicht ganz so willig zu verlieren wie üblich. Gewisse Dinge wurden ausgesprochen – Dinge von jener peinlichen Sorte, die fürderhin unsichtbar im Raum stehen sollten. Die Gemüter erhitzten sich. Hinterher benötigte der Teakholzschreibtisch meines Großvaters väterlicherseits ein neues Stück Täfelung, das nie mehr so recht zum Rest passen wollte. Intellektuelles Messerwetzen fordert von der Einrichtung häufig seinen Tribut.

Unterschwellig gab ich den Schlaflosen die Schuld für den Bruch zwischen Paul und mir. Nicht direkt, aber sozusagen als *désastre inoffensiv,* wie das simple kleine Programm, das schließlich ein überlastetes System zum Absturz bringt. Aber was haben wir in den letzten hundert Jahren *nicht* auf die Schlaflosen geschoben …

Sie waren sogar daran schuld, daß die Wissenschaftsgerichte ins Leben gerufen wurden: noch ein *désastre inoffensiv.* Niemand hat vor hundert Jahren je offiziell entschieden, daß es zulässig ist, menschliche Embryos genetisch so zu verändern, daß sie keinen Schlaf mehr benötigten. GenMod-Labors taten es ganz einfach, genau so, wie sie in der regellosen Zeit vor der Schaffung der AEGS alle anderen embryonischen Genmodifikationen herstellten. Du willst einen Ableger, der zwei Meter groß ist, lila Haare hat und mit einer Veranlagung für Musikalität programmiert ist? Bitte schön – da haben Sie Ihren basketballspielenden Punk-Cellisten. Mazel tov!

Und dann kamen die Schlaflosen. Rational, hellwach und klug. Allzu klug. Und langlebig – als überraschende Draufgabe, denn anfangs wußte niemand, daß der Schlaf die Zellregeneration behindert. Und niemand hatte so recht Freude damit, als es sich herausstellte. Da stapelten sich einfach zu viele darwinische Vorteile in einer Ecke.

Da dies jedoch die Vereinigten Staaten und nicht irgendwelche Monarchien des sechzehnten Jahrhunderts oder totalitäre Staaten aus dem zwanzigsten sind, erließ der Gesetzgeber kein direktes Verbot der radikalen genetischen Modifikationen. Statt dessen redete er sie zu Tode.

Das Bundesforum für Wissenschaft und Technologie hält sich an das Verfahren bei Gerichtsverhandlungen: eine Jury aus Wissenschaftern, Anträge, Beweisführungen und Kreuzverhöre, abschließende schriftliche Gutachten mit Vorbehalten für abweichende Meinungen, der übliche Ablauf eben. Das Wissenschaftsgericht hat keinerlei Entscheidungsgewalt. Es kann nur Empfehlungen für eine weitere Vorgangsweise abgeben, nicht jedoch selbst vorgehen. Niemand dort kann irgend jemandem Weisung erteilen, etwas zu tun oder zu lassen.

Aber kein Kongreß, kein Präsident und keine AEGS-Kommission ist je anders vorgegangen als vom Wissenschaftsgericht empfohlen. Noch nie. Kein einziges Mal.

So hatte ich also die ganze Wucht des Status quo auf meiner Seite, als ich in jener möbelzertrümmernden Nacht erklärte, daß sämtliche Manipulationen am menschlichen Genom der Kontrolle des Staates unterstehen sollten. Paul hingegen war entschieden für die ausschließliche Kontrolle durch Wissenschafter (er war selbst einer). Wir hatten, was die aktuelle Praxis betraf, beide recht. Aber selbstverständlich hatte die Praxis nichts zu sagen; ebensowenig wie die Theorie. Was wir tatsächlich wollten, war der Streit.

Zertrümmerte Leisha Camden je ihr Mobiliar? Hieb sie ihre Faust durch Wände? Schmiß sie mit antiken Weingläsern? Als ich ihr so zusah, wie sie in das von weißen Säulen gestützte Forumgebäude auf der Pennsylvania Avenue schritt, glaubte ich das eigentlich nicht. Washington im August ist eine heiße Angelegenheit; Leisha trug ein ärmelloses weißes Kostüm. Ihr hellblondes Haar war zu kurzen, glänzenden Wellen geschnitten. Sie sah gelassen aus, kühl, einfach schön. Sie erinnerte mich, vielleicht zu Unrecht, an Stephanie Brunell. Alles, was fehlte, war der großäugige, rosafarbene todgeweihte kleine Hund.

»Hört! Hört!« rief der Protokollführer, als die Fachkommission einmarschierte. Und dann regen sie sich auf, wenn die Medien es ›Wissenschaftsgericht‹ nennen. Washington bleibt Washington, auch wenn es sich vor Nobelpreisträgern erhebt und verneigt.

Drei waren es diesmal, in dieser achtköpfigen Kommission: schwere Artillerie. Barbara Poluikis, Biochemie, eine winzigkleine Frau mit extrem wachen Augen. Elias Maleck, Medizin, der besorgte Integrität ausstrahlte. Martin Davis Exford, Molekularphysik, der eher aussah wie ein überreifer Ballettänzer. Klarerweise kein einziger Genetiker; auf diesem Gebiet haben die Vereinigten Staaten seit sechzig Jahren keinen Nobelpreisträger mehr gestellt. Auf die Mitglieder der Kommission hatten sich die Rechtsanwälte beider Seiten geeinigt. Es wurde vorausgesetzt, daß die Kommissionsmitglieder unparteiisch waren.

Ich saß im Mediensektor, dank Colin Kowalskis mitgelieferten Ausweispapieren – die so schlecht gefälscht waren, daß jeder, der sie genauer kontrollierte, zu dem Schluß kommen mußte, daß ich selbst, die arme Bekloppte mit dem Gravison-Syndrom, sie gefälscht hatte und selbstverständlich nicht irgendeine kompetente Behörde. Die Medien waren stark vertreten, sowohl in menschlicher als auch in robotischer Form. Neuigkeiten aus dem Wissenschaftsgericht werden auf allen Macher-Kanälen ausgestrahlt.

Nachdem die Kommission sich niedergelassen hatte, blieb ich stehen – sehr ungehobelt! –, um das Publikum nach Nutzern abzusuchen. Möglicherweise saßen einer oder zwei auf der Galerie; der Saal war so groß, daß ich in der Eile nicht mehr feststellen konnte. »Bitten setzen Sie sich«, forderte mein Sitz mich umsichtig auf, »Sie könnten anderen die Sicht nehmen.« Wie wahr! In meinem leuchtend lila Overall und dem Behang aus Limodosenblech und Plastik stellte ich ein absolutes Einzelstück im Mediensektor dar und gewiß einen blendenden Schmerz für aller Augen.

Im vorderen Teil des Raums, hinter einem antiken Holzgeländer und einem unsichtbaren Hochsicherheitsschild aus Y-Energie saßen die Antragsteller, die Sachverständigengutachter, die Kommission und ein paar hohe Tiere. Leisha Camden saß neben Amateuradvokatin Miranda Sharifi, die plötzlich in Washington aufgetaucht war – keiner wußte, woher. Nicht von Huevos Verdes jedenfalls, denn seit Tagen ließen die Medien die Insel nicht aus den Augen und beobachteten sie mit der Gewissenhaftigkeit von Mondbasisbewohnern, die auf Lecks in ihren Kuppeln lauerten. Aus welchem Winkel der Erde war also Miranda Sharifi herbeigeeilt, um sich für das Produkt ihrer Firma in die Schlacht zu werfen?

Sie hatte sich geweigert, zur Vorbringung ihres Antrages einen professionellen Anwalt zu engagieren. Sie verzichtete sogar auf Leisha Camdens Beistand, was in der Bar, in der die Presseleute verkehrten, zu hämischem Gekicher Anlaß gegeben hatte. Offenbar meinte man dort, eine SuperSchlaflose wäre nur unzureichend in der Lage, jene Technik überzeugend darzulegen, die ihre eigenen Leute erfunden hatten. Ich werde nie müde, mich von der Dummheit meiner IQ-verstärkten Macher-Mitmenschen in Erstaunen versetzen zu lassen.

Ich betrachtete Miranda eingehend. Klein, großer Kopf, niedrige Stirn. Dichtes widerspenstiges schwarzes Haar, zurückgebunden mit einer roten Schleife. Teures schwarzes, strenges Kostüm. Sie sah weder aus wie eine Nutzerin, noch wie eine Macherin. Wiederholt bemerkte ich, daß sie die Handflächen an ihrem Rock abwischte; offenbar waren sie dauernd feucht. Ich kannte Bilder der berüchtigten Jennifer Sharifi, und Miranda hatte weder die kühle Gelassenheit, noch die Körpergröße, noch die Schönheit von ihrer Großmutter geerbt.

»Wir haben uns heute hier versammelt«, begann die Kommissionsvorsitzende Doktor Senta Yongers, eine mütterliche, ältere Person mit den makellosen Zähnen eines Fernsehstars, »um den Sachverhalt des Falles 1892-A zu ermitteln. Ich möchte die Gelegenheit ergreifen, um alle Anwesenden darauf hinzuweisen, daß der Zweck dieser Prüfung ein dreifacher ist: Zum ersten, um alle Fakten festzustellen, die diesen wissenschaftlichen Patentanspruch einschließlich seiner Natur, Funktionsweise und wiederholbaren physischen Auswirkungen betreffen.

Zum zweiten, um Unstimmigkeiten im Hinblick auf diesen wissenschaftlichen Patentanspruch festzustellen, zu diskutieren und für spätere Untersuchungen aufzuzeichnen.

Und drittens, um einem gemeinsamen Ersuchen des Kongreßausschusses für neue Techniken, der Bundesarzneimittelbehörde und der Aufsichtsbehörde für die Einhaltung genetischer Standards nachzukommen, in dem um eine Empfehlung für weiterführende Untersuchungen, für die Patenterteilung innerhalb der Vereinigten Staaten oder für die Abweisung von Fall 1892-A, dem bereits Patentstatus zuerkannt wurde, gebeten wird. Ich erinnere daran, daß weiterführende Untersuchungen den Entwicklern des Patents das Recht geben, sich um Freiwillige für die Beta-Tests zu bemühen. Die Patenterteilung ist in ihren Auswirkungen einer bundesbehördlichen Genehmigung zur Vermarktung gleichzusetzen.« Yongers blickte würdevoll über den Rand ihrer Brille – einer aktuellen Modeerscheinung für Macher mit perfektem Sehvermögen –, um die Tragweite dieser Möglichkeit zu betonen: das ist wichtig, Leute, Fall 1892-A könnte euch noch um die Ohren fliegen! Als ob irgendeiner der Anwesenden das nicht bereits gewußt hätte.

Ich sah wieder zu Miranda Sharifi, die einen dikken Stapel schwarzgebundener Computerausdrucke in der Hand hielt. Für mich war völlig klar, daß die Schlaflosen eine andere Spezies als Macher und Nutzer darstellten. Ich erwähne das nur wegen der großen Anzahl von Menschen, denen das unbegreiflicherweise nicht klar ist. Miranda verstand zweifellos jedes Wort in diesem enorm umfangreichen Konvolut in ihrer Hand; schließlich handelte es sich dabei um ihr ureigenstes Gebiet und um Dinge, die sie zumindest teilweise selbst ersonnen hatte. Aber vermutlich verstand sie auch alles Wichtige auf meinem Gebiet (auf all meinen angeblichen Gebieten, diesen ergreifend schlichten Trivialitäten). Und dazu natürlich noch alles Wichtige auf dem Gebiet der Kunstgeschichte, der Jurisprudenz, der frühkindlichen Erziehung, der Weltwirtschaft und der Paläoanthropologie. In meinen Augen war das gleichbedeutend mit einer anderen Spezies. Macher besitzen zwar Gehirne, die ihren Bedürfnissen voll angepaßt sind, aber die besaß der Stegosaurus auch. Hier hingegen hatte ich ein vielfach angepaßtes Säugetier vor mir.

Leicht gereizt sah ich zu, wie ein Reporter vor mir mit dem Finger schnippte, um seine RoboKamera auf die Inschrift zu lenken, die rund um die eindrucksvolle Kuppel des Saales lief: ALLE MACHT ÜBER WISSENSCHAFT UND TECHNIK DEM VOLK! Eine hübsche journalistische Note; Ironie hat immer meinen Beifall.

»Die Hauptantragstellerin im Fall 1892-A«, fuhr Kommissionsvorsitzende Yongers fort, »ist Miranda Sharifi von Huevos Verdes Corporation, der Patentinhaberin. Der Einspruch gegen die Patentanmeldung wird vorgebracht von Doktor Lee Chang, Chefgenetiker der AEGS und Inhaber des Geoffrey-Sprague-Morling-Lehrstuhles für Genetik am Johns Hopkins. Die beiden Parteien sind zur einvernehmlichen Außerstreitstellung einiger Fakten bereit – die Einzelheiten können Sie den Ihnen zur Verfügung gestellten schriftlichen Unterlagen entnehmen, dem Hauptbildschirm an der Stirnwand des Saales oder dem Kanal 1640FORURM über GovNet.«

Die ›bereitgestellten schriftlichen Unterlagen‹ bestanden aus vierhundert Seiten Zelldiagrammen, Formeln, Genmodifikationstafeln und chemischen Prozessen, alles gespickt mit zahlreichen Zitaten aus Fachveröffentlichungen. Aber ganz vorne steckte eine Einzelseite mit einer Zusammenfassung, die irgend jemand für die Medien vorbereitet haben mußte. Ich hätte meinen violetten Overall gewettet, daß der Preis für diese Vereinfachungen stundenlange hysterische Anfälle seitens der Experten gewesen waren, die nicht wollten, daß ihre kostbaren Fakten so verzerrt wurden, daß jedermann sie verstand. Doch hier waren sie nun einmal, die Verzerrungen, bereit für die Medien. Washington bleibt Washington.

»Bei folgenden neun Punkten«, las Vorsitzende Yongers vor, »konnte eine einvernehmliche Außerstreitstellung der Fakten erreicht werden:

Punkt eins: Fall 1892-A stellt einen Nanomechanismus dar, der zur Injektion in den menschlichen Blutkreislauf bestimmt ist. Der Mechanismus besteht aus genetisch modifizierten, reproduktionsfähigen Proteinen sehr komplexer Struktur. Der Prozeß, mit Hilfe dessen diese Struktur erreicht wird, ist geistiges Eigentum der Huevos Verdes Corporation. Der Mechanismus wird von seinen Schöpfern als ›Zellreiniger‹ bezeichnet. Dieser Name ist ein eingetragenes Warenzeichen und muß als solches kenntlich gemacht werden, wann immer er verwendet wird.«

Immer gut, wenn die kommerzielle Seite abgedeckt ist. Ich überflog die Gesichter der Nobelpreisträger. Sie blieben ausdruckslos.

»Punkt zwei: Unter Laborbedingungen hat der Zellreiniger die Fähigkeit unter Beweis gestellt, den Blutstrom zu verlassen und menschliches Gewebe zu durchwandern, wie es weiße Blutkörperchen tun. Unter Laborbedingungen hat der Zellreiniger auch die Fähigkeit bewiesen, ähnlich wie Viren Zellwände zu durchdringen, ohne die Zelle zu schädigen.«

Kein Problem in dieser Richtung – sogar ich wußte, daß die Bundesarzneimittelbehörde bereits ein ganzes Bündel Medikamente zugelassen hatte, die dazu in der Lage waren. Ich ließ meine Kontaktlinsen auf die Hauptantragstellerin zoomen und sah, wie Miranda Sharifis Finger sich in Leisha Camdens Hand stahlen. Kein guter Einfall – jeder Reporter und damit jeder Online-Zuseher konnte es verfolgen. Eigentlich sollte Miranda soviel Verstand haben, um zu wissen, daß man dem Feind keine Zeichen von Schwäche zeigt! Wie war es ihr bloß gelungen, die gesamte Pseudoregierung von *Sanctuary* zu stürzen?

»Punkt drei: Unter Laborbedingungen hat der Zellreiniger ein Volumen von weniger als einem Prozent des Volumens einer typischen Zelle. Unter Laborbedingungen war der Zellreiniger in der Lage, seinen Energiebedarf ausschließlich mit den in jeder Zelle vorhandenen natürlichen Chemikalien zu decken.«

Yongers brach ab und blickte sich herausfordernd im Saal um; keine Ahnung, weshalb. Erwartete sie, daß einer von uns in Zweifel zog, was acht Wissenschaftler bereits einstimmig bestätigt hatten? Soweit es uns Laien betraf, hätte der Zellreiniger auch von Rennmäusen auf Tretmühlen angetrieben werden können. Selbstverständlich nur unter Laborbedingungen.

Es war bereits klar, wo die gegnerische Partei einhaken würde.

»Punkt vier: Unter Laborbedingungen hat der Zellreiniger die Fähigkeit unter Beweis gestellt, sich mit einer Teilungsrate zu vermehren, die knapp unter jener von Bakterien liegt, und zwar bei zwanzig Minuten für eine komplette Teilung. Unter Laborbedingungen hat sich erwiesen, daß dieser Vermehrungsprozeß unter ausschließlicher Verwendung jener chemischen Stoffe, die einerseits in der Injektionsflüssigkeit enthalten waren und die anderseits in normalem menschlichem Gewebe vorhanden sind, mehrere Stunden lang anhalten konnte. Unter Laborbedingungen hat der Zellreiniger die Fähigkeit unter Beweis gestellt, die Vermehrung nach einigen Stunden einzustellen und nur zum Zweck des Ersetzens beschädigter Einheiten wieder aufzunehmen.«

Gehet hin und mehret euch, aber nur bis zu einem bestimmten Punkt. Zu schlimm, daß nicht die ganze menschliche Rasse von Anfang an so programmiert worden ist; die Geschichte des vergangenen Jahrhunderts – und des verheerend Malthusischen zuvor – hätte völlig anders verlaufen können. Gott hatte den Aus-Schalter vergessen. Huevos Verdes nicht.

»Punkt fünf: Der Zellreiniger enthält einen gesetzlich geschützten Mechanismus, im Fall 1892-A ›biomechanische Nanocomputertechnik‹ genannt. Unter Laborbedingungen hat sich die Fähigkeit dieser Technik bestätigt, sieben Zellen des gleichen funktionellen Typus aus einer Zellanhäufung unterschiedlicher funktioneller Typen zu identifizieren und die DNA dieser sieben Zellen miteinander zu vergleichen, um festzustellen, was davon für diesen Zelltypus eine DNA-Standardcodierung darstellt. Darüber hinaus soll der Zellreiniger in der Lage sein, in weitere Zellen einzudringen und ihre DNA-Struktur mit seinem festgelegten Standard zu vergleichen.«

Falls das stimmte – und die gegnerische Seite hätte es wohl kaum akzeptiert, wenn sie auch nur den Schatten eines Zweifels gesehen hätte –, dann war es erstaunlich. Keine andere Biotech-Firma auf der ganzen Welt konnte damit aufwarten. Aber ich bemerkte natürlich die vorsichtige Wortwahl: »soll in der Lage sein«. Eine einvernehmliche Außerstreitstellung der Fakten sollte an sich bedeuten, daß es sich bei den Fakten um erwiesene Tatsachen handelt. Wieso ließ man reine Behauptungen seitens Huevos Verdes an diesem Punkt durchgehen? Wenn sie nicht notwendige Voraussetzungen für etwas darstellten, was erwiesen *war* …

»Punkt sechs: Unter Laborbedingungen hat der Zellreiniger unter Beweis gestellt, daß er in der Lage ist, alle Zellen zu zerstören, deren DNA keine Übereinstimmung mit der von ihm als Standardcodierung festgelegten Codierung aufweist.«

Volltreffer.

Selbst die Journalisten waren verblüfft. In *Washington!*

»Punkt sieben: Unter Laborbedingungen hat der Zellreiniger die Fähigkeit unter Beweis gestellt, auf diese Weise jeden der folgenden abweichenden Zelltypen zu zerstören: krebsartige Geschwülste, präkanzeröse Dysplasien, Ablagerungen an der Arterieninnenwand, Viren, infektiöse Bakterien, toxische Elemente und Verbindungen und Zellen, deren DNA durch die Aktivität von Viren verändert wurde. Darüber hinaus wurde bewiesen, daß unter Laborbedingungen diese Zellen nach ihrer Zerstörung von den normalen Selbstreinigungsmechanismen des menschlichen Körpers beseitigt werden.«

Krebs, Arteriosklerose, Windpocken, Herpes, Bleivergiftung, Blasenentzündung und die gemeine Erkältung. Alle verschwunden, aufgelöst und weggeschrubbt von unserem eigenen maßgeschneiderten Putztrupp aus körperinternen Reinemachfrauen. Mir war ein wenig schwindlig.

Aber wie, zum Teufel, sahen diese ›Laborbedingungen‹ eigentlich aus?

Ein Summen ging durch die Zuschauerreihen. Vorsitzende Yongers blickte streng in die Runde, bis sich der Tumult wieder gelegt hatte.

»Punkt acht: Unter Laborbedingungen hat sich der Zellreiniger in der Lage gezeigt, die Zerstörung von bestimmten bakteriellen Zellen zu vermeiden, selbst wenn ihr ›genetischer Fingerabdruck‹ von der DNA des übrigen Gewebes abweicht. Solche Zellen finden sich unter anderem, jedoch nicht ausschließlich, im menschlichen Verdauungssystem, in der Vagina und in den oberen Atemwegen. Für das Protokoll wird angemerkt, daß die Huevos Verdes Corporation diese selektive Vorgangsweise des Zellreinigers bei der Zerstörung von nicht-Standard-DNA einer ›Vorprogrammierung des Protein-Nanocomputers zur Erkennung von symbiotischer bakterieller DNA‹ zuschreibt.«

Das Schädliche ausrotten, das Nützliche verschonen. Huevos Verdes bot der Welt den ersten Immunsystemverstärker mit computerisierter darwinischer Ethik an. Oder mit der Ethik von König Artus: man brauchte nur ›Macht verleiht Recht‹ mit ›Recht verleiht Leben‹ zu ersetzen. Plötzlich wanderten vor meinem inneren Auge Legionen kleiner Zellreiniger in strahlend weißen Rüstungen vorbei, und ich mußte grinsen. Der Reporter neben mir bedachte mich mit einem nervösen Blick.

»Punkt neun: Im Hinblick auf die Arbeits- und Wirkungsweise des Zellreinigers am lebenden Menschen wurden noch keine richtungsweisenden Untersuchungen durchgeführt.«

Da war er, der unvermeidliche Spaßverderber. Ohne Langzeituntersuchungen der Auswirkungen am lebenden Objekt hatte Huevos Verdes nicht mehr Chancen auf Vermarktung von Fall 1892-A als auf Vermarktung von pulverisiertem Einhornhorn. Selbst wenn das Wissenschaftsgericht für weitere Untersuchungen grünes Licht gab, hatte ich nicht vor, mir demnächst meinen eigenen Privatzellreiniger anzuschaffen.

Ich ging in mich, um nachzuforschen, wie mir das gefiel, während ein erneutes Raunen durch die Reihen des Publikums lief: Enttäuschung? Befriedigung? Ärger? Es schien aus allen drei Komponenten zu bestehen.

»Die folgenden Punkte«, fuhr Vorsitzende Yongers mit erhobener Stimme fort, *»sind als strittig zu betrachten.«* Der Saal beruhigte sich.

»Punkt eins: Der Zellreiniger fügt gesunden menschlichen Zellen, Geweben oder Organen keinerlei Schaden zu.«

Sie schwieg. Das war es wohl. Punkt eins, der nicht einvernehmlich außer Streit gestellt werden konnte. Aber dieser eine Punkt, das war überdeutlich in Yongers' Gesicht zu lesen, reichte bereits: Wer wollte schon eine zellgereinigte, perfekt reparierte Leiche?

»Die erste Stellungnahme zur Begründung des Einspruchs gegen die Erteilung des Patents. Doktor Lee, bitte.«

Es gab auch eine gedruckte Zusammenfassung, die Doktor Lees Ausführungen klar umriß – eine glückliche Fügung, denn Doktor Lee war dazu nicht in der Lage. Jeder Satz wurde von einem Kometenschweif aus Beweisen, präzisierenden Beifügungen und einem Wust an Formeln gefolgt, und alles davon betrachtete er ganz offensichtlich als persönliches Ruhmesblatt. Die technische Kommission lauschte ergriffen und machte sich Notizen. Der Rest der Menschheit nahm Zuflucht zum ausgedruckten Text, der seine hochtrabenden, geschwätzigen Ansichten auf den Punkt brachte:

Die strittige Behauptung lautet: »Der Zellreiniger fügt gesunden menschlichen Zellen, Geweben und Organen keinerlei Schaden zu.«

Der Einwand lautet: Es gibt keine Möglichkeit, sicher festzustellen, daß der Zellreiniger gesunden menschlichen Zellen, Organen oder Geweben keinerlei Schaden zufügt:

- Labortests eignen sich nur ungenügend zur Vorhersage der Auswirkungen von Biosubstanzen auf den lebenden menschlichen Körper. Siehe CDC Hypertext-File 68164.

- Keine der Untersuchungen an Partiellorganismen hat die Auswirkungen des Zellreinigers auf das menschliche Gehirn behandelt. Die Gehirnsubstanz kann völlig anders reagieren als derberes Körpergewebe. Siehe CDC Hypertext-File 68732.

- Die vorgelegten Untersuchungsergebnisse der Langzeitauswirkungen umfassen nur einen Zeitraum von zwei Jahren. Viele Biosubstanzen lassen erst nach längeren Zeiträumen unvorhergesehene Nebeneffekte erkennen. Siehe CDC Hypertext-File 88812.

- Die Liste der sogenannten »vorprogrammierten symbiotischen bakteriellen DNA‹, welche der

Zellreiniger nicht zerstören soll, muß sich nicht unbedingt mit der kompletten Liste jener nützlichen körperfremden Organismen decken, die in einem lebenden menschlichen Körper vorhanden sind. Der menschliche Körper enthält mehr als zehntausend Milliarden Proteinteilchen, die miteinander in einem äußerst komplexen Wechselspiel stehen, einschließlich Hunderttausender verschiedener Molekülarten, von denen einige erst zum Teil erforscht sind. In der vorprogrammierten Liste könnten lebenswichtige Organismen fehlen, die der Zellreiniger infolgedessen zerstören würde, was gewaltige funktionelle Verstimmungen, unter Umständen mit Todesfolge, hervorrufen könnte.

- Über längere Zeit hinweg könnten sich aus der Vermehrung des Zellreinigers Probleme ergeben. Da er etwas in den Körper einbringt, das im wesentlichen konkurrierende DNA ist, besteht die latent vorhandene Möglichkeit, daß er selbst zu einem künstlich hervorgerufenen Karzinom wird. Siehe CDC Hypertext-File 4536.

Meine Gedanken kreisten um den merkwürdigen Humor des Druckprogramms, das das Wort ›Karzinom‹ dunkler gemacht hatte als den Rest.

Für seine erste Stellungnahme, der ich kaum folgen konnte, benötigte Doktor Lee den ganzen Vormittag; keine Sekunde lang zweifelte ich an seiner Aufrichtigkeit. Sein Argument schien in die Richtung zu gehen, daß man dem Zellreiniger keine Gefahrlosigkeit bescheinigen konnte ohne vorherige, mindestens ein Jahrzehnt lang laufende Tests an echten, vollständigen menschlichen Organismen. (Ich entschloß mich gegen das Nachschlagen des Begriffs ›Partiellorganismus‹. Eigentlich wollte ich es gar nicht wissen.) Da es jedoch inhuman war, echte menschliche Wesen solchen Risiken zu unterwerfen, bestand keine Möglichkeit, die Gefahrlosigkeit des Zellreinigers zu beweisen. Und falls sein Einsatz nicht gefahrlos war, bestand die Möglichkeit für geradezu spektakuläre Katastrophen – eingeschlossen, in der schrulligen Formulierung des gedruckten Textes, ›gewaltige funktionelle Verstimmungen, unter Umständen mit Todesfolge‹.

Daher wäre eine Empfehlung angezeigt, den Zellreiniger nicht zum praktischen Einsatz zuzulassen, auf dem Gebiet der Vereinigten Staaten keine weiteren Untersuchungen damit zu gestatten und ihn auf die Schwarze Liste des Internationalen Beirats für genetische Modifikationen zu setzen.

Anscheinend hatten wir das Stadium der Tatsachenfeststellung bereits hinter uns gelassen und befanden uns schon mitten in jenem der politischen Empfehlungen. Washington bleibt Washington. Tatsachen sind Politik; Politik ist Tatsache.

Es war Viertel vor zwölf, als Doktor Lee seinen Vortrag beendete. Vorsitzende Yongers beugte sich über das Pult. »Miss Sharifi, es ist fast Zeit für die Mittagspause. Würden Sie Ihre erste Stellungnahme lieber auf den Nachmittag verschieben?«

»Nein, Frau Vorsitzende. Ich werde mich kurz fassen.« Warum hatte Leisha Camden Miranda nicht geraten, die rote Haarschleife wegzulassen? Sie verlieh ihr eine Alice-im-Wunderland-Kindlichkeit, die sich in diesem Fall als Nachteil erweisen konnte. Ihre Stimme klang ruhig und leidenschaftslos.

»Das Produkt, über dessen Zulassung Sie heute befinden, ist die wichtigste Entwicklung zur Rettung menschlichen Lebens seit der Entdeckung der Antibiotika. Doktor Lee spricht von den Gefahren für den Körper, wenn die Nanotechnik des Zellreinigers versagt, ungenau programmiert wird oder unbekannte

Nebenwirkungen verursacht. Er erwähnt jedoch mit keinem Wort all die Menschen, die ohne diese Neuerung vorzeitig oder unter großen Schmerzen sterben werden. Er würde eher einen einzelnen davor schützen, durch den Einsatz des Zellreinigers zu sterben, als Hunderttausende durch seinen Einsatz weiterleben zu lassen. Dieses Verhalten ist zutiefst unmoralisch.

Sie verhalten sich *alle* unmoralisch, Sie alle! Der einzige Daseinszweck dieses sogenannten wissenschaftlichen Forums besteht darin, die Profite der Arzneimittelfirmen auf Kosten der Kranken und Sterbenden zu schützen! Sie alle sind moralische Faschisten, die die Macht des Staates dazu benutzen, jenen zu schaden, die bereits schwach und machtlos sind, denn diese Menschen sollen nach Ihrem Willen auch weiterhin machtlos bleiben, damit Ihre eigene Macht gesichert ist. Und ich nehme keinen einzelnen aus Ihrem Kreis von meinen Anschuldigungen aus, auch nicht die Wissenschafter, die sich mit dem Profit und der Macht verschworen haben und ihnen so die Wissenschaft ausliefern.

Mit dem Zellreiniger bietet Huevos Verdes Ihnen Leben an. Obwohl Sie dieses Leben nicht verdienen. Doch wenn die Huevos Verdes Corporation ein Produkt anbietet, unterscheidet sie nicht zwischen denen, die es verdienen, und denen, die es nicht verdienen. *Sie* tun das, jedesmal wenn Ihre Vorschriften die genetischen oder nanotechnischen Forschungsarbeiten unterdrücken, jedesmal, wenn diese unterlassenen Forschungen irgend jemanden das Leben kosten. Sie sind Mörder, Sie alle, Mörder im Sold der Politik und der Wirtschaft, die nicht besser geeignet sind, echte Wissenschaft zu beurteilen als die Tiere des Dschungels, deren Moral Sie sich zu eigen gemacht haben. Nichtsdestoweniger bietet Ihnen die Huevos Verdes Corporation den Zellreiniger an, und ich werde Ihnen hier die Sicherheit seiner Anwendung beweisen, auch wenn ich daran zweifle, daß unter Ihnen jemand ist, der über die Fähigkeiten verfügt, die wissenschaftliche Seite dessen zu verstehen, was ich erklären werde.«

Miranda Sharifi setzte sich.

Die Kommission wirkte leicht benommen – verständlicherweise, würde ich sagen. Was ich interessanter fand, war, daß auch Leisha Camden ein wenig benommen dreinsah. Anscheinend hatte sie von der Rede ihres Schützlings etwas anderes erwartet. Sie flüsterte hektisch in Mirandas Ohr.

»Noch nie zuvor ist mir so unprofessioneller Quatsch zu Ohren gekommen!« Martin Davis Exford, Träger des Nobelpreises in Molekularphysik, war vom langen Tisch der Kommission aufgesprungen. Seine gewaltige Stimme überschrie alle anderen. Dunkelblaue Adern traten an seinem Hals hervor. »Miss Sharifi, ich bedauere zutiefst die Art, wie Sie den Charakter dieses Forums pervertiert haben! Wir sind hier versammelt, um wissenschaftliche Fakten festzustellen, und nicht, um persönliche Attacken zu reiten!«

Ein Reporter in schicken gelben Streifen rief aus der vordersten Reihe der Mediensektion: »Miss Sharifi, versuchen Sie eigentlich, diesen Fall zu *verlieren?*«

Langsam drehte ich den Kopf, um ihn genauer anzusehen.

»He, Miranda! Schau hierher!« Der Berichterstatter eines Nutzer-Kanals, dessen RoboKamera neben ihm schwebte. »Lach mal freundlich!«

»Ruhe, bitte! Ich bitte um Ruhe!« Plötzlich ganz unbebrillt trommelte Vorsitzende Yongers mit der metallenen Wasserkaraffe auf das Pult; sie hatte kein Hämmerchen, denn natürlich war dies kein wirklicher Gerichtshof.

»Lächle, Miranda!«

»... eine empörende Vergewaltigung des wissenschaftlichen Fachdialogs und ...«

»Bitte setzen Sie sich«, sagten einige Stühle, »Sie könnten anderen die Sicht nehmen. Bitte setzen ...«

»Ich wünsche augenblickliche Ruhe im Saal!«

Aber der Tumult wurde immer lauter. Ein Mann löste sich aus der Zuhörerschaft und stürzte den Mittelgang hinab und auf das Podium zu, wo das Forum saß.

Ich hatte einen freien Blick auf sein Gesicht und sah, wie verzerrt es war, wie hart und versteinert in seinem Haß. Kein noch so überwältigendes Ausmaß an Vernunft konnte die Versteinerung lösen, die über Jahre hinweg diese Züge verhärtet haben mußte. Zweifellos waren es nicht Miranda Sharifis heutige Beleidigungen, die dieses Gesicht geschaffen hatten. Der Mann rannte auf sie zu und zog etwas aus der Jacke. Siebzehn RoboKameras und drei SicherheitsRobs bewegten sich auf ihn zu.

Er rannte gegen den unsichtbaren Y-Energie-Schild vor den Tischen der beiden Streitparteien, wovon ein hörbares Krachen seines Schädels oder eines anderen Knochens zeugte. Mit ausgebreiteten Gliedmaßen und sichtlich benommen glitt der Mann den Schild hinab wie an einer Hauswand. Ein SicherheitsRob zerrte ihn davon.

»... *augenblicklich* wieder Ruhe und Ordnung in diesem Saal herstellen ...!«

»Ein Lächeln, Miranda! Schenk uns nur *ein* Lächeln!«

»... ungerechtfertigte Anmaßung einer moralischen Überlegenheit und einer Mißachtung der Gesetze der Vereinigten Staaten; in Wahrheit jedoch ...«

»... und es sieht so aus, liebe Zuseher, als hätte Miranda Sharifi dieses Spektakel mit voller Absicht inszeniert. Über die Motive, die Huevos Verdes damit verfolgt, können wir nur Spekulationen ...«

Miranda Sharifi enthielt sich jeder Regung.

Schließlich verfügte Vorsitzende Yongers, da ihr keine andere Wahl blieb, eine Vertagung bis zum Nachmittag.

Ich drängte mich durch das Chaos nach vorn in dem Versuch, Miranda Sharifi auf den Fersen zu bleiben, was natürlich ein Ding der Unmöglichkeit war. Der Y-Schild befand sich zwischen uns, und dazu ein paar sensationell gebaute Leibwächter, die sie und Leisha Camden zu einer Hintertür brachten. Später sah ich sie auf dem Dach wieder, nachdem ich vier Personen über den Haufen gerannt hatte, um dorthin zu gelangen. Sie stiegen gerade in einen Luftwagen. Etliche andere nahmen augenblicklich die Verfolgung auf, aber ich war überzeugt, die Insassen – Reporter, Angehörige von AEGS oder FBI, isoliert arbeitende Genetiker, wer auch immer – würden nichts damit erreichen. Sie würden gewiß nicht mehr erfahren als ich bisher.

Und was hatte ich erfahren?

Der gelb gestreifte Reporter hatte ganz recht: Miranda Sharifis Auftritt hatte soeben das Schicksal von Fall 1892-A besiegelt. Sie hatte nicht nur die intellektuelle und fachliche Kompetenz von acht Wissenschaftern in Zweifel gezogen, sondern auch ihre charakterliche Integrität. Ich hatte mich flüchtig für den Lebenslauf dreier von ihnen – der Nobelpreisträger – interessiert und wußte, daß es sich bei ihnen nicht um skrupellose käufliche Gauner handelte, sondern um rechtschaffene Menschen. Miranda mußte das auch wissen. Also – warum?

Vielleicht glaubte sie ungeachtet ihres Intellekts wirklich daran, daß alle Schläfer korrupt wären. Ihre Großmutter, eine brillante Frau, hatte es auch geglaubt. Aber irgendwie hatte ich trotzdem nicht den Eindruck, daß es bei Miranda zutraf.

Vielleicht dachte sie, die fünf nicht preisgekrönten

Wissenschaftler – kleine Geister mit guten politischen Verbindungen – würden unausbleiblich die unparteiischen Nobelpreisträger überstimmen. Aber wenn es sich so verhielt, weshalb machte sie sich dann die drei potentiellen Verbündeten zum Feind? Und warum hatte sie sich dann überhaupt mit der Berufung der fünf mittelmäßigen Kommissionsmitglieder einverstanden erklärt? Beide Parteien mußten doch der Zusammensetzung der Kommission zustimmen!

Nein. Miranda Sharifi *wollte* diesen Fall verlieren. Sie wollte eine Entscheidung gegen den Zellreiniger erreichen.

Aber wahrscheinlich betrachtete ich das Ganze auch zu sehr von der menschlichen Seite aus. Miranda Sharifi und ich waren schließlich zwei von Grund auf verschiedene Wesen. Ihre Denkprozesse liefen völlig anders ab als die meinen – und damit möglicherweise auch ihre Motivationen. Vielleicht hatte sie sich die Kommission deshalb zum Feind gemacht, um … um was zu erreichen? Um sich den Erhalt des offiziellen grünen Lichts für das Patent zu erschweren? Vielleicht bedeutete ihr ein Sieg nur dann etwas, wenn er hart erkämpft war. Vielleicht gehörte es zum Ehrencodex der Schlaflosen, sich alles so schwer wie möglich zu machen – basierend auf dem Umstand, daß ihnen ohnedies alles so leichtfiel. Wie, zum Teufel, sollte ich es wissen?

All dieses vernunftmäßige Gegrübel führte schließlich dazu, daß ich meiner selbst überdrüssig wurde. Trotz der Hitze war es ein traumhaft schöner Tag in Washington, einer dieser Nachmittage aus wolkenlos blauem Himmel und goldenem Licht, den es aus irgendeiner begünstigteren Stadt herübergeblasen zu haben schien. Ich ging die Promenade entlang und erweckte Aufmerksamkeit: die verrückte Macherin, die sich anzog wie die primitivsten Nutzer. Drogenhändler, Liebespaare und Teenager auf Gravboards machten einen weiten Bogen um mich, was mir nur recht war. Ich absolvierte gerade eine dieser kurzen, scharfen Selbstbefragungen, die einen hinterher entnervt und peinlich berührt zurücklassen: Was wollte ich eigentlich wirklich in diesen schwachsinnigen Plastiksachen, die ich anhatte? Wollte ich irgendeine schwerwiegende persönliche Bedeutsamkeit in den Umstand hineininterpretieren, daß ich hinter Typen herlief, die mir eindeutig überlegen waren?

Denn die Schlaflosen waren mir überlegen, nicht nur, was Intelligenz betraf, sondern auch im Hinblick auf Disziplin und weitgestreute Einsichten und die neiderregende Gewißheit, die mit Zielstrebigkeit stets Hand in Hand geht – auch wenn ich nicht wußte, nach welchem Ziel sie strebten. Ich hingegen hatte nichts aufzuweisen als eine ziellose, abstrakte Besorgnis wegen der Richtung, in die mein Land ging. Eine Besorgnis, ausgelöst von einem halb-denkfähigen rosa Hund, der vom Balkon gesprungen war. Wenn ich jetzt darüber nachdachte, klang es dumm.

Ich hätte nicht einmal sagen können, welche Richtung mein Land meiner Meinung nach einschlagen sollte. Ich konnte nur hindernde Kraft sein, nicht treibende, und ich wußte nicht einmal genau, was ich verhindern wollte. Jedenfalls mehr als Fall 1892-A.

Ich hatte keine Ahnung, was die Schlaflosen beabsichtigten; das wußte niemand. Was machte mich also so verdammt sicher, daß ich sie davon abhalten sollte?

Anderseits hatte nichts, was ich bislang getan hatte oder in naher Zukunft tun würde, die mindesten Auswirkungen auf Miranda Sharifis Pläne. Ich hatte der AEGS nicht über sie berichtet, sie nicht unter dauernder Beobachtung gehabt, ja ich hatte mir nicht einmal in den intimsten, kaum je aufgesuchten Winkeln meiner Gedanken ein klares Urteil über sie gebildet. Ich war völlig irrelevant. Also brauchte ich nichts zu bedauern, brauchte mich nicht zu einem qualvollen Entschluß durchzuringen, ob ich etwas tun oder lassen sollte, brauchte nichts an meiner Vorgangsweise zu verändern. Null, womit man es auch immer multipliziert, bleibt stets Null.

Irgendwie wollte mich das alles auch nicht so recht aufheitern.

Die nächsten vier Tage waren eine herbe Enttäuschung. Menschen, die gespannt auf wissenschaftliche Dramatik warteten – ich selbst durchaus eingeschlossen –, erhielten statt dessen stundenlang unverständliche Diagramme, Tabellen, Formeln, Erklärungen und Holomodelle von Zellen und Enzymen und ähnlichem vorgesetzt. Viel Zeit wurde auch für die tertiäre und quaternäre Struktur der Proteine aufgewendet. Eine temperamentvolle und absolut nebulose Debatte erhob sich über die Anwendung von Worthingtons Transferenzgleichungen bei den redundanten Informationscodes der RNA. Da schlief ich dann ein. Ich war nicht allein; tagtäglich wurden die Anwesenden weniger, und von denen, die auftauchten, ließen nur die Wissenschafter gespannte Vorfreude erkennen.

Aber irgendwie war das nicht fair, fand ich. Miranda Sharifi hatte uns erklärt, wir würden hier der größten Errungenschaft auf medizinischem Gebiet seit zweihundert Jahren ansichtig werden, und für die meisten von uns sah es aus wie Alchemie. ALLE MACHT ÜBER WISSENSCHAFT UND TECHNIK DEM VOLK! Ja, ganz recht. Aber wie sollen grobe Klötze wie wir Entscheidungen über Wunderdinge fällen, die wir nicht verstehen?

Am Ende stand klarerweise die Ablehnung.

Zwei der drei Nobelpreisträger schrieben jedoch abweichende Gutachten: Barbara Poluikis und Martin Exford. Sie traten für eine Genehmigung von

Beta-Tests an Freiwilligen ein und schlossen auch die Möglichkeit einer allgemeinen Zulassung in der Zukunft nicht aus. Sie wollten den wissenschaftlichen Einblick haben; selbst aus der nüchternen Formulierung ihres kurzen gemeinsamen Gutachtens war noch herauszuhören, wie gierig sie danach hechelten. Ich sah, daß Miranda Sharifi die beiden aufmerksam beobachtete.

Gerade, daß die Begründung der mehrheitlich beschlossenen Ablehnung nicht auf die amerikanische Flagge gedruckt wurde: der Schutz der Bürger der Vereinigten Staaten, die heilige Pflicht der Verantwortung, die Bewahrung der Identität des menschlichen Genoms, blablabla. Im Grunde genommen all das, weswegen ich mich an dem Tag, an dem Katous sich von meinem Balkon stürzte, zur Mitarbeit bei der AEGS entschlossen hatte.

Und irgendwo tief drinnen glaubte ich immer noch daran, daß das Mehrheitsgutachten recht hatte. Keinen Regeln und Beschränkungen unterworfene Biotechnik enthielt das Potential für unvorstellbare Katastrophen. Und niemand war in der Lage, die Biotechnik von Huevos Verdes zu kontrollieren, weil niemand sie wirklich verstand. Die Intelligenz der SuperSchlaflosen und der amerikanische Patentschutz wirkten zusammen, um das zu garantieren. Und wenn man es keinen Vorschriften unterwerfen kann, dann ist es besser, es erst gar nicht ins Land zu lassen.

Nichtsdestoweniger war ich zutiefst deprimiert, als ich den Gerichtssaal verließ. Und mußte unmittelbar darauf erfahren, daß mein mangelndes Wissen auf dem Gebiet der Zellbiologie nicht mein schlimmster Mangel war. Ich hatte mich stets für eine Zynikerin gehalten, aber Zynismus ist wie Geld: immer hat irgend jemand anders mehr davon als wir selbst.

Ich saß auf den Stufen des Wissenschaftsgerichts,

den Rücken an eine dorische Säule gelehnt, die den Umfang eines mittleren Redwoodbaums hatte. Ein leichter Wind wehte. Zwei Männer blieben im Schutz der Säule stehen, um sich Pfeifen mit Sonnenschein anzuzünden. Ich hatte schon früher bemerkt, daß die Leute im Osten ihn gern rauchten; wir in Kalifornien hingegen tranken ihn lieber. Die Männer hatten das gute Aussehen von GenMods und waren in die strengen, schwarzen ärmellosen Anzüge gekleidet, die hier in Washington gerade große Mode waren. Die beiden ignorierten mich. Nutzer merkten sofort, daß ich keine von ihnen war, aber Macher blickten selten über den Overall und den Limodosenaufputz hinaus: Grund genug für das augenblickliche Erlöschen jeglichen Interesses.

»Also, was schätzt du – wie lange?« fragte einer den anderen.

»Drei Monate, bis er auf dem Markt ist. Ich tippe auf Deutschland oder Brasilien.«

»Und was ist, wenn Huevos Verdes davon absieht?«

»John, warum sollten sie denn? Damit ist ein Vermögen zu machen, und dieses Sharifi-Mädel ist nicht von gestern. Ich werde jedenfalls die Trends auf dem Investmentmarkt genau im Auge behalten.«

»Weißt du, es geht mir gar nicht so sehr um den Investitionsfaktor.« Johns Stimme klang wehmütig. »Ich möchte das Ding nur gern für Jana und mich und die Mädchen. Jana hat seit Jahren diese Gewächse, die immer wiederkommen … was es bisher gibt, hält sie bestenfalls in Schranken.«

Der andere Mann legte eine Hand auf Johns Arm. »Dann konzentriere dich auf Brasilien. Das wäre mein erster Tip. Dort würde die Sache außerdem rascher gehen, rascher jedenfalls als hier, hätte er hier die Zulassung bekommen. Und ohne die Komplikation, daß jedes Drecksnest von Nutzern ihn lautstark für seine RoboAmbulanz fordert, egal, wie astronomisch die Kosten sind.«

Die Pfeifen waren angezündet, und sie gingen weiter.

Ich blieb sitzen und schüttelte den Kopf über meine eigene Dummheit. Natürlich!

ALLE MACHT ÜBER WISSENSCHAFT UND TECHNIK DEM VOLK!

Vielleicht hatte Doktor Lee Chang recht, vielleicht würde der Zellreiniger Amok laufen und sie alle umbringen. Alle außer den Nutzern. Und wer würde sich dann erheben, um einen gerechten und humanen Staat zu etablieren?

Ja. Ganz richtig: Desdemonas Mama und die anderen Nutzer im Zug, denen die Kontrolle über eine Biotechnik zukam, die in der Lage war, die menschliche Rasse so abzuändern, daß etwas anderes aus ihr wurde. Blinde, die blind Gen an Gen hängten. Ganz richtig.

Trägheit, die Schwester der Depression, erfaßte mich. Ich saß da und begann zu frieren, während der Himmel sich verdunkelte und mein Hintern von dem harten Marmor schmerzte. Der Säulengang war lang schon verwaist, als ich mich langsam und steifbeinig auf die Füße rappelte – und seit Wochen zum erstenmal ein wenig Glück hatte.

Im Schutz des dunklen Teils der breiten Treppe schritt Miranda Sharifi die Stufen hinab. Das Gesicht war nicht ganz das ihre, und der braune Overall paßte auch nicht ganz, und außerdem hatte ich sie und Leisha Camden in diesen Luftwagen steigen sehen, der vor Stunden vom Dach gestartet und von halb Washington verfolgt worden war. Diese Nutzerin hier hatte blasse Haut, eine große Nase und kurzes, schmutzigblondes Haar. Warum also war ich so sicher, daß es sich um Miranda handelte? Wegen des großen Kopfes und des Stückchens roter Schleife, das aus ihrer Hüfttasche lugte, wie ich durch rasches Heranzoomen erkennen konnte. Aber vielleicht hatte ich nur den unbändigen Wunsch, daß dies die echte Miranda sein möge und diejenige ›Miranda‹, die da oben mit Leisha Camden davongeflogen war, bloß ein Lockvogel.

Ich suchte in der Hosentasche nach dem Mittelbereichs-Infrarotsensor, den Colin Kowalski mir gegeben hatte, und zielte ein paarmal auf sie. Der Zeiger schlug über die Skala hinaus. Miranda oder nicht, diese Person verfügte über den hochtourigen Metabolismus eines SuperSchlaflosen. Und kein einziger AEGS-Agent in Sicht.

Aber selbstverständlich hätte ich ihn ohnedies nicht bemerkt.

Ich lehnte es ab, mich von meinem Negativismus unterkriegen zu lassen: Miranda gehörte mir! Ich folgte ihr zur Gravbahn-Station, wobei ich erfreut feststellen konnte, wie leicht das bei der Schulung Erlernte zurückkehrte. Wir stiegen in einen Lokalzug Richtung Norden und nahmen in einem überfüllten, stinkenden Waggon Platz, in dem sich so viele Kinder befanden, daß man den Eindruck bekam, die Nutzer mußten direkt hier auf dem schmutzigen Boden für Fortpflanzung sorgen.

Alle zwanzig Minuten oder so hielt der Zug in irgendeinem finsteren Nutzer-Kaff. Ich wagte nicht zu schlafen, denn Miranda konnte mir irgendwo abhandenkommen. Und wenn die Reise Tage dauerte? Bis zum Morgen hatte ich es geschafft, daß ich zwischen den Stationen schlief und mein Unterbewußtsein mich jedesmal, wenn der Zug langsamer wurde und zum Halt kam, wie die feuchte Schnauze eines Hundes wachstupste. Das alles verhalf mir zu äußerst merkwürdigen Träumen. Einmal war es David, dem ich folgte; er entledigte sich nacheinander aller seiner Kleider, während er von mir wegtänzelte wie ein unerreichbarer Dämon. Einmal träumte ich, daß ich Mirandas Spur verloren hatte und das Wissenschaftsgericht wegen Nutzlosigkeit für den Staat gegen mich verhandelte. Das schlimmste war der Traum, in dem mir der Zellreiniger injiziert wurde und ich im selben Moment erkennen mußte, daß er chemisch identisch war mit dem Industriereiniger, den der HaushaltsRob in meiner Enklave in San Francisco verwendete. Jede Zelle in meinem Körper löste sich unvorstellbar qualvoll in Bleiche und Ammoniak auf, und als ich erwachte, schnappte ich nach Luft, und das Gesicht, das mir aus dem schwarzen Glas des Fensters entgegenblickte, war völlig verzerrt.

Danach blieb ich wach und betrachtete Miranda Sharifi, während die Gravbahn – wunderbarerweise ganz ohne Panne – zwischen den Bergen von Pennsylvania hindurch und in den Staat New York glitt.

Drew Arlen: Seattle

7

In meinem Kopf befand sich ein Gitterwerk, das ich nicht loswerden konnte.

Es sah fast so aus wie die Rankgitter, an denen normalerweise Rosen blühten, und schwebte ohne Unterlaß vor meinem geistigen Auge. Seine Farbe war jenes dunkle Violettgrau, das alle Objekte in der späten Dämmerung annehmen, wenn man schwer erkennen kann, wie etwas wirklich gefärbt ist. Miri hat mir einmal erklärt, daß nichts ›wirklich‹ irgendwie gefärbt ist; daß es alles nur eine Frage ›von äußeren Gegebenheiten abhängiger, reflektierter Wellenlängen‹ ist. Ich habe nicht verstanden, was sie damit meinte. Für mich sind Farben zu wichtig, um von äußeren Gegebenheiten abhängig zu sein.

Das Gitter bog sich und formte einen Kreis. Ich konnte nicht sehen, was innerhalb des Kreises war, obwohl das Gitter rautenförmige Löcher aufwies. Was sich auch immer da drinnen befand, es blieb mir vollständig verborgen.

Ich wußte nicht, was diese Form zu bedeuten hatte. Sie gab mir keinerlei Hinweis. Ich konnte sie nicht dazu bringen, sich zu erklären, die Gestalt zu wechseln oder zu verschwinden. Und das war mir noch nie zuvor passiert. Ich war der Lichte Träumer, und Formen, die aus meinem Unterbewußtsein auftauchten, hatten immer etwas zu bedeuten, waren immer genereller Natur, immer formbar. Ich formte sie – nicht sie formten mich. Denn ich brachte sie hervor, hinaus in die bewußte Welt. Ich war der Lichte Träumer.

In einem Hotelzimmer in Seattle, wo ich am darauffolgenden Nachmittag die revidierte ›Krieger‹-Komposition geben sollte, verfolgte ich im Holonetz Miris letzten Tag beim Wissenschaftsgericht. Die Robo-Kameras holten Leisha und Sara ganz nahe heran, als sie auf dem Dach des Forums in ihren Flugwagen stiegen. Sara sah genauso aus wie Miri. Die Holomaske über ihrem Gesicht, die Perücke, das rote Band. Sie bewegte sich sogar wie Miri. Leishas Augen waren zusammengekniffen, was hieß, daß sie wütend war. Hatte sie den Austausch bereits bemerkt? Oder kam das erst im Wagen? Nun, Leisha würde es in jedem Fall übelnehmen. Nichts ärgerte sie mehr, als wenn man sie anlog, vielleicht weil sie selbst ein so aufrichtiger Mensch war. Ich war jedenfalls froh, daß ich nicht dabeisein mußte.

Gezackte rote Formen, starr vor Anspannung, kreisten um das grauviolette Gitterwerk, das nie verschwand.

Sara/Miri schloß die Wagentür. Die Scheiben der Fenster waren natürlich undurchsichtig. Ich schaltete die Sendung ab. Monate mochten vergehen, ehe ich Miri wiedersah. Sie konnte sich nach East Oleanta hinein und auch wieder herausstehlen – von dort war sie ja auch nach Washington gekommen –, aber Drew Arlen, der Lichte Träumer in seinem technischen Wunderwerk von Rollstuhl, dem die AEGS überallhin folgte, konnte das nicht. Und auch wenn ich nach Huevos Verdes ging, könnten Nikos Demetrios oder Terry Mwakambe finden, daß selbst eine abhörsichere Verbindung nach East Oleanta für eine rein persönliche Unterhaltung ein verhältnismäßig zu großes Risiko darstellte. Es konnte sein, daß Monate vergingen, ehe ich mit Miri auch nur sprechen konnte.

Die gezackten roten Gebilde lockerten sich ein wenig.

Ich goß mir noch einen Scotch ein. Manchmal

bremste das die Anspannungs-Formen etwas. Aber ich ging vorsichtig mit dem Zeug um. Bemühte mich zumindest. Ich erinnerte mich dabei immer an meinen Alten in der stinkenden Kleinstadt im Mississippi-Delta, in der ich aufgewachsen war.

Red mir nich' drein, Junge! Bis' bloß 'n kleiner, nixnutziger Hosenscheißer!

Bin kein Hosenscheißer nich'! Bin schon sieben, ich!

Du bist 'n kleiner Hosenscheißer, sag ich, der nichts hat und nie was haben wird. Also halt's Maul un' gib mir schon das Bier rüber.

Ich werd' Sanctuary *haben, das werd' ich, irgendwann mal.*

Du! 'ne dumme Bayouratte wie du! Gelächter. Und dann, nach einer Weile des Grübelns, das Schlürfen. *Schmatz.* Und wieder Gelächter.

Ich stürzte den Scotch in einem Zug hinunter. Leisha hätte das nicht gefallen.

Das ComLink schrillte – zwei kurze Signale. Zweimal hieß, daß der Anrufer zwar nicht auf der genehmigten Liste stand, daß Kevin Bakers ComLink-Programm aber nichtsdestoweniger der Meinung war, daß es sich um jemanden handeln könnte, den ich vielleicht ganz gern sehen würde. Ich wußte nicht, wie es das machte. »Fuzzy logic«, hatte Kevin gesagt, was keine Formen in meinem Kopf hervorrief.

Ich glaube, in diesem Moment hätte ich mit allen Leuten geredet. Aber die auf mein Gesicht gerichtete Kamera ließ ich trotzdem ausgeschaltet.

»Mister Arlen? Sind Sie da? Hier spricht Doktor Elias Maleck. Ich weiß, daß es sehr spät ist, aber ich würde Sie dennoch um ein paar Minuten Aufmerksamkeit bitten. Es ist wirklich sehr dringend. Ich möchte keine Botschaft hinterlassen.«

Er sah müde aus; in Washington war es drei Uhr morgens. Ich goß mir noch ein Glas ein. »Bild an. Ich höre, Doktor Maleck.«

»Vielen Dank. Ich möchte vorausschicken, daß dies ein abhörsicheres Gespräch ist und daß ich es nicht aufzeichne. Niemand kann es hören außer uns beiden.«

Das bezweifelte ich. Doktor Maleck hatte keine Ahnung, wozu Terry Mwakambe und Toshio Ohmura imstande waren. Selbst wenn Maleck den Nobelpreis für Physik statt für Medizin bekommen hätte, wäre er außerstande gewesen, es zu verstehen. Maleck war ein hochgewachsener Mann, etwa fünfundsechzig, im Aussehen nicht genmodifiziert. Schütteres graues Haar und müde braune Augen. Er hatte Hängebacken, hielt aber den Rücken gerade. Ich spürte ihn als eine Reihe von massiven dunkelblauen Würfeln, unzerbrechlich und sauber geformt. Die Würfel hingen vor dem reglosen Gitterwerk in der Luft.

»Ich weiß nicht recht, wie ich beginnen soll, Mister Arlen.« Er fuhr sich mit den Fingern durchs Haar, und die Würfel wechselten über zu einer rötlichen Färbung. Maleck war sehr nervös. Ich nahm einen Schluck.

»Wie Sie zweifellos bereits wissen, habe ich im Bundesforum für Wissenschaft und Technik gegen die Weiterentwicklung des Produkts gestimmt, auf das Huevos Verdes einen Patentanspruch besitzt. Die Gründe für meine Entscheidung sind in der schriftlichen Stellungnahme der Majorität klar dargelegt. Doch es gibt Dinge, die ein öffentliches Dokument nicht enthalten kann, Dinge, die ich mir gestatten möchte, *Ihnen* mitzuteilen.«

»Warum das?«

Maleck war direkt. »Weil ich … weil wir keine andere Möglichkeit sehen, mit Huevos Verdes zu sprechen. Man nimmt dort zwar Botschaften an, aber keine Gegengespräche. Sie stellen den einzigen Weg dar, der mir offensteht, um Miss Sharifi direkte Informationen über gewisse genetische Forschungsaktivitäten zukommen zu lassen.«

Die Formen in meinem Kopf kräuselten und drehten sich.

»Wie haben Sie es angestellt, Botschaften an Huevos Verdes zu schicken?« fragte ich. »Wie sind Sie zu dem Zugriffscode gekommen, der dazu nötig ist?«

»Das ist Teil dessen, was ich Ihnen sagen möchte, Mister Arlen. In fünf Minuten werden zwei Männer um Einlaß zu Ihrer Suite ersuchen. Sie wollen Ihnen etwas zeigen, das etwa einen Halbstundenflug von Seattle entfernt ist. Der Grund meines Anrufes ist es, Sie dringend zu bitten, die beiden Männer zu begleiten.« Er zögerte. »Es sind Regierungsbeamte. Von der AEGS.«

»Nein.«

»Ich verstehe, Mister Arlen. Und deshalb rufe ich Sie an. Um Ihnen zu versichern, daß es sich nicht um eine Falle handelt, in die man Sie locken will. Es geht auch um keine Entführung oder irgendeine andere Ungeheuerlichkeit, zu der, wie wir beide wissen, die Regierung durchaus fähig ist. Die AEGS-Agenten werden Sie aus der Stadt bringen, etwa eine Stunde lang Ihre Aufmerksamkeit in Anspruch nehmen und Sie dann unbeschadet wieder zurückbringen, ohne ganz neue Implantate oder Wahrheitsdrogen oder irgend etwas in dieser Richtung. Ich kenne diese Männer persönlich – *persönlich* – und würde meinen Ruf als Wissenschafter für ihre untadelige Vorgangsweise verpfänden. Ich bin sicher, Sie zeichnen dieses Gespräch auf. Bitte schicken Sie Kopien davon an so viele Personen, wie Sie möchten, bevor Sie auch nur Ihre Tür öffnen. Sie haben mein Wort, daß Sie unversehrt und unverändert zurückkehren werden. Ich bitte Sie zu überlegen, was das für mich bedeutet.«

Ich überlegte. Der Mann erfüllte mich mit Formen, die ich seit langem nicht gespürt hatte: helle, saubere

Formen ohne verborgene Absichten. Nicht im entferntesten wie die Formen auf Huevos Verdes.

Natürlich konnte Maleck absolut aufrichtig sein und von anderen für ihre Zwecke benutzt werden.

Irgendwie war das Glas, mein viertes, schon wieder leer.

Maleck sagte: »Wenn Sie mehr Zeit brauchen, um von Huevos Verdes Instruktionen einzuholen …«

»Nein!« Ich dämpfte meine Stimme: »Nein. Ich werde mitkommen.«

Malecks Gesichtszüge veränderten sich, wurden offener, um Jahre jünger und um Stunden weniger müde. (Ein leichter, reinigender Regen fiel auf die dunkelblauen Würfel.)

»Vielen Dank«, sagte er. »Sie werden es nicht bereuen. Sie haben mein Wort, Mister Arlen.«

Ich hätte meine rechte Hand verwettet, daß er, ein prominenter Macher, noch nie einen meiner Auftritte miterlebt hatte.

Ich unterbrach die Verbindung und sandte Kopien des Gesprächs an Leisha, an Kevin Baker und an einen Macher-Freund in Wichita, zu dem ich volles Vertrauen hatte. Das ComLink schrillte. Einmal. Noch ehe ich mich meldete, erschien Nikos Demetrios auf dem Schirm. Verschwendete kein unnötiges Wort, der Mann.

»Geh nicht mit, Drew.«

Ich hielt schon wieder ein Glas Scotch in der Hand. Halbleer. »Das war ein abgeschirmtes Gespräch, Nick! Privat!«

Er ignorierte das. »Es könnte eine Falle sein, egal, was Maleck sagt. Irgend jemand könnte ihn benutzen. Das solltest du eigentlich wissen!«

Ungeduld hatte sich in seine Stimme geschlichen, obwohl er sich beherrschte: der blöde Nutzer hatte schon wieder einmal das auf der Hand liegende übersehen! Ich spürte ihn als dunkle Form in tausend

Grauschattierungen, versetzt in eine wellenartige Bewegung, deren Laufmuster ich nie verstehen würde.

»Nick, nimm mal an – nimm bloß mal an! –, daß ich, ich nämlich, mit irgendwem 'n paar private Worte wechseln will, ohne daß wer mithorcht, mit irgendwem, der rein gar nichts mit Huevos Verdes zu schaffen hat! Mit irgendwem!«

Nick starrte mich an. Da fiel mir erst auf, wie ich redete. Nutzer-Gewäsch. Glas war schon wieder leer. Hotelsystem sagte höflich: »Verzeihung, Sir. Zwei Männer ersuchen um Zutritt zu Ihrer Suite. Wäre Ihnen eine Sichtverbindung angenehm?«

»Nee«, sagte ich. »Schick sie rein, die Typen.«

»Drew ...!« fing Nick wieder an. Schaltete ihn aus. Funktionierte aber nich'. Wohl wieder mal was aus der SuperSchlaflosen-Trickkiste, 'ne Überbrückung der Sperre. Gab rein gar nichts, was die nich' fertigbrachten.

»Drew! Hör zu, du kannst doch nicht einfach ...« Da unterbrach ich den Kontakt zwischen Terminal un' Y-Energie-Leitung.

Die AEGS-Agenten sahen gar nich' so aus wie AEGS-Agenten. Tun sie wohl nie, die. Mitte vierzig. Fesche Macher. Höfliche Macher. Vermutlich gefinkelte Macher. Aber wenn die Typen in Macher-Worten dachten, dann würden die Worte wenigstens eins nach'm andern rauskommen, un' nich' in Packen un' Trauben un' ganzen Bibliotheken voller Ketten.

Schnee fiel auf das violette Gitter, kühl und weiß.

»Wollt ihr Kerle 'n Drink, he?«

»Gern«, sagte einer von ihnen, 'n bißchen zu schnell. Wollte sich ganz an mich anpassen, der, un' bei allem mithalten. Fühlte sich aber fast so massiv un' sauber an wie Maleck. Was mich aus'm Takt brachte. Waren doch von der AEGS, die zwei. Wie konnten die sich so offen anfühlen?

»Hab's mir anders überlegt«, sagte ich. »Wollen die

Sache gleich in Angriff nehmen.« Lenkte den Rollstuhl zur Tür, ich, wo er gegen den Türstock prallte. Darauf taten mir die Beine weh.

Aber auf dem Hoteldach machte mich die kalte Luft nüchtern. Na, einigermaßen. Flugwagen landeten rundum, brachten wohl die ersten heim, die in der Stadt aus gewesen waren. Es war aber erst kurz nach Mitternacht. Seattle ist auf vielen Hügeln erbaut, und das Hotel stand auf einem hohen. Von dort konnte man weit über die Enklave hinaus sehen: das schwarze Wasser des Puget-Sound im Westen und Mount Rainier weiß im Mondschein. Kalte Sterne oben, kalte Lichter unten. Nutzer-Gegenden am Fuß der Hügel, aber nicht am Sound. Das Land direkt am Wasser war zu gut für Nutzer.

Der gepanzerte, abgeschirmte Wagen der AEGS startete und flog nach Osten. Ziemlich bald sah man unten keine Lichter mehr. Keiner sprach. Vielleicht machte ich ein Nickerchen. Hoffentlich nicht.

Laß Papi in Ruh', Drew. Der schläft!

Is' besoffen, der.

Drew!

Drew! sagte Nick übers ComLink. Sagte Huevos Verdes. Sagte Miranda Sharifi. Drew, mach das! Gib die Vorstellung! Verbreite diese unbewußte Idee! Drew ...!

Das Gitterwerk in meinem Kopf schaltete sich ein und trieb dahin wie Sumpfgas in dem Bayou, in dem mein Papi schließlich ersoffen war. Sternhagelvoll. Ein paar Kinder fanden ihn, lang danach. Dachten, das Ding im Wasser wäre ein verfaulter Baumstamm.

»Wir sind da, Mister Arlen. Bitte wachen Sie auf.«

Wir standen auf einem Landeplatz mitten in der finsteren Wildnis. Es war dichtbewaldetes Land, und die riesigen Felsungetüme, die ich rundum sah, stellten sich nach näherem Hinsehen als Bergwände heraus. Mein Schädel dröhnte. Einer der Agenten schaltete die Lichter des Wagens aus und eine tragbare Y-Lampe ein. Wir stiegen aus. Plötzlich fiel mir auf, daß ich nicht mal wußte, wie die beiden hießen.

»Wo sind wir da?«

»In der Cascade Range.«

»Aber *wo?*«

»Einige Minuten noch, Mister Arlen.«

Sie sahen weg, als ich mich in meinen Rollstuhl stemmte. Auf seinem Gravfeld schwebte er fünfzehn Zentimeter über dem schmalen Naturpfad dahin, der vom Landeplatz aus in den dichten Wald führte. Ich folgte den Agenten, die die Lampe trugen. Die Finsternis auf beiden Seiten des Weges, unter den Bäumen, wirkte wie eine undurchdringliche Wand, wenn man von einem gelegentlichen Rascheln und den Schreien einer Eule in der Ferne absah. Es roch nach Kiefernnadeln und verrottenden Blättern.

Der Weg endete an einem niedrigen, unter Bäumen versteckten SchaumStein-Gebäude, das viel zu klein war, um von Bedeutung zu sein. Keine Fenster. Ein Agent blickte in den Netzhautscanner und verriet der Tür seinen Code, ehe sie sich öffnete. Das Innere des Gebäudes, das zur Gänze von einem Lift eingenommen wurde, erhellte sich. Wiederum Netzhautscanner und Codewort, und dann fuhren wir abwärts.

Die Tür des Fahrstuhles öffnete sich, und wir befanden uns in einem großen Laboratorium, das vollgestopft war mit den unterschiedlichsten Apparaten, von denen aber keiner in Betrieb war. Die Lichter waren gedämpft. Eine Frau in einem weißen Laborkittel kam eilig durch eine der zahlreichen Seitentüren herein. »Ist er das?«

»Ja«, sagte ein Agent und nickte, und ich fing seinen raschen Seitenblick auf, mit dem er unwillkürlich feststellen wollte, ob es der Lichte Träumer übelnahm, wenn man ihn nicht erkannte. Ich lächelte.

»Willkommen, Mister Arlen«, sagte die Frau ernst.

»Ich bin Doktor Carmela Clemente-Rice. Vielen Dank, daß Sie gekommen sind.«

Sie war die schönste Frau, die ich je zu Gesicht bekommen hatte – noch überwältigender als Leisha. Ihr Haar war so schwarz, daß es bläulich schimmerte, und sie hatte makellose Haut und riesengroße, strahlendblaue Augen. Sie sah aus wie Dreißig, konnte aber natürlich auch weitaus älter sein. Macher-GenMods. Vor meinem geistigen Auge war sie umkränzt von irrlichternden Formen aus Betrübnis.

Sie verschränkte die Finger ineinander und ließ die Hände sinken. »Sie fragen sich vermutlich, weshalb wir Sie hierhergebeten haben, Mister Arlen. Dies ist keine AEGS-Anlage. Es ist eine illegale Einrichtung für Genmodifikationen, die wir entdeckt und beschlagnahmt haben. Die Ausführung dieser Operation nahm ein ganzes Jahr in Anspruch, und der Prozeß gegen die Wissenschafter und das Fachpersonal, die hier gearbeitet haben, ein weiteres. Sie sind jetzt alle im Gefängnis. Für gewöhnlich würde die AEGS ein solches illegales Labor komplett abreißen, doch es gibt gewisse Gründe, weshalb das bei diesem hier nicht möglich war. Wie Sie gleich selbst feststellen werden.«

Sie entwirrte ihre Finger und machte eine merkwürdige Gebärde, als wollte sie mich an sich ziehen. Oder meinen Geist. Keine Sekunde lang ließen die strahlend blauen Augen von meinem Gesicht ab.

»Die … die Bestien, die hier gearbeitet haben, schufen illegale GenMods für den Schwarzmarkt. Für einen der Schwarzmärkte. Solche Einrichtungen existieren auf dem ganzen Gebiet der Vereinigten Staaten, Mister Arlen, obwohl die meisten davon glücklicherweise nicht so erfolgreich arbeiten wie diese hier. Die AEGS wendet eine Menge Geld, Zeit, Arbeitskraft und juristisches Fachwissen auf, um solche Anlagen stillzulegen. Bitte kommen Sie mit.«

Carmela Clemente-Rice drehte sich um und ging zur selben Tür hinaus, durch die sie eingetreten war. Wir folgten ihr. Ein langer weißer Korridor – wie groß war dieser unterirdische Komplex eigentlich? –, Türen links und rechts. Sie öffnete die erste und trat zur Seite.

In dem Raum dahinter befanden sich zwei Personen, ein männliches und ein weibliches Wesen, beide nackt. Sie hatten den verträumten Blick ins Leere, den ich von schwer Drogensüchtigen kannte, aber irgendwie war mir klar, daß sie nicht Drogen brauchten, um zu existieren. Sie existierten einfach. Beide masturbierten mit jener versonnenen Gemächlichkeit, die ihrem Gesichtsausdruck entsprach. Die Frau hatte eine Hand in der Vagina zwischen ihren Beinen, die andere in der zwischen ihren Brüsten. Doch ihre anderen Vaginas – zwischen den Augen und auf jeder Handfläche – waren auch geschwollen und gerötet. Der Mann war sowohl mit seinem gigantischen erigierten Penis als auch mit seiner Vagina beschäftigt, und ich sah, daß er sich etwas, das aussah wie ein Eßbesteck, in den Arsch gesteckt hatte.

»Für das Geschäft mit dem Sex«, sagte Carmela Clemente-Rice mit ruhiger Stimme hinter mir. »Illegale geheime Gentechnik, die bereits am Embryo angewandt wird. Es gibt keine Möglichkeit, wie wir das rückgängig machen können, keine Möglichkeit, ihren IQ zu heben, der bei allen etwa 60 beträgt. Wir können ihnen nur eine angenehme Umgebung bieten und verhindern, daß sie auf jenem Markt landen, für den sie ursprünglich bestimmt waren.«

Ich beschleunigte meinen Rollstuhl schnell wieder zur Tür hinaus. »Sie zeigen mir da nichts, von dessen Existenz ich nicht bereits wüßte, gute Frau«, sagte ich barscher als gewollt. Die Sexsklaven bildeten gequetschte, qualvolle Formen in meinem Kopf. »Dieser Mist existiert seit Jahren, viel länger als Huevos

Verdes. Und Huevos Verdes hat überhaupt nichts dagegen, wenn die AEGS dem ganzen Spuk ein Ende macht. Niemand, der recht bei Trost ist, kann dieser Sorte Gentechnik etwas abgewinnen.«

Sie antwortete nicht, ging nur voraus zu einer anderen Tür.

Diesmal waren es vier, mit den gleichen verträumten Mienen, in einem deutlich größeren Raum. Diese hier waren zwar nicht nackt, aber sie hatten ganz merkwürdige Kleider an: Overalls, sichtlich mit der Hand zusammengeflickt, um die überzähligen Gliedmaßen und Deformierungen aufzunehmen. Einer von ihnen hatte acht Arme, einer vier Beine, ein weibliches Wesen vier Paar Brüste. Nach seinem normalen Äußeren zu urteilen, mußte der vierte wohl überzählige innere Organe haben. Bauchspeicheldrüsen? Lebern? Herzen? Konnte man Gene so programmieren, daß sie mehrere Herzen entstehen ließen?

»Für den Transplantationsmarkt«, erklärte Carmela. »Aber darüber wußten Sie gewiß auch schon Bescheid.«

Wußte ich, aber das sagte ich nicht.

»Diese Leute hier haben mehr Glück«, fuhr sie fort. »Wir können die überzähligen Gliedmaßen entfernen und ihnen zu halbwegs normalen Körpern verhelfen. Jessie hier ist auch schon für eine Operation am Dienstag eingeteilt.«

Ich fragte nicht, wer von den Anwesenden Jessie war. Der Scotch gluckerte in meinem Magen; mir war übel.

Die zwei Leute im nächsten Raum sahen ganz normal aus. Sie hatten Pyjamas an und schliefen in einem Bett mit hübschen Baumwollüberzügen.

Carmelas Stimme klang nicht gedämpft, als sie weitersprach: »Sie schlafen nicht, Mister Arlen, sie stehen schwerstens unter Drogen, und das werden sie wohl für den Rest ihres Lebens bleiben; ein Entzug würde dauernde rasende Schmerzen hervorrufen, verursacht durch ein winziges genmodifiziertes Virus, dessen Ziel es ist, die Nervengewebe bis zu einem unerträglichen Grad zu stimulieren. Das Virus wird injiziert und vermehrt sich im Körper – vergleichbar mit dem Zellreiniger von Huevos Verdes. Die Qualen sind unvorstellbar, aber es kommt zu keinen effektiven Gewebeschädigungen, also könnten sie theoretisch jahrelang gleichbleibend andauern. Jahrzehntelang. Das Virus wurde für den internationalen Foltermarkt entworfen, und es sollte auch ein Gegenmittel entwickelt werden, das verabreicht werden konnte. Oder vorenthalten. Leider sind die Gentechniker, die hier arbeiteten, nur bis zu dem Nano-Folterinstrument gekommen. Bis zum Gegenmittel haben sie es nicht geschafft.«

Eine der beiden betäubten Personen im Bett – jetzt sah ich, daß es sich um ein kaum der Pubertät entwachsenes Mädchen handelte – begann sich unruhig zu regen und stöhnte.

»Träume«, sagte Carmela. »Wir wissen nicht, welcher Art. Wir wissen auch nicht, wer sie ist. Vielleicht eine Mexikanerin, entführt oder auf dem Schwarzmarkt eingekauft.«

»Wenn Sie denken, daß die Forschungen bei Huevos Verdes in irgendeiner Weise mit ...«

»Nein, sind sie nicht, das wissen wir. Aber der ...«

»Bei allem, was bei Huevos Verdes auf dem Gebiet der Nanotechnik studiert und entwickelt wird, hat man einzig und allein den Nutzen für die Allgemeinheit im Sinn. Bei *allem.* Wie beim Zellreiniger.«

»Das glaube ich Ihnen«, sagte Doktor Clemente-Rice. Sie bemühte sich um einen leisen, zurückhaltenden Tonfall. Ich spürte, wieviel Selbstbeherrschung sie das kostete. »Die Arbeitsweise der Nanogeräte von Huevos Verdes ist völlig anders. Aber die grundlegenden Erkenntnisse, die Theorien und ihre Verwirklichung, sind ähnlich. Nur ist Huevos Verdes viel rascher viel weiter gegangen. Doch andere könnten diese Lücke schließen, wenn ihnen zum Beispiel der Zellreiniger zum Zerlegen und Studieren zur Verfügung stünde.«

Ich starrte das schlafende Mädchen an. Ihre Lider waren faltig; so hatten die Lider meiner Mutter gegen Ende ihres Lebens zu ausgesehen, als der Knochenkrebs schließlich Sieger blieb.

»Ich habe genug gesehen«, sagte ich.

»Noch eines, Mister Arlen. Bitte. Ich würde Sie nicht darum bitten, wenn es nicht so dringlich wäre.«

Ich drehte meinen Rollstuhl so, daß ich sie ansehen konnte. Sie war eine Reihe scharfumrissener, heller Ovale in meinem Kopf, mit der gleichen sauberen Aufrichtigkeit wie Maleck und die AEGS-Agenten. Wahrscheinlich hatte man sie alle wegen ebendieser Eigenschaft ausgewählt. Und dann wurde mir plötzlich klar, an wen Carmela mich erinnerte: an Leisha Camden. Ein sonderbarer Schmerz durchfuhr mich, wie von einer sehr dünnen Lanze.

Ich folgte ihr durch die letzte Tür des Korridors.

In diesem Raum waren keine GenMod-Leute zu sehen. Drei Hochleistungsschilde von der Sorte, die bis auf Radioaktivität alles abhalten konnte, schimmerten vom Boden bis zur Decke. Dahinter wuchs hohes Gras.

»Sie sagten, daß Huevos Verdes sich nur mit GenMods und Nanotechnik beschäftigt, die im Interesse der Allgemeinheit liegen«, sagte Carmela leise. »Das traf auch auf dies hier zu. Es wurde von einem Dritte-Welt-Land in Auftrag gegeben, das unter verheerenden, immer wiederkehrenden Hungersnöten litt. Die Grashalme sind eßbar. Zum Unterschied von den meisten anderen Pflanzen bestehen die Zellwände dieser Halme jedoch nicht aus Zellulose, sondern aus einer gentechnisch geschaffenen Substanz, die der menschliche Körper in Monosaccharide umwandeln kann. Außerdem ist das Gras erstaunlich widerstandsfähig und schnellwachsend, verbreitet sich durch Samen selbst und ist dafür geschaffen, auch noch mageren Böden Nährstoffe und trockenen Wasser zu entziehen. Die Genetiker, die es entwickelt haben, schätzten, daß es das Sechsfache des Nahrungsmittelertrages der jetzigen Hochleistungslandwirtschaft liefern kann.«

»Nahrungsmittel«, wiederholte ich wie vor den Kopf geschlagen, »Nahrungsmittel …«

»Wir haben es in einer kontrollierten und abgeschirmten zwanzig Hektar großen Ökosphäre aus fünfzig ökologisch unterschiedlichen Zonen angepflanzt«, fuhr Carmela fort, die Hände in den Taschen ihres Labormantels vergraben, »und innerhalb von drei Monaten hatte es jede andere Pflanze in der Ökosphäre ausgerottet. Das Gras ist so hervorragend für den Überlebenskampf gerüstet, daß alles andere gezwungenermaßen unterliegen muß. Menschen und manche Säugetiere können es verdauen; andere Tiere nicht. Alle anderen Pflanzenfresser verhungerten, darunter so viele Insektenlarven, daß die Insektenpopulationen verschwanden. Amphibien, Reptilien und Vögel folgten. Dann starben auch die fleischfressenden Säugetiere aus. Unsere Computer haben hochgerechnet, daß – die richtigen Windbedingungen vorausgesetzt – nach achtzehn Monaten dieses Gras das einzige Leben auf dieser Erde sein würde, wenn man von ein paar wirklich alten, großen Bäumen mit ausgedehnten Wurzelsystemen absieht, die zum Sterben etwas länger brauchen.«

Leise raschelte das Gras hinter dem Dreifachschild. Ich spürte etwas auf meinen Schultern. Carmelas Finger. Sie drehte meinen Rollstuhl so, daß sie mir ins Gesicht sehen konnte, und hob danach sofort die Hände.

»Verstehen Sie mich recht, Mister Arlen, wir halten Huevos Verdes und seine Absichten nicht für böse. Wir wissen, daß Miss Sharifi und ihre superschlaflosen Kollegen nicht nur an das Gute glauben, das in ihren Forschungsarbeiten liegt, sondern auch an das Gute in uns allen. Sie glaubt daran, daß die Vereinigten Staaten, wie sie von der Verfassung charakterisiert werden, das bestmögliche politische Arrangement in einer unvollkommenen Welt darstellen. Sie glaubt daran, genau wie Leisha Camden vor ihr. Ich war immer eine große Bewunderin von Miss Camden. Aber die Verfassung funktioniert nur deshalb, weil darin so viele Kontrollmechanismen und Gegengewichte eingebaut sind, die die Macht im Zaum halten.«

Sie fuhr sich mit der Zunge über die Lippen. Darin lag nicht die geringste Spur von Sinnlichkeit; sie war so todernst, daß ich spürte, wie starr und angespannt ihr ganzer Körper war.

»Kontrollen und Gegengewichte, um die Macht zu beschränken. Ja. Aber es gibt keine Kontrolle über Huevos Verdes. Es existiert auch kein Gegengewicht, weil der Rest der Menschheit einfach nicht imstande ist, das zu vollbringen, was die SuperSchlaflosen können. Wenn sie es uns nicht vorzeigen. Dann könnten vielleicht einige von uns die Technik kopieren und adaptieren. Einige von uns – wie zum Beispiel die Leute, die *hier* arbeiteten.«

Ich sagte nichts. Das tödliche, nahrhafte Gras wisperte.

»Ich kann nicht sagen, was Sie jetzt denken, Mister Arlen. Und ich kann Ihnen nicht sagen, was Sie denken sollen. Aber ich – wir – wollten, daß Sie alle Seiten der Situation kennenlernen, und wir hoffen, daß Sie darüber nachdenken und mit Huevos Verdes darüber reden werden. Das ist alles. Die Agenten werden Sie jetzt nach Seattle zurückbringen.«

»Was wird mit dem Gras gemacht?« fragte ich.

»Wir werden es durch Strahlung zerstören. Morgen. Kein einziger DNA-Strang wird übrigbleiben und auch keine der Unterlagen. Es durfte nur deshalb bis jetzt existieren, weil wir es Miss Sharifi zeigen wollten – oder, wenn das nicht möglich wäre, Ihnen.«

Sie begleitete mich zurück zum Aufzug, und ich sah zu, wie ihre von Bedrücktheit und Hoffnung gleichermaßen angespannt wirkende Gestalt anmutig zwischen den weißen Wänden hindurchschritt.

Unmittelbar bevor sich die Aufzugtür öffnete, sagte ich zu ihr – oder vielleicht zu allen dreien: »Sie können den technischen Fortschritt nicht aufhalten. Sie können ihn bremsen, aber früher oder später kommt er.«

Carmela Clemente-Rice sagte: »Nur zwei Atombomben wurden je als kriegerische Handlung auf der Erde abgeworfen. Das Wissen war danach immer da, aber es wurde nicht benutzt. Infolge von Zusammenarbeit, Zurückhaltung, Furcht oder Zwang – die Anwendung des Wissens wurde jedenfalls eingestellt.« Sie hielt mir die Hand hin; sie war feucht und kalt, aber eine elektrische Spannung zuckte durch unsere Berührung. Die strahlend blauen Augen sahen mich flehend an.

Als hätte ich irgendeine Macht über das, was Huevos Verdes tat.

»Adieu, Mister Arlen.«

»Adieu, Frau Doktor Clemente-Rice.«

Die Agenten hielten Wort und lieferten mich in meinem Hotel in Seattle ab. Ich setzte mich zurecht und wartete darauf, wer von Huevos Verdes kommen und wie lange es dauern würde.

Es war Jonathan Markowitz, um fünf Uhr früh. Ich hatte drei Stunden geschlafen. Jonathan war einfach perfekt. Sein Tonfall war höflich interessiert. Er fragte nach allem, was ich gesehen hatte, und ich beschrieb ihm alles. Er stellte eine Menge zusätzlicher Fragen: Hatte ich auf dem Korridor zu irgendeinem Zeitpunkt Temperaturschwankungen wahrgenommen? Auch keine noch so geringen? Hatte es irgendwann nach Zimt gerochen? Verströmten die Lampen ein leicht grünliches Licht? War ich von irgend jemandem berührt worden? Mit keinem Wort stellte er sich gegen das, was Carmela Clemente-Rice mir gesagt hatte. Er behandelte mich als Mitglied des Teams, dessen Loyalität außer Frage stand, das man aber in irgendeiner Weise manipuliert haben konnte, die über sein Verständnis hinausging. Er war perfekt.

Und die ganze Zeit über konnte ich die Formen spüren, die er in meinem Kopf hervorrief, und das Bild eines Mannes, der schwere Steine aufhob, schwere, geistlose, dumpfgraue Steine.

Als Jonathan sich zum Gehen wandte, sagte ich brutal: »Sie hätten Nick herschicken sollen. Nicht dich. Nick macht sich nicht die Mühe, es zu verbergen.«

Jonathan blickte mich unverwandt an. Eine Minute lang sagte er nichts, und ich fragte mich gerade, welch unvorstellbar komplexe und feingesponnene Fäden sich in diesem Super-Gehirn bildeten, als er müde lächelte. »Ich weiß. Aber Nick hatte keine Zeit.«

»Wann kann ich Miranda sehen? Hat sie Washington schon verlassen und ist nach East Oleanta gereist?«

»Ich weiß nicht, Drew«, sagte er, und die Formen in meinem Kopf zersprangen und bespritzten das violette Gitter rot.

»Du weißt nicht, ob sie abgereist ist oder du weißt nicht, wann ich sie sehen kann? Warum nicht, Jon? Weil ich jetzt vergiftet bin von fremden Einflüssen?

Weil du nicht weißt, was Carmela Clemente-Rice mit mir angestellt haben könnte, als sie mir die Hände auf die Schultern legte? Oder als ich ihr die Hand schüttelte? Oder weil du keinen Einfluß hast auf das, was ich wirklich von dem Projekt halte?«

»Ich hatte den Eindruck, du würdest akzeptieren, daß du Miri nicht sehen kannst«, sagte Jonathan mit ruhiger Stimme. »Ohne allzuviel Bedauern.«

Das verschlug mir die Rede.

»Dir kommt eine wichtige Rolle zu, Drew«, fuhr er fort. »Wir brauchen dich. Wir haben nicht... Der Computer sagt eine rasante Intensivierung der allgemeinen sozialen Krise voraus, was der unerwarteten Duragem-Situation zuzuschreiben ist. Wir müssen das Projekt beschleunigen. Kevorkel-Gleichungen. Mitochondrienregression. Innerstädtische Konstrukte, DiLazial.«

Und so endete meine Wut. In einem Haufen Wörter aus der SuperSchlaflosen-Stenographie. Ich wußte nicht, was die Wörter bedeuteten, wußte nicht, welchen Zusammenhang sie hatten, wußte nicht, weshalb man sie mir an den Kopf warf. Ich konnte nicht antworten, und so hockte ich einfach da und wartete stumm und triefäugig vom Mangel an Schlaf ab, daß Jonathan ging.

Hatte er diese Worte aus seiner Gedankenkette ausgewählt und ausgesprochen, weil er meinte, sie wären so simpel, daß sogar der Nutzer, der Schläfer Drew, sie verstehen würde? Oder waren sie ihm einfach entschlüpft, weil auch Jonathan aufgebracht war? Oder sagte er sie, weil er *wußte*, ich würde sie nicht verstehen – und gab es eine elegantere Art, mich auf meinen Platz zu verweisen?

Ich werd' Sanctuary *haben, das werd ich, irgendwann mal!*

Du! 'ne dumme Bayouratte wie du! Schmatz.

Ich mußte schlafen. Mein Auftritt begann in weniger als fünf Stunden. Also rollte ich mich ins Bett, angezogen, wie ich war, und versuchte zu schlafen.

Auf dem Weg zum KingDome in Seattle gab der Luftwagen beinahe seinen Geist auf.

Wir hatten die Enklave verlassen und waren gerade über dem Nutzer-Teil der Stadt, der aus der Luft aussah wie eine zusammengewachsene Ansammlung kleiner, in Häuserblocks um Cafeterias und Lagerhäuser und Versammlungsgebäude angeordnete Nutzer-Kaffs. Der Senator Gilbert-Tory-Bridewell-KingDome war zwanzig Jahre alt; irgend jemand hatte erwähnt, daß er nach einem historischen Ort benannt war. Er stand natürlich weit außerhalb der Enklave, eine riesige SchaumStein-Halbkugel mit einem abgeschirmten Landeplatz, den wir jetzt möglicherweise nicht mehr erreichen würden.

Der Wagen bockte, schaukelte vorwärts und rückwärts und krängte schließlich nach links. Es war wie das Schlingern eines großen Schiffes – es war eine Giftmülldeponie, auf der eklige, rosarote Blasen blubberten. Mein Magen hob sich.

»Du gütiger Himmel«, sagte der Lenker und begann, Überbrückungscodes einzuhämmern. Ich hatte keine Ahnung, ob er tatsächlich etwas tun konnte, und wieviel; Luftwagen sind reine Robo-Geräte. Aber vielleicht wußte er, wie er das Problem anpacken mußte. Schließlich war er ein Macher.

Der Wagen legte sich zur Seite, und ich fiel gegen die linke Tür. Mein Rollstuhl, zusammengefaltet auf Reisegröße, knallte auf mich. Der Wagen bockte noch mal, und ich dachte: *jetzt sterbe ich.*

Warme, blutrote Formen erfüllten meinen Geist. Und das violette Gitterwerk verschwand.

»Himmel, Himmel, Himmel«, sagte der Lenker und hörte nicht auf, irgendwelche Codes einzugeben. Wiederum protestierte der Luftwagen. Ich schloß die

Augen. Das Gitter in meinem Kopf war verschwunden. *Es war nicht da!* »Okay, okay, okay«, sagte der Lenker, diesmal in einem anderen Tonfall, und der Wagen schleppte sich hinab auf den Landeplatz.

Wir blieben sitzen, genossen die Sicherheit des festen Bodens, während Gestalten aus dem King-Dome erschienen und in unsere Richtung liefen. Und da war das Gitterwerk wieder! Es hatte sich verflüchtigt, als ich dachte, ich würde sterben, und nun war es wieder zurückgekehrt, immer noch eng um etwas gerollt, das sich in seiner Mitte verbarg.

»Es sind diese verdammten Graveinheiten«, rief der Lenker, mit derselben vorwurfsvollen Stimme, mit der er *okay, okay, okay* gesagt hatte. Er drehte sich in seinem Sitz um und sah mir in die Augen. »Beim Material wird gespart. Bei den RoboTests wird gespart. Bei der Wartung wird gespart, weil diese lausigen WartungsRobs dauernd ausfallen. Die ganze Versorgungslizenz fällt auseinander! Zwei Abstürze in Kalifornien letzte Woche; die Nachrichtenkanäle brachten nichts davon, kassierten lieber fürs Maulhalten. Nie wieder fliege ich in einem von diesen Dingern. Haben Sie gehört? Nie wieder!« Alles mit derselben leisen, vorwurfsvollen Stimme.

In meinem Kopf war er eine geduckte, breiige schwarze Masse vor dem violetten Gitter.

»Mister Aaarlen!« schrie eine Frau und riß die Tür des Wagens auf. »Ihr seid doch wohl alle heil da drin, oooder?« Ihr Südstaatenakzent war nicht zu überhören. Sallie Edith Gardiner, ein Neuzugang zum Kongreß; sie bezahlte diese Vorstellung für ihre Nutzer-Wählerschaft. Warum, fragte ich mich, klang eine Kongreßabgeordnete aus Washington nach Mississippi?

»Bestens«, sagte ich, »niemand verletzt.«

»Also das ist einfach uuunfaßbar, das ist es, eeehrlich! Sind wir schon sooo weit, daß wir nicht mal mehr imstande sind, einen ordentlichen Luuuftwagen zu bauen? Möchten Sie Ihren Auftritt ein klein wenig verschiiieben?«

»Nein, nein, ich fühle mich durchaus wohl«, sagte ich. Der Akzent war gar nicht Mississippi: er war ein Mississippi-Imitat. In meinem Innern bestand Gardiner ausschließlich aus Ringen, deren Vergoldung abblätterte. Plötzlich fiel mir Carmela Clemente-Rice ein und ihre sauberen, blassen Ovale.

Warum war das Gitterwerk in meinem Kopf verschwunden, als ich dachte, ich würde gleich sterben?

»Also, um die Waaahrheit zu sagen, Mister Aaarlen«, gestand mir die Kongreßabgeordnete Sallie Edith Gardiner, »eine klitzekleine Verspätung könnte uns hier gar nicht schaaaden. Wir haben da ein wiiinziges Probleeem mit der Graaavbahn, die grade von Süd-Seattle unterweeegs ist, und die Robs vom Sicherheitssysteeem machen uns auch ein wenig Kummer. Klaaar, die Techs arbeiten schon dran, aber.. Also, wenn Sie hiiier lang kommen wollen, dann führe ich Sie zu 'nem Plätzchen, wo Sie in Ruuuhe abwarten können …«

»Mein Bühnensystem wurde bereits gestern installiert!« unterbrach ich sie. »Wenn Sie die Verantwortung für seine Sicherheit nicht übernehmen können …«

»Aber siiicher können wir das!« rief sie, und ich merkte, daß sie log.

Der Lenker des Luftwagens sprang heraus und lehnte sich dagegen, während er weiter in sich hineinmurmelte. Sein vorwurfsvolles Greinen hatte sich schließlich in Wut verwandelt. Ich schnappte *fällt auseinander* auf und *das ganze beschissene Land bricht zusammen* und *keiner kann so viele verdammte Leute erhalten,* bevor Kongreßabgeordnete Gardiner ihm einen Blick zuwarf, der PlastiSynth zum Faulen brächte. Sie hatte nicht einmal gefragt, ob er verletzt war. Er gehörte bloß zum Fachpersonal.

»Keine Sooorge, Ihre tolle Bühnenausstattung wird nicht den *geriiingsten* Schaden nehmen«, versicherte mir die Kongreßabgeordnete Gardiner. »Wir sind ja alle schon sooo gespannt auf Ihre Vorstellung! Hier lang, bitte schööön.«

Ich setzte meinen Rollstuhl in Bewegung und fuhr hinter ihr her. Sie würde meinen Auftritt nicht sehen. Nachdem sie mich vorgestellt hatte und die Übertragungskameras zur Genüge mit ihrem Gesicht gefüttert worden waren, würde sie sich verdrücken. Alle Macher verdrückten sich an dieser Stelle.

Aber so lief es nicht ab.

Ich saß zwei Stunden lang in einem Warteraum im KingDome; vielleicht schlief ich ein bißchen. Jedenfalls kamen andauernd Leute und gingen wieder, nachdem sie mir versichert hatten, daß alles bestens war. Das Gitterwerk in meinem Kopf schlängelte sich in langen, langsamen Wellenbewegungen. Schließlich kam die Kongreßabgeordnete herein.

»Mister Aaarlen, ich fürchte, es hat sich eine unangenehme Komplikatiooon ergeben. Es gab einen *schliiimmen* Unfall.«

»Einen Unfall?«

»Eine Graaavbahn aus Portland ist veruuunglückt. Es gab etliche Tooote. Alles Nutzer. Das Publikum hat davon gehööört und ist ganz aaaufgeregt. Natürlich.« Natüüüürlich. Ihre Stimme klang aaaufgeregt, aber ihre Augen waren ärgerlich: die erste große Sache, die seit ihrer Wahl von ihr gesponsert wurde, und da mußte sich ein Haufen rücksichtsloser Nutzer umbringen lassen und alles ruinieren! *Eine unangenehme Komplikatiooon.* Ich hätte eine Viertelmillion gewettet, daß sie nicht wiedergewählt wurde.

»Wenn Sie nichts dageeegen haben, werden wir trotzdem mit der Vooorstellung beginnen. In etwa fünf Minuuuten werde ich Sie mit dem Puuublikum bekannt machen.«

»Versuchen Sie doch mal, die Vokale nicht ganz so lang zu ziehen«, riet ich ihr. »Das würde zumindest ein wenig echter klingen.«

Ich hatte sie unterschätzt. Ihr Lächeln saß fest. »Dann paßt es Ihnen also in fünf Minuuuten?«

»Immer gern zu Diensten.« Das Gitter in meinem Kopf erzitterte jetzt wie in einem starken Wind.

An einem Ende der Halle hatte man eine schwebende Plattform errichtet, von der aus ein breiter Laufsteg zu dem Raum führte, in dem ich wartete. Die Gravbahn war abgestürzt, der Luftwagen beinahe – ich wußte, daß Gravmechanismen nichts mit Gravitation zu tun hatten; sie machten sich nicht die Schwerkraft zunutze, sondern den Magnetismus. Egal, jetzt fragte ich mich jedenfalls, wie hoch die Wahrscheinlichkeit war, daß mich an einem Abend gleich drei mit magnetischer Kraft arbeitende Apparaturen im Stich ließen … Jonathan Markowitz hätte es gewußt, bis zur zwanzigsten Dezimalstelle.

»… einer der hervorragendsten Künstler unserer Zeit …«, verkündete Kongreßmitglied Gardiner von der Bühne. *Zaaait.*

Natürlich mußte es nicht unbedingt die Graveinheit selbst gewesen sein, die in der Gravbahn versagt hatte. In einer Gravbahn befanden sich wohl Hunderte bewegliche Teile, Tausende, meinetwegen. Woraus bestanden die alle?

»… zutiefst dankbar für die Geleeegenheit, Ihnen aaallen den Lichten Träumer vorzustellen. Ich …«

Ich. Ich. Ich. Das Lieblingswort der Macher. Auf Huevos Verdes sagten sie zumindest *wir.* Und meinten sogar mehr als nur die übrigen SuperSchlaflosen.

Blaßgrünes Gras wogte vor dem violetten Gitter. Wucherte hindurch, darüber, rundum. Übernahm es. Übernahm die Welt.

Ich verschränkte die Finger hart ineinander. In

zwei Minuten hatte ich meinen Auftritt. Ich mußte die Bilder in meinem Inneren zurückdrängen. Ich war der Lichte Träumer.

»... Tragööödie, die uns mit Traaauer erfüllt. Aber Trauer ist eine der Empfindungen, die der Lichte Träumer ...«

»Zum Geier, was weißt'n du schon von Trauer, he!« brüllte jemand, so laut, daß ich erschrocken hochfuhr. Irgend jemand im Publikum besaß einen Stimmenverstärker, der so leistungsfähig war wie mein eigenes Tonsystem. Von meinem Sitzplatz aus konnte ich das Publikum nicht sehen, nur Kongreßmitglied Gardiner. Aber ich hörte ein leises Rumpeln, das sich anhörte wie das Mississippi-Delta bei Hochwasser.

»... eine Freude, Ihnen vorstellen zu dürfen ...«

»Zieh Leine, Schlampe!« Dieselbe verstärkte Stimme.

Rasch setzte ich meinen Rollstuhl in Richtung Laufsteg in Bewegung. Auf halbem Wege kam die Kongreßabgeordnete an mir vorbei; sie hielt den Kopf hoch, ihre Lippen lächelten, und ihre Augen loderten vor Zorn. Niemand applaudierte.

Ich lenkte den Rollstuhl in die Mitte der Plattform und blickte hinab. Der KingDome war nur halb voll. Die Leute starrten mich an – teils dumpf, teils unsicher, teils mit aufgerissenen Augen, aber niemand mit einem Lächeln. So etwas hatte ich noch nie erlebt; das hier war ein Mittelding zwischen einem Publikum und einem Pöbelhaufen.

»Is' das 'n Macher-Ding, wo du drinsitzt, Arlen, he?« kreischte die verstärkte Stimme, und ich konnte ihren Eigentümer identifizieren, als sich ein paar Leute nach ihm umdrehten. Ein Mann gab ihm einen Stoß, ziemlich fest. Ein zweiter starrte ihn böse an. Ein dritter rückte schützend vor den Zwischenrufer und warf einen harten, langen Blick zur Plattform herüber. Irgend jemand weiter vorn rief mit kaum verständlicher, unverstärkter Stimme: »Der Lichte Träumer is' kein Macher nich'! Halt's Maul, du!«

Ich sagte, so leise, daß alle still sein mußten, um es zu hören: »Ich bin kein Macher nich'.«

Wiederum ertönte dieses Rumpeln aus dem Publikum, und vor meinem geistigen Auge sah ich, wie das Wasser das Delta überflutete, in dem ich geboren war – nicht schnell, aber erbarmungslos, unaufhaltsam stieg es an, wie die Kurven, mit denen Huevos Verdes den allgemeinen sozialen Zusammenbruch maß.

»He, da gab's Tote in dem beschissenen Macher-Zug, wo keiner sich drum gekümmert hat, in was für 'nem Zustand er is'!« schrie die verstärkte Stimme. »Tote!«

»Ich weiß«, sagte ich, immer noch leise. Das violette Gitter hörte auf zu zittern, als mein Inneres sich mit großen, weichen, würdevoll-anmutigen Formen füllte, die die Farbe feuchter Erde hatten. Ich drückte den Knopf an meinem Rollstuhl, und die Vorstellungsmaschinerie begann die Bühnenlampen zu dämpfen.

›Der Krieger‹ stand auf dem Programm – entworfen und abgeändert und noch mal abgeändert, um die Risikobereitschaft zu fördern, die Tatkraft, das Selbstvertrauen. Außerdem hatte ich in der Maschinerie auch die Holos und die unterschwelligen Zutaten zu ›Himmel‹ gespeichert, dem beliebtesten meiner Stücke. Es führte die Menschen zu einem ruhigen Plätzchen innerhalb ihrer eigenen Gedankenwelt, zu einem Plätzchen, an das wir als Kinder alle herangelangen konnten, wo die Welt in perfektem Gleichgewicht ist und wir es mit ihr sind, wo die warmen Sonnenstrahlen nicht nur auf unsere Haut fallen, sondern in uns eindringen bis zur Seele und uns himmlischen Frieden spenden. Es war eine

Komposition der Versöhnung, der Harmonie, der Bejahung. Das konnte ich natürlich auch geben, und in zehn Minuten würde der Pöbel anschmiegsam sein wie ein Seidenkissen.

Ich begann mit dem ›Krieger‹.

»Es war einmal ein Mann mit großen Hoffnungen, doch ohne Macht. Als er jung war, wollte er alles haben …«

Die Worte ließen das Publikum verstummen. Aber die Worte waren eigentlich das geringste dabei und im Grunde genommen unwichtig. Die Formen waren das, was zählte – die Art, wie diese Formen sich bewegten und die Korridore zu den verborgenen, bei jedem Menschen anders beschaffenen Plätzen der Seele öffneten. Ich war der einzige Mensch auf der Welt, der diese Formen programmieren konnte, indem ich von meinem eigenen Geist aus arbeitete, dem die Bahnen ins Unbewußte durch eine groteske illegale Operation geöffnet worden waren. Ich war der Lichte Träumer.

»Er wollte Stärke, damit die anderen Männer ihn respektierten.«

Niemand auf Huevos Verdes konnte das: den Geist und die Seele von achtzig Prozent der Menschheit gefangennehmen und sie führen – und sei es auch nur tiefer in sie selbst hinein. Sie formen. Nein – ihnen ihre eigenen Formen schenken.

»Weißt du eigentlich, was genau du in den Köpfen der anderen Menschen vollbringst?« hatte Miri mich einmal in ihrer etwas zu langsamen Sprechweise gefragt, kurz nachdem wir uns kennengelernt hatten. Ich war – schon damals – gefaßt auf Gleichungen, Lawsons Konversionsformeln und einen Wust von Diagrammen. Aber sie hatte mich überrascht. »Du versetzt die Menschen in die andere Welt.«

»Die …?«

»Andere Welt. In die Realität unter der Realität. Du

perforierst die Welt der Relativitäten, so daß unser Geist flüchtig zu sehen bekommt, daß unter den fragilen Strukturen des täglichen Lebens das wahrere Absolute liegt. Es ist natürlich nur ein kurzer Einblick. Das ist alles, was uns selbst die Wissenschaft geben kann – einen kurzen Einblick. Aber du vermittelst das jenen Menschen, die selbst nie Wissenschaftler sein könnten.«

Von sonderbarer Angst erfüllt hatte ich sie angestarrt. Das war nicht die Miri, die ich kannte. Sie strich sich das widerspenstige Haar aus dem Gesicht, und ich sah, daß ihre dunklen Augen sanft und weit weg waren. »Das bewirkst du tatsächlich, Drew. Bei uns SuperS genau wie bei den Nutzern. Du hältst den Schleier zur Seite, damit wir einen kurzen Blick auf das werfen können, was wir sonst noch sind.«

Meine Angst verstärkte sich. So war Miri einfach nicht!

»Natürlich«, fügte sie hinzu, »entzieht sich das Lichte Träumen im Gegensatz zur Wissenschaft jeglicher Kontrolle. Selbst du kannst es nicht lenken. Damit fehlt ihm die Kardinaltugend der Wiederholbarkeit.«

Miri sah mir ins Gesicht und merkte, daß ihre letzten Worte ein Fehler gewesen waren. Sie hatte das, was ich tat, als zweitklassig eingestuft. Wiederum. Aber ihre unbeugsame Wahrheitsliebe ließ nicht zu, daß sie zurücknahm, wovon sie zutiefst überzeugt war. Dem Lichten Träumen fehlte die Kardinaltugend. Sie wandte den Blick ab.

Wir hatten nie wieder über die andere Welt gesprochen.

Und jetzt wandten sich mir alle diese Nutzer-Gesichter da unten zu und öffneten sich. Alte Männer mit tief gefurchter Haut und krummem Rücken. Junge Männer mit zusammengepreßtem Kiefer, der sich selbst dann nicht lockerte, wenn sie die Augen aufrissen und wieder zu den Kindern wurden, die sie vor kurzem noch gewesen waren. Frauen mit Babies in den Armen, denen die Müdigkeit aus dem Gesicht wich, wenn ihre Lippen weich wurden und sie anfingen zu träumen. Häßliche Gesichter und natürliche Schönheit, wütende Mienen und bekümmerte, und der verblüffte Ausdruck von Leuten, die gedacht hatten, sie wären der oberste Boss, wenn es um ihr eigenes Leben ging, und die nun entdecken mußten, daß sie nicht einmal im Vorstand saßen.

»Er wollte Frauen besitzen und schmelzen vor Befriedigung. Er wollte Liebe.«

Miri war vermutlich bereits in der unterirdischen Anlage in East Oleanta eingetroffen, und ich war zu feige, mir selbst einzugestehen, daß ich froh war darüber. Nun, ich gestehe es mir jetzt ein. Dort war es sicherer für sie als auf Huevos Verdes, und ich mußte nicht mit ihr zusammentreffen. Eden. Die sorgfältig programmierten unterschwelligen Einschübe auf den Holoterminals der Cafeterias im ganzen Gebiet der Adirondack Mountains im Staat New York nannten es ›Eden‹. Nicht, daß die Nutzer gewußt hätten, was es mit diesem neuen Eden auf sich hatte. Ich wußte es auch nicht, nicht wirklich. Ich wußte, was das Projekt *bewirken* sollte – aber nicht, was es letzten Endes damit auf sich hatte. Ich war zu feige gewesen, um Fragen zu stellen. Oder zu feige, um mir einzugestehen, daß selbst die Zuversicht von SuperSchlaflosen nicht automatisch bedeuten mußte, daß alles richtig war, was sie taten.

Bleiches, tödliches Gras wogte in meinem Innern.

»Aaaaaaahhh«, seufzte ein Mann irgendwo ganz in der Nähe, denn ich konnte ihn über die leise Musik hinweg hören.

»Er wollte Aufregung.«

Ein Mann in der sechsten oder siebenten Reihe sah

nicht zu mir herauf. Sein Blick wanderte rundum, von einem versunkenen Gesicht zum nächsten. Anfangs wirkte er verwirrt, dann beunruhigt. Ein Fall von natürlicher Immunität gegen Hypnose – davon gab es immer wieder ein paar. Auf Huevos Verdes hatte man die chemische Substanz im Gehirn isoliert, die einen Menschen für Lichtes Träumen empfänglich machte, bloß handelte es sich dabei nicht um eine einzige Substanz, sondern um eine Kombination von etwas, das Sara Cerelli ›zwingend erforderliche Konditionierung‹ nannte, bei der einiges von Enzymen abhing, die von anderen Konditionierungen ausgelöst wurden ... Ich begriff kein Wort davon. Aber das brauchte ich auch nicht. Ich war der Lichte Träumer.

Der Mann, der von den Vorgängen unberührt blieb, rutschte unruhig auf seinem Sitz hin und her. Dann saß er still und hörte einfach zu. Hinterher würde er mit seinen Freunden nicht viel darüber reden, das wußte ich; es war kein gutes Gefühl, ausgeschlossen zu sein.

Ich wußte es sehr genau, meine Auftritte basierten darauf.

»Er wollte seine Tage mit Herausforderungen erfüllen, die nur er bewältigen konnte.«

Miri liebte mich auf eine Weise, wie ich sie nie lieben konnte. Sie brannte, diese Liebe, so lichterloh wie Miris Intelligenz. Es war die Liebe und nicht die Intelligenz, deretwegen ich sie nie fragte: »Sollen wir wirklich weitermachen mit dem Projekt? Welchen Beweis haben wir, daß dies der richtige Weg ist?« Sie würde mir natürlich antworten, daß es keinen Beweis geben konnte, und ihre Erklärung, weshalb nicht, würde so viele komplizierte Dinge enthalten – Gleichungen und Präzendenzien und Hypothesen – daß ich sie nicht verstehen würde.

Aber das war nicht der wahre Grund, weshalb ich

meine Zweifel nie wirklich kundgetan hatte. Der wahre Grund war ihre Liebe, für die ich ihr keine entsprechende Gegenliebe geben konnte; dazu kam, daß ich *Sanctuary* haben wollte, seit ich sechs Jahre alt war und entdeckt hatte, daß mein Großvater beim Bau der Orbitalstation gestorben war – als Hilfsmonteur, zu einer Zeit, als ein nach Wählerstimmen gierender Staatsapparat noch nicht für den Lebensunterhalt aller Nutzer sorgte. Und dann hatte ich mir eben gezwungenermaßen statt *Sanctuary* Huevos Verdes in den Kopf gesetzt.

Doch nun gab es dieses bleiche Gras, von dem das Gitterwerk in meinem Innern und die ganze Welt umwuchert wurde.

»Er wollte ...«

Er wollte wieder sich selbst gehören.

Die Formen glitten rund um meinen Rollstuhl; das Unterschwellige flackerte durch das Bewußtsein meiner Zuhörerschaft. Jetzt waren die Gesichter völlig offen und wehrlos, blind gegen die Anwesenheit der anderen und auch der meinen. Jetzt öffneten sich für einen kurzen Moment die Geheimtüren zu ihrer Seele, zu den Wünschen und der Zuversicht und der Furchtlosigkeit, die dort seit Jahrzehnten begraben gelegen hatten – unter einer Welt, die Ordnung und Konformismus und Vorhersagbarkeit benötigte, um zu funktionieren. Das war meine bisher beste Aufführung des ›Kriegers‹. Das spürte ich.

Am Ende, fast eine Stunde später, hob ich die Hände und fühlte den üblichen Gefühlserguß heiliger Zuneigung für sie alle. »Heilige Zuneigung wie ein Papst oder ein Lama?« hatte Miri gefragt, aber das war es nicht. »Wie ein Bruder«, hatte ich geantwortet und zugesehen, wie ihre dunklen Augen sich mit Schmerz erfüllten. Ihr eigener Bruder war auf *Sanctuary* getötet worden. Ich hatte gewußt, daß meine Antwort sie schmerzen würde. Das war auch eine Art von Machtausübung, und nun schämte ich mich dafür.

Aber es stimmte, was ich gesagt hatte. In ein paar Minuten, sobald die Vorstellung vorbei war, würden diese Nutzer wieder zu demselben jammernden, ewig nörgelnden, kraftlosen, ungebildeten Pack werden, das sie vorher gewesen waren. Doch diesen Augenblick lang, unmittelbar bevor der Vortrag endete, fühlte ich eine Brüderlichkeit, die überhaupt nichts mit irgendwelchen Ähnlichkeiten zu tun hatte.

Aber sie würden nicht vollständig zurückkehren zu dem, was sie vorher gewesen waren. Nicht vollständig. Das Computerprogramm von Huevos Verdes hatte das bestätigt.

»… zurück in sein Reich.«

Die Musik endete. Die Formen vergingen. Die Lichter flammten auf. Langsam zerflossen die Gesichter rundum und wurden wieder sie selbst, erst mit weit aufgerissenen Augen, dann lachend, dann weinend. Der Applaus begann.

Ich sah mich nach dem Mann mit dem Stimmenverstärker um. Er stand nicht mehr am selben Platz wie vorhin, aber ich mußte nicht lange suchen, um ihn zu finden.

»Los, wollen uns mal bei dem Gravbahn-Unglück umsehen, is' keine zehn Minuten weit weg! Liegen sicher noch 'n paar Verletzte dort rum, waren ja doch mehr, als es rundum MedRobs gibt! Ich hab's gesehen, he, ehrlich! Un' Decken werden sie brauchen! Wir können alle zusammenhelfen, das können wir! Bringen wir sie hierher, die wo nich' laufen können! Wir müssen was unternehmen, wir …«

Wir. Wir. Wir.

Es gab einen Tumult in der Menge, aber eine verblüffend große Anzahl von Nutzern folgte dem neuen Anführer, brannte geradezu darauf, etwas zu tun, ein Held zu sein – was ja wohl der innerste Drang des Menschen ist. Ein paar Leute begannen damit, in einer Ecke ein Notlazarett zu organisieren. Im Schutz des jetzt mattierten Schildes, hinter dem ich das Publikum beobachten konnte, ohne gesehen zu werden, stellte ich fest, daß selbst die Nutzer, die jetzt gingen, Jacken und Tücher für die Verletzten zurückließen. Die Kongreßabgeordnete Sallie Edith Gardiner eilte geschäftig über den Laufsteg auf mich zu.

»Also, Mister Aaarlen, das war wirklich wunderbar!« *Wuuunderbaaar.*

»Sie haben doch gar nicht zugesehen.«

Sie hörte auch nicht zu. Sie starrte hinab auf die Aktivität in der Halle des KingDome. »Was soll denn *das* jetzt wieder?«

Ich sagte: »Sie tun sich zusammen, um den Überlebenden des Zugsunglücks zu helfen.«

»Helfen? Wie?«

Ich antwortete nicht. Mit einemmal war ich furchtbar müde. Ich hatte nur ein paar Stunden geschlafen und die halbe vergangene Nacht damit verbracht, von Menschenhand geschaffene Gräßlichkeiten zu betrachten.

Wie diese Frau da.

»Also, diese Dummheiten können sie alle auf der Stelle sein lassen!« *Saaain lassen.*

Sie ruderte davon. Ich blickte noch ein Weilchen hinunter in die Halle und machte mich dann auf die Suche nach meinem Piloten – der natürlich geschworen hatte, nie wieder einen Luftwagen zu lenken. Aber das war, bevor das Zugunglück bewies, daß alles andere ebenso schlecht war. Nun gut, ich würde schon irgendeinen Weg finden, wieder nach Seattle zurückzukommen. Und zum Flughafen. Und nach Huevos Verdes. Und von dort nach East Oleanta. Es gab ein paar Fragen, ein paar entscheidende Fragen, die ich Miranda schon längst hätte stellen sollen. Und ich würde sie stellen. Ich, Drew Arlen. Der bereits lange, bevor er Miranda Sharifi kennengelernt hatte, der Lichte Träumer gewesen war.

Billy Washington:
East Oleanta

8

Der Boden des Staatsrepräsentantin-Anita-Clara-Taguchi-Hotels war mit Blättern bedeckt. War aber Ende August, da fallen noch keine dürren Blätter nich' von den Bäumen. Das hieß wohl, daß alle diese Blätter vom vergangenen Jahr übriggeblieben waren, vom letzten Oktober un' November, un' kein Rob war drangegangen, sie wieder rauszukehren, seit der Wind sie reingeblasen hatte. Ich, ich war die ganzen Monate über nich' in der Nähe des Hotels, aber jetz' war ich da.

Komische Sache, 'n paar Tage lang fielen mir die Blätter überhaupt nich' auf. Da fiel mir rein gar nichts auf. Mein Schädel war ganz vernebelt, un' ich stolperte bloß zum Hotel-HT auf dem roten Pult un' hatte kein Auge nich' für irgendwas sonst. Lizzie war zu krank.

Das Holoterminal schaltete sich ein, als ich näherkam, wie immer an den letzten Tagen. »Kann ich Ihnen helfen?«

Legte beide Hände fest aufs Pult, ich, als könnte das was bewirken. »Brauch den MedRob. Is'n Notfall.«

»Es tut mir leid, Sir, die Verwaltungsbezirksrat-Thomas-Scott-Drinkwater-RoboAmbulanz ist vorübergehend außer Betrieb. Albany wurde bereits verständigt, und in Kürze wird ein Techniker ...«

»Ich brauch nich' Albany, ich brauch 'n MedRob! Mein kleines Mädchen is' furch'bar krank!«

»Es tut mir leid, Sir, die Verwaltungsbezirksrat-Thomas-Scott-Drinkwater-RoboAmbulanz ist vorübergehend außer Betrieb. Albany wurde bereits ...«

»Dann hol mir 'n anderen MedRob, du! Es is'n Notfall, verstehst du! Lizzie, die hustet sich die Seele aus'm Leib!«

»Es tut mir leid, Sir, da auf der Senator-Walker-Vance-Morehouse-Magnetschienenbahn vorübergehend der Betrieb eingestellt werden mußte, steht zur Zeit keine andere RoboAmbulanz zur Verfügung. Sobald die Magnetschienenbahn den Verkehr wieder aufnimmt, wird unverzüglich eine RoboAmbulanz herbeigeschafft werden, die wir aus ...«

»Der Betrieb wurde nich' eingestellt, die Gravbahn is' draufgegangen!« Ich brüllte das HT an. Hätte es mit meinen bloßen Händen zerteppert, wenn das was genutzt hätte. »Ich will endlich mit 'nem richtigen Menschen reden, klar?!«

»Es tut mir leid, die von Ihnen gewählten Funktionäre sind zur Zeit nicht erreichbar. Falls Sie eine Botschaft hinterlassen wollen, geben Sie bitte bekannt, ob sie an den Senator der Vereinigten Staaten Mark Todd Ingall zu richten ist oder an den Senator der Vereinigten Staaten Walker Vance ...«

»Aus! Ausschalten, zum Geier!«

Lizzie, die war krank, seit drei Tagen schon. Die Gravbahn war seit fünf Tagen kaputt; der MedRob seit weiß Gott wie vielen, aber niemand is' krank geworden seit Doug Kanes Herzanfall; un' die Politiker waren schon seit so langer Zeit Arschlöcher, daß keiner sich dran erinnern konnte, ob's je anders war.

Lizzie war furch'bar krank, o du gütiger Gott, war Lizzie krank!

Ich kniff die Augen zu un' ließ den Kopf hängen, un' wie ich die Augen wieder aufmache, was seh' ich da? Dürre Blätter, wo kein PutzRob in beinah' 'nem ganzen Jahr nich' weggekehrt hat! Un' niemand sonst auch nich'. Tote Blätter, so brüchig wie meine alten Knochen.

»In der Cafeteria steht ein HT mit Überbrückungsfunktion«, sagte 'ne Stimme hinter mir. »Der Bürgermeister kann Ihren Verwaltungsbezirksrat direkt kontaktieren.«

»Denken Sie, das hätt' ich nich' schon probiert? Schau ich so dämlich aus, wie?« Was war ich doch erleichtert, daß ich endlich wen anbrüllen konnte. Egal, wer's war. Dann sah ich, daß es die Macher-Braut war, die angezogen war wie eine von uns, die, wo vor 'ner Woche mit'm Zug kam. War der einzige Gast im Staatsrepräsentantin-Anita-Clara-Taguchi-Hotel. Seit es mit der Gravbahn immer schlimmer wird, reisen die Leute nich' mehr viel. Keiner hatte 'n Schimmer, was die Macherin in East Oleanta zu suchen hatte un' warum sie angezogen war wie 'ne Nutzerin. Manchen Leute, denen gefiel das gar nich'.

Ich jedenfalls, ich hatte keine Zeit für 'n Plausch mit 'ner übergeschnappten Macherin. Lizzie war furch'bar krank. Un' so latschte ich durch die Blätter zurück zur Tür – bloß, wo sollte ich hin in meinem Jammer? Ohne MedRob ...

»Nich' so schnell, Sie«, sagte die Macherin. »Hab gehört, was Sie sagten. Sie sprachen von ...«

»Menschenskind, was reden Sie wie 'ne Nutzerin, wo Sie doch keine nich' sin'!« brüllte ich. Weiß nich', wo ich die Wut hernahm, sie so anzuschreien. Weiß es doch: Lizzie, die war krank, furch'bar krank, un' die Macherin, die war eben da.

»Sie haben ganz recht. Wozu einander etwas vormachen, nicht wahr? Mein Name ist Victoria Turner.«

War mir auch egal, wie sie hieß, die. Bloß erinnerte ich mich, daß sie wem anderen gesagt hatte, der Name wär' Darla Jones.

Lizzie hatte gekeucht un' keine Luft gekriegt, wie ich zuletzt von ihr weggegangen war, un' ihr kleines Gesichtchen war heiß gewesen wie 'n Backofen. Also setzte ich mich wieder in Trab. Die Blätter unter meinen Latschen raschelten wie böse Geister.

»Vielleicht kann ich Ihnen helfen«, sagte die Macherin.

»Ach, hauen Sie bloß ab, Sie!« rief ich, aber dann blieb ich doch stehen un' sah sie mir genauer an. War ehrlich 'ne Macherin. Mußte aus irgend 'nem Grund hier sein, so wie die Kleine damals im Wald, letzten Sommer, die, wo Doug Kane das Leben gerettet hat; die mußte auch wegen irgendwas hier sein. Warum, wußte ich nich', aber ich war ja auch kein Macher nich'. Is' schon so, daß Macher manche Sachen können, wo unsereiner nich' für möglich gehalten hätte.

Das Mädel blieb vor mir stehen. Ihr gelber Overall hatte 'n Riß, wie bei allen anderen auch, seit das Lagerhaus einfach nich' mehr aufmachte. Aber sauber war er. Meistens werden die Overalls nich' so richtig dreckig, weil der Dreck irgendwie nich' dran kleben bleibt, un' wenn, dann geht er leicht ab. Aber eigentlich war das Mädel gar kein Mädel nich'. Als ich sie näher ansah, merkte ich, die war schon 'ne Frau, vielleicht sogar so alt wie Annie. Machten wohl die violetten Augen un' die GenMod-Figur, daß ich beim ersten Hinsehen gedacht hatte, sie wär' noch 'n junges Mädchen.

»Wie wollen *Sie* denn helfen?« fragte ich.

»Das kann ich erst sagen, wenn ich die Patientin gesehen habe, klar?« sagte sie, kurz un' bündig. Hörte sich ganz vernünftig an, fand ich. Un' so führte ich sie zu Annies Wohnung in der Jay Street.

Annie machte die Tür auf, un' ich konnte schon Lizzie husten hören. Brach mir beinah das Herz, das. Annie schob ihren breiten Hintern auf'n Flur un' zog die Tür hinter sich zu. »Wer is'n das da? Was bringst du die mit, Billy Washington? Sie, hauen Sie ab da! Was ihr für 'ne Hilfe seid, wenn alles draufgeht, davon können wir schon 'n Lied singen!«

So böse hatte ich Annie noch nie gesehen. Sie preßte die Lippen zusammen, daß sie aussahen wie aus Stein gemeißelt, un' die Finger, die hatte sie ganz krumm gemacht, un' ich dachte, damit würde sie der Victoria Turner da neben mir gleich kräftig über ihr GenMod-Gesicht fahren. Aber die Macherin, die guckte Annie ganz kühl an un' rückte keine Handbreit vor ihr zurück.

»Er hat mich mitgebracht, weil es möglich wäre, daß ich dem kranken Kind helfen könnte. Sind Sie die Mutter? Bitte lassen Sie mich eintreten, damit ich es wenigstens versuchen kann.«

Erst machte ich' nen kleinen Schritt zurück, aber dann wieder vor, weil's mir weh tat, in Annies Gesicht zu schauen. Annie, die hatte sich seit zwei Tagen nich' von Lizzies Bett weggerührt, hatte nich' geschlafen un' sich nich' mal gewaschen. Aber sie war gewöhnt, Annie, daß die Macher sich um alle Probleme kümmerten, un' das stand auch in ihrem Gesicht geschrieben. Un' dazu noch 'ne Spur von Hoffnung. Annie, die brauchte jetz' irgendwen, mit dem sie sich's anlegen konnte un' zu dem sie Vertrauen hatte, un' ich dachte, ich wär' grade der richtige dafür. Aber da war diese Victoria Turner, un' die war besser. Für beides.

Annie langte hinter sich un' machte die Tür auf.

Lizzie lag auf dem Sofa, wo ich für gewöhnlich schlief. Glühte, die Kleine, aber Annie versuchte trotzdem, ihr 'ne Decke überzubreiten, bloß Lizzie strampelte sie wieder runter. Wasser war da un' Essen aus der Cafeteria, aber Annie kriegte kein bißchen nich' in Lizzie rein. Die warf sich bloß rum un' schrie auf, un' meist wußte keiner, warum. Einmal mußte sie kotzen, aber sonst hustete sie nur unentwegt, so hart, daß es 'ne Qual war, ihr zuzuhören dabei. Zerriß mir schier das Herz.

Victoria Turner legte die Hand auf Lizzies Stirn, un' dann riß sie ihre violetten Augen auf. Lizzie, die merkte wohl gar nich', daß 'n Fremder da war, die bellte bloß weiter, schwächer diesmal, un' dann fing sie an zu stöhnen. Ich spürte, wie mir die Verzweiflung in die Eingeweide kroch, die Sorte, wo 'nen Mann überkommt, wenn er keine Hoffnung nich' mehr hat un' denkt, er kann's nich' mehr aushalten. Hatte so was nich' erlebt, seit meine Rosie starb, zwölf Jahre is' das her. Dachte nich', daß ich noch mal so was durchmachen muß.

Victoria Turner zog 'n Tuch aus der Tasche un' kniete sich neben Lizzie hin. Hatte wohl gar keine Angst, die. Der Herrgott vergeb's mir, aber ich hatte schon so 'n kleinen Gedanken gehabt: Is' diese Krankheit ansteckend? Konnte Annie sie auch kriegen un' am Ende auch sterben? Annie ...?

»Komm, Schätzchen, huste mal schön für mich«, sagte Victoria Turner. »Komm, huste in das Tuch rein.«

Nach 'n paar Minuten war's soweit, aber nich', weil die Turner sie drum gebeten hatte. Große Schleimklumpen hustete sie aus ihrer armen Lunge raus, grüngraues Zeug. Victoria Turner, die fing's in ihrem Tuch auf un' sah's sich genau an. Ich, ich konnte bloß wegschauen. Das war Lizzies Lunge, die da rauskam! Lizzies Lunge, wo da drin verfaulte!

»Ausgezeichnet«, sagte Victoria Turner. »Grün. Bakteriell. Jetzt wissen wir's. Du hast Glück, Lizzie.«

Glück! Ich merkte, wie Annie wieder die Krallen ausfuhr, un' ich wußte auch, weswegen: diese Macherin, die *genoß* das richtiggehend! War wohl spannend für sie, wie 'ne gute Holovid-Sendung.

»Bakteriell verursacht ist deswegen gut«, erklärte Victoria Turner un' sah hoch zu mir, »weil die medikamentöse Behandlung weit weniger spezifisch abgestimmt werden muß. Antivirale Wirkstoffe müssen auf den jeweiligen Fall zugeschnitten werden, zumindest einigermaßen. Aber Breitbandantibiotika sind einfach in der Anwendung.«

Annie sagte mit rauher Stimme: »Un' was fehlt ihr?«

»Ich habe nicht die leiseste Ahnung. Aber das hier wird fast sicher damit fertigwerden.« Aus 'ner anderen Tasche zog sie 'n flaches Stück Plastik, riß es auf und klebte Lizzie 'n rundes blaues Pflaster auf'n Hals. »Aber Sie sollten versuchen, ihr mehr Wasser einzuflößen. Sie wollen sicher keine Dehydratation riskieren.«

Aber Annie, die starrte bloß auf das blaue Pflaster an Lizzies Hals. Sah aus wie die, wo der MedRob für gewöhnlich aufklatscht, aber eigentlich konnten wir nich' wissen, was drin war. Eigentlich wußten wir gar nichts, wir alle.

Lizzie seufzte un' wurde ruhiger. Niemand sagte irgendwas. Un' nach'm Weilchen schlief Lizzie ein.

»Das beste für sie«, sagte Victoria Turner forsch. Jede Wette, der gefiel das alles. »Nicht einmal Miranda Sharifi persönlich könnte die Vorteile des Schlafens in Abrede stellen.«

Den Namen hatte ich schon mal gehört, aber wo, das wußte ich nich' mehr.

Aus Annie war plötzlich 'ne andere Frau geworden. Sah auf Lizzie, wo so friedlich schlief, un' auf das Pflaster an ihrem Hals, un' da kam mir vor, als würd' sie schrumpfen, die Annie, un' schlapp werden, wie 'n Segel, das man einholt. Dann starrte sie auf'n Boden un' sagte: »Danke, Frau Doktor. Wußte das nich'.«

Schaute Annie 'n bißchen überrascht an, die Frau Doktor Turner, aber dann lächelte sie. Als wär' irgendwas Komisches vorgefallen. »Gern geschehen. Und vielleicht könnten Sie mir dafür einen Gefallen tun.«

Da war Annie gleich auf der Hut. Macher, die kommen nich' zu uns Nutzern, wenn sie 'n Gefallen brauchen. Macher zahlen die Steuern für uns, un' wir geben ihnen die Stimme. Aber wir reden nich' mehr miteinander als unbedingt notwendig, un' wir wollen keinen Gefallen vom anderen. So läuft die Sache nich'.

Anderseits haben die Macher-Ärzte auch keine abgerissenen gelben Overalls nich' an un' spazieren mitten durch East Oleanta. Wir haben nich' mal 'n Arzt *gesehen* hier, seit vier Jahren, als 'ne neue Seuche ausbrach un' aus Albany der Arzt kam un' alle impfte mit irgendwelchem neuen Zeug, wo die Robo-Ambulanz noch nich' hatte.

»Ich suche jemanden«, sagte Doktor Turner. »Jemanden, den ich hier treffen sollte, aber offenbar gab es da ein Mißverständnis. Eine Frau, eigentlich noch ein Mädchen, ungefähr so groß, dunkle Haare, ziemlich großer Kopf.«

Ich, ich dachte da gleich an das Mädel im Wald un' gab mir Mühe so dreinzuschauen, als würd' ich an gar nichts denken. Das Mädel damals, die war aus Eden gekommen, da gab's keinen Zweifel nich' mehr für mich – un' Eden hatte mit Machern nichts zu schaffen. Das geht nur die *Nutzer* was an. Die Frau Doktor ließ uns nich' aus den Augen. Annie, die schüttelte den Kopf, kalt wie Eis, auch wenn sie sich gewiß an die andere Kleine erinnerte, die mit dem großen Kopf, wo sie beim Treffen in der Cafeteria gesehen hatte, als Jack Sawicki den Distriktsleiter wegen der tollwütigen Waschbären anrief. Oder vielleicht war's sogar beide Male dasselbe großköpfige Mädchen gewesen – daran hatte ich noch gar nich' gedacht, vorher. Wie viele großköpfige Mädels, Macher oder Nicht-Macher, rannten da eigentlich rum, in der Gegend um East Oleanta? Un' warum rannten überhaupt welche da rum?

Annie fragte höflich, aber nich' sehr: »Wieso haben Sie denn Ihre Freundin verfehlt? Weiß die nich', wo Sie sin'?«

»Ich bin eingeschlafen«, sagte Doktor Turner, un' ich fand, das war keine Erklärung nich'. Außerdem sagte sie's so komisch. »Ich bin in der Gravbahn eingeschlafen. Aber ich denke, sie könnte hier irgendwo ausgestiegen sein.«

»Hab so wen hier noch nie gesehen«, sagte Annie streng.

»Und wie ist das mit Ihnen, Billy?« fragte Doktor Turner. Kannte meinen Namen wahrscheinlich schon, noch ehe Annie ihn ausgesprochen hatte. War seit 'ner Woche in East Oleanta, aß in der Cafeteria un' plauderte mit allen, wo ihr nich' aus'm Weg gingen; wo nich' viele waren.

»Hab so wen hier noch nie gesehen«, sagte ich. Sie starrte mich an. Glaubte mir nich'.

»Dann lassen Sie mich etwas anderes fragen. Sagt Ihnen der Name ›Eden‹ irgend etwas?«

War mir, als hätt' mir 'n kalter Windstoß über'n Rücken geweht.

Aber Annie sagte kühl wie der Januar: »Is' in der Bibel. Wo der Adam un' die Eva lebten.«

»Ganz richtig«, sagte Doktor Turner. »Vor dem Sündenfall.« Sie stand wieder auf un' streckte sich. Da sah man, wie dünn sie war unter dem Overall. Viel zu dürr für mich. 'n Frauenzimmer sollte bißchen was Weiches auf den Knochen haben.

»Ich komme morgen wieder, um nach Lizzie zu sehen«, sagte Doktor Turner, un' ich merkte, Annie, die wollte erst gar nich', daß sie wiederkam, un' dann wollte sie lieber doch. War ja doch 'n Doktor, die Turner. Lizzie schlief ganz friedlich, sogar von der Tür aus konnte man sehen, daß sie nich' mehr so glühte.

Als die Frau Doktor Turner weg war, sahen wir uns an, Annie un' ich. Un' dann fiel ihr Gesicht auseinander. Kippte einfach um von festem Fleisch mit 'n paar Sorgenfalten drin zu 'ner Masse von Furchen, wo nichts miteinander zu tun hatten; un' dann fing sie an zu weinen. Un' noch eh' ich mich's versah, hatte ich die Arme um sie gelegt. Annie quetschte sich ganz fest an mich, un' wie ich ihren großen weichen Busen an meiner Brust spüre, wird mir ganz schwindlig. Konnte keinen klaren Gedanken nich' mehr fassen. Hob ihr Kinn hoch un' küßte sie.

Un' Annie Francy küßte mich zurück.

Un' nich' etwa den Quatsch für'n ›väterlichen Freund‹. Sie plärrte un' deutete auf Lizzie un' küßte mich mit ihren weichen Beerenlippen und drückte mir ihre Brüste entgegen. Annie Francy. Mein Verstand funktionierte einfach nich' mehr, un' ich küßte sie wiederum, un' dann war's, als hätten wir uns grade eben kennengelernt un' nich' schon vor langer Zeit, un' als wär' ich nich' achtundsechzig un' Annie fünfunddreißig, un' als würd' nich' alles zusammenbrechen un' ganz East Oleanta auseinanderfallen. Annie Francy küßte mich, als wär' ich 'n junger Spund – un' der war ich auch! Strich mit den Händen über ihren Körper un' führte sie ins Schlafzimmer un' schloß die Tür, weil Lizzie schlief wie 'n Engel. Annie, die lachte und weinte, wie's die Frauen eben so machen, aber das hatte ich beinah schon vergessen, un' dann legte sie ihren prachtvollen Leib aufs Bett zu mir, als wär' ich auch fünfunddreißig.

Annie Francy.

Wär' diese Macher-Ärztin jetz' zurückgekommen un' hätt' mich gefragt, wo Eden is', dann hätte ich's ihr auf der Stelle zeigen können. In diesem Zimmer. Auf diesem Bett. Mit Annie Francy. Hier.

Schliefen bis zum Morgen, wir beide. Ich wachte eher auf als Annie. Das Licht im Zimmer war grau, hellgrau. Lange Zeit saß ich bloß da, hockte auf'm Bettrand un' betrachtete Annie. Da wußte ich schon, das war 'ne Einmalsache. Konnte es fühlen, schon bevor sie abends eingeschlafen war, in dem kurzen Moment, als wir uns hinterher aneinander festhielten, da konnte ich es spüren. In ihrem Armen, an ihrem Atem, an der Art, wie sie den Hals hielt. Un' ich hätte bloß die Worte gebraucht, um ihr zu sagen, daß das schon seine Ordnung so hatte. Daß es mehr gewesen war, als ich je erwartet hätte, un' bloß weniger als erträumt. Aber das wollte ich ihr nich' sagen. Man träumt immer noch von mehr. Aber Annie, die wachte nich' auf, un' so ging ich raus, um nach Lizzie zu sehen. Saß im Bett un' sah benebelt drein. »Billy, ich hab Hunger.«

»Das is'n gutes Zeichen, Lizzie. Was möchtest'n essen, hm?«

»Irgendwas Warmes. Mir is' kalt. Irgendwas Warmes aus der Cafeteria.« Sie klang quengelig un' roch ganz fürchterlich, aber das machte mir nichts aus. War so froh, daß sie sich wieder kühl anfühlte, wo sie bloß erst gestern so gefiebert hatte. Die Macher-Doktorin war wirklich genauso gut wie der MedRob.

»Du, weck deine Mutter nich' auf, hörst du? Bleib bloß sitzen da, bis ich mit dem Essen zurück bin. Wo is' dein Essenchip, Lizzie?«

»Weiß ich doch nich'. Bin hungrig, Billy.«

War wohl Annie gewesen, die ihren Essenchip genommen hatte. Aber ich konnte auf meinen noch genug kriegen. Esse nich' mehr soviel wie früher, un' heut' morgen kam's mir vor, als könnte ich von Luft leben.

In der Cafeteria war keiner nich', bloß die Frau Doktor Turner. Saß dort un' aß ihr Frühstück un' sah sich 'ne Macher-Sendung auf 'nem Holokanal an. Sah müde aus, die Frau.

»Früh auf, wie?« sagte ich. Holte mir 'ne Tasse Kaffee un' 'n Brötchen, un' für Lizzie 'n paar Eier un' Saft un' Milch un' noch 'n Brötchen. Wir konnten die Eier daheim in der Y-Energie-Einheit aufwärmen, Annie un' ich.

Setzte mich zu Doktor Turner, bloß für 'ne Minute, grade damit's nich' so unfreundlich aussah. Oder vielleicht wollte ich bloß erst nachdenken, was ich zu Annie sagen sollte. Die Frau Doktor starrte auf den Eierteller, als wär's 'n halb verwestes Murmeltier. »Können Sie so etwas wirklich essen, Billy?«

»Die Eier?«

»›Eier‹! Ausgepreßtes und gefärbtes SojSynth, wie alles andere! Haben Sie denn noch nie ein echtes, natürliches Ei probiert?«

War richtiggehend unheimlich, das: in dem Moment, wo sie das sagte, da erinnerte ich mich plötzlich, wie 'n echtes Ei schmeckte. Frisch vom Huhn weg un' zwei Minuten lang von meiner Oma gekocht un' dazu frischen Toast un' Butter. Du tunkst den Toast ins Ei, un' das Gelbe bleibt dran hängen, un' dann beißt du ab un' ißt es zusammen. Heiß. So viele Jahre, un' in dieser Minute dachte ich wieder dran. Nie zuvor. Das Wasser lief mir im Maul zusammen.

»Sehen Sie sich das an«, sagte Doktor Turner, un' ich dachte, sie meinte immer noch die Eier, aber das war's nich'. Sie war wieder in die Holosendung vertieft. Dort hockte 'n gut aussehender Macher an 'nem großen Schreibtisch aus Holz un' quatschte, wie sie's immer tun. Ich, ich konnte da nie alle Wörter nich' verstehen.

»... wenn auch nur die entfernteste Möglichkeit besteht, daß es sich um einen entkommenen selbstreproduzierenden MolSpalter handelt ... nicht bestätigt ... Duragem ... sollte die Regierung die Fakten auf den Tisch legen ... wobei betont wird ... beschränkt auf gewisse molekulare Bindungen ausschließlich anorganischer Natur ... sehr wichtiges Unterscheidungsmerkmal ... Duragem ... AEGS ... unterirdische Anlage ... im derzeit herrschenden schwierigen wirtschaftlichen Klima personalmäßig unterbesetzt ... Duragem ...«

»Kommt mir vor wie derselbe alte Mist, den sie immer verzapfen.«

Da machte die Frau Doktor Turner 'n Geräusch in ihrer Kehle, wo so komisch klang un' so unerwartet, daß ich innehielt beim Essen, un' die PlastiSynth-Gabel blieb in der Luft hängen. Da sah ich wohl aus wie'n Idiot. Sie machte das Geräusch noch mal, die Frau Doktor, un' dann lachte sie un' dann legte sie sich die Hand übers Gesicht un' dann lachte sie noch mal. Also ich, ich hab noch nie 'n Macher gesehen, wo sich so benahm. Noch nie.

»Nein, Billy – das ist nicht derselbe alte Mist. Definitiv nicht. Aber es könnte ganz leicht zu demselben neuen Mist werden, und in diesem Fall sollten wir uns alle ernste Sorgen machen.«

»Über was?« Ich futterte jetz' rascher, damit Lizzie ihre Sachen noch warm kriegte. Lizzie, die war hungrig. 'n gutes Zeichen.

»Was soll'n *der* Scheiß da?« rief so 'n Rotzlöffel, einer von der Straßenbande, von der Tür her, gleich als er reinkam. »Wer hat'n den Macher-Käse eingeschaltet?« Er sah Doktor Turner, un' da sah er wieder weg. Hätte gewettet, ich nämlich, der wollte nich' an sie anstreifen, un' das kam mir so unheimlich vor – die Strolche schubsen jeden rum, gehen keiner Gelegenheit nich' aus'm Weg, sich's mit wem anzulegen. Hörte wieder auf zu essen, ich, zum zweitenmal, un' guckte bloß hin. Der kleine Gauner sagte laut: »Kanal siebzehn!«, un' der Apparat schaltete auf irgend so 'n Sportkanal, aber der Junge sah die Turner immer noch nich' an. Holte sich sein Futter vom Band un' trollte sich in eine Ecke un' hockte sich hin.

Die Frau Doktor lächelte 'n bißchen. »Ich habe ihn vorgestern nacht ein wenig in die Mangel genommen, als er anfangen wollte zu grapschen. Das hat ihm offensichtlich gereicht.«

»Sie sin' *bewaffnet?*«

»Nicht, wie sie denken. Kommen Sie, wir wollen sehen, wie es Lizzie heute geht.«

»Ach die, der geht's schon wieder prächtig«, sagte ich, aber die Frau Doktor Turner war schon aufgestanden, un' keine Frage, sie wollte mit mir gehen. Mir fiel kein Grund nich' ein, warum sie nich' mitgehen sollte, außer, daß ich immer noch nich' wußte, was ich zu Annie sagen sollte, wegen der Sache von heut' nacht. Hatte plötzlich 'nen kleinen kalten Klumpen im Bauch, weil mir der Gedanke kam, daß sie, Annie nämlich, vielleicht sagen könnte, ich soll nich' mehr bei ihr auftauchen. Weil's peinlich wäre, oder so. Für sie oder für mich oder für alle beide. Un' wenn das passiert, dann gäb's wohl keinen Grund mehr für mich, die alten Knochen mit dem alten-Narren-Schädel obenauf noch länger durch die Gegend zu schleppen.

Lizzie saß auf dem Sofa, spielte mit 'ner Puppe. »Mama is' weggegangen, Wasser holen. Will mich waschen«, sagte sie. »Meint, ich kann noch nich' ins Bad gehen. He, was hast du mitgebracht, Billy?«

»Eier un' Saft un' 'n Brötchen. Also, jetz' übertreib bloß nich', hörst du?«

»Un' wer is' die?« Ihre schwarzen Augen, die waren wieder klar, aber ihr Gesicht sah immer noch ganz dünn un' blaß aus. Da kriegte ich wieder 'n heillosen Schrecken.

»Ich bin Doktor Turner. Aber du kannst Vicki zu mir sagen. Ich habe dir gestern abend ein Medikament gegeben.«

Lizzie, die überlegte. Konnte direkt hören, ich, wie die Rädchen in dem hellen Köpfchen ratterten. »Bist du aus Albany?«

»Nein. Aus San Francisco.«

»Am Pazifischen Ozean?«

Doktor Turner schaute überrascht drein. »Ja. Wie kommt es, daß du weißt, wo das liegt?«

»Lizzie, die geht oft zur Schule!« sagte ich, ganz schnell, damit Annie es nich' mitkriegte, wenn sie plötzlich reinplatzte. »Aber ihre Mutter is' gar nich' begeistert davon.«

»Hab mich schon durch die ganze Schul-Software gebuddelt. War überhaupt nich' schwer.«

»Das kann ich mir denken«, sagte die Frau Doktor trocken. »Und was kommt jetzt? Die College-Software? Wo auch der Indische Ozean drauf ist?«

Ich sagte: »Also, ihre Mama is' gar nich' ...«

»Gibt keine College-Software nich', hier in East Oleanta«, sagte Lizzie, »aber ich weiß auch so, wo der Indische Ozean liegt.«

»Also, ihre Mama is' wirklich nich' ...«

»Können Sie mir vielleicht 'n bißchen was von der College-Software verschaffen?« fragte Lizzie ganz normal, als wär's 'ne alltägliche Sache, einen von den Machern um 'ne Arbeit zu bitten, wo die eigentlich für uns erledigen müßten, weil sie uns ja zu Diensten sin'. Oder so ähnlich. In letzter Zeit wußte ich nich' mehr so recht, wer für wen lernte und arbeitete.

»Vielleicht«, sagte Doktor Turner. Ihre Stimme, die klang plötzlich ganz anders, un' sie sah Lizzie starr an. »Wie geht es dir denn heute?«

»Besser.« Aber ich merkte, wie Lizzie langsam müde wurde.

Un' so sagte ich: »Du, du ißt jetz', un' dann legst du dich wieder hin. Bist wirklich sehr krank gewesen, du, un' wenn dieses Medikament ...« Hinter mir ging die Tür auf, un' Annie kam rein.

Konnte sie nich' sehen, konnte sie bloß *spüren*. Warm un' weich un' rund in meinen Armen. Bloß würde das nich' wieder geschehen. Der Frau Doktor, der entging rein nichts mit ihren scharfen Macher-Augen, die sah alles. Un' so gab ich mir Mühe, mein Gesicht gerade auszurichten, ehe ich mich umdrehte.

»Morgen, Annie. Komm, ich helf dir mit den Eimern.«

Annie sah mich an un' dann Lizzie un' dann Doktor Turner. Ich konnte genau sehen, daß sie nich' wußte, wem sie zuerst an die Gurgel fahren wollte. Entschied sich für Lizzie. »Du ißt jetz' das alles, un' dann legst du dich hin, Lizzie! Du bist krank!«

»Geht mir doch schon besser«, maulte Lizzie.

»Es geht ihr schon besser«, sagte Annie zur Frau Doktor. »Sie können jetz' gehen.« Sah Annie gar nich' ähnlich, so ungehobelt zu sein. Sie is' ja die, wo immer sagt, auch Macher sin' Menschen.

»Noch nicht«, sagte Doktor Turner. »Erst möchte ich mit Lizzie reden.«

»Das is' *meine* Wohnung!« sagte Annie durch ihre zusammengepreßten Lippen hindurch.

Wie gern hätt' ich der Frau Doktor gesagt: *Die is' nich' böse auf Sie, die is' bloß durcheinander wegen mir!* Aber wie kannst du das zu 'ner Macher-Doktorin sagen, wo 'nen zerrissenen gelben Overall anhat un' in 'nem Wohnzimmer steht, wo nich' mal dein eigenes is', un' du hast Schiß, daß du selber rausgeschmissen wirst, weil du wen liebhast, wie sich's nich' gehört. Kannst du einfach nich' sagen.

»Bitte, laß Vicky hierbleiben, Mama!« quengelte Lizzie. »Bitte! Ich fühl' mich gleich besser, wenn sie da is'!«

Annie stellte die beiden Eimer Wasser hin, wo sie gebracht hatte. Sah aus, als würd' sie gleich explodieren, die Annie. Aber dann sagte Doktor Turner: »Ich muß sie noch einmal untersuchen, Annie. Um sicherzugehen, daß es das richtige Medikament ist. Sie wissen, wenn der MedRob funktioniert, dann sieht er jeden Tag nach seinen Patienten und ändert manchmal die Dosierung der Medikamente. Ein lebendiger Arzt macht es nicht anders.«

Annie, die sah plötzlich aus, als würd' sie gleich

heulen. Aber sie sagte bloß: »Erst muß sie mal gewaschen werden. Billy, bring das Wasser in Lizzies Zimmer!«

Sie zog Lizzie hoch un' schleppte sie in ihr Zimmer. Lizzie quäkte: »Kann selber laufen!«, aber Annie, die hörte gar nich' hin. Ich ging mit dem Wasser hinterher, stellte die Eimer hin un' ging wieder raus aus'm Zimmer. Doktor Turner, die hatte Lizzies Puppe in die Hand genommen. War aus PlastiSynth, aus'm Lagerhaus; hatte schwarze Locken un' grüne Augen un' 'n GenMod-Lärvchen, aber Annie hatte ihr 'nen Overall aus 'nem alten von Lizzie genäht, un' Lizzie hatte Limodosen-Schmuck gebastelt.

»Annie will mich nicht hier haben.«

»Na ja«, sagte ich, »wir haben hier für gewöhnlich nich' viele Macher.«

»Das kann ich mir denken.«

Da standen wir nun, un' sagten nichts mehr. Mir fiel nichts ein, was ich ihr hätte sagen können, un' ihr fiel wohl auch nichts ein. Doch, da war was. »Frau Doktor …«

»Sagen Sie Vicki zu mir.«

Würd' ich nie, das wußte ich. »Was Sie in der Cafeteria drüben sahen, auf dem Macher-Kanal, das Zeug, wo Sie sagten, es wär' nich' derselbe alte Regierungsmist wie sonst – was war das? Was is'n da passiert?«

Sie sah hoch von der Puppe un' warf mir 'nen scharfen Blick zu. »Was glauben Sie denn, daß es zu bedeuten hatte?«

»Hab keine Ahnung, ich. Kenn' doch alle diese Wörter nich'. Hörte sich an wie das ewige Gejammer über die Wirtschaft un' wie die alten Ausreden, warum die Regierung es nich' fertigbringt, was zum Funktionieren zu bringen.«

»Diesmal ist es keine Ausrede. Möglicherweise. Wissen Sie, was ein MolSpalter ist?«

»Nein.«
»Ein Molekül?«
»Nein.«
»Ein Atom?«
»Nein.«

Doktor Turner schüttelte Lizzies Puppe. »Die hier besteht aus Atomen. Alles besteht aus Atomen. Das sind winzigkleine Teilchen von Materie. Atome kleben zusammen und formen Moleküle wie ... wie Schnee, den man zu einem Schneeball formt. Nur gibt es die unterschiedlichsten Arten von Atomen, und sie hängen auf unterschiedlichste Art zusammen, und das ergibt verschiedene Arten von Materie. Holz oder Haut oder Plastik.«

Sie schaute mich streng an, wollte wissen, ob ich das begriff. Ich nickte.

»Was die Moleküle zusammenhält, das nennt man molekulare Bindungen. Das ist so eine Art ... elektrischer Leim. Nun, und MolSpalter lösen diese Bindungen auf. Verschiedene Arten von MolSpaltern lösen verschiedene Arten von Molekularbindungen auf. Enzyme in unserem Magen etwa brechen die Bindungen in den Nahrungsmolekülen auf, damit wir sie verdauen können.«

Da hörte ich Lizzie lachen, hinter der Tür, un' das klang so matt, daß mir die Sorge um sie wieder schwer hochstieg. Un' in 'n paar Minuten würde Annie rauskommen. Wußte nich', was ich dann zu Annie sagen sollte. Aber andrerseits war mir klar, daß das wichtig war, was die Frau Doktor sagte – das merkte ich an ihrem Macher-Gesicht –, un' da gab ich mir Mühe zuzuhören. Un' zu kapieren.

»Wir können MolSpalter künstlich herstellen, das tun wir bereits seit Jahren. Wir benutzen sie für eine Menge Dinge: für die Entsorgung von giftigem Abfall, für die Wiederverwertung von Rohstoffen, für die Reinigung. Was wir herstellen, sind einfache Spalter, von denen jeder nur eine einzige Art von Bindung lösen kann. Sie werden hauptsächlich aus Viren gemacht, was bedeutet, daß sie gentechnisch hergestellt sind.«

»Könnte so 'n … MolSpalter, könnte der auch Bindungen lösen, wo Tollwut verursachen?«

»Tollwut? Nein, das ist ein komplexes organisches Leiden, das … warum fragen Sie, Billy?« Sie sah mich wieder scharf an.

»Kein besonderer Grund.«

»Kein besonderer Grund?«

»Nein.« Ich starrte zurück, bis sie wegsah.

»Na gut«, seufzte sie. »Jedenfalls unterliegt die Herstellung von MolSpaltern einer strengen Kontrolle durch die AEGS. Die Aufsichtsbehörde für die Einhaltung genetischer Standards. Klarerweise muß alles einer strengen Kontrolle unterliegen, was so durch die Luft schwirren und Dinge auflösen kann. Immerzu stöbert die AEGS irgendwo illegale GenMod-Anlagen auf, bei denen das schnelle Geld gemacht oder sogar ernsthaft geforscht wird, und legt sie still. Dort wird vieles ohne ordentliche Kontrolle hergestellt, einschließlich MolSpaltern. Die meisten davon vermehren sich selbst, wie kleine Tierchen …«

»Wie Tiere? Durch Sex?« Ich spürte, wie mir die Überraschung ins Gesicht geschrieben stand.

Sie lächelte. »Nein. Eher wie … wie Algen auf einem Teich. Aber von der AEGS genehmigte MolSpalter besitzen eingebaute Uhren, um ihre Zahl unter Kontrolle zu halten. Wenn sie eine gewisse Anzahl erreicht haben, hören sie auf, sich zu vermehren. Illegal hergestellte tun das manchmal nicht. Und nun gibt es Gerüchte – noch sind es nur Gerüchte –, daß ein illegaler Molspalter ohne Uhrmechanismus entkommen ist. Er greift die molekularen Bindungen einer Legierung namens Duragem an, das in vielen Maschinen verwendet wird. In *sehr* vielen Maschinen. Es …«

Da kam's mir mit einemmal! »Das, das is' es, was an den Pannen schuld is'! Die Gravbahn un' das Förderband un' der AufseherRob un' der MedRob! Meine Güte, irgend so'ne verrückte Macher-Bakterie ruiniert alles!«

»Nicht unbedingt. Noch weiß man nichts Endgültiges. Aber es könnte sein.«

»Ihr macht schon wieder so was mit uns!«

Sie schaute mich bloß an.

Ich sagte: »Ihr, ihr nehmt uns alles weg, un' das, was rauskommt, nennt ihr Aristo-Leben, un' dann ruiniert ihr noch das bißchen, was übriggeblieben is'!«

»Nicht ich!« protestierte sie energisch. *»Und nicht die Regierung!* Die Regierung hat euch alle am Leben erhalten, nachdem ihr für die Wirtschaft absolut überflüssig geworden wart! Statt einfach siebzig Prozent der Bevölkerung zu eliminieren, wie in Kenia und Chile! Die GenMod-Technik der Macher hätte keinerlei Schwierigkeiten damit. Aber wir haben es nicht getan.«

Die Tür ging auf un' Lizzie kam raus, frisch un' sauber. Auf'm Weg zum Sofa stützte sie sich 'n bißchen auf Annies Arm. Als sie, Lizzie nämlich, sich hingelegt hatte, sagte sie: »Erzähl mir was, Vicki.«

»Was soll ich dir erzählen?« War immer noch böse, die Turner.

»Irgendwas. Irgendwas, wo ich noch nich' weiß. Was Neues.«

Doktor Turner guckte wieder mal komisch drein. 'ne Sekunde lang dachte ich, sie würde sich fürchten, so sah sie drein. Annie, die sagte: »Kommst du mal kurz mit mir, Billy?«

Jetz' kam's. Jetz' würd' Annie mich wegschicken. Ich schlich hinter ihr her in Lizzies Zimmer, un' sie machte die Tür zu, als wir drinnen waren.

»Billy, was wir gemacht haben, letzte Nacht…« Sie

schaute weg. Konnte ihr nich' helfen, auch wenn ich's gewollt hätte, weil meine Kehle zu trocken war. Außerdem wollte ich nich'.

»Billy, tut mir leid. Hab mich wie 'ne Verrückte aufgeführt. Is' einfach … zu lange her gewesen. Aber ich wollte nich' … Ich kann nich' … Können wir einfach so tun, als wär' nichts gewesen, wir beide, un' wieder Freunde sein? Oder Partner, mehr oder weniger, aber nich' …« Sie hob ihre schönen Schokoladeaugen un' sah mich an.

Un' ich fühlte mich ganz leicht, voller Luft, als würd' ich gleich schweben. Sie wollte mich nich' wegschicken! Ich konnte bleiben, bei ihr un' Lizzie! Genau wie vorher!

»Klar, Annie. Ich versteh schon. Wir reden einfach nich' mehr drüber.«

Sie stieß 'n langen Seufzer aus, der hörte sich an, als hätt' sie ihn seit letzter Nacht zurückgehalten. Vielleicht hatte sie. »Danke, Billy. Bist ehrlich 'n guter Freund, du.«

Wir gingen wieder raus zu Lizzie, aber die spitzte die Ohren, damit ihr ja nichts von dem Macher-Gequassel entging, wo die Frau Doktor Turner ihr vorsagte. Da kam schon der nächste Verdruß auf uns zu.

»… stimmt nicht ganz, Lizzie. Der Computer funktioniert nach dem Binärsystem, was, einfach gesagt, ›zwei‹ bedeutet. Winzige Schalter, die zu klein sind, um sie mit freiem Auge zu sehen, und die zwei Stellungen haben: Ein und Aus. Damit wird ein Code gebildet.«

»Das Zweiersystem in der Mathematik«, sagte Lizzie eifrig, aber ich merkte, daß sie müde war, so schwach, daß sie kaum die Augen offenhalten konnte.

»Die muß jetz' schlafen, die Lizzie!« fuhr Annie dazwischen. »Sin' Sie fertig mit der Untersuchung, Frau Doktor?«

»Ja«, sagte Doktor Turner un' stand auf. Sah irgendwie 'n bißchen belämmert drein. Nich', daß ich gewußt hätte, warum. »Ich komme heute nachmittag noch einmal vorbei.«

»Der MedRob besucht die Leute aber nich' zweimal am Tag«, sagte Annie giftig.

»Nein.« Die Frau Doktor sah immer noch belämmert drein. Starrte auf Lizzie, wo schon eingeschlafen war. »Ein bemerkenswertes Kind.«

»Wiedersehen, Frau Doktor«, sagte Annie.

Doktor Turner ignorierte sie un' blieb stehen. Sagte erstmal nichts, stand bloß ganz still da, un' ich, ich hatte so 'n Gefühl, als müßte sie was überlegen, was entscheiden, was Wichtiges. »Billy, hören Sie genau zu, was ich Ihnen jetzt sage. Legen Sie sich hier in der Wohnung einen Vorrat an, mit allem Eßbaren, was Sie aus der Cafeteria bekommen können. Und wenn das Lagerhaus wieder aufmacht, dann holen Sie Decken und Overalls und – ja, Toilettepapier und Seife und was Ihnen sonst noch einfällt. Und sorgen Sie für Eimer, viele Eimer, für Wasser. Tun Sie es, bitte.« Sagte es, als gäb's sonst keinen auf der Welt, der auf so was kommen könnte. Als wär' nich' *ich* schon längst drauf gekommen.

»Wenn die Leute anfangen zu hamstern«, murrte Annie, »dann 'is nich' genug für alle da.«

Doktor Turner starrte Annie finster an. »Ich weiß, Annie.«

»Is' nich' richtig.«

»Viele Dinge sind nicht richtig«, sagte die Frau Doktor leise.

»Un' Sie, Sie sagen uns, wir sollen was tun, was sie noch weniger richtig macht?«

Doktor Turner antwortete nich'. Un' ich, ich hatte das komische Gefühl, sie wußte gar keine Antwort nich'. 'ne Macherin, un' hatte keine Antwort!

Sie warf 'n letzten Blick auf Lizzie un' ging.

»Die will ich da nich' mehr sehen!« zischte Annie. »Soll bloß Lizzie in Ruh' lassen, die!«

Hätte Annie gleich sagen können, ich, daß es damit wohl nichts werden würde, wenn ich so dran dachte, was für müde, gierige Augen Lizzie gemacht hatte, wie die Macher-Doktorin ihr von dem Computerzeugs erzählte. Darauf hatte Lizzie ihr ganzes Leben lang gewartet. Beim Stöbern in der Schul-Software, die wo die Doktor Turner so verächtlich abgetan hatte, in der Leihbibliothek, als East Oleanta noch 'ne Bibliothek hatte, un' beim Zerlegen des Apfelschäler-Robs in der Küche der Kongreßabgeordnete-Janet-Carol-Land-Cafeteria. Auf so was. Auf irgendwen, der wo alles erklären konnte, was das kluge kleine Köpfchen wissen wollte. Un' Annie, die würde sie nich' davon abhalten können. Annie wußte das bloß nich', aber ich, ich wußte es. Lizzie war schon fast zwölf, un' seit sie acht war, konnte keiner sie wirklich von irgendwas abhalten.

Aber ich hielt den Mund, Annie gegenüber. Sie schaute Lizzie an, wie die schlief, un' in dem Blick, da lag ihr ganzes Herz, 'un ich, ich konnte nichts sagen, weil ich zuviel damit zu tun hatte, sie alle beide anzuschauen.

Doch am Nachmittag suchte ich Jack Sawicki auf un' fragte ihn nach'm Paßwort fürs Terminal, un' Jack, der gab's mir, ohne viel Fragen zu stellen. Sin' alte Kumpel, Jack un' ich, un' außerdem hatte er alle Hände voll zu tun. War doch wahrhaftig 'ne Technikerin aus Albany gekommen un' reparierte den Med-Rob. Un' am selben Abend noch sollte 'n großes Fest mit Tanz stattfinden, in der Cafeteria. Drei Ortsgruppen gemeinsam wollten die Party schmeißen. Außer'm Tanz sollte es noch Wettbewerbe geben un' 'ne Art Oben-ohne-Miss-Wahl. Fast alle jungen Leute in der Stadt wollten hingehen, un' das hieß, daß alle

SicherheitsRobs vorher geprüft werden mußten. Besonders, wo doch die Gravbahn wieder verkehrte, un' alle damit rechneten, daß sich die Sache mit dem Fest bis in die Nachbarorte durchgesprochen hatte. Jack, der fragte nich' mal, was ich mit dem Paßwort wollte.

Von ihm weg ging ich gradewegs zum Hotel. Doktor Turner war nich' zu sehen. War 'n bißchen kühl geworden für August, un' so machte sie vielleicht 'n Spaziergang im Wald un' hielt Ausschau nach Eden. Würde nichts finden, die Frau Doktor. Hatte selber schon nachgesehen, ich, un' da war rein gar nichts, dort, wo's Doug Kane umgehauen hatte, bei dem tollwütigen Waschbären. Keine Spur von irgendwas, wo das Mädel mit dem großen Kopf hätte rauskommen können.

Ich sagte zum Hotel-Holoterminal: »InfoNetz-Modus. Paßwort Thomas Alva Edison.« Jack, der will nich' der ganzen Stadt auf die Nase binden, daß das Hotel-HT auch das InfoNetz hat; würden sonst alle mit Kind und Kegel in der Halle rumlungern, weil sie gern mal 'nen anderen Kanal gucken würden als wie in der Cafeteria un' im Ortsgruppenhaus.

»InfoNetz-Modus«, sagte das HT fröhlich. Is' immer fröhlich, das HT. »Welchen Kanal, bitte?«

»Irgend 'nen Macher-Kanal.«

»Welchen Kanal, bitte?«

Versuchte verschiedene Zahlen, bis ich 'ne Macher-Infosendung fand. Un' dann saß ich da un' sah 'ne Stunde lang zu un' gab mir Mühe, mich an die Worte zu erinnern, wo Doktor Turner mir erklärt hatte. Molekulare Bindungen. MolSpalter. Legierung. Duragem. Bloß kamen die Worte in der Sendung nich' vor. Bis auf ›Duragem‹. Was vorkam, waren Wörter wie ›angenommenes Epizentrum‹ un' ›Formel für die Reproduktionsrate‹ un' ›Stoddard-Gleichungen für die graphische Erfassung der Fehlerquote im Feldversuch‹ und ›manuelle Wiederherstellungsversuche, welche hinter der Zwischenfallshäufigkeit zurückbleiben‹. Sah trotzdem zu, ich, aber nach 'ner Stunde stand ich auf un' sagte: »Informationsmodus.«

Trabte nach Hause un' holte Lizzies un' Annies Essenchips un' ging in die Cafeteria. Als grade keiner in der Nähe vom Förderband war, räumte ich alles runter, was die Chips hergaben, tat es in 'nen sauberen Eimer mit 'nem Deckel un' trug's nach Hause. Lizzie, die schlief immer noch, zusammen mit der Puppe. Also ging ich zum Warenhaus, wo wieder offen hatte, weil 'ne neue Sendung mit der Gravbahn gekommen war. Dort verlangte ich noch zwei Eimer, drei Decken un' drei Garnituren Overalls mit Jacken auf alle unsere Chips. Außerdem 'n neues Türschloß, Blumentöpfe un' 'nen Koffer. Der Tech bei der Ausgabe schaute mich komisch an, sagte aber nichts. Daheim füllte ich alle Eimer mit frischem Wasser, einen nach'm andern, un' schleppte sie rauf in Annies Wohnung. Hinterher tat mir der Rücken weh un' ich schnaufte wie der alte Esel, wo ich war.

Aber ich war noch nich' fertig. Machte zehn Minuten Pause, un' dann schnappte ich mir Annies Besen un' ging damit zum Hotel. Die Leute schleppten schon PlastiTuch-Fahnen un' Spruchbänder in die Cafeteria, als Schmuck für den Tanzabend. Lachten und trieben Ulk miteinander; 'n junges Ding ließ ihren nackten Busen aufblitzen. Übte wohl schon für die Miss-Wahl. 'n paar Fremde mit Chips vom Staat New York schrieben sich grade ins Hotelbuch ein. Quasselten auch schon vom Tanzfest. Aber Doktor Turner, die war immer noch nich' zurück.

Un' ich, ich nahm Annies Besen un' machte mich an die Arbeit. Fegte die dürren Blätter aus der Hotelhalle, alle die toten Blätter, wo der kaputte PutzRob zurückgelassen hatte. Jetz' würden sie ihn auch nich' mehr reparieren, weil er ja nich' so wichtig war, verglichen mit den vielen anderen Schäden. Fegte sie alle raus, die Blätter, wo sich angesammelt hatten seit letztem Jahr, seit alles anfing kaputtzugehen un' die tollwütigen Waschbären auftauchten, hier in East Oleanta.

Drew Arlen:
Florida

9

Als ich von Seattle nach Huevos Verdes abflog, war es in einem Flugzeug, das zu Kevin Bakers Firmenflotte gehörte. Anders als bei Leisha waren seine Gründe, nicht mit den übrigen Schlaflosen nach *Sanctuary* auszuwandern, keine idealistischen. Er war *Sanctuarys* Verbindungsmann mit dem Rest der Welt. Ich nahm an, bei einem Schlaflosen-Flugzeug war die Wahrscheinlichkeit am geringsten, daß es infolge von Schäden, die von dem Duragem-Spalter verursacht wurden, abstürzen würde. Kevins Flieger wurden gewiß mit einer zwanghaften Sorgfalt wieder und wieder überprüft; die Schlaflosen sind ganz groß, wenn es um Sicherheit geht. »Weil uns so wenig davon gegeben ist«, hatte Kevin nüchtern bemerkt, als ich ihn anrief und um ein Flugzeug samt Piloten ersuchte. Aber in diesem Moment war ich nicht an den gesellschaftlichen Problemen der Schlaflosen interessiert.

Kevin hatte mich nie gemocht, und ich hatte ihn noch nie um einen Gefallen ersucht. Aber jetzt tat ich es. Ich wollte Huevos Verdes eine Kraftprobe aufzwingen, ein paar wichtige Antworten erfahren. Vielleicht wußte Kevin das. Man weiß nie, wieviel sie wissen.

Das immerzu vorhandene Gitterwerk rollte sich ein und schaukelte vor meinem inneren Auge.

»Da ist nur eines, Drew«, sagte Kevin, und ich dachte, ich würde bereits die Schatten und Schemen von Ausflüchten über sein Gesicht auf dem Videoschirm huschen sehen. Wie alle aus seiner Generation von Schlaflosen sah er aus wie flotte fünfunddreißig. »Leisha besteht darauf, mitzukommen.«

»Wie hat Leisha überhaupt erfahren, daß ich nach Huevos Verdes will? Sie weiß doch nur, daß ich auf einer Tournee bin!«

»Ich habe keine Ahnung«, sagte Kevin – was der Wahrheit entsprechen mochte oder auch nicht. Vielleicht hatte Leisha ihre eigenen elektronischen Spione in meinem Hotelzimmer gehabt oder bei der Vorstellung in Seattle. Obwohl schwerlich vorstellbar schien, wie sie und Kevin so etwas arrangieren konnten, ohne daß Huevos Verdes davon Wind bekam. Vielleicht wußten die SuperS sogar davon und tolerierten Leishas Informationssystem. Aber vielleicht kannte mich Leisha einfach so gut, daß sie wußte, wonach mir war. Möglicherweise benutzte sie auch irgendeine Art von Wahrscheinlichkeitsprogramm, das vorhersagte, was ich als nächstes tun würde – was jeder Normale als nächstes tun würde. Man weiß nie, wozu sie imstande sind.

»Und wenn ich nein sage?« fragte ich.

»Dann gibt's kein Flugzeug«, sagte Kevin. Er sah mir nicht in die Augen. Ich merkte, er hatte das Gefühl, ihr das schuldig zu sein – es waren alte Verbindlichkeiten, für Geschehnisse aus einer Zeit, noch ehe ich geboren war. Ich merkte auch, daß sich an der Linie seines Unterkiefers ein Anflug von Doppelkinn gebildet hatte – der erste, noch kaum erkennbare Hinweis, daß die Konturen seines blendenden Äußeren nachzugeben begannen. Immerhin war er einhundertzehn Jahre alt. Flache, niedrige Formen glitten durch meinen Kopf, in der Farbe von mattem Silber. Kevin dachte nicht daran, seinen Entschluß zu ändern.

Vor Huevos Verdes flog die Maschine Atlanta an, um dort etwas äußerst Geheimes und äußerst Technisches auszuladen, das mich nicht im entferntesten interessierte; und zuvor war es noch in Chicago gelandet, um Leisha an Bord zu nehmen. Nicht ein einziger Reporter war anwesend. Natürlich mußten sich irgendwo in der Nähe AEGS-Agenten herumtreiben, aber ich sah keinen von ihnen. Leisha hatte einen Aktenkoffer, Marke Rechtsanwalt, bei sich und ein grünes Handköfferchen. Ihr goldblondes Haar flatterte im frischen Wind, der vom Michigansee herüberwehte. Sie trug weiße Hosen, Sandalen und eine dünne gelbe Bluse. Ich starrte geradeaus an ihr vorbei.

»Ich muß mit dir kommen, Drew«, sagte sie ohne die Spur einer Entschuldigung. Es war ihr ›kommen-wir-ohne-Umschweife-zur-Sache‹-Tonfall, der mir das Gefühl gab, plötzlich wieder zu dem kleinen Jungen zu werden, der ausgescholten wurde, weil er schon wieder von einer dieser teuren Macher-Schulen geflogen war, in die sie ihn geschickt hatte. Es waren Schulen, in denen kein Nutzer eine Chance hatte – zumindest hatte ich mir das damals eingeredet. »Ich liebe Miranda auch, das weißt du, und ich muß wissen, was du und sie und die anderen SuperS vorhaben. Denn wenn es das ist, was ich vermute ...«

Ein Hauch von Ärgerlichkeit hatte sich in ihre Stimme geschlichen. Vermutlich fand sie, sie hätte jedes Recht darauf, und sei es nur deshalb, weil man sie ausschloß von gewissen Informationen. Ich antwortete nicht.

Miri erklärte mir einmal, daß es nur vier Fragen von Bedeutung gab, die man über einen Menschen stellen konnte: Wie verbringt er seine Zeit? Wie steht er zu dem, womit er seine Zeit verbringt? Was liebt er? Wie reagiert er auf Menschen, die er als über sich oder unter sich stehend empfindet?

»Wenn du einem Menschen – auch unabsichtlich – das Gefühl gibst, minderwertiger zu sein als du«, hatte sie mit eindringlichen schwarzen Augen gesagt,

»dann wird er sich in deiner Nähe nicht wohlfühlen. In einer solchen Situation werden manche Leute aggressiv. Andere versuchen, dich lächerlich zu machen, um dich so gewissermaßen ›zurechtzustutzen‹. Aber manche werden dich bewundern und sich bemühen, von dir zu lernen. Und wenn du Menschen Grund gibst, sich dir überlegen zu fühlen, dann wird der eine dich ignorieren, der andere dich auf verschiedenste Weise seine Macht spüren lassen – einfach deshalb, weil er die Möglichkeit dazu hat. Aber manche Menschen fühlen sich dadurch veranlaßt, dich zu schützen und dir zu helfen. Und all das trifft sowohl auf eine Clique von Jugendlichen zu wie auf eine Gruppe von Regierungen.«

Ich hatte mich gefragt, wie sie zu ihrem Wissen über Cliquen von Jugendlichen gekommen war. Aber da ich sie bewunderte und lernen wollte, hatte ich nichts gesagt.

»Ich möchte dich und Miranda nur beschützen, Drew«, sagte Leisha. »Und euch helfen, soweit ich kann.«

Ich starrte zum Fenster hinaus, auf die blendenden Reflexe der Sonnenstrahlen auf den Tragflächen, bis die Formen hinter meinen Lidern diejenigen in meinem Kopf auslöschten.

Das Flugzeug, das in Seattle so sorgfältig auf eine etwaige Kontamination durch den Duragem-Spalter überprüft worden war, mußte ihn in Atlanta eingefangen haben. Jedenfalls fing es über dem südlichen Georgia an zu bocken.

Es war genau wie vor dem KingDome, nur daß wir in einer Höhe von zwanzigtausend Fuß waren und der Pilot diesmal nicht betete, fluchte und jammerte. Der Himmel war dunstigblau, und unter uns lagen Wolken, die den Blick auf den Boden verdeckten. Die Maschine krängte plötzlich nach links, ganz leicht nur, aber dennoch merkte ich, wie sich der Nacken des Piloten von hellbraun zu einem fleckigen Kastanienbraun färbte. Leisha sah von ihrem Aktenkoffer hoch. Dann schwenkte das Flugzeug zurück in die richtige Lage, und ich spürte, wie sich mein Geist, der sich zu einem harten Klumpen verknotet hatte, wieder öffnete.

Doch im nächsten Moment gab es einen Ruck, und unter unseren Füßen erzitterte der Boden. Der Pilot sprach leise und eindringlich zu seiner Konsole, während er manuell Befehle eingab. Der Flieger setzte zum Sturzflug an.

Der Pilot zog ihn so heftig hoch, daß ich gegen Leisha flog. Ich hatte ihr blondes Haar zwischen den Zähnen, und der Aktenkoffer wurde gegen die Rückenlehne des Vordersitzes geschleudert. Der Koffer sagte: »Für optimale Leistung sollte dieses Objekt ruhig gehalten werden.« Ein langer dünner Faden entspann sich in meinem Schädel.

Leisha packte die Lehne des Vordersitzes und zog sich hoch von mir. »Drew! Ist dir was passiert?«

Das Flugzeug fiel wie ein Stein nach unten. Der Pilot behielt kühlen Kopf und ratterte mit monotoner, mechanisch klingender Stimme Befehle, während seine Hände die Tastatur bearbeiteten. Leishas Aktenkoffer sagte in einem hohen, klaren Sopran: »Dieses Objekt wird deaktiviert.« Leisha tastete nach meinen Sicherheitsgurten. »Drew!«

»Alles in Ordnung«, sagte ich und dachte: *Nichts ist in Ordnung!* Der Faden wurde immer länger und spannte sich.

Wir stürzten durch die Wolken. Von oben war ein schrilles Kreischen zu vernehmen, das sich anhörte, als stamme es aus einer anderen Maschine über uns in der Luft, und dann prallte das Flugzeug flach auf dem Boden auf. Ich spürte den Aufprall in meinen Zähnen, in jedem Knochen. Leisha wurde wieder gegen mich geschleudert und sagte ganz leise etwas, ein einziges Wort, das klang wie: »Papa!«

In dem Moment, als das Flugzeug auf dem Boden aufschlug, hoben sich die Seitenwände. Es konnte natürlich nicht in demselben Moment gewesen sein, fiel mir später ein, denn niemand würde Sicherheitseinrichtungen so konzipieren. Aber es schien jedenfalls nur eine Sekunde zu dauern, bis die Seitenwände sich hoben und die Sicherheitsgurten aufsprangen. Leisha stieß mich aus dem Flugzeug, und da merkte ich bereits den stechenden Geruch nach Rauch.

Ich fiel mit dem Bauch voran in eine Handbreit Wasser über einem morastigen Untergrund. Leisha klatschte neben mir auf und fiel auf die Knie. Ohne meinen Rollstuhl fühlte ich mich so hilflos wie ein Fisch auf dem Trockenen; ich stemmte mich auf die Ellbogen, hob den Kopf und kroch so vorwärts durch den Morast und weg vom Flugzeug. Meine Beine waren mir dabei eine nutzlose Last.

Leisha kam irgendwie auf die Füße und versuchte, mich hochzuheben. »Nein, lauf!« schrie ich, als hätte der Rauch, der aus dem Flugzeug quoll, nicht nur die Sicht blockiert, sondern auch den Ton. »Nicht ohne dich!« sagte sie. Ich spürte den Flieger hinter mir wie eine Bombe. »Allein komme ich schneller voran!« brüllte ich, und vielleicht stimmte das sogar.

Doch sie zog und zerrte weiter an mir, obwohl sie wissen mußte, daß ich viel zu schwer war für sie. Der Qualm wurde immer dichter. Ich hörte den Piloten nicht aus dem Cockpit klettern – war er verletzt? Meine linke Handfläche glitt auf dem glitschigen Untergrund aus, und ich fiel mit dem Gesicht ins Wasser. In verzweifelter Hast bemühte ich mich, wieder hochzukommen und mich weiterzuziehen. »Lauf!« rief ich Leisha zu, die sich nicht von der Stelle rührte. Hoffnungslos. Hoffnungslos. Sie war nicht stark genug, um mich zu tragen, und das Flugzeug würde jeden Moment explodieren.

Der Faden riß. Und das Gitterwerk in meinem Innern verschwand, genau wie in Seattle.

Von der anderen Seite des Flugzeuges aus lief jemand auf Leisha zu. Der Pilot? Nein, es war nicht der Pilot. Der Mann gab Leisha einen Stoß, und sie fiel auf mich. Wiederum versank mein Gesicht im Morast. Dann hörte ich einen schwachen Knall. Als ich mir den Matsch aus den Augen gerieben hatte, sah ich, daß die Luft um uns zu schimmern begonnen hatte. Ein Energieschild. Y-Energie. Wie stark war er? Reichte er aus, um …

Das Flugzeug explodierte in einem blendenden Lichtschein, in Hitze und lodernder Farbe.

Ich fiel zurück in die Nässe, denn Leishas Gewicht drückte mich nieder. Die Erde rumpelte und schwankte, und ich sah, wie eine winzige Wasserschlange, ob der Eindringlinge in ihren Sumpf zu Tode erschrocken, auf mich zuschoß und mich in die Wange biß. Die Schlange begann als dünner Faden, verwandelte sich in eine verwischte Bewegung, und dann, als weder ihre glänzenden Schuppen noch ich wußten, ob der Faden halten würde, wurde die ganze Welt schwarz.

Es war ein AEGS-Agent. Als ich wieder zu mir kam, standen drei von der Sorte im Kreis um mich herum, wie der Ring aus Ärzten an meinem Krankenbett vor Jahrzehnten, als ich zum Krüppel wurde. Ich lag auf dem Rücken auf einem Fleckchen relativ trockenen, schwammigen Boden am Rand des flachen Sees. Leisha saß in einiger Entfernung an einen Sauerapfelbaum gelehnt, die Stirn auf den Knien. Auf der anderen Seite des Sumpfes brannte Kevin Bakers Flieger aus. In dicken Wolken stieg der Qualm daraus hoch.

»Leisha?« hörte ich mich krächzen. Meine Stimme

klang so fremd, wie alles rundum aussah. Nur war es nicht fremd. Ich erkannte die drückende, schwüle Luft wieder, das Surren der Insekten, die schaumbedeckten Wasserlöcher und die wachsweißen falschen Orchideen. Und über allem hingen die grauen, tropfenden Bärte von Spanischem Moos. Ich hatte meine Kindheit im Herzen von Louisiana verbracht. Dies war Georgia – mußte Georgia sein – aber die Sumpflandschaften hier wie dort glichen einander sehr. Ich war der Fremde hier.

»Miss Camden wird es gleich wieder gutgehen«, antwortete einer der drei Agenten. »Vermutlich eine leichte Gehirnerschütterung. Wir bekommen gleich Hilfe. Wir sind von der AEGS, Mister Arlen. Bitte bleiben Sie ruhig liegen. Ihr Bein ist gebrochen.«

Schon wieder. Aber diesmal fühlte ich keinen Schmerz. Ich hatte keine Nerven mehr, um Schmerz zu fühlen. Als ich das Kinn hob, spürte ich, wie sich meine Bauchmuskeln anspannten. Mein linkes Bein lag in einem scharfen, unnatürlichen Winkel da. Ich ließ das Kinn wieder sinken.

Die Formen, die mir durch den Kopf glitten, waren außen grau und unklar, und stachlig im Innern. Sie hatten eine Stimme: *Kannst rein gar nichts richtig machen, wie, Junge? Was glaubst du denn, daß du bist? 'n gottverdammter Macher?*

Laut und deutlich wie ein kleiner Junge sagte ich: »Eine Schlange hat mich in die Wange gebissen.«

Ein anderer Mann beugte sich über mich, kniff die Augen zusammen und betrachtete mein Gesicht. Aber ich wußte, es war zu dreckverschmiert, um etwas zu erkennen. »Eine Ärztin ist schon unterwegs hierher«, sagte er nicht unfreundlich. »Wir wollen abwarten, bis sie hier ist, bevor wir Sie bewegen. Liegen Sie einfach still und machen Sie sich keine Gedanken.«

Keine Gedanken. Keine Träume. Aber ich war der Lichte Träumer! Der war ich, der mußte ich sein!

Hinter mir sagte Leisha mit heiserer Stimme: »Sind wir verhaftet? Wie lautet die Beschuldigung?«

»Nein, natürlich nicht, Miss Camden. Wir freuen uns, Ihnen behilflich sein zu können«, sagte der Mann, der sich meine Wange angesehen hatte. Die anderen beiden standen mit ausdruckslosen Gesichtern daneben, und einer von ihnen kniff ein Auge halb zu. Man kann Verachtung mit dem Zucken eines Lides ausdrücken: Leisha und ich, wir verkehrten mit Huevos Verdes. Mit Genmanipulatoren. Mit Zerstörern des menschlichen Erbgutes.

Ich sah Carmela Clemente-Rice neben dem Gitterwerk vor meinem inneren Auge stehen, eine klare, kühle Gestalt, die sanft vibrierte.

»Sie sind tatsächlich von der Aufsichtsbehörde für die Einhaltung genetischer Standards«, sagte Leisha. Es war keine Frage. Aber sie war Rechtsanwältin: sie erwartete eine Antwort.

»Ja, Madam. Agent Thackeray.«

»Mister Arlen und ich sind dankbar für Ihre Hilfe. Aber mit welchem Recht ...?«

Ich erfuhr nie, welchen juristischen Punkt Leisha klären wollte.

Aus dem verfilzten Gestrüpp hinter den Bäumen stürzten in Lumpen gekleidete Männer hervor; sie schienen aus dem sumpfigen Boden aufgetaucht zu sein: in einer Sekunde nichts, in der nächsten waren sie da. Sie brüllten und krächzten und grölten. Agent Thackeray und seinen beiden verächtlich dreinsehenden Assistenten blieb keine Zeit, die Waffen zu ziehen. Aus meiner Perspektive – flach auf der Erde liegend – sah es so aus, als würden die zerlumpten Männer ihre Pistolen heben und sie aus allernächster Nähe abfeuern. Thackeray und die beiden anderen gingen zu Boden und blieben zuckend liegen. Ich hörte jemanden sagen: »Teufel, *jaaa!* Da ist ja so eine Perversität! Die da ist Leisha Camden!« Und dann folgten zwei Pistolenschüsse: einmal, zweimal. Beim erstenmal schrie Leisha auf.

Ich verdrehte den Kopf nach ihr. Sie saß immer noch mit dem Rücken an den Sauerapfelbaum gelehnt, aber jetzt hing ihr Oberkörper vornüber – anmutig, als wäre sie eingeschlafen. Auf ihrer Stirn befanden sich zwei rote Flecken, einer unter dem anderen; im oberen klebte eine blonde Haarsträhne, die irgendwie dem allgemeinen Matsch entgangen war. Ich hörte ein langes, leises Stöhnen und dachte: »Sie lebt!« – der Gedanke eine verzweifelte helle Blase –, bis ich merkte, daß das Stöhnen von mir selbst stammte.

Der Mann, der »Teufel, jaaa!« gesagt hatte, beugte sich über mich. Sein Atem blies mir ins Gesicht, und ich roch Minze und Tabak darin. »Nur keine Sorge, Mister Arlen. Wir wissen, daß Sie keine solche Perversität gegen die Natur sind! Sie sind bei uns so sicher wie in Abrahams Schoß.«

»Jimmy!« rief eine Frau mit schriller Stimme. »Da kommen sie!«

»Und seid ihr denn nicht ohnedies alle empfangsbereit, Abigail?« sagte Jimmy mit einer leisen Mahnung in der Stimme.

Ich versuchte, zu Leisha zu kriechen. Sie war tot.

Leisha war tot!

Das Summen eines Flugzeuges näherte sich. Das Notarztteam. Sie würden Leisha helfen. Leisha war aber tot! Aber sie war auch eine Schlaflose. Und Schlaflose starben nie! Sie lebten immer weiter und weiter! Kevin Baker war hundertzehn! Leisha konnte nicht *tot* sein...

Die Frau mit Namen Abigail machte einen Schritt vom trockenen Boden weg in den Morast. Sie trug hüfthohe Wasserstiefel, abgerissene Hosen und eine ebensolche Bluse, und auf der Schulter einen Raketenwerfer – ein veraltetes Modell, aber blitzblank funkelnd von all der Spucke und den Putzlappen.

Das Ambulanzflugzeug faltete die Flügel für eine Grav-Landung, und Abigail zielte, feuerte und blies es als zweite lodernde Fackel in den Sumpf.

»Okay«, sagte Jimmy fröhlich. »Das wär's. Los, Männer, hauen wir ab, die werden jeden Moment hier sein. Mister Arlen, tut mir leid, wenn's ein bißchen rumpelig für Sie wird, Sir.«

»Nein! Ich kann Leisha nicht alleinlassen!« Ich wußte nicht, was ich redete. Ich wußte nicht …

»Aber klar können Sie«, sagte Jimmy. »Toter kann sie nicht werden. Und Sie sind sowieso keiner von ihrer Sorte. Sie gehören jetzt zu James Francis Marion Hubbley. Campbell? Wo steckst du denn? Trag ihn!«

»Nein! Leisha! Leisha!«

»Nehmen Sie sich doch ein bißchen zusammen, Menschenskind! Sie sind doch kein Dreikäsehoch mehr, der nach seiner Mami plärrt!«

Ein riesenhafter Mann, bestimmt über zwei Meter groß, hob mich hoch und schwang mich über seine Schulter. Ich spürte keinen Schmerz in meinem Bein, aber in dem Moment, in dem mein Körper auf seinem auftraf, zuckte rotes Feuer durch mein Rückgrat bis zum Nacken, und ich schrie auf. Das Feuer erfüllte mein Inneres, und das Letzte, was ich von Leisha Camden sah, war ihre anmutige Gestalt, die an dem Sauerapfelbaum lehnte und eingehüllt war in das rote Feuer und so aussah, als wäre sie gerade eingeschlafen.

Ich erwachte in einem kleinen fensterlosen Raum mit glatten Wänden. Zu glatt, diese Wände – keine Nanoabweichung vom Glatten, Senkrechten, Makellosen. Zu diesem Zeitpunkt war mir noch nicht klar, daß ich das überhaupt bemerkt hatte, denn mein Hirn war erfüllt von Schmerz, der in Wirbeln, Geysiren und Flüssen aus heißer Lava in der Farbe der beiden Flecken auf Leishas Stirn in mir hochstieg.

Sie war wirklich tot. Wirklich tot.

Ich schloß die Augen. Die heiße Lava war immer noch da. Ich schlug mit den Fäusten auf den Boden und verfluchte meinen nutzlosen Körper. Hätte ich mich nur bewegen können! Hätte ich doch bloß mich selbst zwischen sie und die zerlumpten Pistolenmänner werfen können ...!

Aber nicht einmal die geschulten AEGS-Agenten waren in der Lage gewesen, sie zu schützen. Oder sich selbst. Ich konnte die Tränen nicht zurückhalten, was mir peinlich war.

Die Lava hatte das aufgerollte Gitterwerk in meinem Hirn unter sich begraben, so wie es mich begrub. *Leisha ...!*

»Also, Schluß jetzt damit, mein guter Junge! Versuchen Sie doch, ein klein wenig Würde zu bewahren! Keine Frau auf der großen weiten Welt ist es wert, soviel Wind um sie zu machen!«

Es war eine freundliche Stimme. Ich öffnete die Augen, und Haß verdrängte die glühendheiße Lava. Ich war froh darüber. Diese Form würde mich nicht unter sich begraben! Ich sah in das besorgte Gesicht von James Francis Marion Hubbley, das sich über mich beugte, ließ die kalten, kompakten Formen durch mich hindurchgleiten und wußte im selben Moment, daß ich am Leben und auf dem Posten bleiben würde, daß ich mich ab nun völlig in der Hand haben würde, weil ich sonst nicht in der Lage sein mochte, ihn zu töten. Und ich wußte, ich würde ihn töten, auch wenn das hieß, daß sein Gesicht das letzte sein sollte, das ich im Leben sah.

»Na, schon viel besser«, meinte Hubbley jovial und setzte sich auf einen Baumstumpf; er legte die Hände auf die Knie und nickte mir aufmunternd zu.

Es war tatsächlich ein Baumstumpf. In dieser Sekunde nahm ich zum erstenmal mit einem klaren, bewußten Blick die Wände rundum wahr, und da wurde mir klar, an was für einem Ort ich mich befand. Die gleiche Art von Wänden hatte ich bei Carmela Clemente-Rice gesehen und auf Huevos Verdes. Dies war ein unterirdischer Bunker, ausgehöhlt von den winzigen, präzise arbeitenden Maschinen der Nanotechnik und von anderen winzigen, präzise arbeitenden Maschinen mit einer Metallegierung überzogen. Sich ins Erdreich hineinzufressen und eine dünne Schicht Metall aufzutragen war keine schwierige Aufgabe, hatte Miri mir einst erklärt. Jeder kompetente Nanotechniker konnte nichtorganische Mechanismen schaffen, die dazu imstande waren. Es gab eine ganze Reihe Firmen, die das laufend machten, ungeachtet der staatlichen Vorschriften. Nur selbstreproduzierende Nanotechnik auf organischer Basis war schwierig. Jedermann konnte ein Loch buddeln, aber nur Huevos Verdes konnte eine Insel errichten.

Doch Hubbley sah nicht aus wie ein Wissenschafter. Er beugte sich vor und lächelte mir zu. Seine Zähne waren verfault. Graue Haarbüschel hingen zu beiden Seiten eines langen, knochigen Gesichts mit sonnenverbrannter Haut und hellblauen Augen herab. Eine sonderbare Beule entstellte die rechte Seite seines Halses. Er konnte vierzig sein oder sechzig; er trug keinen Overall, sondern war in die Überreste von normaler, verwaschen brauner Kleidung gehüllt, aber seine Stiefel, in tadellosem Zustand und hüfthoch, stammten fast sicher aus irgendeinem Lagerhaus. Ich hatte ihn noch nie zuvor gesehen, aber ich erkannte ihn. Er gehörte in den rückständigen, provinziellen Süden.

Im größten Teil des Landes hatten die von Machern unterhaltenen Distriktsleiter-Soundso-Lagerhäuser oder Kongreßabgeordneter-Anderswie-Cafeterias jegliches unabhängige Unternehmertun abgewürgt. Die Nutzer konnten alles gratis bekommen, was sie brauchten – warum also dafür zahlen? Doch im ländlichen Süden und gelegentlich auch im Westen fanden sich immer noch hart rackernde Privatbetriebe – schäbige Hotels oder Hühnerfarmen oder Hurenhäuser –, die im Lauf von vierzig Jahren immer armseliger geworden waren, aber weitermachten, weil, verdammt noch mal, die da oben uns nich' vorschreiben können, wie, zum Geier, wir unser Leben führen sollen! Solchen Leuten machte es nicht viel aus, arm zu sein. Sie waren daran gewöhnt. Und es war besser, als in der Hand von Machern zu sein. So nahmen sie eben Haushaltswaren oder Hühner oder Bohnen oder anderes in Zahlung; sie verachteten Overalls und MedRobs und Schul-Software. Und wo immer sich diese zähen, kümmerlichen Kleinunternehmen gehalten hatten, hielten sich auch Kriminelle wie Hubbley. Stehlen war auch gegen die Vorschriften von ›denen da oben‹ und somit etwas, auf das man stolz sein konnte.

Hubbley und seine Bande holten sich das, was sie unbedingt brauchten, aus Lagerhäusern, Wohnungen, ja sogar Gravzügen. Sie jagten in den undurchdringlichen Mooren, angelten und pflanzten kleine Mengen dies und das an. Irgendwo hatten sie eine Schnapsbrennerei. Oh, ich kannte Jimmy Hubbley sehr gut. Ich kannte ihn schon mein ganzes Leben lang, noch aus der Zeit, bevor Leisha mich aufgenommen hatte. Mein Papa war einer von den Jimmy Hubbleys – doch ohne die Konsequenz, auszubrechen aus einem System, das er verfluchte bis zu dem Tag, an dem ihn Gratiswhiskey von denen da oben – nicht einmal selbstgebrannter – ins Grab brachte.

Und das hier war der Mann, der Leisha Camden getötet hatte.

Den Formen des Hasses wohnt eine starke Energie inne, ähnlich wie den RoboMessern.

»Das ist ein illegales GenMod-Labor«, stellte ich fest.

Hubbleys Gesicht zersplitterte zu einem gewaltigen Grinsen. »Da haben Sie wohl recht, Sir! Sie sind ein heller Kopf, ehrlich. Aber das hier ist bloß ein winzigkleiner Außenposten, wo Abigail nach ihrer Ausrüstung sehen kann und wo wir unsere Reserven lagern. Wird nicht mehr von den Gen-Perverslingen benutzt. Hier sind Sie im Francis-Marion-Freiheits-Stützpunkt zu Besuch, Mister Arlen. Und darf ich hinzufügen, daß wir alle mächtig geehrt sind, Sie bei uns zu haben. Wir kennen ein jedes Ihrer Stücke. Sie sind wahrhaftig ein echter Nutzer geblieben, guter Sir. Hat Ihnen nicht geschadet, die ganze Zeit, die Sie bei den Machern und den Schlaflosen zugebracht haben. Aber so ist das nun mal, wenn's einem im Blut liegt, wie?«

Irgend etwas stimmte nicht mit seiner Sprechweise. Ich horchte ein bißchen auf den Nachhall seiner Worte, und dann konnte ich den Finger drauf legen: Er sprach nicht wie ein Nutzer, aber er sprach auch nicht wie ein Macher; etwas Künstliches lag über seinen Sätzen, und ich hatte diese Art von Gerede schon irgendwo gehört, aber ich wußte nicht mehr, wo.

Ich sagte, um ihn zum Weiterreden zu animieren: »Der Francis-Marion-Freiheits-Stützpunkt? Wer ist Francis Marion?«

Hubbley kniff die Augen zusammen und rieb die Geschwulst an seinem Hals. »Sie haben noch nie von Francis Marion gehört, Mister Arlen? Ehrlich nicht? Ein feiner, gebildeter Herr wie Sie? Er war ein Held, Francis Marion, vielleicht der größte Held, den dieses Land je hervorgebracht hat. Sie haben wirklich noch nie von ihm gehört, Sir?«

Ich schüttelte den Kopf. Es tat nicht weh. Jetzt fiel mir erst auf, daß man mein Bein geschient hatte. Sie hatten mir schmerzstillende Mittel gegeben. Ein Doktor mußte mich verarztet haben, oder zumindest ein MedRob.

»Also, ich hatte gewiß nicht die Absicht, Sie in Verlegenheit zu bringen«, sagte Hubbley ernsthaft. Sein langes Pferdegesicht strahlte Mitgefühl aus. »Wo Sie doch unser Gast sind. Gehört sich nicht, einen Gast wegen seiner Unkenntnis in Verlegenheit zu bringen, besonders, wo er doch nichts kann für diese Unkenntnis. Es liegt am Schulsystem, und das ist eine Schande für eine Demokratie. Daran liegt's. *Einzig* daran. Also lassen Sie sich keine grauen Haare wachsen, Sir, denn wenn Sie nichts von Francis Marion wissen, dann isses gewiß nicht Ihre Schuld.«

Er hatte Leisha umgebracht. Er hatte drei AEGS-Agenten umgebracht. Er hatte mich entführt. Und da saß er nun und sorgte sich, daß ich mich grämen könnte, weil ich nicht wußte, wer Francis Marion war.

Zum erstenmal kam mir zu Bewußtsein, daß ich es hier mit einem Geistesgestörten zu tun haben könnte.

»Francis Marion war ein großer Held im Unabhängigkeitskrieg, mein Junge. Der Feind nannte ihn den ›Moorfuchs‹. Er versteckte sich in den Sümpfen von South Carolina und Georgia und überfiel die Briten, wenn sie's am allerwenigsten erwarteten, ehe er wieder verschwand im Sumpf. Kriegten ihn nie zu fassen. Er kämpfte für Freiheit und Gerechtigkeit und er machte sich die Natur zu seiner Bundesgenossin. Nicht zu seinem Widersacher.«

Jetzt hatte ich es!

Vor vielen Jahren hatten Leisha und ich einmal eine ganze Nacht lang alte Filme über irgendeine Bürgerrechtsbewegung angesehen. Nicht über die Bürgerrechte von Schlaflosen, sondern über eine Bewegung, die lange davor existiert hatte – hundert Jahre davor? –, und die sich auf Frauen oder Schwarze bezog. Oder vielleicht auf Asiaten. Ich war noch nie gut in Geschichte. Aber damals mußte ich eine Hausarbeit verfassen, für eine der Schulen, durch die Leisha mich unbedingt bringen wollte. Ich erinnere mich nicht an die Geschichte, aber ich erinnere mich, daß Leisha nach alten, mit Hilfe neuer Techniken bearbeiteten Filmen gesucht hatte, weil sie dachte, die vorgeschriebenen Bücher würde ich ohnedies nicht lesen. Damit hatte sie natürlich recht gehabt, und das störte mich gewaltig, damals, denn ich war sechzehn. Aber die Filme gefielen mir. Ich saß in meinem Rollstuhl, ganz aufgekratzt, weil es drei Uhr morgens war und ich keinen Schlaf hatte und demnach mithalten konnte mit Leisha. Das dachte ich damals, mit sechzehn, wirklich noch.

Die ganze Nacht lang sahen wir Sheriffs in Straßenwagen herumflitzen und Lokale kurz und klein schlagen, wo die Stimmberechtigten sich noch persönlich in Wählerlisten eintragen mußten – das war noch vor der Erfindung von Computern. Wir sahen alte Frauen im Heck von Autobussen sitzen. Wir sahen schwarze Nutzer, denen man einen Platz in der Cafeteria verweigerte, obwohl sie Essenchips hatten. Und diese Leute hatten alle wie James Francis Marion Hubbley gesprochen – oder, besser, er sprach wie sie. Seine Sprechweise war eine willentliche Schöpfung, eine Neuinszenierung alter Zeiten: der Geschichte, soweit sie elektronisch zur Verfügung stand. Vielleicht dachte er wirklich, daß die Leute zur zeit des Unabhängigkeitskriegs so geredet hatten. Vielleicht war ihm klar, daß das nicht stimmte. Wie auch immer, es war anerzogen und gewollt.

Er war ein Künstler.

Hubbley sagte: »Marion war ein kleingewachsenes Mannsbild und nicht allzu fein geschliffen. Dazu kam, daß er jähzornig war und zu schlimmen, kohlrabenschwarzen Stimmungen neigte. Um seine Knie war's schlecht bestellt, von dem Tag an, an dem ihn seine Mutter auf diese Welt gebracht hatte. Die Engländer brannten seine Plantage nieder, seine Männer machten sich aus dem Staub, wann immer sie das Heimweh nach Weib und Kind überkam, und sein eigener Kommandeur, Generalmajor Nathanael Greene, konnte ihn auch nicht allzu gut leiden. Aber Francis Marion ließ sich's nicht verdrießen, er tat seine Pflicht fürs Vaterland, seine Pflicht, wie er sie sah, und da mochten ihm Hölle, Tod und Teufel in die Quere kommen!«

»Und was betrachten Sie als Ihre Pflicht fürs Vaterland?« Ich mußte mich zwingen, die Worte hervorzubringen.

Hubbleys Augen glänzten. »Wie ich schon sagte, Sie sind in der Tat ein heller Kopf, mein Junge, das sind Sie. Sie haben das alles ganz richtig verstanden. Wir tun unsere Pflicht wie der Moorfuchs, und die heißt, fremde Unterdrücker abzuwehren.«

»Und diesmal sind alle GenMods die fremden Unterdrücker.«

»Da haben Sie den Nagel auf den Kopf getroffen, Mister Arlen. Die Nutzer sind die einzig wahren Bürger dieses Landes, genau wie die Männer in Marions Armee. Die waren dazumalen fest entschlossen, selbst zu entscheiden, in was für 'nem Land sie leben wollten, und wir haben uns vorgenommen, die gleiche Entscheidung für uns zu treffen. Wir sind genauso fest entschlossen, und wir haben unsere eigene Vorstellung davon, wie diese ruhmreiche Nation aussehen soll, auch wenn sie jetzt den Bach runtergeht. Und wenn Sie das nicht glauben, verehrter Sir, dann schauen Sie sich, zum Henker, einmal um, wie die Macher die Karre in den Dreck gefahren haben. Steht schlimm um dieses treffliche Land. Ein Haufen Schulden an fremde Länder, ein Filz von Bündnissen, die uns den Saft abziehen, die allgemeine Versorgung, die uns unterm Hintern auseinanderbröselt, und der Mißbrauch der Technik. Genau wie bei den Engländern, die einstmals ihre Kanonen und Schießgewehre mißbraucht haben.«

In meiner Hüfte begann es leicht zu pochen. Die Schmerzmittel wirkten offenbar nicht stark genug. Ich hörte das Ganze nicht zum erstenmal; es war nichts anderes als Haß auf Forschung und Fortschritt in einem Mäntelchen aus Patriotismus. Nun hatten sie Leisha schließlich doch bekommen, die Hasser. Ich konnte es nicht ertragen, Hubbley anzusehen, und so wandte ich die Augen ab.

»Klarerweise«, fuhr er fort, »kann man die Gentechnik nicht aufhalten. Und das sollte auch keiner versuchen. Wir werden das gewiß nicht tun, sonst hätten wir wohl nicht diesen Duragem-Spalter losgelassen.«

Langsam drehte ich den Kopf zurück und starrte ihn an. Er grinste. Seine hellblauen Augen glitzerten in dem sonnenverbrannten Gesicht.

»Schauen Sie mich nicht so an, Menschenskind! Ich meine damit ja nicht mich persönlich, mich, Jimmy Hubbley. Oder meine Brigade hier. Aber Sie werden doch nicht glauben, daß dieser Duragem-Spalter zufällig ausgekommen ist, oder?«

Ich sah die nanotech-perfekten Wände an und sah zugleich Miris Computerausdrucke, die bewiesen, daß sich kein bestimmter Punkt für das MolSpalter-Leck feststellen ließ.

Wieder ganz ernst geworden sagte Hubbley: »Wir sind nicht wenige, Mister Arlen. Man braucht eine Menge Leute für einen Krieg. Wir alle sind fest entschlossen, selbst zu entscheiden, in was für einem Land wir leben wollen, und wir haben unsere eigene Vorstellung davon. Wir haben den Willen und das Ideal. Und wir haben die Technik.«

Ich erstickte fast daran: »Was für eine Technik?«

»Den ganzen Plunder. Nun, also vielleicht nicht alles, aber viel davon. Bißchen was an nichtorganischem Nano, bißchen was an einfachem organischen Nano.«

»Der Duragem-Spalter … Wie haben Sie …?«

»Alles zu seiner Zeit, mein guter Junge, alles zu seiner Zeit. Für heute reicht es, wenn Sie wissen, daß wir es waren. Und das wird uns von einer falschen Herrschaft befreien, genauso wie der Unabhängigkeitskrieg uns damals von der britischen befreit hat. Wir holen uns die Technik, die wir brauchen, genau so wie Marion sich seine Kanonen vom Feind geholt hat. Am Santee River zum Beispiel, anno 1781 …«

»Aber Sie haben die AEGS-Agenten umgebracht …«

»GenMods«, fertigte Hubbley mich kurz ab. »Gottlose Perversionen gegen die Natur. Teufel, wenn's für einen guten Kampf ist, dann ist heute der Einsatz von Nanotech nichts anderes als der Einsatz von Kanonen zu General Marions Zeiten. Aber der Einsatz von Gentech beim Menschen, mein Junge, das ist ein ganz anderer Kaffee. Das ist liederlich. Menschen sind keine Sachen, und man sollte sie nicht wie Sachen behandeln, indem man Teile davon verändert und zurechtbiegt und neu anpaßt. Menschen sind keine Fahrzeuge, keine Fabriken, keine Roboter. Und die Macher haben die Menschen in diesem Land schon viel zu lange wie Sachen behandelt. Auch die Nutzer-Menschen.«

»Aber Sie können nicht eine organische Gentechnik bei Mikroorganismen zulassen und erwarten, daß sie nicht auf Menschen übergreift! Wenn Sie das eine erlauben …«

»Teufel, nein.« Hubbley stand auf und streckte die Beine. »Das ist ganz und gar nicht das gleiche. Es ist doch in Ordnung, Bazillen zu töten, nicht wahr? Auch Tiere, um sie zu essen, oder? Aber es ist nicht in Ordnung, menschliche Geschöpfe zu töten. In unseren Gesetzen über das Töten unterscheiden wir in der Hinsicht fein säuberlich, nicht wahr? Und warum, zum Henker, können wir das nicht auch mit den Gesetzen für die GenMod-Technik so halten?«

»Ihr könnt euch nicht vor der AEGS verstecken«, entfuhr es mir, noch ehe ich mich eines anderen besinnen konnte.

Die wäßrig blauen Augen sahen mich milde an. »Huevos Verdes kann es doch auch, oder?«

»Das ist etwas anderes. Das sind SuperS...«

»Aber keine Götter. Nicht einmal Engel.« Er reckte die Arme hoch. »Tatsache ist, Mister Arlen, daß wir uns seit bald fünf Jahren vor der AEGS verstecken können. Oh, nicht alle, natürlich, der Feind hat ein paar gute Soldaten aus unserer Mitte gerissen. Doch auch wir konnten dem Gegner Verluste beibringen, und wir sind immer noch hier. Und der Duragem-Spalter da draußen wird den ganzen Krieg zu einem schnelleren Ende führen.«

»Aber vor Huevos Verdes könnt ihr euch nicht verstecken!«

»Zugegeben, das wäre eine härtere Nuß. Doch eigentlich habe ich das Gefühl, daß wir das gar nicht brauchen. Ich glaube nämlich, daß Huevos Verdes viel mehr über uns weiß als die AEGS. Wäre eigentlich logisch.«

Miranda hatte das nie gesagt. Nicht mir. Jonathan hatte es nie gesagt. Oder Christy. Oder Nikos. Nicht zu mir. Nicht zu mir!

»Bis jetzt waren wir nicht stark genug, um es auch mit Huevos Verdes aufzunehmen, also war's uns sehr angenehm, daß sie uns offenbar ignoriert haben. Aber jetzt ist das alles anders. Jetzt, wo den Duragem-Spalter nichts mehr aufhalten kann, gibt's auch für Huevos Verdes keinen Weg mehr, zu verhindern, daß der Regierung vollends die Zügel abhanden kommen.«

»Aber...«

»Gemach, Junge, das ist genug für jetzt«, sagte Hubbley nicht unfreundlich. »Wir müssen weiterziehen. Wenn der Tod dieser Agenten bekannt wird, bricht die Hölle los. Die Kompanie sollte schon bereit sein zum Abmarsch, und Sie werden mit uns kommen. Aber nur keine Sorge, Mister Arlen, wir beide werden noch reichlich Zeit haben für ein Plauderstündchen. Ich weiß wohl, das ist alles neu für Sie, weil unser Schulsystem eben einiges zu wünschen übrig läßt. Und obendrein haben Sie noch diese lange Zeit bei den Schlaflosen verbracht, und die kann man bekanntermaßen nicht einmal mehr dem Menschengeschlecht zuzählen. Doch Sie werden es schon noch lernen. Geht gar nicht anders, wenn Sie erstmal den echten Krieg aus der Nähe sehen. Und das sind wir Ihnen schuldig. Sie waren uns immer eine große Hilfe.«

Ich starrte ihn nur an. Eine gräßliche Formenflut staute sich am Rand meines Bewußtseins, eine Woge, die im Begriff war, sich über mich zu ergießen, mich zu überwältigen.

»Ich war …?«

»Ja freilich!« sagte Hubbley in einem Tonfall, der ehrlich erstaunt klang. »Haben Sie das nicht selbst schon durchschaut? Ihr letztes Stück, ›Der Krieger‹, das bewirkte in den Leuten, daß sie sich unversehens viel weniger abhängig fühlten und mit einem Male Kampfeswillen und Kampfesmut bewiesen. Das ist Ihr Verdienst, Mister Arlen. Wahrscheinlich war es nicht grade das, was Sie damit im Sinn hatten, aber das ist nun mal dabei rausgekommen. Seit Sie den ›Krieger‹ geben, ist die Zahl unserer Rekrutierungen um dreihundert Prozent gestiegen.«

Ich brachte kein Wort hervor. Eine Tür ging auf, und Campbell beugte sich über mich.

»Teufel auch«, fuhr Hubbley fort, »vor zwei Monaten trat uns eine ganze Abteilung von GenMod-Technikern bei, freiwillig, ganz ohne Folter oder so. Die ganze gewaltige Veränderung ist Ihnen zu verdanken, mein Sohn.

Und nun ist es allerhöchste Zeit, uns auf die Socken zu machen. Campbell wird Sie tragen. Und wenn Ihre Hüfte Sie wiederum zu piesacken beginnt, dann lassen Sie einfach einen Schrei los. Wir haben noch eine Reserve an Medikamenten, und wo wir hingehen, dort gibt's einen Arzt. Wir wollen nicht, daß Sie zu leiden haben, Mister Arlen, Sir, mit all der Hilfe, die Sie uns erwiesen haben. Sie kämpfen auf der richtigen Seite. Manche Leute brauchen bloß ein wenig länger als andere, um das einzusehen.

Obacht, Campbell, wenn du ihn hochhebst... gut so. Ab mit uns!«

Campbell schleppte mich etwa zwei Stunden lang durch den Sumpf; genau konnte ich das nicht sagen, weil ich immer wieder das Bewußtsein verlor. Er hatte mich über die Schulter geworfen wie einen Sack Sojabohnen, aber ich merkte, daß er sich bemühte, sachte mit mir umzugehen. Was nicht viel half.

Wir bewegten uns im Gänsemarsch voran, etwa zehn Mann, angeführt von Jimmy Hubbley. Hubbley kannte sich aus im Sumpf. Manchmal zogen die Männer über schmale Streifen halbfesten Untergrundes mit schwarzen Tümpeln zu beiden Seiten. Als Kind hatte ich einmal miterlebt, wie eine Pfütze wie diese einen Mann in weniger als drei Minuten schluckte. Dann wieder patschten sie durch Brackwasser, das von Schildkröten und Schlangen nur so wimmelte. Alle trugen hüfthohe Stiefel. Sie hielten sich so weit wie möglich im Schutz von dichtem, rankenüberwuchertem Gestrüpp oder unter dem grauen Moos, das von den Bäumen herabhing. Natürlich würde das keinen Unterschied machen, wenn die AEGS einen FährtensucherRob ins Spiel brachte, der im Aufspüren von Pheromonen zehnmal besser war als der beste Jagdhund, weil er nicht nur ihren Spuren folgte, sondern zugleich ihre Bestandteile analysierte. Ich erwartete, in zwei Stunden wieder in den Schoß der AEGS zurückgekehrt zu sein.

Dann sah ich, daß die letzte Person in der Schlange Abigail war, die Frau, die das Rettungsflugzeug mit dem Raketenwerfer abgeschossen hatte. Den Raketenwerfer hatte sie beim Außenposten zurückgelassen, und statt dessen trug sie nun eine gebogene, stumpffarbene Gerätschaft, die aussah wie ein Sportbogen aus Metall, hoch über dem Kopf, parallel zum Untergrund. Ich wußte, was es war: ein Harrison-Pheromontilger. Er blies Moleküle in die Luft, die jede molekulare Spur von Menschen ansteuerten und sie neutralisierten. Er fiel unter mit Geheimhaltungsstufe versehenes militärisches Gerät, was ich rein zufällig aus Huevos Verdes wußte. Undenkbar, daß im Francis-Marion-Freiheits-Stützpunkt einer lagerte! Und doch lagerte er …

Zum erstenmal begann ich Jimmy Hubbley zu glauben, daß seine Bewegung nicht ausschließlich aus fanatisierten Sonderlingen bestand.

Abigail war schwanger. Etwa im fünften, sechsten Monat. Wie sie so die Arme über den Kopf erhoben hielt, war die Wölbung ihres Bauches unter dem Overall deutlich zu erkennen. Beim Marschieren summte sie vor sich hin, ein fröhliches, tonloses kleines Liedchen. Sie sah aus, als wären ihre Gedanken meilenweit, ganze Landstriche weit weg.

Der Bewuchs des Sumpfes wurde immer dichter, die Luft immer heißer. Äste zerkratzten mir das Gesicht, und so, wie ich an Campbells Schulter hing, konnte ich ihnen nicht ausweichen. Schlangen, so dick wie das Handgelenk eines Mannes, glitten in flache Tümpel. Ein morscher Baumstamm trieb an die Oberfläche, kippte wieder zurück in das schwarze Wasser und verschwand in einer Kette zischender Bläschen. Ein Alligator.

Ich schloß die Augen. Die feuchte Luft war erfüllt

vom intensiven Geruch der falschen Orchideen, die auf den Baumstämmen von Eschen wuchsen. Aber sie waren keine Parasiten. Sie lebten von Luft.

Insekten surrten und stachen, eine beständige Wolke, die mit uns zog.

»So, Mister Arlen, da wären wir«, sagte Jimmy Hubbley. »Wie ist denn das werte Befinden, Sir?«

Ich antwortete nicht. Jedesmal, wenn ich ihn ansah, erfüllte sich mein Hirn mit Haß, mit kaltem Haß, der in mir rotierte wie Messer. Leisha war tot. Jimmy Hubbley hatte Leisha Camden getötet. Sie war tot. Ich würde ihn zertreten.

Es schien ihm nichts auszumachen, daß ich nicht antwortete. Wir hatten unter einem riesigen Lorbeerbaum angehalten, von dem graue Moosfahnen hingen; er stand inmitten von weiteren, dicht aneinandergedrängten Bäumen. Eine uralte umgestürzte Zypresse war vermorscht und halb zu Staub zerfallen; aber eine Würgfeige hielt sie mit ihren saugenden Ranken immer noch umklammert. In dem düsteren Zwielicht sah ich eine gestreifte Eidechse eine Ranke hinabhuschen. Auf der anderen Seite des Lorbeerbaums war der Boden großflächig mit dunkelgrünem Moos bedeckt, so weich und ebenmäßig wie der Rasen einer Enklave. Es roch schwer nach fauligem Dschungel.

»Könnte gut sein, mein Junge«, sagte Hubbley, »daß Ihnen die nächste Etappe ein wenig beunruhigend vorkommt. Die Hauptsache dabei ist, immer daran zu denken, daß Ihnen keinerlei Gefahr droht. Daran müssen Sie denken, und dann nehmen Sie erstmal einen richtig kräftigen Atemzug, halten den Mund geschlossen und die Nase fest zu. Und ich sag' Ihnen noch was: ich geh' als erster, damit Sie unbesorgt sind. Normalerweise würde Abby als erste gehen, aber diesmal werde ich es machen. Zumindest teilweise auch aus Rücksichtnahme auf die glückliche Braut.«

Er grinste zu Abigail hinüber und entblößte seine Zahnlücken. Sie lächelte zurück und senkte die Augen, doch eine Sekunde später fing ich den verstohlenen Blick auf, den sie einem der anderen Männer zuwarf, und der war so hart und unheilvoll wie eine Granate. Hubbley sah ihn nicht. Er stieß einen wilden, unbändigen Schrei aus und hüpfte auf das dunkelgrüne Moos.

Ich schnappte erschrocken nach Luft – was einen unerwarteten Schmerz durch meine ganze linke Körperseite jagte –, denn Jimmy versank augenblicklich bis zur Mitte in dem schwarzen, schwabbeligen Morast, der unter dem Moos gelegen hatte. Seine einzige Hoffnung bestand nun darin, absolut stillzuhalten und abzuwarten, bis Campbell ihn herauszog. Doch statt dessen wackelte er lachend und unbeschwert mit den Schultern, hielt sich mit einer Hand die Nase zu und stützte die andere keck in die Seite. Etwa zehn Sekunden lang blieb er so stehen, und dann wurde er hinuntergesaugt ins Moor. Seine Brust verschwand, seinen Schultern und schließlich sein Kopf. Das Moos, das nun mit schwarzem Matsch bespritzt war, schloß sich über ihm.

Mein Herz hämmerte gegen den Brustkorb.

Abigail ging als nächste. Sie schob den Harrison-Pheromontilger in eine Hülle aus PlastiSynth und versiegelte sie. Dann sprang sie auf das Moos und versank.

»Halt dir die Nase zu, du!« schnauzte Campbell mich an. Es waren die ersten Worte, die er sprach.

»Warten Sie! *Warten Sie!* Ich ...«

»Nase zuhalten, hörst du nich', du!« Er schmiß mich hinaus auf das Moos.

Meine linke Flanke jauchzte auf. Ich schoß mit den Füßen voran ins Moos, aber dort hatte ich ja kein Gefühl, dort hatte ich seit Jahrzehnten kein Gefühl. Und so mußte ich erst bis zum Gürtel einsinken, ehe ich den klebrigen kalten Morast spürte, der sich wie Fäkalien an mich hängte und nach der Hitze draußen eiskalt anfühlte. Er roch nach Fäulnis, nach Tod. Schwarze Formen überschwemmten mein Inneres, und ich schlug um mich, obwohl ich wußte, daß ich stillhalten mußte – es gab keine Hilfe, wenn ich nicht absolut still hielt! *Leisha ...* Jemand lachte leise in sich hinein.

Und dann packte mich etwas von unten her, irgend etwas Körperloses aber Kraftvolles, wie ein Wirbelsturm, der mich nach unten zog. Der Matsch stieg bis an meine Schultern hoch, bis zu meinen Mund, und ich bedeckte mir die Augen, weil sich die Welt mit den gleichen kotigen Formen erfüllte wie mein Geist. Ich tauchte unter.

Zum drittenmal verschwand das violette Gitterwerk, nachdem ich den Tod erwartet hatte.

Und dann lag ich auf dem Boden eines unterirdischen Raums, und behandschuhte Hände packten mich und zerrten meinen verdreckten Körper aus dem Weg. Meine ganze linke Seite war vor Schmerz verkrampft. Irgend jemand wischte mir übers Gesicht, und dieselben Hände schälten mir die Kleider vom Leib und schoben mich in eine Sonardusche. Der Matsch sprang mir in trockenen schuppenartigen Flocken von Haut und Haaren und wurde sofort vom Boden der Dusche abgesaugt. Eine unsichtbare Hand klatschte mir ein schmerzstillendes Pflaster auf den Rücken, und ich fühlte mich fast augenblicklich besser.

»Wenn Sie gern eine richtige Dusche hätten, dann läßt sich das machen«, sagte Jimmy Hubbley freundlich. »Manche Leute brauchen eine. Oder denken, sie brauchen eine.« Er stand vor mir, gekleidet in einen sauberen Overall, der nirgendwo zerrissen war – nicht zu unterscheiden von einem x-beliebigen Nutzer, wäre da nicht sein vernachlässigtes Gebiß gewesen.

Ohne den geringsten Anflug von Verlegenheit ob ihrer völligen Nacktheit kam Abigail aus der Wasserdusche und trocknete sich das Haar, wobei ihr Bauch leicht von einer Seite zur anderen schaukelte. Eine Glocke bimmelte sanft, und Campbell wurde auf die Landeplattform herabgesaugt, die, wie ich nun sah, nur ein paar Schritte unter einem niedrigen Überhang hinausragte. Zwei Männer zogen ihn sofort von der Plattform und wischten ihm Augen und Nase ab. Campbell stand auf, nahtlos überzogen von schwarzglänzendem Matsch, und stapfte in die Sonardusche.

»Zieht die Handschuhe aus, Jungs, und geht Mister Arlen hier zur Hand. Joncey, da bleibt dir gar nichts übrig, als deine holde Braut mal aus den Augen zu lassen.«

Einer der beiden Männer errötete leicht. Hubbley fand das sichtlich erheiternd, denn er brach in schallendes Gelächter aus, aber ich spürte in meinem Innern die Formen von Jonceys Wut. Er sagte nichts. Abigail fuhr fort, sich unbeteiligt das Haar zu trocknen; ihr Gesicht war ausdruckslos. Joncey und der andere Mann packten mich unter den Achseln, trugen mich gemeinsam aus der Sonardusche und setzten mich in der Mitte des Raums nieder.

Joncey reichte mir einen sauberen Overall und alles, was dazugehörte. »Was für 'ne Stiefelgröße?« Er war jünger als Abigail und hatte schwarzes Haar und blaue Augen; er sah gut aus auf eine rauhe, naturbelassene Art, die rein gar nichts mit GenMod-Techniken zu tun hatte.

Ich sagte: »Ich hätte gern meine eigenen Schuhe wieder.« Sie waren aus italienischem Leder. Leisha hatte sie mir geschenkt. »Tun Sie sie einfach in die Sonardusche.«

»Unsere Stiefel sin' besser. Was für 'ne Größe?«

»Zehneinhalb.«

Er ging hinaus. Ich zog mich an; das Gitter war

wieder da, so fest geschlossen wie eine von Leishas exotischen Blüten.

Sie war tatsächlich tot…

Joncey kam zurück, mit einem Paar Stiefel und einem Rollstuhl. Der Rollstuhl hatte nicht einmal einen Grav-Antrieb, sondern echte Räder, die man offenbar mit den Händen drehen mußte.

»Eine echte Antiquität«, erklärte Jimmy Hubbley. »Tut mir leid, Mister Arlen, Sir, was Besseres als den konnten wir so kurzfristig nicht auftreiben. Aber lassen Sie uns nur noch ein kleines Weilchen Zeit…«

Er strahlte mich an; offenbar erwartete er einige Überraschung meinerseits über seinen unterirdischen Bunker, der so gut ausgerüstet war, daß man selbst einem unerwartet gefangengenommenen Krüppel mit einem Rollstuhl aufwarten konnte. Ich reagierte nicht. Leichte Enttäuschung huschte über sein Gesicht.

Da bekam ich seine Form zu fassen. Er wollte bewundert werden! James Francis Marion Hubbley! Und er wußte noch nicht einmal, daß zumindest zwei seiner Gefolgsleute, Abigail und Joncey, ihn bereits verabscheuten.

Wie sehr?

Ich würde es herausfinden.

Joncey und der andere Mann hoben mich in den Rollstuhl, und ich zog die Nutzer-Stiefel an. Ordentlich angezogen und aufrecht sitzend, statt auf dem Boden hilflos herumzuzappeln wie ein Fisch, fühlte ich mich gleich weniger hoffnungslos. Leisha war tot. Aber ich würde die Schweine erledigen, die sie umgebracht hatten.

Ich sah mich in dem Raum um. Er war niedrig, kaum zwei Meter hoch; Campbell mußte den Kopf einziehen. In fünf Richtungen gingen Korridore ab. Die Wände waren nanotech-glatt. Ich wußte von Miranda, daß der Schwachpunkt eines jeden abgeschirmten unterirdischen Bunkers sein Eingang ist. Der ist am leichtesten von AEGS-Experten aufzuspüren. Das Labor in East Oleanta besaß einen wohldurchdachten Schild, den Terry Mwakambe konzipiert hatte; keine Gefahr, daß die AEGS dort je durchkam. Aber diese Leute hier waren keine SuperS. Sie würden wohl kaum über eine höher entwickelte Technik verfügen als die Regierung. Dennoch war ich versucht anzunehmen, daß der Einstieg durch den Sumpf eine technische Neuheit darstellte, an die die Regierung und ihre Behörden noch nicht gedacht hatten; vermutlich hatte irgendein verrückter Techniker, der in den Sümpfen großgeworden war, das Ding ausgetüftelt – und vermutlich war sie absolut unaufspürbar. Bis jetzt.

Wie weit erstreckte sich dieses Tunnelsystem? Falls Nanobohrer eingesetzt wurden, war es durchaus denkbar, daß der Ausbau selbst jetzt, in diesem Moment, noch weiterging, schon meilenweit entfernt und ohne den geringsten äußeren Hinweis darauf. Hubbley hatte gesagt, sein ›Krieg‹ wäre seit fünf Jahren im Gang.

Und diese Leute hatten den Duragem-Spalter auf das Land losgelassen. Ohne daß die AEGS je auf den Gedanken gekommen wäre, daß nicht Huevos Verdes daran Schuld trug.

Oder wußte es die AEGS sehr wohl und ließ mit voller Absicht zu den Medien durchsickern, daß die SuperS dafür verantwortlich waren? Weil es nie schaden konnte, den Schlaflosen die Schuld zuzuschieben, wohingegen es ziemlich blamabel wäre, eingestehen zu müssen, daß man nicht in der Lage war, eine Bande Nutzer einzufangen, denen verschleppte oder abtrünnige Nanotechniker zur Seite standen.

Ich wußte es nicht. Was ich jedoch wußte, war, daß sich bei einem so weit fortgeschrittenen Krieg mit Sicherheit Terminals in diesen Tunnels befinden mußten. Miri hatte mich die Überbrückungscodes für die meisten Standardprogramme auswendig lernen lassen. Und für den Fall, daß es sich um kein Standardprogramm handelte, hatte Jonathan Markowitz mir immer wieder Zugriffstricks vorgeführt, die mir im Notfall eine Verbindung mit Huevos Verdes ermöglichen würden. Und Huevos Verdes überwachte alles. Immer. Rund um die Uhr. Es mußte einen Weg geben, es zu erreichen. Alles, was ich brauchte, war ein Terminal.

Wenn Huevos Verdes alles überwachte, mußte man dann dort nicht über diese Untergrundbewegung informiert sein?

Sie mußten informiert sein. Ich erinnerte mich genau an Miranda, über Computerausdrucke gebeugt: »Es gelingt uns einfach nicht, das Epizentrum des Duragem-Problems festzustellen!« Aber den SuperS konnte nicht entgangen sein, daß der MolSpalter von einer landesweit existierenden, organisierten Gruppierung verbreitet wurde! Ihr Spionagesystem war zu weit verzweigt, um das nicht zu erfahren!

Und Miranda hatte es mir nicht gesagt.

»Du, hast du Hunger?« fragte Joncey. Er sah Abigail dabei an, die jetzt einen grünen Overall anhatte, aber Hubbley fühlte sich angesprochen: »Teufel auch, und wie! Nichts wie ran an die Schüssel, Männer.«

Er schob persönlich meinen Rollstuhl. Ich ließ ihn machen, während ich völlig passiv über die Formen in meinem Innern tastete, die so hart und dünn waren wie Kohlefaserstäbe. Die ganze Gruppe marschierte in den Tunnel zu unserer Linken. Wir kamen an etlichen geschlossenen Türen vorbei, ehe schließlich alle außer Hubbley und mir einen Raum betraten; wir beide gingen in einen anderen. Es war ein kleines, weißes Zimmer, in dem Tisch und Stühle aus Holz – nicht aus PlastiSynth – standen. An der Wand hing das große Holoporträt eines großnäsigen, dunkeläugigen Soldaten in einer historischen Uniform.

»Brigadegeneral Francis Marion in Person«, sagte Hubbley mit Genugtuung in der Stimme. »Ich speise nie zusammen mit der Kompanie, Mister Arlen. Hebt den Respekt der Truppe. Haben Sie gewußt, Sir, daß General Marion ein Reinlichkeitsfanatiker war? Beim Allmächtigen, das ist wahr! Nahm sich jeden Soldaten vor, der nicht ordentlich und sauber gewaschen zum Appell antrat, und seifte ihn höchstpersönlich ein. Er selbst trank Essigwasser an jedem Tag seines Lebens, also beinahe an jedem, der Gesundheit wegen. Der Trank der römischen Soldaten. Wußten Sie das, Sir?«

»Das wußte ich nicht«, sagte ich. Mein Haß brannte kalte, schlanke Formen in meinen Geist. Das Zimmer enthielt kein Terminal.

»Sogar schon anno 1775 schrieb ein englischer General nach Hause: ›Unsere Armee wird durch einzelne kleine Nadelstiche aufgerieben werden‹, und Francis Marion war der, verdammt noch mal, schlimmste kleine Nadelstich, den diese jammervollen Rotröcke je ertragen mußten! Und auch dieser Krieg, den wir hier führen, wird mit einzelnen kleinen Nadelstichen gewonnen werden, verehrter Sir.« Hubbley lachte auf und zeigte seine braunen Zähne. Seine hellen Augen blitzten. Er wandte sie keine Sekunde lang von mir ab.

»Entschlossenheit und eine eigene Vorstellung, mein Sohn. Wir bringen beides mit. Wille und Ideal. Wissen Sie, was es ist, was die Verfassung der Vereinigten Staaten so großartig macht?«

»Nein«, sagte ich. Ein Junge in einem türkisfarbenen Overall trat ein. Er hatte langes, im Nacken mit einem Bändchen zusammengefaßtes Haar und trug Schüsseln mit heißem Eintopf auf. Hubbley schenkte ihm etwa soviel Aufmerksamkeit wie einem Robot.

»Was die Verfassung so großartig macht, ist der Umstand, daß sie den einfachen Mann in den Entscheidungsprozeß einbindet. Sie läßt *uns* entscheiden, was für ein Land wir haben wollen. Uns, die einfachen Leute. Unser Wille, unser Ideal.«

Leisha hatte immer gesagt, was die Verfassung so großartig macht, sind ihre Kontrollmechanismen und ihre Ausgewogenheit.

Sie war tot. Sie war wirklich tot.

»Und deshalb, Sir«, fuhr Hubbley fort, »ist es so verteufelt wichtig, daß wir uns dieses großartige Land von den Macher-Herrschaften zurückholen, die uns versklaven. Wenn nicht anders, dann mit Hilfe von Nadelstichen. Jawohl, mit Hilfe von Nadelstichen!« Er machte sich mit sichtlichem Appetit über seinen Eintopf her.

»Sogar vorzugsweise durch Nadelstiche«, sagte ich. »Dieser Krieg würde Ihnen nicht halb so gut gefallen, wenn Sie ihn oben ausfechten müßten, bei den Gerichtshöfen!«

Ich hatte es darauf angelegt, ihn wütend zu machen, aber statt dessen legte er seinen Löffel hin und kniff nachdenklich die Augen zusammen.

»Ja, ich denke, da haben Sie wohl recht, Mister Arlen. Ich denke, da haben Sie recht. Wir haben alle von unserem Herrgott unser eigenes Temperament mitbekommen, und meines ist für Nadelstiche ausgelegt. Genau wie das von General Marion. Also das ist nun wahrhaftig eine interessante Sichtweise.« Er wandte sich wieder seinem Eintopf zu.

Ich kostete von meinem. Standard-Sojabasis wie bei allen Nutzern, aber mit Stücken von echtem Fleisch darin – wildartig und ein bißchen zäh. Eichhörnchen? Kaninchen? Jahrzehnte, seit ich zum letztenmal gezwungen gewesen war, solches Getier zu essen.

»Nicht, daß die Verfassung nicht ihre Grenzen

hat«, fuhr Hubbley fort. »Nehmen Sie mal Abigail und Joncey. Die beiden wissen genau, wo diese Grenzen verlaufen müssen. Sie manipulieren Genkombinationen auf die einzig rechte Weise: durch menschliche Zeugung.« Er dehnte die beiden letzten Worte, ließ jede Silbe auf der Zunge zergehen. »Etwas von Jonceys Genen, etwas von Abbys, und die Mischung liegt in Gottes Hand. Die beiden respektieren die klare Linie in der Verfassung, die das trennt, was der Mensch manipulieren darf und was allein Gottes ist.«

Ich mußte soviel wie möglich über ihn erfahren, egal, wie hirnverbrannt es sich auch anhörte, weil ich noch nicht wußte, was davon ich benötigen würde, um ihn umzubringen. »Und wo in der Verfassung wird diese Linie gezogen?«

»Junge, bringen sie euch denn überhaupt nichts bei in diesen hochgestochenen Schulen? Das sollte nicht durchgehen, nein, das sollte einfach nicht durchgehen! Also, es steht gleich in der Präambel zur Verfassung drinnen, glasklar steht da geschrieben, daß ›wir, das Volk‹, das alles niederschreiben, ›um eine vollkommenere Einheit zu bilden, Gerechtigkeit walten zu lassen, den inneren Frieden zu sichern, für die allgemeine Verteidigung zu sorgen‹, und etcetera. Wo ist die vollkommene Einheit, wenn man die Macher über das menschliche Erbgut entscheiden läßt? Damit treibt man den Keil nur tiefer zwischen die Leute. Wo bleibt die Gerechtigkeit, wenn Jonceys und Abbys Kleines im Leben nicht die gleiche Ausgangsbasis hat wie ein Macher-Kind? Wie soll das den inneren Frieden bewirken? Verdammt, es bewirkt Neid und Unmut, das bewirkt es! Und was in Dreiteufelsnamen, ist die allgemeine Verteidigung anderes als die Verteidigung der gemeinen Leute, der Nutzer, damit ihre Kinder ebensoviel zählen wie ein Gen-Mod-Baby? Abby und Joncey kämpfen für ihr eigen

Fleisch und Blut, genau wie alle anderen Eltern auf Gottes weiter Welt. Und die Verfassung gibt ihnen das Recht dazu, und zwar gleich in ihrem ersten geheiligten Absatz!«

Ich hatte nie zuvor gehört, daß jemand den Ausdruck ›eigen Fleisch und Blut‹ gebrauchte. Er saß breitbeinig da vor mir, Jimmy Hubbley, löffelte seinen ekligen Eintopf und war ein ebenso unerschütterliches Kunstprodukt wie alle anderen Leute, die mir je begegnet waren.

Intellektuelle Diskussionen ermüden mich. Das haben sie immer schon getan. Ich spürte, wie diese gewisse Hilflosigkeit in mir aufkeimte, die ich von meinen Argumentationen mit Leisha, mit Miranda, mit Jonathan und mit Terry und Christy kannte. Die beste Entgegnung, die mir in meinem Haß und meiner Verwirrung einfiel, war: »Und was gibt *Ihnen* das Recht zu entscheiden, was für 175 Millionen Menschen gut ist?«

Wiederum sah er mich mit zusammengekniffenen Augen an. Seine nachsichtige Stimme kehrte zurück: »Nun, Junge, hatten nicht Ihre Huevos-Verdes-Leute vor, sich eben dieses Recht zu nehmen?«

Ich starrte ihn an.

»Aber gewiß! Bloß können die dort nicht für die gemeinen Leute entscheiden, weil *sie* eben keine sind. Ist doch klar! Die sind nicht wie wir. Nicht wie *er.*« Er deutete mit dem Löffel auf das Porträt von Francis Marion. Eintopf tröpfelte vom Löffel auf den Tisch.

»Aber …«

»Sie müssen sich mal ein wenig umsehen hier bei uns, mein Sohn«, sagte er friedlich. »Wille und Ideal.« Und stürzte sich wieder auf seinen Fraß, entblößte seine Zahnlücken und schaufelte ihn hinein.

Der Junge kehrte zurück, diesmal mit zwei Bechern. Selbstgebrannter Whiskey. Ich ließ den meinen unberührt stehen, zwang mich aber, von dem Eintopf zu essen. Ich würde die Kraft brauchen. Der Haß strahlte in mir wie tausend Sonnen.

Hubbley brabbelte weiter über Francis Marion. Über seinen Mut, seine militärischen Strategien, seine Art, sich von der Hand in den Mund zu ernähren. »Nicht zu glauben, aber er richtete ein Schreiben an General Horatio Gates, ihm Nachschub zu schicken, ›weil wir doch alle arme Bauern sind, ohne Geld‹. Arme Bauern! Nun, dann sind wir's eben auch.« Er trank seinen Whiskey aus. Soviel zu Essig und Wasser.

»Die AEGS wird Sie stoppen«, würgte ich hervor. »Oder Huevos Verdes wird es tun.«

Er grinste. »Wissen Sie, was einst Banastre Tarleton, Oberstleutnant in Seiner Majestät Armee, über Francis Marion sagte? ›Was diesen verfluchten alten Fuchs angeht, so kann selbst der Leibhaftige ihn nicht fassen!‹«

»Hubbley«, sagte ich, *»Sie sind nicht Francis Marion!«*

Augenblicklich wurde er ernst. »Nein, natürlich nicht, mein Sohn. Das kann jeder erkennen, so klar, daß man kein Wort drüber verlieren muß, wenn man nicht von allen guten Geistern verlassen ist. Völlig klar, daß ich nicht Francis Marion bin. Ich bin Jimmy Hubbley. Was ist los mit Ihnen, Mister Arlen? Irgendwas nicht in Ordnung?«

Er beugte sich über den Tisch, sein knochiges Gesicht voller Sorgenfalten.

Ich konnte spüren, wie mir das Herz in der Brust pochte. Er war unangreifbar, so unangreifbar wie Huevos Verdes.

Nach einem kurzen Moment des Schweigens tätschelte er meinen Arm. »Ist schon gut, Mister Arlen, Sir. Die Ereignisse haben sich Ihnen eben ein klein wenig aufs Gemüt geschlagen, das ist alles. Morgen früh sind Sie gewiß wieder der Alte. Es ist eben keine

Kleinigkeit, die Wahrheit zu entdecken, nachdem man so lange Zeit Lug und Trug für bare Münze genommen hat. Ist ganz normal. Also jetzt machen Sie sich keine Sorgen mehr. Morgen früh geht's Ihnen wieder gut. Sie legen sich jetzt schön brav aufs Ohr, und mich entschuldigen Sie bitte, wir haben einen Kriegsrat, an dem ich teilnehmen muß.«

Wieder tätschelte er meinen Arm, lächelte und ging. Der Junge schob meinen Rollstuhl in ein Zimmer mit einem Feldbett, einer chemischen Toilette und einem Riegel, der nur von außen zurückgeschoben werden konnte.

Am Morgen kam ein Arzt und untersuchte mich. Es stellte sich heraus, daß es derselbe kleine Mann war, der Joncey beim Empfang an der Landestelle unter der Erde geholfen hatte. Joncey war auch jetzt bei ihm, und zwar zu seiner Bewachung, wie ich bemerkte: anscheinend entsprang seine Anwesenheit hier weder seinem eigenen Willen noch seinem Ideal. Aber er konnte sich in dem unterirdischen Labyrinth frei bewegen, was hieß, daß er wahrscheinlich wußte, wo sich die Terminals befanden.

»Bein sieht gut aus«, stellte er fest. »Schmerzen im Nacken?«

»Nein.« Joncey lehnte in der Tür und lächelte. Das Lächeln vertiefte sich, und ich konnte Abigail sehen, die draußen vorbeiging. Joncey trat in den Korridor, und ich hörte Kichern und Geraschel.

Ich sagte rasch und leise: »Doktor, ich kann uns hier rausschaffen, wenn sie mich zu einem Terminal bringen! Ich kann einen Hilferuf ausschicken, der alles überbrückt, was diese Kerle hier haben können …!«

Sein schmales Gesicht verzog sich zu einer einzigen Warnung. Zu spät wurde mir klar, daß er natürlich pausenlos überwacht wurde. Hubbleys Leute hörten alles mit, was er hörte – oder sagte.

Joncey kam zurück, und der Arzt ging eilig mit ihm davon; ihn interessierte nur eines: am Leben zu bleiben.

Das Gitterwerk in meinem Kopf hatte sich enger zusammengerollt als je zuvor und war zu einer geduckten, kompakten Form geworden, die schützte, was sich darin verbarg. Selbst die Rauten an seiner Außenseite schienen kleiner als zuvor. Rundum zappelten schwerfällige Schatten in hilfloser Wut wie Fische im Trockenen.

Bis zum späten Vormittag ließ Hubbley mich mit meinem bitteren Innenleben allein. Als er schließlich die Tür öffnete, blickte er mich streng an. »Mister Arlen, Sir, wie ich höre, wollen Sie an ein Terminal rankommen, um uns Ihre Freunde von Huevos Verdes an den Hals zu hetzen!«

Aus meinem antiken Rollstuhl starrte ich ihn mit offenem Haß an.

Er seufzte und ließ sich auf der Kante meines Feldbettes nieder, die Hände auf die schmalen Knie gelegt, den Oberkörper ernst und eindringlich vorgebeugt. »Es ist ungemein wichtig, daß Sie das alles *verstehen,* mein Sohn. In Zeiten des Krieges mit dem Feinde in Kontakt zu treten, das nennt sich Hochverrat. Also, ich weiß, Sie sind kein regulärer Soldat, wenigstens bis jetzt nicht, Sie sind wohl eher so etwas wie ein Kriegsgefangener, gleichwohl …«

»Sie wissen aber schon, daß Francis Marion nie so daherredete, nicht wahr?« warf ich brutal ein. »Diese Sprechweise stammt aus einer Zeit vor ungefähr hundertfünfzig Jahren. Aus den damaligen Filmen. Fauler Zauber. Unecht. So unecht wie euer ganzer Krieg.«

Sein Gesichtsausdruck veränderte sich nicht. »Also das ist klar, daß General Marion nicht so redete wie ich, Mister Arlen. Denken Sie denn, das weiß ich nicht? Aber es ist nicht so, wie meine Truppe redet, es ist altertümlich und es ist weder die Art der Nutzer noch die der Macher. Und das genügt. Es ist nicht von Belang, wie die Wahrheit ausgedrückt wird. Wenn sie nur ausgedrückt wird.«

Er blickte mich mit freundlichen, friedfertigen Augen an.

Ich sagte: »Lassen Sie mich mit meinem Rollstuhl eine Runde drehen. Ich kann Ihren Ansichten nicht auf den Grund gehen, wenn Sie mich in diesem Zimmer hier einsperren. Sie können mir ja eine Wache mitgeben, wie dem Doktor.«

Hubbley rieb sich die Beule an seinem Hals. »Tja, also, das könnte nicht schaden, denke ich. Die Gefahr ist wohl nicht sehr groß, daß Sie irgend jemanden überwältigen, in dem Rollstuhl da.«

Die Formen in meinem Kopf veränderten sich abrupt. Dunkelrot, durchsetzt mit Silber. Hubbley und seine Leute hielten die Augen nicht offen genug. Er hatte nicht bemerkt, daß mein Oberkörper hochgradig durchtrainiert war – dank der besten Kampfsportmeister, die um Leishas Geld zu haben waren. Sie hatte meiner jugendlichen Aggressivität ein Ventil bieten wollen.

Und was war ihm sonst noch entgangen? Auch wenn es Leisha unmöglich gewesen war, meine nicht-Schlaflosen-DNA zu verändern, so hatte sie für mich doch getan, was sie konnte: meine Augen verfügten über eine implantierte Hornhaut mit Zweistärkensicht und Zoom-Fähigkeit, und meine Armmuskeln waren künstlich verstärkt. Vielleicht zählten diese Dinge zu den gottlosen Perversionen, zu den Verbrechen gegen das gemeine Volk aus der Verfassung.

Ich bemühte mich, träumerisch dreinzusehen. »Kann ich Abigail als Wache haben?«

Hubbley lachte. »Das bringt Ihnen nichts, mein Sohn! In zwei Monaten wird Abby Joncey heiraten.

Damit das Kind einen echten Vater bekommt. Abby hat schon einen Riesenhaufen Spitzen hier irgendwo liegen, für ihr Brautkleid.«

Ich sah Abigail in ihren Hüftstiefeln und dem zerfetzten Hemd vor mir, wie sie die Raketen gegen das Rettungsflugzeug abfeuerte. Ich konnte sie mir nicht in einem Brautkleid vorstellen. Aber dann fiel mir auf, daß ich mir auch Miranda nicht im Brautkleid vorstellen konnte.

Miranda. Seit Leishas Tod hatte ich kaum an sie gedacht.

»Aber ich werde Ihnen was sagen«, fuhr Hubbley fort. »Wenn es Sie schon so nach weiblicher Gesellschaft verlangt, werde ich Ihnen ein anderes Frauenzimmer zuteilen. Aber, Mister Arlen, Sir …«

»Ja?«

Seine Augen wurden grauer und härter. »Sie dürfen nicht vergessen, daß dies ein Krieg ist, Sir. Und so verpflichtet wir uns auch für die Hilfe fühlen, die Ihre Stücke bedeuten, sind Sie doch nicht unentbehrlich für uns. Bitte halten Sie sich das stets vor Augen.«

Ich antwortete nicht. Eine Stunde später ging die Tür auf, und eine Frau trat ein. Sie mußte Campbells Zwillingsschwester sein: zwei Meter groß und beinahe so muskulös wie er. Ihr kurzes, braunes Haar klebte flach um ein dumpfes Gesicht, das Campbells massiges Kinn zierte.

»Bin die Wache, ich.« Eine hohe, gelangweilte Stimme.

»Hallo! Ich bin Drew Arlen. Sie sind …«

»Peg. Führ dich bloß anständig auf, du.« Sie starrte mich mit unverhülltem Abscheu an.

»Aber klar«, sagte ich. »Und was für eine natürliche Kombination von Genen hat *dich* hervorgebracht?«

Ihr Abscheu vertiefte sich nicht, schwankte nicht.

In meinem Kopf sah ich sie als einen derben Monolithen aus Granit – einen Grabstein.

»Sie haben doch sicher eine Cafeteria hier, Peg. Dorthin bringen Sie mich jetzt.«

Sie griff nach dem Rollstuhl und begann vehement zu schieben. Unter dem grünen Overall bewegten sich die Muskeln an ihrem Oberschenkel. Sie wog sicherlich fünfzehn Kilogramm mehr als ich; ihre Reichweite war größer; sie war in hervorragender Kondition.

Ich sah Leishas Körper, zart und schlank, zusammengesunken an dem Sauerapfelbaum lehnen. Zwei rote Löcher in der Stirn.

Die Cafeteria war ein großer Raum, in dem etliche Tunnels endeten. Es gab Tische, Stühle und ein Holoterminal von der einfachsten Sorte, das nur für den Empfang vorgesehen war. Es zeigte ein Rollerrennen. Nirgendwo ein Förderband zu sehen, aber einige Leute hatten Schüsseln mit Sojaeintopf vor sich stehen. Sie starrten mich unverhohlen an, als Peg mich in den Raum schob. Und zumindest ein halbes Dutzend davon zeigte einen offen feindseligen Gesichtsausdruck.

Abigail und Joncey saßen an einem Tisch am anderen Ende des Raums. Abigail nähte tatsächlich Bahnen aus Spitzenstoff aneinander – mit der Hand! Es war, als würde man jemandem beim Kerzenziehen zusehen oder beim Graben mit einer Schaufel. Abigail warf mir einen kurzen Blick zu und ignorierte mich in der Folge.

Peg schob meinen Rollstuhl an einen Tisch heran, brachte mir eine Schüssel Eintopf und ließ sich nieder, um das Rennen zu verfolgen. Unter ihrem mächtigen Körper sah der PlastiSynth-Einheitsstuhl geradezu verkümmert aus.

Ich wandte meinen Blick dem Rennen zu und beobachtete zugleich alles andere durch die Zoomzone meiner Hornhaut. Abbys Spitzen zeigten ein verwirrendes Muster aus kleinen Rechtecken, von denen keine zwei einander glichen, wie Schneeflocken. Sie schnipselte ein Rechteck aus dem Spitzenstoff und hielt es Joncey lachend unter die Nase. Drei Männer spielten Karten; derjenige, dessen Blatt ich sehen konnte, hatte ein Paar Könige in der Hand. Nach einer Weile sagte ich zu Peg: »Verbringt ihr alle eure Tage so? Als Beitrag zu euerm Freiheitskampf?«

»Maul halten, du!«

»Ich möchte mehr von der Anlage sehen. Hubbley sagte, das wäre okay, wenn du mich herumführst.«

»Für dich ist er ›Oberst Hubbley‹, kapiert?«

»Also gut, Oberst Hubbley.«

Sie packte meinen Rollstuhl und schob ihn so ungestüm in den nächstbesten Gang, daß meine Zähne aufeinanderschlugen. »He!« rief ich. »Nicht so schnell!«

Sie verlangsamte das Tempo zu einem unverschämt boshaften Dahinschleichen. Ich hatte nichts dagegen, denn so blieb mir mehr Zeit, mir alles einzuprägen.

Es war nicht leicht. Die Tunnels sahen alle völlig gleich aus: gesichtslos weiß, nanoperfekt, ausgekleidet mit einer schmutzabweisenden Beschichtung und nur unterbrochen von identischen weißen, nicht gekennzeichneten Türen. Ich versuchte, mir winzige Krümel von Essensresten zu merken, die jemand fallengelassen hatte, und die Spuren von Stiefeln. Einmal entdeckte ich ein kleines Rechteck aus Spitze, und ich wußte, hier mußte Abigail vorbeigekommen sein. Peg schob mich vorwärts wie ein Rob, teilnahmslos und unermüdlich. Nach und nach verlor ich jeden Überblick über das, was ich mir merken wollte.

Nach drei Stunden kamen wir an einem PutzRob vorbei, der alles aufwirbelte und absaugte, was ich als Markierung benutzt hatte.

Während der ganzen Tour sah ich nur zwei offene Türen. Eine führte zu einem Gemeinschaftsbad. Die andere ging kurz auf und gleich wieder zu und gestattete mir nur einen flüchtigen Blick auf Reihen um Reihen von Hochsicherheitskanistern. Der Duragem-Spalter? Oder irgendeine andere Vernichtungswaffe gegen nichtmenschliches Genom, von der Jimmy Hubbley dachte, er müßte sie auf seine Feinde loslassen?

»Was war das?« fragte ich Peg.

»Maul halten, du!«

Eine Stunde später kehrten wir zum Gemeinschaftsraum zurück. Peg schob mich zu einem leeren Tisch und knallte eine weitere Schüssel Eintopf vor mich hin. Ich war nicht hungrig.

Nach einigen Minuten ließ sich Jimmy Hubbley neben mir nieder. »Also, mein Junge, hoffentlich hat Ihnen der Rundgang gefallen.«

»Oh, es war ganz großartig«, sagte ich. »Allerhand, was ich da an Beiträgen zur Kriegsführung sehen durfte.«

Er lachte. »Doch, doch, er geht schon vonstatten! Aber Sie werden mich nicht dazu bringen, Ihnen alles zu zeigen, bevor die Zeit dazu reif ist. Keine Eile, keine Eile!«

»Fürchten Sie nicht, daß Ihre Männer durch das lange Nichtstun hier unruhig werden könnten? Was machte denn General Marion mit seinen Soldaten zwischen den Schlachten?« Ich legte den Löffel hin; ich haßte ihn so sehr, daß ich in seiner Gegenwart nicht einmal so tun konnte, als würde ich essen. Meine Güte, wie sehr ich einen Drink brauchte!

Er schien überrascht. »Nun ja, Mister Arlen, für gewöhnlich gibt's kein Nichtstun für die Männer. Aber heute ist Sonntag, der Tag des Herrn. Morgen geht's wieder zurück zum normalen Training. Auch General Marion kannte den Wert, den die Sonntagsruhe für die menschlichen Lebensgeister hat!«

Er sah zufrieden auf die Kartenspieler und auf die hingeklotzten Gestalten, die vor dem Rollerrennen hockten. Vermutlich waren sie alle randvoll mit Sonnenschein. Nur in drei Gesichtern in dem ganzen verdammten Raum lag Leben: Joncey und Abigail lächelten einander an, wenn Abby ihre Näharbeit an den wogenden Spitzenbergen unterbrach. Und das dritte Gesicht gehörte Peg.

»Essen Sie Ihren Eintopf, mein Sohn«, sagte Hubbley wohlmeinend. »Sie brauchen ihn, um bei Kräften zu bleiben.«

Ich ließ meinen Löffel liegen, wo er war. »Nein«, sagte ich, »dazu brauche ich ihn nicht.«

Natürlich hatte er keine Ahnung, wie ich das meinte. Aber Peg mit ihrer animalischen Wachsamkeit entging mein Tonfall nicht. Sie starrte mich durchdringend an, bevor sie sich wiederum der Betrachtung von Jimmy Hubbley widmete; ihr dumpfes Gesicht war wie verwandelt von Ehrfurcht und Respekt und der hoffnungslosen, inbrünstigen Liebe des gewöhnlich Sterblichen für einen, der so unerreichbar ist wie ein Gott.

Buch III

OKTOBER 2114

»Der Prüfstein für unseren Fortschritt ist nicht die Frage, ob wir zum Reichtum jener beitragen können, die viel haben; es ist die Frage, ob wir jenen genug zuteil werden lassen, die zu wenig haben.«

Franklin Delano Roosevelt,
in seiner Antrittsrede zu Beginn
seiner zweiten Amtsperiode

Diana Covington: East Oleanta

10

Das Bemerkenswerteste an meinem Aufenthalt in einem verkommenen Nest wie East Oleanta war meine Erkenntnis, daß die AEGS tatsächlich nicht wußte, wo Miranda Sharifi steckte: eine modernst ausgerüstete Behörde mit hochqualifizierten Agenten, welch letztere aber offenbar nicht einmal wußten, wo *ich* steckte. Ich benutzte natürlich keine der Identitäten, die Colin Kowalski mir zur gefälligen Auswahl mitgegeben hatte, und auf dem Weg nach East Oleanta hatte ich bereits dreimal meine Persönlichkeit gewechselt. ›Victoria Turner‹ hatte Dokumente, die sie als Steuerzahlerin beim Finanzamt und als Bürgerin des Staates Texas auswiesen, dazu die Mitgliedskarte des staatlichen Gesundheitsdienstes und Kundenkarten der Bank, in der die Familienstiftung gehortet wurde, etlicher Niederlassungen für allgemeinbildende Software, von Lebensmittelläden… mein Fälscherfreund war gut in seinem Metier. Gut genug, um auch bei Huevos Verdes keinen Verdacht aufkommen zu lassen…? Wer konnte das schon sagen. Aber ich war guten Mutes, daß die AEGS nichts ahnte.

Das Zweitbemerkenswerteste war, daß ich nicht einfach bei der AEGS anrief und ihnen sagte, wo ich war und was ich vermutete. Ich schrieb das meiner Überheblichkeit zu. Ich wollte einfach sagen können: »Miranda Sharifi befindet sich in einem illegalen GenMod-Labor auf 43° 45′ 16« nördlicher Breite, 74° 50′ 86« westlicher Länge, los, Jungs, schnappt sie euch!«, statt zu sagen: »Also ich denke, sie könnte hier irgendwo in der Gegend sein, aber ich habe keine Beweise dafür.« Wäre ich eine reguläre Agentin gewesen, hätte mein Schweigen als unverzeihlich gegolten. Aber ich war keine reguläre Agentin. Ich war überhaupt nichts Reguläres. Und ich wollte ein einziges Mal in meinem nichtsnutzigen Leben etwas ganz allein schaffen. Das wollte ich wirklich sehr.

Natürlich wußte ich ebenso wie die AEGS nicht genau, wo sich Miranda befand, obwohl ich den dringenden Verdacht hegte, daß sie sich irgendwo in den Adirondack Mountains in der Nähe von East Oleanta in einer unterirdischen Anlage aufhielt. Aber ich hatte nicht die blasseste Ahnung, wie ich sie tatsächlich finden sollte.

Bis zu der Sache mit Lizzie Francy.

Ich besuchte Lizzie Francy noch einmal am Abend jenes Tages, an dem ich angefangen hatte, ihr in einfachen Worten die Arbeitsweise von Computern zu erklären, einen Tag, nachdem ich ihr das medizinische Pflaster aufgeklebt hatte. Mir war nicht entgangen, wie Billy Washington die Farbe gewechselt hatte, als ich ihn nach Eden fragte. Der Alte war bei weitem der schlechteste Lügner, der mir je untergekommen ist, und er wußte etwas über Eden. Außerdem war er hoffnungslos in Annie verliebt, die viel robuster und abweisender wirkte als er. Und Lizzie konnte, einfach gesagt, mit ihm machen, was sie wollte. Mit dem armen Billy.

Lizzie saß immer noch in ihrem rosa Nachthemd auf dem imponierend häßlichen PlastiSynth-Sofa; das Haar hatte sie zu sechzehn Zöpfchen geflochten, die alle mit rosa Schleifen gebunden waren. Elektronische Roboterbestandteile lagen verstreut auf ihrer Decke. Das alles erblickte ich, als Billy mir die Tür öffnete und ich an ihm vorbeisah; er wollte mich nicht einlassen.

»Lizzie, die schläft grade.«

»Nein, sie schläft nicht, Billy. Sie sitzt dort drüben.«

»Vicky!« rief Lizzie mit ihrer Kleinmädchenstimme, und etwas Unerwartetes rührte sich in meiner Brust. »Du bist wieder da!«

»Is' doch krank, die, soll keinen Besuch nich' haben.«

»Mir geht's *gut!*« rief Lizzie. »Laß Vicky rein, Billy, biiitte!«

Er tat es, gar nicht glücklich. Annie war nicht zu sehen. Ich sagte: »Was hast du denn da, Lizzie?«

»Den ApfelschälerRob aus der Cafeteriaküche«, verriet sie mir bereitwillig und keineswegs schuldbewußt. Billy wand sich. »War plötzlich hinüber, un' da nahm ich ihn auseinander. Wollte sehen, ob ich ihn wieder in Schuß bringen konnte.«

»Und? Kannst du?«

»Nein. Kannst du's?« Sie sah mich mit hungrigen braunen Augen an. Billy verließ die Wohnung.

»Wahrscheinlich nicht«, sagte ich. »Ich bin kein RobTech. Aber laß mal sehen.«

»Ich zeig's dir, schau mal.« Flink fügte sie die Teile des SchälerRobs zusammen; er hatte einen einfachen, mit Y-Energie betriebenen Kellor-Standardchip. Ich bin mit Alison Kellor zur Schule gegangen, die im Hinblick auf das elektronische Imperium, das sie dereinst erben würde, stets eine weltmännisch blasierte Überheblichkeit zur Schau trug.

Lizzie hatte den Rob in etwa zwei Minuten zusammengebaut und führte mir vor, daß er trotz des aktiven Chips nicht funktionieren wollte. »Siehst du das winzigkleine Ding da, Vicky? Wo der Schälarm mit dem Rob verbunden is'? Is' irgendwie abgeschmolzen, das.«

»Woher, denkst du, kommt das?« fragte ich.

Die großen braunen Augen blickten mich an. »Hab keine Ahnung nich'.«

»Ich schon.« Das zerstörte Gelenk war aus Duragem. *War aus Duragem gewesen,* bis es der entkommene MolSpalter zerfressen hatte.

»Was is' dran schuld, Vicky, daß es geschmolzen is'?«

Ich drehte den Rob in meinen Händen nach allen Seiten herum und hielt Ausschau nach weiteren Duragem-Gelenken. Es waren welche vorhanden, zwischen den weniger widerstandsfähigen, aber billigeren nichtbeweglichen Plastikteilen, und die waren nicht »irgendwie abgeschmolzen«.

»Was is' dran schuld, Vicky? Vicky?« Eine Hand legte sich auf meinen Arm.

Warum waren die anderen Duragem-Gelenke nicht angegriffen worden? Weil der Spalter mit einem Zeitmechanismus ausgerüstet war. Er hatte sich nach einer gewissen Frist selbst zerstört und auch aufgehört, sich zu vermehren, nachdem er eine bestimmte Anzahl von Kopien seiner selbst angefertigt hatte. Vieles – wenn nicht das meiste – in der Nanotechnik wurde mit dieser Sicherheitsmaßnahme ausgestattet.

Lizzie schüttelte mich am Arm. »*Was* war dran schuld, daß es geschmolzen is', Vicky! Was?«

»Eine winzigkleine Maschine. So klein, daß man sie mit bloßem Auge gar nicht sehen kann.«

»Der Duragem-Spalter? Den, wo sie im InfoNetz gebracht haben?«

Da sah ich überrascht auf. »Du siehst die Macher-Kanäle?«

Sie bedachte mich mit einem langen, ernsthaften Blick. Ich konnte sehen, daß es eine bedeutungsvolle Entscheidung für sie war: mir zu trauen oder nicht. Schließlich sagte sie, als wäre es eine Antwort auf meine Frage: »Bin fast zwölf, ich. Aber meine Mama, die denkt, ich bin noch sechs!«

»Ach so«, sagte ich und nickte. »Und wie kommt eine praktisch erwachsene Zwölfjährige zu einem Macher-Kanal? Die laufen doch nie in der Cafeteria!«

»Mitten in der Nacht läuft gar nichts. Manchmal geh' ich hin, nachts, un' dann seh' ich zu.«

»Du schleichst dich heimlich aus dem Haus?«

Sie nickte ernst und feierlich, überzeugt, daß dieses Eingeständnis die Welt zum Einsturz bringen würde. Und in gewisser Weise hatte sie recht. Ich hätte mir nie vorgestellt, daß ein Nutzer-Kind mit soviel Wißbegierde, Intelligenz und Charakter ausgestattet sein könnte. Lizzie Francy durfte es einfach gar nicht geben! Sie war ein ebenso verwirrendes Phänomen wie der Duragem-Spalter, und genauso unwillkommen. Sowohl für Nutzer als auch für Macher.

Und dann sah ich eine Möglichkeit, mir ihre Andersartigkeit zunutze zu machen. »Lizzie, wir beide könnten einen Handel miteinander machen.«

Sie war augenblicklich auf der Hut.

»Wenn du mir sagst, was ich wissen will, dann helfe ich dir, soweit ich kann, zu verstehen, wie Maschinen funktionieren.«

Lizzies Gesichtsausdruck wechselte schlagartig. Sie schnappte nach meinen Worten wie der vielversprechende kleine Piranha, der sie war. »Versprochen is' aber versprochen Vicky! Werd's mir merken! Du sagst, du wirst mir alles beibringen, damit ich kapiere, wie die Maschinen funktionieren?«

»Ich sagte: ›Soweit ich kann.‹ Nicht ›alles‹!«

»Aber du versprichst es! Du versprichst es, ja?«

»Ja, ja, ich verspreche es. Aber du mußt dafür alle Fragen beantworten, die *ich* habe.«

Sie legte den Kopf schief und zog das in Betracht; die sechzehn Zöpfchen zeigten alle in verschiedene Richtungen. Sie konnte keine Falle entdecken. »Na gut.«

»Also, Lizzie, hast du je von Eden gehört?«

»Von dem in der Bibel?«

»Nein. Von dem hier, in der Nähe von East Oleanta.«

Trotz unserer Vereinbarung zögerte sie. Ich sagte: »Du hast es doch versprochen!«

»Hab gehört, wie Billy un' Mama darüber redeten. Mama sagte, Eden, das gibt's nich', bloß in der Bibel. Un' Billy, der sagte, da wär' er wohl gar nich' so sicher. Sagte, vielleicht is' das 'n Platz irgendwo in den Bergen, wo die Macher nichts drüber wüßten, un' vielleicht arbeiten Nutzer dort. Dachten, ich würd' schlafen, die beiden.«

Ein Platz, von dem Macher nichts wußten. Was in East Oleanta gleichbedeutend mit staatlich abgesandten Machern war – praktisch die einzige Sorte Macher, die ein Nest wie dieses hier je zu Gesicht bekam.

»Geht Billy manchmal allein in den Wald? Ohne deine Mama?«

»O ja, das macht er gern! Mama, die würd' nie mitgehen in den Wald. Die is' zu fett.« Lizzie sagte das völlig sachlich; aus irgendeinem Grund fiel mir plötzlich Desdemona ein, die ohne viel Federlesens und ganz ohne schlechtes Gewissen nach meinem Limodosen-Armband gegriffen hatte.

»Wie oft macht er diese Ausflüge? Und wie lang bleibt er da weg?«

»Der? Alle zwei Monate, so ungefähr. Immer für fünf, sechs Tage. Bloß jetz' wird er langsam alt, sagt Mama.«

»Heißt das, jetzt hat er aufgehört damit?«

»Nee, nächste Woche will er wieder losziehen. Sagte zu ihr, er muß unbedingt gehen, außer es bricht irgendwas Wichtiges zusammen, un' er hat Angst, uns alleinzulassen. Aber wir haben ja das Essen.« Sie zeigte auf die kläglichen Packungen geschmackloser synthetischer Lebensmittel, die in Eimern in einer Ecke der Wohnung vor sich hin schimmelten.

»Wann nächste Woche?«

»Dienstag.«

Lizzie wußte alles. Aber noch wichtiger war – was

wußte Billy? Wußte er, wo sich Miranda Sharifi aufhielt?

»Um wieviel Uhr zieht er denn los, wenn er in den Wald will?«

»Ganz zeitig früh. Vicky, wie willst du mir denn das alles beibringen, über die Maschinen? Wann fangen wir denn an?«

»Morgen.«

»Heute.«

»Du bist immer noch ein bißchen schwach. Du hattest Lungenentzündung. Weißt du, was das ist?«

Sie schüttelte den Kopf. Die läppischen rosa Bändchen flatterten. Wenn das mein Kind wäre, dachte ich, würde ich ihre Zöpfe mit Mikrofasern zusammenbinden.

Wenn das *mein* Kind wäre? Lieber Himmel!

»Lungenentzündung ist eine Krankheit, die von Bakterien verursacht wird. Bakterien sind selbst so etwas wie winzige Maschinen, die dann in deinem Körper von anderen winzigen Maschinen vernichtet wurden, die man genau zu diesem Zweck entwickelt hat. Und damit werden wir morgen anfangen. Wenn du die richtigen Codes weißt, dann kannst du über das Hotelterminal bestimmte Programme aufrufen; beim Hotelterminal sind nie Leute …« Zum erstenmal kam mir der Gedanke, daß Annie sich mit aller Macht gegen diesen Privatunterricht stemmen würde. Möglicherweise stand mir ein Lehrplan zu mitternächtlicher Stunde bevor.

»Was für Codes?« Ihre Augen glitzerten schwarz wie eine Kohlefaser.

»Zeige ich dir morgen.«

»Ich, ich hab schon den Hintereingang von der Cafeteria umprogrammiert, damit Mama un' ich reinkönnen! Ich kapier' das schon mit dem Hotelterminal, wenn du mir bloß 'n bißchen erklärst, wie …«

»Mach's gut, Lizzie.«

»Sag mir nur, wie ...«

»Gute Nacht!«

Als ich die Tür hinter mir schloß, war sie bereits wieder damit beschäftigt, den SchälerRob auseinanderzunehmen.

Während der nächsten sechs Wochen verbrachte Lizzie ihre ganze freie Zeit vor dem Hotelterminal, wo sie sich Zugang zur allgemeinbildenden Software des enorm umfangreichen öffentlichen Macher-Bibliothekssystems verschaffte. Sie tauchte zu den unmöglichsten Zeiten im Hotel auf – am frühen Morgen mit nassen Haaren direkt aus dem Bad oder in der Abenddämmerung, jedenfalls zu Zeiten, wenn Annie offenbar dachte, sie würde mit ihren Freundinnen Carlena und Susie, zwei munteren, strohdummen Gänschen, spielen. Und ebenso abrupt verschwand Lizzie wieder – ein Missetäter, der sich vom Schauplatz des Bildungsverbrechens davonstahl, um sich zum Abendbrot oder zum Kirchgang einzufinden. Ich wußte nicht, ob sie auch mitten in der Nacht vor dem Terminal hockte; ich lag vernünftigerweise im Bett und schlief. Sie lernte in einem unheimlichen Tempo, sobald sie etwas Wesentliches entdeckte, das es wert war, gelernt zu werden. Ich überprüfte nicht, was sie abrief, und meine Kommentare beschränkte ich auf die Gelegenheiten, wenn sie mit Fragen zu mir kam. Nach dem ersten Tag konzentrierte sie sich im großen und ganzen auf Computersysteme, sowohl auf theoretischer Ebene als auch auf die Anwendungspraxis.

Innerhalb einer Woche zeigte sie mir, wie sie einen immer noch funktionierenden PutzRob zum Tanzen programmiert hatte, indem sie seine normalen Bewegungen kombinierte, beschleunigte und steuerte. Das Ding schwofte in meinem trübsinnigen Hotelzimmer herum wie ein metallischer Derwisch. Lizzie lachte so übermütig, daß sie vom Bett fiel und quietschend auf dem Boden liegenblieb, die Arme um ihre kaum vorhandenen Hüften gewunden, und wiederum bewegte sich dieses unwillkommene Etwas heiß wie Blut in meiner Brust.

Innerhalb eines Monats hatte sie sich durch die ersten beiden Jahrgänge der von der Amerikanischen Gesellschaft für Bildungswesen anerkannten Schulsoftware für höheres Computerwissen durchgearbeitet.

Nach sechs Wochen führte sie mir ausgelassen vor, wie sie in die Datenbanken der Haller Corporation eingebrochen war. Ich lugte über ihre Schulter und fragte mich, ob die Sicherheits-Software bei Haller das Eindringen wohl bis nach East Oleanta rückverfolgen konnte, wo eigentlich niemand über die Fähigkeit verfügen sollte, in eine Datenbank einzubrechen. Überwachte die AEGS auch Einbrüche in Firmencomputer?

Ich litt bereits an Verfolgungswahn! Es gab locker eine Viertelmillion Hacker im Teenageralter, die nur deshalb in Firmendatenbanken herumschnüffelten, um sich die Treffer als technische Federchen an den Hut stecken zu können.

Aber das waren ausnahmslos Macher-Kinder.

»Lizzie«, sagte ich, »kein Computerknacken mehr. Tut mir leid, Schätzchen, aber das ist gefährlich.«

Sie preßte die Lippen zusammen, eine mißtrauische kleine Annie. »Gefährlich? Wieso?«

»Sie könnten dir auf die Spur kommen, hier auftauchen und dich festnehmen. Und dich in den Knast schicken.«

Ihre schwarzen Augen wurden ganz groß. Sie hatte Respekt vor der Obrigkeit, oder zumindest vor der Macht. Eine ängstliche kleine Annie.

»Versprich es!« sagte ich unbarmherzig.

»Ich versprech's.«

»Und jetzt sag' ich dir noch etwas. Morgen fahre ich mit der Gravbahn…« – vorübergehend funktionierte sie wieder – »nach Albany und kaufe dir einen kleinen Computer, den du in der Hand halten kannst, und eine Kristallbibliothek. Darin steckt weitaus mehr, als du von hier aus abrufen kannst. Du wirst nicht glauben, was da alles auf dich wartet!« Und außerdem konnte ein nicht vernetzter Computer nicht aufgespürt werden. Ich würde das ›Darla-Jones‹-Konto plündern, das angesichts der hohen Kosten für die Kristallbibliothek und das kompatible Gerät hinterher ziemlich leer sein sollte. Vielleicht wäre es besser, überlegte ich, weiter zu fahren als nur bis Albany, um die Sachen zu erstehen. Vielleicht nach New York.

Lizzie starrte mich an; es hatte ihr die Sprache verschlagen – zum erstenmal, seit ich sie kannte. Ihr rosaroter Mund formte ein kleines ›o‹, und dann stürzte sie sich auf mich und umarmte mich stürmisch. Sie roch nach Seife, Marke Lagerhaus, und nuschelte in meinen Hals. »Vicky…! Eine Kristallbibliothek! O Vicky…!«

Für dich, Kind. Ich sagte nichts, ich konnte nicht.

Anthony, der vor Russell und hinter Paul kam, erklärte mir einmal, daß so etwas wie Mutterinstinkt nicht existiere – und selbstverständlich auch kein Vaterinstinkt. Das sei alles bloß intellektuelle Stimmungsmache mit dem Ziel, Menschen eine Verantwortlichkeit aufzubürden, die sie im Innersten gar nicht wollen – was sie aber auf diese Weise nicht mehr einzugestehen wagen. Sozusagen ein Propaganda-Kraftakt ohne echte biologische Kraft dahinter.

Wie man sieht, pflege ich mich in ziemlich dumme Mannsbilder zu verlieben.

Drei Tage, nachdem ich Lizzie die Kristallbibliothek gebracht hatte, stand ich wieder einmal um vier Uhr früh auf, um Billy in den Wald zu folgen.

Es war der dritte Marsch in sechs Wochen. Unserem Handel entsprechend hielt Lizzie mich auf dem laufenden, was Billys Absichten betraf. Sie hatte mir erzählt, früher mal hätte er sich immer nur alle paar Monate aufgemacht in die Wildnis, aber nun ging er viel öfter. Vielleicht war er sogar das eine oder andere Mal kurz unterwegs, ohne daß Lizzie und ich es bemerkt hatten. Irgend etwas steigerte seine Erkundungsaktivitäten, und ich hoffte, dieses Etwas würde mich zu ›Eden‹ führen, über das immer häufiger verhüllte Andeutungen in den lokalen Nutzer-Kanälen auftauchten. Gesendet von wo? Von wem? Ich hätte meinen Kopf verwettet, daß sie nicht Teil der regulären Ausstrahlungen aus Albany waren.

An diesem Morgen schneite es auf eine flüchtige, nicht besonders ernst zu nehmende Art und Weise; immerhin hatten wir erst Mitte Oktober. In San Francisco hatte ich dem Gerede von der ›unmittelbar bevorstehenden Mini-Eiszeit‹ nicht besonders viel Aufmerksamkeit gewidmet; in den Adirondacks hingegen ging es gar nicht anders: alle liefen dick vermummt und in Winteroveralls herum – die, nebenbei bemerkt, überraschend warm hielten, wenngleich sie nicht geschmackvoller gefärbt waren als die sommerlichen. Ringelblumengelb, Puterrot, Stahlblau, Giftgrün. Und für den konservativen Geschmack eine Tönung in der Farbe von Kuhfladen.

Und genau den trug Billy, als er um 4 Uhr 45 aus seinem Wohnhaus trat. Er hielt einen Sack aus Plasti-Tuch in einer Hand.

Es war noch dunkel draußen, als er sich Richtung Fluß in Marsch setzte; der Fluß schlängelte sich am Ortsrand entlang, nur etwa fünf oder sechs Straßen von dem entfernt, was gemeinhin als ›Stadtzentrum‹ galt. Solange es genügend Häuser gab, folgte ich ihm mühelos. Als mir keine Gebäude mehr Schutz boten, ließ ich ihm so viel Vorsprung, bis er außer Sicht war, und folgte dann seinen Fußspuren in dem dünnen Schneeteppich. Doch nach einer Viertelstunde hörten die Fußspuren auf.

Ich stand unter einer Kiefer, deren ausladende Äste erst in drei Meter Höhe begannen und überlegte mein weiteres Vorgehen, da sagte hinter mir Billy mit ruhiger Stimme: »Gar nichts dazugelernt haben Sie, rein gar nichts, seit dem ersten Mal hier im Wald.«

Ich drehte mich um. »Wie haben Sie denn das gemacht?«

»Is' nich' wichtig, wie *ich's* gemacht hab. Frage is', was machen *Sie* hier?«

»Ich folge Ihnen. Wieder einmal.«

»Warum?«

Noch nie hatte er mich gefragt. Die anderen Male, als ich ihm gefolgt war, hatte er sich geweigert, mit mir zu reden. Und jetzt sah er ungewöhnlich eindrucksvoll aus, wie er so mit gefurchten Gesichtszügen streng und rechtschaffen in der rauhen Landschaft stand: ein Nutzer-Moses. Ich sagte: »Billy, wo liegt Eden?«

»Das is' es, worauf Sie's abgesehen haben, wie? Hab keine Ahnung nich, wo es is', und wenn ich's wüßte, würd' ich Sie nich' hinführen.«

Das klang vielversprechend; wenn jemand sich vorgenommen hat, etwas *nicht* zu tun, dann hat er vorher zumindest die Möglichkeit gesehen, es doch zu tun. Und von der Möglichkeit zum Einverständnis ist es ein weitaus kleinerer Schritt als von der Ablehnung zur Möglichkeit. »Und warum nicht?«

»Warum was nich'?«

»Warum würden Sie mich nicht zu Eden führen, wenn Sie wüßten, wo es liegt?«

»Weil's eben kein Platz für Macher is', deswegen.«

»Ist es ein Platz für Nutzer?«

Doch jetzt schien er zu merken, daß er bereits zuviel gesagt hatte. Bedachtsam und nachdrücklich legte er seinen Sack hin, wischte den Schnee von einem umgefallenen Baumstamm und setzte sich mit der Miene eines Mannes darauf, der sich nicht wegrühren würde, solange ich mich nicht aus dem Staube machte. Ich würde mich anstrengen müssen, um noch mehr aus ihm herauszukriegen.

»Es ist auch kein Platz für Nutzer, nicht wahr, Billy? Es ist ein Platz für Schlaflose. Und Sie haben hier in diesem Wald einen SuperSchlaflosen aus Huevos Verdes gesehen – oder sogar mehr als einen. Sie haben größere Köpfe als die normalen Leute und wenn sie reden, klingt es, als würden sie sich bemühen, langsam zu sprechen, was auch stimmt. Sie denken um so vieles schneller und komplizierter als wir – als Sie und ich, Billy –, daß sie Mühe haben, ihre Worte so einfach zu wählen, daß wir sie verstehen können. Sie haben einen gesehen, Billy, nicht wahr? Einen Mann oder eine Frau?«

Er starrte mich an, ein dunkles, faltiges Gesicht, das sich gegen den grauen, weißbestaubten Wald abhob.

»Wann war das, Billy? Im Sommer? Oder noch früher?«

Er nahm alle Kraft zusammen für eine durchsichtige Lüge: »Hab nie keinen gesehen da.«

Ich trat zu ihm und legte ihm die Hand schwer auf die Schulter. »O doch, haben Sie. Wann war das?«

Er starrte auf den weiß angehauchten Waldboden, wütend, aber nicht willens oder nicht fähig, es zu zeigen.

»Okay, Billy«, sagte ich seufzend. »Wenn Sie es mir nicht sagen wollen, dann eben nicht. Und Sie haben recht – ich kann Ihnen nicht unbemerkt durch den Wald folgen, weil ich nicht weiß, wie man das macht. Außerdem ist mir kalt.«

Er sagte immer noch nichts. Also stapfte ich zurück in die Stadt. Aber Lizzies Computer und Kristallbibliothek waren nicht die einzigen Dinge, die Darla Jones in New York erstanden hatte. Der Peilsender, den ich direkt unter der Schulter auf den Rücken seiner PlastiSynth-Jacke geklebt hatte, wo er ihn erst bemerken würde, wenn er die Jacke auszog, sandte mir einen reglosen Punkt auf den Handmonitor. Und eine ganze Stunde lang blieb der Punkt gleich reglos. Fror er denn nicht?

Russell, der vor David und nach Anthony kam, hatte eine Theorie, betreffend Körpertemperaturen. Er behauptete, daß wir Macher, an umgehende Thermo-Regulierungen gewöhnt, wann immer unser Wohlbefinden im geringsten beeinträchtigt ist, die Fähigkeit verloren haben, leichte Fluktuationen der Körpertemperatur zu ignorieren. Von unserer Umgebung stets und ständig verhätschelt zu werden, hat uns verweichlicht. Russell betrachtete das als Positivum, weil es die Identifizierung der Erfolgreichen und der gentechnisch Hochgezüchteten (die natürlich ein und dieselben waren) sehr leicht machte. Man sieht jemanden einen Pullover überziehen, wenn die Temperatur um ein Grad absinkt, und man weiß, daß man es mit einem höherwertigen Wesen zu tun hat. Mir fehlte die Willenskraft, das unerwidert zu lassen; eine Art Prinzessin auf der Celsius-Erbse, sagte ich, aber subtile Formulierungen waren bei Russell vergeudet. Wir trennten uns kurz darauf, als ich ihm vorwarf, zu der lächerlich großen Zahl von bereits existierenden Sprossen auf der sozialen Stufenleiter künstlich noch weitere hinzuzuerfinden, worauf *er mir* vorwarf, auf die überragende GenMod-Logik seiner linken Gehirnhälfte neidisch zu sein. Das letzte, was ich von ihm hörte, war die Nachricht von seiner Aufstellung zur Wahl des Kongreßabgeordneten für San Diego, der Gegend, die vermutlich das monotonste Klima im ganzen Land besitzt.

Vielleicht hatte Billy Washington ein Feuer gemacht;

das würde der Monitor nicht zeigen. Erst nach einer weiteren Stunde, als ich bereits wieder in der Wärme meines Hotelzimmers in East Oleanta saß, begann sich der Billy-Punkt zu bewegen. Im Laufe des Tages marschierte er noch etliche Kilometer weit, in leicht zu bewältigenden Etappen und in verschiedene Richtungen – ein Mann, der nach etwas Ausschau hielt. Nicht ein einziges Mal verschwand der Punkt, was bedeutet hätte, daß Billy hinter einen Sicherheitsschild aus Y-Energie getreten wäre. So ging es drei Tage und Nächte weiter, und dann kam er nach Hause.

Ich fand es verwunderlich, daß er mich nicht des Peilgerätes wegen zur Rede stellte. Entweder hatte er es auch nach dem Ausziehen seiner Jacke nicht bemerkt (was kaum anzunehmen war), oder er hatte es bemerkt, wußte aber nicht, was es war, und hatte sich entschlossen, keinen Gedanken daran zu verschwenden. Oder – und das fiel mir erst später ein – er hatte es zwar gesehen, aber angenommen, jemand anders als ich hätte es an seiner Jacke angebracht, während er schlief, und wollte, daß es dort blieb, wo es war. Jemand im Wald. Jemand, dem er gefällig sein wollte.

Oder vielleicht war alles ganz anders. Was wußte ich schon davon, wie die Gedankengänge eines Nutzers abliefen? So gesehen – was wußte ich schon von den Gedankengängen *irgendeines* anderen Menschen? Würde jemand, der die Fähigkeit besitzt, schon nach kurzer Bekanntschaft über dieses Wissen zu verfügen, achtzehn Monate mit einem Russell verbracht haben?

Zwei Tage nach Billys Rückkehr aus den Wäldern verkündete Annie: »Gravbahn is' schon wieder im Eimer.« Das sagte sie natürlich nicht zu mir. Ich saß zwar in ihrer Wohnung, wo ich Lizzie besuchte, aber Annies offizielle Kenntnisnahme meiner Person stand noch aus. Sie sah mir nicht ins Gesicht, sie sprach nicht mit mir, sie manövrierte ihre beachtliche Leiblichkeit in einem Bogen um den Platz herum, den ich einnahm, als wäre ich ein unerklärliches und äußerst hinderliches Schwarzes Loch. Wahrscheinlich hatte Billy mich nur deshalb eingelassen, weil ich mit zwei Armen voll Nahrungsmitteln und Sachen aus dem Lagerhaus aufgetaucht war – alles bezogen auf ›Victoria Turners‹ Chips –, um beizutragen zum Wachstum der Vorratsstapel an den Wänden. Langsam begann Annies Bleibe zu riechen wie eine Deponie, wo die müllfressenden Mikroorganismen mit der Arbeit nicht nachkamen.

»Un' wo is' es?« fragte Billy. Er meinte die Stelle, wo der Zug auf seiner magnetischen Trasse hängengeblieben war.

»Gleich hier«, antwortete Annie. »Keine fünfhundert Meter außerhalb der Stadt, sagt Celia Kane, das sagt sie. Paar von den Leuten sin' so fuchtig, die wollen den Zug anzünden, sagt sie.«

Interessiert blickte Lizzie von dem Mini-Terminal mit ihrer heißgeliebten Kristallbibliothek auf. Ich hatte Annies Reaktion auf dieses Geschenk nicht miterlebt, aber Lizzie hatte sie mir geschildert. Der einzige Grund, weshalb Lizzie sich immer noch daran erfreuen durfte, war darin zu finden, daß sie gedroht hatte, mit der nächsten Gravbahn für immer zu verschwinden. Sie war schließlich zwölf, hatte sie ihrer Mutter erklärt, und eine Menge junges Volk verließ das Elternhaus mit zwölf. Ich nehme an, es stimmte, daß Nutzer-Sprößlinge mit ihren überall gültigen Essenchips kamen und gingen, wie es ihnen beliebte. Und das war der Zeitpunkt, zu dem Annie aufgehört hatte, das Wort an mich zu richten.

»Die Gravbahn, die kann brennen?« erkundigte sich Lizzie.

»Ne«, entschied Billy. »Un' außerdem is' es gegen das Gesetz, sie zu demolieren.«

Lizzie verdaute das. »Aber wenn keiner nich' kommen kann aus Albany, weil doch die Bahn kaputt is', wer soll dann wen bestrafen, der wo das Gesetz bricht ...«

»Die können kommen, mit'm Flugzeug können sie kommen, oder?« keifte Annie. »Du, denk nich' mal dran, das Gesetz zu brechen, hörst du?«

»Ich, ich hab ja nich' dran gedacht«, argumentierte Lizzie mit einer gewissen Logik, »das war Celia Kane. Außerdem kommt keiner mehr mit'm Flugzeug aus Albany nach East Oleanta. Die Macher dort, die haben jetzt was anderes im Kopf als unsere Probleme hier.«

»Kindermund sagt die Wahrheit«, warf ich ein, aber natürlich antwortete mir keiner.

Draußen auf dem Flur schrie jemand herum. Schritte bewegten sich an der Tür vorbei, verhallten und kehrten wieder zurück. Ein einzelner Schlag gegen die Tür. Billy und Annie sahen einander an. Dann öffnete Billy die Tür einen Spalt und steckte den Kopf hinaus. »Was is'n los?«

»Lagerhaus is' nich' geöffnet! Is' jetz' schon die zweite Woche, daß es nich' aufmacht! Sollten alles kurz un' klein schlagen, wir alle! Verdammte Bude, ich brauch' Stiefel un' 'ne neue Decke!«

»Oh!« sagte Billy und schloß die Tür.

»Billy«, erkundigte ich mich vorsichtig, »wer weiß noch von den Vorräten an Nahrungsmitteln und Dingen aus dem Lagerhaus, die ihr hier hortet?«

»Keiner nich', bloß wir vier!« sagte er und mied meinen Blick. Er schämte sich.

»Erzählt niemandem etwas davon. Auch wenn sie euch einreden wollen, sie würden die Sachen dringend brauchen.«

Ratlos sah Billy Annie an; ich wußte, er war auf meiner Seite. Ich hatte entdeckt, daß East Oleanta über eine florierende Tauschwirtschaft verfügte, die parallel zur offiziellen Macher-Versorgung existierte: langsam über einem offenen Feuer gebratene Kaninchen gegen unvorstellbar scheußliche Wandbehänge oder bestickte Overalls; Nüsse gegen Spielzeug; Sonnenschein gegen Nahrungsmittel. Dienstleistungen – die ganze Palette von Babysitten bis Beischlaf – gegen Musikanlagen oder im Eigenbau getischlerte Holzmöbel aus selbstgefällten Bäumen. Ich konnte mir gut vorstellen, wie Billy einiges von unseren aufgetürmten Vorräten in den Tauschhandel einfließen ließ, ohne auch nur ein Sterbenswörtchen darüber verlauten zu lassen, um kein Risiko einzugehen. Denn es gab immerhin die Möglichkeit, daß Lizzie eines Tages etwas davon benötigen könnte.

Annie, das war eine andere Geschichte. Sie würde für Lizzie ihr Leben lassen, aber sie hatte einen Hang zu ehrlichem, gerechtem Teilen und gedankenloser Anpassung an ihre Umgebung, was ihr ein Gefühl von Gemeinschaft verschaffte.

Ich streckte mich. »Ich denke, das große Organisieren beim Distriktsleiter-Aaron-Simon-Samuelson-Warenversorgungszentrum kann ich mir einfach nicht entgehen lassen.«

Annie kommentierte das mit einem säuerlichen Blick, ohne mich dabei anzusehen. Billy, der wußte, daß ich sowohl mit einem persönlichen Schild als auch mit einer Betäubungswaffe ausgerüstet war, sagte nichtsdestoweniger unfroh: »Geben Sie obacht, Frau Doktor.«

Lizzie sprang auf. »Ich komme mit!«

»Halt den Mund, Kind! Du gehst nirgendwohin, du, verstanden? Is' gefährlich!« Annie, natürlich. Die ausgefallene Gravbahn raubte Lizzies im Raum stehender Drohung vorübergehend die Spitze: womit sollte sie weg von daheim?

Lizzie preßte die Lippen so fest aufeinander, daß sie beinahe nicht mehr zu sehen waren. Noch nie zuvor hatte ich das bei ihr bemerkt. Aber sie war und blieb Annies Kind. »Doch, ich geh'!«

»Nein, du kommst nicht mit«, sagte ich. »Es ist zu gefährlich. Ich werde dir nachher erzählen, was los war.« Murrend gab Lizzie auf.

Annie dachte nicht daran, sich dankbar zu erweisen.

Ein Haufen von etwa zwanzig Leuten hatte sich versammelt, um das Lagerhaus zu erstürmen, wobei sie ein Sofa als Rammbock verwendeten. Ich wußte, das war ein hoffnungsloses Unterfangen; hätte die Bastille einst aus SchaumStein bestanden, wäre Marie Antoinette in der Lage gewesen, auch weiterhin ihre Perücken zu tragen. Ich lungerte auf der anderen Straßenseite herum, wo ich gelegentlich an der türkisblauen Wand eines Wohnhauses lehnte und die Vorgänge verfolgte.

Das Tor gab nach.

Zwanzig Leute gaben einen kollektiven Aufschrei von sich und stürzten ins Gebäude. Dann gaben dieselben zwanzig Leute einen weiteren Aufschrei von sich, diesmal einen wütenden.

Ich inspizierte bereits die Türangeln. Sie hatten aus Duragem bestanden, das der MolSpalter Atom für Atom zerlegt hatte.

»Is' überhaupt nichts da!«

»Die haben uns reingelegt, die!«

»Scheißkerle!«

Ich lugte ins Innere des Lagerhauses und trat unauffällig ein. In dem kleinen Raum unmittelbar hinter der Tür befanden sich nur ein Pult und ein Terminal. Eine zweite Tür führte zum Lagerraum, der nichts als leere Regale enthielt – und leere Kisten, leere Stangen mit Haken daran, an denen Overalls und Vasen und Musikchips und Stühle und PutzRobs und Handwerkszeug hängen sollten. Ich spürte Gänsehaut vom Nacken bis zu den Beinen, einen echten Schauder aus

Furcht und Faszination. Dann war es also wahr! Es stand wirklich so schlecht um die Wirtschaft, die politischen Strukturen, die Duragem-Krise! Zum erstenmal seit über hundert Jahren, seit Kenzo Yagai billige Energie erfunden und die Welt erneuert hatte, gab es nicht genug, als daß es für alle gereicht hätte. Die Politiker reservierten das Vorhandene für die Großstädte, wo das Wahlvolk dichter siedelte, und schrieben Gebiete ab, die dünner bevölkert und schwerer erreichbar waren. East Oleanta gehörte zu den letzteren.

Niemand würde kommen und die Gravbahn reparieren.

Der Mob heulte auf und fluchte. »Verdammte Macher-Schweine, die! Zur Hölle mit dem Pack!« Ich hörte, wie Regale von den Wänden gerissen wurden; vermutlich bestand ihre Befestigung aus Duragem-Schrauben.

Rasch, aber ruhig ging ich wieder nach draußen. Zwanzig wütende Leute, die sich zusammenrotteten, waren immer gut für Ausschreitungen. Eine Betäubungspistole feuert bei jedem Schuß nur in eine Richtung, und ein persönlicher Schild ist zwar undurchdringlich, schützt den Träger jedoch nicht davor, an einem Ort ohne Essen und Wasser festgehalten zu werden.

Das Hotel oder Annies Wohnung? Wofür ich mich auch entschied, es konnte sein, daß es sich für die nächste Zukunft um meinen ständigen Wohnsitz handeln würde …

Das Hotel verfügte über ein vernetztes Terminal, das ich benutzen konnte, um Hilfe anzufordern, wenn ich den rechten Moment wählte. Annies Wohnung andererseits lag am Stadtrand, was mir plötzlich sicherer erschien als das Zentrum; außerdem gab es Nahrungsmittel, Türen, deren Angeln nicht aus Duragem bestanden, und eine Eigentümerin, die mir ohnehin schon feindlich gesinnt war. Und Lizzie.

Ich marschierte eiligst Richtung Annie.

Auf halbem Weg schoß plötzlich Billy um eine Ecke, einen Baseballschläger in der Hand. »Schnell, Frau Doktor! Da lang, machen Sie schon!«

Starr vor Verblüffung blieb ich stehen. Meine ganze Ängstlichkeit, eher eine Art übersteigerte Erregung, war wie weggeblasen. »Sie kommen, um *mich* zu beschützen?«

»Hier lang!« Er atmete schwer, und seine alten Knie zitterten.

Ich griff nach seinem Ellbogen, um ihn zu stützen. »Billy, lehnen Sie sich eine Sekunde lang an die Wand hier. Sie kamen wirklich, um *mich* zu beschützen?«

Er packte meine Hand von seinem Ellbogen und zerrte mich in ein schmales Gäßchen – dasselbe, das die Straßengang für ihr kreatives Herumlungern benutzt hatte, als das Wetter wärmer gewesen war. Und da hörte ich es mit einemmal: das Gebrüll vom anderen Ende der Straße, in der das Lagerhaus stand. Die nächste Meute wütender Menschen, die die Macher-Politiker zur Hölle wünschten.

Billy führte mich durch das Gäßchen, an ein paar Häusern vorbei und dann auf Händen und Knien durch eine Art Minifriedhof für ausrangierte Roller, PlastiSynth-Trümmer, Matratzen und anderen unschönen Sperrmüll. Wir kamen zur Rückseite der Cafeteria, wo Billy sich an dem Hintertürchen zu schaffen machte, das nur von den LieferRobs benutzt wurde; es klappte auf. Wir krochen in die vollautomatisierte Küche, die geschäftig SojSynth so zurechtmachte, daß es wenigstens aussah wie etwas anderes.

»Wie …?«

»Lizzie«, japste er, »noch eh' sie … alles mögliche … gelernt hatte von Ihnen«, und selbst das Anfangsstadium eines Herzanfalls konnte den hörbaren Stolz in seiner Stimme nicht unterdrücken. Er ließ sich mit dem Rücken an der Wand entlang zu Boden gleiten und konzentrierte sich ein Weilchen auf langsameres Atmen. Die hektisch dunkle Färbung seiner Haut ließ nach.

Ich blickte mich um. In einer Ecke stapelte sich ein kleineres Vorratslager – Decken, Nahrungsmittel und andere nützliche Dinge. Meine Augen wurden feucht.

»Billy ...«

Er war immer noch damit beschäftigt, zu Atem zu kommen. »Weiß keiner nich' ... von dem da ... wird keiner hier ... nach Ihnen suchen.«

Wohingegen das in Annies Wohnung sehr wohl hätte passieren können, dachte ich. Die Leute hatten mich mit Lizzie zusammen gesehen. Er beschützte nicht mich, er beschützte Lizzie davor, mit mir in Zusammenhang gebracht zu werden!

Ich sagte: »Ob jetzt wohl der ganze Ort zu einer einzigen Bastille wird?«

»Hah?«

»Ob jetzt wohl der ganze Ort überschnappt, alles kurz und klein schlägt und sich dann einen Sündenbock sucht, den er einen Kopf kürzer machen kann?«

Die Vorstellung schien ihn zu überraschen. »Der ganze Ort? Nee, gewiß nich', doch nich' alle. Was man da draußen hört, das sin' bloß die Hitzköpfe, die wo gleich ganz aus'm Häuschen geraten, wenn was nich' so is' wie immer. Werden sich wieder beruhigen, die. Un' 'n guter Mann wie Jack Sawicki, der bringt schon wieder Ordnung ins Volk un' läßt sie was Nützliches tun, die.«

»Was zum Beispiel?«

»Och«, er machte eine unbestimmte Handbewegung; sein Atem ging fast wieder normal. »Decken zur Seite legen für Leute, wo keine haben un' welche brauchen. Sachen einteilen, wo nich' mehr nachkommen werden. Kam 'ne Lieferung SojSynth, grade letzte Woche, un' so wird's der Küche wohl nich' so bald ausgehen, denk' ich. Bloß Extras wird's keine geben. Aber Jack, der wird das den Leuten schon klarmachen.«

Es sei denn, die Küche würde kaputtgehen; aber das sprach keiner von uns beiden aus.

»Billy, werden sie bei Annie nach mir suchen?« fragte ich mit ruhiger Stimme.

Er starrte auf die Wand gegenüber. »Kann sein.«

»Dann werden sie die Vorräte sehen.«

»Is' schon fast alles hier. Was in der Wohnung noch rumstand, waren zumeist leere Eimer. Annie, die kippt sie jetzt der Reihe nach in den Wiederverwerter.«

Ich ließ mir das kurz durch den Kopf gehen. »Sie wollten mir nicht anvertrauen, daß Sie alles hierhertransportiert haben. Sie hofften, ich würde abreisen, bevor Sie es mir sagen mußten.«

Er starrte weiterhin die Wand an. Das Förderband schob Schüssel um Schüssel mit SojSynth-›Suppe‹ unter den Blitzofen. Ich warf einen Blick auf den Haufen mit Vorräten. Er war noch kleiner, als ich vorhin gedacht hatte. Und wenn die Küche aufhörte zu funktionieren, dann wäre es natürlich nur eine Zeitfrage, bis dem einheimischen Pöbel das nicht verbrauchte SojSynth einfiel, das sich noch irgendwo hinter dem Fließband befinden mußte. Billy mußte noch andere Vorratslager haben. In den Wäldern? Möglicherweise.

»Wird euch irgend jemand behelligen, dich und Annie und Lizzie, weil ich euch so oft besucht habe? Auch wenn ich jetzt nicht mehr komme?«

Er schüttelte den Kopf. »So sin' die Leute nich'.«

Was ich bezweifelte. »Wäre es nicht besser, Lizzie hierherzubringen?«

Sein faltiges Gesicht wurde störrisch. »Nur wenn's nich' anders geht. Is' besser, ich hole nur Essen un' was wir sonst noch brauchen von hier.«

»Dann sollte sie wenigstens das Terminal und die

Kristallbibliothek, die sie von mir bekommen hat, verstecken.«

Er nickte und stand auf. Seine Knie zitterten nicht mehr. Er griff nach seinem Baseballschläger, und ich umarmte ihn – so lang und fest, daß er vor Verblüffung ein wenig schwankte. Oder vielleicht kam das nur davon, weil ich ihn ein bißchen aus dem Gleichgewicht brachte.

»Vielen Dank, Billy.«

»Gern geschehen, Frau Doktor Turner.«

Er gab mir noch den Code für den Lieferanteneingang und krabbelte dann vorsichtig hinaus. Ich machte mir ein Nest aus Decken auf dem Boden, setzte mich hin und zog den Handmonitor aus dem Overall. Der Peilsender, den ich tief in seine tiefste Tasche gesteckt und dort festgedrückt hatte, als er schwankte, zeigte Billy auf dem Weg zurück zu Annies Wohnung. Heute würde er nirgendwohin sonst gehen. Und in den nächsten Tagen. Aber wenn er es tat, dann wollte ich es wissen.

Rex, der vor Paul und nach Eugene kam, hatte einst eine interessante Ansicht über Organisationen zum besten gegeben. Grundsätzlich gäbe es auf der ganzen Welt nur zwei Arten von Organisationen, hatte Rex gesagt. Wenn beim ersten Typus von Organisation die Leute die Regeln nicht befolgen oder sonstwie stören, dann können sie hinausgeschmissen werden. In der Folge hören sie auf, Teil der Organisation zu sein. Unter diesen Typus fallen Fußballmannschaften, Firmen, Privatschulen, Sportclubs, Religionen, genossenschaftlich betriebene Enklaven, Ehen und die Börse.

Wenn die Leute hingegen beim zweiten Typus von Organisationen die Regeln nicht befolgen, dann können sie nicht hinausgeschmissen werden, weil es keinen Ort gibt, wohin man sie hinausschmeißen könnte. Wie nutzlos, unangenehm oder gefährlich die ungeliebten Mitglieder auch sind, die Organisation hat sie für alle Zeiten am Hals. Unter diesen Typus fallen Hochsicherheitsgefängnisse, Familien mit unerträglichen Neunjährigen, Pflegeheime für aufgegebene Fälle und Länder.

Hatte ich gerade miterlebt, wie mein Land eine ganze ungewollte, unangenehme Stadt von Wählern, die brav die Regeln befolgten, hinausschmiß?

Die meisten Macher waren nicht herzlos. Doch bei verzweifelten Menschen – und ganz besonders bei verzweifelten Politikern – soll es schon vorgekommen sein, daß sie Dinge taten, die sie ansonsten nie getan hätten.

Ich lehnte mich mit dem Rücken an die Wand und sah zu, wie die vollautomatisierte Küche SojSynth in Schokoladekekse verwandelte.

Billy Washington:
East Oleanta

11

Schon am Tag, nachdem halb East Oleanta das Lagerhaus zerlegt hatte, fingen sie an, Futter mit'm Flugzeug reinzubringen.

Genau wie ich's der Frau Doktor gesagt hatte, es sin' hier nich' alle so. Bloß 'n paar von den kleinen Taugenichtsen un' Leute wie Celie Kane, wo so un' so immer am Überkochen sin'. Un' auch 'n paar gute Leute, denen's einfach mal reichte, un' da kriegten sie eben zeitweilig 'nen Rappel. Als das Flugzeug anfing, tagtäglich aufzutauchen, beruhigten sich alle wieder; brachte zwar keine anderen Sachen als Lebensmittel, das Flugzeug, aber immerhin. Die Tech, wo die LieferRobs unter sich hatte, die grinste freundlich un' sagte: »Mit besten Empfehlungen von Kongreßabgeordneter Janet Carol Land.« Aber sie hatte drei SicherheitsRobs bei sich, un' dazu 'n bläulichen Schimmer, wo Frau Doktor Turner sagte, es wär' 'n persönlicher Schild in Militärausführung.

Kaum 'ne Stunde, nachdem die Frau Doktor aus der Speisekammer hinter der Küche ausgezogen war, marschierten die LieferRobs rein. Grade, daß keiner sie dort erwischte. »Ganz Rom trifft sich auf dem Forum«, sagte sie; damit konnte ich rein gar nichts anfangen. Zog wieder zurück ins Staatsrepräsentantin-Anita-Clara-Taguchi-Hotel, die Turner.

Dann ging die Frauendusche in den öffentlichen Bädern kaputt. Un' dann 'n SicherheitsRob. Dann die Straßenbeleuchtung oder irgendwas, was sie regelte. Dazu kriegten wir 'ne Eiseskälte, un' der Schnee wollte einfach nich' aufhören.

»Verdammter Schnee«, knurrte Jack Sawicki jedesmal, wenn ich ihm übern Weg lief. Dieselben Worte, immerzu, als läg's am Schnee, das ganze Schlamassel. Jack hatte abgenommen. Bin der Meinung, er machte gar nich' mehr gern den Bürgermeister.

»Sin' alles die Macher, die wo uns das antun!« keifte Celie Kane. »Benutzen das beschissene Wetter, um uns alle auszurotten!«

»Komm, Celie«, redete Doug ihr gut zu, »kann doch keiner nichts am Wetter ändern, du!« Klang ganz vernünftig.

»Un' wie willst'n *du* wissen, was die tun können un' was nich'! Bist bloß 'n bescheuerter alter Mann, du!« Da machte Doug Kane sich eben wieder über seine Suppe her un' fuhr fort, am Holoterminal das Konzert vom Lichten Träumer anzusehen.

Daheim sagte Lizzie zu mir: »Weißt du, Billy, Mister Kane hat recht. Es kann wirklich keiner was am Wetter ändern. Es ist ein chaotisches System.«

Hatte keine Ahnung nich', was das heißen sollte. Aber Lizzie sagte 'ne Menge Dinge, wo ich nich' verstand, jetz', wo sie jeden Tag Software macht mit Doktor Turner. Lizzie, die konnte jetz' sogar schon reden wie 'n Macher – aber nich', wenn ihre Mutter in der Nähe war. Is' 'n kluges Kind, die Lizzie. Grade hörte ich, wie sie zu Annie sagte: »Kann doch keiner nichts am Wetter ändern!« Un' Annie, die beim Zählen von klebrigen Kuchen un' Sojaburgern war, wo in 'ner Ecke der Wohnung vor sich hinmoderten, nickte ohne hinzuhören un' sagte: »Zeit fürs Bett, Lizzie.«

»Aber ich bin grade bei ...!«

»Zeit fürs Bett!«

Mitten in der Nacht hämmerte wer an die Wohnungstür.

»B-B-Billy! Annie! L-L-Laßt mich rein!«

Setzte mich auf auf'm Sofa, wo ich schlief. 'ne Minute lang dachte ich, es wär 'n Traum gewesen, weil das Zimmer finster war wie 'n Grab.

»L-L-Laßt mich rein!«

Doktor Turner. Rappelte mich hoch vom Sofa, da ging schon die Tür vom Schlafzimmer auf, un' Annie kam raus in ihrem weißen Nachthemd. Lizzie steckte hinter ihr wie 'n Rückenwind.

»Daß du mir nich' die Tür aufmachst, Billy Washington!« schnauzte Annie mich an. »Mach ja nich' auf, du!«

»Is' die Frau Doktor Turner!« sagte ich. Konnte nich' mal grade stehen, ich, war so belämmert vom Träumen. Kriegte Schlagseite un' faßte nach'm Ende des Sofas. »Die tut uns doch nichts!«

»Keiner kommt mir hier rein! Was wissen wir schon von irgendwas, wir alle!«

Da merkte ich erst, sie war auch 'n wenig belämmert vom Träumen. Un' so machte ich die Tür auf.

Doktor Turner stolperte rein, trug 'nen Koffer in der Hand, hatte aber bloß ihr Nachtgewand an, un' das war voll Schnee. Ihr niedliches Macher-Gesicht war ganz weiß, un' die Zähne klapperten ihr im Mund. »V-V-Verriegeln Sie die T-T-Tür!«

»Sin' am Ende alle hinter Ihnen her?« erkundigte sich Annie.

»Nein. N-N-Nein… L-L-Lassen Sie mich erst mal ein b-b-bißchen warm w-w-werden…«

Da fiel's mir wie Schuppen von den Augen: Vom Hotel zu unserer Wohnung war's gar nich' so weit, un' auch wenn's draußen kalt war, hätte die Turner nich' halb erfroren sein dürfen! Ich faßte sie an den Schultern. »Was is'n im Hotel los, Frau Doktor?«

»H-H-Heizung ist ausgef-f-fallen.«

»Heizung kann nich' ausfallen«, sagte ich. Klang wie Doug Kane, wenn er sich bemühte, Celie mit Vernunft zu kommen. »Is' doch Y-Energie.«

»W-W-Wird das Umlaufsystem sein. M-M-Manche Teile m-m-müssen wohl aus D-D-Duragem bestehen!« Sie stand an unserem Heizgerät un' rubbelte sich die Hände; ihr Gesicht war immer noch so weißgrau wie der Schnee, wo sich in den Straßen türmte.

»Da draußen gibt's 'ne Schreierei!« sagte Lizzie plötzlich.

»S-S-Sie wollen das H-Hotel niederbrennen.«

»Niederbrennen?« sagte Annie. »SchaumStein brennt nich'!«

Aber Doktor Turner, die lächelte bloß – so 'n schiefes Macher-Lächeln, wo einem sagte, daß wir Nutzer grade eben was kapierten, was die Macher längst schon wußten. »Aber sie versuchen es trotzdem. Ich erklärte ihnen ohnehin, daß es den Duragem-Spalter nicht ausrotten würde und daß sicher jemand dabei zu Schaden käme.«

»*Sie* erklärten ihnen das!« sagte Annie un' stemmte eine Hand in ihre stattliche Hüfte. »Un' dann kommen Sie hierher, Sie, wo das ganze Lumpenpack hinter Ihnen her is'!«

»Niemand ist hinter mir her. Das Lumpenpack ist viel zu sehr damit beschäftigt, die Gesetze der Physik außer Kraft setzen zu wollen. Außerdem ist mir verdammt kalt, Annie! Wohin sonst sollte ich gehen? Die Technikerin hat die Codes am Hintereingang der Cafeteria geändert, und dazu wimmelt es in der Küche von LieferRobs, wann immer dieses unverläßliche Flugzeug eintrifft.«

Annie guckte sie an, un' sie guckte Annie an, un' mit einemmal merkte ich, da stimmte was nich' mit der Art, wie Doktor Turner das alles sagte. Das war gar keine Bitte um Hilfe, auch wenn die Worte danach waren. Un' es sollte wohl auch nich' besonders vernünftig klingen. Was die Turner in Wirklichkeit fragte, war: *Wohin könnte ich sonst noch gehen? Können Sie mir vielleicht 'nen anderen Ort nennen, einen, den ich nich' erwähnt hab?* Bloß fragte sie nich' Annie. Sie fragte mich.

Aber ich würd's ihr nich' verraten, daß ich's endlich herausgefunden hatte. Nach der langen Sucherei. Daß ich wußte, wo Eden war.

»Sie können hier bei uns bleiben«, sagte Lizzie, un' ihre großen braunen Augen sahen ihre Mutter an. Da spürte ich, wie sich die Muskeln in meinem Nacken zu 'nem Knoten zusammenzogen. Da stand sie nun wohl bevor, die große Entscheidungsschlacht zwischen Annie un' Doktor Turner. War's aber nich'. Noch nich'. Vielleicht hatte Annie Angst davor, auf welche Seite Lizzie sich stellen würde.

»Na gut«, sagte Annie, »aber bloß weil ich nich' zusehen kann, wie sich wer zu Tode friert oder von der nichtsnutzigen Bande in Stücke gerissen wird! Trotzdem gefällt's mir nich'!«

Hätte auch keiner nich' angenommen. Ich jedenfalls, ich sah mich vor, nur ja keinem ins Gesicht zu schauen.

Annie gab der Turner 'n paar Decken von den Vorratsstapeln an der Wand. Die ganze Ecke war vollgepfercht mit Sachen: Decken un' Overalls un' Stühle un' Haarbänder un' angeschimmeltes Essen un' was weiß ich noch alles. Dachte dran, ich nämlich, der Frau Doktor das Sofa zu überlassen, aber da ging sie schon dran, sich ihre Decken auf'm Boden zurechtzulegen, un' ich stellte mir vor, daß sie 'ne nette Gesellschaft abgeben könnte, aber leider war sie dreißig Jahre jünger als ich. Oder zwanzig, oder vierzig – bei den Machern kann man das nie so genau sagen.

Un' so legten wir uns alle wieder schlafen, aber das Gebrüll draußen ging noch 'ne ganze Weile weiter. Un' am Morgen, da war das Staatsrepräsentantin-Anita-Clara-Taguchi-Hotel 'ne Ruine. Stand natürlich immer noch, das Hotel, aber die Türen un' Fenster waren aus den Angeln gerissen, un' die ganze Einrichtung war in Trümmern, un' sogar das Terminal war nur mehr 'n wirres Häufchen Schrott auf der Straße. Jack Sawicki, der sah ganz ernst drein, deswegen. Alles, was ihm jetz' noch blieb, wenn er mit Albany reden wollte, war das Terminal in der Cafeteria. Außerdem kosten alle diese Dinger viel Geld. Die Staatsrepräsentantin Taguchi, die würde fuchsteufelswild sein.

Schneeflocken wehten bei den Hotelfenstern rein und breiteten sich über'n Boden aus, un' man hätte denken können, daß der Laden seit Jahren schon leerstand, so wie der aussah. Irgendwie tat's mir im Herzen weh, ihn so zu sehen. Immer mehr ging uns verloren, immer mehr.

An dem Nachmittag blieb das Flugzeug aus, un' zum Abendbrot am drauffolgenden Tag war das Essen in der Cafeteria alle.

Ungefähr 'nen Kilometer außerhalb der Stadt kenne ich flußaufwärts 'ne Stelle, wo gern mal Rehe hinkommen. Als wir noch 'nen AufseherRob hatten, da legte der im Winter dort schmackhafte Pillen aus für die Rehe. In den Pillen war 'ne Art von Medikament, damit die Viecher sich nich' stärker vermehrten, als der Wald es vertragen konnte. Der AufseherRob is' nich' ersetzt worden seit vor den tollwütigen Waschbären letzten Sommer. Aber die Rehe kommen immer noch auf die Lichtung. Machen eben das, die Viecher, was sie immer schon gemacht haben, weil sie's nich' besser verstehen.

Oder doch? An der Stelle floß das Wasser so rasch dahin, daß es nie bis zum Grund zu Eis gefror, außer wenn's um die zwanzig Grad minus hatte. Der Wind blies den Schnee von der Lichtung gegen den waldigen Hang un' legte viel Gras frei. Normalerweise brauchte man nich' lang zu warten, bis zwei, drei Rehe auftauchten.

Doch als ich diesmal mit Doug Kanes Gewehr dorthin kam, da war schon wer vor mir dagewesen. Der Schnee war blutbespritzt, und 'n zerstückelter Kadaver lag am Flußufer. Hing noch viel Fleisch in Fetzen dran, weil wer zu faul oder zu dusselig gewesen war, ihn ordentlich zu zerlegen. Scheißkerle machten sich nich' mal die Mühe, den Kadaver vom Wasser wegzuziehen.

Also marschierte ich 'n Stückchen weiter. Es schneite, aber nich' viel. Der Boden knirschte unter meinen Stiefeln, un' ich blies Dampfwolken vor mir her. Der Rücken tat mir weh un' die Knie auch, un' ich versuchte nich' mal, so zu gehen, daß man's nich' hören konnte. »Geh nich' allein, du!« hatte Annie gesagt, aber ich wollte nich', daß Lizzie allein daheimblieb. Un' die Frau Doktor Turner wollte ich schon gar nich' mithaben. Die wohnte jetz' bei uns, un' das war vielleicht gar nich' so übel, weil Macher, die kennen so viele Sachen, von denen man nichts weiß, bis man sie mal braucht, wie damals, letzten Sommer, das Medikament für Lizzie. Aber die Turner war 'ne Stadtfrau, un' das hätte das Wild abgeschreckt, wenn sie so durchs Unterholz trampelte wie 'n Elefant oder 'n Lindwurm oder 'n anderes von diesen Monstern aus alten Zeiten. Ich mußte heute was schießen. Wir brauchten das Fleisch, das brauchten wir dringend.

In 'ner einzigen Woche hatten wir unsere ganzen Vorräte aufgegessen. In 'ner einzigen lausigen Woche!

Un' aus Albany kam nichts mehr, nich' mit der Bahn, nich' mit dem Flugzeug, nich' mit dem Gravschlitten. Die Leute brachen in die Cafeteria ein, in die Küche, wo Annie Apfelpudding fürs Transportband gekocht hatte, aber es war nichts mehr da.

Ich wanderte weiter flußaufwärts. Als ich noch 'n Junge war, da war ich ganz wild drauf, mich zur Winterszeit im Wald rumzutreiben. Aber da saß mir nich' die Angst in allen Knochen. Da war ich nich' 'n alter Knacker mit 'nem schmerzenden Kreuz, der wo immerzu dran denken mußte, daß Lizzies große dunkle Augen auch mal hungrig dreinschauen könnten. Un' das würd' ich nich' ertragen. Nie.

Lizzie. Hungrig …

Als ich mich auf'n Weg aus der Stadt gemacht hatte, waren die Leute grade in die Cafeteria gerannt. Irgendwas war im Gange, keine Ahnung, was. Wollte es auch nich' wissen. Wollte einfach nur, daß Lizzie nie Hunger leiden mußte.

Un' da gab's nur zwei Möglichkeiten für mich. Entweder im Wald auf die Jagd nach was Eßbarem gehen. Oder Lizzie un' Annie nach Eden bringen. Hatte es gefunden, ich, grade bevor die Gravbahn zum letztenmal den Geist aufgab. Da stieß ich im Wald auf dieses Mädchen mit dem großen Kopf, un' ich folgte ihr, un' sie hatte nichts dagegen, daß ich ihr folgte. Ich sah zu, wie 'n Tor in der Bergflanke aufging, wo überhaupt kein Tor sein konnte, un' sie stieg durch, un' das Tor ging wieder zu, als wär's überhaupt nie dagewesen. Doch noch ehe es zuging, drehte das Schlaflosenmädel sich um, drehte sich zu mir um un' sah mich an. »Bringen Sie niemanden sonst hierher, Mister Washington, außer es läßt sich wirklich nicht vermeiden. Wir sind noch nicht bereit für Sie alle.«

Das waren die schaurigsten Worte, wo mir je zu Ohren kamen.

Bereit für uns alle – *wofür?*

Aber Annie un' Lizzie, die würd' ich hinbringen, wenn's nich' anders ging. Wenn sie zuviel Hunger litten. Wenn ich nirgendwo was zu essen auftreiben konnte.

Ich kam zu 'ner Stelle, wo im letzten Juni 'ne Menge Hundszahn gewachsen war. Ließ mich auf die Knie nieder, un' da hätte ich aufheulen können vor Schmerzen, aber 's war mir egal. Buddelte alle

Hundszahnzwiebeln aus, wo ich finden konnte, un' stopfte sie in die Jackentaschen. Man kann sie rösten. In meinen Taschen hatte ich schon Eicheln, die man zu Mehl zerstampfen kann – is' 'ne arge Plackerei –, un' Hickoryzweige zum Auskochen anstelle von Salz.

Un' dann setzte ich mich auf 'nen Stein un' wartete. Hielt so still, wie ich konnte. Die Knie taten mir höllisch weh. Un' so wartete ich eben.

'n Kaninchen kam aus'm Unterholz, kam einfach am anderen Flußufer raus, als wär's daheim dort. Sah sich kaum um. Aber 'n Karnickel gibt nich' viel zu beißen un' kostet 'ne Kugel. Andererseits war mir schon so kalt, daß ich wußte, bald würde ich zu zittern anfangen un' gar nichts mehr treffen.

Kugel oder Karnickel? Alter Esel, kannst dich nich' entscheiden!

Da sah ich Lizzies hungrige Augen vor mir.

Sachte, sachte hob ich das Gewehr, hob es un' drückte ab. Das Kaninchen kam nich' mehr dazu, den Schuß zu hören. Flog in die Luft un' fiel wieder runter. Aus. Ich watete durch den Fluß un' holte es.

Hatte 'ne gute Seite, so gesehen – das Kaninchen paßte unter meine Jacke. 'n Reh hätte nich' drunter gepaßt. Wollte nich', daß mich wer sah mit dem Karnickel in der Hand, un' ich wollte auch nich' rumtrödeln an der Stelle, wo der Schuß gefallen war. 'nem alten Mann kann man leicht was wegnehmen.

Versuchte auch keiner nich', bis auf Doktor Turner.

»Sie wollen es *abhäuten?*« fragte sie, un' ihre Stimme wurde immer höher.

Hätte lachen können, ich, über die Art, wie sie dreinsah dabei, aber sonst war eigentlich nichts lustig. »Na wollen Sie's vielleicht mitsamt dem Fell essen?«

Da sagte sie nichts mehr. Annie schnaubte durch

die Nase. Lizzie legte ihr Terminal hin un' rückte näher, um nichts zu verpassen.

»Wie sollen wir's denn kochen, Billy?« fragte Annie. »Die Y-Einheit wird nich' heiß genug dafür!«

»Ich werd's braten. Heut' nacht, am Fluß. Kann 'n Feuer machen, ich, wo fast keinen Rauch gibt. Un' in der Glut werden die Hundszahnzwiebeln geröstet.« Machte mir ganz wohlig, wie Annie mich da ansah.

Lizzie sagte: »Aber wenn du … Wo gehst du denn hin, Vicky?«

»Zur Cafeteria.«

Ich sah hoch von der Arbeit. Auf meinen Händen war Blut. Fühlte sich gut an. »Was wollen Sie denn dort, Frau Doktor? Is' gefährlich für Sie!« Die Straßenbande trifft sich immer noch dort. Das Förderband is' zwar leer, aber das Holoterminal funktioniert immer noch.

Sie lachte. »Ach, machen Sie sich keine Sorgen um mich, Billy. Keiner wird mir was tun. Aber dort ist irgend etwas im Gange, und ich möchte wissen, was.«

»Hunger is' im Gange, was sonst«, sagte Annie. »Un' der sieht in der Cafeteria nich' anders aus wie hier. Können Sie diese armen Leute nich' in Ruhe lassen, Sie?«

»Ich bin auch eine von diesen armen Leuten, wie Sie sie nennen«, sagte Doktor Turner un' lächelte immer noch, ohne daß was komisch gewesen wäre. »Ich bin genauso hungrig wie alle anderen, Annie. Oder wie Sie. Und ich gehe zur Cafeteria.«

»Ha!« machte Annie, weil sie fest glaubte, daß die Turner irgendwo irgendwelches Macher-Essen beiseitegeräumt hatte, un' keiner konnte sie davon abbringen, die Annie. Annie, die konnte man nie von was abbringen.

Ich zog dem Karnickel die Haut ab un' zeigte Annie un' Lizzie, wie man die Eicheln zu Mehl stampfte. Man muß 'n klein wenig Asche mitkochen, das nimmt die Schärfe.

War erst später Nachmittag, aber schon dunkel. Ich wickelte das Kaninchenfleisch in 'nen Sommeroverall, un' so konnte man's nich' mehr riechen, wenn man nich' 'n Hund war. Dann steckte ich 'n kleines Y-Feuerzeug in die Tasche un' machte mich auf'n Weg zum Fluß, um dort ein Feuerchen anzufachen.

Bloß kam ich nich' dazu, zum Fluß zu gehen.

Immer mehr Leute strömten zur Cafeteria. Nich' bloß die Knilche von der Straßengang, nein, ganz normale Leute. Liefen alle mit eingezogenen Köpfen in der finsteren Winterkälte durch die Straßen, als wär' der Leibhaftige hinter ihnen her. Un' so schnüffelte ich mal eingehend, weil ich sichergehen wollte, daß keiner das frische Karnickelfleisch roch, un' dann ging ich auch in die Cafeteria.

Alle, wo drinnen waren, sahen 'ne Vorführung vom Lichten Träumer an: ›Der Krieger‹.

Hatte das Gefühl, ich, daß die Leute schon den ganzen Tag zuschauten. Vielleicht kamen sie un' gingen wieder un' kamen noch mal zurück. Ich denke, es wird wohl so sein, daß es einem hilft, sich im Geist wohlzufühlen, wenn der Bauch leer is'. Das Konzert ging grade zu Ende, als ich reinkam, un' die Leute rieben sich die Augen un' weinten un' schauten glasig drein, wie's eben so is' nach dem Lichten Träumen. Aber ich merkte gleich, daß die Frau Doktor Turner recht hatte – da war noch was anderes im Gange.

Jack Sawicki baute sich vorm Holoterminal auf un' drehte es ab. Der Lichte Träumer in seinem Rollstuhl, mit seinem Lächeln, wo einem immer vorkommt wie warmer Sonnenschein, verschwand.

»Bürger von East Oleanta«, sagte Jack un' verstummte; hatte wohl gemerkt, der, daß er klang wie so 'n Macher-Politiker. »Hört mal alle her! Wir hocken hier tief in der Scheiße, alle! Un' ich frag' mich, ob wir nichts unternehmen können, um uns da rauszuziehen!«

»Un' was?« rief wer, aber nich' boshaft, der wollt's wirklich bloß wissen. Wollte rausfinden, ich, wer's gewesen war, aber die Leute saßen zu dicht.

»Wir haben kein Essen nich' mehr«, sagte Jack. »Die Gravbahn fährt nich'. In Albany erreicht man keinen übers offizielle Terminal. Aber wir haben immer noch *uns*. Nach Coganville sind's – wieviel? Acht Meilen. Vielleicht haben die noch Lebensmittel. Die liegen an 'ner linzenzierten Gravbahn-Strecke un' dazu noch an der staatlichen, also haben sie dort 'ne doppelte Chance, daß Züge verkehren. Oder vielleicht hat ihr Kongreßabgeordneter oder Distriktsleiter oder irgendwer sonst dafür gesorgt, daß auf'm Luftweg Lebensmittel kommen – so wie unserer, bloß haben sie die Lieferungen dort vielleicht noch nich' eingestellt. Die liegen in 'nem anderen Wahlbezirk. Wir *wissen* es nich', aber wir könnten ... 'n paar von uns könnten sich zu Fuß auf'n Weg machen un' nachsehen. Kann ja sein, daß wir von dort Hilfe kriegen!«

»Acht Meilen über die Berge im Winter?« schrie Celie Kane. »Du hast'se ja nich' alle! Du bist so verrückt, wie ich immer dachte, Jack Sawicki! He, wir haben 'nen Verrückten als Bürgermeister, wir alle!«

Aber keiner schrie mit. Ich kletterte auf 'nen Stuhl an der Rückwand, damit ich alles besser sehen konnte. Waren alle noch bis obenhin mit dem Gefühl, was 'n Stück vom Lichten Träumer immer hinterließ. Oder auch nich'; vielleicht hatten sie nur einfach das Stück schon *in sich drin*, vom vielen Angucken. Jedenfalls regten sie sich nich' über die verdammten Macher-Politiker auf, die wo schuld waren an der ganzen Scheiße – außer Celie, natürlich, un' noch 'n paar wie die. Gibt's immer, solche Leute. Aber die meisten Gesichter, wo ich sehen konnte, waren nachdenklich, un' die Leute redeten mit leiser Stimme. In mir regte sich was, von dem ich gar nie nich' gewußt hatte, daß es überhaupt da war.

»Ich werd' jedenfalls gehen«, sagte Jack Sawicki. »Wir können ja der Bahntrasse folgen.«

»Wird arg verweht sein«, meinte Paulie Cenverno. »Seit zwei Wochen keine Züge nich', wo den Schnee weggeblasen hätten.«

»Nehmt 'n Y-Aggregat mit!« rief plötzlich 'ne Frauenstimme. »Dreht es voll auf un' schmelzt euch 'nen Weg damit frei!«

»Ich komm' auch mit«, sagte Jim Swikehardt.

»Wenn ihr euch 'nen Schlitten bastelt«, rief Krystal Mandor, »könnt ihr mehr Sachen mitbringen!«

»Wenn die Lebensmittel haben, könnten wir regelmäßige Transporte organisieren...«

Fingen an zu diskutieren, die Leute, stritten aber nich'. Zehn Mann versammelten sich um Jack, un' dazu noch Judy Farrell, die wo zwei Meter zehn mißt un' Jack beim Armdrücken vom Tisch schiebt.

Da kletterte ich auch von meinem Stuhl. Mein Knie knackte. Drängte mich durchs Gewühl un' stellte mich neben Jack. »Ich auch, Jack. Ich komm' auch mit.«

Irgendwer lachte, laut un' richtig eklig. Aber 's war nich' Celie. Un' dann schwiegen sie plötzlich still, alle.

»Billy...«, begann Jack schonungsvoll.

Ließ ihn aber nich' weiterreden, ich, sondern sprach schnell un' so leise, daß niemand was davon hören konnte, außer Jack un' Ben Radisson, wo neben ihm stand. »Willst du mich davon abhalten, Jack? Wenn ihr Männer loszieht, wollt ihr mich davon abhalten, daß ich hinter euch herkomme? Wollt ihr mich fertigmachen, damit ich nich' mitkann? Lizzie is' hungrig. Annie hat keinen nich' außer mir. Un' wenn ihr nich' genug Lebensmittel aus Coganville mitbringen könnt, willst du mir erzählen, daß die beiden, Lizzie un' Annie, dann ihren ehrlichen Anteil kriegen? Wo noch dazu die Frau Doktor Turner bei uns wohnt?«

Jack, der sagte kein Wort nich' drauf. Ben Radisson nickte, ganz langsam, un' sah mich an. Is' 'n guter Mann, der. Darum ließ ich ihn auch zuhören.

Das Kaninchenfleisch gluckste an meiner Brust, unter der Jacke. Keiner roch was davon. Un' es bemerkte auch keiner die Ausbuchtung, denn es war ja bloß 'n kleines Stück Fleisch, von 'nem mickrigen Karnickel, jämmerlich wenig. Un' Lizzie war hungrig. Un' Annie, die war 'n stattliches Frauenzimmer. Also mußte ich nach Coganville.

Aber Annie würd' ich nichts davon sagen. Wollte nich', daß sie mich umbringt, noch eh' ich 'ne Chance kriegte, sie zu retten.

Bei Tagesanbruch brachen wir auf, zwölf Mann. Mehr hätten vielleicht die Leute in Coganville verschreckt. Un' wir wollten ja nich' das, was sie selber brauchten; wollten nur das, was sie übrig hatten.

Ne, stimmt nich'. Wir wollten alles, was wir brauchten.

Stand so leise auf vom Sofa, ich, daß Annie un' Lizzie in ihren Zimmern nichts davon mitkriegten. Aber die Turner auf ihrem Stapel Decken in der Ecke, die hörte mich, verdammt noch mal. 'n Mensch kann einfach nichts geheimhalten vor 'nem Macher.

»Was gibt's, Billy? Wo gehen Sie hin?« wisperte sie.

»Nich' nach Eden«, antwortete ich. »Also legen Sie sich schön wieder aufs Ohr un' lassen mich in Ruh', zum Geier!«

»Die Leute wollen sehen, ob sie in einem Nachbarort Lebensmittel bekommen können, nicht wahr?«

Da fiel mir ein, daß sie am Abend zuvor gesagt hatte, sie würde in die Cafeteria gehen. Dort hatte ich sie nich' gesehen, aber die wissen immer alles, die Macher. Irgendwie. Man weiß nie, wieviel sie wirklich wissen.

»Hören Sie zu, Billy«, sagte sie un' stockte, als müßte sie erst überlegen, wo ich zuhören sollte. Ich, ich zog mir drei Paar Socken über, ehe sie's ausspuckte.

»Es gibt da einen Roman, geschrieben vor langer, langer Zeit ...«

»Einen was?« sagte ich un' verfluchte mich gleich selber; ich sollte sie nie was fragen. Die konnte mich jederzeit niederreden.

»Eine Geschichte. Über eine kleine Welt von Leuten, die immer alles ehrlich teilten. Bis eine Hungersnot kam, und die Passagiere eines steckengebliebenen Zuges vom nächsten Ort Lebensmittel brauchten, weil sie seit zwei Tagen nichts gegessen hatten. Aber die Leute in dem Ort hatten selbst nicht viel zu essen, und was sie hatten, wollten sie nicht mit den Fremden teilen.« Ihr Wispern kam tonlos aus der dunklen Ecke.

Konnte nich' anders, ich, mußte sie fragen. Hör' so gern Geschichten. »Un' was war dann mit den Leuten von der Gravbahn?«

»Der Zug wurde gerade noch zur rechten Zeit repariert.«

»Was für 'n Glück«, sagte ich. Würde keiner nich' kommen, der wo *unsere* Gravbahn un' die Küche in der Cafeteria repariert. Diesmal nich'. Die Frau Doktor Turner, die wußte das genau.

»Es ist nur ein Märchen, Billy. Nur ein Märchen. Aber Sie sind in den wirklichen Vereinigten Staaten. Also nehmen Sie das hier mit.«

Daß ich nich' mitgehen sollte, das sagte sie nich'. Gab mir lieber 'n kleines schwarzes Kästchen, was sie an meinen Gürtel drückte, un' dort blieb es hängen. Kriegte 'n komisches Flattern in der Brust, ich, weil ich gleich kapierte, was es war, auch wenn ich noch nie zuvor eins an mir gehabt hatte un' nie im Leben gedacht hätte, daß ich mal eins haben würde. Es war 'n persönlicher Energieschild.

»Berühren Sie es *hier,* um es zu aktivieren«, sagte die Frau Doktor. »Und an derselben Stelle, um es wieder zu deaktivieren. Hält allem stand, wenn's nicht gerade ein Atomangriff ist.«

Man spürte gar nichts, wenn's eingeschaltet war. Bloß 'n kleines Kitzeln, un' das könnte auch Einbildung gewesen sein. Aber ich konnte 'nen schwachen Schimmer rund um mich wahrnehmen.

»Verlieren Sie es nicht, Billy«, sagte Frau Doktor Turner. »Ich brauche es noch. Ich werde es noch dringend brauchen!«

»Warum geben Sie's mir dann, Sie?« wetterte ich los, aber ich wußte es schon, warum. Wegen Lizzie. Alles wegen Lizzie. So, wie's sein sollte.

Außerdem hatte die Turner wahrscheinlich noch eins. 'n Macher, der gibt nie was her, wenn er nich' noch 'ne Reserve für sich selber hat.

»Danke schön«, sagte ich rauher, als ich wollte, aber es schien ihr nichts auszumachen.

War 'n kalter, klarer Morgen, draußen, mit 'nem Sonnenaufgang, der wo so rosig un' golden war, daß der saubere Schnee funkelte un' strahlte wie Edelstein. Wehte gottlob kein Wind nich', Wind hätte uns schlimm zugesetzt.

Un' so marschierten wir die Gravbahntrasse entlang Richtung Coganville. Redete keiner nich' viel; einmal sagte Jim Swikehardt ›hübsch‹ un' meinte den Sonnenaufgang, aber keiner sagte was drauf.

Erst war der Schnee nich' besonders tief, weil der Wald bis dicht an die Trasse ranrückte. Später dann wurde er tief. Stan Mendoza un' Bob Gleason hatten Y-Energie-Aggregate, die wo sie aus irgend 'nem Gebäude rausgerissen hatten, un' mit denen zielten sie auf die schlimmsten Stellen un' schmolzen den Schnee weg. Die Aggregate waren schwer, un' die Männer schnauften mächtig. War 'n langsames Weiterkommen, ging zum Teil bergauf, aber 's ging. Ich, ich stiefelte als Letzter hinterdrein.

Nach zwei Meilen hatte ich schon Herzklopfen, un' die Knie taten mir arg weh, aber ich sagte nichts zu den anderen. Tat es ja für Lizzie, ich.

Um Mittag rum zogen Wolken auf, un' der Wind fing an zu wehen. Hatte längst keine Ahnung mehr, ich, wie weit wir schon gekommen sein konnten. Der Wind blies uns direkt ins Gesicht. Stan un' Bob drehten die Heizaggregate nach hinten, so oft es ging, un' dann hatten wir's ein wenig wärmer; bloß riß uns der Wind die warme Luft weg, so rasch er konnte.

Kam ins Sinnieren, ich, wie ich so vor mich hinstolperte. »Warum können ... warum können sich ...«

»Brauchst du 'ne Pause, Billy?« erkundigte sich Jack. Kleine Eiskristalle hingen unter seiner Nasenspitze. »Wird's dir zuviel?«

»Nee, nee, mir geht's prächtig«, sagte ich. War 'ne Lüge, aber was soll's. Doch jetz' mußte ich fertigsagen, was ich angefangen hatte. »Warum können sich ... die Macher nich' ... kleine ... kleine Heizaggregate ausdenken ... wo man ... im Winter ... einstecken kann ...«

»Langsam, Billy.«

»Einstecken kann, für ... die Stiefel un' die Jacken un' die Handschuhe ...? Wenn die Y-Energie wahrhaftig so ... billig is'?«

Keiner konnte mir 'ne Antwort drauf geben. Wir kamen zu 'ner riesigen Schneewächte, un' sie zielten mit den Heizaggregaten drauf. Schmolz furch'bar langsam, der Schnee. Un' schließlich blieb uns nichts anderes übrig, als durchzuplatschen durch das, was noch übrig war; hatten den Matsch bis ans Kreuz un' hinterher waren wir naß bis auf die Haut. Wär' besser gewesen, den Schnee nich' zu schmelzen. Jack stolperte, un' Stan stemmte ihn hoch. Judy Farrell drehte den Rücken in den Wind, um's für 'nen Augenblick angenehmer zu haben, un' da sah ich, daß ihre Wangen von der Sorte Rot-Weiß waren, wo höllisch weh tut, wenn man damit später in die Wärme kommt.

Un' dann sagte Jim Swikehardt plötzlich ganz leise: »Weil wir sie nie nich' verlangt haben, die kleinen Heizgeräte. Un' sie geben uns bloß genug von dem, was wir verlangen, damit sie wieder unsere Stimmen kriegen.« Danach sagte keiner mehr irgendwas.

Hab keine Ahnung, ich, wie spät es war, als wir nach Coganville kamen. Sonne gab's keine mehr, die hatte sich hinter den Wolken versteckt, aber die Dämmerung war noch nich' angebrochen. War alles ruhig un' friedlich auf den Straßen, un' kein Mensch nich' zu sehen. Hinter den Fenstern war's schon hell. Wir gingen die Hauptstraße lang, bis wir zur Kongreßabgeordneter-Joseph-Nicholls-Capiello-Cafeteria kamen, un' dort hörten wir Musik. Auf'm Dach blinkte 'ne Holoschrift blau un' lila: DISTRIKTSLEITERIN HELEN ROSE TOWNSEND DANKT FÜR IHRE WIEDERWAHL! Schien mir, als wäre die Welt hier noch in Ordnung, bloß wir paßten nich' rein.

Aber ich glaubte es nich' recht.

Wir schoben uns in die Cafeteria rein. Muß schon zu spät für Mittagessen gewesen sein un' wohl zu früh fürs Abendbrot, aber trotzdem war die Cafeteria bumsvoll. Spannten dort Bänder mit Fähnchen und Schleifen aus PlastiSynth für 'nen bunten Abend mit Rollerrennen-Wetten. Die Tische reihten sie rundum an den Wänden auf, um Platz zu machen für 'ne Tanzfläche. Der Geruch vom Essen auf dem Transportband un' die Wärme erschlugen uns fast, un' ich könnte schwören, ich, daß Stan Mendoza das Wasser in den Augen stand.

Wurde ganz still in der Cafeteria, als wir reinkamen.

Jack sagte: »Wer is' der Bürgermeister hier?«

»Ich«, sagte 'ne Frau. »Jeanette Harloff.« Um die fünfzig, dünn, mit silbernen Haaren un' großen blauen Augen. Von der Sorte Nutzer, wo immer aufgezogen werden, daß sie geheime GenMods haben, auch wenn jeder weiß, daß es nich' stimmt. Können's einfach nich' lassen, die Leute; gibt verdammt viele Schafsköpfe auf der Welt. Aber vielleicht war das der Grund, warum diese Frau da Bürgermeisterin war – gehörte nich' recht zu den einen un' nich' recht zu den anderen.

Jack, der erklärte laut un' deutlich, wer wir waren un' was wir wollten. Die ganze Cafeteria sperrte die Ohren auf. Irgendwer hatte sogar das HT abgeschaltet. Man hätte 'ne Maus trapsen hören.

Jeanette Harloff, die schaute uns an, ganz genau, einen nach'm anderen. Die großen Blauaugen sahen kalt aus. Aber dann sagte sie: »Die Hauptbahnlinie is' eingestellt«, sagte sie, »aber wir haben 'ne Nebenlinie, un' die funktioniert. Morgen kommt 'ne Küchenladung rein, un' unser Kongreßabgeordneter, auf den kann man sich wirklich verlassen. Werden immer ausreichend Lebensmittel haben, wir. Nehmt euch, was ihr braucht.«

Un' Jack Sawicki, der sah zu Boden, als würd' er sich schämen. Irgendwie schämten wir uns alle. Weiß nich', weswegen. Schließlich un' endlich waren wir Nutzer, wir alle.

Die Bürgermeisterin un' zwei Mann aus der Cafeteria halfen uns beim Beladen der beiden Schlitten. Wir nahmen, soviel wir konnten, vom Transportband. Jeanette Harloff wollte, daß wir die Nacht über in ihrem Hotel blieben, aber wir sagten nein. Hatten alle den gleichen Gedanken, wir: daheim in East Oleanta saßen unsere Leute un' hatten Hunger, die Kinder un'

Frauen un' Mütter un' Brüder un' Freunde, un' der Magen knurrte ihnen, daß es schon schmerzte, un' sie hatten alle so'n verhärmten Zug um die Augen. Wollten alle lieber jetz' gleich zurückmarschieren, auch wenn's bald dunkel wurde, als im Geist die knurrenden Mägen hören un' die spitzen Gesichter sehen. Beim Aufladen stopften wir uns zwischendurch das Maul voll mit den Sachen vom Förderband un' steckten was davon in die Taschen un' Jacken un' Mützen. Sahen aus wie schwangere Frauen, wir alle. Die Bewohner von Coganville schauten uns zu un' sagten keinen Piep. 'n paar von ihnen gingen weg, die Augen auf'n Boden gerichtet.

Ich hätte ihnen gern gesagt: Wir haben uns auch auf unsere Kongreßabgeordnete verlassen. Einmal.

War nur 'ne gewisse Menge Essen fürs Band vorbereitet, aber auf unseren Schlitten war noch Platz. Da machten wir 'ne Pause un' warteten drauf, daß die KüchenRobs noch was zubereiteten. Un' die ganze Zeit über redete keiner nich' mit uns, bloß Jeanette Harloff. Keiner sonst.

Hatten gewaltige Mengen Lebensmittel, als wir gingen, aber wenn ich mir alles so ansah, wußte ich, daß es nich' mehr so gewaltig sein würde, wenn erst mal die hungrigen Leute in East Oleanta zulangten. Wir würden am nächsten Tag wiederkommen – oder wer anderer von uns. Aber das verrieten wir Jeanette Harloff nich'. Hätte nich' sagen können, ich, ob sie's ohnehin wußte oder nich'.

Am Himmel stand schon deutlich geschrieben, daß der Großteil des Tages vorbei war. Stan Mendoza un' Scotty Flye, die Jüngsten un' Kräftigsten, zogen die Schlitten. Die Kufen waren aus gebogenem Plasti-Schaum, glatter als irgendein Holz sein konnte. Glitten ganz leicht über den Schnee. Diesmal wenigstens hatten wir den Wind im Rücken.

Nach 'ner halben Stunde sagte Judy Farrell: »Können nich' mal mit der nächsten Stadt reden, wir, mit dem Terminal, wo wir haben. Können mit Albany reden un' mit den Macher-Politikern, un' wir kriegen ganz leicht alle möglichen Infos, aber mit dem nächsten Ort reden können wir nich', um denen zu sagen, daß wir nichts mehr zum Futtern haben.«

Jim Swikehardt sagte: »Wollten wir ja nie. Haben nie 'n anderes Terminal verlangt. Da hüpfst du lieber gleich auf die Gravbahn. Macht sowieso mehr Spaß. Gibt einem was zu tun.«

»Un' hält die Leute fein säuberlich auseinander«, sagte Ben Radisson, aber nich' verärgert, bloß so, als wär' ihm der Gedanke noch nie nich' gekommen. »Hätten es verlangen sollen.«

Un' dann sagte keiner mehr was.

Mit'm Dunkelwerden kam die beißende Kälte. Konnte direkt spüren, ich, wie der Wind durch mich hindurchpfiff. Verursachte 'n Geräusch in mir drinnen, wo ich in den Ohren hören konnte. Die Y-Lampen machten die Trasse taghell, aber die Kälte war wie 'n schwarzes rabiates Ding, wo uns umkreiste. Meine Knochen fühlten sich an wie Eiszapfen, so kalt un' so zerbrechlich.

Aber wir hatten es fast geschafft; bloß mehr 'ne Meile oder so bis nach Hause. Aber dann war plötzlich ein Schuß zu hören, un' Scotty Flye kippte tot vornüber.

Un' keine Minute später fielen sie alle über uns her. Kannte die meisten von ihnen, ich, aber bloß bei zweien wußte ich den Namen: Clete Andrews un' Ned Zalewski. Zwei von der Straßengang. Alles in allem waren's zehn oder zwölf, aus East Oleanta un' Pilotburg un' Carter's Falls; waren in die Stadt gekommen, eh' die Gravbahn zu Bruch ging, un' hier hängengeblieben. Johlten un' brüllten, die, als wär' das 'n Spiel, un' warfen sich auf Jack un' Stan un' Bob, un' ich konnte sehen, wie alle drei zu Boden gingen, obwohl doch Stan 'n ziemlicher Brocken is', un' Bob, der is' 'n echter Kämpfer. Die Gauner verschwendeten keine Kugel mehr; die hatten Messer.

Ich griff nach dem kleinen schwarzen Kästchen an meinem Gürtel.

Das Kitzeln war sofort da un' der Schimmer auch. Einer von den Rowdys sprang mich an, un' ich hörte, wie er auf hartes Metall traf; so klang es jedenfalls. Konnte alles hören, ich, auch wie Judy Farrell schrie un' Jack Sawicki stöhnte.

Der kleine Dreckskerl kriegte große Augen unter seiner Skimaske. »Scheiße! Der alte Furz hat'n Schild!«

Drei von ihnen fingen an, auf mir herumzutrommeln, bloß war's nich' ich, es war 'ne dünne, harte Schicht Irgendwas, 'n Fingerbreit von mir entfernt; fühlte mich wie 'ne Schildkröte in ihrem Panzer. Konnten nich' an mich heran, die Schweine, kriegten bloß den Panzer zu fassen. Schließlich brüllte der Kleine, der sich auf mich geworfen hatte, irgendwas un' trat so hart gegen meinen Schild, daß ich mitsamt meinem Panzer über den Rand der Trasse rausflog un' 'nen kleinen Abhang runterkollerte. Dabei blieb immer mehr Schnee an mir hängen, wie bei den Schneemännern, wo Lizzie früher immer baute. In meinem Knie krachte was.

Als ich mich endlich wieder raufgeschleppt hatte zur Gravbahn-Trasse, da verzog sich die Mistbande gerade in den Wald; mitsamt den beiden Schlitten.

Nur Scotty war tot. Die andern, die waren in miserablem Zustand, besonders Stan un' Jack. Hatten Stichwunden un' zerschlagene Köpfe un' was weiß ich noch. Keiner konnte laufen. Also humpelte ich die letzte Meile allein durch den Schnee, im Finstern, weil ich Angst hatte, die Lampe anzumachen; mußte achtgeben, nich' von der Trasse abzukommen, wenn ich hinfiel. Un' grade, als ich meinte, jetz' geht's keinen Schritt mehr weiter, da kamen mir 'n paar Männer aus East Oleanta entgegen. Hatten den Schuß gehört.

Gingen gleich weiter, um die anderen heimzuholen. Irgendwer, weiß nich', wer's war, schleppte mich zu Annie, ohne 'n Wort über meinen Macher-Schild zu verlieren. Aber vielleicht hatte ich ihn da schon abgestellt, kann mich nich' entsinnen. Erinnere mich nur daran, wie ich die ganze Zeit über sagte: »Zerquetsch sie nich', du, hörst du? Zerquetsch sie nich', du, hörst du?« Hatte sechs Sandwiches in der Jackentasche, ich, für Lizzie un' Annie un' Doktor Turner.

Wurde mir gar nich' alles plötzlich schwarz vor den Augen, wie Annie mir später einreden wollte. Wurde erst rot, alles, mit kleinen Lichtblitzen im Knie, so grell, daß ich dachte, jetz' geht's zu Ende mit mir.

Aber 's ging nich' zu Ende. Irgendwann ging das Rote vorbei, un' dann war's schon der Tag darauf, un' ich lag auf Annies Bett, un' Annie schlief fest neben mir. Un' Lizzie, die lag auf der anderen Seite von Annie. Doktor Turner war über mich gebeugt un' machte was mit meinem Knie.

»Haben Sie was gegessen?« krächzte ich.

»Dieses eine Mal, ja«, flüsterte Doktor Turner mit verbissenem Gesicht. Un' was sie dann noch sagte, daraus konnte ich nich' klug werden: »Soviel also zur Gemeinschaftssolidarität im Angesicht der Misere.«

»Hab Annie un' Lizzie was zu essen gebracht, ich!« sagte ich. Erschien mir plötzlich wie 'n Wunder. Annie un' Lizzie hatten was zu essen, un' das hatte ich zuwegegebracht! Nich' ne Sekunde lang fiel mir ein, daß zwei Sandwiches nich' lang vorhalten würden. Hatten mir wohl irgendwelche Schmerzmittel gegeben, wo einem das Hirn vernebeln.

Da veränderte sich mit einemmal was in ihrem Gesicht, un' jetz' sah sie mich so überrascht an, als hätte ich ihr 'ne gute Antwort gegeben auf irgendwas, was sie gesagt hatte. War aber keine Antwort, weil ich keins von ihren komischen Worten verstanden hatte, wo sie da sagte. Aber das war mir auch egal, mir. Annie un' Lizzie hatten was zu beißen, un' das hatte *ich* geschafft – ich.

»Ach, Billy«, sagte Doktor Turner leise un' mit trauriger Stimme, als wär' jemand gestorben. Oder etwas. Aber was?

Na ja, war nich' mein Problem. Ich schlief ein un' träumte, un' in allen meinen Träumen lachten Annie un' Lizzie mich an, in 'nem Sonnenschein, wo golden un' grün war wie der Sommer drüben auf'm Berg, wo Stan un' Scotty un' Jack un' Doktor Turners Etwas tatsächlich gestorben waren. Aber davon erfuhr ich erst später.

Diana Covington:
East Oleanta

12

Nachdem man Billy in Annies Wohnung zurückgebracht hatte – mit einem Herz, das ratterte wie eine Fabrikshalle aus alten Zeiten, und Händen, die so bebten, daß er es nicht einmal schaffte, den Personenschild abzustellen –, da wurde mir klar, was für ein Dummkopf ich gewesen war, nicht früher die AEGS anzurufen.

Aber es war nicht Billy, durch den es mir klar wurde. Es war – wieder einmal, wie immer – Lizzie.

Ich wußte, daß Billy nicht schwer verletzt war, und vermutlich hätte ich mir mehr Gedanken um die anderen Nutzer machen sollen, besonders um die drei Toten. Tatsache war jedoch, daß ich es nicht tat. Meine Ansichten, Nutzer betreffend, hatten sich gewandelt, seit ich nach East Oleanta gekommen war, und besonders Jack Sawicki schien mir ein guter Mann zu sein. Aber es war eben so, daß es mir im tiefsten Inneren gleichgültig blieb, ob Nutzer-Rowdys andere Nutzer, die keine Rowdys waren, überfielen und sogar töteten oder nicht. Wir Macher hätten nie etwas anderes erwartet. Nutzer galten seit jeher als eine potentiell gefährliche Macht, die man mit ausreichend Brot und Spielen im Zaum hielt – und nun ging langsam das Brot aus, und die großen Tiere warfen die Karten hin. Die Zeit war reif für die Bastille ...

Nicht gleichgültig hingegen war mir – erstaunlicherweise – Lizzie. Und daß sie hungern mußte. Wenn ich die AEGS-Leute auf den Plan rief, würden sie sogleich heranstürmen, und East Oleanta wäre nicht mehr vernachlässigt und vergessen. Mit ihnen kämen Nahrungsmittel, Medikamente, funktionierende Transportmittel, kurz gesagt alles, von dem die Nutzer erwarteten, daß es durch die Arbeitsleistung anderer herangeschafft wurde. Was hieß, daß Annie und Lizzie zu essen bekämen.

Anderseits mochte natürlich die Kongreßabgeordnete Janet Carol Land jeden Moment die Entsendung ihrer Flugzeugladungen von Lebensmitteln wiederaufnehmen. Oder die Gravbahn wurde repariert. Das war nichts Ungewöhnliches. Und wenn das geschah, dann wäre für mich die Chance dahin, mich mit Lorbeeren zu bedecken, indem ich der AEGS Miranda Sharifi mitsamt ihrer illegalen organischen Nanotechnik zu Füßen legte. Außerdem würde Eden, sobald ich die AEGS kontaktierte, mein Signal auffangen, und in diesem Fall wäre Miss Sharifi wohl längst über alle Berge, wenn die AEGS hier auftauchte.

Während ich mich mit diesem dreischichtigen Dilemma aus Altruismus, Eitelkeit und der praktischen Seite des Unternehmens herumschlug, machte Lizzie daraus mit einem Schlag einen furchterregenden Scherbenhaufen.

»Vicky, sieh dir das hier an!«

»Was ist es denn?«

»Schau's dir an!«

Wir saßen auf dem PlastiSynth-Sofa in Annies Wohnung. Annie war im Schlafzimmer und umsorgte Billy. Der MedRob hatte Platzwunden, Prellungen und Puls in Ordnung gebracht, und wahrscheinlich hätte er schlafen sollen – was ihm sicher nicht vergönnt war, weil Annie unablässig um ihn herumtanzte. Aber ich denke nicht, daß ihn das sehr störte. Die Tür zum Schlafzimmer war geschlossen. Lizzie hielt ihr Terminal in der Hand und sah mit gerunzelter Stirn auf den Holoschirm. Billys jämmerlich zerquetschte Sandwiches hatten vorübergehend wieder Farbe in ihre schmalen Wangen gebracht.

Auf dem Holoschirm war ein buntes Bild zu sehen. »Sehr hübsch. Was ist es?«

»Ein Lederer-Wahrscheinlichkeitsmuster.«

Aber natürlich, das war's! Nun ja, es ist schon eine ganze Weile vergangen seit meiner Schulzeit... Um mein Gesicht zu wahren, kommentierte ich fachmännisch: »Die Wahrscheinlichkeit, daß das Eintreffen einer Variablen dem einer anderen chronologisch wesentlich vorangeht, beträgt achtundsiebzig Prozent.«

»Ja«, sagte Lizzie fast unhörbar.

»Welche sind also die Variablen?«

Statt zu antworten, fragte Lizzie: »Erinnerst du dich an den ÄpfelschälRob, mit dem ich als Kind immer spielte?«

Vor zwei Monaten. Aber verglichen mit den intellektuellen Weitsprüngen, die sie seither vollbracht hatte, kam ihr der letzte Sommer wahrscheinlich wie der Ausklang ihrer ein für alle Mal zu Ende gegangenen Kindheit vor.

»Ich erinnere mich daran«, sagte ich und verkniff mir jedes Lächeln.

»Der ist im Juni kaputtgegangen. Ich weiß es so genau, weil die Äpfel damals Kia Beauties waren.«

GenMod-Äpfel reifen nach versetztem Zeitplan, um eine jahreszeitliche Abwechslung vorzutäuschen. »Und?« sagte ich.

»Und die Gravbahn ist noch vorher kaputtgegangen. Im April, glaube ich. Und davor zwei der Toiletten.«

Ich wußte nicht, worauf sie hinauswollte. »Und?« wiederholte ich.

Lizzies kleines Gesichtchen verzog sich in Sorgenfalten. »Aber schon vor mehr als einem Jahr gingen die ersten Dinge in East Oleanta kaputt. Im Frühjahr 2113.«

Jetzt wußte ich es. Mein Mund wurde ganz trokken. »Im Frühjahr 2113. Viele Dinge, Lizzie, die kaputtgingen? Oder nur ein paar, wie es eben so passiert, wenn normale Beanspruchung und nachlässige Wartung zusammentreffen?«

»Viele Dinge. Viel zu viele Dinge!«

»Lizzie«, sagte ich langsam, »sind diese beiden Variablen in deinem Lederer-Muster die Störfälle in East Oleanta, wie du persönlich sie im Gedächtnis hast, und die Berichte aus deiner Kristallbibliothek von ähnlichen Störfall-Gesetzmäßigkeiten anderswo?«

»Ja, genau. Sin' sie. Wollte mal...« Sie brach ab, weil sie merkte, wie sie in ihre frühere Ausdrucksweise zurückfiel, und starrte auf den Schirm. Sie wußte, was sie vor sich sah. »Es hat hier begonnen, Vicky, nicht wahr? Dieser Duragem-Spalter wurde hier zum erstenmal freigesetzt. Die Leute in Eden haben ihn gemacht. Wir waren das Testgebiet. Und das heißt, wer es auch ist, der hinter Eden steht...« Wieder verstummte sie.

Huevos Verdes stand hinter Eden. Miranda Sharifi stand hinter Eden.

Und so wurde mir die Entscheidung abgenommen – ganz einfach so. Der Duragem-Spalter hatte in irgendeiner obskuren Dianas-Selbstverwirklichung-durch-den-persönlichen-Erfolg-Strategie nichts zu suchen. Er stellte ein zu konkretes, dringendes und extrem bösartiges Problem dar. Ich hatte einfach kein Recht, herumzusitzen und Halbamateur-Agentin zu spielen, wenn ich befürchten mußte, daß sich irgendwo in diesen Bergen, die uns mit dem Winter so zusetzten, eine Huevos-Verdes-Filiale befand, die molekulare Zerstörung aussäte. Jedes Gefühl für Anständigkeit verlangte, daß ich meine hochmütigen Bosse ungeachtet ihres Hochmuts in Kenntnis setzte von dem, was ich wußte.

Jeder hat seine eigene Definition von Anständigkeit.

»Vicky«, flüsterte Lizzie, »was werden wir denn jetz' tun?«

»Wir werden aufgeben«, sagte ich.

Den Anruf tätigte ich von einer abgeschiedenen Stelle am Fluß, weit weg von Annies mißtrauischen Augen. Ich hatte Lizzie zwar verboten, mir zu folgen, aber sie tat es natürlich trotzdem. Es war kalt, aber sonnig. Ich zwängte meinen Hintern in ein Schneeloch am Flußufer und schnitt mir den Sender aus dem Bein.

Er war selbstverständlich ein Implantat, denn nur so konnte ich sichergehen, daß niemand ihn mir stehlen würde – es sei denn, jemand wußte genau, was er tat. Nachdem die AEGS ihn hatte einsetzen lassen, war ich auf direktem Weg zu einem Freund gegangen und hatte mir jenen klarerweise vorhandenen Teil davon, der das automatische Peilsignal aussandte, entfernen lassen. Dafür benötigte man einen Fachmann. Man benötigte ihn hingegen nicht, um den Sender selbst vor der Verwendung herauszuholen. Dazu brauchte man nichts als ein wenig Know-how, ein Lokalanästhetikum und ein Messer mit scharfer Klinge. Im Notfall konnte man entweder auf das Anästhetikum oder die scharfe Klinge verzichten.

Das mußte ich aber nicht. Ich schob das Implantat unter der Haut meines Oberschenkels hervor, verschloß den kleinen Schnitt und wischte das Blut von der Umhüllung des Senders ab. Als ich die Hülle aufriß, hingen Lizzies riesengroße Augen an jeder meiner Bewegungen.

»Ich sagte dir doch, du sollst nicht mitkommen«, sagte ich und lächelte schief. »Fällst du jetzt in Ohnmacht?«

»Von 'nem bißchen Blut falle ich nicht in Ohnmacht!«

»Gut.« Der Sender lag auf meiner Handfläche wie eine kleine schwarze Waffel.

Lizzie betrachtete ihn mit Interesse. »Funktioniert mit Malkovitch-Wellentransformern, nicht wahr?« Und dann, mit veränderter Stimme: »Du willst um Hilfe rufen, bei irgendeiner staatlichen Stelle, stimmt's?«

»Ja.«

»Du hättest schon früher anrufen können?«

»Ja.«

Die schwarzen Augen starrten mich unverwandt an. »Warum hast du's dann nicht getan?«

»Die Lage war nicht verzweifelt genug.«

Lizzie zog das in Erwägung. Aber unter der erstaunlichen Intelligenz und der entliehenen Ausdrucksweise und dem pseudotechnischen Wissen, das ich ihr beigebracht hatte, war sie ein Kind, immer noch und trotz allem. Außerdem hatte sie zwei schreckliche Wochen hinter sich. Unvermittelt begann sie, auf meinen Knien herumzutrommeln – weiche, wirkungslose Schläge mit kalten Händen in Fäustlingen. »Hättest uns früher schon Hilfe holen können, du! Un' Billy, dem wär' nichts passiert, un' Mister Sawicki wär' nich' gestorben, un' ich hätte nich' immer soviel, soviel, soviel Hunger gehabt! Du hättest es tun können, du!«

Ich aktivierte den Sender mit dem Berührungscode und sagte mit deutlicher Stimme: »Spezialagentin Diana Covington, 6084 Strich A, an Colin Kowalski, 83 Strich H. Notfall, Dringlichkeitsstufe eins: sechzehn zweiundvierzig. Ich wiederhole: sechzehn zweiundvierzig. Umfangreiches Expertenteam wird angefordert.«

»Ich bin so hungrig!« schluchzte Lizzie in meine Knie.

Ich steckte den Sender in die Tasche und zog sie auf meinen Schoß. Sie vergrub das Gesicht an meinem Hals; ihre Nase fühlte sich kalt an. Ich starrte auf den Fluß, auf dem sich das Eis staute, auf das Blut von der Hülle des Senders im angegrauten Schnee und auf den außergewöhnlich blauen Himmel. Ein paar Stunden würde es dauern, bis die AEGS aus New York herkam. Aber die SuperSchlaflosen in ihrem versteckten Eden waren bereits da. Und natürlich gab es keinen Zweifel daran, daß sie meine Botschaft mitgehört hatten. Sie hörten alles mit. Das hatte man mir jedenfalls versichert.

Ich hielt Lizzie fest und gab sinnlose Muttergeräusche von mir. Von ihrer eiskalten Nase tröpfelte es in meinen Halsausschnitt.

»Lizzie, habe ich dir eigentlich von diesem Hund erzählt, den ich einmal zu Gesicht bekam? Ein rosa GenMod-Hund, der gar nicht hätte existieren sollen, der arme Kerl?«

Aber sie schluchzte bloß weiter, frierend, hungrig und hintergangen. Nun ja, die Geschichte über Stephanie Brunells Hund schien zu diesem Zeitpunkt selbst mir ein wenig lahm; sie betraf etwas, an das ich einmal geglaubt hatte – vielleicht immer noch glaubte –, an das ich mich aber nicht mehr genau erinnern konnte.

Wie an soviel anderes auch.

Innerhalb einer Stunde waren die AEGS-Leute da, was mich, das muß ich zugeben, schwer beeindruckte. Erst kamen die Flugzeuge, dann die Luftwagen, und als die Nacht anbrach, zischte die erste Gravbahn in East Oleanta ein, zusammen mit einer Draufgabe von dreißig unerschütterlich dreinblickenden Agenten, einigen Technikern und reichlich Lebensmitteln. Staatsbeamte arbeiten am besten mit vollem Magen. Die Techs machten einen Rundgang durch die ganze Stadt und reparierten, was ihnen unter die Hände kam. Die AEGS requirierte die Kongreßabgeordnete-Janet-Carol-Land-Cafeteria, warf einen Y-Schild um jene Hälfte, die am weitesten von den am Transportband arbeitenden Techs entfernt war, und untersagten allen anderen den Eintritt. Die braven Bürger von East Oleanta waren nur allzu glücklich, der Anordnung Folge zu leisten, weil das Futter ohnehin von der Ausgabestelle des Lagerhauses aus unters Volk kam. Gott allein weiß, wie sie die Sachen kochten. Vielleicht aßen sie das SojSynth roh.

»Miss Covington? Ich bin Charlotte Prescott. Ich habe einstweilen das Kommando hier, bis Colin Kowalski von der Westküste eintrifft. Bitte kommen Sie mit.«

Sie hatte flammendrotes Haar, war hochgewachsen und eine perfekte Schönheit. Teure Gene. Dazu brachte sie einen Akzent mit, den man gemeinhin mit dem wohlbestallten Nordosten verbindet, und Augen direkt aus dem Versteinerten Wald. Ich folgte ihr, aber nicht ohne den üblichen kleinen Diana-Protest: lebhaft, aber letzten Endes wirkungslos.

»Ich möchte keine Gespräche führen, ehe ich nicht dafür gesorgt habe, daß zwei Personen etwas zu essen bekommen. Drei, eigentlich. Ein alter Mann und ein kleines Mädchen und die Mutter des Mädchens … Es könnte sein, daß die Frau nicht imstande ist, sich gegen die vielen Leute durchzusetzen …« Was redete ich denn daher? Annie Francy wäre imstande gewesen, sich mit General Custers letztem Aufgebot den Indianern entgegenzuwerfen und dabei den Rothäuten lautstark Vorwürfe zu machen, daß sie sich nicht ordentlich benahmen!

Charlotte Prescott sagte: »Wir kümmern uns bereits um Lizzie Francy und Billy Washington. Die Wache vor der Wohnung wird für Lebensmittel sorgen.«

Und dabei war sie erst seit zehn Minuten in East Oleanta.

Charlotte Prescott und ich saßen einander an einem Cafeteriatisch aus PlastiSynth gegenüber, und ich berichtete ihr alles, was ich in Erfahrung gebracht hatte. Daß ich Miranda Sharifi von Washington nach East Oleanta gefolgt war, ehe sie verschwand. Daß ich in den Wäldern herumgestreift war, auf der Suche nach ihr. Daß ein paar Einheimische glaubten, es gäbe irgendwo in den Bergen einen Ort, den sie Eden nannten – vermutlich ein unterirdisch angelegtes, abgeschirmtes illegales Huevos-Verdes-GenMod-Labor –, und daß ich der Meinung war, daß der Duragem-Spalter von dort seinen Ausgang genommen hatte. Daß ich etlichen Einheimischen bei ihren Waldwanderungen gefolgt war, in der Hoffnung, auf Eden zu stoßen, jedoch nie einen Hinweis darauf entdeckt hatte, und daß ich jetzt davon überzeugt war, daß niemand wußte, wo und ob überhaupt dieser geheimnisvolle Ort existierte.

Das letztere entsprach nicht ganz der Wahrheit. Ich hatte Billy Washington immer noch im Verdacht, etwas zu wissen. Aber das wollte ich Colin Kowalski, dem ich halbwegs über den Weg traute, direkt sagen und nicht Charlotte Prescott, der ich absolut nicht über den Weg traute. Sie erinnerte mich an Stephanie Brunell. Und Billy war zwar ein ungebildeter, nervtötender alter Mann, aber er war kein rosa Hund mit vier Ohren und übertrieben großen Augen, und ich würde nicht zusehen, wie er von einem metaphorischen Balkon stürzte.

»Warum haben Sie nicht«, fragte Prescott, »über Ihren Aufenthaltsort und über Miranda Sharifis mutmaßlichen Aufenthaltsort Bericht erstattet, sobald Sie in East Oleanta eingetroffen waren? Oder sogar noch von unterwegs?«

»Ich war ziemlich sicher, daß der SuperSchlaflosen-Außenposten jegliche Technik, derer ich mich bediente, abhören konnte.«

Das hatte Hand und Fuß; nicht einmal die AEGS selbst bildete sich ein, den SuperS bei irgendeiner Erfindung auch nur eine Nasenlänge voraus zu sein. Prescott zeigte keine Reaktion.

»Sie handelten damit gegen jede von der Behörde vorgeschriebene Vorgangsweise.«

»Ich bin keine ständige Agentin. Ich bin Sonderbeauftragte von Colin Kowalski, mit dem Status Informantin. Sie hätten keine Ahnung von meiner Existenz, wenn er Sie nicht davon in Kenntnis gesetzt hätte.«

Immer noch keine Reaktion. Sie hatte die Fähigkeit, wie manche Reptilienaugen eine schützende Membran zwischen sich und gerade vorbeiwehenden Sand zu ziehen. Ich durchschaute sie – ihre Begrenztheit, die geistige Starre, die aus der automatischen Annahme eigener Überlegenheit entsprang. Und doch konnte ich nicht umhin, mich neben ihr wertlos zu fühlen, auf eine Weise wertlos, wie ich mich seit Monaten nicht gefühlt hatte: ich mit meinem zerknautschten türkisfarbenen Overall und den verwilderten Haaren – und sie mit dem Flair einer Holovid-Werbung für die Enklave Central Park Ost! Sogar ihre Fingernägel waren perfekt: GenMod-Rosa, so daß sie nie lackiert werden mußten!

Die Fragen gingen weiter. Von Billy abgesehen, beantwortete ich sie so ehrlich wie nur möglich. Meine Stimmung, die ziemlich lausig war, hob das nicht. Ich tat für mein Land, was ich tun mußte, was getan werden mußte, was richtig war und patriotisch – dreimal hip-hip-hurra! Nein, ich meine das gar nicht zynisch – es *war* richtig! Warum fühlte ich mich dann so beschissen?

Colin Kowalski traf um etwa neun Uhr abends ein. Ich stand immer noch unter Hausarrest oder was immer, aber Charlotte Prescott waren anscheinend die Fragen ausgegangen. Das Transportband in der Cafeteria war jetzt wieder in Betrieb und versorgte eine unersättliche Schlange von Hungrigen, die neugierig den Y-Schild anstarrten, der sie in der Hälfte ihrer Cafeteria zusammendrängte, aber nichts sehen konnten, weil man die äußere Schicht des Schirmes nach innen zu undurchsichtig gemacht hatte.

»Colin! Bin ich froh, daß du hier bist!«

Er war wütend, verbarg es nicht, hielt es aber unter Kontrolle. Ich gab ihm je einen Gutpunkt, für alle drei.

»Du hättest mich schon im August kontaktieren sollen, Diana! Möglicherweise hätten wir die Freisetzung des Duragem-Spalters schon früher verhindern können!«

»Könnt ihr sie *jetzt* verhindern?« fragte ich, aber er antwortete nicht. Damit ließ ich mich nicht abspeisen. Ich packte ihn an den Rockaufschlägen – oder was sich bei der neuesten Herbstmode eben so nennt – und sagte langsam und mit größtmöglicher Deutlichkeit: »Ihr habt also etwas gefunden. Schon jetzt. Colin, du mußt mir sagen, was ihr bis jetzt gefunden habt! Du mußt einfach! Ich habe euch so weit gebracht, und es gibt keinen vernünftigen Grund, es mir nicht zu sagen! Du weißt genau, daß in diesem Moment da draußen schon jede Menge Reporter herumschwirren!«

Er machte einen Schritt zurück und befreite seine Rockaufschläge aus meinem Griff. Billy und Doug Kane und Jack Sawicki und Annie und Krystal Mandor hatten einander andauernd betatscht, und jetzt stellte ich erschrocken fest, wie rasch ich den Widerwillen von Machern gegen Berührungen vergessen hatte.

Aber ich gab nicht auf. Vielleicht würde es nicht nötig sein, Billy noch mehr in die Sache zu verwickeln, als er es ohnehin schon war, weil er mich einen Monat lang in Annies Wohnung aufgenommen hatte. »Was haben deine Agenten herausgefunden, Colin?«

»Diana …«

»Was?«

Er sagte es mir, aber nicht meiner Hartnäckigkeit wegen, sondern weil es tatsächlich keinen Grund gab, es mir nicht zu sagen. Er nannte mir sogar Längen- und Breitengrad, inklusive Minuten und Sekunden. Stolz auf sich. Und doch auch wieder nicht. Ich horchte konzentrierter auf das, was kam.

»Genau das, worauf du getippt hast, Diana. Ein unterirdisches Labor. Abgeschirmt. Vor einer halben Stunde haben wir den Schirm eliminiert, als wir wußten, wo etwa wir suchen mußten. Die SuperS waren bereits geflohen, aber der Duragem-Spalter stammt von dort. Die Schweine haben sich nicht einmal die Mühe gemacht, das Beweismaterial zu vernichten. Das brandgefährliche rekombinante und nanotechnische Zeug in diesem Labor …«

Noch nie zuvor hatte ich gesehen, daß Colin Kowalski die Stimme versagte. Er stotterte nicht, er zuckte nicht. Sein Mund klappte nach dem letzten Wort einfach mit einem kleinen hörbaren *Plop* zu, als hätte das Aussprechen dieser Worte seine Lippen verletzt, und nun schützte er sie, indem er sie zusammenpreßte. Mir wurde ein wenig übel. *Das brandgefährliche rekombinante und nanotechnische Zeug in diesem Labor …* »Was haben sie denn noch zusammengebraut für uns?«

»Nichts, was je von dort rauskommen wird«, versicherte er und blickte mich voll an. Zu voll. Ich wußte nicht, was der Blick zu bedeuten hatte.

Und dann wußte ich es doch.

»Colin, nein! Wenn ihr nicht alles genau unter die Lupe nehmt …«

Die Explosion brachte die Cafeteria zum Wanken, obwohl wir vermutlich kilometerweit davon entfernt waren und die AEGS gewiß zuvor einen Sprengschild über die Stelle gestülpt hatte. Aber ein

Sprengschild hält nur herumfliegende Trümmer zurück; und es gibt ohnehin nichts, was eine Atomexplosion wirklich dämpfen kann. Die Leute am Transportband schrien auf und drückten ihre Schüsseln mit SojSynth-Suppe und SojSynth-Steak an sich. Das Holoterminal, das sich drüben in der allgemein zugänglichen Hälfte der Cafeteria befand, flackerte kurz auf.

»Es war zu gefährlich, alles eingehend zu überprüfen«, sagte Colin steif. »Alles mögliche hätte von dort entweichen können. Alles, woran sie gerade arbeiteten.«

Ich stand unsicher auf. Es gab keinen Grund für die Unsicherheit, und so achtete ich darauf, daß meine Stimme fest blieb: »Colin, war wirklich niemand mehr in dem Labor? Waren Miranda Sharifi und die anderen SuperS tatsächlich schon weg, als ihr hinkamt?« *Bevor ihr es hochgejagt habt,* wollte ich sagen.

»Ja, sie waren alle schon weg«, sagte Colin und sah mir so unverwandt, so ehrlich in die Augen, daß ich sofort wußte, er log.

»Colin ...«

»Dein Dienstverhältnis bei der AEGS ist hiemit beendet, Diana. Wir danken dir für deine Mitarbeit. Der Lohn für sechs Monate wird auf dein Konto überwiesen, und du erhältst ein zurückhaltend formuliertes, allgemein gehaltenes Empfehlungsschreiben, falls du je eines benötigen solltest. Selbstverständlich ist es dir nicht gestattet, deine Geschichte – in welcher Form auch immer – an die Medien zu verkaufen. Bei einem Verstoß gegen dieses Verbot ist mit strengen Strafen hin bis zu Gefängnis zu rechnen. Das Ministerium spricht dir seinen herzlichsten Dank für deine Unterstützung aus.«

»*Colin ...!*«

Eine kurze Sekunde lang zuckte ein menschlicher

Ausdruck über sein Gesicht. »Du bist fertig, Diana. Es ist vorbei.«

Aber natürlich war es das nicht.

Ich schlängelte mich durch den allgemeinen Massenauflauf in den Straßen – Reporter, Einheimische, Agenten, ja sogar die ersten Neugierigen, die mit der frisch reparierten Gravbahn gekommen waren –, ohne von irgend jemandem erkannt zu werden. Mit meiner zerknitterten Winterkluft, dem Schal, der die untere Hälfte meines Gesichts bedeckte, und meinem Haar, das ebenso schmutzig war wie das der übrigen Bewohner von East Oleanta, sah ich aus wie der nächstbeste aufgeregte Nutzer. Das hätte mir gefallen, wäre ich in der Lage gewesen, in diesem Augenblick an irgend etwas Gefallen zu finden. Meinem Gefühl nach stimmte etwas nicht, ganz und gar nicht! Und ich wußte nicht, was es war. Ich hatte doch bekommen, was ich wollte: Huevos Verdes hatte aufgehört, blinde Zerstörungswut, wie beispielsweise den Duragem-Spalter, zu verbreiten. Trotz der unveränderten wirtschaftlichen Schwierigkeiten bekam das Land jetzt wenigstens die Chance, sich wieder zu erholen – nachdem der Zeitmechanismus bei allen bereits freigesetzten Spaltern die vorher festgelegte Anzahl von Reproduktionen abgewickelt hatte. Zwölfjährige Mädchen konnten wieder essen; alte Männer würden sich nicht mehr durch den Tiefschnee entlang unbefahrener Bahntrassen kämpfen müssen, um letzten Endes ihrer Lebensmittel wegen überfallen zu werden. Ich hatte doch bekommen, was ich wollte!

Irgend etwas stimmte ganz und gar nicht.

Die Wachen verließen gerade Annies Wohnung. Ich ging auf dem Flur an ihnen vorbei, und keinem von ihnen war ich einen zweiten Blick wert. Billy lag auf dem Sofa, und Annie saß auf einem Stuhl neben seinem Kopf, die Lippen so fest zusammengepreßt, als wollte sie damit ein Vakuum erzeugen. Lizzie hockte auf dem Boden und nagte an etwas, das vermutlich ein Hühnerbein sein sollte.

»Sie. Hauen Sie ab«, sagte Annie.

Ich ignorierte sie und zog mir einen zweiten Stuhl zu Billy ans Sofa. Es war der gleiche PlastiSynth-Stuhl, auf dem ich Charlotte Prescott mit den perfekten Nägeln gegenübergesessen hatte – und zugleich das einzige Modell von Stuhl, auf dem ich in East Oleanta je gesessen hatte. Bloß war dieser hier giftgrün. »Billy. Sie wissen, was passiert ist?«

Er sagte so leise, daß ich mich vorbeugen mußte, um ihn zu verstehen: »Hab's gehört, vorhin. Die haben Eden in die Luft gejagt.«

Annie sagte: »Un' wie haben die erfahren, daß es hier was zum In-die-Luft-Jagen gibt? *Sie,* Sie haben's ihnen gesagt, Doktor Turner! Sie, Sie haben die Regierungstypen nach East Oleanta geholt!«

»Und hätte ich es nicht getan, würdet ihr immer noch hungern«, fuhr ich sie an. Annie brachte es immerzu fertig, die schlechtesten Charakterzüge in mir ans Licht zu bringen. Und sie wurde niemals von Selbstzweifeln geplagt.

Kochend vor Wut hielt sie den Mund.

Billy sagte: »Is' wahrhaftig nich' mehr da, Eden? Die haben's wahrhaftig in die Luft gejagt?«

»Ja.« Es schnürte mir die Kehle zusammen, und ich wußte nicht, weshalb. »Billy, dort wurde der Duragem-Spalter hergestellt! Das, was so viele Ausfälle verursacht hat! Bei allen Arten von technischen Geräten!«

Er sagte lange nichts, und ich dachte schon, er wäre eingeschlafen; seine runzligen Lider waren auf Halbmast, und beim Anblick seiner schlaffen Halsfalten tat mir das Herz weh.

Schließlich sagte er beinahe flüsternd: »Hat Doug

Kane das Leben gerettet, die Kleine … un' unseres hätten sie wohl auch gerettet …«

»Wie kommen Sie darauf?« fragte ich scharf.

Er antwortete mit einer Ehrlichkeit, die so verschieden war von der Colin Kowalskis, daß ich zögere, dasselbe Wort zu verwenden. »Weiß nich'. Aber ich hab sie gesehen, un' sie war so freundlich zu uns, die Kleine, auch wenn sie wohl nich' mehr mit uns gemeinsam hatte als mit … mit Wanzen. Die hatten was drauf, die Leute. Un' wenn Sie sagen, die machen den Duragem-Spalter, nu, so machen sie ihn eben. Kann ich mir aber nich' vorstellen. Un' auch wenn sie ihn gemacht haben, die Leute dort, vielleicht war's bloß 'n Mißgeschick …«

»Ja? Ja, Billy?«

»Wenn die Typen Eden in die Luft gesprengt haben, wie wollen sie dann draufkommen, wie man den Spalter unschädlich macht?«

»Ich weiß es nicht. Aber da waren noch andere gefährliche nanotechnische Projekte in Arbeit dort … in Eden, Billy. Zeug, das noch mehr Unheil angerichtet hätte, wenn es ihnen ausgekommen wäre.«

Er überlegte das. »Aber, Frau Doktor …«

»Ich bin keine Frau Doktor, Billy«, unterbrach ich ihn müde, »ich bin gar nichts.«

»Wenn die Regierung einfach rundum geht un' alle illegalen Edens zerbombt, gehen dann nich' auch die guten Dinge verloren un' nich bloß die schlechten? Wir hatten da diese tollwütigen Waschbären …«

»Es muß eine lückenlose Kontrolle über alle gentechnischen und nanotechnischen Forschungstätigkeiten geben, Billy«, sagte ich ungeduldig. »Oder es kann jeder Verrückte ans Werk gehen und Dinge wie den Duragem-Spalter entwickeln!«

»Schaut so aus, als wär' der Verrückte schon am Werk *gewesen*«, sagte er, mit beißenderer Ironie, als ich je von ihm erwartet hätte. »Un' sehen Sie mal, was passiert is'. Die echten Wissenschafter, die können nichts erfinden, was den Spalter aufhält, weil sie selber keine Experimente machen dürfen!«

Es gibt keine erlaubten Forschungen, um Gegenmittel zu entwickeln. Das war kein neues Argument, das hatte ich schon oft gehört. Aber noch nie von einem so einfachen Menschen, in einer solchen Situation. Billy hatte einen kurzen Blick auf Eden geworfen, und er hielt die Götter dort nicht nur für allmächtig, sondern auch für wohlwollend. Und offenbar für fähig, über ein Gegenmittel für das Übel zu verfügen, das sie selbst hervorgerufen hatten. Vielleicht hatte ich selbst auch flüchtig so gedacht, damals, während der Patentverhandlung für Miranda Sharifis Zellreiniger. Aber SuperSchlaflosen unterlief kein Mißgeschick, zumindest nicht in dieser Größenordnung. Wenn Huevos Verdes den Duragem-Spalter freigesetzt hatte, dann mit voller Absicht, um die Gesellschaft zu zerstören, die sie haßte. Ein anderer Grund fiel mir beim besten Willen nicht ein. Und Huevos Verdes hatte beinahe Erfolg damit gehabt.

»Sie sollten jetzt schlafen, Billy«, sagte ich und stand auf, um zu gehen. Aber der alte Mann war in Plauderlaune.

»Ich *weiß*, das waren keine Bösen, die. Das Mädel, damals, die, wo Doug Kane vorm Tod bewahrte ... un' jetz' is' alles hin. Eden gibt's einfach nich' mehr. Un' ich, ich werd' nie wieder den steilen Waldweg runtersteigen un' durch'n Fluß waten un' zusehen, wie das Tor im Hang aufklappt, un' mit ihr reingehen ...«

Er faselte sinnloses Zeug – natürlich, die Agenten hatten ihm eine Wahrheitsdroge verabreicht. Und er hatte beantwortet, was sie wissen wollten. Redseligkeit war eine der Folgen, wenn die Wirkung der Droge nachließ.

»Auf Wiedersehen, Billy, Annie.« Ich ging zur Tür.

Lizzie hörte etwas aus meiner Stimme heraus. Sie wieselte zu mir herüber, die Augen weit aufgerissen, das ›Hühnerbein‹ in ihrem dünnen Händchen. Doch sie sah bereits frischer aus. Kinder reagieren rasch auf gute Ernährung.

»Vicky, es bleibt doch beim Unterricht morgen? Vicky?«

Ich sah sie an, und plötzlich hatte ich das absolut verrückte Gefühl, Miranda Sharifi zu verstehen.

Es gibt ein Bedürfnis, das ich nie erlebt habe, mit dem ich nie gerechnet habe. Ich habe darüber gelesen und es sogar an anderen Leuten miterlebt, obgleich nicht oft. Es ist ein Bedürfnis, das so tiefgehend ist, so stark, so konkret, daß es nicht möglich ist, ihm Einhalt zu gebieten, ebensowenig, wie man einer Lanze Einhalt gebieten kann, die schnurgerade auf unseren Bauch zufliegt. Die Lanze trifft auf und ihre Wucht schleudert, den Gesetzen der Physik entsprechend, unseren Oberkörper nach vorn. Sie verändert die Wege unseres Blutes. Man kann davon sterben.

Es heißt, Mütter verspüren dieses quälende Bedürfnis, wenn es darum geht, eine tödliche Gefahr von ihren Kindern abzuwenden. Ich bin keine Mutter. Aber auch Liebende sollen dieses Gefühl füreinander empfinden. Ich habe nie auf diese Weise geliebt, ungeachtet einiger Versuche mit Claude-Eugene-Rex-Paul-Anthony-Russell-David, die nichts weiter waren als Talmi. Künstler und Wissenschafter sollen diese Gefühle angeblich für ihre Arbeit hegen. Das letztere traf wohl auch auf Miranda Sharifi zu.

Was *ich* für Miranda Sharifi gefühlt hatte, ununterbrochen seit Washington, war Neid gewesen. Und ich hatte es nicht einmal bemerkt.

Doch jetzt war es anders. Als ich jetzt Lizzie ansah, mit dem Wissen, East Oleanta am nächsten Morgen zu verlassen, und aus dem Augenwinkel merkte, wie Annie mit ihrem fülligen Hintern auf dem Stuhl hin und her rutschte, während sie uns beide beobachtete, veränderte die Lanze mit einemmal die Wege meines eigenen Blutes, und ich preßte mir unwillkürlich beide Hände auf den Bauch. »Aber klar, Lizzie«, hauchte ich, und Colin Kowalski stahl sich in mein Lächeln, durch und durch ehrlich in seiner Macher-Überlegenheit – verlogen eben, wie wir Schweine nun einmal sind.

Doch irgendwann im Morgengrauen, um fünf oder sechs, wachte ich abrupt aus einem fusseligen Schlaf auf. Billys Stimme erfüllte mein Ohr: *Un' jetz' is' alles hin. Eden gibt's einfach nich' mehr. Un' ich, ich werd' nie wieder den steilen Waldweg runtersteigen un' durch'n Fluß waten un' zusehen, wie das Tor im Hang aufklappt, un' mit ihr reingehen …*

Ich schlich mich aus dem Zimmer des eiligst wieder in Schuß gebrachten Hotels. Auf dem Empfangspult stand zwar ein neues Terminal, aber das war mir viel zu riskant. Ich ging hinüber zur Cafeteria. Es waren schon Leute da, die vor dem Transportband Schlange standen, und muntere Töne kamen vom Holoterminal her, wo ein Macher-Nachrichtenkanal lief. Nutzer-Kanäle sendeten fast nie Nachrichten, wenn also East Oleanta sich selbst in den Medien bewundern wollte, dann mußte es wohl auf einem Macher-Kanal sein.

Ich verzog mich unauffällig in eine Ecke und sah zu. Schließlich kam die Explosion ins Bild und der Bericht über das sensationelle Aufspüren der Quelle des Duragem-Spalters, der das Land so gepeinigt hatte; es folgten Großaufnahmen von Charlotte Prescott und Kenneth Emile Koehler, Leiter der AEGS in Washington. Und dann wiederum die Explosion. Ich hätte das HT gern auf Standbild geschaltet, wagte es aber nicht. Und so hörte ich nur aufmerksam zu.

Um sieben Uhr früh fuhr eine Gravbahn von East Oleanta ab. Um acht war ich in Albany. Im Bahnhof befand sich ein frei zugängliches Bibliotheks-Terminal, in erster Linie gedacht für Nutzer, die nur eine verschwommene Vorstellung von ihrem Bestimmungsort hatten, und die es daher nach so lebenswichtigen Informationen wie der durchschnittlichen jährlichen Niederschlagsmenge, der Lage der dortigen Rollerrennbahnen oder der geographische Länge und Breite dürstete. Auf dem zugehörigen Schild stand: ANNA-NAOMI-COLDWELL-VOLKSBIBLIOTHEK. Spinnweben hingen vom Schild herab. Offenbar gab es nur wenige Nutzer, die eine verschwommene Vorstellung von ihrem Bestimmungsort hatten – oder zumindest von dem, was sie über ihn wissen wollten.

Ich schob den Chip einer jener Kreditkarten ein, von der die AEGS nichts wußte. *Möglicherweise* nichts wußte. Das Terminal sagte: »Betriebsbereit. Bitte nennen Sie Ort, Stadt, Gebiet oder Staat für gewünschte Informationen.«

»Das Gebiet von Collins County, New York.« Meine Stimme klang etwas unsicher.

»Bitte nennen Sie die Art der gewünschten Information.«

»Eine Landkarte des gesamten Gebietes, einschließlich der landschaftlichen Gegebenheiten und der politischen Einteilung.«

Als die Karte erschien, bat ich um Vergrößerung einzelner Teile und ließ diese noch einmal vergrößern. Ich bekam, was ich wollte; auf der Karte war auch das Netz der Längen- und Breitengrade zu erkennen.

Die Explosion, durch die das Untergrundlabor zerstört worden war, hatte weder am Fuß eines Berges noch in der Nähe eines Flusses stattgefunden.

Un' jetz' is' alles hin. Eden gibt's einfach nich' mehr. Un' ich, ich werd' nie wieder den steilen Waldweg runter-

steigen un' durch'n Fluß waten un' zusehen, wie das Tor im Hang aufklappt, un' mit ihr reingehen …

Ich war davon überzeugt, daß die AEGS ein illegales GenMod-Labor zerstört hatte. Ich war auch überzeugt davon, daß es sich dabei um jenes Labor gehandelt hatte, von dem aus der Duragem-Spalter freigesetzt worden war. Aber was dieses Labor auch immer dargestellt, wem immer es gehört hatte, es war nicht Billy Washingtons Eden. Nicht jenes Eden am unteren Ende eines steilen Weges und am Ufer eines Flusses, das Billy gestattet hatte zuzusehen, wie sich sein Tor öffnete – das Eden der großköpfigen Erretterin alter Männer, die im Wald zusammenklappen. Dieses Eden war immer noch dort.

Wer auch immer den Duragem-Spalter freigesetzt hatte, von Huevos Verdes war er nicht ausgegangen.

Wer also war es gewesen? Und hatte Huevos Verdes mit diesen Leuten etwas zu tun oder nicht?

Andererseits hatte die Duragem-Zerstörung tatsächlich von East Oleanta ihren Ausgang genommen – gleich um die Ecke von Eden. Zufall? Ich bezweifelte es. Und doch hatte Miranda Sharifi nichts unternommen, um die Freisetzung des Spalters zu stoppen.

Wenn jedoch die SuperS an der Zerstörung interessiert waren, warum hatte dann einer von ihnen Billy Washington erlaubt, den Eingang zu ihrer Adirondacks-Außenstelle zu sehen und mit diesem Wissen ausgerüstet hinzugehen, wo immer es ihm beliebte? Warum hatten sie ihn nicht umgebracht? Und warum hatte Miranda Sharifi versucht, die gesetzliche Erlaubnis für den Zellreiniger zu bekommen, der wohl ein wahrer Segen für uns gewöhnlich Sterbliche gewesen wäre? Die Schlaflosen hatten diesen biologischen Schutz bereits, und das Geld brauchten sie ganz gewiß auch nicht.

Und dann war da noch eine Tatsache – und Billy

hatte hierbei ganz recht: Wenn aus irgendeinem illegalen Labor tatsächlich etwas Schlimmeres als der Duragem-Spalter auftauchte – ein Retrovirus beispielsweise, das uns alle zu Trotteln macht –, dann verfügte nur Huevos Verdes über die geistigen Kapazitäten, rasch genug einen gegenwirkenden Mikroorganismus zu entwerfen, um zu verhindern, daß ein ganzes Land zu wandelnden Idioten wurde.

Aber würden sie es auch tun?

War Huevos Verdes der Feind meines Landes oder sein heimlicher Freund?

Das gehörte nicht zu jenen Fragen, die einer Agentin im Einsatz gestattet waren. Eine Agentin im Einsatz hatte das zu tun, was ihr aufgetragen war, und über alle signifikanten neuen Entwicklungen Bericht zu erstatten, wobei sie sich selbstverständlich streng an den Dienstweg zu halten hatte. Eine Agentin im Einsatz, die sich in meiner Situation befand, sollte augenblicklich die AEGS kontaktieren. Noch einmal.

Aber wenn ich das tat, dann würden die Fragen nie beantwortet werden. Weil Colin Kowalski die Antwort bereits zu kennen glaubte: Bombardiere alles, was aus dem gewohnten Rahmen fällt.

Ich mußte an die fünfzehn Minuten vor der Anna-Naomi-Coldwell-Volksbibliothek gestanden haben. Nutzer liefen vorbei, in Eile, um ihre Züge zu erreichen. Ein PutzRob zuckelte durch die Halle und schrubbte den Boden. Ein Sonnenschein-Dealer streifte mich mit einem Blick und sah wieder weg. Ein Tech mit dem blendenden Aussehen, das nur GenMods verliehen, sprach in sein Terminal, während er auf dem Bahnsteig auf und ab ging.

Noch nie hatte ich mich so allein gefühlt.

Ich stieg wieder in die Gravbahn und fuhr zurück nach East Oleanta.

Buch IV

OKTOBER DEZEMBER 2114

»Das Persönliche ist politisch, und das Politische ist immer auch persönlich.«

Amerikanische Volksweisheit

Drew Arlen:
Florida

13

Zwei Monate, September und Oktober, verbrachte ich bei den Francis-Marion-Freiheitswächtern unter der Erde.

Ich hätte es nicht für möglich gehalten, daß man sich tagelang, wochenlang, monatelang vor der AEGS verstecken kann. Die Freiheitswächter waren ein Haufen Spinner; was für eine Chance konnten sie sich denn ausrechnen, den Behörden zu entgehen, nachdem sie drei AEGS-Agenten umgebracht, Leisha Camden ermordet und ein Rettungsflugzeug der AEGS abgeschossen hatten? Keine. Nada. Es war nicht möglich. Das war es, was ich geglaubt hätte.

Genausowenig hätte ich es für möglich gehalten, daß man sich vor Huevos Verdes verstecken konnte. Täglich, stündlich erwartete ich, daß sie mich holen kamen.

Die Formen in meinem Kopf waren dünn und zart wie die Membran von Nervenfasern. Verletzlich. Schemenhaft. Diese Formen schwammen um das bewegungslose Gitterwerk wie verschreckte Fische. Manchmal hatten sie Gesichter – oder zumindest den Anflug eines Gesichts. Manchmal war das Gesicht das meine.

An meinem zweiten Tag unter der Erde, um fünf Uhr morgens, ertönte ein Alarmsignal. Mein Herz machte einen Satz: die Verteidigungslinien waren durchbrochen! Aber es war nur das Signal zum Wecken.

Peg schlurfte zur Tür herein. Dumpf schob sie

mich zu einem Gemeinschaftsbad, ließ mich hineinfallen, zog mich wieder raus. Ich verriet ihr nicht, daß ich das alles ganz leicht auch allein hätte erledigen können. Sie schob mich zum Aufenthaltsraum, der bereits gesteckt voll war mit Leuten, die hastig ihr Essen hinunterschlangen. Es waren so viele, daß manche im Stehen frühstückten.

Peg zog ein Stück Papier aus der Tasche und hielt es mir ärgerlich unter die Nase. »Hier. Für dich.«

Es war der Ausdruck eines Zeitplans mit der Überschrift: ARLEN DREW, PROVISORISCHE ZUTEILUNG KOMPANIE 5. »Aha, ich bin also der Kompanie 5 zugeteilt. Ist das deine Gruppe, Peg?«

Sie schnaubte verächtlich und schob mich so wild durch die Gegend, daß ich fast aus dem Rollstuhl fiel.

Kompanie 5 versammelte sich in einem riesigen, kahlen Raum unter der Erde – einem Paradeplatz. Ich sah weder Joncey noch Abigail oder sonst jemand, den ich bereits kannte. Zwei Stunden lang wurden Freiübungen gemacht. Ich saß in meinem Rollstuhl und bemühte mich um möglichst kraftlose, halbherzige Imitationen ihrer Gymnastik. Peg grunzte und schwitzte.

Dann kamen zwei Stunden Holoinstruktionen über Waffen – Treibladungen, Laser, Grav, biologische Waffen. Im ersten Moment erstaunte es mich, daß Hubbley mich das alles sehen ließ, aber dann legte sich mein Erstaunen; er rechnete nicht damit, daß ich noch irgendwann die Chance haben würde, es weiterzusagen.

Während das Holo das Laden, die Benutzung und die Pflege der Waffen erklärte, übten die zwanzig Mitglieder der Kompanie 5 mit dem Original. Drei Meter trennten mich von der Pistole in Pegs Hand und der Möglichkeit, sie damit zu erschießen. Dieser Umstand schien sie nicht im geringsten zu stören, doch ein paar andere bedachten mich mit durchdringenden Blicken. Vermutlich hatte Peg deshalb nichts dagegen, weil es sich um Hubbleys Befehle handelte. Vielleicht hatte einst Francis Marion seine Kriegsgefangenen auf diese Weise bekehrt.

Mittagessen, und dann weiteres körperliches Training, gefolgt von einem Holo über die Mittel und Wege, sich von dem zu ernähren, was einem der Zufall und das Land bescherte. Unglaublicherweise stammte das Holo vom Staatlichen Dokumentationsbüro. Ich schlief ein.

Peg trat gegen meinen Rollstuhl. »He, du! Politische Bildung!« Sie schob mich näher an die Mitglieder der Kompanie heran, die sich auf dem Boden in einem Halbkreis um die Holobühne versammelt hatten. Alle saßen kerzengerade aufgerichtet da. Ich spürte starre Formen in meinem Kopf noch starrer werden. Die Atmosphäre knisterte und wurde immer angespannter.

Jimmy Hubbley kam herein und setzte sich zur Kompanie. Niemand sprach ihn an. Das nächste Holo begann.

Es hatte die absichtlich körnig gehaltene Beschaffenheit, die in Realzeit ablaufenden, ungeschnittenen Filmaufnahmen vorbehalten ist. Es gibt keine Möglichkeit, irgendeinen Teil davon zu verändern, ohne die ganze Sache zu zerstören. Ich selbst verwende bei meinen Auftritten dieselbe Technik zur Erzeugung der Holos, obwohl meine Geräte die Körnigkeit mit absichtlich weichgezeichneten Rändern kompensieren, wodurch ein traumartiger Effekt entsteht. Aber es ist wichtig für die Leute, eine Realzeit-Vorstellung zu sehen, und nicht irgendeine geschnittene und wieder zusammengekleisterte Version davon. Sie müssen wissen, daß das da vorne wirklich ich bin.

Was dieses Holo hier zeigte, das hatte sich tatsächlich zugetragen.

Es zeigte die Untergrundbewegung – einschließlich

Jimmy Hubbley – bei der Erbeutung des Duragem-Spalters in einem illegalen Labor. Die gefangengenommenen und verschleppten Erfinder wurden in der Folge gezwungen, riesige Mengen des Spalters herzustellen und in kleine Kanister abzufüllen, die sich nach ihrer Öffnung vollständig auflösen würden. Dann wurden die Kanister über die ganzen Vereinigten Staaten verteilt und gelagert. Und erst dann wurde der mit einem Zeitmechanismus versehene Spalter überall gleichzeitig freigesetzt, um zu verhindern, daß seine Spur rückverfolgt werden konnte. Ich hatte Informationen vor mir, für die die AEGS ihr kollektives rechtes Auge gegeben hätte.

Das ursprüngliche illegale Labor hatte sich im nördlichen Teil des Staates New York befunden, in den Adirondack-Mountains, nahe einer Kleinstadt namens East Oleanta.

Ich saß ruhig da und ließ zu, daß die Formen in meinem Innern mich überwältigten. Es hatte keinen Sinn, sich dagegen zur Wehr zu setzen. Miranda hatte immer gesagt, East Oleanta wäre rein zufällig für das Huevos-Verdes-Projekt ausgewählt worden, und zwar von einem vom Computer entwickelten, nach dem Zufallsprinzip arbeitenden Programm, um den deduktiven Lokalisationsprogrammen der AEGS zu entgehen. Das hatte sie mir erzählt.

Du bist ein unverzichtbarer Teil des Projekts, Drew! Ein wichtiges Mitglied!

»Okay«, sagte Jimmy Hubbley, als das Holo geendet hatte, »und wer kann mir jetzt sagen, warum wir alle dieses Holo hier ein ums andere Mal ansehen, beinah' jeden verdammten Tag?«

Ein junges Mädchen rief voll jugendlicher Begeisterung: »Weil wir unser Wissen allen zugute kommen lassen. Nich' wie die Macher!«

»Sehr schön, Ida.« Hubbley schenkte ihr ein Lächeln.

Ein Mann sagte mit tiefer Stimme und einem Akzent, der aus dem Landesinneren stammte: »Müssen alle Fakten kennen, wir hier, damit wir die richtigen Entscheidungen für unser Heimatland treffen können. Unser Ideal lautet: Amerika den menschgebliebenen Amerikanern. Haben den festen Willen, wir, unser Ideal zu erreichen.«

»Sehr schön«, sagte Hubbley. »Klingt das nicht schön, Soldaten?«

Jemand sagte zaghaft: »Aber heißt das nich', wir sollten jeden einzelnen im ganzen Land fragen, was er darüber denkt? Für 'ne Abstimmung?«

Eine kurze Unruhe erfaßte die Reihen.

»Wenn die Leute unser Wissen hätten, Bobby, dann würde es das gewiß heißen«, sagte Hubbley ernsthaft. Seine hellen Augen strahlten. »Aber sie wissen eben nicht soviel wie wir. Hatten nicht das Privileg, beim Freiheitskampf in vorderster Linie zu stehen. Und sie haben auch nicht das Holo von dem eroberten Labor gesehen. Haben keine blasse Ahnung davon, was für Waffen wir jetzt zum Einsatz bringen können. Könnten denken, diese Revolution ist hoffnungslos, weil sie eben keine Ahnung haben. Aber wir, wir wissen's besser. Und so haben wir die Verpflichtung, an ihrer Stelle die notwendigen Entscheidungen zu treffen und zum Besten aller unserer amerikanischen Mitbürger zu handeln.«

Alle nickten. Ich konnte deutlich sehen, wie auserwählt sie sich fühlten, wie einzigartig – Ida und Bobby und Peg –, weil sie so selbstlos und nur im Interesse ihrer amerikanischen Mitbürger ihre Entscheidungen trafen. Genau wie einst Francis Marion.

Ich hörte Mirandas Stimme in meinem Kopf: *Sie können einfach nicht die biologischen und gesellschaftlichen Konsequenzen des Projekts erfassen, Drew, genausowenig wie Kenzo Yagais Zeitgenossen die gesellschaftlichen Konsequenzen billiger, allgegenwärtiger Energie vor-*

hersehen konnten. Er mußte auf der Grundlage bestmöglicher Einschätzungen an ihre Entwicklung herangehen. Und das gleiche gilt für uns. Sie können es einfach nicht verstehen, bevor es nicht passiert.

Weil sie Normalos waren. Wie Drew Arlen.

Ein langes Schweigen folgte. Die Leute verlagerten ihr Gewicht von einer Backe zur anderen oder saßen unnatürlich still da. Pfeilschnelle Blicke trafen und trennten sich. Ich spürte, wie mein Rücken sich anspannte. Diese ganze Nervosität kam nicht von einem Holo, das sie ›beinah' jeden verdammten Tag‹ sahen.

Hubbley fuhr fort: »Ich sagte, sie wissen nicht, was wir alles haben, und genau das *meinte* ich auch. Sie wissen nicht, was wir haben. Aber sie werden's, verdammt noch mal, rausfinden. Campbell, bring ihn rein.«

Campbell tauchte aus einem der zahlreichen Gänge auf und zerrte einen nackten Nutzer mit gefesselten Händen hinter sich her. Der Mann war ein jämmerlicher Anblick, keine einssiebzig groß neben Campbells zwei Metern, und noch kleiner wirkend, weil er sich vornübergebeugt vergeblich gegen das Herumgezerrtwerden wehrte. Seine nackten Füße schleiften über den Boden. Er gab keinen Ton von sich.

»Ist die RoboKamera bereit?« fragte Hubbley.

Jemand hinter ihm sagte: »Hab sie grade eingeschaltet, Jimmy.«

»Gut. Also, ihr wißt alle, daß dieser Film einer von der Sorte ist, die sich selbst zerstören, wenn man versucht, sie zu schneiden. Und ihr Zuschauer da draußen, ihr wißt es auch. Junge, sieh mich an, wenn ich rede.«

Der Gefangene hob den Kopf. Er machte keine Anstalten, seine Genitalien zu bedecken. Ich sah mit Entsetzen, daß nicht schlechte Nutzer-Gene an seiner geringen Körpergröße Schuld trugen: er war noch ein halbes Kind. Dreizehn, vielleicht vierzehn – und ein GenMod. Es sprach aus seinen strahlend grünen Augen und der festen, wohlgeformten Linie des Kinns. Aber er war kein Macher. Er war einer von den Techs, ein Kind jener Nutzer-Familien, die sich als Grenzfälle betrachten und die sich für ihren Nachwuchs zwar nicht die ganze Palette gentechnischer Modifikationen – inklusive der teuren IQ-Anhebung – leisten konnten, die aber dennoch danach strebten, mehr als Nutzer zu sein. Diese Leute kaufen ihren Kindern nur die GenMods für besseres Aussehen, und die Kinder wachsen sehr früh in die Ausführung jener Dienstleistungen hinein, die auf halbem Weg zwischen Robotern und Macher-Hirnen liegen. Meine Tourneemannschaft bestand aus Techs. Anderseits konnte man sagen, daß auf Huevos Verdes Kevin Bakers Urenkel Jason, ein Schlafloser, auch nicht mehr war als ein Tech.

Der Junge hier hatte Todesangst.

Hubbley sagte, aber nicht zu ihm: »Wie nannte Francis Marions junger Leutnant seinen General doch?«

»Einen häßlichen, mieselsüchtigen, X-beinigen, hakennasigen Teufelskerl«, antwortete Peg glutvoll.

»Du siehst also, mein Sohn«, erklärte Hubbley dem Jungen in freundlichem Tonfall, »General Marion, der hatte keine GenMods. Der war einfach so, wie sein Herrgott ihn gemacht hatte. Und trotzdem wurde er der größte Held, den dieses Land jemals hervorbrachte. Curtis, wie, sagte General Marion, war er vorgegangen, als der Feind an Zahl allzu überlegen war, um ihn direkt attackieren zu können?«

Zu meiner Linken ertönte die prompte Antwort: »›Doch ich bedrängte sie so unbarmherzig, daß ich wie im Sturm ihren Widerstand brach.‹«

»Genau richtig! ›Bedrängte sie so unbarmherzig, daß ich ihren Widerstand brach.‹ Und genau das ist es, ihr Zuschauer da draußen, was auch wir tun! Wir bedrängen euch alle. Dieser Mann hier ist ein gefangengenommener Feind, einer, der in einer GenMod-Klinik gearbeitet hat. Eltern bringen ihre unschuldigen ungeborenen Babies dorthin und *verwandeln sie in etwas, das nicht mehr dem Menschengeschlecht zugerechnet werden kann!* Ihre eigenen Kinder! Für einige von uns ist das, verdammt noch mal, verbrecherisch und widernatürlich!«

Ich hätte gern eingeworfen, daß *in-vitro*-Modifikationen vorgenommen wurden, bevor ein ›Baby‹ da war, daß es um befruchtete Eizellen in künstlicher Biostasis ging. Aber die Zunge klebte mir am Gaumen. Der Tech-Junge starrte geradeaus, ohne etwas zu sehen, wie ein Kaninchen, das von einem Scheinwerfer erfaßt wurde.

»Nun, ihr werdet vielleicht denken, daß der Junge noch nicht alt genug ist, um für sein Tun zur Rechenschaft gezogen zu werden. Aber er ist schon fünfzehn Jahre alt. Junie, wie alt war Francis Marions Neffe Gabriel Marion, als er bei der Mount-Pleasant-Plantage im Kampf gegen den Feind fiel?«

»Vierzehn«, antwortete eine Frauenstimme. Von meinem Rollstuhl aus konnte ich ihr Gesicht nicht sehen.

Hubbley beugte sich leicht vor, und seine Stimme wurde vertraulich: »Ihr da draußen versteht das doch, nicht wahr? Dies ist ein Krieg. Wir meinen es ernst. Wir haben ein Ideal im Hinblick auf das Land, in dem wir leben wollen, und wir haben den Willen, es zu verwirklichen. Egal, wie hoch der Preis dafür ist. Earl, erzähl all unseren Zuschauern da draußen bei der AEGS von Mrs. Rebecca Motte.«

Ein Mann in einem violetten Overall stand schwerfällig und mit unbeholfen herabhängenden Armen auf. »Am 11. Mai …«

»Am 10. Mai«, unterbrach ihn Hubbley mit einem

kurzen Stirnrunzeln. Er wollte keine Ungenauigkeiten bei seiner nicht korrigierbaren Aufnahme.

Zerknirscht und aus der Fassung gebracht holte Earl erst einmal tief Atem. »Am 10. Mai, da blies der General Marion zum Angriff auf die Mount-Pleasant-Plantage, weil die Engländer dort ihr Hauptquartier aufgeschlagen hatten. Die Herrin der Plantage, mit Namen Mrs. Rebecca Motte, die mußte mitsamt ihrer Brut in 'ne Holzhütte ziehen. Aber das Haus war zu gut befestigt für 'nen direkten Angriff, un' so beschloß der General, brennende Pfeile abzuschießen un' es in Brand zu stecken. Aber die hatten keine ordentlichen Pfeile un' Bögen nich', der General un' seine Männer. Lighthorse Harry Lee, wo mit General Marion marschierte, der ging zu Mrs. Motte, um ihr zu sagen, daß sie ihr Haus niederbrennen mußten. Un' sie, sie ging in die Hütte rein un' kam mit 'nem herrlich schönen Bogen un' Pfeilen wieder raus, richtige Macher-Sachen eben. Un' dann sagte sie, über ihr Haus nämlich: ›Auch wenn's ein Palast wäre, müßte es dahingehen!‹« Earl setzte sich nieder.

Hubbley nickte. »Ein echtes Opfer. Eine echte Patriotin, Mrs. Rebecca Motte. Hast du gehört, Junge?«

Der kleine Tech schien überhaupt nichts zu hören. Hatten sie ihn unter Drogen gesetzt?

Leisha hatte mich stets davor gewarnt, die farbenprächtigeren Tatsachenberichte aus der Menschheitsgeschichte für volle Wahrheit zu nehmen.

»Wir dürfen nie aufhören, euch Feinden Amerikas Widerstand zu leisten. Und ihr Zuschauer seid die Schlimmsten, weil eben Verräter und Spione in jedem Freiheitskampf das Schlimmste sind. Tun so, als würden sie auf einer Seite stehen, und dabei schmieden sie die ganze Zeit über ihre Ränke für die andere. AEGS-Agenten, das sind alles Verräter; tun so, als würden sie die Reinheit des Menschengeschlechts beschützen, dabei öffnen sie in Wahrheit allen möglichen gottlosen Abnormitäten Tür und Tor! Und dann legen sie dieses ganze großartige Land in die Hände dieser gottlosen Abnormitäten, der Macher, als wäre uns Nutzern nicht vollkommen klar, daß ihr uns alle am liebsten Hungers sterben lassen würdet, wenn ihr könntet! Und in Wirklichkeit tut ihr das auch! Joncey, welche Worte richtete General Marion in seiner Ansprache vor dem Angriff gegen Doyle bei Lynche's Creek an seine Männer?«

Jonceys Stimme, weitaus kräftiger und lockerer als die von Earl, zitierte: »›Meine Freunde, wenn wir zugrundegehen, weil wir tapfer Widerstand leisten gegen unsere Unterdrücker, was würde dann wohl geschehen, wenn wir uns demütig in den Staub legen und uns ihnen ergeben?‹«

Ich blickte mich um. Der Raum war voller Menschen, offenbar hatten sich alle ›Revolutionäre‹ aus den anderen ›Kompanien‹ hier versammelt. Aber ich hatte die ganze Zeit den jungen Tech angestarrt und sie nicht eintreten hören. Er wohl auch nicht, davon war ich überzeugt.

Hubbley sagte: »Dieser Junge da ist ein Verräter. Arbeitet in einer GenMod-Klinik. Also wird er auch sterben wie ein Verräter. Und ihr alle da draußen, ihr solltet daran denken, daß er nicht der einzige bleibt – heute, morgen oder übermorgen. Abby?«

Abigail trat aus der Menge hervor. Sie trug einen unauffälligen grauen Kanister, nicht größer als ihre geschlossene Faust.

»Abby«, sagte Hubbley, »was machte General Marion mit Gütern, die er vom Feind konfisziert hatte?«

Sie drehte sich um und sprach direkt in die RoboKamera. »Jede eiserne Säge, die der Brigade in die Hände fiel, wurde zu einem Schwert gehämmert.«

»Das ist genau richtig. Und das hier...« – er hob den Behälter hoch über seinen Kopf – »ist eine Säge. Wurde nicht einmal in irgendeinem illegalen Gen-

Labor zusammengebraut, sondern kommt vom größten Verräter von allen: von der sogenannten Regierung der Vereinigten Staaten.« Er drehte den Behälter herum. Die Beschriftung lautete: EIGENTUM DER U.S.-ARMY. STRENG GEHEIM! VORSICHT, GEFÄHRLICH!

Ich glaubte es einfach nicht. Hubbley hatte die Worte gewiß selbst draufgepinselt! Ich glaubte es nicht, und ich wußte noch gar nicht, was in dem Behälter war. Dieser Pöbelhaufen selbsternannter Revolutionäre hatte bloß Illusionen, Träume, theatralische Wünsche … Ich glaubte es einfach nicht!

Das Gitterwerk in meinem Kopf seufzte, als würde Wind hindurchstöhnen.

»Okay, Abby«, sagte Hubbley, »tu es!«

Abby wandte mir den Rücken zu, und so konnte ich nicht sehen, was sie tat. Das Schimmern eines Hochleistungs-Y-Energie-Schildes, einer auf dem Boden aufsitzenden Halbkugel mit einem Durchmesser von zwei Metern, erschien rund um den nackten Tech. Der Behälter befand sich im Innern der schimmernden Halbkugel.

Der Junge stand doch nicht unter Drogen, denn er begann augenblicklich zu schreien. Das Geräusch drang zwar nicht durch den Schild, der von jener Sorte war, die nicht einmal Luft durchließ, aber der Junge trommelte mit den Fäusten an sein Inneres, die Augen vor Todesangst weit aufgerissen und der Mund eine klaffende rosafarbene Höhle. Er hatte feine Härchen, weich wie der Flaum eines kleinen Vogels im Nest, auf der Oberlippe und kaum mehr davon in der Schamgegend.

Jimmy Hubbley sah entrüstet drein. »Da lebt er, verursacht Tod und Verderben, und dann kann er nicht einmal sterben wie ein Mann! Tu's schon, Abby!«

Was Abby auch tun sollte, ich sah es nicht. Nur, daß der graue Behälter unter dem Schild kurz aufleuchtete und dann zu einer grauen Pfütze zerfloß.

»Das da ist die eiserne Säge, die ihr gemacht habt, um uns damit zu zerschneiden!« sagte Hubbley. »Aber wir haben ein Schwert daraus gefertigt! Denn wer das Schwert nimmt, der soll durch das Schwert umkommen – Matthäus 26, Vers 52. Ihr wißt ja schon alle, was das hier bewirkt. Aber für die, welche es nicht wissen…« – er sah mich an –, »wiederhole ich es. Das hier ist eine von euren eigenen GenMod-Perversionen. Sie zerlegt die Zellwände der Zellen von lebendigen Menschenwesen. So wie von diesem hier.«

Der Junge hatte aufgehört, gegen den Schild zu hämmern. Er schrie immer noch, aber sein Mund veränderte die Form. Er löste sich auf. Es sah nicht so aus, als hätte jemand Säure über ihn gegossen – ich hatte das einmal gesehen, zu einer Zeit, als Leisha mich noch nicht aufgenommen hatte. Säure frißt das Fleisch auf. Aber das Fleisch dieses Jungen hier wurde nicht weggefressen, sondern es brach auf, wie Eis im Frühjahr. Hautstücke fielen auf den Boden und entblößten rotes Fleisch, und dann fielen auch Stücke davon herab. Er schrie weiter – schrie, schrie, schrie, während er zerfiel. Ich spürte, wie sich mir der Magen umdrehte, und die Formen in meinem Kopf drehten sich auch um, drehten sich rund um das immer noch geschlossene Gitterwerk.

Der Junge brauchte fast drei Minuten, um zu sterben.

Ganz leise sagte Hubbley: »General Marion beendete seine Ansprache bei Lynche's Creek wie folgt: ›Gott der Allmächtige ist mein Zeuge, ich würde lieber tausend Tode sterben, und ich würde sie frohen Herzens lieber sterben, als mein geliebtes Land in einem solchen Zustand der Würdelosigkeit und des Elends zu sehen.‹ Gott der Allmächtige ist auch mein Zeuge, ihr Zuschauer.« Seine blassen Augen in dem knochigen, sonnenverbrannten Gesicht blickten unverwandt in die Ferne, erfüllt mit Licht.

Und dann fingen alle an, sich zu rühren. Offenbar war die RoboKamera abgeschaltet worden. Die Formen in meinem Innern waren faulig und zähflüssig wie Teer. Ich hatte nichts getan, um den Jungen zu retten. Ich hatte nicht einmal den Versuch eines Protests unternommen. Ich hatte auch nicht den Versuch gemacht, mich irgendwie in diese unkorrigierbare Aufnahme hineinzuschmuggeln, um den Zusehern einen Hinweis zu liefern, wo diese Scheußlichkeit stattfand … Ich hatte nichts getan.

»Das wär' im Kasten«, sagte Jimmy Hubbley, sichtlich mit sich zufrieden. »Das ist eine Redewendung aus früheren Filmzeiten. Soll heißen, daß die Filmerei zu Ende ist. Ihr könnt alle wegtreten. Und Mister Arlen, Sir, ich denke, es wär' wohl ratsam, daß Peg Sie jetzt wieder in Ihr Zimmer bringt. Sie sehen ein wenig spitz aus, wenn Sie den Ausdruck gestatten. Hoffentlich finden Sie es nicht zu impertinent von mir, daß ich das sage, Sir.«

So ging es wochenlang weiter.

Körpertraining, Holos über den Zustand der Gesellschaft (wo die wohl hergestellt wurden?), politische Bildung. Es war, als müßte ich wieder zur Schule gehen – und nur in den unangenehmsten Teil davon. Immer wieder fand ich kleine Spitzenrechtecke aus Abigails Hochzeitskleid, und Peg schob meinen Rollstuhl nie irgendwohin, wo auch nur in Spuckdistanz ein Terminal gestanden hätte.

Exekutionen gab es keine mehr.

Ich brauchte dringend einen Drink. Hubbley sagte nein. Er gestattete Sonnenschein, weil der nicht die Reaktionen dämpfte. Ich wollte einen Drink, weil er die Reaktionen dämpfte.

Hubbley hatte mir ein albernes Handterminal zugestanden, von der Art, wie es Kinder für ihre Hausaufgaben benutzen, und dazu eine enzyklopädische

Standardbibliothek. Einmal, als ich mich gar nicht mehr zurückhalten konnte, sagte ich zu ihm: »Francis Marion lehnte das Töten von Gefangenen ab. Er schaffte einmal sogar einen Loyalisten, Jeff Butler, heimlich aus seinem eigenen Lager hinaus, als es so aussah, als würden Marions Leute ihn umbringen.«

Hubbley lachte voller Ergötzen und rieb die Beule an seinem Hals. »Verdammt, haben Sie aber brav gelernt, mein Sohn! Der Teufel soll mich holen, aber ich bin verflucht stolz auf Sie!«

Vom Zusammenbeißen taten mir bereits die Zähne weh. »Hubbley ...«

»Aber das hat nichts zu sagen, Mister Arlen, Sir. Nein, ehrlich nicht. General Marion erbarmte sich der Königstreuen, weil sie von seinem eigenen Schlag waren, seine Nachbarn, die genauso auf und von demselben Land lebten wie er. Aber er zeigte doch nicht das gleiche Erbarmen für die britischen Soldaten, oder? Und Macher sind eben nicht von unserem Schlag. Sie sind auch nicht unsere Nachbarn, in ihren großkotzigen Enklaven. Und sie leben ganz gewiß auch nicht so wie wir, ohne Bildung und persönliches Eigentum und echte Macht. Nein, die Macher, das sind die Engländer, Mister Arlen. Nicht Jeff Butler, sondern Hauptmann James Lewis von der Armee Seiner Majestät, der von einem vierzehn Jahre alten Patrioten namens Gwynn getötet wurde. Das ist Naturgesetz, mein Sohn. Man schützt sich und die Seinen.«

»Marion hat aber nicht ...«

»Für dich heißt er ›General Marion‹, du!« keifte Peg und sah Hubbley an wie ein Hund, der lobend getätschelt werden wollte. Hubbley grinste und zeigte seine Zahnstummel.

Das waren die Leute, die den Duragem-Spalter auf das Land losgelassen und damit die Zivilisation in Trümmer gelegt hatten. Diese Leute da.

Und sie *lag* in Trümmern. Das HT im Gemeinschaftsraum empfing die Nachrichtensendungen der Macher. Es gab kaum mehr eine Gravbahn, die den Fahrplan einhalten konnte, besonders außerhalb der Städte, denn die meisten Techniker wurden in die dicht besiedelten Gebiete geschickt, weil dort die Wählerstimmen herkamen; außerdem war dort die Gefahr von Straßenkrawallen am größten, was eine Verdreifachung der Sicherheitskräfte rund um die Enklaven notwendig machte. Es fanden nur noch ganz wenige Flüge statt, was hieß, daß das Land in erster Linie über Telekonferenzen regiert wurde. Die Ambulanzen litten regelmäßig unter Funktionsstörungen; die MedRobs stellten keine falschen Diagnosen, sie hörten einfach auf, Diagnosen zu stellen.

Eine von Viren verursachte Seuche verbreitete sich in Südkalifornien. Niemand wußte, ob es sich um eine natürliche Mutation handelte oder ob sie biotechnisch hervorgerufen war.

Ein Nutzer-Messias hatte das Ende aller Zeiten ausgerufen. Er zitierte die Offenbarung des Johannes über die Apokalyptischen Reiter – mit einem überraschenden Dreh: Der Reiter des Krieges mußte von den Nutzern losgelassen werden. Jetzt. Als die staatliche Sicherheitstruppe sich anschickte, ihn festzunehmen, schossen er und seine Anhänger mit illegalen Waffen aus Mexiko dreiunddreißig Menschen über den Haufen. Der Gouverneur, hieß es besorgt in dem Bericht, war praktisch sicher, nicht wiedergewählt zu werden.

In Kansas wurde eine SojSynth-Fabrik im Eigentum der D'Angelo-Firmengruppe von Hamsterern überfallen, die das behandelte und unbehandelte SojSynth wegschafften. Darüber hinaus zerstörten sie den RoboMaschinenpark im Wert von drei Millionen Dollar.

Der Vizegouverneur von South Dakota wurde im Schlaf erstochen. In einer bewachten Enklave.

Nach einem Bericht, daß Tiere die neue Krankheit nicht bekommen konnten, brachen Nutzer aus San Diego in den bekannten Zoo dort ein, töteten einen Löwen und zwei EleHippos und aßen sie auf.

Der Nordosten des Landes war von einem frühen Wintereinbruch heimgesucht worden. Ohne die Gravbahn waren kleinere Orte völlig von der Außenwelt abgeschnitten und ohne Nahrungsmittel. Die Menschen dort verhungerten bereits. Kleine Orte wie East Oleanta.

Wo war Miranda? Und worauf wartete sie eigentlich? Wenn nicht bei den letzten Schritten des Projekts etwas schiefgelaufen war. Wenn nicht die AEGS Eden entdeckt hatte, indem sie die in den kleinen, von der Außenwelt abgeschnittenen Orten sorgfältig ausgestreuten Gerüchtefetzen zurückverfolgt und es so ausfindig gemacht hatte.

Wenn nicht mehr dahintersteckte, als sie und Huevos Verdes mir verraten hatten.

Zum erstenmal befürchtete ich, daß sie mich möglicherweise gar nicht holen kommen würde.

»Das Großartige an der Verfassung liegt in ihrem Sinn für die einfachen Menschen«, sagte Jimmy Hubbley mit leuchtenden Augen.

»Das Großartige an der Verfassung liegt in den Grenzen und Gegengewichten, die sie setzt«, hatte Leisha immer gesagt. Leisha. Die. Tot. War.

Das dunkle Gitterwerk in meinem Geist war so eng gerollt wie ein Regenschirm, undurchdringlich, eine dünne Linie, die in mein Inneres schnitt.

Wo waren die Grenzen und Gegengewichte für Huevos Verdes?

»Führ mich noch einmal durch die ganze Anlage«, sagte ich zu Peg.

Sie lümmelte zusammengesunken auf einem Stuhl

im Gemeinschaftsraum und verfolgte ein Rollerrennen irgendwo in Kalifornien. In einem Teil von Kalifornien, der noch unverseucht war. »Hab keine Lust, dich dauernd rumzuschieben. Hast schon alles gesehen, was du je sehen wirst.«

»Wunderbar. Dann fahre ich eben allein.« Ich setzte den Rollstuhl in Bewegung.

Ich wagte nicht, meinen Oberkörper zu trainieren, nicht einmal nachts, nachdem sie mich eingeschlossen hatte. Es waren zwar keine Überwachungsmonitoren zu sehen, aber ich wußte, es mußten welche da sein. So beschränkte ich mich darauf, mich und meine nutzlosen Beine etliche Male täglich eine Handbreit vom Sitz des Rollstuhles hochzustemmen, wobei ich darauf achtete, daß das nie am selben Platz geschah.

»He, wart mal!« seufzte Peg und erhob sich schwerfällig. Rüde übernahm sie die Führung und schob mich aus dem Raum.

Ein weißer Korridor, die gesichtslosen Türen verschlossen.

Noch ein weißer Korridor, die gesichtslosen Türen verschlossen.

Der Landeplatz, bewacht von Campbell, welcher döste, aber nicht sehr. Der nächste weiße Korridor, die …

Ein Fetzchen von Abbys Hochzeitskleid hing an einer rauhen Stelle der Wand.

»Verdammt!« stieß Peg hervor, energischer als ich sie je erlebt hatte, »die Schlampe kann nich' aufpassen auf ihre Sachen! Überall is' das blöde Zeug!« Ungestüm riß sie das längliche Stück Spitze von der Wand und zerlegte es wütend in noch kleinere Fetzchen. Ihr Gesicht war rot und fleckig.

Wieso gab es an einer nano-glatten Wand eine Unebenheit, an der sich ein Stückchen fallengelassener Spitze fangen konnte?

»Blöde Kuh«, sagte Peg. Ihre Stimme stockte.

»Peg, nein so was!« rief ich. »Du bist eifersüchtig!«

»Halt's Maul, du!«

Durch den Zoom-Teil meiner Hornhaut betrachtet sah die rauhe Stelle an der Wand nachträglich hinzugefügt aus. Es war kein Fehler in der Nano-Programmierung, sondern eine kleine Spitze, die später angebracht worden war, vermutlich mit einem manuell aufgetragenen anderen Nano-Monteur. Warum wohl?

Um ein kleines Spitzenrechteck aufzufangen?

Keine zwei dieser Rechtecke waren gleich, so hatte man sie bei ihrer Herstellung programmiert. Um ein einzigartiges Muster an einem altmodischen Hochzeitskleid zu ergeben.

Um einen Code zu ergeben.

Peg hatte sich wieder gefangen. Mit ausdruckslosem Gesicht, jetzt jedoch roten Augen, stieß sie das zerfetzte Stückchen Spitze in die Tasche ihres grauenhaft unkleidsamen türkisfarbenen Overalls. Ihre Lippen zuckten gequält. Keinerlei mitfühlende Formen glitten durch mein Inneres. Peg wußte nicht, was Schmerz war. Peg hatte nicht gesehen, wie Leisha starb, mit Schlammspritzern auf ihrer dünnen gelben Bluse und zwei kleinen roten Flecken auf der Stirn.

»Los, weiter!« sagte sie ungeduldig, als wäre ich derjenige gewesen, der die Schuld an dem kurzen Aufenthalt trug.

Ein Code. Die Spitzenstücke waren Teil eines Codes, an einem Ort, wo jedes Wort, jede Bewegung, jede zufällige Begegnung überwacht wurde. Und alle waren gefordert, penibel ›ordentlich‹ zu sein, weil Brigadegeneral Francis Marion der penibelste Hurensohn war, der je der britischen Armee gegenüberstand.

Wie viele Leute waren darin verwickelt? Abigail und Joncey, höchstwahrscheinlich. Wer stand ihnen zur Seite gegen Hubbley? Hatten sie draußen jemanden?

Wieder sah ich den grauen Behälter vor mir. EIGENTUM DER U.S.-ARMY. STRENG GEHEIM! VORSICHT, GEFÄHRLICH!

»Na, siehste!« schnaubte Peg, als wir wieder im Gemeinschaftsraum angelangt waren, »jetz' hast du alles gesehen. Gibst du jetz' endlich Ruhe?«

»Mir ist langweilig, wenn ich Ruhe gebe«, sagte ich. »Machen wir noch eine Runde.« Ich hörte sie hinter mir fluchen, als ich mit meinem primitiven Rollstuhl losfuhr.

Drei Tage später, drei Tage pausenloses Herumfahren später, öffnete sich die Tür zu Jimmy Hubbleys Quartier, und er und Abigail kamen heraus. Als Abigail Peg erblickte, sah sie zu Boden, lächelte und tat so, als würde sie den Zipp ihres Overalls das letzte Stück hochziehen.

Peg ging hinter mir her, also konnte ich ihr Gesicht nicht sehen, aber ich sah ihre Hände, grobschlächtig und rauh auf den Griffen des Rollstuhles. Die Art, wie ihre Finger sich fester darum schlossen – kontrolliert, ohne Hast –, verrieten mir, daß sie von der Sache zwischen Abigail und Hubbley wußte. Klarerweise. Alle würden es wissen, so etwas konnte man an einem Ort wie diesem nicht geheimhalten. Und Joncey mußte es wohl akzeptieren. Vielleicht brachte es seine und Abigails Pläne für eine Konterrevolution voran. Vielleicht dachte er auch, Hubbley verbreitete seine Gene eben in der einzig erlaubten, natürlichen Art und Weise, um das menschliche Genom zu stärken. Vielleicht dachte Hubbley sogar, er würde Francis Marions Gene verbreiten – unter allen hübschen Soldatinnen mit Willen und Ideal.

»Abend, Peg«, sagte Hubbley. Abigail lächelte dazu sittsam und bescheiden. Sie machte eine Form in meinem Kopf: Blumen mit winzigen, tödlichen Zähnen in ihrem sonnengelben Mittelpunkt.

»Abend, Major Hubbley«, würgte Peg hervor. Ich wußte gar nicht, daß er befördert worden war.

Aber jetzt hatte ich ihn.

Beim Abendbrot war der Gemeinschaftsraum voll. Abigail saß mit ihren Freunden zusammen, lachte und nähte an ihrem weißen Hochzeitskleid aus Spitzen. Ihr Gesicht sah gerötet aus und übermütig. Oben in der Welt, die ich jetzt nur noch vom HT her kannte, wurde es November. Siebenundsechzig Tage unter der Erde, und Miranda war nicht gekommen.

Zusammen mit einer Gruppe sah Joncey zwei Männern beim ›Teufeln‹ zu. Die zwölfseitigen Würfel aus glänzendem Metall blitzten auf, als sie über die Köpfe hinwegflogen. Alle kreischten und lachten. Peg hockte in sich zusammengesunken auf dem Stuhl, das Gesicht ausdruckslos, die unförmigen Hände schlaff auf den Knien. Ich verlangte Papier und Stift, was erst ihr Mißtrauen erweckte und dann ihren Abscheu.

»Was willst du damit? Hast doch ohnehin das Bibliotheks-Terminal, du!«

»Ich möchte was aufschreiben.«

»Kannst es doch dem Terminal sagen, wenn du was aufzeichnen willst!«

»Ich will es aber aufschreiben. Auf Papier.«

Ihr Mißtrauen vertiefte sich. »Du kannst schreiben?«

»Ja.«

»Dachte, Major Hubbley, der sagte, du bist kein Macher nich'!«

»Ich war in Macher-Schulen. Ich kann schreiben. Kannst du lesen?«

»Klar kann ich lesen.«

Vermutlich konnte sie es, zumindest ein bißchen. Nutzer-Kinder lernten üblicherweise ein paar wichtige Wörter lesen, aber kaum je schreiben. Man mußte ja die Beschriftungen auf den Packungen im Lagerhaus lesen können, die Straßenschilder, die Namen auf den Wettscheinen für Rollerrennen. Ich hoffte zum Himmel, daß sie lesen konnte.

Selbstverständlich hatte mich irgendein Monitor immer unter Beobachtung. Ich beugte mich über das Papier, das Peg mir brachte – rauhfasrige gelbliche Blätter, vermutlich Verpackungsmaterial für irgend etwas. Ich konnte mich gar nicht mehr erinnern, wann ich zum letztenmal mit der Hand geschrieben hatte; aber ich war nie besonders gut darin gewesen. Der Stift wog schwer in meiner Hand.

Drew, so mußt du ihn halten!

Für was soll'n das gut sein, Leisha? Kann doch zum Terminal reden, wenn ich was wissen will.

Und wenn du eines Tages kein Terminal hast?

Daß ich nich' lache! Terminals wird's immer geben!

Langsam schrieb ich in Blockbuchstaben: GESHICHTE DES ZWEIDEN AMERIKANISCHEN FREIHEIZKAMFS.

Drei Stunden später, nach vielem Zerknüllen und Zerreißen von Papier und Herumgerutsche in meinem Rollstuhl, hatte ich drei zum Großteil durchgestrichene Seiten zusammengebracht. Hubbley höchstpersönlich schritt in den Gemeinschaftsraum und beugte sich über meine Schulter. Ich fragte mich, wieso er so lange gebraucht hatte.

»Also, Mister Arlen, Sir, das macht mir ehrlich große Freude! Sie interessieren sich so sehr für unseren Freiheitskampf, daß Sie darüber schreiben! Aber natürlich muß ich überprüfen, was Sie da sagen. Damit auch alles seine Richtigkeit hat, Sie verstehen, mein Sohn.«

»Heißt das, irgend jemand wird das tatsächlich zu Gesicht bekommen?« fragte ich und reichte ihm die Blätter. Aber er schnappte den Köder nicht. Sein Gesicht, das stets knochig und kantig aussah, wirkte hager und hohlwangig. Die Haut unter den Augen bildete dicke Tränensäcke. Er warf kaum einen Blick auf meinen ›Freiheizkamf‹.

»Teufel, das ist prächtig, mein Sohn. Bloß brauchen Sie mehr über Oberst Marion. Inspiration ist die Seele der Tat, wie wir hier herunten immer sagen.«

»Ich habe noch nie einen von euch das sagen hören.«

»Hmmm«, machte er; er hatte mir kaum zugehört, sondern blickte sich zerstreut um.

Abigail lachte immer noch hellauf mit ihren Freunden und nähte an ihrem ewig unvollendeten Hochzeitskleid. Seit drei vollen Stunden war sie damit beschäftigt. Sie war jetzt im siebenten Monat schwanger, und die weiße Spitze türmte sich hoch über ihrem Bauch. Joncey war verschwunden. Genau wie Campbell und der Doktor. Peg, die hellwach neben mir saß, starrte Hubbley an wie den Sonnengott. Irgend etwas war im Gange, irgend etwas, das ich nicht mitkriegte.

Die Formen in meinem Kopf waren verwunden und hart, so in sich geschlossen wie das dunkle Gitterwerk. Mir blieb nicht mehr viel Zeit.

Ich legte die Handflächen auf die Armlehnen des Rollstuhls und stemmte meinen Körper leicht in die Höhe. Dann verlagerte ich mein Gewicht zur linken Hand hin, bis der Rollstuhl – nicht annähernd so stabil wie mein eigener – umkippte. Ich fiel auf Peg, die augenblicklich die Finger um meinen Hals legte und zudrückte. Ich zwang mich dazu, jede Reaktion zu unterlassen. Jede Faser in meinen Armen schrie danach, ihr ein paar gutsitzende Gerade zu verpassen, aber ich blieb völlig passiv, riß die Augen weit auf und ließ mich erwürgen. Der Raum begann zu schwanken und wurde dunkel. Eine Ewigkeit verging, ehe Jimmy Hubbley Peg von mir hochriß.

»He, Peg, he, nun laß doch! Der Mann will doch nicht kämpfen, er fiel bloß hin …! Peg! Laß los!«

Sie gehorchte. Luft rauschte in meine Lunge, so brennend und qualvoll wie Säure. Ich keuchte und schnaufte mit pfeifendem Atem.

Hubbley hielt Peg fest, obwohl sie ihn um einen Viertelmeter überragte und zweifellos kräftiger war. Er hielt sie um die Mitte gefaßt, während er meinen Rollstuhl wieder aufrecht hinstellte. Inzwischen hatten sich bereits ein paar Zuschauer eingefunden.

»He, gibt nichts zu gucken hier, Männer! Mister Arlens Rollstuhl ist umgekippt – seht ihr, da, dieses Metallteil ist ganz verbogen. Ruhig, Peg, ruhig. Teufel, er ist doch nicht mal bewaffnet! Haben Sie sich weh getan, Mister Arlen, Sir?«

»N-n-nein.«

»Meine Güte, das sind so Sachen, die passieren können. Starrett, heb Mister Arlen auf den Stuhl da. Wo ist Bobby? Ah, da bist du ja. Bobby, das fällt in deine Zuständigkeit. Bieg das Metallding da gerade, damit der Rollstuhl nicht wieder unter Mister Arlen wegkippt. Ist ja richtiggehend gefährlich, das. So, Männer, und jetzt heißt es bald ›Licht aus!‹ Also auf, setzt euch in Bewegung!«

Ich wurde auf einen Stuhl gehoben, und Bobby holte eine Servozange aus seiner Tasche; in fünfzehn Sekunden hatte er die Metallstütze an der Unterseite des Rollstuhles gerade gerichtet. Ohne Servozange hatte es mich eine halbe Stunde und jedes Quentchen Kraft, das ich aufbringen konnte, gekostet, um die Strebe zu verbiegen.

Hubbley nahm seinen Arm von Pegs Mitte, die daraufhin erschauerte, und verließ den Gemeinschaftsraum. Ich schnappte meinen ›Freiheizkamf‹ und ließ mich von Peg zu meinem Bett schieben und einsperren. Sie behandelte mich noch grober als sonst – sie hatte überreagiert und fragte sich, ob irgend jemandem aufgefallen war, wie stürmisch sie Jimmy Hubbley beschützt hatte. Es war ihr entgangen, daß alle anderen über ihre hoffnungslose Leidenschaft Bescheid wußten und darüber spotteten. Arme Peg. Dumme Peg. Ich rechnete fest mit ihrer Dummheit.

In meinem Zimmer schob ich die Decke auf der Pritsche so zusammen, daß es aussah, als würde ich darunter liegen. Das war nicht leicht, denn es war eine dünne Decke. Den auffallend unbesetzten Rollstuhl ließ ich dicht daneben stehen, so daß er sofort ins Auge fallen mußte, sobald die Tür auch nur einen Spalt breit offen war. Ich selbst hockte mich hinter die Tür, die Beine unter mich geschlagen.

Wie lange würde Peg brauchen, um sich auszuziehen? Kontrollierte sie die Taschen ihres Overalls? Natürlich machte sie das. Sie war ein Profi. Aber ein dummer Profi. Und krank vor Liebe.

Dumm und liebeskrank genug? Wenn nicht, dann war ich so tot wie Leisha.

Ich saß beinahe in derselben Stellung wie Leisha, als sie gestorben war. Aber Leisha hatte es nicht einmal mehr bemerkt, als die Kugel sie traf. Ich würde es bemerken. Die Formen in meinem Innern waren hart und flink – silbrige Haie, die das geschlossene grüne Gitterwerk umkreisten.

Die Nachricht in Pegs Tasche war mit demselben Stift geschrieben wie meine ›Geshichte des Freiheizkamfs‹ – es war möglicherweise der einzige Stift, der in dem ganzen Bunker existierte –, aber nicht auf das dicke gelbliche Packpapier. Sie war auf einem Stück Spitze von Abigails Hochzeitskleid geschrieben, einem Rechteck, das ach-so-zufällig in irgendeinem Korridor fallengelassen worden war, einem Rechteck mit weniger Perforationen als die meisten anderen und damit mehr Platz zum Schreiben – in einer Handschrift, die so verschieden war von meiner ›Geshichte‹, wie es nur ging. Natürlich würde ein Experte für Handschriften herausfinden, daß sie beide von ein und derselben Person stammten. Aber Peg war keine Handschriftenexpertin. Peg konnte kaum lesen. Peg war dumm. Peg war ganz krank vor heißer Liebe und Eifersucht und Beschützerdrang für ihren übergeschnappten Anführer.

Die Botschaft lautete: *Sie is eine Veräterin. Planen wir was. Arlens Zimer am sichersten.* Ich hatte sie mitten unter all dem Zerknüllen und Zerreißen und Herumgerutsche verfaßt, und es war nicht schwer für mich gewesen, sie in Pegs Tasche zu schieben. Nicht für jemanden, der einst, vor langer Zeit, dem Gouverneur von New Mexico, Leishas Gast, die Brieftasche gezogen hatte – einfach deshalb, weil der Gouverneur ein prominenter Macher war und ich ein mißlauniger verkrüppelter Teenager, der gerade aus der dritten Schule geflogen war, in die Leishas Macher-Geld mich hineingebracht hatte.

Leisha …

Die Silberhaie bewegten sich rascher durch meinen Geist. Konnte Peg das Wort ›Veräterin‹ buchstabieren? Vielleicht hätte ich bei kürzeren Wörtern bleiben sollen. Vielleicht überwog aber auch ihre Professionalität ihre Liebeskrankheit? Oder sie war weniger dumm als eifersüchtig? Vielleicht …

Das Türschloß leuchtete auf. Die Tür öffnete sich. In derselben Sekunde, in der sie im Raum stand, schleuderte ich ihr den Rollstuhl ins Gesicht, indem ich ihn mit aller Wucht, die ich mit der künstlich verstärkten Muskelkraft meiner Arme aufbringen konnte, vom Boden schräg nach oben schwang. Peg fiel zurück gegen die Tür und schloß sie damit. Sie war nur eine Sekunde lang benommen, aber ich brauchte nicht mehr als diese eine Sekunde. Ich schwang den Rollstuhl erneut hoch, wobei ich diesmal mit der Armstütze, die ich nach außen gebogen hatte, auf ihren Bauch zielte. Wäre sie ein Mann gewesen, hätte ich ein Stück weiter nach unten zielen können. Geduldig hatte ich die Polsterung von der Armstütze entfernt und im Schweiße meines Angesichts die Metallstrebe vor und zurück gebogen, bis sie brach. Dann hatte ich die Armstütze wieder aufgesetzt. Es hatte Tage gedauert, denn ich konnte nur die kurzen Momente nützen, wenn ich einen Grund fand, mich über die Armstütze zu beugen, um meine Tätigkeit vor Pet und den Monitoren zu verbergen. Und nun reichte die eine Sekunde, in der der scharfkantig abgebrochene Metallstab Pegs Bauchdecke durchstieß und tief eindrang.

Sie schrie auf, griff nach dem Metallstab und sank vornüber auf die Knie, doch der Rollstuhl stoppte sie. Aber Peg war stark. Im nächsten Moment hatte sie sich das Metallstück aus dem Bauch gerissen, und das Blut strömte über das verbogene Gerüst des Rollstuhls, aber nicht soviel, wie ich gehofft hatte. Sie drehte sich herum, und da wußte ich, daß ich in allen meinen Stücken, in meiner ganzen Arbeit mit den Formen des Unterbewußtseins, nichts geschaffen hatte, was auch nur annähernd so wild und brutal war wie Pegs Gesichtsausdruck in diesem Augenblick.

Aber sie war jetzt auf den Knien – und damit auf gleicher Höhe wie ich. Sie war stark und durchtrainiert und größer als ich, aber ich verfügte über künstlich intensivierte Muskeln, was ihr ihre Philosophie – oder, besser, Hubbleys Philosophie – nie gestatten würde. Und durchtrainiert war ich auch. Nach kurzem Ringen verklammerten wir uns ineinander, und ich bekam ihren Hals zu fassen und umschloß ihn mit den Fingern, für deren stählerne Kraft Leisha eine Menge Geld bezahlt hatte. Für den Fall, daß ich sie zum Ausgleich für meine körperliche Benachteiligung je benötigen würde.

Peg versetzte mir ein paar grauenvolle Schläge, und der Schmerz explodierte in meinem Schädel wie ein überkochender Geyser, dessen Sprühregen auf das dunkle Gitter fiel. Aber ich ließ Pegs Hals nicht los. Der Schmerz betäubte uns wohl beide. Betäubte alles.

Zum drittenmal verschwand das violette Gitterwerk. Ebenso wie alles andere rundum.

Langsam ganz langsam, wurde mir wieder bewußt, daß die Dinge im Zimmer Formen hatten, eigene Formen, die außerhalb meines Kopfes existierten. Es waren massive, fest umrissene, reale Formen. Mein Körper besaß Form: meine Beine, die sich nutzlos unter mir krümmten, mein Kopf, der auf dem Rollstuhl lag, meine Hoden, in denen die nackte Pein jaulte. Meine Hände hatten eine Form: sie umklammerten unerbittlich um Pegs Hals. Ihr Gesicht war dunkelrot, und die Zunge steckte angeschwollen zwischen ihren Lippen. Sie war tot.

Die Finger schmerzten mich, als ich sie öffnete.

Ich sah Peg an. Noch nie zuvor hatte ich jemanden umgebracht, und so sah ich sie mir genau an, Zentimeter für Zentimeter. Das Spitzenrechteck mit der Botschaft darauf hielt sie immer noch zwischen den starren Fingern.

So rasch es ging, stellte ich den Rollstuhl wieder gerade hin, befestigte die Polsterung der Armstütze und hievte meinen schmerzenden Leib hinein. Peg hatte eine Waffe in ihrem Overall; die nahm ich mit. Ich wußte nicht, wie raffiniert das Überwachungsprogramm des Zimmers war; Peg hatte vermutlich jederzeit Zutritt gehabt. War das Programm in der Lage, das, was es sah, zu interpretieren und soweit zu beurteilen, um einen Warnruf auszuschicken? Oder war dazu eine aktive Beobachtung durch Menschen notwendig? Wurde gerade jetzt aktiv beobachtet?

Francis Marion, so hatte Hubbley mir verraten, war höchst gewissenhaft, was Patrouillen und Wachposten betraf.

Ich öffnete die Tür und fuhr hinaus auf den Korridor. Die Räder hinterließen eine dünne Blutspur auf dem nanoperfekten Boden. Es gab nichts, was ich dagegen hätte tun können.

Bei meinen vielen Rundfahrten durch die Bunkeranlage hatte ich genau registriert, wer durch welche Tür ging, und wer wo herauskam. Ich hatte den Leuten bei ihren Gesprächen zugehört und versucht, mir ein Bild zu machen, welche der Männer zu den verläßlichsten Gefolgsleuten Hubbleys zählten, und welche von ihnen klug genug für die Arbeit am Computer schienen. So hatte ich darauf geschlossen, hinter welchen Türen sich Terminals vermuten ließen.

Niemand interessierte sich für mich, niemand kam mich holen. Fünf Minuten vergingen, nachdem ich mein Zimmer verlassen hatte. Acht Minuten. Zehn. Nirgendwo schrillten Alarmglocken. Irgend etwas stimmte nicht.

Ich kam zu einer von jenen Türen, hinter denen ich ein Terminal vermutete; natürlich war sie verschlossen. Ich spielte die Überbrückungstricks durch, die Jonathan und Miranda mir beigebracht hatten – die Tricks, deren Wirkungsweise ich nicht verstand –, und das Schloß begann zu leuchten. Ich öffnete die Tür.

Es war ein Lagerraum, in dem sich die kleinen grauen Behälter, von denen ich einen bereits kennengelernt hatte, bis zur Decke stapelten. Sie waren sämtlich unbeschriftet. Kein einziges Terminal befand sich in dem Raum.

Rasche Schritte näherten sich draußen auf dem Korridor. Ich schloß die Tür von innen. Die Schritte waren nicht mehr zu hören; der Raum war schalldicht. Als ich die Tür wieder einen Spalt breit aufmachte, kam Geschrei vom anderen Ende des Korridors.

»Wo is' er, verdammt noch mal, wo is' er?« Campbell, den ich zum erstenmal zusammenhängend reden hörte. Sie suchten nach mir. Aber das Überwachungsprogramm sollte ihnen doch überdeutlich zeigen, wo ich mich befand …

Eine andere Stimme, diesmal die einer Frau, sagte leise und schneidend: »Versuch's doch mal mit Abbys Zimmer!«

»Abby! Scheiße, die gehört auch dazu! Sie un' Joncey! Die haben schon den Terminalraum …«

Die Stimmen entfernten sich. Ich schloß die Tür wieder. Die Formen in meinem Kopf blähten sich plötzlich auf und verhinderten jeden klaren Gedanken. Ich zwang sie nieder. Das war es also; es hatte angefangen! Sie suchten nicht mich, sie suchten Hubbley! Die Revolution gegen die Revolution hatte begonnen.

Ich saß da und überlegte, so schnell ich konnte. Leisha
Wenn nur Leisha da wäre …

Nein, Leisha war keine Ränkeschmiedin. Keine Mörderin. Sie hatte voll Zuversicht daran geglaubt, sich auf das verlassen zu können, was letzten Endes bei einem Zusammenprall zwischen Gut und Böse herauskommen mußte, hatte auf die grundlegenden Ähnlichkeiten zwischen den Menschen gebaut, auf ihre Fähigkeit, Kompromisse zu schließen und miteinander leben zu können. Menschen mochten zwar Grenzen und Gegengewichte brauchen, aber sie brauchten keine auferzwungenen Mächte, keine defensive Isolation, keine erdrückenden Vergeltungsmaßnahmen. Anders als Miranada baute Leisha auf die Rechtsstaatlichkeit. Und deshalb war sie tot.

Ich öffnete die Tür und fuhr mit meinem verbogenen Rollstuhl wieder hinaus auf den Gang. Die Polsterung der Armstütze fiel zu Boden. Mit gezogener Waffe blockierte ich den Korridor und wartete darauf, daß jemand um die Ecke bog. Schließlich kam jemand. Es war Joncey. Ich schoß ihm direkt zwischen die Beine.

Er brüllte auf und fiel gegen die Wand. Dies hier war eine weitaus blutigere Angelegenheit als mit Peg. Ich fuhr eilig hin und zog ihn mir auf den Schoß; dann hielt ich seine beiden Handgelenke mit einer Hand fest und die Waffe mit der anderen. Wieder kam ein Mann um die Ecke, Abigail im Schlepptau.

Sie gab einen sonderbaren Ton von sich, der fast so klang wie das Heulen des Windes. »Ooooohhhhh ...«

»Keinen Schritt näher, sonst bringe ich ihn um. Er wird überleben, Abby, aber dafür braucht er medizinische Versorgung, und zwar bald. Aber wenn ihr nicht tut, was ich verlange, dann bringe ich ihn um. Auch wenn ihr eine Waffe zieht und mich erschießt, wird er zuerst sterben.«

Der Mann, der mit Abby gekommen war, rief ihr zu: »He, mach ihn kalt, den verdammten Krüppel, du!«

»Nein«, sagte Abby. Sie hatte ihre Selbstbeherrschung sofort wiedererlangt; ihre Augen zuckten von einer Seite zur anderen wie Hasen in der Falle, aber sie beherrschte sich. Sie war eine bessere Führernatur als die meisten anderen, vielleicht sogar besser als Hubbley. Aber ich hielt Joncey quer über meinen Knien fest, und für dieses Opfer reichte ihre Führernatur doch nicht aus.

»Was willst du, Arlen?« Sie leckte sich über die Lippen und sah zu, wie das Blut aus Jonceys Geschlecht rann. Er war bewußtlos, und ich schob ihn mir so zurecht, daß ich meine zweite Hand frei bekam.

»Ihr verschwindet von hier, nicht wahr? Alle von euch, die noch am Leben sind. Habt ihr Hubbley umgebracht?«

Sie nickte. Keine Sekunde lang ließ sie Joncey aus den Augen. Die fast vergessenen Schatten meiner

Kindergebete schossen mir durch den Kopf. *Bitte laß ihn noch nicht sterben!* Ich sah die gleichen Schatten in Abbys Augen.

»Laßt mich hier«, sagte ich. »Ich verlange nicht mehr von euch. Laßt mich hier und am Leben. Früher oder später wird jemand kommen und mich holen.«

»Der ruft bestimmt um Hilfe, das wird er!« murrte Abbys Begleiter.

»Maul halten!« sagte Abby. »Du weißt genau, daß keiner die Terminals benutzen kann. Bloß Hubbley un' Carlos un' O'Dealian, un' die sin' alle ex.«

»Aber, Abby ...«

»Halt's Maul du!« Sie überlegte angestrengt. Ich spürte Jonceys Herzschlag nicht mehr.

Eine Frau rannte in den Korridor. »Abby, was is'n los, du? Das U-Boot is' schon vor der Küste ...« Abrupt verstummte sie.

Das U-Boot. Mit einemmal begriff ich, wie die Untergrundrevolution es geschafft hatte, der AEGS so lange verborgen zu bleiben. Ein U-Boot setzte militärische Hilfe voraus. Also waren Regierungsstellen involviert – oder zumindest Einzelpersonen innerhalb von Regierungsstellen. EIGENTUM DER U.S.-ARMEE! STRENG GEHEIM! VORSICHT, GEFÄHRLICH!

Ich fühlte mich, als wäre ich tot.

»Na gut, Arlen«, sagte Abby, »gib ihn mir un' sperr dich in dem Lagerraum da ein.«

»Kommt mir nicht zu nahe«, sagte ich und fuhr langsam rückwärts in den Raum mit den aufgestapelten Behältern; Joncey lag immer noch über meinen Knien. Im letzten Moment ließ ich ihn auf den Boden fallen und knallte die Tür hinter mir zu. Man konnte sie zwar von innen verriegeln, aber ich hatte keinen Zweifel, daß Abby in der Lage war, die Sperre aufzuheben. Ich baute auf das Drängen in der Stimme der neu hinzugekommenen Frau, die Panik, die in ihren Worten mitschwang: *Abby, das U-Boot is' schon vor der*

Küste! Lieber Gott, mach, daß das U-Boot bereit zum Auslaufen ist! Mach, daß Abby Joncey ehestens in einer RoboAmbulanz sehen will – und zwar mehr, als sie mich tot sehen will! Mach, daß die Behälter rundum keine tödlichen Viren enthalten, und wenn, dann mach, daß sie nicht per Fernbedienung freigesetzt werden können …

Mit klopfendem Herzen saß ich da, die Formen in meinem Kopf rot und schwarz und stachlig, schmerzhaft wie Kakteen.

Nichts geschah.

Die Minuten zogen sich hin.

Schließlich erhellte sich ein kleiner Abschnitt der Wand neben mir. Es war ein Holoschirm, und ich hatte ihn nicht einmal bemerkt. Ein blödes Terminal. Abbys blutverschmiertes, haßverzerrtes Gesicht füllte es aus.

»Hör zu, Arlen, du! Du wirst da unten krepieren. Ich hab alles dichtgemacht. Un' die Terminals, die sin' lahmgelegt, alle. In 'ner Stunde stellt sich die ganze restliche Versorgung automatisch ab. Könnte dich jetz' gleich erledigen, aber ich möchte, daß du erst mal drüber nachdenken kannst … Hast du gehört, du? Du bist tot, du! Tot, tot, TOT!« Mit jedem Wort wurde ihre Stimme schriller, bis sie nur noch ein Kreischen war. Ihr Kopf zuckte hin und her, das blutverkrustete Haar peitschte ihr über das Gesicht. Da wußte ich, daß Joncey tot war.

Jemand zog sie weg vom Schirm, und er erlosch.

Vorsichtig und langsam öffnete ich die Tür. Der Rollstuhl war so verzogen, daß ich ihn kaum durch die Gänge manövrieren konnte. Mein Sehvermögen schien mich zeitweilig im Stich zu lassen, so daß ich nicht mehr genau sagen konnte, welche Formen ich vor mir sah und welche nur in meinem Kopf existierten – ausgenommen das dunkle Gitterwerk, das war ohne jeden Zweifel in meinem Kopf. Es regte sich und begann sich zum erstenmal zu öffnen; jede Handbreit davon fuhr wie ein Messer in meine Seele.

Ich stieß auf Jimmy Hubbley. Sie hatten ihn rasch und sauber getötet, soweit ich das beurteilen konnte. Eine Kugel in die Stirn. Francis Marion war, wenn ich mich recht erinnerte, friedlich in seinem Bett gestorben. An einer Infektion.

Campbell mußte sich verbissen gewehrt haben. Sein riesenhafter Körper blockierte den Korridor, blutüberströmt und zerschlagen wie von wiederholten heftigen Hieben mit einer Machete. Er lag mit ausgebreiteten Gliedmaßen über dem gefangengenommenen Arzt. Das Gesicht des Doktors drückte sowohl Todesangst als auch Empörung aus: Wie kam er dazu? Das war doch nicht *sein* Krieg! Sein Blut glitt über die nano-glatten Wände, die dafür vorgesehen waren, Flüssigkeiten abzustoßen.

Zwei Tote lagen auf dem Boden des Terminalraumes, den ich nach unzähligen vergeblich geöffneten Türen doch noch entdeckt hatte. Eine Frau namens Junie und ein Mann, den alle nur ›Alligator‹ genannt hatten. Auch diese beiden waren sofort tot gewesen, auch sie durch Schüsse in die Stirn. Abigails Griff nach der Macht hatte keinen sadistischen Beigeschmack. Sie wollte nichts als kompromißlose Kontrolle. Sie wollte das Sagen haben. Bei der Entscheidung, was für 175 Millionen Amerikaner – ein paar Millionen Macher mehr oder weniger, was spielte das für eine Rolle – das beste war.

Ich saß vor dem Hauptterminal und sagte: »Terminal ein!« Es antwortete: »JAWOHL, SIR!«

Von militärischer Disziplin hatte Francis Marion ja viel gehalten.

Es kostete mich fünfzehn Minuten, alles zu versuchen, was Jonathan Markowitz mir beigebracht hatte. Ich sprach jeden Schritt laut aus oder tippte ihn manuell ein und hatte keine Ahnung, was das alles zu bedeuten hatte. Selbst wenn Jonathan es mir erklärt hätte, hätte ich es nicht verstanden. Und er hatte es mir nicht erklärt. Die Formen in meinem Kopf zuckten pfeilschnell hin und her, scharf wie Krallen.

»SENDEBEREIT, SIR!«

Ich rührte mich nicht.

Falls Abigail die Wahrheit gesagt hatte, blieben mir noch siebenunddreißig Minuten, bevor die lebenserhaltenden Systeme in der unterirdischen Bunkeranlage ihren Betrieb einstellten.

Aus Huevos Verdes vor der mexikanischen Küste konnte in fünfzehn Minuten jemand hier sein. Aber würde jemand kommen? Miranda war bis jetzt nicht aufgetaucht!

»SIR? SENDEBEREIT, SIR!«

Jetzt endlich öffnete sich das dunkle Gitterwerk in meinem Innern.

Es begann sich aufzurollen wie ein Regenschirm oder eine Rosenknospe. Es gibt jetzt Rosenknospen, GenMods, die sich, mit dem richtigen Stimulans in Kontakt gebracht, innerhalb von fünf Minuten komplett öffnen. Machen sich hübsch bei besonderen Festlichkeiten. Die matten rautenförmigen Felder des Gitterwerks wurden heller und zogen sich auseinander, beides gleichzeitig. Und das Gitter selbst wurde breiter und größer, bis es sich vollständig geöffnet hatte.

In seinem Innern befand sich ein zehnjähriger Junge mit strahlendhellen Augen, schmutzig und selbstsicher.

Hatte ihn seit Jahrzehnten nich' mehr gesehen, ich.

Und auch nicht die absolute Sicherheit, mit der er wußte, was sein Ziel war, nicht die Geradlinigkeit, mit der er es verfolgte. Dieser Junge war völlig selbständig gewesen; er hatte seine eigenen Entscheidungen getroffen, nicht im mindesten davon beeinflußt, was die Welt dazu sagte. Ich hatte ihn nicht gesehen seit dem Tag, an dem er in Leisha Camdens Anwesen in New Mexico aufgetaucht war, seine ersten Schlaflosen getroffen und seinen Geist ihrem überlegenen anvertraut hatte. Nicht seit ich der Lichte Träumer geworden war. Nicht seit ich Miranda kennengelernt hatte.

Und jetzt war er wieder da, der einsame grinsende kleine Kerl, befreit von dem steinernen Gitter, das ihn umschlossen hatte. Eine hell leuchtende Form in meinem Kopf.

»SIR? WÜNSCHEN SIE DIE SENDEBEREITSCHAFT AUFZUHEBEN, SIR?«

Noch einunddreißig Minuten.

»Nein«, rief ich schnell und sagte den Code für die Notüberbrückung auf, den Code, den ich auf hartnäckiges Drängen von Huevos Verdes so sorgfältig auswendig gelernt hatte. Eindringlich hatte man mir ans Herz gelegt, ihn ja nicht zu vergessen – denn Drew Arlen, dem primitiven Nutzer, war ja durchaus zuzutrauen, daß er ihn dann im Notfall verschwitzt hatte.

Sie meldete sich persönlich: »Drew? Wo sind Sie?«

Ich nannte ihr die exakte geographische Länge und Breite, die mir beide das Terminal lieferte, und gab ihr genaue Anweisungen, wie das Rettungsteam durch den morastigen Tümpel absteigen mußte. Nicht die geringste Unsicherheit war in meiner Stimme. »Es handelt sich um ein illegales unterirdisches Labor. Es ist Teil der Revolution, auf deren Konto bereits die Freisetzung des Duragem-Spalters geht. Aber das wissen Sie ja schon alles, nicht wahr?«

Ihre Augen sahen mich fest an. »Ja. Es tut mir leid, daß wir es Ihnen nicht sagen konnten.«

»Ich verstehe.« Und ich verstand wirklich. Vorher hatte ich nicht verstanden, jetzt schon. Seit Jimmy Hubbley. Seit Abigail. Seit Joncey. Ich sagte: »Es gibt viel, was ich *Ihnen* sagen muß!«

»In zwanzig Minuten sind wir bei Ihnen«, versicherte sie mir. »Wir haben schon Leute ganz in der Nähe … warten Sie nur zwanzig Minuten, Drew.«

Ich nickte und sah in ihr Gesicht auf dem Schirm. Sie lächelte nicht, die Sache war zu bedeutsam. Das gefiel mir. Die Formen in meinem Innern ließen keinen Platz für ein Lächeln. Der weinende Junge, die Menschen – alle Menschen dieser Welt – in dem dunklen Gitterwerk. In mir, in meiner nicht gewollten Verantwortlichkeit.

»Nur zwanzig Minuten«, sagte Carmela Clemente-Rice mit ihrer warmen Stimme. »Und in der Zwischenzeit erzählen Sie uns, wie …« – und in diesem Moment erlosch der Schirm, als Huevos Verdes das Signal auffing, es annullierte und meine Verbindung mit der AEGS abschnitt.

Billy Washington:
East Oleanta

14

Am selben Morgen, als der Präsident den Ausnahmezustand erklärte, da fand ich den toten GenMod-Hasen beim Fluß. War 'ne Woche vergangen seit dem Marsch nach Coganville un' seit die Regierungsleute nach East Oleanta kamen un' Eden in die Luft jagten. Erst als Annie mich endlich aufstehen ließ, konnte ich genau zuhören, was die Leute in der Cafeteria so redeten über die Stelle, die wo hochgegangen war. Ein paar Leute machten sich sogar auf un' wanderten raus, um sie sich anzusehen. Un' wie ich hörte, was sie drüber redeten, da wußte ich gleich, das war nich' dort, wo mein großköpfiges Mädel im Erdboden verschwunden war. Mein Eden hatten die nich' hochgejagt!

Un' ich war der einzige Mensch auf der Welt, der wo das wußte.

Aber ich wollte raufsteigen un' es mir selber anschauen. *Mußte* mir's einfach anschauen, ich.

»Wo gehst'n hin, Billy?« fragte Annie un' schnappte nach Luft. Hatte grade 'n Eimer Flußwasser zum Waschen raufgeschleppt. Die Techs von der Regierung, die hatten ja brav die Schäden in Ordnung gebracht, aber zwei Tage drauf fing alles wieder von vorne an. Da stiegen dann eine Menge Leute in die Gravbahn, bevor auch *die* wieder kaputtging, un' hauten ab aus East Oleanta. Das Frauenbad funktionierte nich'. Lizzie kam gleich hinter Annie, mit 'nem zweiten Eimer. Brach mir fast das Herz, weil ich doch zu nichts zu gebrauchen war. Der MedRob sagt, ich darf nichts heben.

»Runter in die Cafeteria«, log ich.

Annie, die preßte die Lippen zusammen. »Du, du willst doch nich' schon wieder in die Cafeteria! Wohin gehst du wirklich, Billy? Ich will nich', daß du wieder durch den Wald rennst! Is' zu gefährlich! Könntest noch mal hinfallen!«

»Ich geh' in die Cafeteria.« Un' das machte zwei Lügen.

»Billy.« Sie ließ nich' locker, un' an ihrer Unterlippe konnte ich ablesen, daß sie es wieder sagen würde. »Wir könnten von hier weggehen. Jetz' gleich. Bevor noch mehr Duragem von der beschissenen Bahn weggefressen is'.«

»Ich, ich geh' nich' weg aus East Oleanta.« Hatte Angst, ich, ihr nein zu sagen. Jedesmal hatte ich Angst, jedes einzelne Mal. Was, wenn sie so un' so wegging, ohne mich? Wär' kein Leben nich' mehr für mich. Was, wenn Annie sich zusammenpackte, Lizzie nahm un' einfach wegging?

Aber ich, ich mußte bleiben. Ich *mußte.* Ich war der einzige Mensch, der wo wußte, daß der Regierungstrupp Eden nich' gesprengt hatte. Un' die Doktor Turner war's gewesen, wo die Leute von der Regierung gerufen hatte. Das hab ich von Lizzie. Annie, die wußte nichts davon. Un' so mußte ich hierbleiben un' drauf schauen, daß die Frau Doktor nich' rausfand, daß Eden noch da war, un' wiederum die Regierungsleute rief, damit die dann noch mal kamen un' dem richtigen Eden den Rest gaben. Hatte eigentlich keine Ahnung nich', wie ich die Turner davon abhalten sollte, außer wenn ich sie abmurkste, un' das, dachte ich, würd' ich nich' zusammenbringen. Oder vielleicht doch. Aber ich konnte auch nich' abhauen un' das Mädchen mit den dunklen Haaren un' dem großen Kopf im Stich lassen; die hatte mir immerhin gezeigt, wo Eden war, für den Fall, daß ich es mal brauchen würde. Dem Mädel schuldete ich was.

Bloß war's nich' bloß das.

Also sagte ich zu Annie: »Laß mich endlich zufrieden, Frau! Ich geh' jetz' runter in die Cafeteria, un' ich geh' allein hin!«

Un' dann hielt ich den Atem an, weil ich wiederum schauderhafte Angst hatte, was jetz' kam. Aber Annie, die seufzte bloß, zog ihre Parka aus un' griff sich 'nen Waschlappen. Das war so was Schönes bei Annie. Sie wußte genau, es gab Dinge, die 'n Mensch so un' so tun würde, un' da verschwendete sie dann kein weiteres Wort mehr, sich rumzustreiten, außer natürlich, wenn der Mensch Lizzie war. Un' eigentlich war der nächste Mensch, von dem ich Ärger erwartete, Lizzie. Aber die saß still auf'm Sofa mit ihrem Bibliotheks-Terminal un' studierte un' sah bloß hin un' wieder zur Tür, damit sie der Frau Doktor Turner hundert neue Fragen stellen konnte, sobald die den Fuß in die Wohnung reinsetzte.

Un' das war wiederum ein Grund, warum ich mich grade jetz' in Marsch setzen mußte: Die Frau Doktor war nich' da. Ausnahmsweise.

Ich zog den Zipp meiner Parka zu un' griff mir den Gehstock, wo Lizzie mir gebracht hatte. Is' 'n guter Stock, das. Würde ihn klarerweise auch dann benutzen, wenn er *nich'* gut wäre, weil ich ihn von Lizzie hatte, aber er *is'* gut. Lizzie, die hat 'n Auge für so was. Wenn sie nich' grade ihre Bibliothek oder die Turner damit fixiert.

Annie sagte, 'n bißchen sanftmütiger als zuvor: »Du gibst acht auf dich, hörst du, Billy Washington? Wollen nich, wir, daß dir was zustößt«, so, als wüßte sie ganz genau, daß ich nich' zur Cafeteria ging, so, als hätten wir uns noch nie nich' in den Haaren gelegen wegen East Oleanta un' ob wir nun weggehen wollten oder nich'. Un' jetz' legte sie die Arme um mich. 'ne Sekunde lang. 'ne Sekunde lang hielt ich Annie Francy gegen meine Brust gedrückt, un' ihr

Kopf war dicht unter meinem Kinn, un' da schloß ich die Augen.

»Du«, sagte ich, weil mir nichts Klügeres einfiel, aber 's war wohl in Ordnung, weil Annie lächelte. Spürte sie lächeln, ich, an meiner Kehle. Also sagte ich es noch mal: »Du.«

»Du auch«, sagte sie un' stemmte sich weg, un' ihre schokoladebraunen Augen, die sahen mich ganz lieb an. Da ging ich aus der Tür dort wie auf Watte. Un' allzu schwach fühlte ich mich auch nich'. Meine Beine, die funktionierten besser als ich gedacht hätte, un' ich kam in einem Stück bis runter zum Fluß, ohne daß die Pumpe zu rattern angefangen hätte.

Bloß mein Verstand, der ratterte wie verrückt. Warum wollte ich nich' weg aus East Oleanta? Wo 's doch Annie so sehr daran lag, für Lizzie 'ne bessere Umgebung zu finden. Annie, die blieb bloß wegen mir.

Un' ich, warum blieb denn ich da? Weil 'n großköpfiges Schlaflosenmädel, wo wahrscheinlich Miranda Sharifi selber war, mich vielleicht mal brauchen würde. Mich, Billy Washington, der wo nich' mal beim Wasserschleppen helfen konnte, der wo keine Hasen heimbrachte un' keine Y-Energie-Heizungskegel von einem Platz zum anderen transportieren konnte. War komisch, wenn man drüber nachdachte: Miranda Sharifi von Huevos Verdes un' Eden brauchte Billy Washington.

Bloß war's nich' komisch.

Bohrte den Stock in die weiche Erde, ich, un' stützte mich drauf, um meinen alten Hintern sicher zum Flußufer runterzukriegen. Machte mir selber was vor, ich; in Wirklichkeit war ich es, der wo Eden brauchte. In meinem Kopf jedenfalls. Un' eigentlich wußte ich gar nich', wozu.

Vorsichtig suchte ich mir 'nen Weg über die Steine am Flußufer. Wir hatten Tauwetter gehabt, an den letzten Tagen, un' am Ufer war der Schlamm zwischen den Steinen dick wie Soße, un' da un' dort lag noch 'n wenig Schnee. Die Sonne schien, un' der Fluß führte viel Wasser, wo grün un' kalt vorüberzischte wie die Gravbahn. Da sah ich was Dunkles auf 'nem Schneefleck un' stapfte hin, um mir's näher zu besehen.

War 'n Hase, das Dunkle. Mit langen Krallen an den Pfoten. Lag auf der Seite im Schnee, der Hase, un' hatte den Bauch aufgerissen, un' die Innereien quollen raus. Rundum in der Erde waren Fuchsspuren zu erkennen. Der Hase war rotbraun.

Hinter mir kletterte wer das Flußufer runter. Ich steckte das Ende meines Gehstocks in den Hasen un' drehte ihn rum. Der Hase blieb braun.

»Uääh«, machte die Frau Doktor Turner. »Wie ist denn das passiert?«

»Fuchs.«

»Na, und warum machen Sie deswegen so eine Leichenbittermiene? So etwas muß es doch alle Augenblicke geben, hier heraußen in Gottes freier Natur! Dachten Sie, wir könnten den Hasen essen?«

»Ne. Nich' diesen Hasen da.«

»Also, wenn Sie Ihre Gedanken für einen Moment von der hiesigen Tierwelt lösen könnten, hätte ich Neuigkeiten für Sie. Der Präsident hat den Ausnahmezustand verhängt.« Klang aufgeregt, die Frau Doktor.

Ich für meinen Teil sagte nichts drauf.

»Der Kongreß hat zugestimmt. Der gute alte Artikel 1, Abschnitt 8. Im Hinblick auf die Scheiße, die Wall Street gestern gebaut hat, und auf die Budgets der Bundesstaaten, denen das Geld für die Bezahlung von Geschworenen ausgeht, was bedeutet, daß selbst dort, wo es keine Hungeraufstände gibt, die Gerichtsbarkeit nicht mehr funktioniert. Und zwar in so vielen Bundesstaaten, daß es sogar dem großen Häuptling Perfektes Profil reichte und er die Zivilbehörden für außerstande erklärte … Sie haben keine Ahnung, wovon ich rede, stimmt's, Billy? Wissen Sie überhaupt, was das ist – der Ausnahmezustand?«

»Nein, Frau Doktor Turner.«

»Der Präsident hat der Armee die Macht übertragen. Um den Frieden überall dort wiederherzustellen, wo es Tumulte gibt. Und zwar um jeden Preis.«

»Jawohl, Frau Doktor.«

Sie sah mich von der Seite an. Konnte noch nie nich' damit hinterm Berg halten, ich, wenn mir was auf'm Herzen lag.

»Was ist es, Billy? Was stimmt nicht mit diesem Hasen?«

Ich sagte, langsamer, als ich vorgehabt hatte: »Er is' braun.«

»Und? Es gibt jede Menge braune Hasen! Lizzie erzählte mir sogar, sie hätte letzten Sommer ein zahmes braunes Häschen gehabt.«

»Is' aber nich' Sommer.«

Sie starrte mich weiter an, un' da merkte ich, sie verstand ehrlich nich', worum's ging. Die Macher wissen oft über die einfachsten Dinge nich' Bescheid.

»Der Hase da is' 'n Schneehase. Sollte längst das Fell gewechselt haben, der. Is' rotbraun im Sommer un' weiß im Winter, un' jetz' haben wir November. Sollte längst die Farbe geändert haben.«

»Und das machen sie immer, Billy?«

»Immer.«

»GenMod.« Die Frau Doktor kniete sich rein in den Schnee un' sah sich den Hasen genau an. War aber nichts zu sehen, bloß das rotbraune Fell. Hatte fast die gleiche Farbe wie die kurzen Härchen, die der Frau Doktor hinten am Nacken unter der Haube rauskrochen un' die ich genau sehen konnte, weil sie da vor mir kniete. Hätte sie ganz leicht umbringen können, ich, hätte ihr mit dem Stock eins überziehen und ihr das Genick brechen können. Aber ich gehör' nich' zu der Sorte, wo andere Leute umbringen, ich nich'. Außerdem hätte es keinem was genützt.

»Billy, sind Sie *absolut sicher,* daß das Fell nicht doch noch braun sein sollte?«

Ich gab ihr nich' mal 'ne Antwort drauf.

Sie richtete sich ein wenig auf un' hockte sich auf die Fersen. Überlegte, sie. Dann hob sie den Kopf un' sah mich mit so 'nem verdammten Blick an, daß ich nich' wußte, was der zu bedeuten hatte. Erinnerte mich an Jack Sawicki, wenn er Schach spielte. Als er noch lebendig war un' Schach spielen konnte. Die Leute kicherten hinter seinem Rücken, weil er so gern Schach spielte. Is' ja kein Spiel nich' für 'nen Nutzer.

Dann lächelte die Turner un' sagte: »Ach, Meister Lampe, es wird spät!«, womit ich nichts anfangen konnte. »Billy, Sie müssen mich nach Eden führen.«

Ich hielt mich an meinem Stock fest. Das untere Ende war ganz blutverschmiert vom Herumstochern an dem Hasen. »Gibt kein Eden nich' mehr, Frau Doktor. Der Regierungstrupp, der hat's doch gesprengt.«

»Also dann gibt es auch keinen Schneehasen!« sagte sie un' lächelte. Hatte keine Ahnung, was sie meinte. »Sie und ich, wir wissen beide, daß sie Eden nicht gesprengt haben. Sie haben danebengetroffen.«

Ich sah wieder auf den toten Hasen. Der Fuchs hatte ganze Arbeit geleistet, wirklich wahr. »Wie kommen Sie drauf, daß sie danebengetroffen haben?«

»Das ist doch nicht wichtig. Wichtig ist, *daß* sie danebengetroffen haben, und daß es Dinge gibt, die ich wissen muß. Ich bin zu der Überzeugung gekommen, daß mir nur mehr ein Weg bleibt, sie zu erfahren, und zwar nach Eden zu gehen und danach zu fragen. Immer hübsch direkt, finden Sie nicht, Billy? Werden Sie mich hinführen?«

Ich suchte mir 'ne Stelle im Fluß, un' dort starrte ich dann hin. Un' dann starrte ich noch 'n Weilchen hin. Ich, ich werd' mir doch mit 'nem Macher keinen Streit anfangen, dachte ich. Dabei kann man einfach nich' gewinnen. Aber sie nach Eden führen, das hatte ich auch nich' vor. Hatte schon mal den Regierungstrupp gerufen, die, damit der Eden in die Luft jagen sollte. Un' das konnte sie wieder tun. Ich, ich würd' ihr nichts auf die Nase binden, gar nichts.

Nach 'n paar Minuten stand die Frau Doktor auf un' wischte sich den Dreck von den Knien. Dann sagte sie mit ernster Miene: »Also gut, Billy. Noch nicht. Aber Sie werden mich hinbringen, wenn etwas passiert, das weiß ich. Und es wird etwas passieren. Die SuperSchlaflosen lassen nicht ohne jeden Grund GenMod-Hasen frei, bei denen jeder sehen kann, daß es sich um GenMod-Hasen handelt. Das ist eine Botschaft. Sehr bald wird uns klar werden, welche Bedeutung die Botschaft hat, und dann werden wir das noch einmal durchbesprechen.«

»Gibt nichts zu besprechen«, sagte ich, un' das meinte ich auch. Nich' mit ihr. Egal, wie viele GenMod-Hasen noch auftauchten.

Die Sonne stand jetz' schon tiefer, un' es wurde kalt. Un' mein Spaziergang, der war mir so un' so schon ruiniert. Also kletterte ich die Uferböschung rauf, immer schön langsam. Die Frau Doktor hatte soviel Verstand, daß sie nich' versuchte, mir zu helfen.

Lizzie, die war frisch gewaschen un' sauber. Tanzte durch die ganze Wohnung un' wedelte mit dem Lernterminal. »Goedels Beweis!« jauchzte sie, als wär's 'n Liedchen. »Goedels Beweis, Billy!«

War genauso schlimm, die, wie die Turner mit ihren Lampenmeistern. Aber trotzdem machte es Freude, Lizzie so fröhlich zu sehen.

»Schau, Vicky, schau, was passiert, wenn man

diese Formel nimmt un' sich an die Zahlen da ranschleicht…«

»Warte wenigstens, bis ich mir die Jacke ausgezogen habe, Mister Goedel!« sagte die Turner, un' das ergab auch keinen Sinn, wie ihr Gerede unten am Fluß. Aber sie lächelte Lizzie freundlich an.

Lizzie, die konnte einfach nich' stillhalten. Was sie da auf dem Bibliotheks-Terminal hatte, mußte ziemlich aufregend sein. Packte meinen Stock, Lizzie, un' walzte damit rum, als wär's 'n Tanzpartner. Dann ritt sie drauf wie auf 'nem Steckenpferd. Un' dann schwenkte sie ihn überm Kopf wie 'ne Fahne. Mir war klar, daß Annie nich' zu Hause war.

»Also her damit, laß mich Goedels Beweis sehen«, sagte Frau Doktor Turner. »Hast du dir Sven Bjorklinds Variationen aufgerufen?«

»Na klar hab ich!« sagte Lizzie un' runzelte die Stirn. Konnte die Augen nich' wegnehmen von dem Mädel, ich. Sie war wie 'n Licht, Lizzie. 'n Sonnenschein. Meine Lizzie.

Am nächsten Morgen war sie so krank, daß sie sich nich' mal rühren konnte.

So 'ne Krankheit hatte ich mein Lebtag noch nich' gesehen. Hatte rein gar nichts zu tun mit dem Fieber, wo sie letzten August kriegte. Lag ganz still im Bett, die Lizzie, un' ließ alles unter sich, un' Blut war auch dabei. Annie, die rannte un' leerte immerzu den Eimer aus un' machte Lizzie sauber, aber der Gestank in der Wohnung war trotzdem fürchterlich. Un' Lizzie, die konnte nich' Arm noch Bein bewegen, weil ihr alles wehtat. Die ganze Nacht saßen Annie un' ich auf. Un' als der Tag anbrach, da weinte sie nich' mal mehr, lag bloß da, hatte die Augen offen, aber man merkte, sie sah nichts. Hatte furch'bare Angst, ich. Die lag bloß da, die Lizzie.

Da sagte ich dann zu Annie: »Also ich geh jetz' un'

hol die Frau Doktor Turner. Is' sicher unten in der Cafeteria, die, un' schaut sich die Berichte über den Ausnahmezustand an …«

»Is' mir klar, wo sie is'!« keifte Annie mich an, weil sie sich solche Sorgen machte wegen Lizzie un' so völlig kaputt war. »Hockt wohl die ganze Nacht da drüben, wie? Aber Lizzie, die braucht keinen Macher-Doktor. Jetz' funktioniert ja die Ambulanz wieder.«

Wollte ihr nich' sagen, ich, daß eigentlich die Macher die RoboAmbulanz erfunden haben. Hatte selber viel zu große Angst. Lizzie ächzte un' stöhnte und machte ins Bett.

»Du, du gehst jetz' runter un' weckst Paulie. Ich bring' sie rüber, wenn ich sie wieder sauber habe.«

Paulie Cenverno, der war jetz' Bürgermeister, seit sie Jack Sawicki umgebracht hatten. Paulie hatte den Code für die Klinik. Un' so holte ich meinen Stock un' machte mich so schnell es ging auf die Beine, rüber zu Paulies Wohnblock.

Draußen war's kalt un' grau, aber es roch wenigstens gut, un' da kriegte ich irgendwie noch mehr Angst um Lizzie. Auf halbem Weg begegnete ich der Frau Doktor Turner. Sah so müde un' durcheinander aus, die, daß ihr GenMod-Gesicht beinah' schlaff war.

»Billy, was ist los?« Sie packte mich am Arm, aber fest. »Wie sehen Sie denn aus …? Lizzie? Ist etwas mit Lizzie?«

»Is' furch'bar krank, die! Wird immer schlimmer mit ihr, un' so schnell! Die stirbt, die Lizzie!« Das rutschte mir so raus, un' da dachte ich, gleich werd' ich ohnmächtig. *Lizzie!*

»Hol Paulie, damit er die Ambulanz aufsperrt. Ich helfe Annie.« Un' weg war sie. Rannte, wie ich früher mal. Vor langer Zeit.

Paulie sprang gleich aus'm Bett. Un' als wir beide

zur Klinik kamen, da waren Annie un' Doktor Turner schon dort. Doktor Turner trug Lizzie. Un' Lizzie, die weinte. Ihre armen Beinchen hingen runter wie abgebrochene Zweige.

Hatte das Gefühl, mir brannten heiße Kohlen im Magen. Hatte solche Angst, ich. Gibt keine normale Kinderkrankheit nich', wo so schnell so schlimm wird!

Die Ambulanz is' nichts weiter als 'ne versperrte SchaumStein-Hütte ohne Fenster, grade groß genug, damit der MedRob reingeht un' dazu noch vier, fünf Leute rundum. Paulie sagte: »Da legen Sie sie her ... genau da ...« Aber Paulie, der hatte selber keine Ahnung nich', dem war genauso bang wie uns.

Doktor Turner tat Lizzie auf die Liege, schnallte sie fest un' schob die Liege in den MedRob. Durch die PlastiKlar-Fenster konnten wir Lizzie sehen un' dazu die Nadeln, wo rauskamen un' in Lizzie reinwanderten. Aber sie weinte nich'. Kam mir so vor, als würd' sie gar nich' spüren, was mit ihr vor sich ging.

'n paar Minuten vergingen, un' Lizzie rührte sich immer noch nich'. Sah aus, als würd' sie schlafen. Vielleicht hatte der MedRob ihr was gegeben, damit sie einschlief. Un' dann sagte der MedRob: »Dieses Gerät verfügt nicht über ausreichende Kapazitäten zur Erstellung einer Diagnose. Die virale Konfiguration scheint im Speicher nicht auf. Die Verabreichung von Breitband-Antiviralen und begleitenden Antibiotika ...« Un' so ging's weiter. Keiner hört zu, wenn der MedRob was sagt. Der soll einen bloß in Ordnung bringen und sonst nichts.

Aber die Frau Doktor Turner sprang hoch, als hätte 'ne Kugel sie gestreift. Stieß Paulie zur Seite, die, un' redete mit dem MedRob.

»Zusatzinformation! Welcher Klasse gehört die virale Konfiguration an?«

»Die Information übersteigt die Kapazität dieses

Gerätes. Spezifische medizinische Auskünfte können manuell abgerufen werden.«

»Miese Politiker!« zischte Doktor Turner. Sie redete wieder mit dem MedRob, un' plötzlich schob sich 'ne Platte zur Seite, wo ich noch nie 'ne Platte bemerkt hatte. Dahinter war 'n Bildschirm un' 'ne Tastatur. Die Turner tippte 'ne Menge Sachen ein un' dann starrte sie auf'n Schirm.

»Was is' es denn?« fragte Annie. »Was hat'n die Lizzie bloß?« Annies Stimme, die klang ganz klein un' dünn. Klang gar nich' wie Annie.

Diesmal hatte die Frau Doktor nich' den Schachspieler-Blick. Diesmal sah sie so aus, wie mein Magen sich anfühlte. Die Wangenknochen standen ihr raus, als hätte wer dran gezogen.

»Billy … hat Lizzie das untere Ende Ihres Wanderstocks berührt? Das Ende, mit dem Sie den toten Hasen herumdrehten?«

Ich sah Lizzie vor mir, wie sie mit meinem Stock durch die ganze Wohnung tanzte, drauf ritt un' ihn rumschwang un' dazu ihr Freudengeheul über irgendwelche Beweise von 'nem Goedel ausstieß. In meinem Bauch fiel was runter, un' ich dachte, gleich fang ich an zu kotzen.

»Ja. Spielte damit rum, sie …«

Die Frau Doktor, die ließ sich gegen die Wand fallen un' hatte plötzlich 'ne ganz belegte Stimme. »Nicht Eden. Es ist nicht Eden, wo der Hase herstammt. Das haben die anderen getan. Von dem illegalen Labor, das auch den Spalter freisetzte … gottverdammte Scheiße …«

»Hören Sie auf zu fluchen, Sie«, sagte Annie, aber 's war kein rechtes Feuer nich' drin. Ihre Augen waren so groß wie die von Lizzie, un' die, das sah ich schon kommen, die mußte wohl sterben.

Paulie sagte: »Eden? Was is'n mit Eden?« Sein Gesicht war ganz spitz un' schmal.

Die Frau Doktor drehte sich zu mir rüber. Aber ihre Augen, die wo so violett un' unnatürlich waren wie 'n brauner Schneehase im November, die sahen mich gar nich'. Merkte ich gleich. Sah ganz was anderes, die Frau Doktor, un' was sie dann sagte, ergab wiederum keinen Sinn: »Ein rosa Pudel. Ein rosa Pudel mit vier Ohren und übergroßen Augen...«

»Wie?« fuhr Paulie Cenverno aufgeregt dazwischen. »Was is' mit dem Pudel?«

»Ein rosa Pudel. Ein denkfähiges Wegwerfwesen.«

»He, mal langsam!« sagte ich. »Langsam.« Verlor den Kopf, die Turner, un' ich, ich merkte grade, daß ich sie noch brauchen würde. Brauchte sie bei klarem Verstand, ich. Damit sie Lizzie trug. Ne, das konnte auch Annie tun. Aber Annie, die war nich' mehr imstande, Lizzie zu tragen. Also Paulie. Aber Paulie, der war schon dabei, sich aus der Ambulanz zu verdrükken. Gingen komische Dinge vor, hier, un' das gefiel ihm nich', un' wenn Paulie was nich' gefiel, dann zog er Leine. Is' halt kein Bürgermeister Jack Sawicki, der.

Außerdem konnte ich mir nichts ausdenken, wie ich die Turner davon abhalten sollte, uns nachzuschleichen. Da hätt' ich sie wohl umbringen müssen, un' das ging nich'. Auch wenn ich's über mich gebracht hätte. Außerdem, wenn die Frau Doktor Lizzie schleppte, konnte sie keine Waffe ziehen, wenn die Tür zu Eden aufging.

Da schaute die Turner wieder halbwegs normal drein, un' jetz' sah sie mich auch. Un' sie nickte.

Warf noch 'nen Blick durch die Wand des Med-Robs. Lizzie kriegte grade 'n medizinisches Pflaster, obwohl doch der Rob gesagt hatte, da war nichts zu machen. War wohl das einzige, was er tun konnte. War ja bloß 'n komplizierter Rob.

Aber das Mädchen mit dem großen Kopf, die wo Doug Kane das Leben gerettet un' den tollwütigen Waschbären alle gemacht hatte, die war kein Rob.

Un' so schickte ich mich an, genau das zu tun, was ich mir hoch un' heilig geschworen hatte, nie zu tun. Ich führte die Frau Doktor Turner nach Eden.

Die Sonne ging grade auf, als wir aus der Stadt kamen. Ich stapfte voran, auf 'nen neuen Stock gestützt, wo die Frau Doktor von 'nem Ahornbaum gebrochen hatte. Sie schleppte Lizzie, die wo dick in Decken verpackt war. Schlief immer noch, Lizzie, von dem, was der MedRob ihr gegeben hatte. Ihre Haut sah aus wie gelbes Wachs. Den Schluß machte Annie, stolperte über den Waldboden, wo sie sonst nie hinging. Denke, sie weinte, Annie. Konnte aber nich' hinsehen, weil's vielleicht so 'n hoffnungsloses Weinen war, wie's die Frauen immer tun, wenn's dem Ende zugeht. Hätt' ich nich' ausgehalten, ich. Außerdem war's ja noch nich' das Ende. Waren ja auf'm Weg nach Eden, wir alle.

Der Himmel kriegte alle Farben, wie 'n Feuer aus knorrigen Kiefernästen.

Gab mir Mühe, ich, für die andern 'nen Weg zu suchen, wo der Schnee nich' hoch lag. 'n paarmal verschätzte ich mich un' versank bis an die Knie in Senken, wo angefüllt waren mit Schnee, aber das machte nichts aus, war ja bloß ich, wo hinfiel. Ging 'n ordentliches Stück vor den anderen her deswegen. Aber jedesmal, wenn ich mich wieder hochrappelte, hämmerte die Pumpe da drin schneller, un' die Knochen taten mir noch mehr weh.

Das Tauwetter, wo wir gehabt hatten, das half auch. 'ne Menge Schnee war schon weggeschmolzen, besonders an den sonnigen Stellen. Bin mir nich' sicher, ich, ob wir's durch die Berge geschafft hätten ohne das Tauwetter zuvor.

Lizzie stöhnte, aber sie wachte nich' auf.

»Nur … eine Minute, Billy«, sagte die Frau Doktor nach ungefähr 'ner Stunde. Sie blieb auf 'nem sonnigen Plätzchen stehen, ließ sich auf die Knie nieder un' hielt Lizzie auf'm Schoß fest. War überrascht, ich, daß sie so lange durchgehalten hatte – Lizzie is' nich' mehr so leicht, wie sie noch im Vorjahr war. Die Doktor Turner is' wohl kräftiger, als wie sie aussieht. GenMod eben.

»Wir haben keine Minute nich'!« schrie Annie auf, aber Doktor Turner, die achtete nich' drauf, nich' mal, um Annie finster anzuschauen. Ich denke, die Frau Doktor war einfach zu müde, um finster dreinzuschauen. Hatte die ganze Nacht lang aufgesessen un' sich angehört, wie der Präsident den Ausnahmezustand verhängte. Un' dazu wußte sie wohl, was für 'ne Todesangst Annie hatte.

»Wie … weit noch?«

»Noch 'ne Stunde«, sagte ich, obwohl's mehr war. Kamen nich' besonders flott voran, wir. »Können Sie's schaffen?«

»Na … türlich.« Sie rappelte sich auf un' hatte zu tun, Lizzie hochzukriegen, weil die an ihr hing wie 'n Sack. 'ne Sekunde lang hätt' ich gedacht, daß Annie der Frau Doktor die Hand auf'n Arm legte, so ganz sachte nur. Aber wahrscheinlich hielt Annie sich bloß fest.

So groß un' weit war mir der Wald noch nie vorgekommen.

Nach 'ner Weile fing der Schmerz in meinen Knochen an, 'n Eigenleben zu entwickeln, saß da drinnen wie 'ne Ratte un' nagte an meinen Beinen un' an den Knien un' in der rechten Schulter, wo ich den Stock hielt. Un' dann fing die Ratte an, sich in mein Herz zu fressen.

Aber ich konnte nich' stehenbleiben. Lizzie, die starb sonst.

Immer höher ging's, den steilen Hang hinauf, wo die Bäume dichter standen un' alles voll Unterholz war. Da gab's keine sonnigen Fleckchen mehr. Konnte die anderen nich' über denselben Weg führen, den wo Doug Kane un' ich letzten Herbst genommen hatten – lag zuviel Schnee dort. Die Strecke, wo wir jetzt nahmen, war anstrengender un' länger, aber wir würden wenigstens hinkommen.

Wir brauchten fast bis Mittag. Die Frau Doktor ließ uns Pause machen un' von den Sachen essen, wo Annie mitgenommen hatte, aber es schmeckte wie Lehm. Doktor Turner sah mir beim Essen zu, wollte, daß ich mein Teil aufaß. Lizzie, der konnten wir nichts füttern, die regte sich nich', nich' mal ihre Augen. Aber sie atmete noch. Mit der Y-Energie-Lampe, die wo die Frau Doktor mithatte, schmolzen wir ein wenig sauberen Schnee un' tropften das Wasser auf Lizzies Lippen. Die Lippen waren blau.

»Vater unser, der du bist im Himmel, gib uns heute unser tägliches Brot...« Doktor Turner starrte Annie verblüfft an. Dachte, jetzt käm' 'ne scharfe Bemerkung darüber, wer den Nutzern ihr tägliches Brot gab, wie ich's von anderen Machern schon gehört hatte. Weil Macher, die sin' nich' religiös.

Aber sie, die Frau Doktor, sagte bloß: »Wie weit noch, Billy?«

»Gleich sin' wir da.«

»Das sagen Sie seit zwei Stunden!«

»Gleich sin' wir da.«

Un' wir brachen wieder auf.

Als wir auf der anderen Seite waren un' den Pfad zu dem kleinen Fluß runterstiegen, da dachte ich 'ne fürchterliche Minute lang, daß es der falsche Platz wäre. Sah überhaupt nich' mehr so aus wie letztes Mal. Der Pfad war bloß 'ne glitschige Spur, un' der Bach schoß dahin, obwohl er voller gestauter Eisbrocken un' abgebrochener Äste war. Jetz' sah er viel breiter aus, als wie in meiner Erinnerung. Wir schlitterten den steilen Pfad runter, un' die Frau Doktor hatte sich Lizzie halb über die Schulter gelegt, damit sie 'ne Hand freikriegte, um sich damit von einem Stamm zum nächsten festzuhalten. Dann wateten wir vorsichtig durch den Fluß. Drüben war ein Stück flaches Ufer, auf dem 'ne Birke stand, bloß eine, un' nich' weit davon 'ne Eiche; die hatte noch dürre Blätter un' ließ sie im Wind rascheln. Waren meine Merkzeichen, die beiden Bäume. Wir waren am Ziel angelangt, un' es war gar nichts da.

Nichts zu sehen. Alles so wie früher. Bach, Ufermatsch, Felsplatte, Steilhang. Nichts sonst.

»Billy?« sagte Annie so leise, daß ich sie fast nich' gehört hätte. »Billy?«

»Und was jetzt?« fragte die Frau Doktor Turner. Sie ließ sich auf'n Boden sinken, un' dabei schleiften Lizzies Decken ein wenig im Morast, aber die Frau Doktor war so müde, daß sie es gar nich' bemerkte.

Ich sah mich um. Bach, Ufermatsch, Felsplatte, Steilhang. Nichts.

Warum, um alles in der Welt, sollten die Super-Schlaflosen bloß zwei verdreckte Nutzer, 'ne abtrünnige Macherin un' ein sterbenskrankes Kind einlassen? Warum bloß?

Un' das war der Moment, als ich wußte, was Annie meinte, wenn sie mir die Hölle an die Wand malte.

»Billy?«

Ließ mich auf 'nen Felsbrocken fallen, ich. Konnte einfach nich' mehr auf den Füßen stehen. Genau hier war das Tor gewesen. Genau da. Bach, Ufer, Felsplatte, der Hang. Nichts.

Die Frau Doktor Turner drückte Lizzie ihrer Mutter in die Arme. Dann sprang sie auf un' fing an zu brüllen wie 'ne Verrückte, wie 'n Wilder, der nich' grade 'n schweres Kind Stunden un' Stunden durch den Schnee geschleppt hatte. »Miranda Sharifi! Hören Sie mich? Hier draußen stirbt ein Kind – an einem Gen-Mod-Virus, das von Wildtieren übertragen wird! Es stammt aus irgendeinem illegalen Labor, von geistesgestörten Schweinen, die in Tagen ganze Landstriche entvölkern könnten und es vielleicht auch vorhaben! Hören Sie mich, Miranda? Es ist ein GenMod-Virus, und es ist tödlich! Ihr Leute seid verantwortlich dafür, ihr seid ja angeblich die großen Experten auf dem Gebiet maßgeschneiderter Genmodifizierungen, und nicht wir! Ihr seid dafür verantwortlich, ihr Schlaflosenpack, ob ihr es nun selber gemacht habt oder nicht! Weil ihr die einzigen seid, die damit fertigwerden! Ihr seid ja die klugen Köpfe, vor denen wir uns alle ehrfürchtig verneigen, ihr seid diejenigen, zu denen wir aufschauen sollen! Miranda Sharifi! Wir brauchen diesen Zellreiniger, auf dem man in Washington herumgetrampelt ist! Wir brauchen ihn jetzt! Wenn du ihn uns schon unter die Nase hältst, dann gib ihn auch raus, du Miststück! Das bist du uns, verdammt noch mal, schuldig!«

Konnte es einfach nich' glauben, ich! Die klang wie Celie Kane, wenn die sich über die Macher aufregt un' zu kreischen anfängt. Ich flüsterte ihr zu: »Sie können doch nich' so umspringen mit 'ner *Super-Schlaflosen!*«

Aber die hörte nich' auf mich. Tat so, als wär' ich gar nich' da. »Miranda Sharifi! Hörst du mich, du Schlampe? Im Namen unserer gemeinsamen Menschheit… Was, zum Teufel, mach ich denn da eigentlich?« Stand da, als würde sie sich im Leben nich' mehr rühren, un' blickte sich benommen um. Un' dann fing die Frau Doktor an zu heulen.

Die Frau Doktor Turner. Sie fing an zu heulen!

Wußte nich', was ich tun sollte. Is' eine Sache, wenn Annie plärrt – Annie, die is' 'ne normale Frau. Aber 'ne Macherin, wo weint, wo schluchzt un' sich aufführt, als wär' sie der Boden vom Kohlfaß un' nich' der Deckel… da wußte ich nich', was ich tun sollte. Aber auch wenn ich's gewußt hätte, hätt' ich nichts machen können; die Ratte nagte viel zu heftig in meiner Brust, un' nich' mal für Lizzie hätt' ich meinen alten Hintern vom Boden hochgekriegt.

»Bitte ...!« wisperte die Frau Doktor.

Un' das Tor im Berg ging auf. Nein – es ging nich' auf, so kann man das nich' sagen. Es gab plötzlich so 'nen kalten Schimmer, 'ne Art Schild, un' dann verschwand die Erde irgendwie – der Matsch un' die dürren Eichenblätter un' die moosbewachsenen Felsen un' alles –, un' dann lag 'n festes Viereck aus PlastiKlar zu unseren Füßen, bloß war's kein PlastiKlar. Das Viereck war etwa ein Meter mal ein Meter groß, un' dann verschwand es auch un' wurde zu 'ner Treppe.

Doktor Turner ging voran, drehte sich um un' streckte die Arme hoch. Annie reichte ihr Lizzie runter un' stieg vorsichtig hinterher. Ich, ich ging als Letzter. Obwohl mir die Brust so wehtat, daß ich alle Engel singen hörte, wollte ich wissen, was weiter passieren würde, wenn wir erst mal alle unter dem Viereck waren. War vielleicht das Letzte, was ich im Leben sah, un' ich wollte es sehen.

Was passierte, war, daß der Schimmer wiederkam, un' das PlastiKlar-Viereck, wo nich' aus PlastiKlar war, tauchte wieder über meinem Kopf auf. Griff nach oben, ich, un' rührte dran. War hart wie Diamant. Un' kitzelte am Finger. Auf der anderen Seite fingen die Steine un' das Erdreich wieder an zu wachsen – *zu wachsen!* –, un' das Erdreich war nich' locker, sondern fest un' zusammengeschoben. Man konnte sehen, daß in 'n paar Minuten nichts mehr verraten würde, daß hier irgendwas gewesen war. Bloß unsere Fußspuren würden im Matsch sein; aber gewettet hätte ich auch da nich' drauf.

Wir standen in 'nem kleinen Raum, ganz weiß un' hell erleuchtet. War gar nichts drinnen, in dem Raum. Die Wände waren vollkommen glatt, nich' der geringste Kratzer oder sonstwas drauf. Solche Wände hatte ich mein Lebtag noch nie gesehen. Wir standen lange da drin, so kam's mir wenigstens vor, aber vermutlich war's gar nich' so lang. Schlang mir die Arme fest um die Brust, ich, damit sich der Schmerz nich' durchnagen konnte. Die Frau Doktor drehte sich zu mir rum un' machte plötzlich 'n komisches Gesicht. »Billy, was …?« Un' dann ging 'ne Tür auf, wo gar keine Tür nich' gewesen war, un' da stand sie, mein großköpfiges Mädel mit den schwarzen Haaren; sie lächelte nich', die Kleine, das konnte ich grade noch sehen, ehe die Ratte in meiner Brust nach meinem Herzen schnappte un' mir schwarz wurde vor den Augen.

Diana Covington:
East Oleanta

15

Meine ruhige Gelassenheit, mein klarer Verstand waren mir bereits völlig abhanden gekommen, als sich das Tor zu Eden öffnete.

Das störte mich. Ich stand mit einem sterbenden Kind und einem alten Mann, den ich – gegen jede Wahrscheinlichkeit – liebgewonnen hatte, auf der Schwelle jenes HighTech-Sanktums, nach dem die ganze Staatsmacht hinter mir, Gott weiß wie lange schon auf der Suche war, stand der mächtigsten Frau der ganzen Welt gegenüber, und es störte mich zutiefst, daß es mein irrationales Unterklassengebrüll gewesen war, welches das Himmelstor weit geöffnet hatte. Nur stimmte das selbstverständlich nicht. Ich *wußte,* daß es nicht stimmte. So viele Abweichungen von der mittleren Rationalitätskurve hatte ich mir gar nicht geleistet. Aber das Gefühl wollte nicht vergehen, weil nichts normal war, und wenn nichts normal ist, dann erscheint plötzlich nichts stärker abnormal als irgend etwas beliebig anderes. Die Meßskala bricht zusammen. Miranda Sharifi hatte diese Wirkung.

Aus allernächster Nähe sah sie noch unauffälliger aus als damals in Washington. Großer, leicht unförmiger Kopf, wilde Wolken schwarzen Haares, der Körper zu gedrungen und zu schwerfällig, um auf eine Macherin schließen zu lassen – und doch ohne jeden Zweifel keine Nutzerin. Sie trug weiße Hosen und weiße Bluse, ganz alltäglich. Ihr Gesicht war blaß. Der einzige Farbfleck an ihr war das rote Haarband. Ich erinnerte mich wieder, was ich damals auf den Stufen des Wissenschaftsgerichts gedacht hatte – daß sie nämlich zu alt war für Haarbänder –, und schämte mich ein wenig. Es fiel mir schwer, meinen Verstand auf ernste Themen zu konzentrieren; wir hatten zu viele davon. Vielleicht war es aber auch nur dem Wesen meines Verstandes zuzuschreiben.

Mir wollte einfach kein Wort über die Lippen kommen. Ich stand bloß da und starrte das rote Haarband an.

Sie war all das, was ich nicht war.

Annie fiel auf die Knie. Der Saum ihrer dreckigen Parka schwappte derb über den glänzenden Boden, und sie erhob die Augen wie zu einem Engel. Vielleicht hielt sie Miranda für einen solchen.

»Meine liebe Dame, Sie müssen uns helfen! Meine Lizzie da, die stirbt sonst, die hat irgend so 'ne Krankheit! Billy sagt, sie stirbt! Un' die Frau Doktor Turner sagt, die is' nich' natürlich, die Krankheit, die kommt von den *GenMods!* Un' Billy, der war immer so gut zu uns, un' dabei hat er rein gar nichts davon – aber Lizzie, meine Kleine, die …« Sie fing an zu weinen.

Bei den Worten »Frau Doktor Turner« richteten sich Mirandas Augen eine Sekunde lang auf mich, ehe sie wieder zu Annie zurückkehrten. Es war, als würde einen ein Laser bestreichen. Ich hatte das Gefühl, in dieser einen Sekunde erfuhr sie alles, was es über mich zu wissen gab: meine Decknamen, meine geheim bleiben sollende und nur sehr am Rande vorhandene Zugehörigkeit zur AEGS, die ganze Liste meiner bisherigen Wohnorte, Pseudojobs, Pseudolieben. Ich fühlte mich nackt, nackt bis hinab zu jeder einzelnen Körperzelle. Ich rief mich zur Ordnung, zwang mich, damit augenblicklich aufzuhören. Sie hatte doch keine übernatürlichen Kräfte, sie war nur ein Mensch, nur eine Frau – zwar mit dem Hintergrund einer ehrfurchteinflößenden Technik und mit einem unvorstellbar leistungsfähigen Gehirn und mit Gedanken, die ich nie haben würde und nicht einmal verstehen könnte, wenn man sie mir geduldig erklärte…

Genau so fühlten sich Nutzer, wenn sie Machern wie mir gegenüberstanden.

Immer noch auf Knien sagte Annie durch ihre Tränen hindurch: »Bitte.« Nur dieses eine Wort. An jenem Ort besaß es eine überraschende Würde.

Eine Tür öffnete sich in der Wand hinter Miranda, eine Tür, die einen Moment zuvor nicht einmal andeutungsweise existiert hatte, und ein Mann steckte den Kopf durch. »Miri, sie sind auf dem Weg…«

»Du gehst, Jon«, sagte sie. Es waren die ersten Worte aus ihrem Mund.

Jon hatte den gleichen unförmigen Kopf wie Miranda, aber dazu ein ausnehmend hübsches Gesicht – eine bizarre, beunruhigende Kombination: als hätte das Untier aus der Sage das Gesicht eines Collies. Seine Lippen wurden schmal. »Miri, du kannst einfach nicht…«

»Das ist doch bereits festgelegt!« schnauzte sie ihn an, und zum erstenmal bemerkte ich, daß sie unter enormem Druck stand. Doch dann drehte sie sich zu ihm um und stieß ein paar Worte hervor, die ich nicht verstand, weil sie so rasch sprach. Ungeachtet des Tempos, in dem sie gesagt wurden, hinterließen die Worte den sonderbaren Eindruck, separate Botschaften zu sein, jedes einzelne davon mehr eine geheime Mitteilung als Teil eines grammatikalischen Ganzen… aber das war nur ein persönlicher Gedanke. Miranda trug einen Ring, ein schmales rubinbesetztes Goldband, am Ringfinger ihrer linken Hand.

Jon zog sich zurück, und die ›Tür‹ verschwand. Nicht der geringste Hinweis blieb zurück, daß sie je existiert hatte.

Miranda legte die Hand auf Annies Schulter. Die Hand zitterte. »Weinen Sie nicht. Ich kann beiden helfen, denke ich. Ganz gewiß aber Ihrer Tochter.«

Doch es war Billy, an dessen Seite sie sich zuerst niederließ. Sie hielt ein kleines Kästchen an sein Herz und studierte den winzigen Bildschirm darauf. Dann legte sie das Kästchen an seinen Hals und sah wieder auf den Schirm, ehe sie ein Arzneipflaster aufklebte. Ihr zuzusehen beruhigte mich ungemein; das war bekanntes Terrain: sie behandelte Billys Herzanfall, wenn es das war.

Sein Atem kam zusehends weniger mühsam, und er stöhnte leicht.

Miranda wandte sich Lizzie zu. Sie zog eine lange, dünne, mattschwarze Injektionsspritze aus der Hosentasche. Die meisten Medikamente werden in Form von Hautpflastern verabreicht, nur mehr sehr wenige per Injektion; irgend etwas drehte sich in meiner Brust herum.

Ich sagte: »Sie hat schon ein Breitband-Antibiotikum und ein Antiviral aus einer RoboAmbulanz, Modell K, erhalten. Das Gerät sagte, es handle sich um ein unbekanntes Virus, außerhalb der Konfiguration jegliches künstlich hergestellten Mikroorganismus, Sie müßten das Medikament neu herstellen, wenn Sie können ...«

Ich brabbelte sinnlos vor mich hin; Miranda sah nicht einmal auf. »Dies ist der Zellreiniger, Frau Doktor Turner. Aber ich denke, das haben Sie schon erraten.« Ihre Sprechweise hatte etwas Zögerndes, Wohlüberlegtes an sich, als hätte sie zwar jedes einzelne Wort sorgfältig ausgewählt, wäre aber trotzdem der Meinung, nur völlig unzureichend das ausdrücken zu können, was sie sagen wollte. In Washington vor dem Wissenschaftsgericht, wo alle ihre Äußerungen wohl gewissenhaft vorbereitet gewesen waren, war mir das nicht aufgefallen. Die langsame

Redeweise stand in markantem Gegensatz zu dem Tempo, in dem sie zu ›Jon‹ gesprochen hatte.

Annie sah zu, wie die Nadel in Lizzies Hals verschwand. Sie kniete völlig reglos auf dem Saum ihrer schmutzigen Parka und schmierte halbverfaulte Blätter über den perfekt glatten weißen Boden.

Der Augenblick hatte etwas Surreales an sich. Miranda hatte nicht einmal gezögert, ehe sie die Nadel ansetzte! »Wollen Sie es ihnen nicht wenigstens *erklären*«, preßte ich hervor, »um ihnen eine *Alternative* zu geben …?«

Miranda antwortete nicht. Statt dessen zog sie eine zweite Spritze aus der Tasche und verabreichte sie Billy.

Mit einemmal überkam mich die verrückte Vorstellung all der Fettablagerungen in seinen Arterien, all der tödlichen Viren, die jahrelang in seinen Lymphknoten auf der Lauer gelegen und darauf gewartet haben mochten, daß der Körper geschwächt ist, all der schädlichen, fehlerhaften Kopien mormaler DNA, die sich in achtundsechzig Jahren in Billys Knochen, Fleisch und Blut angesammelt hatten … Ich konnte nicht sprechen.

Miranda zog eine dritte Spritze heraus und wandte sich Annie zu, die jedoch sofort abwehrend die Hand ausstreckte: »Nein, liebe Dame, nein, bitte, ich bin nich' krank …!«

»Das werden Sie aber sein«, sagte Miranda, »ohne das hier. Und zwar bald.« Sie wartete.

Annie beugte den Kopf. Es wirkte wie ein Gebet auf mich, und das brachte mich plötzlich und aus unerfindlichem Grund in Wut. Miranda gab Annie die Spritze.

Dann sah sie mich an.

»Wie toxisch ist das mutierte Vir …«

»Lethal. Innerhalb von vierundzwanzig Stunden. Und leicht übertragbar. Sie werden sich anstecken.«

»Wie wollen Sie das wissen? Geht die Fabrikation und Freisetzung des Virus auf das Konto Ihrer Leute? Ja?«

»Nein«, sagte sie, so ruhig, als hätte ich sie gefragt, ob es regnet. Aber an ihrem Hals pulsierte eine Ader, und sie war so gespannt wie eine Harfensaite – und so nahe dran, bei jeder Berührung zu vibrieren. Ich wußte nur nicht, von wem die Berührung kommen mußte. Ich starrte auf die Spritze in ihrer Hand: lang, dünn, schwarz, die Flüssigkeit in ihrem Innern verborgen. Welche Farbe hatte sie wohl? Diese Flüssigkeit befand sich schon in Lizzies Körper, in Billys, in Annies Körper.

»Aber ich bin doch eine *Macherin!*« entfuhr es mir unbeabsichtigt.

Miranda sagte: »Ich habe selbst eine solche Spritze bekommen. Vor Monaten schon. Es ist kein unerprobtes Verfahren.«

Es war ihr völlig entgangen, was ich gemeint hatte; es lag außerhalb ihres Wahrnehmungsbereichs. Dann gab es so etwas offenbar doch … Ich sagte: »Sie sind so …«, ohne zu wissen, wie ich den Satz beenden wollte.

»Wir haben nicht viel Zeit. Bitte beugen Sie sich vor, Frau Doktor Turner.«

Ich platzte heraus – zu meiner immerwährenden Schande muß ich es gestehen, denn es war so nichtig in diesem Moment: »In Wirklichkeit bin ich gar keine Ärztin!«

Zum erstenmal lächelte Miranda leicht. »Ich auch nicht, Diana.«

»Warum haben wir nicht viel Zeit? Was wird denn geschehen? Ich bin noch nicht krank, und Sie wollen trotzdem meine ganze Körperchemie verändern, also lassen Sie mich wenigstens eine Sekunde lang nachdenken …«

Plötzlich erschien ein Bildschirm in der Wand. Obwohl das – im Unterschied zur Tür – ganz gewiß nicht mehr war als völlig normale Technik, fuhr ich hoch, als wäre ein Engel mit dem Flammenschwert erschienen. Aber der Engel stand vor mir und starrte den Schirm an, als würde der Anblick ihn schmerzen; das Schwert in seiner Hand zitterte, und ich würde sterben, nicht, weil ich von diesem speziellen gentechnisch konstruierten Apfel gekostet hatte, sondern weil ich es unterließ.

Sie ließ mir keine Wahl. Der Bildschirm zeigte ein Flugzeug, das an einem Ort landete, wo ein Flugzeug einfach nicht landen konnte – ein zusammengefaltetes Ding, das senkrecht aufsetzte wie ein rotorloser Hubschrauber, aber weitaus präziser als jeder Hubschrauber: Es landete auf demselben Fleckchen Land zwischen Fluß und Berghang, wo ich brüllend verlangt hatte, nach Eden eingelassen zu werden. Dieselbe nackte Birke, weiß und zitternd. Dieselbe alte Eiche. Ich hob den Kopf, um auf die vier Männer zu starren, die aus dem Rumpf der Regierungsmaschine kletterten, und Miranda stieß mir die Nadel in den Nacken. Mit der anderen Hand hielt sie mich an der Schulter fest, während die Spritze sich leerte.

Sie war sehr kräftig.

Irgendwie machte mir dieser eine Umstand einen klaren Kopf, was zeigt, wie verrückt die ganze Situation war. Ich sagte, fast so, als wären wir alle beteiligt an derselben Verschwörung: »Diese Leute können nicht herein, nicht wahr? Sie konnten es ja beim erstenmal nicht mal finden und jagten die falsche Anlage in die Luft! Sie müssen uns gefolgt sein, Billy und Annie und Lizzie und mir ... oh, es tut mir so leid, Miranda ...!«

Sie hörte nicht zu. Erschüttert bemerkte ich – es war das Überraschendste, was bisher geschehen war, denn schließlich wußte ich ja alles über den Zellreiniger, ich hatte ihr zugehört, als sie ihn in Washington erklärte –, zutiefst erschüttert bemerkte ich also, daß sie Tränen in den Augen hatte. Mit den Fingern ihrer rechten Hand umschloß sie die der linken. Sie bedeckte den Ring.

Ein fünfter Mann wurde aus dem Flugzeug und in einen Rollstuhl gehoben, den einer der anderen rasch entfaltet hatte. Von neuem überrascht sah ich, daß es Drew Arlen war, der Lichte Träumer.

Er legte die Hand auf den Stamm der Birke, und ich wußte nicht – und sollte es auch nie herausfinden –, ob er sich nur abstützen wollte oder ob es Teil der Eintrittsprozedur war – die Aktivierung eines Mechanismus etwa, oder ein Hauterkennungssystem oder einfach eine Sicherung irgendeiner noch nie dagewesenen Art. Dann sprach er eine Reihe von Wörtern, sehr deutlich, mit dieser berühmten Stimme. Die Tür über unseren Köpfen ging auf.

Miranda machte keine Anstalten, ihn aufzuhalten – vorausgesetzt, sie wäre dazu in der Lage gewesen. Aber natürlich war sie dazu in der Lage. Gewiß gab es jede Menge Schilde und Gegenschilde – *irgend etwas* in dieser Richtung. Das waren doch Super-Schlaflose!

Die vier AEGS-Agenten kamen die Stufen herab, als wäre dies ein Rübenkeller in Kansas. Sie hatten ihre Waffen gezogen, was mich mit plötzlicher Verachtung erfüllte. Drew Arlen blieb draußen.

»Miranda Sharifi, ich verhafte Sie wegen Mißachtung des Gesetzes zum Schutz genetischer Standards, Absatz 12 bis 34, wo festgesetzt wird ...«

Sie ignorierte die Männer. Sie eilte an ihnen vorbei, als wären sie inexistent, und ein Leuchten hüllte sie plötzlich ein, bei dem es sich um eine Art elektrischen Schutzschild handeln mußte. Einer der Agenten streckte die Hand nach ihr aus, schrie auf und barg die verbrannte Hand in der anderen, das Gesicht schmerzverzerrt. Der Mann, der die Treppe blockierte, zögerte; ich sah, daß er eine halbe Sekunde lang daran dachte, seine Waffe abzufeuern, und es dann doch sein ließ. Ich sah seinen späterem Bericht geradezu vor meinem geistigen Auge: »Unbeteiligte Personen waren anwesend, was es nicht ratsam erscheinen ließ...« Oder vielleicht war ihnen allen klar, daß derjenige, der Miranda Sharifi offiziell umbrachte, was seine Karriere betraf, selbst eine Leiche war. Für alle Zeit. Der Sündenbock. Der Agent trat beiseite.

Miranda stieg langsam, schwerfällig die Treppe hoch, die dunklen Augen immer noch voller Tränen. Drei der Männer folgten ihr. Nach einem Augenblick der Benommenheit schoß ich hinter ihnen her.

In dem kalten Novemberwald saß Drew Arlen in einem Y-energiebetriebenen Rollstuhl. Miranda trat vor ihn hin. Ein leichter Wind schüttelte die Eiche, und die toten Blätter raschelten. Ein paar fielen zu Boden.

»Warum, Drew?«

»Miri – du hast nicht das Recht, für 175 Millionen Menschen eine Entscheidung zu treffen! Nicht in einer Demokratie! Nicht ohne Grenzen und Gegengewichte. Leisha sagte...«

»Kenzo Yagai hat es getan. Er hat entschieden. Er schuf billige Energie und veränderte die Welt zum Besseren.«

»Ihr hättet den Duragem-Spalter aufhalten können. Ihr habt es nicht getan. Menschen sind deswegen gestorben, Miranda!«

»Wenn wir ihn gestoppt hätten, wären es viel mehr gewesen! Auf lange Sicht gesehen!«

»Das war aber nicht eure Begründung! Ihr wolltet einfach Beherrscher der Lage sein! Ihr SuperS, die nie sterben müssen!«

Hinter mir war ein Geräusch zu hören, aber ich drehte mich nicht um. Was ich vor mir sah, war weitaus wichtiger, als jedes Geräusch sein konnte. Die Fragen, mit denen Drew und Miranda einander bewarfen, waren von derselben Sorte wie diejenige, mit der ich mich herumschlug, seit ich in Washington den Zellreiniger kennengelernt hatte: Wer sollte grundlegend neue Techniken kontrollieren und steuern? Nur machten die beiden hier einen privaten Schlagabtausch daraus – wie Liebende aus allem und jedem einen privaten Schlagabtausch machen können. *Wer sollte die technische Entwicklung kontrollieren und steuern …?*

Und – damit kein Irrtum passiert – technische Entwicklung ist etwas Darwinisches. Sie breitet sich aus. Sie schreitet fort. Sie paßt sich an. Das Gefährlichste rottet das am wenigsten Gerüstete aus.

Die AEGS hatte gehofft, verhindern zu können, daß die radikalen Techniken in falsche Hände gelangten. Aber Huevos Verdes waren die *richtigen* Hände: die Hände, die Nanotechnik dazu einsetzten, Menschen zu stärken, nicht sie zu vernichten. Das war es, was die AEGS nicht einsehen wollte. Sie waren nicht da, um zu richten, sagten sie; sie waren da, um den Willen des Gesetzes auszuführen. Vielleicht hatten sie recht.

Aber irgend jemand mußte irgendwo und irgendwann richten, sonst würden wir im reinsten darwinischen Dschungel enden.

Huevos Verdes hatte gerichtet. Und ich, indem ich die AEGS kein zweitesmal gerufen hatte, zusammen mit ihnen. Es gab keine Möglichkeit zu entscheiden, ob irgend jemand von uns recht hatte.

All das erkannte ich – mit dieser sonderbaren Klarheit, die einen in körperlichen Krisen überkommt –, während ich Drew Arlen und Miranda Sharifi dabei zusah, wie sie einander in dem eisigen Wald zerfleischten.

Er sagte: »Ihr habt kein Recht, dieses Projekt durchzuführen! Ihr hattet es nie! Nicht mehr als Jimmy Hubbley …«

»Es hieß doch immer ›wir‹, und nicht ›ihr‹«, sagte sie. »Du warst ein Teil des Ganzen.«

»Jetzt nicht mehr.«

»Weil du irgendwelchen irren Fortschrittshassern in die Hände gefallen bist? Mein Gott, Drew, Jimmy Hubbley mit *uns* zu vergleichen ...«

»Also hast du von ihm gewußt! Und mich monatelang dort sitzengelassen!«

»Nein! Wir wußten von der Konterrevolution, aber nicht genau, wo du warst ...!«

»Ich glaube dir nicht. Du hättest mich finden können. Ihr SuperS könnt doch alles, oder etwa nicht?«

»Du denkst, ich lüge dich an ...?«

»Ja«, sagte Drew, »ich denke, du lügst.«

»Nein, ich lüge *nicht!* Drew ...!« Es war ein Schrei in höchster Seelenqual. Ich konnte ihr nicht ins Gesicht sehen.

»Ihr hättet auch den Duragem-Spalter stoppen können! Ihr habt gewußt, daß er aus dem Untergrund kommt! Aber ihr habt zugelassen, daß er den gesellschaftlichen Zusammenbruch herausfordert, weil das besser den Weg freimachte für das Projekt! Für *eure* Pläne! Stimmt das etwa nicht, Miranda?«

»Ja. Wir hätten den Spalter stoppen können.«

»Und ihr habt es mir nicht gesagt.«

»Wir hatten Angst ...« Sie verstummte.

»Angst wovor? Daß ich es Leisha sagen würde? Den Medien? Der AEGS?«

Mit ruhigerer Stimme sagte sie: »Und genau das hast du ja auch getan. Bei erster Gelegenheit. Wir haben dich gesucht, Drew, aber wir sind nicht allmächtig. Es gab keine Möglichkeit herauszufinden, wo, in welchem Bunker ... Und inzwischen hast du exakt das getan, was Jon, Nick und Christy vorausgesagt hatten – du gabst die Informationen über das Projekt an die AEGS weiter.«

»Weil ich anfing, selbständig zu denken. Wiederum. Endlich. Und das können die SuperS nicht brauchen, stimmt's? Ihr wollt für uns alle denken und ihr wollt, daß wir euch gehorchen, ohne Fragen zu stellen. Weil ihr es immer am besten wißt. Mein Gott, Miranda, irrt ihr euch denn *niemals?*«

»Doch«, sagte sie. »Ich, zum Beispiel, habe mich in dir geirrt.«

»Das wird kein Problem mehr für dich darstellen.«

»Du sagtest doch, du würdest mich lieben!« schluchzte sie.

»Jetzt nicht mehr.«

Sie fuhren fort, einander anzustarren. Drews Gesichtsausdruck konnte ich nicht deuten. Mirandas Züge waren wie versteinert; ihre Tränen versiegten. Ihre Augen waren Laser.

Sie sagte: »Ich habe dich wirklich geliebt. Aber du konntest es nicht ertragen, zweitrangig zu sein. Das ist es, was in Wahrheit hinter deinem Verrat steckt. Jon hatte recht. Du begreifst nicht das ganze Ausmaß des Projekts. Du begreifst gar nichts.«

Drew antwortete nicht. Der Wind frischte auf, er roch nach kaltem Wasser. Wieder wehten ein paar Blätter von den Ästen der Eiche. Die Birke erschauerte. Die Geräusche hinter mir verstärkten sich. Ich drehte mich nicht um.

Ein AEGS-Agent sagte: »Miranda Sharifi, ich verhafte Sie wegen Mißachtung des ...«

»Ich kann doch nichts dafür«, schrie sie auf, als hätte der Agent nicht gesprochen, »daß ich mehr weiß und besser denken kann als du, Drew! Ich kann doch nichts für das, was ich bin!«

Er sagte – mit unsicherer Stimme, aber voller Zorn – so, wie Männer eben reden, wenn sie wissen, daß sie schwach aussehen: »Wer soll also die Entwicklung der Technologie kontrollieren ...«

»Quatsch!« rief jemand.

Ich drehte mich um. Billy saß auf dem Boden und

hielt die Hände auf die Brust gepreßt. Die Geräusche hatten er und Annie verursacht, als sie die bewußtlose Lizzie aus dem unterirdischen Bunker – dessen Existenz sie sich nicht erklären konnten, und der ihnen Angst machte – nach oben schleppten; oder vielleicht hatte Annie Lizzie allein über die Treppe hochgezerrt, und der Agent mit der verbrannten Hand war Billy behilflich gewesen. Der Agent stand jedenfalls neben dem Alten und sah verstört aus. An Billy hingegen war absolut nichts Verstörtes; er saß auf dem gefrorenen Matsch, ein alter Mann mit einem Körper, der im Begriff stand, zur biologisch leistungsfähigsten Maschine der Erde zu werden, und ich merkte, daß auch ihm klar war, was da gerade vor sich ging. Billy Washington, der Nutzer. Seine von tausend Fältchen umgebenen Augen wanderten von Drew zu Miranda – zu letzterer, wie ich sah, voll bewundernder Verehrung – und wieder zurück zu Drew. Und wiederum zu Miranda. »Quatsch«, sagte er noch einmal, und sein Tonfall war so vielschichtig, daß man nicht klug daraus werden konnte.

»Ihr streitet darüber, ihr beide, wer die Kontrolle über diese Techniken haben soll? Ja, merkt ihr denn nich', Teufel noch mal, daß es ganz Wurscht is', wer sie kontrollieren *soll?* Kommt doch bloß drauf an, wer es *kann!*« Und er legte seine knorrige, dankbare Hand auf Lizzies eingerollte, schlafende Gestalt, die auf dem harten Erdreich lag, das schmale Gesichtchen friedvoll und kühl und feucht vom Nachlassen des tödlichen Fiebers.

Diana Covington:
Albany

16

Es gab nichts, was als Beweismittel hätte beschlagnahmt werden können. Weitere Flugzeuge landeten, und Drew benutzte den Code, der die Tür in der hinteren Bunkerwand erscheinen ließ. Ich brachte es fertig, dabei sein zu können. Die Sicherheitsmaßnahmen waren chaotisch, ausgenommen jene, die Miranda Sharifi betrafen, die man mit Elektrohandschellen an den Stamm der Birke gefesselt hatte und die von den Agenten keine Sekunde lang aus den Augen gelassen wurde; offenbar erwarteten sie von Miranda eine Anti-grav-Himmelfahrt, mitsamt der Birke. Aber wozu hätte Miranda sich dann gefangennehmen lassen? Und das war wohl jedem hier klar: daß sie es *zugelassen* hatte.

Aber niemand, ich eingeschlossen, verstand, warum.

Hinter der Bunkertür befand sich gar nichts. Selbst die sterilen Stützwände, die vermutlich hier existiert hatten, waren von derselben Nanotechnik, die sie errichtet hatte, wieder aufgezehrt worden. Alles, was blieb, war eine Serie von Tunnels und Höhlen, die sich tief in den Berg hinein erstreckten und die zu erforschen ohne entsprechende Ausrüstung gefährlich war, weil das Erdreich der Wände und Decken abbröckelte und alles jeden Moment einzustürzen drohte. Es gab keine Möglichkeit festzustellen, wie weitverzweigt das Höhlen- und Tunnelsystem war. Es gab auch keine Möglichkeit festzustellen, was darin nano-eliminiert oder daraus entfernt worden war. *Miri, sie sind auf dem Weg! Miri, du kannst einfach nicht …*

Ich sah mich nach den schlanken schwarzen Spritzen um, deren Inhalt Miranda uns vieren verabreicht hatte, aber alles, was ich fand, waren schwarze geschmolzene Kleckse wie aus metallischem Kerzenwachs auf dem Boden am unteren Ende der Treppe, wo Lizzie und Billy gelegen hatten.

Es gab noch mehr. Und es trug sich unglaublicherweise fast als eine Art Nachtrag zu.

Aber vorher wurde ich noch von einem der Agenten festgenommen. »Diana Arlene Covington, ich verhafte Sie wegen Übertretung der Paragraphen 1510, 2381 und 2383 des Strafgesetzbuches der Vereinigten Staaten, Abschnitt 18.«

Behinderung polizeilicher Untersuchungen. Beihilfe zu Aufstand oder Revolte. Hochverrat. Schließlich und endlich galt ich ja als AEGS-Agentin.

Von ihrer Birke aus beobachtete Miranda mich eingehend. Zu eingehend. Drew hatte sich bereits in das Flugzeug heben lassen. Wir warteten auf eine zweite Maschine – aus Platz- oder Sicherheitsgründen. So unvermutet, daß es für den Agenten zu überraschend kam, schlug ich einen Haken um ihn herum und rannte zu Miranda.

»He!«

Sie konnte nicht mehr zu mir sagen als: »Noch etwas in der Spritze ...«, und dann packte mich der Agent und zerrte mich mit grimmiger Entschlossenheit in das Flugzeug. Sein Griff zerquetschte mir fast den Arm.

Ich beachtete es nicht. *Noch etwas in der Spritze ...*

Das ganze Ausmaß des Projekts, hatte sie zu Drew Arlen gesagt.

Also nicht nur der Zellreiniger, der für sich allein schon phantastisch genug war. Nicht bloß der. Sondern noch etwas anderes.

Irgendeine andere biologische Technik: revolutionär, verblüffend. Unvorstellbar.

Noch etwas anderes.

Um den Zellreiniger zu perfektionieren oder zu testen, dazu hätte Huevos Verdes nicht dieses komplizierte unterirdische Labor einrichten müssen. Dieses Stadium hatten sie schon lange hinter sich gebracht, wie es bei der Verhandlung vor dem Wissenschaftsgericht im letzten Herbst ganz offen zur Sprache gekommen war.

Huevos Verdes hatte erwartet, vor dem Wissenschaftsgericht den kürzeren zu ziehen. Das war damals beinahe jedermann klar gewesen. Nicht so klar hingegen war die Antwort auf die Frage, weshalb Huevos Verdes in Anbetracht des von vornherein feststehenden Ausganges den Fall überhaupt vorgelegt hatte. Die Antwort lautete: weil Miranda die moralisch beruhigende Bestätigung haben wollte, daß alle legitimen Pfade für dieses größere Projekt verschlossen waren, bevor sie in East Oleanta ihren Bummel auf illegitimen Pfaden beendete.

Wieviel wußte der Agent? Die höchsten Tiere der AEGS würden natürlich über alles Bescheid wissen. Arlen hatte es ihnen wohl gesagt.

Diese meine intellektuelle Spekulation dauerte nur einen Moment. Sie wurde fast augenblicklich durch eine eisigkalte Furcht ersetzt, eine Angst, die mir nicht die Knie weich machte, sondern die jeden einzelnen Knochen in mir erstarren ließ, so daß ich den Eindruck hatte, nie wieder zu einem Atemzug, einer Bewegung fähig zu sein.

Um welches biotechnische Projekt es auch immer sich handelte, für das die SuperS Huevos Verdes gegründet hatten, für das die Komödie vor dem Wissenschaftsgericht aufgeführt worden war, für das Drew Arlen seine Vorstellungen gegeben hatte, für das der Duragem-Spalter nicht gestoppt worden war – was für ein biotechnisches Projekt auch immer die grenzenlosen Energien der SuperSchlaflosen in

Anspruch genommen hatte, worum auch immer es sich dabei handelte, ich hatte es gespritzt bekommen. Es war in meinem Körper. In mir. Es wurde soeben zu einem Teil von mir.

Du hast nicht das Recht, für 175 Millionen Menschen eine Entscheidung zu treffen. Nicht in einer Demokratie. Nicht ohne Grenzen und Gegengewichte …

Kenzo Yagai hat es getan.

Ich sank gegen die Flugzeugwand, fing mich aber wieder. Meine Finger waren bläulich vor Kälte. Der Nagel des Mittelfingers war abgebrochen. Die Haut meiner Hand war glatt, wenn man von einem winzigen Schnitt auf dem Zeigefinger absah. Eine eingetrocknete Schmutzspur zog sich in einem langen Bogen vom Handgelenk zu den Nägeln. Meine Hand. Fremd.

Laut sagte ich zu Miranda: »*Was war es?*«

Im Geist sah ich sie den unförmigen Kopf drehen und mich ansehen. Tränen, die nicht fließen wollten, glitzerten in ihren Augen. Sie sagte: »Nur zu deinem Besten.«

»Nach wessen Definition?«

Ihr Gesichtsausdruck blieb unverändert. »Nach meiner.«

Ich fuhr fort, sie anzustarren. Und dann löste sie sich auf, denn natürlich war sie nur eine Illusion, aus dem Schock geboren. Ich sah sie nicht wirklich in meinem Geist; sie würde nie in meinem Geist sein. Es war zu wenig Platz dort.

Die Maschine hob ab, und ich wurde nach Albany geflogen, um dort vor Gericht gestellt zu werden.

Billy, Annie, Lizzie und ich wurden in die staatliche Jonas Salk-Forschungsklinik in Albany gebracht, ein außerordentlich gründlich abgeschirmtes Gebäude, in dem bemerkenswert viele SicherheitsRobs zirkulierten. Ich wurde in einen gesonderten Korridor geführt und verrenkte mir fast den Hals, um Lizzie auf ihrer fahrbaren Liege nachzublicken, so lange es ging.

In einem fensterlosen Zimmer wartete Colin Kowalski zusammen mit einem zweiten Mann auf mich, den ich augenblicklich wiedererkannte. Kenneth Emile Koehler, Direktor der Aufsichtsbehörde für die Einhaltung genetischer Standards. Colin schwieg. Ich merkte sofort, daß er das auch weiterhin tun würde; er befand sich nur deshalb in so erlauchter Gesellschaft, weil er den unglücklichen Einfall gehabt hatte, mich als Agentin einzustellen, einen auf eigene Faust vorgehenden, wandelnden Risikofaktor, der die AEGS lange vor Drew Arlen zu Miranda Sharifi hätte führen können und aus diesem Grund ebenso als offizieller Quisling galt wie dieser. Aber selbstverständlich für die andere Seite. Colin war in Ungnade gefallen. Und Arlen war vermutlich ein Held, der spät aber doch den rechten Weg gefunden hatte. Ich stand wegen Hochverrats unter Arrest. Ein Verlierer, ein Gewinner, und einer, der nicht weiß, wie das Spiel gespielt wird.

»Also gut, Diana«, sagte Kenneth Emile Koehler: ein schlechter Beginn. Ich war zu einem Vornamen reduziert. Wie ein Rob. »Berichten Sie.«

»Alles?«

»Von Anfang an.«

Die Recorder waren angestellt. Drew Arlen hatte seine Gehirnzellen zweifellos schon ausgeschüttet. Und mir selbst wollte kein Grund einfallen, weshalb ich nicht die Wahrheit sagen sollte: *Man hatte mir etwas Biotechnisches injiziert. Noch etwas in der Spritze…*

Aber hier wollte ich nicht beginnen. Hingegen verspürte ich das überwältigende Bedürfnis, beim Anfang anzufangen. Bei Stephanie Brunell und ihrem illegalen rosa GenMod-Pudel, der sich von meinem Balkon gestürzt hatte. Es mußte einfach aus mir heraus – jede einzelne Handlung, Entscheidung und intellektuelle Schlußfolgerung, die mich in Summe von einer entschiedenen Gegnerin illegaler Gentechnik zu einer Verfechterin derselben gewandelt hatten. Ebenso klar und genau wie diesen Männern wollte ich mir selbst erklären, was ich getan hatte und warum, und was es zu bedeuten hatte, denn das war die einzige Möglichkeit, es mir selbst verständlich zu machen.

In diesem Moment wurde mir bewußt, daß die AEGS mir bereits eine Wahrheitsdroge verabreicht hatte. Was natürlich eine zutiefst gesetzwidrige Mißachtung des Fünften Zusatzartikels zur Verfassung darstellte und zugleich ein Faktum, das viel zu unbedeutend war, um es auch nur zu kommentieren. Und so kommentierte ich es nicht. Statt dessen starrte ich von Koehler zu Kowalski und zu den anderen, die plötzlich aufgetaucht waren. Und dann, eingehüllt in den Lichtschein der absoluten Wahrheit und in dem innigen und selbstlosen Wunsch, sie mit den anderen zu teilen, fing ich an zu reden zu reden zu reden zu reden.

17

Drew Arlen:
Washington

Es gab menschliche Wachen, Roboterwachen, Sicherheitsschilde. Aber es waren die menschlichen Wachen, die mir auffielen. Techs in erster Linie, aber zumindest einer von ihnen war ein Macher. Sie stachen mir ins Auge, weil es so viele waren. Mirandas menschliche Bewacher waren zahlreicher als die gesamte Bevölkerung von Huevos Verdes, auch wenn man die Schlaflosen-Anhängsel wie Kevin Bakers Enkel mitzählte. Sie wartete in einem anderen Gefängnis auf ihren Prozeß als ihre Großmutter, deren Verurteilung wegen Hochverrats bereits Geschichte war. Jennifer hatte vermutlich weniger Wachen.

»Bitte mit dem Auge ganz nahe an den Scanner, Sir«, sagte einer von ihnen. Er trug die trübselige Gefängnisuniform, die ähnlich geschnitten war wie die Overalls der Nutzer. Ich ließ mir die Netzhaut scannen. Auf Huevos Verdes galt dieses Identifikationssystem schon seit zehn Jahren als veraltet.

»Sie auch, Madam.«

Carmela Clemente-Rice trat näher an das Gerät heran. Als sie wieder zurücktrat, spürte ich ihre Hand auf meiner Schulter, kühl und beruhigend. In meinem Geist nahm ich sie als eine Serie perfekt ausbalancierter ineinandergreifender Ovale wahr.

Das Gefängnis spürte ich als heißes blaues Durcheinander. Mein eigenes.

»Hier entlang, bitte. Achtung auf die Stufen, Sir.«

Offenbar hatte man es hier nicht oft mit hochgezüchteten Rollstühlen zu tun. Geistlos fragte ich mich, wieso. Mein Rollstuhl schwebte die Treppe hinab.

Das Büro des Direktors ließ keinen Hinweis auf Sicherheitsmaßnahmen oder Überwachung erkennen, was bedeutete, daß beides im Überfluß vorhanden war. Es war ein großer Raum, eingerichtet im zur Zeit beliebten Macher-Stil: einfache, geradlinige Tische aus Teak oder Rosenholz und dazu kostbare antike Stühle mit bespannten Sitzflächen und geschnitzten Armstützen. Ich hatte keine Ahnung, aus welchem Zeitalter diese hier stammten.

Miranda hätte es gewußt.

Der Gefängnisdirektor blieb sitzen, als Carmela und ich ins Büro geführt wurden. Er war ein Macher bis an die blonden Haarwurzeln. Hochgewachsen, blauäugig, muskulös – die GenMod-Wiedergeburt eines Wikingerhäuptlings, geschaffen von Eltern, die mehr Geld als Phantasie hatten.

Er ignorierte mich und sprach direkt zu Carmela. »Ich fürchte, Doktor Clemente-Rice, daß es Ihnen nicht möglich sein wird, die Gefangene zu sehen.«

Carmelas Stimme blieb unverändert: stählerne Gelassenheit. »Sie irren sich, Mister Castner. Mister Arlen und ich haben eine persönliche Genehmigung der Justizministerin, mit Miss Sharifi zu sprechen. Sie wurden davon sowohl über Ihr Terminal als auch in schriftlicher Ausfertigung unterrichtet. Kopien der schriftlichen Ausfertigung habe ich bei mir.«

»Aber selbstverständlich wurde ich vom Justizministerium unterrichtet.«

Carmela verzog keine Miene. Sie wartete. Der Direktor lehnte sich auf seinem antiken Stuhl zurück, die Finger hinter dem Kopf verschränkt, die Augen feindselig und amüsiert. Er wartete auch.

Carmela konnte es besser.

Schließlich wiederholte er: »Keiner von Ihnen kann

die Gefangene besuchen, egal, was das Ministerium sagt.«

Carmela schwieg.

Langsam verschwand sein amüsierter Gesichtsausdruck. Offensichtlich würde sie weder bitten noch betteln. »Sie können die Gefangene nicht besuchen, weil die Gefangene nicht *will,* daß Sie sie besuchen.«

Unwillkürlich platzte ich heraus: »Nie?«

»Nie, Mister Arlen. Sie möchte keinen von Ihnen beiden sehen.« Er lehnte sich noch weiter zurück, entwirrte seine Finger, und seine blauen Augen wurden ganz klein in dem wohlgeschnittenen Gesicht.

Vielleicht hätte ich damit rechnen sollen. Ich hatte es nicht getan. Ich legte die Hände flach auf seinen Schreibtisch. »Sagen Sie ihr ... Sagen Sie ihr nur, daß ich ... daß ich ...«

»Drew«, flüsterte Carmela.

Ich riß mich zusammen. Es ärgerte mich, daß der affektiert grinsende Hundesohn mich stottern gesehen hatte. Hochnäsiger Macher-Arsch ... In diesem Moment haßte ich ihn genauso sehr, wie ich Jimmy Hubbley gehaßt hatte, wie ich Peg gehaßt hatte, die arme dumme hoffnungslose Kuh, die sich so kläglich bemüht hatte, Jimmy Hubbleys Ansprüchen gerecht zu werden ... *Ich kann doch nichts dafür, daß ich mehr weiß und besser denken kann als du, Drew! Ich kann doch nichts für das, was ich bin!*

Ich wendete den Rollstuhl abrupt und setzte ihn Richtung Tür in Bewegung. Eine Sekunde später spürte ich, daß Carmela mir folgte. Direktor Castners Stimme ließ uns beide innehalten.

»Miss Sharifi hat mir ein Päckchen für Sie übergeben, Mister Arlen.«

Ein Päckchen. Ein Brief. Eine Chance, ihr zurückzuschreiben, ihr zu erklären, was ich getan hatte und warum ich es getan hatte.

Ich wollte das Päckchen nicht vor Castner öffnen.

Aber es konnte sein, daß ich auf ihren Brief hier und jetzt in irgendeiner Weise reagieren mußte, und in dem Brief konnte sich ein Hinweis darauf finden… Carmela hatte drei Wochen aufgewendet, um uns so weit zu bringen; es war ein persönlicher Gefallen der Justizministerin. Außerdem hatte Castner gewiß schon alles gelesen, was Miranda mir zu sagen hatte. Zum Teufel, ganze Teams von Computerexperten hatten zweifellos jedes ihrer Worte auf Codes, auf versteckte Nanotechnik, auf symbolische Bedeutungen hin untersucht! Ich drehte Castner den Rücken zu und riß den leicht wattierten Umschlag auf.

Und was, wenn sie Wörter verwendet hatte, die mir zu schwierig waren…?

Aber es waren keine Wörter in dem Umschlag. Nur der Ring, den ich ihr vor zwölf Jahren geschenkt hatte, ein schmaler goldener Reif, mit Rubinen besetzt. Ich starrte ihn an, bis seine Umrisse verschwammen und nur noch die Erinnerung an sein Aussehen mein leeres Inneres erfüllte.

»Möchten Sie eine Antwort hinterlassen?« fragte Castner mit aalglatter Stimme. Er hatte Blut gerochen.

»Nein«, antwortete ich, »keine Antwort«, und fuhr fort, den Ring anzustarren.

Du sagtest doch, du würdest mich lieben!

Nicht mehr.

Carmela wandte mir den Rücken zu und gönnte mir die Illusion, mit mir allein zu sein.

Castner sah mich an und lächelte fast unmerklich.

Ich steckte den Ring ein.

Wir verließen das Staatsgefängnis. Jetzt waren keine Formen in meinem Kopf, gar nichts. Das dunkle Gitterwerk, das sich in Jimmy Hubbleys unterirdischer Bunkeranlage aufgelöst hatte, um mir meine eigene Isolation vor Augen zu führen, war nie wiedergekommen. Ich befand mich nicht mehr in der

Umklammerung von Huevos Verdes. Aber Miranda war nicht mehr da. Leisha war nicht mehr da. Carmela war da, aber ich spürte sie nicht in meinem Innern, ich nahm sie nicht einmal richtig wahr.

Ich war allein.

Wir passierten von neuem das ganze Sicherheitssystem und traten aus dem Gefängnis hinaus in den kalten, hellen Washingtoner Sonnenschein.

Diana Covington:
Albany

18

Ich blinzelte und schloß die Augen vor dem blendenden Glanz einer Wand, die übertrieben weiß schien. Eine Sekunde lang konnte ich mich nicht erinnern, wo ich war und wer ich war. Als diese Information zurückkehrte, setzte ich mich auf – zu rasch: die kurze Blutleere in meinem Gehirn brachte das Zimmer zum Schwanken.

»Wie geht's?«

Eine dicke Frau mittleren Alters mit einem freundlichen Gesicht und tiefen Falten zwischen Nase und Mundwinkeln. Minimale GenMods, wenn überhaupt, aber keine Nutzerin. Sie trug die Uniform einer Sicherheitsbeamtin und eine Waffe.

»Welcher Tag ist heute?« fragte ich.

»Der zehnte Dezember. Sie sind seit vierunddreißig Tagen hier.« Sie sah die Wand an und sagte: »Doktor Hewitt, Miss Covington ist wieder bei uns.«

Wieder bei uns. Und wo war ich gewesen? Schon gut, ich wußte es ohnedies. Ich saß auf einem weißen Krankenhausbett in einem weißen Krankenhauszimmer, das mit medizinischen und sicherheitstechnischen Überwachungsgeräten ausgerüstet war. Unter dem weißen Wegwerfhemd waren meine Arme und Beine und mein Bauch mit kleinen durchscheinenden gehärteten Tropfen Blutstiller übersät. Irgend jemand hatte mir viele, viele Blutproben abgenommen.

»Lizzie? Billy? Die Nutzer, die mit mir zusammen herkamen, es waren drei ...«

»Doktor Hewitt wird in einer Minute da sein.«

»Lizzie, das kleine Mädchen, sie war krank, ist sie…?«

»Doktor Hewitt wird in einer Minute da sein.«

In einer Minute war er da. Zusammen mit Kenneth Emile Koehler. Augenblicklich bekam ich einen klaren Kopf.

»Also gut, Doktor Koehler. Was hat Huevos Verdes mit mir aufgeführt?«

Meine Direktheit schien nicht unerwartet zu kommen. Warum auch? Wir hatten immerhin vierunddreißig Tage intimer Konversation miteinander verbracht, und an keinen einzigen davon konnte ich mich erinnern. Er sagte: »Man hat Ihnen verschiedene Arten von Nanotechnik injiziert, von denen einige auf der Basis von genveränderten Organismen aufgebaut sind, in erster Linie Viren. Bei anderen handelt es sich offenbar um reine Maschinen, Atom für Atom zusammengesetzt, die sich in Ihren Zellen eingelagert haben. Die meisten davon scheinen reproduktionsfähig zu sein. Einige, nehmen wir an, sind mit einem zeitgesteuerten Auslöser für die spätere Vermehrung versehen. Wir sind dabei, alles zu studieren und zu versuchen, den genauen Charakter der…«

»Was *machen* die Maschinen? Was hat sich *in meinem Körper* verändert?«

»Das wissen wir noch nicht.«

»Sie *wissen* es nicht?« Ich hörte, wie schrill meine Stimme klang. Es war mir egal.

»Nicht vollständig.«

»Und Lizzie Francy? Billy Washington? Lizzie war krank…«

»Ein Teil der Spritze, die Sie erhalten haben, bestand aus dem Zellreiniger, das wissen Sie ja bereits. Aber der Rest…« Ein sonderbarer Ausdruck flog über Doktor Hewitts Gesicht, grollend und sehnsüchtig. Aber ich wollte mich nicht mit seinem Gesichtsausdruck beschäftigen. Ich verspürte plötzlich eine

Anwandlung von Hysterie, von der Art, die einem das Gefühl verleiht, die nächsten fünf Minuten nicht zu überleben ohne den Erhalt von bestimmten Informationen, die man bereits weitere fünf Minuten später als uninteressant vergißt.

»Herr Doktor – was, *glauben* Sie, bewirken diese verdammten Injektionen?«

Seine Miene wurde unzugänglich. »Wir wissen es nicht.«

»Aber Sie müssen doch *irgend etwas* wissen!«

Ein Rob rollte durch die Tür. Er hatte die Gestalt eines Tisches, versehen mit einem überflüssigen Gitter, das ein rundes, lachendes Gesicht aus ihm machen sollte. Auf der Platte stand eine flache Schale mit einem Deckel. »Mittagessen für Zimmer 612«, sagte der Rob. Ich roch Brathuhn, Reis – und zwar *echtes* Brathuhn, *echten* Reis, nicht SojSynth; Dinge, die ich seit Monaten nicht gehabt hatte. Plötzlich verspürte ich einen Mordshunger.

Alle sahen mir zu beim Essen. Sie sahen mir mit besonderer Aufmerksamkeit zu, was mir auch egal war. Hähnchensaft tropfte mir übers Kinn, Reiskörner fielen mir von den Lippen; die Erregung, mich in dickes, herrliches Fleisch zu verbeißen, brachte mein Zahnfleisch zum Prickeln. Frische, süße Erbsen, pikantes Apfelmus. Ich fraß voller Gier in mich hinein, und die Gier fraß mich. Egal, wie groß die Menge, es konnte einfach nicht genug sein.

Als ich fertiggegessen hatte, legte ich mich seltsam erschöpft zurück auf die Kissen. Hewitt und Koehler zeigten einen identischen Gesichtsausdruck, den ich nicht deuten konnte. Es folgte ein langes, gewichtiges Schweigen – sinnloserweise, wie mir schien.

»Und was jetzt?« erkundigte ich mich. »Wann werde ich vor Gericht gestellt?«

»Nicht notwendig«, sagte Koehler. Seine Miene

war nach wie vor undurchdringlich. »Es steht Ihnen frei zu gehen, wann immer es Ihnen beliebt.«

Meine plötzliche Erschöpfung verflog ebenso plötzlich wieder. So funktionierte das System nicht! »Man hat mich wegen Behinderung der Justiz verhaftet, wegen Verschwörung zum Sturz der ...«

»Die Anklage wurde fallengelassen.« Hewitt, diesmal. »Es steht Ihnen frei zu gehen.« Es war, als hätten sie Rollen getauscht. Oder als wären die Rollen mit einemmal belanglos geworden.

Ich lag still und überlegte. »Ich hätte gern ein Nachrichtenholo.«

Koehler wiederholte Hewitts Worte: »Es steht Ihnen frei zu gehen.«

Ich schwang die Beine aus dem Bett. Formlos hing das Krankenhaushemd an mir herab. In großen Augenblicken werden kleine Dinge wichtig; auf diese Weise sorgt die Welt dafür, daß wir belanglose Menschlein bleiben. »Wo sind meine Kleider?« fragte ich – gerade so, als wollte ich den dreckigen, billigen Overall und die Parka, die ich zuletzt getragen hatte, *wiederhaben!*

Natürlich würde ich Körpermonitoren in mir haben; subkutane Peilsender, radioaktive Blutmarker, weiß Gott, was noch alles. Ich würde sie nie entdecken.

Ein Rob brachte meine Kleider. Ich zog sie an, und es war mir absolut gleichgültig, daß die beiden Männer danebenstanden und mir dabei zusahen. Die Regeln des täglichen Lebens galten nicht mehr.

»Und Lizzie? Billy?«

»Sie haben uns vor zwei Tagen verlassen. Das Kind ist wieder völlig gesund.«

»Wohin sind sie gegangen?«

»Diese Informationen haben wir nicht«, sagte Koehler. Er log. Seine Informationen standen mir nicht mehr zur Verfügung. Ich war ausgeklinkt aus dem staatlichen Netz.

Ich drehte mich um und ging aus dem Zimmer; ich rechnete damit, auf dem Korridor angehalten zu werden, vor der Aufzugtür, in der Eingangshalle. Ich trat durch das Tor ins Freie; es war absolut niemand zu sehen. Niemand kam über den Parkplatz, niemand eilte die Stufen herauf, um einen Bruder oder eine Ehefrau oder einen Geschäftspartner zu besuchen. Ein Rob stutzte den Rasen, der für meine East-Oleanta-Augen geradezu aggressiv GenMod-grün aussah. Die Luft war weich und lau. Die Frühlingssonne sandte schräge Strahlen hindurch und warf lange Spätnachmittagsschatten. Ein Kirschbaum trug duftende rosa Blüten. Meine Parka war viel zu schwer; ich zog sie aus und ließ sie auf den Gehsteig fallen.

Während ich die ganze Länge des Gebäudes entlangging, fragte ich mich, was ich wohl als nächstes tun würde. Ich war ehrlich neugierig, aber auf eine so abgehobene, distanzierte Weise, daß es mir Warnung hätte sein müssen, wie stumpf und starr mich mein getrübtes Bewußtsein bereits gemacht hatte. Die Realität konnte mich nur am Rande interessieren, nicht wirklich überraschen. Und selbst das Interesse war fraglich. Der nächste Schritt wäre Katatonie gewesen.

Ich erreichte das Ende des Gebäudes und bog um die Ecke. Ein Zubringerbus stand dort, kompakt und grün wie das genmodifizierte Gras. Die Tür stand offen. Ich stieg ein.

»Kreditchip, bitte«, sagte der Bus.

Meine Hände suchten in den Tiefen der Overalltaschen. Da steckte ein Kreditchip – kein Nutzer-Chip für Gratismahlzeiten, sondern ein Macher-Chip. Ich steckte ihn in den Schlitz.

»Vielen Dank«, sagte der Bus.

»Auf welchen Namen lautet der Chip?« fragte ich.

»Die gewünschte Information übersteigt die Kapazität dieses Gerätes. Bestimmungsort, bitte. Civic

Plaza, Hotel Scheherazade, Ioto-Hotel, Hauptbahnhof-Gravbahn oder Excelsior Square?«

»Hauptbahnhof-Gravbahn.«

Die Tür des Busses schloß sich.

Am Bahnhof herrschte ziemlicher Betrieb: Nutzer in bunten Overalls und ein paar Macher von den staatlichen Behörden. Dies war immerhin Albany, die Hauptstadt des Staates. Alle Leute hier schienen in Eile zu sein. Ich betrat die Gouverneur-John-Thomas-Lividini-Hauptbahnhofs-Cafeteria. Drei Männer hockten in einer Ecke beisammen, vertieft in ein Gespräch. Das Förderband stand still. Auf dem Holo lief ein Rollerrennen, aber keiner der Männer blickte auf, als ich auf einen Macher-Kanal schaltete.

»... breitet sich in den Staaten des Mittleren Westens und des Südens weiter aus. Da das künstlich hergestellte Virus von so vielen Tierarten – einschließlich aller Vögel – übertragen werden kann, empfiehlt das Zentrum für Seuchenkontrolle dringend, jeglichen Kontakt mit wildlebenden Tieren zu vermeiden. Da die Krankheit auch beim Kontakt von Mensch zu Mensch höchst ansteckend ist ...«

Ich wechselte den Kanal.

»... lückenlose Handelssperre verhängt, wodurch die Einfuhr von Gütern, aber auch der Reise- und Postverkehr von Nordamerika nach Frankreich zum Erliegen kommen. Was andere Länder betrifft, so hat die Angst Frankreichs vor einer Verseuchung zu einer Hysterie geführt, die ...«

Ich wechselte den Kanal.

»... anscheinend beendet. Wissenschafter am Massachusetts Institute of Technology haben eine Erklärung veröffentlicht, wonach die Zeitschaltung der Nanomechanismen des Duragem-Spalters *nicht* ihren vorprogrammierten Ablauf genommen, sondern im Lauf der Zeit versagt hat, was auf Fehler in den Wechselwirkungen innerhalb ihrer komplexen Konstruktion zurückzuführen ist. Der Direktor der Abteilung für Gentechnik Myron Aaron White sprach mit uns in seinem Büro im …«

Ich wechselte den Kanal.

»… chronische Nahrungsmittelknappheit. Dennoch wird erwartet, daß sich die Situation nunmehr als Folge einer Entspannung der sogenannten Duragem-Spalter-Krise bessern wird. Diese Entspannung ist offenbar zurückzuführen auf …«

Eine Stunde lang sah ich zu. Die Hungersnot ließ nach, die Hungersnot verschärfte sich. Die künstlich hervorgerufene Seuche breitete sich aus; die künstlich hervorgerufene Seuche konnte eingedämmt werden. Der Rest der Welt war durch amerikanische Güter und Reisende infiziert worden; der Rest der Welt zeigte nur geringe Anzeichen der Duragem-Verseuchung oder der ›Wildtier-Pest‹. Es gab weniger technische Gebrechen, die auf den Duragem-Spalter zurückzuführen waren; es gab mehr technische Gebrechen in gewissen Landesteilen, aber die Forscher standen unmittelbar vor einer Lösung des Problems, welches im Hinblick auf die rasant fortschreitende Entwicklung dieser Wissenschaft tatsächlich schwer zu durchschauen war. Experten erwarteten jedoch demnächst einen entscheidenden Durchbruch. Albany blieb Albany.

Aber nicht ein einziges Mal wurde eine Untergrund-Organisation von Nanotech-Saboteuren erwähnt. Nicht ein einziges Mal wurde die Übergrund-Organisation Huevos Verdes erwähnt. Die Super-Schlaflosen hätten genausogut gar nicht existieren können. Ebensowenig wie Miranda Sharifi.

Ich ging hinüber zu dem Tisch in der Ecke, an dem die Männer saßen. Sie sahen auf ohne zu lächeln; ich trug einen lila Overall und GenMod-Augen. Überflüssig, an meinen Gürtel zu tasten, um zu sehen, ob ein Personenschild daran hing. Es würde einer da sein; Koehler wollte, daß ich am Leben blieb. Ich war ein teures wandelndes Labor.

»He, Männer, wißt ihr, wie ich am besten nach Eden komme?«

Zwei Gesichter blieben feindselig; im dritten, dem jüngsten, begannen die Augen zu flackern und die Mundwinkel entspannten sich. Ich wandte mich an ihn: »Bin krank, ich. Hat mich wohl erwischt.«

»Harry, die is' 'ne GenMod!« sagte der älteste der Männer. Nichts in seinem Tonfall ließ auf Angst vor einer Infektion schließen.

»Wenn sie doch krank is', die«, sagte Harry. Seine Stimme war älter als sein Gesicht.

»Man weiß nich', wer …«

»Also, Sie gehen direkt zum Sonnenschein-Automaten am Bahnsteig zwölf. Dort is' ne Frau, die hat 'n Halsband mit lauter Sternen drauf. Un' die, die bringt Sie zum Eden.«

›Zum‹ Eden. Zu einem von vielen. Vorsorglich eingerichtet von Huevos Verdes: Technik, Verteilung, Informationsverbreitung, alles Drum und Dran. Und die Nutzer-Geheimhaltung, wenn man es so nennen konnte, bestand nur in einem sanften Protest seitens Harrys Genossen, was hieß, daß sich die Regierung nicht einmischte. Mir war ganz schwindlig.

Auf dem langen Weg zu Bahnsteig zwölf begegnete ich nur vierzehn Personen, zwei davon Macher-Techs. Ich sah keinen Zug den Bahnhof verlassen. Ein PutzRob stand reglos an der Stelle, wo er defekt geworden war, aber es lagen nirgendwo Limodosen, halb gegessene Sandwiches, GenMod-Äpfelreste oder Hüllen von SojSynth-Schokoriegeln. Ohne das alles sah der Bahnhof nach Machern aus und nicht nach Nutzern.

Auf dem Boden neben dem Sonnenschein-Automaten saß eine geduldig wirkende Frau in mittleren Jahren. Sie trug einen blauen Overall und ein Limodosenhalsband; jedes weiche Metallrund war zu einem Stern gebogen und gehämmert. Ich pflanzte mich vor ihr auf. »Bin krank, ich.«

Sie betrachtete mich eingehend. »Nee, sind Sie nich'.«

»Ich will nach Eden.«

»Sagen Sie dem Polizeichef Randall, wenn er uns schließen will, so soll er's einfach tun. Braucht uns keine Macher nich' herschicken, wo so tun, als wären sie krank, wenn sie's nich' sind.« Das sagte sie nachsichtig, ohne jeden Groll.

»Runter in den Karnickelbau«, sagte ich. »›Iß mich.‹ ›Trink mich.‹« Worauf sie natürlich überhaupt nicht mehr antwortete.

Ich verzog mich zu einem Gravbahn-Monitor und erkundigte mich nach den Abfahrtszeiten der Züge. Der Monitor war kaputt. Ich probierte es bei einem anderen. Beim vierten Versuch antwortete mir ein funktionierender Monitor.

Gleis 25 befand sich in einem anderen Teil des Bahnhofs. Dort ging es zwar geschäftiger zu, aber es lag auch hier kein Abfall herum. Drei Techs arbeiteten an einem Kurzzug. Ich setzte mich mit gekreuzten Beinen auf den Boden und wartete schweigend, bis sie fertig waren. Sie reparierten nur diesen einen Zug und gingen dann weg; sie sahen müde aus. Colin Kowalski und Kenneth Koehler hatten genau gewußt, welches Ziel ich ins Auge fassen würde.

Ich war der einzige Passagier. Es war ein direkter Zug, und so begann gerade erst die Sonne unterzugehen, als ich aus der Gravbahn stieg und auf der verlassenen Hauptstraße von East Oleanta eintraf.

Annies Wohnung in der Jay Street war leer; die Tür stand halb offen. Nichts fehlte, nicht der grauenhaft häßliche Wandbehang, nicht die Wassereimer, nicht die Zierkissen in den PlastiTuch-Bezügen, und auch nicht Lizzies abgelegte Puppe. Ich ging zu Lizzies

Bett und legte mich für eine Weile hin, ehe ich mich auf den Weg in die Cafeteria machte.

Keine Menschenseele dort. Das Transportband stand still, das Holoterminal war ausgeschaltet. Die Cafeteria war nicht zerstört; sie war nur geräumt, genau wie der Rest der Stadt. Für eine Weile wollte die Regierung alles Unwesentliche fernhalten, aber das betraf nicht mich. Ich war nicht unwesentlich. Von ihrem Standpunkt aus war ich eine der fünf wichtigsten Personen auf der Welt: vier wandelnde biologische Laboratorien und ihre gefangengenommene verrückte Wissenschafterin. Ich hatte die freie Verfügung über das Laboratorium, und drei der anderen vier vermutlich auch. Ich mußte nur warten, bis sie eintrafen.

Bevor es dunkel wurde, wanderte ich durch den Schnee zu dem flachen, steinigen Flußufer, wo Billy mit dem Stock, der von Lizzie stammte, an dem braunen Schneehasen herumgestochert hatte. Der Hase war verschwunden. Lange saß ich am Ufer und starrte aufs Wasser, bis es endgültig finster war und mir fast der Hintern anfror auf dem eiskalten Fels, auf dem ich saß.

Die Nacht verbrachte ich in Annies Wohnung, auf dem Sofa. Die Heizung funktionierte immer noch. Ich wachte zwar mehrmals auf, aber immer nur für kurze Zeit; es war nicht so, daß ich mich schlaflos von einer Seite zur anderen wälzte. Doch jedesmal horchte ich aufmerksam in die Finsternis. Es war nichts zu hören.

Einmal, aus einem schläfrigen Impuls heraus, tastete ich mir über die Ohrläppchen; die Löcher, in denen meine Ohrringe gesteckt hatten, waren nicht mehr vorhanden. Auf der Suche nach einer Narbe von einem Kindheitsmißgeschick ließ ich einen Finger über meinen Schenkel gleiten; die Narbe war verschwunden.

Den nächsten Vormittag verbrachte ich vor dem Holoterminal. Bannock Falls, Ohio, war innerhalb von vierundzwanzig Stunden von der Seuche ausgelöscht worden. RoboKameras zeigten die Toten so, wie sie vor der Senatorin-Ellen-Piercy-Devan-Cafeteria umgefallen waren: in dicken Wintersachen mit ausgebreiteten Gliedmaßen übereinander liegend wie Opfer der Pest im vierzehnten Jahrhundert.

Die Einwohner von Jupiter, Texas, hatten sich zusammengerottet und ihre gesamte Stadt mit Nanotech-Explosivstoffen, auf welche Nutzer keinen Zugriff haben durften, keinen Zugriff haben *konnten,* in die Luft gejagt; sie hatten geschworen, sich als nächstes Austin vorzunehmen, falls nicht innerhalb von vierundzwanzig Stunden 450 000 Scheffel – was wohl ein biblisches Maß darstellen sollte – Nahrungsmittel angeliefert würden.

Die Macher-Enklave Chevy Chase, Maryland, hatte sich selbst unter Quarantäne gestellt: keiner rein, keiner raus.

Europa, Südamerika und Asien hatten größtenteils die Einfuhr von allem gestoppt, was aus Nordamerika stammte. Auf eine Durchbrechung des Embargos stand die Todesstrafe. Die Hälfte der Länder behauptete, das Embargo würde lückenlos funktionieren und ihre Grenzen wären sauber. Die andere Hälfte drohte mit rechtlichen Schritten wegen ihrer zusammenbrechenden Infrastrukturen und sterbenden Staatsbürger. Ein großer Teil von Afrika hatte sich für beide Möglichkeiten zugleich entschieden.

Außerhalb der Sicherheitsenklave der Bundesregierung stand ganz Washington, D.C., in Flammen. Es war schwer zu sagen, wieviel Regierung blieb, um auf die angedrohten rechtlichen Schritte zu reagieren.

Timonsville, Pennsylvania, gab es nicht mehr. Die ganze Einwohnerschaft der Zweitausenddreihundertseelenstadt hatte sich zusammengepackt und in alle Winde verstreut. Von sämtlichen Berichten war dies die bei weitem deutlichste Anspielung auf die Tatsache, daß die Menschen verschwanden und warum – und darauf, welche Mikroorganismen sie in ihre Diaspora mitnahmen.

East Oleanta wurde mit keinem Wort erwähnt.

Am Nachmittag begann es zu schneien, und die Temperatur blieb um den Gefrierpunkt. Ich hatte daran gedacht, mich auf die Suche zu machen nach jenem Ort in den Bergen, an den Billy uns vor über einem Monat geführt hatte, aber das Wetter machte mir einen Strich durch die Rechnung.

Die ganze Nacht lag ich wach und horchte in die Stille.

Am Morgen nahm ich eine Dusche in den Salvatore-John-DeSanto-Öffentlichen Bädern, die geheimnisvollerweise wieder in Betrieb waren. Dann kehrte ich in die Cafeteria zurück. East Oleanta war immer noch menschenleer. Ich hockte auf einer Stuhlkante wie ein aufmerksames Macher-Schulmädchen und verfolgte die Meldungen auf dem HT, während mein Land in Hungersnot, Pestilenz, Tod und Krieg zerfiel und der Rest der Welt seine modernsten Technologien einsetzte, um uns innerhalb unserer eigenen Staatsgrenzen einzuschließen. Falls es noch andere Neuigkeiten gab, so berichtete kein Nachrichtenprogramm darüber. Um elf Uhr vormittags sendeten nur noch drei Kanäle.

Zu Mittag spürte ich unvermutet den überwältigenden Drang, am Fluß zu sitzen. Der Drang überkam mich mit der ganzen Gewalt einer religiösen Offenbarung. Es gab keine Diskussion darüber. Ich mußte zum Fluß und mich ans Ufer setzen.

Dort angekommen zog ich mich nackt aus, und auch das war ein Akt, so uncharakteristisch und unaufhaltsam wie der Ausbruch von allgemeinem Durchfall. Es hatte fünf Grad, und die Sonne schien, aber ich hatte das Gefühl, auch minus zwanzig Grad hätten keinen Unterschied gemacht. Ich *mußte* einfach aus meinen Kleidern schlüpfen. Das tat ich und dann streckte ich mich flach auf einem aperen Flecken aus.

So lag ich also heftig zitternd etwa sechs oder sieben Minuten lang auf dem Rücken in dem von der Sonne matschig aufgewärmten Erdreich. Kleine Steinchen bohrten sich in meine Schulterblätter, in meine Hinterbacken und in mein Kreuz. Der angeschwemmte Schlamm verströmte einen stechenden Geruch. Ich *fror*. In meinem ganzen Leben hatte ich es noch nie so ungemütlich. Ich lag da, einen Arm über den Augen, um sie vor der blendenden Mittagssonne zu schützen, und war nicht willens, mich zu regen. Unfähig, mich zu regen. Und dann war es vorbei. Immer noch zitternd setzte ich mich auf und zog mich wieder an.

Es war vorbei.

Iß mich! sagten die Plätzchen, die Alice auf dem Grund des Kaninchenbaues gefunden hatte. *Trink mich!* sagten die Fläschchen.

Zwei volle Tage waren vergangen, seit ich das Hühnchen und den Reis und die echten jungen Erbsen in dem Regierungskrankenhaus in Albany gegessen hatte. Bisher hatte ich keinen Hunger verspürt: Schock, Beklemmung, Depressionen – das kann einem schon alles den Appetit verderben. Aber der Körper braucht Brennstoff. Auch wenn das Hungergefühl fehlt, fällt der Glukosespiegel. Es gibt zwar versteckte Stärkevorräte in Leber und Muskeln, aber früher oder später gehen auch die zu Ende. Das Blut benötigt neue Glukosequellen, um den Körper zu versorgen.

Glukose ist nichts als eine Ansammlung von Atomen. Kohlenstoff, Sauerstoff, Wasserstoff. Angeordnet in einer bestimmten Weise in unserer Nahrung.

Angeordnet auf andere Weise in Erdreich und Wasser und Luft. So wie Energie in einer Form in chemischen Bindungen existiert und in einer anderen Form in Sonnenlicht.

Die Y-Energie ordnete die Formen der Energie so um, daß sie allzeit billig zur Verfügung stehen konnte.

Die Nanotechnik ordnete Atome, die überall zu finden waren, in neue Muster.

Unter meinen Kleidern spürte ich den Schlick, der an der Rückseite meiner Oberschenkel trocknete. Ich versuchte, mir ins Gedächtnis zu rufen, wie diese Öffnungen hießen, durch die Pflanzen Luft aufnahmen, diese winzigen Münder in der Haut von Blättern und Stengeln. Das Wort fiel mir nicht ein. Mein Hirn verwässerte.

Mein Körper war gesättigt.

Ich ging vorsichtig, setzte einen Fuß behutsam vor den anderen und verlagerte mein Gewicht langsam von Seite zu Seite. Die Arme hatte ich für alle Fälle zwei Handbreit zur Seite abgewinkelt, um mich rechtzeitig abstützen zu können, falls ich hinfiel. Ich hielt Hals und Kopf gerade. Es ging sehr langsam die Uferböschung hinauf, und das Vorwärtskommen war eine Qual. Es schien mir jedoch, als hätte ich keine andere Wahl. Ich bewegte mich, als wäre ich etwas Kostbares, Zerbrechliches, das es zu transportieren galt, als dürfte ich mich keiner Erschütterung aussetzen. Nichts durfte meinem Körper zustoßen. Ich war die Antwort auf die hungernde Welt.

Nein. Huevos Verdes war die Antwort.

Sobald mir dieser Gedanke in aller Klarheit gekommen war, konnte ich wieder normal gehen. Ich kämpfte mich über die Anhöhe hinauf zur Stadt.

Ich war nicht allein. Zu diesem Zeitpunkt mußte es bereits Hunderte, Tausende von uns geben. Eden existierte in einem Gravbahnhof in Albany, neben dem

Sonnenschein-Automaten. Die ganze Stadt Timonsville in Pennsylvania war verschwunden. Miranda Sharifi war vor mehr als drei Monaten mit dem Zellreiniger, dem verständlichsten Teil ihres Projekts, an die Öffentlichkeit gegangen. Und im letzten Monat konnte Huevos Verdes ein Meer von Serum in Wäldern aus schlanken schwarzen Injektionsspritzen eingelagert haben. Das war es, was sie im ganzen Land machten, an all den Orten, wo die Seuche die Menschen *nicht* umbrachte! Ich war nicht allein. Ich war nur die erste.

Außer den Schlaflosen selbst.

Mein Körper fühlte sich gut an, was heißen soll, er fühlte sich nach überhaupt nichts an. So gesund und satt, wie ein Körper nur sein konnte, war er aus meinem aktiven Bewußtsein entschwunden – er war einfach nur da, bereit zu klettern, zu laufen, zu arbeiten oder zu vögeln, ohne dazu von der Kongreßabgeordnete-Janet-Carol-Land-Cafeteria abhängig zu sein. Ohne abhängig zu sein von den AgroRobs der CanCo-Lizenzbetriebe, der politischen Verteilungssysteme für Nahrungsmittel, von der Bundesbehörde für Nahrungs- und Genußmittel, von der Kontrolle der Produktionsgeräte, von Erntemaschinen und Mähdreschern und den Banken, von denen sie finanziert wurden, von sechzig Morgen Land und einem Maultier, vom Dreschboden, von den Feldarbeitern, vom Regen, der heuer kommt, und den Heuschrekken, die heuer wegbleiben, von Demeter und Indra und den aztekischen Maisgöttern. Siebentausend Jahre Zivilisation – gegründet auf das Bedürfnis des Menschen nach Nahrung.

Noch etwas in der Spritze.

Ich konnte immer noch normal essen – ich hatte ja in der Klinik in Albany Brathuhn mit Reis und Erbsen zu mir genommen. Aber ich *mußte* nicht. Von jetzt an konnte mein Körper Erde ›essen‹.

Hektisch dachte ich an all das Essen, das ich in meinem einen, einzelnen Leben bereits konsumiert hatte. Filet Wellington, mit der Butterteighülle rund um das saftige, innen leicht rosa gebratene Roastbeef. Makronen mit frisch geriebener Kokosnuß. Annakartoffeln, knusprig und duftend. Bittersüße Schweizer Schokolade. Cassoulet. Alaskakrabben, wie sie im *Fruits de la Mer* in Seattle zubereitet wurden. Napfkuchen mit Äpfeln ...

Das Wasser lief mir im Mund zusammen. Und dann hörte es auf. Eine vorprogrammierte biologische Gegenreaktion? Ich würde es wahrscheinlich nie erfahren.

Weiche Brötchen, von denen die Butter tropfte. Aber ich konnte sie ja weiterhin haben! Lamm Gaston. Frische Arugula. *Falls* es sie gerade gab. Erdbeeren mit Schlagsahne. Aber würde denn irgend jemand die Zutaten auch produzieren, wenn kein übermäßiger Bedarf mehr vorhanden war?

Eine plötzliche Welle von Schwindel überkam mich. Ich hatte mich wohl in einem Schockzustand befunden, in einer Art stiller Hysterie. In einer wirren Kopflosigkeit angesichts der schieren *Größe* dieser Sache, der Kühnheit, die dazu gehörte. Miranda Sharifi und ihre sechsundzwanzig nichtmenschlichen Supergenies, deren Denken so grundlegend anders als das unsere funktionierte, unterstützt von Techniken, die sie selbst ins Leben gerufen hatten, so daß jeder Schritt vorwärts sechs neue Pfade eröffnete – und zu diesen verästelten Möglichkeiten kamen siebenundzwanzig Supergehirne ... Miranda Sharifi und Jonathan Markowitz und Terry Mwakambe und die anderen, deren Namen mir längst entfallen waren, seit ich sie damals, in den alten Sendungen, gehört hatte. Die ich nie kennenlernen würde, die nicht wie wir waren und nie so gewesen waren und die doch vorausgesehen hatten, welchen Weg eine Gesellschaft gehen würde, der sie nicht angehörten; und so hatten sie eine Gegenmaßnahme geplant. Vielleicht schon seit Jahren. Und dann hatten sie die unvorstellbar komplexen Pläne, die alles für alle ändern würden, in die Tat umgesetzt.

Und ich hatte einmal gedacht, daß *Macher* permanent unzufrieden waren und nie fanden, daß es irgendwann einmal genug war.

»Wie *konnte* sie nur?« fragte ich laut.

Benommen wanderte ich am Bahnhof vorbei. Soeben blieb ein Zug stehen, und Annie, Billy und Lizzie sprangen aus der ansonsten leeren Gravbahn. Sie trugen Bündel in den Händen. Lizzie erblickte mich, jauchzte auf und rannte auf mich zu. Ich stand nur da, sah ihnen entgegen und fühlte mich leichter und leichter im Kopf, als würde mein Schädel anschwellen wie ein Ballon.

Lizzie warf sich in meine Arme. Sie war größer geworden, stärker, ein wenig fülliger – und alles in einem Monat. Billys Gesicht verzog sich zu einem riesigen Grinsen. Er lief in langen Sätzen auf mich zu wie ein Mann, der halb so alt war wie er, Annie im Schlepptau.

»Billy«, sagte ich, »Billy …«

Er fuhr fort zu grinsen.

»Sind jetz' alle daheim, wir«, sagte er. »Sind jetz' alle zu Haus.«

Annie schniefte. Lizzie quetschte mich so an sich, daß ich dachte, alle Rippen würden mir brechen. Unter meinem Overall platzte die getrocknete Schlammschicht von meinem Hintern.

»Macht schon«, sagte Annie. »Will in die Cafeteria, ich. Eh' die Sendung beginnt.«

»Was für eine Sendung?« fragte ich.

Alle drei sahen mich entgeistert an. Lizzie sagte: »Die *Sendung,* Vicky! Von Huevos Verdes! Die Sendung! Seit Tagen reden die Nutzer-Kanäle von nichts anderem! Alle werden zuschauen!«

»Ich hatte nur Macher-Kanäle eingeschaltet.« Aber wenn die Übertragung tatsächlich von Huevos Verdes kam, dann würden sie alle Kanäle zugleich benutzen, Nutzer- und Macher-Kanäle. Das hatten sie schon einmal getan, vor dreizehn Jahren.

»Aber Vicky, es ist doch die *Huevos-Verdes-Sendung!*« wiederholte Lizzie.

»Keine Ahnung«, sagte ich kleinlaut.

»Macher«, kommentierte Annie. »Nie keine Ahnung von gar nix.«

Miranda Sharifi:
Aufgezeichnete Übertragung
aus Huevos Verdes
via **Sanctuary,**
simultan gesendet auf allen
FCC-InfoNetz-Kanälen

19

Mein Name ist Miranda Serena Sharifi, und ich spreche zu Ihnen über ein ungekürztes Originalholo, das vor sechs Wochen aufgenommen wurde.

Sie alle werden wissen wollen, was man mit Ihnen gemacht hat.

Ich werde es Ihnen erklären, so einfach und klar, wie es mir möglich ist. Falls Ihnen die Erklärung nicht verständlich genug ist, haben Sie bitte Geduld. Diese Sendung wird auf Kanal 35 noch wochenlang ununterbrochen wiederholt werden, und vielleicht klärt sich so manches auf, wenn Sie es öfter hören. Vielleicht wird es Ihnen aber auch von technisch versierteren Menschen – von Machern – in leichter faßlichen Worten begreiflich gemacht, sobald diese die Injektionsspritzen benutzen, die wir allerorts zur Verfügung stellen. Bis dahin sind die folgenden Worte die einfachsten, mit denen ich dieses Konzept beschreiben kann, ohne an wissenschaftlicher Exaktheit einzubüßen.

Ihr Körper ist aus Zellen aufgebaut. Eine Zelle – jede Zelle – ist im Grunde genommen nichts anderes als ein Komplex von Systemen zur Transformierung von Energie. Ebenso wie ein ganzer Organismus, der Mensch eingeschlossen.

Der Mensch erhält das Ausgangsmaterial für diese Energie von Pflanzennahrung, entweder direkt oder indirekt durch einen Vorgang, den wir oxidative Phosphorylierung nennen. Der Körper löst die Bindungen kohlenstoffhaltiger Moleküle auf, und ein beträchtlicher Teil der potentiellen Energie der Nahrung wird in den Phosphatbindungen von Adenosintriphosphat (ATP) gespeichert. Wenn menschliche Zellen Energie brauchen, dann bekommen sie sie von ATP.

Pflanzen bekommen das Ausgangsmaterial für ihren Energiebedarf vom Sonnenlicht. Sie verwenden Wasser aus dem Erdreich und Kohlendioxid aus der Luft, um Glukose zu bilden. Glukose kann dann in ATP umgewandelt werden. Die meisten Pflanzen benutzen Chlorophyll, um diese Photophosphorylierung durchzuführen.

Manche Bakterien, genannt Halobakterien, sind in der Lage, sowohl die oxidative Phosphorylierung als auch die Photophosphorylierung durchzuführen. Sie können sowohl Nährstoffe verarbeiten als auch – unter den richtigen Bedingungen – durch einen photosynthetischen Mechanismus ATP erzeugen. Mit anderen Worten, sie können ihren Energiebedarf entweder aus der Nahrung *oder* aus dem Sonnenlicht beziehen.

Halobakterien benutzen hierfür nicht Chlorophyll. Sie benutzen statt dessen Retinal, jenes Pigment, das im menschlichen Auge auf Licht reagiert. Retinal existiert in Verbindung mit Proteinmolekülen in einem Komplex, den man Bakteriorhodopsin nennt.

Die Körper von Ihnen allen wurden so modifiziert, daß sie nun ein genetisch radikal verändertes lichtempfindliches Pigment enthalten, das aus Bakteriorhodopsin gewonnen wurde.

Es befindet sich unter durchsichtigen Membranen an den Enden winziger Röhrchen, welche nun zwischen den abgestorbenen Zellen Ihrer äußersten Hautschicht austreten. Das modifizierte Bakteriorhodopsin ist weitaus besser – um Größenordnungen besser – in der Lage, Photonen einzufangen als alle natürlich vorkommenden Thylakoide.

Zudem enden weitere Röhrchen, die über ein spezielles Transportvermögen verfügen, in einer durchlässigen Membran an Ihrer Hautoberfläche. Diese Röhrchen können Kohlenstoffmoleküle sowie lebenswichtige Elemente direkt aus dem Erdreich oder anderem organischem Material aufnehmen. Die aufgenommenen Moleküle werden von genmodifizierten Enzymen bearbeitet, die im Verein mit Ihren herkömmlichen menschlichen Thylakoiden und mit Nanomaschinen, die sich in Ihren Zellen fortpflanzen, tätig werden.

Das alles ist uns nicht so wesensfremd, wie es auf den ersten Blick den Anschein haben mag. Der nur wenige Tage alte menschliche Embryo entwickelt eine äußere Zellschicht, die man Trophoblast nennt. Der Trophoblast verfügt über die ungewöhnliche Eigenschaft, das Gewebe, mit dem er in Kontakt kommt, verdauen oder verflüssigen zu können. Auf diese Weise setzt sich der Embryo in der Gebärmutterwand fest. Die modifizierte Haut, über die Sie alle seit kurzem verfügen, kann auf ähnliche Weise andere Stoffe verflüssigen und absorbieren.

Außerdem wurden Ihnen gentechnisch veränderte Mikroorganismen injiziert, die zur Fixierung von Stickstoff aus der Luft in der Lage sind.

Das menschliche Körpergewebe besteht zu 96,6 Prozent aus den vier Elementen Kohlenstoff, Wasserstoff, Sauerstoff und Stickstoff. Die Nanomaschinen, die sich nun in Ihren Zellen befinden, wurden so programmiert, daß sie diese sowie andere, weniger konzentrierte Elemente, zu jener Art von Molekülen zusammensetzen, die gerade gebraucht werden. Diese Prozesse werden alle vom Sonnenlicht in Gang gehalten, und zwar weitaus effizienter, als es die Natur könnte. Die Energie aus dem Sonnenlicht wird als ATP eingelagert und kommt dann zur Verwendung, wenn kein Sonnenlicht vorhanden ist. Ein nicht ganz dreißigminütiges Sonnenbad pro Vierundzwanzigstundenperiode ist ausreichend. Der Energieüberschuß wird, genau wie bei Nahrungsmitteln, als Glykogen oder Fett eingelagert.

Sollten als Auswirkung der Bestrahlung mit ultraviolettem Licht Krebszellen entstehen, so wird der Zellreiniger sie zerstören, ebenso wie jede Art von toxischen Molekülen, die vom Boden aufgenommen werden, indem er ihre Atome zu einer nichttoxischen Form umordnet.

Nanomaschinen werden Ihr gastrointestinales System funktionsfähig erhalten, auch wenn es lange Zeit nicht benutzt wird. Genmodifizierte Enzyme wurden dafür ausersehen, mittels allosterischer Wechselwirkungen jegliches subjektive Hungergefühl zu eliminieren.

Wenn Nahrungsmittel vorhanden sind, können Sie essen und die Energie aus der oxidativen Phosphorylierung einlagern. Wenn keine Nahrungsmittel vorhanden sind, können Sie auf dem Erdboden in der Sonne liegen und mittels Photophosphorylierung Energie aufbauen.

Sie verstehen.

Jetzt sind Sie autotroph.

Jetzt sind Sie frei.

Buch V

SOMMER 2115

»Unser Schutz besteht weder in der Rüstung, noch darin, in den Untergrund zu gehen. Unser Schutz besteht in Recht und Gesetz.«

Albert Einstein,
in einem Brief an Ralph E. Lapp

20

Billy Washington: East Oleanta

Wie ich sie endlich finde, die Annie, da war sie mitten im tiefsten Wald. Hatte mir kein Sterbenswort davon gesagt, daß sie überhaupt gehen wollte. Seit 'nem Jahr wird das immer schlimmer; wird immer selbständiger, die. Ich war fuchsteufelswild.

»Annie Francy! Ich such schon den ganzen Wald ab nach dir!«

»Also ich, ich hab mich nich' von der Stelle gerührt«, sagte Annie un' setzte sich auf. Hatte in 'ner flachen Mulde in den Blättern auf'm Rücken gelegen, un' sowie sie sich aufsetzt, vergeß' ich auf meinen Ärger. Hatte grade Nahrung aufgenommen, sie. Die nackten Schokoladebrüste hüpften, daß es eine Freude war, un' in den Haaren hatte sie 'n paar dürre Blätter hängen. Konnte genau sehen, ich, wo sich ihr Hintern in den weichen Untergrund gegraben hatte. Das Rohr schwoll mir an, un' in zwei Sätzen war ich bei ihr.

Aber sie schob mich weg. Ich hatte vielleicht vergessen, daß ich eigentlich böse war, aber Annie, die vergißt nie drauf, wenn *sie* es is'. »Nich' jetz', Billy. Hör mal, ich mein' es ernst!«

Also hörte ich auf. Fiel mir aber schwer. Sie schmeckte so süß, die Annie, un' ich konnte einfach nich' genug kriegen von ihr. Nich' in dem einen Jahr, seit wir nach Eden runtergestiegen waren. Un' nich' in den nächsten zehn Jahren. Oder in hundert. Mein altes Rohr war wieder so hart wie Eisen.

Annie, die stand auf, so richtiggehend langsam,

un' wischte sich die Blätter vom Arsch und von den Schenkeln. Wußte haargenau, die, wie ich ihr zusah dabei. Un' sie hatte sogar 'n winzigkleines Lächeln in den Augen. Aber wütend war sie immer noch.

»Billy, also ich, ich will immer noch nich', daß wir nach West Virginia gehen. Bringt keinem von uns was.«

Schob mir die Hosen ein wenig zurecht, ich. »Aber Lizzie, die will doch. *Die* geht. Mit uns oder ohne uns.«

Annie sah finster drein. Sie un' Lizzie, die streiten noch mehr, jetz', wo Lizzie dreizehn geworden is'. Annie will, daß Lizzie ewig 'n kleines Gör bleibt, denk ich mir. Genauso wie sie wollte, daß ich ewig 'n alter Mann bleibe. Wie alte Männer eben so waren. Vorher. Annie, die mag keine Veränderungen nich'. Drum will sie auch nich' nach West Virginia.

»Lizzie hat das ehrlich gesagt? Daß sie ohne mich gehen würd'?«

Ich nickte. Lizzie, die würd' gehen, sogar, wenn Vicky nich' mitkommt. Lizzie, bei der gibt's dieser Tage kein Aufhalten nich'. Man möchte glauben, daß sich die Alten un' Kranken seit *vorher* am meisten verändert hätten, aber in Wahrheit sind's die Jungen. Gibt kein Aufhalten nich' für die, vor rein gar nichts. Früher mal, da mußte man sich kümmern um 'n Mädelchen mit dreizehn oder zwölf oder zehn. Dem mußte man zu essen geben, man mußte es durch 'ne Reihe Krankheiten bringen, vor 'nem tollwütigen Waschbären schützen oder vor 'nem scharfen Messer oder vor verdorbenem Essen. Damit is' es vorbei. Die brauchen uns jetz' nich' mehr.

Genauso wie wir keine Macher mehr brauchen.

Annie zog ihr Kleid über un' sah mir beim Zusehen zu, tat aber so, als würd' sie's nich' merken. Das Kleid, das war länger, als wie's das junge Weibervolk jetz' trägt. Obwohl wir doch Sommer hatten.

Aber Annie, die kann vom Gewohnten einfach nich' lassen, auch wenn's jetz' keine endlosen Lieferungen von Overalls, Parkas un' Schuhwerk mehr gab. Ihr Kleid, das war aus irgend so 'ner Pflanze gewebt, aber Baumwolle war's nich'. Auf'm WebRob. Vor zwei Wochen erst. Hatte gar keine Farbe, das Kleid, so wie alle Kleider heutzutage. Die Leute mögen jetz', daß ihre Sachen natürlich aussehen. Is' aber sinnlos, weil Annies Kleid, das war schon beinah durchgewetzt, dort, wo ihr Busen un' die Hüften un' der Hintern angefangen hatten, es aufzufressen. Hatte schon kleine Löcher an den interessantesten Stellen, das Kleid. Bei meinen Hosen war's genauso. Aber ich werd' kein Kleid anziehen, so wie's die jüngeren Männer machen. Weil's einfacher is' beim Futtern. Aber ich bin eben kein junger Mann nich' mehr – nich' in meinem Kopf, auch wenn der alte Adam jetz' gewisse Sachen wiederum schafft...

Annie Francys prachtvoller Arsch verschwand unter dem runterfallenden Kleid.

Band sich die Sandalen zu, Annie. Die hatte sie noch von *vorher,* un' jetz' waren sie schon beinah durchgelaufen. Schuhe un' Stiefel, die wollten wir bei der Bürgerversammlung am Abend besprechen, aber dann kam diese andere Sache auf, so plötzlich un' unversehens, un' so wird's heut' abend keine Versammlung der Bürger von East Oleanta geben. Vielleicht überhaupt nie wieder, was weiß ich.

Hielt Annie an der Hand fest, ich, als wir zurückgingen in die Stadt. Erinnere mich noch gut, wie sie früher nie in den Wald gehen wollte, die Annie. Aber jetz' hat nich' mal sie mehr Angst vorm Wald.

West Virginia – das is' wiederum was anderes.

Annies Hand, die fühlte sich glatt un' stark an. Rubbelte mit dem Daumen in ihrer Handfläche rum, ich. Annie Francy. Annie. Francy. Sie machte 'n finsteres Gesicht un' preßte die Lippen fest zusammen.

Dann sagte sie: »Is' nich' richtig, die Jungen schon mit zwölf in der Versammlung abstimmen zu lassen. Is' einfach nich' richtig.«

Aber ich, ich war nich' so dumm, mich wiederum auf *das* einzulassen.

»Wenn nich' die Jungen mitgestimmt hätten, würden wir den nutzlosen Marsch nich' machen, wir alle. Un' der *is'* nutzlos, Billy. Was weiß 'ne Dreizehnjährige schon von 'ner Sache für Erwachsene wie Abstimmen? Die is' doch noch 'n Kind, auch wenn sie's nich' wahrhaben will.«

Ich, ich hielt das Maul. Bin doch kein Esel nich'.

Un' so gingen wir weiter, ohne zu reden. Unter den Füßen hatten wir Kiefernnadeln un' an den sonnigen Plätzen Löwenzahn un' rote Kastillea. Im Wald war's so schön, un' da roch's genauso gut wie früher – als wär' nich' alles auf ewig anders geworden auf der Welt, wegen dieser winzigkleinen Dingerchen, die so klein waren, daß man sie nich' mal sehen konnte.

Vicky, die versucht schon die ganze Zeit mir zu erklären, was es mit dem Zellreiniger auf sich hat. Un' mit den ganzen Nanomaschinen. Lizzie, der macht das keine Schwierigkeiten, aber für mich is' die Sache noch nich' klar.

Muß nich' klar sein, denk ich. Muß nur eins: funktionieren.

»Annie«, sagte ich, grade eh' wir in die Stadt kamen, »hör mal, du weißt doch nich' *sicher,* daß wir in West Virginia nichts tun können. Vielleicht hat irgendwer 'nen Plan – vielleicht sogar eins von den Kindern! –, un' dann, wenn wir dort ankommen, dann …«

Da war's wieder, ihr finsteres Gesicht. »Niemand hat keinen Plan nich'!«

»Na ja, aber vielleicht dann, wenn wir dort ankommen … mußt dran denken, du, daß es drei, vier Wochen dauert, bis wir dort sin' …«

Sah mich an, sie. »Keiner wird 'nen Plan haben! Wer soll schon wissen, wie man in dieses Gefängnis einbricht un' das Mädel rausholt? Die Macher? Die haben sie doch in den Bau geschickt! Der Drew Arlen, der wo der Ihrige is'? Der hat sie auch reingeschickt! Die anderen, die vom selben Schlag sin' wie sie? Die hätten's schon längst getan, wenn sie wüßten, wie. Wir, wir können gar nichts tun, Billy. Sollten unsere Zeit un' unser Hirn besser für das einsetzen, wo wir brauchen. Bessere Webe un' mehr davon, zum Beispiel! Wir haben bloß den einen WebRob, den wo die Kinder zusammengebastelt haben, un' der is' *langsam!* Un' die Kleider, die werden so schnell aufgefressen. Un' Schuhwerk, wir brauchen Schuhwerk! Haben immer noch keine Ahnung, wo wir Schuhwerk herkriegen sollen, un' früher oder später kommt der Winter!«

Gab's auf, ich. Mit Annie kann man nich' streiten. Die hat einfach recht. Der Winter *kommt* früher oder später, un' der WebRob, der is' bloß einer für die ganze Stadt, un' das geht für Sommersachen, aber Winter, das is' ganz was anderes, das is' es. Un' wir sin' mit dem Schuhwerk noch nich' klargekommen. Annie, die füttert eben immer noch die ganze Welt, auch wenn sie nich' kocht.

Manchmal schreckt es einen richtiggehend, wenn man sich überlegt, daß keiner nich' für uns sorgt – außer uns. Aber dann wieder schreckt's einen nich'.

An der Stadtgrenze kam uns Vicky entgegen. Ihr Kleid war beinah so übel zugerichtet wie Annies. Konnte fast eine von ihren Brüsten sehen, ich, un' – meine Güte, was ich doch für 'n alter Narr bin – ich will verdammt sein, wenn mein Rohr sich nich' schon wieder 'n wenig zu regen begann. Aber ihr Gesicht, das war mir einfach zu dünn, un' dazu sah sie kreuzunglücklich aus. Aber das geht jetz' schon seit Monaten so mit ihr; war die einzige in der ganzen Stadt, die Vicky, wo so unglücklich dreinschaute.

»Es zerfällt, Billy. Diesmal zerfällt es wirklich.«

»Was?« Dachte, ich, sie meint ihr Kleid. Ehrlich, das dachte ich. Alter Trottel.

»Das Land. Die Klassen. Und zwar für immer, dieses Mal. Der tiefe Spalt zwischen Machern und Nutzern wurde immer nur von Bindfaden und Kaugummi zusammengehalten, und jetzt wird nicht einmal mehr der Anschein gewahrt.«

Mit 'ner Handbewegung deutete ich Annie, daß sie weitergehen konnte, un' sie stapfte davon, wahrscheinlich wollte sie nach Lizzie sehen. Ich hockte mich auf 'nen umgefallenen Baumstamm, un' nach 'ner Minute hockte Vicky sich daneben. Kann nich' anders, die, muß sich ewig aufregen über alles mögliche, was im Land vorgeht. Is' eben 'ne Macherin, sie. In East Oleanta is' das ja egal, weil alle Leute, wo noch da sin', haben sich längst daran gewöhnt. Aber wir kriegen noch Info-Kanäle rein, in der Cafeteria. 'n paar wenigstens. Macher haben's schwer, jetz'. In dem Moment, in dem wir Nutzer rausfanden, daß wir die Macher nich' mehr brauchen, da gerieten viele von uns schon deshalb in Weißglut, weil wir sie überhaupt irgendwann gebraucht hatten. Bloß is' es nich' bei der Weißglut geblieben. Es gab viel Mord un' Totschlag, un' jetz' haben sich die meisten Macher in ihren Enklaven in den großen Städten verkrochen. Manche sin' 'n halbes Jahr nich' mehr rausgekommen von dort.

Wollte mir was einfallen lassen, ich, damit Vicky wieder bessere Laune kriegte. »Wir haben keine Polizei nich' mehr«, sagte ich. »Wo die Leute bestraft, wenn die sich nich' an die Gesetze halten un' über andere Leute herfallen. Wenn wir wieder Sicherheits-Robs kriegen könnten ...«

»Ach, Billy, es geht ja viel weiter. Es *gibt* überhaupt

kein Gesetz mehr. Es gibt doch nur mehr die Bürgerversammlungen. Und dort, wo die Menschen glauben, sich nicht an die Beschlüsse dieser Versammlungen halten zu müssen, herrscht Anarchie.«

»Hab aber nich' gesehen, ich, daß hier wer zu Schaden gekommen is'.«

»Nicht in East Oleanta, nein, hier nicht. In East Oleanta ist der Huevos-Verdes-Plan aufgegangen. Die Leute haben den Übergang zu einer kleinen, lokalen gemeinschaftlichen Verwaltung geschafft. Um die Wahrheit zu sagen, ich finde, daß das Jack Sawickis Verdienst ist. Der arme Kerl hatte alle hier in Richtung Eigenverantwortlichkeit präpariert. Und an manchen anderen Orten hat es genauso gut funktioniert. Aber in Albany haben sie Macher umgebracht, in Carter's Falls haben sie *einander* umgebracht, in Binghamton herrscht Gesetzlosigkeit und das Recht des Stärkeren, dazu gab es eine Vergewaltigungsorgie, und in etlichen anderen Orten fanden Hexenjagden nach ›untermenschlichen GenMods‹ statt, die alles in den Schatten stellten, was die AEGS je aufgeführt hat. Und wo *ist* die AEGS? Wo bleibt das FBI? Wo bleibt das Amt für städtisches Wohnungswesen und das Gesundheitsministerium und die Bundesbehörde für Kommunikationswesen? Das ganze Netz staatlicher Institutionen hat sich einfach in Luft aufgelöst, während Washington sich einigelt und darauf beschränkt, Dekrete herauszugeben, denen der Rest des Landes keinerlei Beachtung schenkt!«

»Brauchen wir auch nich'.«

»Genau. Als geschlossene Einheit existieren die Vereinigten Staaten nicht mehr. Sie sind in Klassen zerfallen, die keinerlei gemeinsames Ziel mehr verbindet. Karl Marx hatte recht.«

»Wer?« Kannte niemanden, ich, der wo so hieß.

»Nicht wichtig.«

»Vicky ...« Mußte nach den rechten Worten suchen,

ich. »Könnten Sie ... Könnten Sie sich nich' ... einfach weniger Sorgen machen? Is' das denn nich' genug? Zum erstenmal sin' wir frei, wir alle. Wie die Miranda sagte, in ihrer HT-Sendung, wir sin' wirklich *frei!*«

Sah mich an, sie. Un' ich, ich hab mein Lebtag noch keinen so trübsinnigen Blick gesehen. »Frei – um was zu tun?«

»Na ja ... *leben.*«

»Sehen Sie sich das an.« Sie hielt mir 'n Stück Metall hin, wo ganz verdreht un' verschmolzen war.

»Was is' damit? Duragem. Der Spalter is' drübergekommen. Aber die Spalter, die sin' jetz' alle abgelaufen. Un' die Jungen, die zerbrechen sich alle den Kopf, wie man Zeugs ohne Metall machen kann, wo ...«

»Das war kein Duragem. Und es wurde auch nicht von einem GenMod-Organismus angegriffen. Es wurde von einem U-614 geschmolzen.«

»Was soll'n das sein?«

»Eine Waffe. Eine verheerende, äußerst wirkungsvolle Waffe im Eigentum der Regierung, die nur im Fall eines Angriffs von außen eingesetzt werden sollte. Ich habe das hier letzte Woche in der Nähe von Coganville gefunden. Die Waffe war dafür eingesetzt worden, ein einsames Sommerhaus in die Luft zu jagen, in dem sich, nehme ich an, vor Monaten schon ein paar Macher versteckt gehalten hatten. Es gibt keine Spur mehr von den Leichen. Es gibt nicht einmal mehr das *Gebäude!*«

Sah sie an, ich. Wußte nich' mal, daß sie letzte Woche nach Coganville gelaufen war.

»Begreifen Sie nicht, Billy? Was Drew Arlen während Miranda Sharifis Prozeß andeutete, ist wahr! Er sagte es nicht direkt, und ich würde wetten, nur deshalb nicht, weil jemand entschieden hat, daß es der nationalen Sicherheit abträglich wäre. ›Nationale Sicherheit‹! Dafür würde man erst einmal eine wirkliche Nation brauchen!«

Kam immer noch nich' mit, ich.

Vicky, die sah mich an un' legte mir die Hand auf'n Arm. »Billy, irgend jemand rüstet Nutzer mit staatseigenen Waffen aus! Irgend jemand leitet einen Bürgerkrieg in die Wege! Glauben Sie wirklich, daß diese ganze Gewalttätigkeit nicht mit Vorbedacht geschürt wird? Wahrscheinlich sind es dieselben Mistkerle, denen die Freisetzung des Duragem-Spalters zu verdanken ist, die noch irgendwo da draußen sind und versuchen, alle Macher auszurotten. Und vielleicht noch alle Schlaflosen dazu, zumindest die, die sich nicht in *Sanctuary* verkrochen haben. Irgend jemand will, daß dieses Land noch mehr zerfällt, und dieser jemand bekommt soviel heimliche Unterstützung von regierungsnahen Personen, daß er weitermachen kann. Bürgerkrieg, Billy. Diese letzten neun Monate einer biotechnischen Schäferidylle waren nur ein Zwischenspiel. Und wir, die wir uns bemühen, webende Roboter herzustellen, und uns freuen, daß wir von all den alten biologischen Erfordernissen befreit sind, wir werden keine Chance haben. Nicht ohne eine starke Regierung, die sich auf unsere Seite stellt, und dafür sehe ich nicht das geringste Anzeichen.«

»Aber, Vicky …«

»Ah, was rede ich denn da zusammen. Sie verstehen ohnedies kein Wort davon.«

Sie drehte sich um un' stiefelte davon.

Hatte ja recht, sie. Nich' ganz, aber halb. Konnte nich' alles verstehen, ich, aber 'n bißchen was schon. Mir fiel Annie ein, die wo nich' weggehen wollte aus East Oleanta, nich' mal, um Miranda Sharifi aus'm Knast zu holen. *Wir haben's doch gut hier, Billy. Hier brauchen wir uns nich' fürchten, vor gar nichts.*

Vicky kam zurück. »Tut mir leid, Billy. Ich sollte es nicht an Ihnen auslassen. Aber es ist eben so …«

»Was?« fragte ich so freundlich, wie's nur ging.

»Es ist eben so, daß ich Angst habe. Um Lizzie. Um uns alle.«

»Ich weiß.« Wußte es wirklich, ich. *Soviel* verstand ich auch von allem.

»Erinnern Sie sich, Billy, was Sie damals sagten, an dem Tag, als Miranda uns die Spritzen gab und sie und Drew Arlen darüber stritten, wer die Kontrolle über die Technik haben sollte?«

Also, ganz genau konnte ich mich an den Tag nich' erinnern. War wohl der wichtigste Tag in meinem ganzen Leben, damals, der Tag, an dem ich Annie un' Lizzie un' meinen Körper zurückkriegte, un' trotzdem kann ich mich nich' mehr genau dran erinnern. Mir tat die Brust furch'bar weh, damals, un' Lizzie war so krank, un' es passierte einfach viel zuviel. Aber ich erinnere mich genau an Drew Arlens harte Visage, der Teufel soll ihn holen un' schmoren lassen in Annies Höllenfeuer. Der Arlen, der hat gegen Miranda ausgesagt in dem Prozeß un' sein eigenes Mädel in den Bau geschickt. Un' ich erinnere mich an die Tränen in Mirandas Augen. *Wer soll die Technik kontrollieren …*

»Sie sagten damals, es käme wohl darauf an, wer es *kann.* Und wissen Sie was? Wir können es nicht. Weder die Nutzer, die ihre Spritzen bekommen haben, noch die Macher, die ihre Spritzen bekommen haben und die sich in ihren geschützten Enklaven verkriechen. Und ohne unsere eigene hochgezüchtete Technik kann uns jeder einigermaßen entschlossene technische Angriff seitens der Regierung oder seitens dieser geistesgestörten Untergrund-Puristen ausrotten. Und er wird es auch.«

Wußte nich', was ich sagen sollte. Die eine Hälfte von mir, die wollte sich für alle Zeit in East Oleanta einbuddeln, zusammen mit Annie un' Lizzie – un' Vicky auch. Aber die andere Hälfte, die konnte einfach nich'! Wir mußten doch die Miranda Sharifi befreien! Wußte nich', wie, ich, aber wir mußten's tun! Sie hat doch auch *uns* frei gemacht.

»Vielleicht«, sagte ich langsam, »gibt's gar niemand, der wo im Untergrund sitzt un' die Leute zum Kämpfen aufhetzt. Vielleicht is' das alles bloß ... 'ne Art Übergangszeit, un' hinterher, nach 'ner Weile, da gehen dann die Nutzer un' die Macher wieder zusammen un' helfen einander beim Überleben.«

Vicky lachte. War 'n häßliches Geräusch. »Gott segne die Kinder und die Tiere«, sagte sie, un' da fand ich keinen Sinn drin. Wir waren doch keins von beidem!

Sie sah mich an. »O doch, das sind wir«, sagte sie. »Beides.«

Die Woche drauf machten wir uns auf'n Weg, wir alle, zum Hochsicherheitsgefängnis Oak Mountain in West Virginia.

Wir waren aber nich' die einzigen. Die Idee stammte ja ursprünglich nich' von der Bürgerversammlung von East Oleanta. Die Versammlung hatte sie von 'nem Mann mitten in der langen Menschenschlange, die wo auf der alten Gravbahn-Trasse ununterbrochen langsam Richtung Süden marschierte. Am Nachmittag lagen sie alle in den Wiesen un' Feldern rum un' ernährten sich von der weichen, warmen Sommererde, sobald sie sich einig geworden waren, wo die Latrinen sein sollten. Un' sie machten sich Ketten aus Löwenzahn, die wo sie sich um den Hals hängten, damit sie davon futtern konnten, bis der Löwenzahn verschwunden war. Genauso wie's mit dem Stoff vom WebRob geschieht. Vicky, die sagt, früher oder später werden wir alle einfach nackt gehen. Aber ich, ich sage: nich', solange Annie Francy noch Leben in ihrem prächtigen Körper hat.

Am zweiten Tag unterwegs, da kam ich mit 'nem

anderen alten Knacker ins Reden, der wo auf der Gravbahn-Trasse von weit oben bei Kanada runterkam. Seine Enkelsöhne, die waren bei ihm; hatten beide tragbare Terminals bei sich, wie alle jungen Leute heutzutage. Die wollten von da oben nach Süden aufbrechen, bevor's wieder kälter wird. Der Alte, der hieß Dean. Erzählte mir, daß er *vorher* morsche, kaputte Knochen hatte, so schlimm, daß ihm das Heulen kam, jedesmal, wenn er sich in 'nen Sessel setzte. Die Spritzen, die wurden über seiner Stadt aus der Luft abgeworfen, sagte er, in der Nacht, so, wie sie viele Städte kriegten. Sagte, das Flugzeug, das hörte kein Mensch nich'. Wollte ihn nich' fragen, ich, wieso er überhaupt wußte, daß es 'n Flugzeug war.

Fragte ihn lieber, ob er weiß, wie die Macher von der Regierung gegen die vielen Nutzer vorgehen wollen, die wo alle nach Oak Mountain unterwegs sin'.

Dean spuckte aus. »Wen kümmert das schon? Hab keine Macher nich' zu Gesicht bekommen, un' so soll's bleiben. Die sin' Abnormitäten.«

»Die sin' was?«

»Abnormitäten. Gegen die Natur. Hab mit 'n paar Nutzern aus New York City geredet, ich, un' die haben mir's klipp un' klar erklärt. Die Macher, die sin' nich' Teil der Vereinigten Staaten.«

Starrte ihn bloß an, ich.

»Das is' wahr! Die Vereinigten Staaten sin' bloß für *Nutzer.* Das war's, was Präsident Washington un' Präsident Lincoln un' unsere anderen großen Helden im Sinn hatten. 'ne Regierung *für* das Volk un' *durch* das Volk. Un' das echte Volk, das normale Volk, das sin' wir.«

»Aber die Macher ...«

»Sin' abnormal. Sin' nich' das Volk.«

»Aber man kann doch nich' ...«

»Wir haben ein Ideal un' wir haben den Willen, es zu verwirklichen. Wir können das ganze Land sauber machen, das können wir! Alle Abnormitäten ausmerzen!«

Ich sagte: »Aber Miranda Sharifi is' keine Nutzerin nich'.«

»Du glaubst, Mann, daß die Spritzen von Huevos Verdes kamen? Bloß wegen der verlogenen Sendung? Die Spritzen, sage ich dir, die kamen von Gott!«

Ich starrte ihn an.

»Was is'n los mit dir? Bist du am Ende 'n Abnormitätenfreund, du? Gibst du vielleicht irgend so 'nem Macher Unterschlupf?«

Hob den Kopf, ich, ganz langsam, un' sah ihn von oben herab an.

»Weil nämlich schon 'n paar Macher-Freunde versucht haben, sich bei den anständigen Nutzern einzuschleichen! Aber wir hier, wir wissen, wie man mit solchen Leuten umgeht!«

»Vielen Dank für die Information«, sagte ich.

Auf'm ganzen Weg zurück zu Vicky, da fiel mir's Atmen so komisch schwer. In der Brust hämmerte es mir beinah genauso, wie's *vorher* immer passiert is'. Aber bei Vicky, bei der war alles in Ordnung. Die saß neben der Gravbahn-Trasse im Schatten von irgend 'ner alten leerstehenden Hütte auf 'nem windschiefen Stuhl un' brütete vor sich hin. Die Leute aus East Oleanta liefen um sie herum un' machten das, was sie immer machen, un' beachteten sie nich'. Waren ja gewöhnt an sie.

»Vicky«, sagte ich, »Sie müssen vorsichtig sein, hören Sie? Bleiben Sie immer schön in der Nähe von denen, die wo aus East Oleanta sin'. Un' behalten Sie den Sonnenhut auf. 'nen *großen* Sonnenhut, hören Sie? Da gibt's Leute hier, auch auf'm Weg in den Süden, die wollen die Macher umbringen!«

Sie sah hoch zu mir, sie, mit ihrer üblen Laune. »Natürlich gibt es die, Billy! Wovon, glauben Sie, rede ich denn seit Tagen und Tagen?«

»Aber hier geht's nich' um irgendwelche hochgestochenen Sachen über den Staat, hier geht's um *Sie…!*«

»Ach, Billy.«

»Ach, Billy was? Hören Sie mir überhaupt zu, Sie? Hören Sie mir zu?«

»Ich höre zu. Ich werde vorsichtig sein.« Sah aus, sie, als würd' sie jeden Moment anfangen zu weinen. Oder zu brüllen.

»Na gut. Is' uns nämlich nich' egal, was mit Ihnen passiert, wissen Sie.«

»Nur beim Staat ist es euch egal, nicht wahr?« sagte sie un' starrte weiter Löcher in die Luft.

Tag um Tag marschierten wir die Trasse lang. Manchmal, in den Bergen, da wurde es ziemlich eng, aber wir, wir hatten's ja nich' besonders eilig. Immer mehr Nutzer gesellten sich uns bei. In der Nacht hockten die Leute um Y-Kegel oder Lagerfeuer un' schwatzten miteinander oder sie strickten. Annie, der machte es Spaß, den anderen das Stricken beizubringen, un' das tat sie immer öfter. Die Leute wanderten in den Wald, um zu futtern oder die Latrinen aufzusuchen, die wo wir jeden Abend gruben. Un' immer gab es Teiche un' Bäche, so daß wir genug Wasser hatten. Störte keinen, wenn das Wasser nich' allzu sauber war oder wenn's von dicht an den Latrinen kam, weil der Zellreiniger mit allen Bazillen fertigwurde, die wo wir aufnahmen. Wir brauchten keinen MedRob mehr, wir nich'! Nie wieder.

Die jungen Leute, die hatten ihre Terminals, un' die älteren, die hatten kleine Zelte bei sich, zumeist aus PlastiTuch. Waren ganz leicht, die Zelte, wogen rein gar nichts un' außerdem wurden sie nie dreckig. Kriegten nich' mal diesen schimmeligen Geruch, wie die Zelte damals, als ich noch 'n kleiner Junge war. Erinnere mich jetz' an viel mehr als *vorher,* ich. Irgendwie geht mir der Schimmelgeruch ab.

Wenn's regnete, dann stellten wir die Zelte auf un' warteten den Regen ab. Hatten ja keine Eile, wir. Solange wir brauchten, brauchten wir eben.

Aber Annie, die hatte wieder mal recht. Keiner hatte irgend 'nen Plan. Miranda Sharifi, die wo uns unser Leben wiedergegeben hatte, die hockte drüben im Knast in Oak Mountain, un' keiner hatte 'nen Schimmer, wie wir sie rauskriegen sollten.

Außer Vicky sah ich keinen einzigen Macher weit un' breit, un' Vicky, die machte kein Aufsehens nich'. 'n paarmal kamen Fremde vorbei, die wo sie dreckig angrinsten, aber dann standen ich un' Ben Radisson un' Carl Jones aus East Oleanta auf un' stellten uns neben sie, un' dann gab's weiter keinen Ärger nich' mehr. Viele von den anderen Leuten bemerkten gar nich', daß Vicky 'ne Macherin war. Seit den Spritzen haben 'ne Menge Frauen 'ne Figur wie die GenMods. Beinah', jedenfalls. Trotzdem sagte ich Vicky, sie soll bloß ihren Sonnenhut tief in die Stirn ziehen, damit man die violetten GenMod-Augen nich' sieht.

Dann kamen wir in 'ne Stadt mit 'nem HT in der Cafeteria. Vicky war nich' davon abzubringen, den ganzen Nachmittag lang am Macher-InfoNetz zu hängen. Lizzie, die saß neben ihr. Ich un' Carl un' Ben auch, zur Sicherheit.

An dem Abend hockte Vicky mit uns am Lagerfeuer, ließ den Kopf hängen un' war noch deprimierter als sonst.

Außerdem waren da noch Annie, Lizzie, ich un' Brad. Brad war 'n Junge, der wo seit ungefähr 'ner Woche bei uns is'. Verbringt viel Zeit mit Lizzie über'm Terminal. Annie, der gefiel das gar nich'. Mir gefiel's auch nich'. Lizzies Körper, der fraß ihr Kleid noch rascher auf als 'n Erwachsenenkörper. War bei allen jungen Leuten so. Un' Lizzies kleine Brüstchen, die hingen halb daraus hervor, ganz rosig im Feuerschein. Konnte sehen, ich, daß sie's gar nich' beachtete. Aber Brad, der schon. Un' da war, verdammt noch mal, nichts, was Annie un' ich dagegen unternehmen konnten.

Lizzie sagte: »Die Carnegie-Mellon-Enklave hat kein einzigesmal den Schutzschild abgesenkt. Nicht ein einzigesmal in neun Monaten. Die Nahrungsmittel müßten ihnen schon längst ausgegangen sein, was heißt, daß sie die Injektionsspritzen benutzt haben.«

Lizzie, die redet nich' mal mehr so wie wir. Redet wie ihr Terminal, die.

Annie fuhr dazwischen: »Na und? Die Macher können sie ja auch benutzen, wenn sie wollen. Das hat Miranda gesagt. Solange sie bloß hinter ihren Schutzschilden bleiben un' uns in Ruhe lassen.«

»Aber als sie euch mit allem versorgten, was ihr nötig hattet, da sollten sie euch nicht in Ruhe lassen, wie?« schnauzte Vicky sie an. »Sie selbst waren diejenige, die den meisten Respekt vor der Autorität hatte! ›Gib uns heute unser täglich' Brot ...‹«

»Lästern Sie nich'!«

»Komm, Annie«, sagte ich, »Vicky, die meint es doch nich' so. Die will bloß ...«

»Die will bloß, daß Sie aufhören, sich für sie zu entschuldigen, Billy«, sagte Vicky kalt. »Für meine überlebte Kaste kann ich mich selbst entschuldigen.« Stand auf, sie, un' stapfte in die Finsternis davon.

»Kannst du ihr nicht endlich Ruhe geben?« sagte Lizzie wütend zu ihrer Mutter. »Nach allem, was sie für uns getan hat!« Sie sprang auf un' lief hinter Vicky her.

Brad, der sah ihr nach un' wußte nich', was er tun sollte. Stand auf, setzte sich hin, stand wieder auf. Da erbarmte ich mich un' sagte: »Laß es sein, Junge. Is' besser, wir lassen die beiden 'n Weilchen allein.«

Der Junge sah mich dankbar an un' beschäftigte sich wieder mit seinem ewigen Terminal.

»Annie …«, sagte ich, so sachte, wie's nur ging.

»Irgendwas stimmt nich' mit dem Weib! Is' 'n echtes Nervenbündel, die!«

Un' Annie war's auch. Aber das sagte ich ihr nich'. War auch nich' aus'm selben Grund. Annie, die dachte immerzu über Lizzie nach, so, wie's mit ihr immer schon war. Aber Vicky, die dachte ans ganze Land. So, wie's mit den Machern immer schon war.

Aber wenn die's nich' taten, wer sollte es sonst tun?

Ich, ich dachte über die Nutzer nach, die wo keine Macher nich' mehr brauchten, un' über die Macher, wo sich hinter ihren Schutzschilden vor den Nutzern versteckten. Dachte über die bitteren Kämpfe un' das allgemeine Umbringen nach, wo wir damals im Info-Netz gesehen hatten. Un' ich dachte über den Mann nach, der wo Macher ›Abnormitäten‹ genannt hatte un' meinte, daß die Spritzen von Gott kamen. Der Mann, wo sagte, daß er Ideale hatte un' den Willen dazu.

Stand auf, ich, un' machte mich auf die Suche nach Vicky, damit ihr auch nichts zustieß.

21

Victoria Turner:
West Virginia

Sie begreifen es nicht. Keiner begreift es. Nutzer bleiben eben Nutzer, trotz der überwältigenden Dinge, die vorgefallen sind; es gibt eine Grenze für das, was man erwarten kann.

Strotzend vor Gesundheit und in Weltuntergangsstimmung marschierte ich nach West Virginia; ich trug einen neuen Namen und ein rasch dahinschwindendes Kleid und fragte mich, wo sich Huevos Verdes in all das einfügte. Unter den spektakulärsten Sicherheitsmaßnahmen, von denen man je gehört hatte, war Miranda Sharifi der Prozeß gemacht worden, und die Presse aus vierunddreißig Ländern hatte atemlos darauf gewartet, daß die Rettung in Form eines edlen Ritters der HighTech nahte. Doch niemand hatte sie auf sein Pferd gehoben und war mit ihr aus dem Trommelfeuer der Justiz hinweggebraust.

Miranda selbst hatte während des Prozesses kein Wort gesprochen. Nicht ein einziges Wort, nicht einmal im Zeugenstand, unter Eid. Natürlich erhielt sie eine Strafe wegen Mißachtung des Gerichts, und durch die Nutzer-Massen draußen auf der Straße – alle hatten ihre Spritzen erhalten – war ein so Nutzer-untypischer Aufschrei gegangen, daß er das Schweigen von zehn Opferlämmern kompensiert hätte. Nicht jedoch das Schweigen von Huevos Verdes. Keine Rettung. Keine Verteidigung, die der Rede wert gewesen wäre. Nada, wenn man nicht die Spritzen einrechnete, die vom Himmel regneten, aus der Erde sprossen und wie von Zauberhand aus den Steinen, Feldern und Straßen jenes Landes auftauchten, das die SuperS so tiefgreifend, so lautlos, so unsichtbar verwandelten.

Drew Arlen hatte ausgesagt. Er hatte die illegalen GenMod-Experimente beschrieben, die von Huevos Verdes in East Oleanta, in Colorado und in Florida durchgeführt worden waren. Bei den beiden letzteren Labors hatte es sich offenbar nur um Ersatzstandorte für East Oleanta gehandelt, aber, Herr im Himmel, es gab nur siebenundzwanzig SuperS! Wie, in Dreiteufelsnamen, hatten sie vier Stützpunkte mit Personal besetzt?

Sie waren einfach nicht so wie wir.

Das wurde immer augenfälliger, je weiter der Prozeß fortschritt. Es wurde auch augenfällig, daß Arlen *so wie wir* war: genau wie wir taumelte er durch einen Sumpf aus guten Absichten, ethischen Zweifeln, begrenztem Verständnis, persönlichen Leidenschaften und ihm vom Staat auferlegten Einschränkungen dessen, was er im Zeugenstand sagen durfte und was nicht.

»Diese Information unterliegt der Geheimhaltung«, wurde seine monotone Antwort auf die Fragen von Miranda Sharifis Verteidiger, der ganz gewiß der frustrierteste Mensch auf dem ganzen Erdenrund war. Arlen saß in seinem HighTech-Rollstuhl, keine Regung im dem alternden Nutzer-Gesicht. »Mister Arlen, wo waren Sie zwischen dem 28. August und dem 3. November?« »Diese Information unterliegt der Geheimhaltung.« »Mit wem sprachen Sie über die angeblichen Aktivitäten von Miss Sharifi im Norden des Staates New York?« »Diese Information unterliegt der Geheimhaltung.« »Bitte beschreiben Sie die Vorkommnisse, die Ihrer Entscheidung, die AEGS über die Aktivitäten von Huevos Verdes zu verständigen, vorangingen.« »Diese Information unterliegt der Geheimhaltung.«

Wie im Krieg.

Aber nicht in *meinem* Krieg. Ich war von der Front abgezogen worden, für immer abgezogen mit Stumpf und Stiel und Netzhautabdruck von allen außer den gängigsten Datenbanken. Dreimal im Lauf des letzten Jahres hatte man mich aufgelesen, nach Albany verfrachtet und betäubt, um Biomonitoren in die Lage zu versetzen, den Wissenschaftern dort – die sich sehr wahrscheinlich zu diesem Zeitpunkt schon selbst ihre Spritzen verabreicht hatten – ungestört alle meine Geheimnisse zu verraten. Keines der Ergebnisse, zu denen die Biomonitoren kamen, wurde mir je mitgeteilt. Ich war eine Ausgestoßene von Staats wegen.

Warum also verlor ich auch nur einen einzigen Gedanken an den Umstand, daß die Vereinigten Staaten als solche nahe daran waren, nicht mehr zu existieren? Warum sollte mich das auch nur im geringsten kümmern?

Ich weiß es nicht. Aber es kümmerte mich. Vielleicht war ich eine Närrin. Vielleicht eine Romantikerin. Vielleicht war ich bloß eigensinnig. Vielleicht ein bewußter, selbstgeschaffener Anachronismus.

Vielleicht war ich eine Patriotin.

»Billy«, sagte ich, als wir nebeneinander über die endlose Gravbahn-Trasse durch die endlosen Hügelketten von Pennsylvania trotteten, »Billy, sind Sie immer noch Amerikaner?«

Er bedachte mich mit dem gewissen Billy-Blick: intelligent, aber ohne den leisesten Schimmer, was das Vokabular bedeutete. »Ich? Ja, klar.«

»Werden Sie auch noch Amerikaner sein, wenn Sie von irgendeinem verzweifelten Rest eines gesetzestreuen Macher-Kommandos in Oak Mountain umgebracht werden?«

Es dauerte eine Minute, bis er es sich überlegte hatte. »Ja.«

»Werden Sie auch noch Amerikaner sein, wenn Sie beim Angriff irgendeiner puristischen Untergrundbewegung von Nutzern, die finden, Sie haben sich dem genetischen Feind verkauft, ums Leben kommen?«

»Ich werd' nich' ums Leben kommen«, protestierte er. »Nich' deswegen, weil mich andere Nutzer umbringen!«

»Aber wenn es so wäre, würden Sie als Amerikaner sterben?«

Er verlor die Geduld. Seine alten Augen mit der jungen Energie darin musterten die anderen Wanderer rundum und hielten nach Lizzie Ausschau. »Ja.«

»Wären Sie immer noch ein Amerikaner, wenn es gar kein Amerika mehr gäbe? Keine zentrale Regierung und niemanden, der die Regierungsgeschäfte wahrnähme; wenn die Verfassung vergessen und die Macher von einer revolutionären Untergrundbewegung ausgemerzt wären und Miranda Sharifi in einem Gefängnis verschimmelt, das ausschließlich von Robotern verwaltet wird?«

»Vicky, Sie denken zuviel, ehrlich, das tun Sie«, sagte Billy. Er wandte mir seine Sorge zu, jene Sorge, die der Nächstenliebe entsprang und von der ich so lange schon lebte – ich, eine Ausgestoßene aller Kasten. »Denken Sie lieber daran, ob wir am Leben bleiben. Das wär' vernünftig. Aber Sie können sich nich' ums ganze Land kümmern, das können Sie nich'!«

»Der Mensch, bemerkte Charles Lamb einmal, kann sich in alles und jedes verlieben. Nennen Sie mich einfach eine Patriotin, Billy. Glauben Sie nicht an Patriotismus?«

»Ich ...«

»Außerdem habe ich einmal miterlebt, wie ein GenMod-Hündchen von einem Balkon in den Tod stürzte.« Aber Billy hatte plötzlich Annie entdeckt. Er lächelte mir zu und verließ mich, um an der Seite seiner Angebeteten weiterzuwandern, deren Kleid unaufhaltsam von ihrem ausladenden Körper konsumiert wurde. Sie sah aus wie eine Fruchtbarkeitsgöttin, die verschlafen hatte, daß die industrielle Revolution längst im Gange war und die Webstühle ratterten wie Maschinengewehrfeuer.

Am 14. Juli erreichten wir Oak Mountain, was nur ich originell fand – oder zumindest bemerkenswert. Grob geschätzt befanden sich bereits etwa zehntausend Menschen dort. Sie hatten den Ring flachen Landes rund um das Gefängnis besetzt, und dazu die Hänge der nahen Berge. Um die Nahrungsaufnahme zu ermöglichen, hatten sie meilenweit jeden Bewuchs aus dem Erdreich gerissen und nur die Bäume als Schattenspender ausgespart. Niemand ernährte sich von festen Speisen; daher gab's auch kaum irgendwo Scheiße. Zelte in den wilden Farben der früheren Overalls standen über das ganze Gelände verstreut: türkis, orangerot, lila, grasgrün. Nachts saßen die Leute wie üblich um Lagerfeuer oder Y-Kegel.

Im Ersten Weltkrieg starben mehr Menschen an Krankheiten als Folge der beengten und unhygienischen Zustände als durch Schußwunden. Während der Belagerung von Dunmar aßen die Menschen erst die Ratten und dann einander. Während der Kämpfe in Brasilien war der Schaden am Regenwald größer als jener, der den Truppen zugefügt wurde, denn HighTech vernichtete alles, womit es in Berührung kam. Nie wieder.

Hatte die Geschichte noch Geltung? Die Geschichte der Menschheit?

Billy hatte recht. Ich dachte zuviel. Sollte mich besser darauf konzentrieren, am Leben zu bleiben.

»Schmier dir mehr Erde ins Gesicht!« sagte Lizzie, während sie mich kritisch betrachtete. Der Rat schien überflüssig: alle waren ununterbrochen von Kopf bis Fuß voller Erde – mittlerweile ein durchaus akzeptabler Zustand. Erde war sauber; Erde war Muttermilch. Mir kam der Verdacht, daß Miranda & Co. mit ihrem magischen Gebräu auch unsere Geruchsnerven verändert hatte, denn niemand fand, daß der Nächste stank.

»Gib dir mehr Blätter ins Haar!« sagte Lizzie und legte den Kopf schief, um mich anzusehen. Ihr hübsches Gesicht wirkte bekümmert. »Vicky, hier gibt es wirklich unheimliche Leute. Sie wollen einfach nicht verstehen, daß Macher auch Menschen sein können!«

Sein können. Geduldeterweise. Falls wir uns den Nutzern anschließen und alle jene Institutionen aufgeben, mittels derer wir die Welt kontrollierten.

Lizzies Lippen begannen zu zittern. »Wenn dir irgend etwas passieren ...«

»Nichts wird mir passieren«, sagte ich, ohne es auch nur eine halbe Minute lang zu glauben. Zuviel war schon passiert. Aber ich nahm sie in die Arme, diese Tochter, die sich gerade anschickte, sowohl Annie als auch mir rapide zu entgleiten – obwohl Annie noch um sie kämpfte, als würde Lizzie nicht längst schon einer anderen Spezies angehören. Lizzie war jetzt schon fast völlig nackt, ihr ›Kleid‹ bestand nur noch aus ein paar Fetzen Stoff, um ein Minimum an Anstand zu wahren. Völlig unbefangen in ihrer Nacktheit. Wie andere Dreizehnjährige in diesem Lager, die genauso unbefangen schwanger waren. Kein Problem. Ihre Körper würden ganz allein damit fertigwerden. Sie hatten keine Gefahr bei der Entbindung zu befürchten, hatten keine Angst davor, ein Baby zu versorgen, und verließen sich auf die dauernde Gegenwart vieler Menschen, die bei der Betreuung dieser beiläufig empfangenen Sprößlinge mithelfen würden. Keine große Sache, das Ganze. Die schwangeren Kinder waren immer fröhlich.

»Gib bloß acht!« sagte Lizzie.

»Gib *du* bloß acht!« antwortete ich, aber klarerweise lächelte sie nur.

An diesem Abend erschien das erste Holo am Himmel.

Es sah so aus, als stünde es genau über dem Mittelpunkt des Gefängnisses. Fünfundzwanzig Meter hoch oben und zumindest fünfzehn Meter weit aufragend – es war schwer, es vom Boden aus einzuschätzen –, mußte es meilenweit zu sehen sein. Das Laserlicht wirkte perfekt in seiner Kompliziertheit und gleißend hell. Es war zehn Uhr abends und selbst für eine Sommernacht dunkel genug, damit das Holo den beinahe vollen Mond überstrahlen konnte. Es bestand aus einer rot-blauen Doppelhelix, die in weihevolles weißes Licht getaucht war wie ein biologischer Caravaggio. Darunter pulsierten und blinkten Buchstaben:

TOD DEN NICHT-MENSCHEN
WILLE UND IDEAL

Ein Aufschrei ging durch die Menge. In nur einem Jahr hatten sie offensichtlich vergessen, wie allgegenwärtig politische Holos zu sein pflegten.

Tod den Nicht-Menschen. Eiseskälte kroch mir vom Kreuz aus über das Rückgrat nach oben.

»Wer macht'n bloß so 'n Holo?« rief eine empörte Männerstimme aus allernächster Nähe. Ein wildes Geschrei von Antworten folgte: die Regierung; die Nahrungsmittelverteiler, die keiner mehr benötigte; das Militär. Die Macher, die Macher die Macher …

Ich hörte keinen einzigen sagen: »Die Untergrundkämpfer.« Bedeutete das, daß keine Angehörigen der Untergrundbewegung unter uns waren? Nicht einmal Informanten? Es mußte Informanten geben, jeder Krieg hatte welche.

Informanten würden sich in ihre Umgebung einfügen müssen; das hieß, sie mußten wie alle anderen auch ihre Spritze erhalten haben. Hieß das weiter, daß auch sie nicht-menschlich waren? Wer genau fiel unter die Kategorie ›Nicht-Mensch‹?

Ich sah, wie Lizzie sich durch die Menge kämpfte, und spürte, wie ihre Hände mich ins Zelt zerren wollten. Wenn sie etwas zu mir sagte, dann verlor es sich in dem allgemeinen Lärm rundum. Ich streifte ihre kleinen, hartnäckigen Finger ab und blieb, wo ich war.

Das Holo fuhr fort zu blinken, und dann plötzlich ging ein Aufwogen durch die Menge, und sie fing an, sich auf das Gefängnis zuzubewegen. Es geschah nicht so gleichzeitig, daß jemand in Gefahr kam, niedergetrampelt zu werden, und die Leute wichen auch den Zelten und Lagerfeuern aus. In dem grellen, pulsierenden Licht des Holos sah ich, daß sich eine ähnliche Welle von den bewaldeten Hängen in der Umgebung herabbewegte. Die Nutzer hatten sich aufgemacht, um Miranda, ihre auserwählte Ikone, zu beschützen.

»Soll sich bloß wer unterstehen, *ihr* was anzutun…!«

»Die is' menschlich, jawohl, genau wie der, wo mit närrischen Holos daherkommt!«

»Die sollen nur *versuchen,* sie anzurühren…!«

Was, um alles in der Welt, glaubten sie denn, unternehmen zu können, um ihr zu Hilfe zu kommen?

Und dann fing der Singsang an; er begann dicht an den Gefängnismauern, verbreitete sich rasch nach außen und übertönte gelegentlich aufflackernde Diskussionen und Proteste. Als ich den äußeren Rand der Schulter an Schulter vorwärtsdrängenden Menge erreichte, war der Singsang zu einem kraftvollen Chor geworden, der sich aus Tausenden Kehlen über das Land hob. »Freiheit für Miranda! Freiheit für Miranda! Freiheit für Miranda …!«

Fackeln wurden entzündet, und innerhalb von dreißig Minuten standen sämtliche Menschenwesen, die sich in einem meilenweiten Umkreis befunden hatten, dicht an den Gefängnismauern, die Gesichter voll grimmiger Entschlossenheit und hektischer Erregung, wie es bei Leuten vorkommt, wenn sie auf etwas erpicht sind, das sich ihrem Einfluß entzieht. Der Schein der Flammen färbte ihre schlichten, reizlosen Nutzer-Gesichter rosig; manche waren auch rot und blau gestreift, wenn die Farben des Holos darüber hinwegblitzten. *Freiheit für Miranda! Freiheit für Miranda! Freiheit für Miranda …!*

Von den schweigenden grauen Mauern kam keinerlei Reaktion.

Eine Stunde lang wurde der Chor fortgesetzt – genauso lange, wie das Holo seine Todesbotschaft an jene aussandte, die wie Miranda waren.

Und wie ich.

Und wie die Nutzer, die die Spritze bekommen hatten?

Als das Holo schließlich verschwand, verstummte auch der Singsang – so abrupt, als hätte man ihn von oben her abgestellt. Die Leute blinzelten und sahen einander leicht benommen an; sie wirkten fast so, als kämen sie direkt aus Drew Arlens Lichten Träumen.

Bedächtig, ohne jede Hast, rückten zehntausend Menschen wieder ab vom Gefängnis und zurück zu ihren Zelten, die meilenweit verstreut standen. Das brauchte seine Zeit. Die Leute bewegten sich langsam und bedrückt voran, sie sprachen leise oder schwiegen überhaupt. Soweit mir bekannt ist, wurde niemand gestoßen oder verletzt. Vor gar nicht allzulanger Zeit hätte ich das nicht für möglich gehalten.

Die Leute blieben lange wach, saßen um gemeinsame Lagerfeuer und unterhielten sich.

Brad sagte: »Dieses Holo vorhin, das stammte nicht vom Gefängnis.«

Das hatte ich auch nie angenommen, aber ich wollte seine Erklärung hören. »Wie kannst du das wissen?«

Er lächelte geduldig – ein gerade eben flügge gewordener Techie, der seinen unwissenden Altvorderen aufklärte. Der kleine Furz. Was ich an Technik vergessen hatte, war mehr, als er bisher in seiner verspäteten, der Spritze zu verdankenden Liebesaffäre mit echtem Wissen gelernt hatte. Er war sechzehn. Dennoch hatte ich kein Recht auf abfällige Gefühle: ich hatte auch nicht bemerkt, wo das Holo entstanden war.

»Laser-Holos brauchen einen Projektor«, sagte er. »Du weißt, diese schwachen Strahlenlinien, die man so komisch von der Seite sieht, und nur, wenn man irgendwie ...«

»An der Peripherie des Gesichtsfeldes. Ja, ich weiß, Brad. Woher kamen sie also, wenn nicht aus dem Gefängnis?«

»Lizzie und ich, wir haben davon erst letzte Woche gelernt.« Er legte seine Hand besitzergreifend auf Lizzies Knie. Annie runzelte die Stirn.

»Woher kam also das Laserlicht, Brad?«

»Erst fiel es mir überhaupt nicht auf. Und dann erinnerte ich mich an die ...«

»Woher, verdammt noch mal!«

Erschrocken zeigte er mit dem Finger in die Ferne. Horizontal, zur Spitze eines Berges, dessen Namen ich nicht kannte. Ich starrte die vom Mondlicht scharf konturierte Silhouette des Berges an.

»Möchte bloß wissen, warum du mich anschnauzt, du!« sagte Brad; sein Tonfall befand sich irgendwo zwischen Gehässigkeit und Trotz. Ich ignorierte ihn und hoffte nur, Lizzie würde recht bald das Interesse an ihm verlieren. Er war nicht halb so hell wie sie.

O du ewig gleiche neue Welt!

Ich konnte den Blick nicht von dem namenlosen schwarzen Berg abwenden. Dort waren sie also. Die Wille-und-Ideal-Untergrundbewegung, auf die Drew Arlen angespielt hatte und mit deren Mitglied Billy vor Wochen ins Gespräch gekommen war. Aber dieser Mann hatte seine Spritze gehabt. Sollte das bedeuten, daß man auch nach der Injektion und trotz der grundlegend veränderten biologischen Funktionen, die sie verursachte, in den Augen der Untergrundbewegung noch als ›menschlich‹ gelten konnte? Oder wurde der Mann von ihr nur als Informant benutzt, mit dem sie seines Doppelspiels wegen kurzen Prozeß machen würde, sobald der Krieg vorbei war? Es wäre nicht der erste Fall in der Geschichte der Menschheit …

Diese Bewegung hatte den Duragem-Spalter freigesetzt. Sie brachte die Macher um. Sie hatte Drew Arlen zwei Monate lang erfolgreich vor Huevos Verdes verborgen gehalten. Sie rüstete ihre Soldaten mit militärischen Waffen der Vereinigten Staaten aus.

Der Morgen graute bereits, als ich einschlief.

In der folgenden Nacht erschien das Holo wiederum, jedoch leicht verändert.

Die Doppelhelix, rot und blau in weißem Licht, war immer noch da. Aber diesmal lautete die blinkende Schrift:

TRAMPELT NICHT AUF MIR HERUM
WILLE UND IDEAL

Trampelt nicht auf mir herum? Was für eine pseudorevolutionäre Gruppe konnte nur auf die hirnrissige Idee kommen, daß eine Herde ländlicher Matschfresser auf ihr herumtrampeln würde? Oder sich auch nur für sie interessierte?

Ich hatte eine plötzliche Erleuchtung: Daß Nutzer durch die Anwendung der Spritzen angeblich zu Nicht-Menschen geworden waren, konnte es nicht allein sein, was den Haß der Untergrundkämpfer hervorgerufen hatte; es war ihr Desinteresse! Menschen, die sich die Injektion verabreicht hatten, schenkten nicht nur der bestehenden Regierung kaum Aufmerksamkeit, sondern sie interessierten sich ebensowenig für diejenigen, die vorhatten, sie abzulösen! Sie benötigten keine neue Regierung – oder meinten das zumindest. Und gewissen Leuten erschien es immer schon erstrebenswerter, gehaßt zu werden, als belanglos zu sein; alles, was irgendeine Reaktion – wie irrational diese auch sein mag – provoziert, ist besser, als belanglos zu erscheinen. Auch wenn die Reaktion nie umfangreich genug ist.

Und noch etwas: Diese Holos machten nicht den Versuch, jemanden zu bekehren. Es gab keine Verlautbarungen, in denen erklärt wurde, warum die Leute sich der Untergrundbewegung anschließen sollten. Es gab keine simpel formulierten Flugblätter. Es gab keine Mitglieder, die arglistig nach empfänglichen Personen Ausschau hielten und diese dann mit eindringlicher Stimme zu überzeugen versuchten. Die Leute, die diese Holos in den Himmel projizierten, waren nicht an neuen Mitgliedern interessiert. Sie waren ausschließlich an selbstgerechter Gewalt interessiert.

Die Nutzer starrten hinauf und reagierten auf das zweite Holo genauso wie auf das erste in der vorangegangenen Nacht. Geordnet, ohne Unruhe und ohne jedes Startsignal begannen sie sich auf das Gefängnis zuzubewegen. Keinerlei Hast war zu bemerken. Mütter nahmen sich die Zeit, ihre Kleinen warm einzupacken, um sie vor der Nachtkälte zu schützen, stillten ihr Baby in aller Ruhe zu Ende und besprachen, wer bei den bereits schlafenden Kindern zurückbleiben sollte. Die Lagerfeuer wurden mit Asche belegt. Die Strickenden beendeten die Reihe und taten das, was sie immer taten, um ihre Arbeit zu sichern. Doch innerhalb von zehn Minuten hatte jeder Erwachsene im Lager – zehntausend, alles in allem – sich in Bewegung gesetzt und war auf dem Weg Richtung Gefängnis. Gesittet wichen sie den Zelten und Lagerfeuern derjenigen aus, die in nächster Nähe des Gefängnisses kampierten, und achteten darauf, nichts zu zertreten. Und sobald sie Schulter an Schulter standen, begannen sie ihren Singsang.

»Freiheit für Miranda! Freiheit für Miranda! Freiheit für Miranda ...!«

Fünfzehn Minuten lang pulsierte das Holo, ehe es sich erneut veränderte:

FREIHEIT ODER TOD
WILLE UND IDEAL

Das weiße Licht wurde zu einer amerikanischen Flagge, Sterne und Streifen überlagerten die Doppelhelix.

»Freiheit für Miranda! Freiheit für Miranda! Freiheit für Miranda ...!«

Fünfzehn Minuten später änderte sich die Schrift auf dem Holo zu:

HOFFNUNG
WILLE UND IDEAL

»Freiheit für Miranda! Freiheit für Miranda! Freiheit für Miranda ...!«

Aus der amerikanischen Flagge wurde eine Klapperschlange, halb aufgerichtet, um zuzubeißen. Sie wirkte so realistisch, daß ein paar Kinder anfingen zu weinen.

Nach weiteren fünfzehn Minuten wurde die Schlange wieder von der ursprünglichen Doppelhelix und dem tugendhaften weißen Licht ersetzt. Diesmal bekamen wir drei Zeilen zu lesen:

TOD DEN ABNORMITÄTEN
ALLE MACHT DEN WAHREN NUTZERN
WILLE UND IDEAL

Die Doppelhelix rotierte langsam. Ich fragte mich unwillkürlich, wie viele der Anwesenden wohl wußten, wofür sie stand.

»Freiheit für Miranda …!«

Nach einer Stunde war es vorbei. Eine weitere Stunde verging, ehe die riesige Menschenmenge sich friedlich und komplett aufgelöst hatte, obwohl sie sofort, als das Holo verschwand, damit begann.

In mein Zelt zurückgekehrt, lieh ich mir Lizzies Terminal mit dem Bibliothekskristall. ›Trampelt nicht auf mir herum!‹ wurde zum erstenmal auf Flaggen im kolonialen Süden gebraucht, als das Verhältnis zu England sich verschlechterte, und später als revolutionärer Slogan im größten Teil Neu-Englands übernommen. ›Freiheit oder Tod!‹ erschien im Anschluß an Patrick Henrys Aufforderung, sich gegen die britische Herrschaft aufzulehnen, auf Fahnen in Virginia. ›Hoffnung‹ stand auf der Flagge des bewaffneten Schoners *Lee*, der ersten Flagge, auf der die dreizehn Sterne jener britischen Kolonien aufschienen, die sich dann als Vereinigte Staaten selbständig machten. Was ›Wille und Ideal‹ betraf, konnte ich darüber nichts finden.

Diese Wahnsinnigen betrachteten sich als Kolonisten in ihrem eigenen Land und kämpften für die Vernichtung eines Macher-Establishments, das sich zum größten Teil widerstandslos in Verstecke zurückgezogen hatte, und möglicherweise für den Untergang einer Nutzer-Bevölkerung, die im wesentlichen wehrlos war – wenn man einen monotonen Singsang nicht zu den Waffen zählte.

Unter anderem war es auch Aufgabe einer Regierung, die Bürger des Staates vor derartigen verrückten Rebellen in Schutz zu nehmen, aber hatten wir überhaupt eine Regierung? Hatten wir noch einen Staat?

Ich ging wieder zur Gefängnismauer, diesmal bis in ihre unmittelbare Nähe, nachdem ich mir von einem gefälligen Lagerbewohner eine Fackel geliehen hatte, welcher nur freundlich und ohne jeden Nachdruck bat, sie zurückzuerhalten, wenn ich sie nicht mehr brauchte. Mit der Fackel in der Hand schritt ich die Gefängnismauer entlang und inspizierte sie.

Ein paar Graffiti, nicht sehr viele; nur wenige Nutzer konnten schreiben. Die paar Kritzeleien, auf die ich stieß, befanden sich nicht auf den Mauern selbst, denn die wurden natürlich von einem schimmernden Y-Schild geschützt; die Verfasser hatten eigens zu diesem Zweck Steinblöcke vom Flußufer hochgerollt und sie mühsam am Schild entlang aufgestapelt. Man sah noch das aufgerissene Erdreich als Spur des Weges, auf dem man sie herbeigeschafft hatte. Auf den Steinen stand: FREIEID FÜR MARANDA! WIR SIN AUCH MENSCHEN! NIDER MIT DISEN MAUERN!

Ein rührender Kratzer in einem Felsblock, etwa fingerdick, wo irgendeine Gruppe symbolisch damit begonnen hatte, ›dise Mauern nider‹ zu reißen.

Das Gefängnistor, das zum Fluß hin lag, glatt und unüberwindbar. Fünfzehn Meter hoch oben dunkle, blinde Tafeln: die Überwachungsschirme, die in Betrieb sein konnten oder auch nicht.

Oberhalb der Mauern und kaum zu sehen, wenn

man es nicht an den Rand seines Gesichtsfeldes rückte, reichte das Schimmern ein Stück nach außen wie eine überhängende Dachkante. Der Grund dafür war mir unerklärlich.

An jeder der vier Ecken ragte ein Turm auf. Entweder hatten die Türme keine Fenster oder diese verbargen sich hinter Holos, die den Eindruck vermittelten, sie würden nicht existieren.

Ich wanderte wieder zu meinem Zelt, nachdem ich auf dem Weg dorthin die Fackel ihrem Eigentümer zurückgegeben hatte. Annie, Billy, Lizzie und Brad waren bereits paarweise in ihren Zelten verschwunden. Von Westen zogen bedrohliche Wolken auf. Ich hockte lange im Freien, eingewickelt in eine Plane aus PlastiTuch, und fror, obwohl es sicherlich über zwanzig Grad hatte. Mir gegenüber hockte das Gefängnis, massiv und reglos; nicht einmal eine holographische Fahne flatterte über seinem Dach. Wie tot.

»Lizzie, du mußt etwas für mich tun. Etwas unerhört Wichtiges.«

Sie blickte auf. Mitten im Wald hatte ich sie gefunden, nachdem ich stundenlang bei völlig Fremden nach einem mageren schwarzen Mädchen mit rosa Schleifen an den Zöpfen gefragt hatte. Sie saß auf einem umgestürzten Baumstamm, an dem sich die Rückseite ihrer Oberschenkel vermutlich gerade gütlich tat. Sie hatte geweint. Brad, klarerweise. Ich würde ihn umbringen. Nein, würde ich nicht. Nur so konnte sie lernen. Claude-Eugene-Rex-Paul-Anthony-Russell-David.

Der Zeitpunkt war günstig; ich konnte mir diese Tränen zunutze machen.

»Lizzie, ich muß eine Mitteilung nach Charleston schicken. Ich kann nicht selbst gehen, weil die AEGS mich aus der Ferne überwacht, das weißt du ja. Sie würden es sofort erfahren. Und sonst kann ich niemandem vertrauen. Deine Mutter würde es nicht machen, und Billy würde deine Mutter nicht alleinlassen…«

Sie fuhr fort, zu mir aufzuschauen, ohne den Gesichtsausdruck zu verändern; sie hatte verschwollene Augen, und ihre Nase war rot.

»Es handelt sich um Miranda Sharifi«, erklärte ich. »Lizzie, es ist unglaublich wichtig. Du mußt an meiner Stelle nach Charleston gehen. Ich werde dir in dein Terminal eine zeitcodierte Anweisung eingeben, was du tun mußt, nachdem du dort eingetroffen bist. Um ehrlich zu sein, das habe ich bereits getan. Ich weiß, daß das sehr geheimnisvoll klingt, aber es geht nicht anders.« Ich legte alles, was mir zur Verfügung stand – oder einst zur Verfügung gestanden hatte – in die letzten paar Worte: die Macher-Autorität; den Befehlston eines Erwachsenen; die Überzeugung, daß dieses Mädchen mich gern hatte.

Lizzie fuhr fort, mich ausdruckslos anzusehen.

Ich hielt ihr das Terminal hin. »Du folgst der Gravbahn-Trasse, bis sie sich in Ash Falls teilt. Dort…«

»Es gibt keine Mitteilung über Miranda Sharifi«, sagte Lizzie.

»Ich sagte doch gerade, daß ich eine hätte!« Macher-Autorität. Befehlston des Erwachsenen.

»Nein. Es gibt nichts, was irgend jemand für Miranda tun kann. Du willst mich bloß weghaben von hier, weil du Angst hast, daß die Untergrundkämpfer heute nacht angreifen werden!«

»Nein, keineswegs. Wie kannst du nur annehmen…« – *du, die mir soviel verdankt!* sagte mein Tonfall –, »daß ich nicht über Möglichkeiten verfüge, von denen du keine Ahnung hast? Wenn ich sage, es gibt eine lebenswichtige Botschaft, die Miranda Sharifi betrifft, dann *gibt* es diese lebenswichtige Botschaft auch!«

Lizzie starrte mich an – mit leerem, hoffnungslosem Blick.

»Lizzie ...!«

»Er hat mich verlassen! Wegen Maura Casey!«

Man soll nicht lachen über die erste unglückliche Liebe. Es wird später, wenn man erwachsen ist, auch nicht anders. Ich setzte mich neben sie auf den Baumstamm.

»Er sagt ... er sagt ... daß es nicht gut ist, wenn man so klug ist wie ich!«

»Das sagen die Nutzer alle«, bemerkte ich nachsichtig. »Das ist Brad eben noch nicht aufgefallen.«

»Aber ich bin ja wirklich klüger als er!« Sie klang wie ein Kind – das sie ja eigentlich noch war. »*Viel* klüger! Von manchen Sachen versteht er rein gar nichts!«

Ich verkniff es mir, *warum legst du dann Wert auf ihn?* zu fragen; ich wußte, ab wann die Lage für logische Argumente aussichtslos war. Statt dessen sagte ich: »In deinem Leben werden dir die meisten Menschen dumm vorkommen, Lizzie. Angefangen mit deiner Mutter. Das ist einfach so. Eine unabänderliche Tatsache. Und so wird die Welt auch in Zukunft sein. Für dich.«

Sie putzte sich die Nase mit einem Blatt. »Aber das ist mir zuwider! Ich will, daß die Leute mich verstehen!«

»Nun ja. Du solltest dich an diesen Zustand gewöhnen.«

»Er sagt, ich will ihn kontrollieren! Aber das will ich gar nicht!«

Wer soll also die Entwicklung der Technik kontrollieren? sagte Pauls Stimme zu mir, während er im Bett lag und es genoß, die Frau zu belehren, die er gerade gevögelt hatte. Der es genoß, oben zu liegen. Vermutlich hatte Lizzie tatsächlich versucht, Brad zu kontrollieren. *Wer es kann!* hatte Billy gemeint.

»Lizzie, in Charleston...«

Sie sprang auf. »Ich sagte, ich gehe nicht! Und ich geh' auch nicht! Ich hoffe, heute nacht kommt der Angriff! Ich hoffe, ich sterbe dabei!« Schluchzend und durchs Unterholz brechend rannte sie davon.

Augenblicklich machte ich mich an die Verfolgung, und nach zehn Metern holte ich bereits auf. Sie war schnell, aber ich war muskulöser und hatte die längeren Beine. Sie war noch zwei Schritt entfernt, und mir blieben noch sechs Stunden Tageslicht; ich würde sie verschnüren wie ein Paket und sie so weit von Oak Mountain und der Gefahr wegschleppen, wie ich in sechs Stunden schaffen konnte. Und wenn nötig, würde ich sie dazu bewußtlos schlagen.

Meine Fingerspitzen berührten ihren Rücken, und sie machte einen weiten Satz vorwärts über einen Haufen Reisig. Ich machte den gleichen Satz hinter ihr her, landete jedoch mit einem verdrehten Knöchel.

Wie eine Lanze fuhr der Schmerz durch mein Bein. Ich schrie auf. Lizzie hielt keinen Moment lang inne. Vielleicht hielt sie es für einen vorgetäuschten Sturz. Ich versuchte, ihr nachzurufen, aber durch den traumatischen Schock überfiel mich eine plötzliche Woge von Übelkeit. Ich konnte den Kopf gerade noch rechtzeitig zur Seite drehen, ehe ich mich übergeben mußte. Lizzie rannte weiter und verschwand zwischen den Bäumen. Ich hörte sie noch eine Weile, obwohl ich sie nicht mehr sah. Und dann hörte ich sie auch nicht mehr.

Langsam setzte ich mich auf. Der Schmerz pochte in meinem Knöchel, der bereits anschwoll. Ich konnte nicht feststellen, ob er verstaucht oder gebrochen war. Mirandas Nanotechnik würde ihn in Ordnung bringen, aber natürlich nicht auf der Stelle.

Mir war kalt, und dann brach mir der Schweiß aus. *Nicht ohnmächtig werden!* befahl ich mir streng. Nicht jetzt, nicht hier! Lizzie...

Selbst wenn ich sie wiederfinden sollte, konnte ich sie nirgendwohin tragen.

Als der Schockzustand nachließ, hinkte ich zurück ins Lager. Jeder Schritt war eine Qual, und nicht nur für meinen Knöchel. Als ich die Ausläufer des Lagers erreichte, kamen mir ein paar Nutzer zu Hilfe und brachten mich zu meinem Zelt. Dort angekommen, fühlte ich den Schmerz nur noch dumpf; inzwischen war es dunkel geworden. Ich sah weder Lizzie noch Annie oder Billy. Lizzies Terminal und der Bibliothekskristall waren aus ihrem Zelt verschwunden.

Zusammengesunken hockte ich vor dem meinen und betrachtete den Himmel. Es war eine bewölkte Nacht ohne Sterne oder Mond. Die Luft roch nach Regen. Ich erschauerte und hoffte, ich würde mich irren. Komplett und in jeder Hinsicht irren: hinsichtlich der Untergrundbewegung, von der niemand so recht einsehen wollte, daß sie tatsächlich existierte, hinsichtlich ihrer Ziele, hinsichtlich jedes noch so winzigen Details. Was wußte ich denn wirklich?

»Freiheit für Miranda! Freiheit für Miranda! Freiheit für Miranda …!«

Die rot-blaue Doppelhelix pulsierte, überlagert von der rot-weiß-blauen Fahne. WILLE UND IDEAL. Nichts sonst. Wessen Wille? Welches Ideal? Das Gefängnis von Oak Mountain stand dunkel und stumm unter dem rhythmischen Licht.

»Freiheit für Miranda! Freiheit für Miranda! Freiheit für Miranda!«

Ich saß still vor dem Zelt und schonte meinen schmerzenden Knöchel. Annie hatte ihn fest mit einem Streifen gewebten Stoff umwickelt, den meine Haut vermutlich gerade im Begriff war aufzufressen. Ich befand mich etwa vierhundert Meter von den zehntausend Stimmen entfernt, aber der monotone Chorgesang driftete bis zu mir herüber.

Der Himmel war dunkel und bedeckt. Die Sommerluft duftete nach Regen, nach Kiefern, nach wilden Blumen. Zum erstenmal fiel mir auf, daß diese Düfte stärker waren als je zuvor, wogegen der Gestank nach menschlichen Körpern von meinen veränderten Geruchsnerven nur abgeschwächt aufgenommen wurde. Miranda & Co. verstanden ihr Handwerk.

Fackeln in den Händen der psalmodierenden Menge und Y-Energie-Kegel: eine Mischung von primitivem Lichtschein und gleichmäßigem HighTech-Strahlen. Und darüber das grelle Funkeln. Die breiten Streifen und hellen Sterne der Flagge.

Das erste Flugzeug kam über Brads namenlosen Berg in unsere Richtung. Es flog ohne Beleuchtung – ein metallisches Glitzern, das nur dann zu sehen war, wenn man danach Ausschau hielt. Sie brauchten keine Flugzeuge; sie hätten auch weittragende Artillerie einsetzen können. Doch offenbar wollte jemand den Einsatz aus nächster Nähe aufzeichnen. Schwankend und den Tränen nahe erhob ich mich auf die Füße, als das Flugzeug tief über das Gefängnisdach hinwegglitt und mit seinem Summen den Chor übertönte. Die Leute schrien auf, und im selben Moment warf das Flugzeug eine einzelne Bombe mit Aufschlagzünder ab, die inmitten der Menge explodierte. Gerade genug für etwa fünfzig Tote, selbst in dieser Ansammlung von Körpern; sie spielten erst ein wenig.

Schreiend begannen die Menschen zu drängen und zu stoßen. Die Glücklichen am Rande des Gedränges rannten auf die bewaldeten Hänge in der Ferne zu. Ich konnte sehen, wie einzelne Gestalten dicht dahinter folgten, zusammenstießen und übereinanderfielen. Sie waren weit weg, aber ich konnte sie deutlich voneinander abgegrenzt erkennen: Miranda hatte mir zu perfektem Sehvermögen verholfen.

Ein zweites Flugzeug, das ich nicht hatte kommen sehen, flog aus der Gegenrichtung über mich hinweg und verschwand hinter den Gefängnismauern. Ich hörte die zweite Bombe nicht, die auf der anderen Seite des Gebäudes gefallen sein mußte. Das Schreien übertönte die Explosion.

Die Leute begannen einander niederzutrampeln.

Billy. Annie. *Lizzie …!*

Das erste Flugzeug hatte eine Schleife gezogen und kehrte hinter mir zurück. Und diesmal, das wußte ich, nicht nur, um zu spielen. Zu viele Menschen hatten sich vom Rand der Menge gelöst und versuchten, sich in Sicherheit zu bringen. Würde die Bombe direkt im Gefängnis von Oak Mountain einschlagen? Natürlich. Dort befand sich ja die Haupt-Abnormität. Ich wußte nicht, über welche Art von Abschirmung das Gefängnis verfügte, aber wenn es ein Atomangriff war …

Das Holo über dem Gebäude veränderte sich ein letztes Mal:

DER WILLE DES VOLKES
DAS IDEAL MENSCHLICHER REINHEIT

Ich dachte, ich würde Lizzie ausmachen. Verrückt – es war einfach nicht möglich, auf diese Entfernung einzelne Personen zu erkennen! Aber mein Unterbewußtsein legte offenbar Wert darauf, mich in soviel dramatischer Seelenqual wie nur möglich sterben zu sehen. Und so vermeinte ich Lizzie zu erblicken, wie sie davonstürzte und von in Panik geratenen Menschen niedergetrampelt wurde, die all dem zu entkommen suchten, was vom Augenblick der Erschaffung des ersten GenMod an unvermeidlich war.

Ich drückte die Augen zu und erwartete den Tod. Dann öffnete ich sie wieder.

Gerade rechtzeitig für die eine Nanosekunde, in der es geschah.

Der Schutzschild um Oak Mountain leuchtete heller als das Holo am Himmel; es war der Moment, in dem das Gefängnis noch in einen silbrigen Schein getaucht war. Im nächsten Moment schoß Licht wie ein grotesk ausladendes Dach aus purer Energie von den Mauern des Gebäudes über die Menschenmenge rundum, und dann fiel die Bombe, oder was immer es war, auf den Energieschild und detonierte – oder prallte davon ab oder wurde zurückgeschleudert. Das Flugzeug explodierte in einem blendendhellen Lichtschein, der aber nicht wie ein Atomblitz wirkte. Und in der nächsten Sekunde eine zweite Explosion: das andere Flugzeug. Und dann Totenstille.

Die meisten Menschen hatten aufgehört davonzurennen. Sie waren stehengeblieben und blickten hinauf zu dem mattsilbernen Dach, das sie schützte, zu dem von anderen Menschen geschaffenen Dach aus HighTech-Strahlung.

Ich schrie auf und stolperte vorwärts, doch augenblicklich gab mein Knöchel unter mir nach, und ich fiel hin. Mit Hilfe der Arme stützte ich mich vom Boden ab und starrte nach oben. Das ›Dach‹ erstreckte sich bis an den Fuß der Berge; es war undurchsichtig, aber ich konnte die unmittelbar aufeinanderfolgenden Explosionen hören – Artillerie oder Strahlung oder irgend etwas anderes, das von der Spitze des fernen Berges aus dirigiert wurde.

Wiederum schrien die Leute durcheinander, aber das Drängen und kopflose Trampeln hatte aufgehört. Hier, unter diesem Schutzschirm aus Energie, befand sich der sicherste Platz auf der Welt.

Ich dachte: *Huevos Verdes beschützt die Seinen.*

Ich ließ mich wieder zurücksinken, preßte die

Wange gegen das harte Erdreich und hatte das Gefühl, keine Knochen in mir zu haben. Ich war zu keiner Bewegung fähig. Ein paar kleine Kinder hätten mich zermalmen können. Huevos Verdes hatte die Seine beschützt und damit zufälligerweise neun- oder zehntausend Nutzern das Leben gerettet, während es zugleich eine unbekannte Zahl von Nutzern auslöschte. Von dort kamen jetzt die Gesetze: von Huevos Verdes. Von siebenundzwanzig Schlaflosen plus ihren Sprößlingen, die sich alle nicht als Teil meines Landes betrachteten. Oder als Teil irgendeines anderen Landes. Sie hatten nichts zu schaffen mit Machern, mit Nutzern oder mit der Verfassung, die selbst für die Macher stets stillschweigend, aber tragend wie Muttergestein, im Hintergrund gestanden hatte. Jetzt nicht mehr.

Wer war doch dieser Staatsmann, dessen letzte Worte auf dem Totenbett das Schicksal der Vereinigten Staaten betraf? Adams? Webster? Ich hatte das immer für eine alberne Geschichte gehalten. Hätten seine letzten Worte nicht besser seine Ehefrau oder sein Testament oder die Höhe seines Kissens – jedenfalls etwas Konkretes, Persönliches – betreffen sollen? Wie hochtrabend, sich selbst für bedeutend genug zu halten, um die Geschicke eines ganzen Landes zu bewegen! Noch dazu in einem solchen Augenblick! Anmaßend. Dünkelhaft. Außerdem dumm: der Mann würde kein einziges Gesetz mehr durchbringen, keine einzige politische Linie mehr beeinflussen – er *lag im Sterben!* Dumm.

Jetzt verstand ich ihn. Ich fand es immer noch dumm, aber ich verstand es.

Ich glaube, ich hatte noch nie zuvor eine solche Verzweiflung verspürt.

Eine allerletzte Explosion, und mein Ohr – dasjenige, das ich nicht ins Erdreich preßte – war völlig taub. Ich bemühte mich, den Kopf so zu drehen, daß ich nach oben sah. Der Schild war verschwunden, und mit ihm das Holo und die komplette Spitze des Berges in der Ferne. Und ich hatte nie erfahren, wie er hieß.

Wiederum Geschrei. Jetzt, wo alles vorbei war. Die Nutzer erkannten vermutlich gar nicht und würden nie erkennen, was verlorengegangen war. Es waren kleine Verbände herumziehender, unabhängiger Gruppen, die keinen Bedarf mehr hatten an diesem kuriosen altmodischen Gebilde, das sich ›Vereinigte Staaten‹ nannte – genausowenig wie Huevos Verdes. Nutzer.

Die ersten Fliehenden rannten an mir vorbei, auf die dunklen Hügelketten zu. Schwankend erhob ich mich auf die Füße – oder, besser, auf den Fuß. Wenn ich nicht mein ganzes Gewicht auf den in Selbstheilung begriffenen Knöchel verlagerte, konnte ich hoppelnd vorankommen. Nach ein paar Schritten entdeckte ich eine weggeworfene Fackel. Ich löschte sie aus und benutzte sie als Stock. Sie war nicht lang genug, aber es mußte reichen.

Als einzige Person, die sich auf das Gefängnis zu bewegte, kam ich nur langsam voran. Die Leute hatten aufgehört, einander zu stoßen, und ein paar mitleidige oder schuldbewußte Seelen begannen damit, die niedergetrampelten Toten wegzutragen.

Aber eine Menschenmenge dieses Ausmaßes braucht einige Zeit, um sich zu zerstreuen. Der Lärm des Klagens und Durcheinanderschreiens war überwältigend, besonders nachdem ich angefangen hatte, mich zwischen den Leuten hindurchzuzwängen. Mein Knöchel pochte.

Zumindest eine Stunde war vergangen, als ich endlich beim Gefängnis ankam.

Ich humpelte die Mauer entlang und bog schließlich um die Ecke, Richtung Fluß. Irgendwie empfand ich es als erstaunlich, daß das Wasser nach wie vor murmelnd dahinfloß, daß die Steine wie immer in dumpfem Schweigen dahockten. Eine Sekunde lang hatte ich nicht diesen Fluß vor Augen, sondern einen anderen, an dessen Ufer ein toter Schneehase lag. Und welchen von beiden hörte ich jetzt in der Finsternis flüstern? Meine Seite der Mauern war menschenleer, aber ich bildete mir ein, Leichen herumliegen zu sehen. Es waren nur Schatten, aber selbst als ich das erkannte, sahen die Schatten wie Tote aus. Und früher oder später sahen sie alle aus wie Lizzie. Der Schmerz hatte sich jetzt vom Knöchel über mein ganzes Bein ausgebreitet, und ich war nicht ganz klar im Kopf.

Als ich vor dem Gefängnistor stand, blickte ich hoch zu den matten, leeren Bildschirmen der Überwachungsanlage. Sie ragten in einem ähnlichen Winkel wie der silbrige Sicherheitsschild aus der Mauer hervor. »Ich möchte eintreten«, sagte ich zu ihnen.

Nichts geschah.

Lauter sagte ich – und merkte selbst den Anflug von Hysterie in meiner Stimme: »Ich trete jetzt ein. Ich. Trete. Jetzt. Ein.«

Der Fluß gluckerte. Die Bildschirme leuchteten leicht auf – oder auch nicht –, und nach einer Minute schwang das Tor auf.

Genau wie bei Eden.

Ich hinkte in einen kleinen Vorraum, und hinter mir schloß sich das Tor wieder. Gegenüber öffnete sich eine Tür.

Das Innere von Gefängnissen ist mir nicht unbekannt; ihre Funktionsweise war Teil meiner lang zurückliegenden Geheimdienstausbildung. Zuerst kamen die computergesteuerten automatischen Türen und Biodetektoren – und alle winkten mich durch. Dann kam die zweite Abfolge von Türen, diesmal nicht von Y-Energie sondern von Titanbolzen verriegelt und manuell betätigt, weil es immer wieder Leute gibt, die jedes elektronische System knacken können – einschließlich des Netzhautscanners. Das kam bereits vor. Der zweite Satz Türen wird von Menschen hinter Y-Energie-Schirmen kontrolliert, und wenn keine Menschen dort anwesend sind, kann niemand hinein. Oder hinaus. Nicht ohne Sprengsätze, die mindestens so stark sein müßten wie jene, mit denen es die Wille-und-Ideal-Leute bereits versucht hatten.

Ich stand vor der ersten verschlossenen Tür und lugte durch das trübe Fenster auf die Wachstation; das Fenster bestand aus PlastiKlar und nicht aus Y-Energie, weil letztere ausreichend raffinierter Elektronik gegenüber auch anfällig ist. Hinter dem Fenster bemerkte ich eine Gestalt. Irgendwie mußte es Huevos Verdes gelungen sein, die eigenen Leute hier hereinzubringen. Aber wann? Und *wie?* Und was war mit den Macher-Gefängnisbeamten geschehen?

Die Tür öffnete sich.

Dann die nächste.

Und die nächste.

Der Gefängnishof war leer. Freizeit- und Speisesäle zur Rechten, Verwaltung und Turnhalle zur Linken. Ich schleppte mich zu den Zellblöcken am Ende des Komplexes. Dahinter befand sich ein einzelstehendes kleines Gebäude. Seine Tür öffnete sich, als ich dagegen drückte.

Mehr oder weniger erwartete ich, Mirandas Zelle leer zu finden – und dazu einen Felsen, der zur Seite gerollt worden war, sozusagen als Spiel mit kulturellen Ikonen …

Aber SuperSchlaflose spielen nicht. Sie war da, saß auf einer Schlafstatt, für die sie keine Verwendung hatte, in einem zwei mal drei Meter großen Raum mit einer Toilette ohne Deckel und einem einzelnen Stuhl. Auf dem Stuhl lag ein Stapel Bücher – echte gebundene Druckwerke aus Papier. Sie sahen alt aus. Kein Terminal weit und breit. Sie hob den Kopf und sah mich an, ohne zu lächeln.

Was sagte man in solch einem Augenblick? »Miranda? Miranda Sharifi?«

Sie nickte, senkte nur einmal den etwas zu großen Kopf. Sie trug dunkelgraue Gefängniskluft. Und kein rotes Band im Haar.

»Die … Ihre … die Türen sind offen.«

Wieder nickte sie. »Ich weiß.«

»Kommen Sie … wollen Sie nicht herauskommen?« Selbst in meinen eigenen Ohren klang das albern. Aber ich hatte mich noch in keiner vergleichbaren Situation befunden.

»Eine Minute noch. Setzen Sie sich, Diana.«

»Vicky«, sagte ich. Noch alberner. »Ich nenne mich jetzt Vicky.«

»Ja.« Immer noch kein Lächeln. Sie sprach in der leicht zögernden Weise, an die ich mich erinnerte – so, als wäre die Sprache nicht ihr angeborenes Kommunikationsmittel. Oder so, als würde sie ihre Worte überaus sorgfältig wählen, und zwar nicht aus zu wenigen, sondern aus einer unvorstellbaren, überquellenden Vielfalt. Ich hob die Bücher vom Stuhl weg und setzte mich.

Was sie dann sagte, war so ungefähr das Letzte, was ich erwartet hätte: »Sie haben Kummer.«

»Ich …?!«

»Sie haben doch Kummer, oder?«

»Ich bin *fassungslos!*«

Sie nickte wieder, offenbar wenig überrascht.

»Sie nicht?« fuhr ich fort. »Nein, selbstverständlich nicht. Sie haben ja damit gerechnet, daß dies passieren würde.«

»Daß *was* passieren würde?« fragte sie in ihrer schleppenden Sprechweise, und natürlich hatte sie recht. Zuviel war passiert, und es war unklar, worauf ich Bezug nahm: auf die biologischen Veränderungen gegenüber *vorher,* auf den Angriff seitens ›Wille und Ideal‹, auf die Rettungsaktion.

Doch was ich sagte, war: »Der Zerfall meines Landes.« Ich hörte die leichte Betonung, mit der ich das Wort ›mein‹ versah, und schämte mich noch im selben Moment deswegen: mein Land – nicht das deine. Diese Frau hatte mein Leben gerettet, unser aller Leben!

Aber so sehr schämte ich mich auch wieder nicht...

Miranda sagte: »Vorübergehend.«

»*Vorübergehend?* Wissen Sie nicht, was Sie getan haben?«

Sie fuhr fort mich anzusehen, ohne zu antworten. Plötzlich fragte ich mich, wie es wohl sein mußte, diesem Blick Tag für Tag zu begegnen, zu wissen, daß sie alles über einen wußte, noch ehe man auch nur eine Ahnung davon bekam, was sie dachte. Und vermutlich hatte man auch dann keine Ahnung, wenn sie es einem erklärte.

Mit einemmal verstand ich Drew Arlen und warum er getan hatte, was er getan hatte.

Miranda sagte – und es war der perfekte Beweis, obwohl mir das klarerweise erst später auffiel: »Nicht Huevos Verdes hat diesen Schild erweitert.«

Ich starrte sie sprachlos an.

»*Sie* haben das angenommen. Aber wir von Huevos Verdes kamen überein, euch nicht vor Euresgleichen in Schutz zu nehmen. Wir kamen überein, daß es besser wäre, euch einen eigenen Weg finden zu lassen. Denn wenn wir alles für euch tun, dann werdet ihr voller Ressentiments ... voller Groll ...« Es war das einzige Mal, daß ich das Gefühl hatte, ihr fehlten tatsächlich die rechten Worte.

»Wer hat dann den Schild erweitert?«

»Die Bundesbehörden von Oak Mountain. Auf direkte Weisung des Präsidenten, der zwar niedergeschlagen, aber noch nicht k.o. ist.« Fast entschlüpfte ihr ein trübes kleines Lächeln. »Die Macher haben ihre amerikanischen Mitbürger beschützt. Das ist es doch, was Sie hören wollen, nicht wahr, Vicky?«

»Was ich hören will? Aber ist es auch *wahr?*«

»Es ist wahr.«

Ich starrte sie noch ein Weilchen an, dann stand ich auf und hinkte aus der Zelle. Ich sagte nicht einmal adieu. Es wurde mir gar nicht bewußt, daß ich ging. Ich humpelte so rasch über den Gefängnishof, daß ich fast hinfiel. Aber ich mußte nicht den ganzen Hof durchqueren; sie waren schon da, steckten die Köpfe zusammen und berieten sich. Als sie mich erblickten, hielten sie inne, glotzten mich mit steinerner Miene an und warteten. Zwei Techies in blauer Uniform, und dazu ein Mann und eine Frau in Zivilkleidung. Hochgewachsen, gutaussehend – GenMods. Mit normal großen Köpfen. Macher.

Bundesbeamte der Vereinigten Staaten von Amerika zum Schutz der Bürger unter dem HighTech-Schild aus Gesetzen und auf dem Fundament der Verfassung. »Das Recht der Menschen auf friedliche Versammlungen, um bei der Regierung die Beseitigung von Übelständen zu beantragen.« »Der Präsident garantiert allen Staaten dieser Union eine republikanische Regierungsform und schützt sie vor innerer Gewalt.« *Alle Staaten dieser Union.* Die Macher starrten mich an, sichtlich nicht sehr glücklich über meine Anwesenheit.

Ich machte kehrt und hoppelte zurück in Mirandas Zelle. Sie schien nicht überrascht zu sein, mich noch einmal zu sehen.

»Warum haben mich diese Leute hereingelassen? Und wo waren sie, als ich kam?«

»Ich habe sie aufgefordert, Sie einzulassen, damit Sie mit Ihren Fragen direkt zu mir kommen können.«

Sie hatte sie *aufgefordert*. Ich sagte: »Und warum hat Huevos Verdes nicht…?« Aber darauf hatte sie schon geantwortet. *Wir kamen überein, daß es besser wäre, euch einen eigenen Weg finden zu lassen.*

»Wie Götter«, bemerkte ich ruhig, »die über uns thronen.«

»Wenn Ihnen der Gedanke gefällt«, sagte sie.

Ich fuhr fort, sie anzustarren. Zwei Augen, zwei Arme, ein Mund, zwei Beine, ein Körper. Aber kein Mensch.

Ich sagte – zwang mich zu sagen: »Danke.«

Da lächelte sie. Ihr ganzes Gesicht veränderte sich, öffnete sich, von Licht durchströmt. Sie sah aus wie jeder Normalsterbliche. »Viel Glück, Vicky.«

Euch allen, hörte ich, obwohl sie es nicht sagte. Miranda Sharifi würde Glück nie brauchen. Wenn man soviel Technik – einschließlich der Technik des eigenen Gehirns – zur Verfügung hatte, wurde Glück irrelevant. Was geschah, war das, von dem man wollte, daß es geschah.

Oder vielleicht doch nicht. Sie hatte Drew Arlen geliebt.

»Vielen Dank«, sagte ich noch mal – förmlich, albern. Ich verließ die Zelle.

Plötzlich wußte ich, sie würden nach *Sanctuary* zurückkehren. Sobald sie übereinkamen, daß die Zeit reif war dafür, würden sie mit Hilfe irgendeiner unvorstellbaren Technik, die auf uns Normalsterbliche wie göttliche Allmacht wirkte, Miranda den Gefängnismauern von Oak Mountain entreißen und zusammen mit ihr zu ihrer Orbitalstation hoch oben am Himmel zurückkehren. Sie hätten *Sanctuary* nie verlassen sollen. Was sie, aus welchen Gründen auch immer, für uns hier unten tun wollten, hätten sie vermutlich ebensogut von *Sanctuary* aus erledigen können. Wo sie sicher waren. Wo sie hingehörten.

Nicht auf der Erde.

In diesem Moment fiel mir auf, daß ich in meiner Sorge um die Vereinigten Staaten vergessen hatte, Miranda nach dem Rest der Welt zu fragen. Aber das machte nichts. Die Antwort war ohnedies klar. Die SuperSchlaflosen würden auch den Rest der Welt mit Spritzen versorgen, sobald sie genügend davon hergestellt hatten. Miranda würde keinen Unterschied machen zwischen den Nationen – nicht angesichts des viel größeren Unterschiedes zwischen uns allen und den siebenundzwanzig SuperS. Und dann würde der Rest der Welt ebenso wie die Vereinigten Staaten den kataklysmischen politischen Veränderungen unterworfen sein, die sich ergaben, wenn man die Natur der Spezies Mensch so tiefgreifend veränderte. Sie würden keine andere Wahl haben.

Niemand richtete das Wort an mich, als ich mich auf den Rückweg machte durch all die manuell kontrollierten und automatischen Türen und die Biodetektoren. Mir war es nur recht; niemand mußte mit mir reden. Sie mußten nur eines: dort sein, ganz offiziell dort sein und Recht und Gesetz hochhalten – und zusehen, daß Recht und Gesetz weiterexistierten. Auch wenn die Technik nicht mehr kontrollierbar war und von den meisten von uns nicht mehr verstanden werden konnte. Das Bemühen, uns Menschen in Recht und Gesetz einzubinden, das war es, was zählte. Das Bemühen, das Gesetz zu verstehen, nicht nur, es zu befolgen. Das mochte uns retten.

Vielleicht.

Hörbar schlossen sich die Türen hinter mir.

Es hatte angefangen zu regnen. Ich humpelte durch Nässe und Finsternis auf die Y-Lichter des Lagers zu. Die Lampen schienen hell, aber mein Knöchel schmerzte heftig, und zweimal strauchelte ich und fiel beinahe hin. Fast alle Leute hatten sich in ihre Zelte verkrochen. Aus einem drang Weinen: die

Klage um jemanden, der in der Panik nach dem Luftangriff den Tod gefunden hatte. Der Regen wurde stärker, und die Erde unter meinen Füßen begann sich in nahrhaften Schlamm zu verwandeln.

Ich hatte fast mein Zelt erreicht, als ich sie auf mich zulaufen sah: Billy, eine Fackel schwingend, vorneweg, das altjunge Gesicht von tausend Fältchen der Erleichterung durchzogen; Annie, die mir zuwider war und immer sein würde; und Lizzie, die wie eine junge Gazelle an den anderen beiden vorbeilief, aufschrie und meinen Namen rief, glücklich, daß ich da war, glücklich, daß ich auf dieser Erde und am Leben war. Meine Leute.

Das reichte doch.

22

Drew Arlen: AEGS

Ach, Miranda … es tut mir *leid!*

Ich hatte nie im Sinn …

Aber ich würde wieder versuchen, dir Einhalt zu gebieten.

Und ich nehme nicht an, daß du das verstehst.